SCARLETT ST. CLAIR
Mountains Made of Glass / Apples Dipped in Gold

Die Romane von Scarlett St. Clair bei LYX:

Die Fairyland-*Reihe (Novellas):*
1. Mountains Made of Glass / Apples Dipped in Gold

Die Hades & Persephone-*Reihe:*
1. A Touch of Darkness
2. A Touch of Malice
3. A Touch of Ruin
4. A Touch of Chaos

Die King of Battle and Blood-*Reihe:*
1. King of Battle and Blood
2. Queen of Myth and Monsters
3. Kingdom of Spirit and Shadows *(erscheint im November 2025)*

Die Hades-*Saga:*
1. A Game of Fate
2. A Game of Retribution
3. A Game of Gods

Weitere Romane der Autorin sind bei LYX in Vorbereitung.

SCARLETT ST. CLAIR

Mountains made of Glass
Apples dipped in Gold

Roman

*Ins Deutsche übertragen
von Silvia Gleißner*

LYX

LYX in der Bastei Lübbe AG

Die Bastei Lübbe AG verfolgt eine nachhaltige Buchproduktion. Wir verwenden Papiere aus nachhaltiger Forstwirtschaft und verzichten darauf, Bücher einzeln in Folie zu verpacken. Wir stellen unsere Bücher in Deutschland und Europa (EU) her und arbeiten mit den Druckereien kontinuierlich an einer positiven Ökobilanz.

Die Originalausgabe erschien 2023 unter dem Titel
»Mountains Made of Glass« und
2024 unter dem Titel »Apples Dipped in Gold«.
Copyright © 2023/2024 by Scarlett St Clair
Published by Arrangement with SOURCEBOOKS LLC,
NAPERVILLE, IL 60563 USA
Dieses Werk wurde vermittelt durch die
Literarische Agentur Thomas Schlück GmbH, 30161 Hannover.

Für die deutschsprachige Ausgabe:
Copyright © 2025 by
Bastei Lübbe AG, Schanzenstraße 6–20, 51063 Köln

Vervielfältigungen dieses Werkes für das Text- und Data-Mining bleiben vorbehalten. Die Verwendung des Werkes oder Teilen davon zum Training künstlicher Intelligenz-Technologien oder -Systeme ist untersagt.

Textredaktion: Stefanie Janek
Umschlaggestaltung: © Miriam Schwardt
Satz: Greiner & Reichel, Köln
Gesetzt aus der Adobe Caslon
Druck und Verarbeitung: GGP Media GmbH, Pößneck

Printed in Germany
ISBN 978-3-7363-2358-2

1 3 5 7 6 4 2

Weitere Informationen unter:
lyx-verlag.de
luebbe.de | lesejury.de

GLOSSAR

Dieses Glossar soll Einblick in den Ursprung der Kreaturen und Wesen in *Mountains Made of Glass* bieten.

Weibel/Hexe: In Märchen ist ein Weibel oder eine Hexe häufig eine alte Frau. Sie kann böse Absichten haben, aber ich finde, sie kann auch eine mehrdeutigere Rolle annehmen. Manchmal verflucht sie die Heldenfigur oder trägt ihr Aufgaben auf, und diese muss dann das Hindernis überwinden, indem sie ihre Tugendhaftigkeit beweist. Für gewöhnlich ist sie der Auslöser für die Veränderung der Heldenfigur, was sie in Geschichten zu einem sehr mächtigen Geschöpf macht.

Red Caps: Eine Art Goblin. In *Mountains Made of Glass* werden diese Goblins Rotmützen genannt, weil sie ihre Mützen in das Blut ihrer Opfer tauchen. Doch in anderen Märchen nennt man sie nur deshalb Redcaps, weil ihre Mützen rot sind. Je nach Ursprung des Märchens gibt es verschiedene Arten von Redcaps, und nicht alle von ihnen sind bösartig.

Naturgeist: Ein Feenwesen. Naturgeister sind sehr winzig und werden für gewöhnlich von Wasser angezogen. Sie sind temperamentvoll und können eine Person in den Wahnsinn treiben.

Pixie: Ein Feenwesen. Pixies können auch Hausfeen sein und werden manchmal als boshaft beschrieben. Sie spielen gern Streiche.

Brownie: Brownies werden als Geister beschrieben, häufig als Geist eines verstorbenen Verwandten. Manchmal werden sie als Feen oder Hobgoblins klassifiziert, weshalb ich sie in dieser Nacherzählung verwendet habe. Für gewöhnlich sind sie männlich, doch es gibt auch einige weibliche, die angeblich im Haushalt helfen.

Magischer Spiegel: Eine Anspielung auf die Geschichte von Schneewittchen. Genau genommen basiert das Märchen wohl auf einer echten Person: Maria Sophia Margaretha Katharina von Erthal, die in einer Glasmacherregion lebte. Man munkelte, die Spiegel, die dort hergestellt wurden, seien von so »außerordentlicher Qualität und das Glas so rein«, dass die Spiegel immer die Wahrheit sagten.

Elfen: Feenwesen. In dieser Geschichte arbeite ich mit zwei Arten von Elfen: Im Prinzip »menschenähnlichen« und »feenähnlichen« Elfen, die klein sind. Beide scheinen je nach Ursprung in der Folklore zu existieren. Ich habe die Geschöpfe im Kleiderschrank als Elfen identifiziert, als Bezug auf »Die Elfen«, ein Märchen über einen Schuhmacher, der sehr arm ist und Hilfe von kleinen Elfen bekommt, die Schuhe herstellen.

Selkie: Selkies stammen aus irischen Mythen und Legenden. Ihre wahre Gestalt ist die einer Robbe, doch an Land können sie ihr Fell abstreifen und menschlich werden. Ohne ihr Robbenfell können sie nicht ins Meer zurückkehren.

Faun: Ein Geschöpf, halb Mensch, halb Ziege. Sie sind mehr eine Art Naturgeister, vor allem in Bezug auf die griechische Mythologie. In dieser Nacherzählung habe ich sie als eine Gattung von Feenwesen betrachtet.

Feenland: Bezug auf irische Märchen von W.B. Yeats, in denen er das Land der Feen als Feenland bezeichnet. In *Mountains Made of Glass* gilt alles Land, das von Feenwesen bewohnt wird, als Feenland.

Die Gläsernen Berge: Die Gläsernen Berge nehmen in Märchen auf der ganzen Welt verschiedene Rollen ein. Auf ihnen wachsen Bäume mit goldenen Äpfeln, sie bieten Zuflucht oder dienen als Hindernis für den Helden, der sie überwinden muss, um – für gewöhnlich – eine Prinzessin zu erreichen. In Grimms Märchen tauchen sie in *Der Eisenofen*, *Die sieben Raben*, *Die Rabe*, *Der Trommler* und *Oll Rinkrank* auf.

Der Verzauberte Wald: In Märchen ist der Verzauberte Wald ein Symbol für Veränderung und Verwandlung.

DIE SIEBEN BRÜDER & IHRE SIEBEN KÖNIGREICHE

Casamir: Das Königreich Thorn
Lore: Das Königreich Nightshade
Silas: Das Königreich Havelock
Eero: Das Königreich Foxglove
Talon: Das Königreich Hellebore
Cardic: Das Königreich Larkspur
Sephtis: Das Königreich Willowin

Liebe Leser:innen,

dieses Buch enthält potenziell triggernde Inhalte.

Deshalb findet ihr am Ende des Buches
eine Triggerwarnung.

Achtung: Diese enthält Spoiler
für das gesamte Buch!

Wir wünschen uns für euch alle
das bestmögliche Leseerlebnis.

Euer LYX-Verlag

Mountains Made of Glass

Nur so zum Spaß.

KAPITEL EINS
DIE KRÖTE IM BRUNNEN

Die Gans hing an den Füßen von einem tiefen Ast herab und blutete in einen Eimer aus. Bei jedem Blutstropfen, der platschend in der dunklen Flüssigkeit landete, zuckte ich zusammen. Das Geräusch war nicht zu überhören, selbst während ich Holz hackte, um mein Herdfeuer für den aufziehenden Sturm in Gang zu halten. In den wenigen Minuten, die ich nun draußen war, hatte es sich deutlich abgekühlt, dennoch war ich schweißgebadet.

Hitze loderte in mir, das Blut tropfte unaufhörlich, und der Schlag meiner Axt klang wie ein Blitzschlag in der Talsenke, in der ich lebte, am Fuße der Bäume des Verzauberten Waldes. Ich konnte ihren Blick fühlen, düster und feindselig, doch er war vertraut. Ich war unter ihren Augen aufgewachsen. Die Bäume hatten meine Geburt mitangesehen, den Tod von Mutter und Vater und die Ermordung meiner Schwester.

Vater hatte immer behauptet, der Wald sei verhext, aber ich glaubte etwas anderes. Meiner Meinung nach war er ganz und gar nicht verzaubert. Er war bloß lebendig und ebenso real und empfindsam wie die Feenwesen, die darin hausten. Von dunkler Magie waren eben diese Feen, und sie waren uns genauso feindlich gesinnt wie der Wald.

Meine Muskeln wurden steifer, mein Kiefer angespannter, und meine Gedanken verloren sich in aufsteigenden Erinnerungen, die vom gleichen Rot durchtränkt waren wie das tropfende Blut.

Tropf.
Weiße Haut, blutüberströmt.
Tropf.
Haare wie gesponnenes Gold, in Rot getaucht.
Tropf.
Ein Pfeil in der Brust einer Frau.
Nicht irgendeiner Frau – sondern meiner Schwester.
Winter.

Mein Herz schmerzte, voller Leere von jedem Verlust. Meine Mutter starb als Erste, kurz nach meiner Geburt. Meine Schwester war die Nächste, und mein Vater, krank vor Trauer, folgte ihr bald darauf. Ich war nicht genug gewesen, um ihn zu retten, um ihn hier auf der Erde zu halten, und obwohl der Wald sie mir nicht alle eigenhändig entrissen hatte, gab ich ihm trotzdem die Schuld.

Ich gab ihm die Schuld an meinem Schmerz.

Ein tiefes Ächzen erschütterte den Boden, und ich hielt inne, senkte meine Axt und versuchte, trotz Dämmerung im Dickicht die Quelle des Geräuschs auszumachen. Der Wald schien näher und näher zu kriechen, und der Hain, in dem mein Haus eingebettet lag, wurde mit jedem Tag kleiner. Bald schon würde sein Unheil uns alle verzehren.

Ich schnappte mir den Eimer unter der Gans und schleuderte seinen Inhalt in Richtung der Bäume, sodass nun eine blutrote Linie die von Laub bedeckte Erde verdunkelte.

»Hattest du noch nicht genug Blut?«, rief ich wutschäumend und bebte vor Zorn. Doch der Wald nahm meine Opfergabe stumm hin, und ich blieb mit einem Gefühl der Erschöpfung zurück.

»Gesela?«

Ich erstarrte, als ich Elsies leise Stimme vernahm, und wartete, bis der Druck hinter meinen Augen nachließ und es mir gelang, den fetten Kloß, der sich in meinem Hals gebildet hatte, hinunterzuschlucken. Erst dann drehte ich mich zu ihr um.

Früher, bevor der Wald meine Schwester geholt hatte, hätte ich Elsie eine Freundin genannt. Doch nachdem sie fort war, wandten sich alle von mir ab. Ein Teil von mir konnte es Elsie nicht verdenken. Ich wusste, dass man ihr befohlen hatte, sich von mir fernzuhalten, zunächst ihre Eltern, dann jene Dorfbewohner, die sich jeden Monat versammelten. Sie fürchteten, ich sei mit einem Fluch belegt, der mir alle nahm, die ich liebte – und auch ich zog diese Möglichkeit in Betracht.

Elsie war blass, bis auf ihre rosig roten Wangen. Ihre bleiche Hautfarbe ließ ihre Augen dunkler wirken, beinahe indigofarben. Ihr Haar hatte sich teilweise aus ihrem Dutt gelöst und formte nun einen zart schimmernden Glorienschein um ihren Kopf.

»Was ist los, Elsie?«

Ihre Augen waren weit aufgerissen, ganz ähnlich wie es die meiner Schwester im Tode gewesen waren. Etwas hatte sie in Angst und Schrecken versetzt. Vielleicht ja ich.

»Der Brunnen ist ausgetrocknet«, brachte sie heiser hervor und leckte sich über die gesprungenen Lippen.

»Und was soll ich da tun?«, wollte ich wissen. Doch ihre Worte hinterließen ein Gefühl des Grauens in meiner Magengegend.

Einen Moment lang zögerte sie, bevor sie wisperte: »Du bist an der Reihe, Gesela.«

Ich hörte, was sie sagte, ignorierte es jedoch geflissentlich und bückte mich, um meine Axt aufzuheben. Auch ohne weitere Erklärung wusste ich, was sie damit meinte. Ich war an der Reihe, die Konsequenzen für den Fluch über unser Dorf Elk zu tragen.

Schon seit meiner Kindheit war Elk mit einem Fluch belegt, immer wieder unter Flüchen zu leiden. Niemand war sich einig darüber, wie oder warum der Fluch seinen Anfang genommen hatte. Manche beschuldigten einen Händler, der ein Versprechen gebrochen hatte, das er einer Hexe gegeben hatte. Andere behaupteten, es sei ein Schneider gewesen. Wieder andere dichteten es einer Jungfer an, und einige wenige gaben den Feen und einem fehlgeschlagenen Handel die Schuld.

Was auch immer der Grund war, jedes Mal wurde ein Bewohner von Elk auserwählt, um den jeweiligen Fluch zu beenden. Diese konnten mitunter so simpel wie ein Befall von schmerzhaften Beulen sein, manchmal wiederum so verheerend wie von Heuschrecken vernichtete Ernten. Es hieß, die Auswahl sei zufällig, doch alle wussten es besser. Der Bürgermeister von Elk nutzte die Flüche, um seine Stadt von jenen zu befreien, die er nicht für würdig erachtete. Denn letztendlich konnte kein Dorfbewohner einen Fluch ohne schwerwiegende Folgen bezwingen.

Wie meine Schwester.

Ich ließ die Axt herabsausen und teilte das Holz mit so viel Kraft, dass die Klinge noch den Baumstamm darunter spaltete.

»Ich nutze den Brunnen nicht«, sagte ich. »Ich habe meinen eigenen.«

»Es lässt sich nicht ändern, Gesela«, entgegnete Elsie.

»Aber es ist nicht fair«, widersprach ich und schaute sie an.

Ihr Blick huschte nach rechts. Ich erstarrte, wandte mich um und sah, dass die Dorfbewohner von Elk sich hinter mir aufgestellt hatten wie eine Reihe bleicher Geister. Bis auf Sheriff Roland, der an der Spitze stand. Er trug eine vornehme Uniform, deren Blauton dem eines Frühlingshimmels glich, und sein Haar, so golden wie die Sonne, ringelte sich wie wilde Weinreben.

Die Frauen von Elk nannten ihn gut aussehend. Ihnen gefiel sein Lächeln mit den Grübchen und dass er Zähne hatte.

»Gesela«, rief er und trat näher. »Der Brunnen ist versiegt.«

»Ich nutze den Brunnen nicht«, wiederholte ich.

Seine Miene war ausdruckslos, als er antwortete: »Es lässt sich nicht ändern.«

Meine Kehle war wie zugeschnürt. Mir war sehr wohl bewusst, wie Elsie und Roland sich um mich herum positioniert hatten: Elsie in meinem Rücken und Roland schräg vor mir. Es gab kein Entkommen. Selbst wenn ich gewollt hätte – der einzige Ausweg war der Wald hinter mir, und unter seinem Blätterdach Zuflucht zu suchen, wäre dasselbe, als wenn man den Tod mit offenen Armen willkommen heißen würde.

Ich sollte sterben wollen, dachte ich. Es war ja nicht so, als wäre mir etwas geblieben. Trotzdem wollte ich den Bäumen nicht meine Knochen zum Fraß vorwerfen.

Ich trocknete meine feuchten Handflächen an der Schürze ab, während Roland beiseitetrat, ohne den Blick von mir abzuwenden. Elsie legte mir eine Hand in den Rücken, ich schauderte unter ihrer Berührung und wich einen Schritt zurück, um ihr zu entgehen. Als ich an Roland vorbei war, folgten er und Elsie mir auf dem Fuße und trieben mich auf die Dorfbewohner zu, die so still dastanden wie eine Zaunreihe.

Ich kannte sie alle samt ihrer Geheimnisse, doch das hatte ich ihnen nie offenbart, weil sie sich auch meiner gewiss waren.

Niemand gab einen Ton von sich, aber als ich näher kam, rührten sich die Leute von Elk – einige gingen vor mir her, einige neben mir und einige hinter mir, sodass ich eingeschlossen war wie in einem Käfig.

Roland und Elsie blieben in meiner Nähe. Mein Herz fühlte sich an, als würde es in meinem ganzen Körper pochen. Ich dachte an die anderen Flüche, die gebrochen worden waren. Alle ganz verschieden. Ein Dorfbewohner war durch den Verzauberten Wald gewandert und hatte im Garten einer Hexe eine Blume gepflückt. Sie hatte ihn verflucht, ein Bär zu werden. Verzweifelt war er nach Elk zurückgekehrt und mit einem Pfeil ins Auge erschossen worden. Erst nach seinem Tod erfuhren wir, wer er war. Am nächsten Morgen griff dann ein Schwarm Sperlinge den Jäger an, der den Bären getötet hatte, und pickte ihm die Augen aus.

Es gab auch einen Baum, an dem einst goldene Äpfel gewachsen waren, doch mit der Zeit hörte er auf, die begehrten Früchte hervorzubringen. Eines Tages wanderte ein junger Mann durchs Dorf und bemerkte, wie eine Maus an den Wurzeln des Baumes nagte. Er behauptete, wenn wir die Maus töteten, würden die Früchte wieder gedeihen, also brachte unser früherer Bürgermeister die Maus um, und die Früchte kamen zurück. Der Bürgermeister pflückte einen Apfel, aß ihn und wurde von solchem Hunger verzehrt, dass er sich zu Tode fraß.

Und niemand sonst rührte weder die Früchte des Baumes an noch den Bürgermeister, der unter seinen Zweigen starb.

Es gab nie ein glückliches Ende, so viel wusste ich. Was immer mich nach dem hier erwartete, würde ganz sicher zu meinem Tod führen.

Die Dorfbewohner strömten wie Phantome in die Stadtmitte. Sie hielten mich innerhalb ihres geisterhaften Kreises, umringten den Brunnen, der nur aus einem kalten Steinkreis bestand, der offen unter dem Himmel lag und tief in die Erde reichte. Ich trat an ihn heran und blickte hinab: Der Boden war knochentrocken.

Roland blieb neben mir stehen – zu nahe, zu warm.

»Wen wirst du opfern, wenn alle, die du hasst, tot sind?«, fragte ich und sah ihn an.

»Ich hasse dich nicht«, widersprach Roland, und seine Augen glitten tiefer und glitzerten schamlos, als er meine Brüste anstarrte. »Ganz im Gegenteil.«

Ekel drehte mir den Magen um.

Ich kannte Roland schon mein ganzes Leben, ebenso wie ich alle in Elk kannte. Er war der Sohn eines reichen Kaufmanns. Das Geld hatte ihm Ansehen unter den Dorfbewohnern erkauft und ihn an die Seite des Bürgermeisters gebracht, was ihm Macht über jede Frau verlieh, auf die er je ein Auge warf, und garantierte, dass er sich nie einem Fluch stellen musste.

Mein eigenes Unglück hatte Roland nie abgeschreckt. Er hatte oft angeboten, *mir zu helfen*, wenn ich dafür mit ihm schlafen würde.

»Du bist widerlich.«
»Oh, Gesela, tu nicht so, als würdest du meine Aufmerksamkeit verabscheuen.«
»Doch, das tue ich«, spuckte ich ihm vor die Füße. »Das sage ich dir ja gerade.«
Rolands Miene verhärtete sich, aber er kam noch näher, und es verlangte mir all meine Willenskraft ab, ihn nicht wegzustoßen. Ich hasste seinen Geruch nach nassem Heu und Leder.
»Ich könnte das alles verhindern. Nur ein Wort von dir.«
»Was für ein Wort?«, fragte ich mit zusammengebissenen Zähnen.
»Sag, dass du mich heiratest.«
Ich schubste ihn weg.
Es war ja auch nicht so, dass er das ernst meinen würde. Er hatte schon vielen Frauen vorgeschlagen, sie zu heiraten, unter dem Vorwand, er würde sie retten, nur um sie später bloßzustellen, weil sie geglaubt hatten, dass er es ernst meine.
Wenn hier irgendwer ein Fluch auf diesem Land war, dann war es Sheriff Roland.
»Das ist mehr als ein Wort«, konterte ich wutschäumend.
»Aber hier hast du ein Wort: niemals!«
Roland knirschte mit den Zähnen und stieß mich dann zum Brunnen hin.
»Dann wirst du dich diesem Fluch stellen.«
Ich stolperte und fing mich an der Seite des Brunnens ab. Meine Hände stützten sich auf den glitschigen Stein, als ich mich der endlosen Dunkelheit dort unten gegenübersah.
»Die Alte im Wald behauptet, dass im Brunnen eine Kröte sei. Töte sie, und wir werden wieder Wasser haben.«
»Und hat die Alte auch verraten, was dann aus mir wird?«
»Ich habe dir einen Ausweg geboten, und du hast ihn ausgeschlagen.«
»Das war kein Ausweg«, entgegnete ich scharf. »Sondern bloß ein weiterer Fluch.«

»Du denkst, eine Heirat mit mir gleicht dem, was der Wald dir antun wird?«

»Ja«, zischte ich. »Ich würde es ja vielleicht in Erwägung ziehen, wenn ich dich auch nur im Geringsten ansehnlich finden würde. Leider würde ich mich wohl in der Sekunde übergeben müssen, in der dein Schwanz in meinen Körper eindringt.«

Roland verlor die Beherrschung. Ich wusste, dass er zu Gewalt fähig war. Es war eine Wahrheit, die in seinen Augen lag.

Er schubste mich, und als meine Kniekehlen auf den Brunnenrand trafen, kippte ich über den Rand und stürzte in die Tiefe. Ich spürte den kalten Luftzug in meinem Nacken und schlug mit einem dumpfen Knall hart auf dem Boden auf. Ich lag da, still und benommen, und blinzelte zum Licht hoch, das von der runden Öffnung über mir hereinfiel. Es schien so weit weg zu sein, obwohl mein Sturz nicht lange gedauert hatte.

Elsie war die Erste, die herablinste, und als sie mich entdeckte, drückte sie sich die Hand auf den Mund und war im nächsten Moment verschwunden. Danach tauchte Rolands Gesicht auf, voller Verachtung spuckte er in den Brunnen.

»Elfenschlampe«, schimpfte er.

Ich zuckte zusammen, das Wort war ebenso schmerzhaft wie mein Sturz.

Dann waren sie fort.

Stöhnend versuchte ich, mich aufzusetzen, doch mein Kreuz tat höllisch weh, und jeder Atemzug fuhr mir durch Mark und Bein. Ein schrilles Trillern schreckte mich jedoch urplötzlich auf, und mehrfache schmerzhafte Schauer hintereinander jagten meinen Rücken hinab. Ich sah mich einer großen, bauchigen Kröte gegenüber. Aus runden Glubschaugen, die wie Laternen im Dunkel leuchteten, glotzte sich mich an.

Ich betrauerte den Umstand, dass ich die Kröte bei meinem Aufprall nicht unter mir zermalmt hatte. Dann wäre es wenigstens ein Unfall gewesen.

»Das ist alles deine Schuld«, zeterte ich.

Die Kröte antwortete mit einem Kreischen und machte einen Satz. Ich schrie auf, da ich annahm, sie würde mich anspringen wollen, aber dann bemerkte ich, dass sie auf einem Steinbrocken gelandet war, der an der Seite des Brunnens herausragte.

Ich setzte mich langsam auf und sog harsch die Luft ein, als der Schmerz im Rücken mir die Lungen zuschnürte. Die Kröte kreischte wieder und blähte ihre Kehle auf. Ich fasste den Entschluss, sie zu töten, und guckte mich nach einem Stein um, mit dem ich sie erschlagen könnte, obwohl der Gedanke eine Welle der Übelkeit in mir auslöste. Ich mochte ja Gänse schlachten können, um sie zu essen, aber eine Kröte war etwas völlig anderes. Diese Kröte war etwas völlig anderes. Sie war Opfer dieses Fluchs, so wie ich.

Ein weiteres Kreischen hallte laut in dem beengten Loch wider, und ich zuckte zusammen.

Ich ließ den Blick zur Kröte wandern, sie war weiter die Wand hinaufgehüpft, saß nun auf einem anderen Stein und wartete.

»Versuchst du, vor mir zu fliehen?«, fragte ich.

Sie antwortete, indem sie sich umwandte. Ihre Füße mit den Schwimmhäuten schmatzten auf der steinigen Oberfläche, als sie auf einen weiteren Steinvorsprung hopste. Nachdem sie diesen sicher erreicht hatte, drehte sie sich wieder zu mir um und kreischte erneut schrill. Bei dem Geräusch verkrampfte ich mich auf der Stelle, und meine Muskeln spannten sich an.

Mit einem Mal fragte ich mich, ob diese Kröte mir womöglich aus dem Brunnen hinaushelfen wollte.

Ich stand auf, stellte meinen Fuß auf einen der Steine und packte zwei andere über meinem Kopf. Mit rasendem Herzen suchte ich nach Halt und griff fieberhaft nach glitschigen Felsvorsprüngen. Ich musste mich so sehr strecken, dass mir die Seiten wehtaten und ich kaum atmen konnte, aber ich schaffte es, mich hochzuhieven. Währenddessen hüpfte die Kröte weiter und fand einen nächsten Stein, der aus der Wand herausragte.

Ich folgte ihr vorsichtig. Meine Finger wurden immer kälter, und meine Beine zitterten, während mir der Schmerz den Rücken hinuntersauste. Je höher ich kletterte, umso fester klammerte ich mich an die Steine, aus Angst, erneut zu fallen. Das Wetter war schlechter geworden, seit ich im Brunnen war, und Schneeregen prasselte mir ins Gesicht.

Die Kröte erreichte vor mir die Öffnung, wandte sich zu mir um und starrte mich aus ihren großen, gelben Augen an. Dann war sie plötzlich aus meinem Sichtfeld verschwunden. Ich beeilte mich, sie einzuholen, umfasste kurz darauf mit tauben Fingern den Brunnenrand und spähte darüber. Die Dorfmitte lag verlassen vor mir, kein Mensch war zu sehen – vermutlich weil der Sturm eingesetzt hatte.

Ich war erleichtert, denn hätte Roland mich dabei erwischt, wie ich aus dem Brunnen hauskletterte, hätte er mich sofort wieder hineingestoßen.

Einen Moment verweilte ich bäuchlings auf dem Steinrand, bevor ich auf den eisigen Boden glitt. Dort lag ich, reglos und still, mein Körper von Schmerz gepeinigt. Ob ich mir bei dem Sturz viele Knochen gebrochen hatte? Zumindest hatte ich üble Prellungen erlitten.

Die Kröte wartete geduldig in der Nähe, und als ich den Blick hinauf zum blassgrauen Himmel hob, fragte ich mich unwillkürlich, wer mich wohl aus der Wärme seines Heims heraus beobachtete. Würde jemand Roland informieren? War er davon ausgegangen, dass ich tot sei?

Ein inzwischen vertrautes Quaken zog meine Aufmerksamkeit auf sich. Ich ließ meine Augen in Richtung des Geräuschs wandern und sah, wie die Kröte auf den Rand des Brunnens hopste.

»Nein!«

Hastig rappelte ich mich auf, kam stolpernd auf die Füße, stürzte zum Brunnen hin und schnappte mir eins ihrer Beinchen, bevor sie in dem finsteren Loch abtauchen konnte, das wir soeben erst verlassen hatten.

Ich schleuderte sie über mich hinweg, und sie segelte im hohen Bogen auf den schlammigen Platz hinter uns, wo sie auf dem Rücken landete. Anscheinend unversehrt sprang sie den Bruchteil einer Sekunde später auf die Füße und war schon wieder auf dem Weg zum Brunnen.

»Ich versuche nur, dich zu retten, du Bastard«, empörte ich mich und griff erneut nach der Kröte. Ihr Körper war glitschig, weswegen es sich höchst schwierig gestaltete, sie festzuhalten, während sie in meiner Hand zappelte. »Ich sperre dich in einen Käfig, wenn es sein muss!«

Alles besser, als sie zu töten.

Die Kröte gab einen klagenden Schrei von sich, und im selben Moment trat ich auf ein Stück gefrorene Erde. Ich rutschte aus und schlug mit meinem ohnehin schon geschundenen Rücken hart auf dem Boden auf. Mir blieb kaum Zeit, um den stechenden Schmerz wahrzunehmen, denn nun war die Kröte frei und hopste bereits in Windeseile auf den Brunnen zu.

Frust packte mich und trieb mich hoch auf die Knie. Hektisch kroch ich ihr hinterher, doch sie war mir stets einen Hüpfer voraus. Mit aller Macht versuchte ich, mich aufzurichten, aber der Boden war zu glatt, und ich rutschte zurück auf alle viere.

Ich verzog keine Miene und biss die Zähne zusammen, während ich vorwärtsrobbte, und als ich mir die Hand an einem spitzen Stein aufschürfte, war mir sogar dieser Schmerz egal. Meine Hand schloss sich um den Stein. Er war schwerer, als ich gedacht hatte, und auch größer, und gerade als die Kröte den Brunnen wieder erreicht hatte, packte ich sie, riss sie zu Boden und schlug ihr den Stein auf den Kopf.

Die Totenstille, die darauf folgte, dröhnte in meinen Ohren und erfüllte mich mit einem seltsamen Gefühl von Schock, während ich auf die leblose Kröte starrte, deren Beine noch zuckten.

Ich entfernte den Stein nicht, denn ich wollte mir nicht ansehen, was ich angerichtet hatte.

Sie ließ sich nicht aufhalten. Warum hatte sie nicht Einhalt geboten?

Aber ich kannte die Antwort.

Sie war verflucht. Wir alle waren verflucht.

Ich übergab mich, der verdorbene Geruch drehte mir noch weiter den Magen um. Nachdem ich meine Schürze abgenommen und die Kröte und den Stein darin eingewickelt hatte, stand ich auf und stolperte nach Hause. Die Gans, die ich zuvor geschlachtet hatte, war längst fort, wahrscheinlich hatten Wölfe sie gewittert.

Nichts interessierte mich gerade weniger.

Ich packte meine Axt, die noch immer dort im Baumstumpf steckte, wo ich sie zurückgelassen hatte, und ging zum Rand des Verzauberten Waldes. Ich hackte in den harten Boden und kratzte Erdbrocken zur Seite, bis ich eine Grube ausgehoben hatte, die tief genug war, dass die Kröte hineinpasste. Nachdem ich ihren Kadaver in die harte Erde gebettet hatte, blieb ich noch auf Knien dort sitzen und ließ zu, dass der Schneeregen mir wie kleine spitze Nadeln in die Haut stach. Es erinnerte mich daran, dass ich fähig war, zu fühlen.

Nach einer Weile stand ich auf und marschierte trotz der Kälte zu der Regentonne vor meinem Haus, durchbrach die Eisschicht, die sich darauf gebildet hatte, und nutzte die Schüssel, die ich darin aufbewahrte, um mich mit Wasser zu übergießen und mir Gesicht und Arme zu waschen.

Dann brachte ich die Axt hinein und legte sie auf meinen Nachttisch, bevor ich mich um das Feuer kümmerte. Ich zog meine durchnässten Sachen aus, schlüpfte in mein Nachthemd und kroch ins Bett.

Mein Kopf pochte, und mir tat alles weh, als ich mich am ganzen Körper zitternd unter meiner Decke zu einer kleinen Kugel zusammenrollte, bis mir allmählich warm wurde.

Ich fragte mich, ob ich wohl im Schlaf sterben würde.
Ich hoffte es.
Denn ich wusste, dass Schlimmeres auf mich zukam.

KAPITEL ZWEI
FÜNF ELFENPRINZEN

Bibbernd wachte ich auf.

Mühsam öffnete ich die trägen Lider und sah, dass die Fensterläden offen waren und Eis sich auf dem Sims gesammelt hatte. Trotz des heulenden Windes hing mein Vorhang steif und gefroren da.

Verwirrt runzelte ich die Stirn. Ich hatte das Fenster ganz sicher verriegelt.

Mir stellten sich die Nackenhaare auf, ich bekam eine Gänsehaut, und ein tiefes Gefühl von Angst ließ mein Blut in den Adern gefrieren.

Ich war nicht allein.

Fieberhaft tastete ich unter dem Kissen nach meinem Messer, das ich dort zu meiner eigenen Sicherheit versteckt hielt, doch als meine Fingerspitzen über den Griff streiften, verschwand es plötzlich.

»Fuck!«

»Ts, ts, ts«, vernahm ich da. »Welch Wortwahl.«

Ich rollte mich auf den Rücken, um nach meiner Axt zu greifen, die nach wir vor auf dem Nachttisch war, wo ich sie hingelegt hatte. Da fiel mein Blick auf eine Gestalt, die an der Wand lehnte. Er war groß, dünn und nicht von dieser Welt. Spitzohren lugten unter seinem langen, schwarzen Haar hervor, das ihm über die Schultern fiel und schimmerte wie Mondlicht auf dunklem Wasser.

Er trug einen schwarzen, mit Gold besetzten Wollmantel,

Strumpfhosen und schwere schwarze Stiefel, ein Bein stützte er angewinkelt an die Wand.

Er war ein Elf, und nach der Pracht seiner Kleidung zu urteilen, ein Lord.

»Fuck«, sagte ich noch einmal.

Das war nicht gut.

Wie alle Arten von Feenwesen stammte auch er aus dem Verzauberten Wald. Ich zweifelte nicht daran, dass er aus Vergeltung für die Kröte hier war, die ich getötet hatte.

Eine Hand packte mich grob am Kinn und etwas Scharfes schnitt mir über die Wange, ich spürte Blut hervorquellen.

»Schmutziger Mensch«, raunte eine Stimme, und eine nasse Zunge fuhr über die Wunde. »Schmutziges Mundwerk.«

Ich konnte mich nicht rühren, obwohl ich es versuchte, und schaffte es lediglich, die Fingernägel in den Arm meines Angreifers zu bohren und ihn nach unten zu ziehen.

Seine Haut gab unter meinen Fingernägeln nach, der Angreifer zischte, und sein Griff um mein Kinn wurde fester, während er meinen Kopf nach hinten drückte.

Jetzt konnte ich sein Gesicht sehen. Es war dem des anderen Elfenlords an der Wand ähnlich, nur bösartiger, und sein Haar war nicht dunkel, sondern hellblond. Seine Finger gruben sich so fest in meinen Kiefer, dass es mich nicht gewundert hätte, wenn er ihn mir gleich abreißen würde.

»Lass sie los, Sephtis«, befahl eine dritte Stimme.

Aber der Griff lockerte sich nicht. Wenn überhaupt, wurde er noch fester. Er beugte sich über mich und durchbohrte mich mit seinem Blick. Die Iriden seiner Augen waren rot und weckten Unbehagen in mir.

»Warum sollte ich?«, fragte er, so leise, als würde er die Frage an mich richten.

Da schnellte wie aus dem Nichts eine Hand hervor, grabschte nach der von Sephtis und befreite mich aus seinen Fängen. Ein weiterer Elf erschien in meinem Sichtfeld. Dieser sah genauso aus wie der erste – dunkelhaarig und schön. Nur seine Augen waren anders: Sie hatten eine seltsam moosige Farbe, nicht ganz grün und nicht ganz braun.

»Du solltest doch ein Auge auf ihn haben, Lore«, tadelte der neu aufgetauchte Elfenlord, und ich nahm an, dass er damit den ersten Elf meinte, den, der vermutlich mein Messer entwendet hatte.

Sephtis blickte finster drein.

»Bist du etwa nur hier, um uns den Spaß zu verderben, Silas?«, maulte er.

Sephtis' Vorstellung von Spaß bereitete mir Übelkeit.

Der Blonde wich zurück und begab sich zwischen Lore und Silas. Inzwischen waren noch zwei weitere hinzugekommen: einer mit bernsteinfarbenen Augen und einer mit einer tiefen Narbe links im Gesicht.

Insgesamt waren es fünf. Fünf Elfenlords, von denen vier zwar dunkles Haar hatten, doch alle glichen einander wie ein Ei dem anderen, sogar der Blonde. Der einzige Unterschied lag in ihren Mienen, die von ganz streng bis am wenigsten streng reichten. Sie standen vor meinem Bett und umzingelten mich.

»Erwarten wir sonst noch jemanden?«, fragte ich ungehalten, mein Tonfall war so eisig wie die Temperatur in meinem Haus.

»Mehr von uns würdest du nicht überleben, du böses Ding«, grollte Lore. »Sei vorsichtig mit dem, was du dir wünschst.«

»Ich habe mir nichts gewünscht«, widersprach ich nachdrücklich. Ich wusste, welche Folgen es hatte, wenn man unbedacht einen Wunsch aussprach, denn ich hatte es mit eigenen Augen gesehen.

Ich wünschte, du wärst tot!, hatte ich meine Schwester angebrüllt – und dann war sie es.

»Sie ist so winzig«, stellte Silas fest.

»Böse, das ist sie«, berichtigte Sephtis.

»Sie hat unseren Bruder getötet«, gab der mit der Narbe von sich.

»Euren Bruder?«, entfuhr es mir, und ich spürte, wie mir die Farbe aus dem Gesicht wich.

»Sieh nur, Talon! Ihr Gesicht ist so weiß wie Schnee!«, meinte Sephtis. Er schien der Wütendste zu sein – und der Furchteinflößendste.

»Du weißt, wovon wir sprechen, Menschlein«, warf der mit den Bernsteinaugen ein. Seine Stimme war leise und ruhig.

»Ich habe keinen Elf getötet«, stritt ich ab.

»Aber du hast eine Kröte getötet«, erwiderte Lore.

»Hat ihm einen Stein auf den Kopf geschlagen«, fuhr Sephtis fort.

»Du hast ihn am Rand des Verzauberten Waldes begraben«, bestätigte Talon.

Ich schluckte einen dicken Kloß hinunter, der in meine Kehle gestiegen war.

»Ich hatte keine Wahl«, verteidigte ich mein Handeln. Meine Worte waren ein wütendes Flüstern, doch mir war klar, dass sie vergeblich waren. Niemanden in Elk oder in der Welt jenseits davon interessierte, warum ich getan hatte, was ich getan hatte, nur dass es Konsequenzen hatte. »Es gab einen Fluch.«

»Es gibt immer einen Fluch und trotzdem immer eine Wahl«, entgegnete Silas.

»Du hättest beschließen können, nicht den Fluch deiner Stadt zu brechen, sondern vielmehr den unseres Bruders«, bekräftigte Lore. »Und aus Dankbarkeit für deine Rettung hätte er dich zu seiner Königin gemacht.«

»Aber leider hast du ihm stattdessen den Kopf eingeschlagen, und nun müssen wir dich bestrafen«, erklärte Sephtis, ein hungriges Glitzern lag in seinen blutroten Augen.

»Woher hätte ich denn wissen sollen, dass er etwas anderes als eine Kröte war?«, fragte ich verzweifelt.

»Das ist die Torheit deines menschlichen Blutes, alles so zu nehmen, wie es erscheint, anstatt so, wie es ist«, meinte Silas bloß.

»Und ist es die Torheit der Elfen, alles so zu nehmen, wie es ist, und nicht so, wie es erscheint?«

»Törichtes Menschlein«, schrie Lore mich an. »Wir haben keine Fehler.«

»Und wie ist euer Bruder dann als Kröte in einem Brunnen geendet?«

»Er ist keine Kröte in einem Brunnen mehr«, erinnerte Talon mich. »Er liegt tot in einem Loch.«

Alle Elfen sprachen mit kalter Höflichkeit, ausgenommen der mit den Bernsteinaugen, der seit seiner Ankunft nur ein einziges Mal das Wort ergriffen hatte. Sie waren nicht hier, weil sie ihren Bruder geliebt hatten. Hier ging es um Ehre. Es war die Gerechtigkeit, die der Wald verlangte.

Einen Herzschlag lang herrschte Stille, während die fünf Elfenlords Blicke wechselten.

»Du sollst sechs Jahre als Gefangene unseres siebten Bruders verbringen«, verkündete Silas.

»Ich zähle nur fünf von euch«, sagte ich.

»Unser siebter ist ein Biest«, klärte Sephtis mich auf, aber ich konnte mir nichts Furchterregenderes als ihn selbst vorstellen, der mir so gnadenlos in die Haut geritzt und mein Blut gekostet hatte.

»Viel schlimmer als ihr kann er nicht sein«, fauchte ich, doch Grauen überkam mich, schon während ich die Worte aussprach. Irgendwas tief in mir drin flüsterte mir ein, dass er wohl doch noch schlimmer war.

»Das wirst du wohl noch früh genug herausfinden«, antwortete Silas trocken.

Darauf folgte erneut ein Moment des Schweigens, währenddessen ich die fünf anstarrte, völlig im Unklaren, was als Nächstes geschah. Würden sie mit mir durch den Wald marschieren, vor die Türschwelle des Königreichs ihres siebten Bruders?

»Wo steckt denn euer siebter Bruder?«, verlangte ich zu wissen und wog gleichzeitig ab, wie schnell ich wohl nach meiner

Axt greifen konnte, die noch immer auf dem Tisch neben meinem Bett lag. Ich war mir ihrer Nähe dermaßen bewusst, dass ich mich kaum davon abhalten konnte, sie endlich in die Hand zu nehmen. »Warum ist er nicht mit euch hier?«
»Über zehn Jahre ist es nun her, dass den Dornenprinz jemand zu Gesicht bekommen hat«, gab Lore zurück.
»Wie könnt ihr dann sicher sein, dass er ein Biest ist?«
»Weil wir alle Biester sind«, antwortete Sephtis, ein spöttisches Grinsen im Gesicht.
Ich streckte die Hand nach meiner Axt aus.
Die Bewegung versetzte mir einen stechenden Schmerz in der Seite, der meine Lungen zusammenpresste, mir den Atem raubte und mich benommen machte. Trotzdem sprang ich auf, rang um Gleichgewicht auf dem wackeligen Bett, hob die Axt über meinen Kopf und zielte nach dem Elfen, der mir am nächsten stand, als eine gewaltige Woge aus Magie mich direkt in die Brust traf.
Ich fiel, doch meine Knie prallten nicht auf den harten Fußboden meines Hauses, sondern auf dicken Teppich. Trotz der weicheren Landung kreischte jede verletzte Körperstelle in mir auf, und ein Schrei drang tief aus meiner Kehle.
Es war zu spät, um ihn zu unterdrücken, aber dennoch klappte ich hastig den Mund zu und knirschte mit den Zähnen dagegen an, obwohl es nichts im Vergleich zu dem plötzlichen Gefühl von Grauen war, das meinen Körper betäubte, als eine kalte, sinnliche Stimme über meine Haut glitt.
»Na, was haben wir denn da?«
Langsam wanderte mein Blick aufwärts, über glänzend schwarze Stiefel und muskulöse Beine in schwarzen Beinlingen, die so eng waren, dass sie nichts der Fantasie überließen. Meine Augen weiteten sich, als ich die unzüchtigen Umrisse seines Geschlechts sah – etwas, das normalerweise von einer langen Tunika bedeckt worden wäre. Doch er trug kein Hemd, sodass die harten Umrisse seiner Bauchmuskeln und der mächtigen

Schultern zur Schau gestellt waren, geziert lediglich von einem Ring und einem weißen Zahn, welche an zwei Silberketten hinunterbaumelten.

Ich ließ sein Antlitz auf mich wirken – alles von ihm –, bevor ich seinem Blick begegnete.

Schwarze Augen starrten zurück, und obwohl es höchst unpassend war, so zu empfinden, wollte ich mich in sie hineinfallen lassen wie in die tiefe Finsternis des Brunnens. Plötzlich packte mich die nackte Angst und die unumstößliche Gewissheit, mich in diesen Augen verlieren zu können, wenn ich ihnen zu nahe käme.

Dies war der siebte Bruder – das Biest.

Er sah genauso aus wie seine dunkelhaarigen Brüder, nur eine Sache an ihm war anders, härter und düsterer. Er besaß eine hohe Stirn und ebenso hohe Wangenknochen, und seine Lippen waren voll und farblos.

Er war wunderschön. Und kalt. So wie der Winter in Elk.

Meine Finger schlossen sich fester um den Schaft meiner Axt, und ich stand auf.

»Bleib zurück!«

Seine Lippen verzogen sich zu einem boshaften Grinsen.

»Oh, bösartiges Geschöpf«, spottete er. »Bist du etwa hier, um mich zu töten?«

»Wenn du mir einen Grund dazu gibst«, antwortete ich und schwang meine Axt hoch.

»Ich könnte dir gleich drei Gründe geben.«

»Ich brauche keine drei«, entgegnete ich. »Einer genügt.«

Er lachte leise, ohne dieses boshafte Glitzern in den Augen zu verlieren.

»Dann einen«, sagte er, und sein Lächeln schwand langsam. »Töte mich ... bevor ich dich töte.«

Seine Worte trafen mich härter als mein Sturz in den Brunnen, und noch bevor ich meine Axt anhob, war er schon hinter mir, die Hand an meiner Kehle. Ich konnte spüren, wie seine langen Fingernägel sich in meine Haut gruben. Er bog meinen Kopf so weit nach hinten, dass ich fürchtete, mir würde gleich das Genick brechen.

Plötzlich stachen mir mehrere spitze Nadeln in die Handfläche, und ich zischte vor Schmerz und ließ meine Axt fallen. An dem Griff waren Dornen gewachsen. Mit den nun freien Händen packte ich die Hände des Biests an meiner Kehle, aber er rührte sich selbst dann nicht, als meine Nägel sich tief in seine Haut bohrten.

»Böses Ding«, sagte er, und ich konnte seine Lippen an meiner Wange fühlen. »Böse Fee.«

»Nenn mich nicht *so*«, befahl ich mit zusammengebissenen Zähnen.

Wieder lachte er leise, und seine Finger pressten sich noch tiefer in meine Haut.

»Wie genau nicht? Böse oder Fee?«

Eine Fee zu sein, egal wie wenig, hatte mir nie gute Dienste geleistet. Die Dorfbewohner tuschelten, dass mein Blut meine Mutter getötet habe, und meine Schwester hatte es auch nicht vor dem Wald bewahrt.

Aber es hatte dafür gesorgt, dass ich immer allein sein würde. Ich hatte keine Familie, keine Freunde, keine Liebsten.

Die Stimme des Prinzen vibrierte an meiner Haut, und ich spürte sie in meinem Brustkorb. Er sprach langsam, während seine Lippen über mein Kinn wanderten, und ich hasste das Gefühl, das es in mir weckte, das allzu deutliche Pochen zwischen meinen Beinen, die Hitze, die in meinem Bauch loderte, entfacht durch seinen Schwanz, der sich an meinem Hintern rieb.

Ich hasste das Gefühl, und doch drückte ich mich noch enger an ihn. Fast wünschte ich, er würde mir wehtun, damit ich diese scheußlichen Gefühle aufhalten konnte, die durch meine Adern jagten.

»Du *weißt*, was ich meine«, schäumte ich. Meine Stimme war

wütend, aber leise. Ich konnte nicht lauter sprechen. Ich konnte ja kaum atmen.

»Aber du bist eine Fee«, widersprach er.

»Nicht der Rede wert«, antwortete ich.

Ich war mir nicht einmal sicher, wann mein Blut sich mit dem von Feen vermischt hatte. Ich wusste nur, dass es viele Urgroßväter her war. Doch wie viele Jahre auch vergingen, die Menschen von Elk vergaßen es nie, und die Feen – die erst recht nicht.

»Genug für mich, um davon zu kosten.«

Seine freie Hand spreizte sich über meine Hüfte, und meine Fingernägel bohrten sich in seine Haut, damit er sie nicht tiefer schob, hin zu der Hitze zwischen meinen Beinen.

»Sag mir, die, die keine Fee sein will, was führt dich zu mir?«

»Nichts ... Nichts aus eigenem Antrieb«, keuchte ich.

»Willst du wissen, was ich denke?«

Ich schluckte schwer, und seine Hand umfasste meine Kehle.

»Es wäre mir lieber, wenn du mich loslässt.«

»Du solltest einen Elfenprinzen nicht belügen«, schalt er mich, während seine andere Hand mein Nachthemd hochraffte. Meine Muskeln spannten sich noch mehr an und protestierten lautstark, als ich an ihn gepresst innehielt.

»Was lässt dich denken, dass ich lüge?«

»Soll ich dir drei Gründe nennen?«, fragte er.

»Einer genügt«, sagte ich erneut, obwohl ich kaum einen klaren Gedanken fassen konnte, so benebelt war mein Verstand von dem lustvollen Wunsch, ihn in mir zu spüren.

Wunsch.

Unachtsame Wünsche, selbst unausgesprochene, hatten gewichtige Folgen. Man wusste nie, wer gerade lauschte, selbst den Gedanken.

»Du hast keineswegs zu fliehen versucht«, bemerkte er.

Zum ersten Mal zappelte ich in seinen Armen.

»Ah, ah, ah, böses Ding«, sagte er, und plötzlich war er vor mir, ohne die Hand von meiner Kehle zu nehmen, als er mich rückwärts schob und an eine Wand drückte. Sein ganzer Körper ruhte an meinem, hart und erregt, und ich war seine willige Gefangene, während ich zu etwas Weichem und Schmiegsamem dahinschmolz.

Ich erkannte mich gar nicht wieder.

»Beantworte meine Frage. Beuge dich meinem Willen. Was führt dich zu mir, süßes Ding?«

Während er sprach, berührten seine Lippen meine Wange.

»Ich sagte dir schon …«

Er wich zurück, und ich begegnete seinen unergründlich dunklen Augen.

»Nicht aus eigenem Antrieb, sondern dem von jemand anderem. Wem?«

»Wenn du es nicht erraten kannst, dann hast du vielleicht gar kein Recht, es zu erfahren.«

»Kein Recht?«, fragte er und neigte den Kopf. »Kühne Worte, böses Ding, während du dich in meinem Königreich aufhältst, unter meinem Dach, in meinen Armen.«

Ich funkelte ihn an und zog ruckartig an seinem Arm, dessen Hand noch immer um meine Kehle lag.

»*Das hier* würde ich kaum in deinen Armen nennen.«

Er grinste und beugte sich vor. Sein heißer Atem streifte mein Ohr. »Und doch gefällt es dir.«

Dann trafen seine Lippen auf meine Haut. Ich hielt die Luft an und presste den Kopf so fest ich konnte an die Wand.

»Hmm, wie süß du schmeckst«, raunte er und fuhr mit seiner Zunge über meinen Hals. »Ich könnte dich im Ganzen verschlingen.«

Seine freie Hand war erneut an den Saum meines Nachthemdes geglitten. Seine Finger schoben sich zwischen meine Beine, berührten jedoch nicht die Stelle, wo ich es am meisten ersehnte. Scham stieg in mir auf, weil er die Hitze spüren musste, die in mir pulsierte. Ich jedenfalls fühlte sie überall.

»Bist du meinetwegen so feucht, böses Weibsbild?«
Ich hielt die Augen geschlossen und grub die Finger in seine Haut. Ich wollte um seine Berührung flehen, und das ebenso sehr, wie ich ihm eine Axt in die Brust schlagen wollte. Das Biest hob mein Bein, legte es über seine Hüfte und drängte sich dicht an mich. Sein harter Schwanz stieß gegen meine Mitte und entlockte meiner Kehle einen rauen Laut. Unsere Lippen öffneten sich füreinander, und seine Zunge fand ihren Weg in meinen Mund, wo er einen kurzen Moment lang meine liebkoste, und dann lachte er leise. Sein Lachen verursachte mir einen kalten Schauer und nährte meinen Zorn gleichermaßen wie meine Scham.

Ich nutzte den Augenblick für einen Überraschungsangriff und stieß ihn so heftig von mir, dass er weit genug rückwärts stolperte, dass ich losstürmen konnte. Ich schnappte mir meine Axt vom Boden und floh aus dem Raum. Doch kaum war ich zur Tür hinaus, fand ich mich in einem Korridor wieder, der aussah wie eine bewaldete Gasse. Hier rannten meine Füße über kalten Boden, vorbei an mehreren kahlen Bäumen, die sich über mich zu neigen schienen. Wo mir zuvor im Gemach des Elfenlords noch unendlich warm gewesen war, peitschte mir nun der Wind entgegen, und jeder eisige Windstoß ließ mich erzittern.

Ein Teil von mir überlegte fieberhaft, wie es eben noch den Anschein machen konnte, mich innerhalb der Mauern eines Schlosses zu befinden, und nun plötzlich durch einen Wald zu laufen, doch ich war mir auch gewiss, dass jetzt nicht der richtige Zeitpunkt war, die Magie des Königreiches des Dornenprinzen zu hinterfragen.

Ich musste so weit wie möglich fliehen, um ihm zu entkommen.

Der Pfad wurde schmaler, der Wald verschlang ihn regelrecht. Schon bald gab es gar keinen richtigen Pfad mehr, nur laubbedeckten Erdboden zwischen lauter Bäumen. Sie ächzten über mir, und ihre langen Äste sausten auf mich nieder wie Klauenfinger. Sie zerkratzten meine Haut, und ich schlug mit der Axt nach ihnen, doch einige verfingen sich dennoch in meinem Nachthemd und zerrissen den dünnen Stoff. Mein Ärmel hing mir von der Schulter, der Ausschnitt klaffte auf, und der Saum hing in Fetzen. Trotzdem konnte ich mich befreien und entfloh dem abscheulichen Wald, als er in eine Lichtung hinausführte, die mehr einem endlosen Ozean glich. Die Nacht war jedoch zu dunkel, um klar erkennen zu können, was sich unter meinen Füßen auftat, aber ich konnte es fühlen.

Die Erde war weich und nass, und ich sank in kalten Schlamm ein. Dabei verlor ich das Gleichgewicht, rutschte aus und verdrehte mir den Knöchel. Der Schmerz ließ mich zu Boden gehen, und ich fiel auf Hände und Knie, als etwas Scharfes sich um meine Beine wand und zudrückte. Ich schrie auf und rollte mich auf den Rücken, als Dornenranken an meinen Beinen hochkrochen und sich tief in meine Haut bohrten. Sie wanderten meinen Körper hinauf, bis sie sich um meine Handgelenke schlangen, sie über meinem Kopf verschränkten – und im nächsten Moment fand ich mich von Angesicht zu Angesicht mit dem Biest wieder.

Der Prinz schwebte über mir, nur wenige Zentimeter trennten uns voneinander, und die Anhänger seiner Halsketten strichen über meinen Oberkörper. Anstelle von Dornen krallten sich nun seine Finger um meine Handgelenke, und seine Knöchel lagen an meinen.

»Meine Brüder haben dich geschickt«, grollte er, und ich spürte seinen Körper an meinem ruhen. »Bist du eine Spionin?«

»Sehe ich wie eine Spionin aus?«, schimpfte ich.

Sein Blick fiel auf meine entblößten Brüste. Meine Brustwarzen waren zu harten Knospen geworden, hart von der Kälte, hart von seinem Blick, der aufloderte, als er meinen erwiderte.

»Du siehst aus wie eine verlockende Versuchung, die mich irreführen soll.«

»Dann wäre es vielleicht besser, mich gehen zu lassen«, schlug ich vor.

»Ich kann dich nicht gehen lassen«, entgegnete er. »Du musst dir dein Recht, frei zu sein, selbst verdienen.«

»Mein *Recht*?«, fragte ich wütend. Ich hob den Kopf, war ihm jetzt so nah, dass unsere Lippen sich beinahe berührten. »Ich wurde gegen meinen Willen hierhergebracht.«

»Du wurdest als meine Gefangene hierhergebracht«, korrigierte er mich. »Was soll es sein, böses Ding? Sechs Jahre mit mir oder eine Chance auf Freiheit?«

Ich sah ihn finster und schwer atmend an.

»Wenn du das wusstest, wieso hast du mich dann nicht gleich eingesperrt?«

Er grinste spöttisch. »Wer sagt denn, dass ich meine Gefangenen einsperre?«

»Wo hältst du sie denn dann?«

»Solltest du nicht eher fragen, wo ich dich halten werde?«

Ich antwortete nicht, und je länger er mich anstarrte, umso mehr wünschte ich mir, mich in Luft aufzulösen. Möglicherweise würde sich somit die Erde öffnen und mich verschlucken, sodass ich mich nicht den Gefühlen stellen musste, die unter seinem Blick in mir aufstiegen.

Einige Sekunden später sprach er weiter.

»Errate meinen wahren Namen«, forderte er mich auf.

Ich blinzelte. »Was?«

»Du hast sieben Tage, um meinen wahren Namen zu erraten, dann lasse ich dich frei.«

Ich atmete tief durch, während ich seinen Vorschlag sacken ließ. Ich war nicht so begierig darauf, frei zu sein, dass ich mich blindlings auf das erste Angebot einlassen würde. Jeglicher Handel mit Feenwesen – vor allem mit Elfen – war eine Falle.

»Wie viele Versuche habe ich?«

»So viele du wünschst«, meinte er.

»Ich spreche nicht in Wünschen«, sagte ich.

Er zog eine Augenbraue hoch. »Ach nein?«
Ich knirschte mit den Zähnen. »Sag es anders.«
Er kicherte. »So viele, wie du möchtest.«
»Zählst du mit?«
Er grinste wieder spöttisch.
»Kluges Geschöpf«, lobte er. »Natürlich.«
»Dachte ich mir.« Ich würde vorsichtig mit meinen Antworten sein und sie auf ein Minimum beschränken müssen.
»Und wenn ich scheitere?«
»Dann scheiterst du«, antwortete er. »Und du wirst sechs Jahre lang meine Gefangene sein, plus ein Jahr für jede falsche Antwort, die du gibst.«
»Und welche Folgen hat es, wenn ich richtig rate?«
Sein Lächeln wurde sündig, seine Miene schelmisch, und ich erhaschte einen Blick darauf, was unter seiner Haut lauerte – vielleicht das wahre Biest.
»Sprich meinen Namen aus, und finde es heraus.«
Ich musterte ihn argwöhnisch und wog meine Optionen ab, allesamt folgenschwer.
Selbst wenn ich den Namen des Biests erraten würde – was für ein Übel würde ich dann entfesseln?
Und spielte es wirklich eine Rolle, ob ich frei war?
»Ich werde deinen Namen erraten«, sagte ich.
Seine Antwort war lediglich ein Grinsen.

KAPITEL DREI

DAS BIEST

Das Biest ließ meine Handgelenke los, und ich stemmte die Hände gegen seine Brust, doch mit einem Mal war er verschwunden. Ich setzte mich auf.

Wo war er hin?

Ich versuchte, aufzustehen, aber mein Knöchel war geschwollen und blaurot angelaufen. Ich stemmte mich auf Hände und Knie und kämpfte mich auf die Beine. Dann stellte ich fest, dass ich mich nun vor dem Eingang eines Schlosses befand. Ich kniff die Augen zusammen und entdeckte eine Tür.

Hastig stolperte ich darauf zu, allerdings etwas zu forsch für meinen verletzten Knöchel – ich stürzte und fiel der Länge nach hin.

»Wie wäre es, wenn du gleich dort unten bleibst?«, vernahm ich die Stimme des Biests. Ich sah zu ihm auf, und der Blick seiner dunklen Augen hielt mich gefangen. Er stand Wache an der Tür und wirkte größer als zuvor. »Deinen Knien scheint es zu gefallen.«

»Fick dich.«

»Das wirst du schon noch«, meinte er bloß. »Weit früher als du denkst, falls du mein Schloss verlässt.«

Ich spürte, wie mir die Farbe aus dem Gesicht wich, und das schien Freude in den Augen des Biests zu entfachen. Bis es den Blick senkte. Ich war voller Schlamm, und nun, da ich im Warmen war, trocknete er auf meiner Haut.

»Nimm ein Bad«, befahl er. »Du siehst aus wie ein Schwein und stinkst auch so.«

Zornig funkelte ich ihn an, während ich mich erhob, und verschränkte dann die Arme vor der Brust. Es erschien albern, mich jetzt zu bedecken, aber seine so plötzlich unterkühlte Haltung mir gegenüber ließ mich erkennen, wie töricht ich mich diesen Abend aufgeführt hatte. Ich hätte versuchen sollen, ihn zu töten, in dem Augenblick, als ich ihm begegnet war. Stattdessen hatte ich mich von ihm berühren lassen, und das hatte ihm nur Macht über mich verliehen.

Mein Mund verzog sich zu einem verächtlichen Lächeln.

»Widere ich dich an?«, fragte ich und genoss den Gedanken.

Er zog eine Augenbraue hoch.

»Offensichtlich nicht.«

Ich hielt seinen Blick fest. Ich wollte meine Augen nicht wandern lassen, denn ich wusste sehr genau, wovon er sprach. Ich konnte die Härte seiner Erektion an meiner Mitte noch immer fühlen.

Vielleicht war er ja nicht der Einzige hier, der Macht über jemanden hatte.

Ich schaute mich um. Es war dunkel, trotz mehrerer entzündeter Kerzen, die in Nischen vor sich hin flackerten. Blühende Weinranken kletterten die Wände hinauf und hingen von der Decke hinab. Hinter mir befand sich eine mit Moos bedeckte Treppe, deren Geländer ebenso von hängenden Ranken umwunden war. Ein Weg in ein Obergeschoss, das aussah wie das finstere Dickicht des Verzauberten Waldes.

Es wunderte mich jetzt nicht mehr, dass ich mich draußen zwischen Bäumen wiedergefunden hatte, als ich aus dem Gemach des Biests geflohen war. Anscheinend glich sein gesamtes Schloss einem Wald.

»Was schlägst du vor, wo ich baden soll?«, fragte ich.

»Vor meinen Augen«, antwortete er, und erneut veränderte

sich meine Umgebung. Plötzlich befand ich mich in einem großen, höhlenartigen Raum. Wasser tropfte von den Felswänden einer Grotte in einen Teich, in den ein kleiner Strom hineinfloss, der in der Düsternis verschwand.

Wütend drehte ich mich zu dem Biest um.

»Ich werde nicht vor deinen Augen baden«, erwiderte ich.

»Wenn du nicht vor meinen Augen baden willst, dann wirst du vor ihren Augen baden«, erklärte er und neigte den Kopf in die Richtung, wo die Grotte in Finsternis versank und mehrere rote Augenpaare aufblitzten. Hässliches raues Gelächter folgte, und die Kreaturen traten aus dem Schatten ins Licht.

Die Augen gehörten zu kleinen Goblins mit großen, spitzen Zähnen und Klauenfingern. Ihr langes Haar war zottelig und hatte Ähnlichkeit mit den Wurzeln eines alten Baumes. Auf ihren Köpfen saßen Zipfelmützen, rot von Blut, das in ihr verfilztes Haar und in ihre Gesichter getropft war.

Ich unterdrückte einen Aufschrei und guckte ihn böse an.

»Lieber würde ich sterben«, sagte ich.

»Wie du willst«, meinte das Biest und zuckte träge mit einer Schulter. Dann machte er auf dem Absatz kehrt und ließ mich allein mit den blutbesudelten Kreaturen. Ihre Gesichter blickten finster drein, und ihre roten Augen funkelten wütend, als sie erneut mit der Dunkelheit verschmolzen. Einen kurzen Moment lang dachte ich, sie würden mich vielleicht in Ruhe lassen – bis einer mir einen Stein an den Kopf warf.

Ich konnte ihn abfangen – nur um von einem anderen direkt ins Gesicht getroffen zu werden.

Blut schoss aus meiner Nase, und ich verbarg schützend das Gesicht hinter den Händen, als noch mehr Steine auf meinen Körper einprasselten.

»Na gut! Na gut, du elender Mistkerl!«, schrie ich. »Ich bade vor deinen Augen!«

Der Angriff stoppte sofort, und als ich den Kopf wieder hob, sah ich, dass der Elfenlord zurückgekehrt war. Er stand dicht neben mir, mit einem selbstzufriedenen Lächeln auf seinem hübschen Gesicht.

»Vermutlich hätte ich erwähnen sollen, dass die Rotmützen Steine werfen«, meinte er.

Wutschnaubend baute ich mich vor ihm auf und spuckte ihm Blut ins Gesicht.

»Ich hasse dich.«

Er wischte sich das Blut nicht weg und machte keine Anstalten, mich zu bestrafen. Stattdessen lächelte er, boshaft und grausam.

»Oh, du böses Ding, du weißt gar nicht, was Hass ist. Gib mir nur Zeit.«

Noch nie hatte ich solche Mordlust empfunden, und ich fragte mich, welche Folgen es wohl haben würde, wenn man gleich zwei Elfenlords tötete. Doch meine Gedanken wurden jäh unterbrochen, als ein weiterer Stein aus der Dunkelheit auf mich zuflog. Aber diesmal fing das Biest ihn mit seiner klauenartigen Hand und warf ihn zurück. Ein lautes Knacken war zu vernehmen, und einer der Rotmützen fiel mit dem Gesicht nach unten zu Boden, eine Blutlache bildete sich um seinen Kopf. Nur Sekunden später zogen ihn Krallenhände zurück in den Schatten, während die Geschöpfe zornerfüllte Schimpfwörter murmelten.

Danach flogen keine Steine mehr.

Das Biest sah mich an.

»Bade. Sie werden dich nicht belästigen, solange ich hier bin.«

»Werden sie zusehen?«

»Wahrscheinlich«, gab er zu. »Aber keine Sorge. Sie werden nur nach deinem Blut gieren, nicht nach deinem Körper.«

Ich presste die Lippen zusammen und begutachtete dann den Teich. Er lag leicht erhöht und war nur durch eine Reihe schmaler Stufen erreichbar. Ich überlegte, ob ich das Bad gänzlich ablehnen solle, doch ein Blick an mir herab genügte, um meine Meinung zu ändern. Durch den Schlamm war schwer zu sagen, wie verletzt ich wirklich war – nicht nur mein Knöchel, sondern mein ganzer Körper. Gar nicht zu reden davon, dass das Blut aus meiner Nase langsam auf meinem Gesicht und meinem Oberkörper trocknete.

Ich ging zum Teich und beäugte das Wasser. Würde ein Naturgeist aus seinen Tiefen emporschießen und mich ertränken? Kümmerte mich das überhaupt? Bis jetzt war mir nie der Gedanke gekommen, dass ich nur um wenig zu kämpfen hatte außer mir selbst. Welche Freiheit lag jenseits dieser Mauern, abgesehen von Einsamkeit?

Ich streifte die Überreste meines Nachthemdes ab, stieg langsam die Stufen hinauf, und obwohl ich hauptsächlich den unverletzten Knöchel belastete, war es beinahe unerträglich, das Gewicht auf den anderen zu verlagern. Ich ging auf die Knie, um irgendwie über den Rand des Teiches zu kriechen, da bot mir das Biest seine Hand, an der lange Fingernägel prangten, gewetzt wie scharfe Klingen. Weil ich zu erschöpft war und nicht den Wunsch hatte, mir noch weitere Verletzungen zuzuziehen, nahm ich sie. Er hielt meine Finger, und ich glitt in den Teich.

Das Wasser war nicht so tief, wie ich gehofft hatte, sondern reichte nur bis etwa zur Mitte der Oberschenkel. Ich watete bis zur Mitte hinein, drehte mich dann um und ließ mich in den Teich sinken, ohne das Biest aus den Augen zu lassen. Das Wasser war überraschend warm, und trotz seiner lindernden Wirkung lenkte es auch meine Aufmerksamkeit auf meine Schmerzen.

Ich holte tief Luft und atmete seufzend wieder aus.

»Haben meine Brüder dich verwundet?«, erkundigte er sich.

Er hatte den Blick nicht von mir gewandt, und in seinem Gesicht stand eine gewisse Strenge. Wenn ich hätte raten müssen, fragte er wohl wegen der Blutergüsse, mit denen mein Körper übersät war.

»Nein. Deine Brüder waren nicht das einzige Unglück, das mir heute widerfahren ist ... oder vielleicht war das auch gestern.«

Ich hatte jegliches Zeitgefühl verloren. Mehr sagte ich nicht, verschwieg den Fluch des Brunnens und vor allem die Sache mit der Kröte, denn nichts davon war wichtig. Nichts davon würde meine Gegenwart oder Zukunft ändern.

Und das Biest hakte nicht weiter nach.

»Bedeutet das, deine Gefangene zu sein?«, fragte ich. »Keinen Augenblick für sich allein zu sein?«

»Wünschst du, zu Tode gesteinigt zu werden?«

»Lauern denn Rotmützen in jeder Ecke deines Schlosses?«

Er grinste, antwortete jedoch nicht.

»Ich werde dir einen Moment Frieden lassen, sobald du sicher in deinem Zimmer bist.«

»Meinem Zimmer?«

»Deiner Zelle, deinem Gefängnis«, berichtigte er sich. »Nenne es, wie du willst, aber ich nehme an, du verstehst die Notwendigkeit, bis Tagesanbruch drinnen zu bleiben?«

Mein Blick verdüsterte sich.

Die Nacht selbst war schon gefährlich genug, doch die Nacht im Verzauberten Wald war Selbstmord. Als ich noch jünger war, forderten sich immer wieder törichte Jungen gegenseitig heraus, die Nacht im Wald zu verbringen. Doch egal, wie nahe sie der Grenze blieben, man hörte nie wieder etwas von ihnen.

Manchmal wurden die Leichen im Tageslicht gefunden, geschlagen und gebrochen oder bis auf die Knochen zerfetzt. Andere blieben für immer verschwunden, und ich fragte mich oft, ob sie wohl fortgebracht worden waren, in ein anderes Königreich, um dort Sklaven oder Konkubinen irgendeines großen Feenherrschers zu werden.

»Und nach Tagesanbruch?«

»Darfst du gehen, wohin du dich wagen willst, doch nur dann, wenn ich keine Verwendung für dich habe.«

Ich knirschte mit den Zähnen. »Was für eine Verwendung?«

»Was immer ich wünsche«, sagte er. »Du bist meine Gefangene.«

»Und wenn ich mich weigere?«
»Du wirst immer eine Wahl haben«, meinte er.
Mir war klar, was er mit Wahl meinte. Entweder ich gestattete ihm, mir beim Baden zuzusehen, oder ich wurde zu Tode gesteinigt.

Ich musterte ihn einen Moment lang und ließ mich dann rücklings ins Wasser sinken. Ich säuberte Gesicht und Haar, und als ich damit fertig war, blieb ich unter Wasser und ließ die Luft aus meinem Mund entweichen, bis meine Lungen brannten und das Wasser sich schwer anfühlte, wie die Wände eines Eisensarges.

Da packten mich Hände bei den Armen, ich riss die Augen auf und holte tief und keuchend Luft, als ich aus dem Wasser auftauchte. Das Biest schaute mich böse an, heftige Wut loderte in seinen Augen.

»Du darfst diese Welt nicht aus eigenem Willen verlassen«, grollte er, und sein Blick fiel auf meine Lippen. »Und falls du es doch schaffst, werde ich dir in den Tod folgen und dich für alle Ewigkeit heimsuchen.«

Seine wütende Reaktion irritierte mich, aber mir blieb keine Zeit, weiter über seinen Zorn nachzusinnen, da er mich abrupt wieder losließ. Ich versuchte, ihn zu fassen zu kriegen, als ich fiel, doch da war nichts, woran ich mich festhalten konnte. Er war bereits fort. Ich landete auf etwas Weichem – einem Bett, wurde mir klar, während ich mich aufsetzte, noch immer nass und nackt.

Ich sah mich in dem Zimmer um. Es war schmal, weit schmaler als lang. Links gab es ein unverhülltes Fenster, rechts einen Kamin, in dem ein Feuer knisterte und den Raum beinahe unerträglich aufheizte. Ich rutschte vom Bett und spürte einen weichen Teppich unter meinen Füßen. Kurz zögerte ich und bückte mich dann, um mit den Händen darüberzustreichen. Ich hatte noch nie etwas Derartiges berührt. Bisher hatte ich immer nur das Gefühl von verdichtetem Erdboden oder vielleicht mal eines handgewebten Teppichs gekannt.

Wenn das hier meine Zelle sein sollte, war sie höchst luxuriös.
Ein klopfendes Geräusch weckte meine Aufmerksamkeit. Ich stockte kurz, da ich glaubte, jemand sei am Fenster, doch als ich hinsah, waren es nur die Bäume, die im Wind raschelten, und ich konnte nichts weiter erkennen als dichtes Laub und tiefste Nacht. Ein winziger Anflug von Enttäuschung keimte in mir auf, hätte ich doch zu gern einen Blick auf das Königreich des Biests erhascht. Die Erleichterung und Hoffnung, dass mich anscheinend niemand beobachtete, überwog allerdings.

Mit diesem Gedanken ging ich zur Tür, drehte den Türknauf, um sicherzustellen, dass abgeschlossen war, und schob dann eine schwere Holzkiste davor. Denn der Elfenlord hatte mich zwar klar und deutlich davor gewarnt, dieses Zimmer zu verlassen, jedoch mit keinem Wort erwähnt, ob jemand hier eindringen könnte.

Nachdem die Tür verbarrikadiert war, kehrte ich zum Bett zurück, schlüpfte unter die Decken und fiel in einen tiefen Schlaf.

KAPITEL VIER
SPIEGLEIN, SPIEGLEIN

Das Geschöpf in meinem Schloss ist eine Verführerin. Sie duftet nach süßen Rosen und haftet an mir wie die Kälte, die mich, trotz des Feuers, das sie in meinem Blut entfacht hat, erzittern lässt. Ich will sie. Das Verlangen nach ihr rauscht tief durch meine Adern, und es geht weit darüber hinaus, das Anschwellen meines Schwanzes zu lindern.

In ihrer Gegenwart kann ich Freiheit schmecken.

»Du wirst ihr Tod sein.«

»Habe ich dich gerufen?«, fragte ich und wandte mich der gezackten Spiegelscherbe an meiner Wand zu. Es war eine von sieben Scherben. Die anderen sechs gehörten meinen Brüdern.

Ich konnte mein Spiegelbild nicht sehen, als ich wütend hineinguckte. Der Spiegel hatte sein Gesicht verdunkelt, wie üblich. Wenn der Spiegel klar war, konnte einen jeder, der eine andere Scherbe besaß, ausspionieren. Es war nicht so, als würde mich das stören. Meine Brüder hätten mich lediglich dabei erwischt, wie ich an verschiedenen wollüstigen Akten teilnahm.

»Du musst mich nicht rufen. Ich sehe immer zu.«

»Charmant«, meinte ich. »Verweilst du auch hier, wenn ich mir selbst Lust bereite?«

»Ich habe kaum eine Wahl. Ich bin nur ein Spiegel.«

»Wie du willst«, erwiderte ich und umfasste meine Erektion, die sich gegen den Stoff meiner Hose presste. Ich empfand keine Scham, doch bevor ich mich selbst berühren konnte, sprach der Spiegel weiter.

»Glaubst du wirklich, diese Sterbliche wird deinen wahren Namen erfahren?«

Ich ballte die Finger zur Faust. »Ich hätte sie nicht für die Aufgabe erwählt, wenn sie nicht vielversprechend wäre.«

»Du hast sie nicht *erwählt*«, entgegnete der Spiegel gedehnt. »Deine Brüder haben sie *geschickt*.«

»Wie sie zu mir gekommen ist, spielt keine Rolle. Sie ist hier. Sie ist aus Fleisch und Blut. Sie kann mich befreien.«

»*Falls* sie sich in dich verliebt.«

»Nichts leichter als das«, winkte ich ab.

»Leicht?«, wiederholte der Spiegel gelinde überrascht. »Ich würde dieses Vorhaben wohl kaum leicht nennen.«

»Ich möchte nicht darüber sprechen«, sagte ich. Meine Stimme klang schroff, und meine üble Laune legte sich über uns wie Schatten in der sterbenden Abenddämmerung.

Ich wusste, dass der Spiegel recht hatte.

Sie musste mich lieben, aber ich hatte beinahe zehn Jahre lang darauf gewartet, dass jemand mit genug Verstand auftauchte, um meinen wahren Namen in Erfahrung zu bringen. Dieses Geschöpf – sie wünschte, frei zu sein, und wenn ihr Wunsch nur stark genug war, würde sie mich vielleicht auch befreien.

»Glaubst du wirklich, sie würden dir jemand Gescheiten schicken?«

»Sag du es mir«, forderte ich. »Existierst du nicht in sechs weiteren Palästen und kennst alle Geheimnisse meiner Brüder?«

»Fünf«, korrigierte er. Eine Erinnerung daran, dass einer meiner Brüder tot war und dass bereits jemand seine Scherbe des verzauberten Spiegels hatte. Dieser Spiegel war einst ganz gewesen und hatte im Saal unseres Vaters gehangen. Doch als sein Tod nahte, zerbrach er den Spiegel in sieben Scherben, eine für jeden seiner Söhne, und erklärte, wer auch immer ihn wieder zusammenfügte, würde König des Verzauberten Waldes werden. »Ich existiere nur noch bei fünf deiner Brüder.«

»Wer von ihnen konnte sich Eeros Scherbe unter den Nagel reißen?«

»Keiner«, erklärte der Spiegel.

»Keiner?«, fragte ich stirnrunzelnd. »Wer hat sie denn jetzt?«

»Ein hübsches, hübsches Ding.«

»Hmm.«

Das wird die Sache interessant für die anderen machen, dachte ich. Vor allem für Silas, der von all meinen Brüdern am meisten König sein wollte. Mir persönlich war die Krone egal, aber ich wollte meinen Spiegel auch nicht hergeben. Er war ein Zugang, ein Portal in andere Bereiche des Verzauberten Waldes.

Diese Macht wollte ich behalten.

»Du wirkst gar nicht besorgt«, bemerkte der Spiegel.

»Im Augenblick finde ich es schwierig, um etwas anderes besorgt zu sein als mich selbst.«

Der Spiegel mochte zu keinem Gesichtsausdruck fähig sein, dennoch fühlte ich seine Abscheu.

»Man sollte meinen, du würdest dich um mehr in deinem Leben sorgen als um deinen Schwanz.«

»Ich rede von meinem Leben«, antwortete ich unwirsch. »Aber danke, dass du mich an mein Vorhaben erinnerst, mich selbst zu befriedigen.«

»Mit dem Bild der Mörderin deines Bruders im Kopf?«, fragte der Spiegel.

»Ja«, zischte ich.

Ich hätte ihr dafür gedankt, wenn ich nicht den Wunsch verspürt hätte, sie in mein Netz einzufangen.

Eero mochte mein Bruder sein, doch Blut bedeutete nichts, es sei denn, es wurde im Verzauberten Wald vergossen, und dann war es eine Währung.

Auf Nimmerwiedersehen, dachte ich – obwohl es ja nicht so war, als würde er nicht wiedergeboren, so wie alle Feen. Wahrscheinlich würde er aus der Glockenblüte eines Fingerhuts kriechen, so giftig wie eh und je.

An meinen Bruder zu denken, verfinsterte meine Stimmung noch mehr.

»Zeig mir die Frau«, befahl ich in der Hoffnung, das Begehren, das meine Adern entflammt hatte, neu zu entfachen.

Der Spiegel hellte sich auf, und die widerspenstige Kreatur, die meine Nachtruhe gestört hatte, tauchte darin auf. Sie lag mit ausgebreiteten Armen auf dem Rücken, blass und fahl, obwohl das lodernde Feuer ihre Gliedmaßen wärmte und ihr blondes Haar aussehen ließ, als stünde es in Flammen.

Ich biss die Zähne zusammen, frustriert darüber, wie unbekümmert sie schlief, nicht der gleichen Erregung erlegen wie ich.

Grausames Geschöpf.

Zweifel regte sich in mir, ob sie mich überhaupt lieben und diesen Fluch beenden könne, der mir von den Gläsernen Bergen auferlegt worden war.

»Sie muss mich lieben«, sagte ich.

»Liebe ist erlernbar«, beteuerte der Spiegel. »Ist dir je der Gedanke gekommen, dass dies die Lektion ist, die die Gläsernen Berge dir zu erteilen hofften, als sie dich verfluchten?«

Ich wusste, was die Berge bezweckten, und es war ganz sicher keine Lektion für mich.

Sondern Rache.

Die Gläsernen Berge waren eine Quelle des Lebens im Verzauberten Wald, und sie nannten die Wesen, die aus ihren Tiefen entsprangen, ihre *Nachkommen*. Was aus ihnen geboren wurde, war unsterblich und tugendhaft.

Ich war unsterblich und sittenlos, geboren aus der Erde, und nachdem ich mein Blut mit einer der Ihren vermischt hatte, verfluchten mich die Berge dazu, meinen wahren Namen zu vergessen, bis er ausgesprochen würde, von meiner *einzig wahren Liebe.*

Das war neun Jahre und drei Wochen her.

Mir blieb noch eine Woche, bis ich meinen wahren Namen

für immer vergessen würde – bis auch alle anderen ihn vergaßen.

Und wenn mein Name vergessen war, war auch *ich* vergessen. *Ein Name geht dir voraus, und ohne einen Namen bist du nichts.* Es war die Wahrheit unserer Welt.

»Törichte, vergebliche Mühe«, sagte ich, noch während ich vor dem Spiegel stand und mich schmerzhaft nach diesem Geschöpf sehnte, auf eine noch nie gekannte Weise.

»Für einen törichten Prinzen«, eiferte sich der Spiegel.

Vielleicht hätte ich auf seine Bemerkung reagiert, hätte sich das Geschöpf nicht in diesem Moment auf die Seite gerollt und meinen Blick auf die dunklen Blutergüsse gelenkt, mit denen ihr Rücken übersät war, und die mich daran erinnerten, dass sie verwundet bei mir angekommen war.

Meine Brüder waren widerwärtige Geschöpfe, aber sie hätten sie nicht verletzt ... zumindest nicht körperlich.

Wut stieg in mir auf.

»Zeig mir, wer ihr wehgetan hat«, zischte ich, und das Spiegelbild verblasste. Mein Geschöpf verschwand, und ein Mann erschien stattdessen. Er war im Bett, über einer Frau, und stieß hart in sie. Sie wand sich unter ihm und stöhnte in vorgetäuschter Lust auf.

Ich fragte mich, warum er meinem Geschöpf etwas angetan hatte, und ob er danach noch einen Gedanken an sie verschwendet hatte.

Ich trat näher und presste einen Klauenfinger auf den Spiegel, zähneknirschend vor Zorn.

»Gebrechlicher Mann«, knurrte ich. »Ich werde dich brechen.«

Das Bild verblasste, und meine verfinsterte Miene starrte mir entgegen, wütend und wild. Der Spiegel lachte.

»Dein Begehren macht dich leichtsinnig.«

»Es ist nicht leichtsinnig, einen Sterblichen dazu zu zwingen, seinen eigenen Schwanz zu schlucken, weil er eine Frau verletzt hat«, widersprach ich, während mein Mund sich bei der Vorstellung, diesen Mann in Angst und Schrecken zu versetzen, langsam zu einem Grinsen formte. »Es ist … befriedigend.«

»Du kannst niemanden verfluchen, während du selbst verflucht bist«, mahnte der Spiegel.

Als ob ich das vergessen hätte.

»Ich habe Geduld«, sagte ich.

Es würde mir eine große Freude sein, dem Mann Schmerzen zuzufügen, der ihr welche zugefügt hatte – falls sie mir half, diesen grausamen Fluch zu beenden.

»Du wirst ihr Tod sein«, wiederholte der Spiegel.

»Du bist kein Spiegel der Prophezeiung.«

»Ich bin ein Spiegel der Wahrheit«, entgegnete er.

Ich drehte mich um und ging zu meinem Bett, und als ich mich auf die Bettdecke legte und meine drängende Erektion umfasste, dachte ich an die Kreatur und ihr nach Rosen duftendes Haar, erinnerte mich daran, wie gut sie zu mir gepasst hatte. Ich bewegte die Hand schneller und etwas fester, bis mein Kopf überlief mit Fantasien darüber, wie ich sie vögeln würde, wenn sie endlich nachgab.

»Sie wird leben. Lange genug, um meinen Namen auszusprechen«, sagte ich mit zusammengebissenen Zähnen, kurz bevor ich kam.

Dann wartete ich darauf, dass der Schlaf mich übermannte, doch meine Glieder wurden weder schwer noch fielen mir die Augen zu. Stattdessen spannten meine Muskeln sich an, und mein Körper füllte sich mit Blut, als hätte ich nicht die geringste Erleichterung gefunden.

»Nein.« Ich setzte mich auf.

Boshaftes Geschöpf.

Boshafte Brüder.

Sie hatten mir eine Sirene geschickt.

KAPITEL FÜNF
DER SELKIE

Als ich am nächsten Morgen aufwachte, schmerzte mein Kopf, und mein Mund war staubtrocken. Blind griff ich nach dem Wasser, das ich für gewöhnlich neben meinem Bett stehen hatte, doch statt den Henkel meines Bechers zu finden, berührte ich etwas Kaltes und Schleimiges.

Ein Schrei entrang sich meiner Kehle, und ich schreckte, begleitet von einem ganzen Chor an Gekicher, auf. Meine Hand war voller Schleim, und der Tisch neben meinem Bett wimmelte von Nacktschnecken.

Ich war nicht zu Hause, sondern im Palast eines Elfenprinzen, und in meinem Zimmer befand sich eine ganze Truppe Pixies, die mit vibrierenden Flügeln in der Luft schwebten. Manche waren nackt, andere trugen zerfetzte und schmutzige Kleidung.

Ich warf ein Kissen nach ihnen und stieg hastig aus dem Bett. Zu meiner Erleichterung schmerzte mein Knöchel nur noch wenig, als ich den Fuß belastete.

»Wenn ich irgendwen von euch in die Finger kriege, rupfe ich ihm alle Flügel aus und trage sie als Krone!«

Sie lachten fröhlich und schwirrten nahe an meinem Gesicht vorbei, als sie auseinanderstoben und durch einen Spalt im Fenster hinausflogen, den ich in der Nacht zuvor nicht bemerkt hatte. Ich blickte ihnen noch wütend nach, als die Tür sich mit einem Klicken öffnete und das Biest auf einmal vor mir stand.

Einen Moment lang war ich schockiert darüber, dass er eintreten konnte. Gestern Nacht hatte ich doch eine Truhe vor die

Tür geschoben. Doch nun stellte ich fest, dass sie fortbewegt worden war.

Ich knirschte mit den Zähnen.

Sollte ich diese Pixies noch einmal in meinem Zimmer erwischen, würden sie dafür bezahlen.

Der Elfenkönig war blass, mit kalten Augen und fest zusammengepresstem Mund.

Ich konnte seine Abscheu fühlen, während er meinen nackten Körper musterte.

»Kampflustig?«, fragte er, als sein Blick meinen traf.

Ich wollte gerade antworten, doch da drängte sich eine kurz gewachsene, korpulente Brownie grummelnd ins Zimmer. Ihre Ohren waren groß und spitz und hingen links und rechts von ihrem Gesicht, als seien sie zu schwer für ihren Kopf. Sie trug ein braunes Kleid und eine fleckige weiße Schürze.

Ich griff nach der Decke auf dem Bett und drückte sie an mich.

Das Biest grinste.

»Das ist Naeve«, stellte er sie mir vor. »Sie wird dir dabei helfen, dich für den Tag bereitzumachen.«

»Für den Tag bereitmachen?«

»Du darfst auch gern so bleiben, wie du bist«, meinte er mit abschätzigem Blick. »Aber ich muss zugeben, dass ich schon gern der Einzige bleiben würde, der dich so zu Gesicht bekommt.«

»Woher willst du wissen, dass du der Einzige bist?«

Die Augen des Biests formten sich zu schmalen Schlitzen.

»Ist er nicht«, mischte sich die Brownie ein, die vor dem Bett stehen blieb und mir die Decke wegzog. Ich ballte die Hände zu Fäusten und knurrte sie an, als sie um mich herumging und mich ebenfalls abschätzig begutachtete. Auf andere Weise als der Elfenprinz, der das Zimmer durchquert und Platz genommen hatte, sich nun bequem zurücklehnte, in der offensichtlichen Absicht, dabei zuzusehen, wie ich mich *für den Tag bereitmachte* – was immer das bedeutete.

Nachdem Naeve einige Runden zu meinen Füßen gedreht hatte, ging sie zu dem hölzernen Garderobenschrank und klopfte zweimal. Eine der Türen flog auf, und eine kleine Kreatur steckte den Kopf heraus. Naeve sprach mit ihr in einer Sprache, die ich nicht verstand. Das Gespräch lief so schnell und so schroff ab, dass ich annahm, sie würden streiten. Die kleine Kreatur richtete kurz ihre Aufmerksamkeit auf mich. Sie hatte große, runde, eng beieinanderstehende, tiefliegende Augen und eine lange, krumme Nase, die über einem breiten Mund hervorragte.

Sie sah mich blinzelnd an, bis nur noch das Weiß ihrer glühend schimmernden Augen zu erkennen war, verschwand dann im Schrank und schlug die Tür hinter sich zu. Ich fasste das so auf, dass, was immer Naeve von ihr gewollt hatte, kurzerhand abgelehnt worden war, doch die Brownie ließ sich davon nicht beirren. Sie ging zu einem Toilettentisch mit Spiegel und kletterte dort zunächst auf den Polstersessel und dann auf die Tischplatte. Schließlich drehte sie sich zu mir um und deutete auf den Sessel.

»Setzen!«

Ich zögerte und blickte zwischen dem Biest und der Brownie hin und her. Als ich mich nicht rührte, kickte Naeve ein kleines Schälchen mit Puder vom Tisch.

»Setzen!«

Der Prinz lachte.

»Vergib ihr«, sagte er, und zuerst dachte ich, er rede mit mir. Doch dann sah ich, dass er Naeve anschaute, während er fortfuhr: »Sie ist etwas schwer von Begriff.«

Naeve kicherte, und ich machte ein finsteres Gesicht.

»Ich kann mich selbst um mich kümmern.«

»Willst du damit sagen, du hast mich gebeten, dir beim Baden zuzusehen, weil du es wolltest, und nicht aus Furcht vor den Rotmützen?«

»Ich hasse dich«, schäumte ich, setzte mich vor Naeve, ohne

ihn aus den Augen zu lassen, und fragte mich, was ich wohl sonst noch von der Brownie oder den Kreaturen in meinem Garderobenschrank zu befürchten hatte.

Sein Grinsen war bedrohlich, und ich knirschte mit den Zähnen und biss sie auch weiter zusammen, als die Brownie damit begann, einzelne Strähnen aus meinem dichten Haar zu ziehen und zu drehen. Das Biest beobachtete uns, und für einen kurzen Augenblick kehrte eine schroffe Eindringlichkeit in seine Miene zurück. Ich bekam nicht die Chance, seinen Gesichtsausdruck zu studieren oder lange darüber nachzudenken, was ihn wohl ausgelöst hatte, denn schon wandte er sich ab, stand auf und schlenderte ans Fenster, durch das die Pixies entflohen waren.

»Musst du hierbleiben?«, fragte ich.

»Musst du reden?«, gab er zurück.

»Vermutlich nicht, aber dann würde ich deinen wahren Namen nie aussprechen.«

An seinem Kiefer zuckte ein Muskel. Das einzige Anzeichen, das mir verriet, wie sehr meine Worte ihn tangierten. Er starrte weiter aus dem Fenster, während ich nackt dasaß und Naeve mein Haar flocht. Kaum war sie damit fertig, flogen die Türen zur Garderobe auf und eine große Stoffkugel wurde mir entgegengeschleudert und landete auf meinem Kopf.

»Anziehen!«, befahl Naeve.

Mit immer noch finsterem Blick zog ich den Stoff von meinem Kopf. Ich hielt ihn hoch und stellte fest, dass die Kreaturen in dem Schrank ein Kleid gefertigt hatten. Das Oberteil war weiß und wogend, der Rock hellgrün mit einer Schicht aus weißem, durchsichtigem Stoff darüber. Als ich einen Blick hinüber auf den Prinzen warf, stand er nach wie vor mit dem Rücken zu mir da, also stieg ich in das Kleid und griff hinter mich, um es am Rücken zuzuknöpfen. Doch es gelang mir lediglich, einige wenige Knöpfe selbst zu schließen.

Ich sah mich suchend nach Naeve um, doch sie war verschwunden.

Da spürte ich, wie warme Finger übernahmen, und ich versteifte mich, während der Prinz mein Kleid zuknöpfte. Als er fertig war, drehte ich mich zu ihm um. Er starrte mich an und ergriff dann das Wort, ohne mir Zeit zu lassen, auf seine Unverfrorenheit zu reagieren.

»Du darfst dich in meinem Schloss und auf meinem Land frei bewegen, doch wanderst du jenseits der Mauer, könntest du zur Gefangenen einer anderen Person werden.«

»Gibt es denn jemanden, der noch schlimmer ist als du?«, fragte ich.

Das Biest hob die Hand und streichelte über meine Wange.

»Böses Ding, es gibt immer etwas, das schlimmer ist.«

Ich erschauerte unter seiner Berührung, und als er die Hand wieder sinken ließ, kehrte die Anspannung in mir zurück.

»Du wirst mich Casamir nennen«, sagte er. »Das ist mein sterblicher Name.«

»Ich bevorzuge Biest«, entgegnete ich, und urplötzlich wurde mir bewusst, wie sehr ich den Hals recken musste, nur um aus dieser Nähe seinem Blick zu begegnen.

Seine Lippen zuckten, und seine Hand wanderte in meinen Nacken und in mein Haar, wo seine Fingerspitzen über meine Haut streiften. Er hatte einen flinken Schritt auf mich zugemacht, und jetzt, wo er mir so nahe war, strahlte seine Hitze auf mich ab.

»Nenn mich noch einmal Biest«, warnte er mich, und seine Lippen schwebten über meinen, »und ich zeige dir, warum ich diesen Namen erhalten habe.«

Ich konnte nicht anders. Seine Drohung provozierte mich, und ich lächelte hinterlistig.

»Biest«, flüsterte ich, und da schnellte die Hand des Prinzen an meine Kehle. Die Schwärze seiner Iris sickerte in das Weiße seiner Augen. Grob schob er mich rückwärts, bis ich auf den Rand des Toilettentisches traf, und seine Hüften drängten sich zwischen meine Beine.

Ich griff nach seinem Arm, doch schwarze Ranken wuchsen aus seiner Haut, wanden sich um meine Hände und wurden fest wie die dünnen Zweige eines Milchorangenbaumes. Sie krochen über meine Haut, um meine Schultern, über meinen Rücken und um meine Taille. Gleichzeitig wanderten weitere Ranken meine Beine hinauf, ringelten sich um meine Oberschenkel und glitten dabei langsam immer näher an die Stelle meines Körpers, die sich letzte Nacht nach ihm gesehnt hatte. Selbst jetzt noch wurde mein Körper schwer und warm, feucht für dieses grausame Geschöpf.

»Stelle mich nicht auf die Probe, böses Ding. Ich werde dich in einem Stück verschlingen.«

Ich glaubte ihm, dass er das konnte.

Und ich wünschte, er würde es tun.

Einen langen Augenblick starrten wir einander an, und ich fühlte mich wie die Beute einer Spinne, die in einem Netz gefangen war, als der Elfenprinz sich näherte. Seine freie Hand fuhr an meiner Seite hinab und raffte dann meinen Rock. Ich schauderte, als der Stoff nach oben rutschte und mein Bein entblößte, und als seine Hand meine nackte Hüfte erreichte, stockte mir der Atem.

Er wandte den Blick nicht ab, und seine Augen ertranken noch immer in Schwärze, während sein Mund dicht über meinem schwebte. Es wäre gelogen, würde ich nicht zugeben, wie drängend ich wissen wollte, wie seine Lippen sich auf meinen anfühlen würden.

»Sag meinen Namen«, sagte er, und die Worte kamen als langsamer Befehl heraus. »Meinen sterblichen Namen.«

Stille senkte sich zwischen uns, und seine Finger verweilten über meiner Hitze, während seine Handfläche sich flach auf meinen Po presste. Mein Herz schlug so schnell wie flatternde Feenflügel, und meine Muskeln spannten sich an. Wenn ich seinen Namen sagte, würde er mich dann endlich berühren, statt mich weiter zu reizen?

»Was gibst du mir dafür?«, brachte ich erstickt hervor.

Er wich zurück, nur ein klein wenig, als würde ihm in der Sekunde klar, dass er zu viel Überraschung offenbart hatte. Er musterte mich mit zusammengekniffenen Augen, bevor er den Mundwinkel hochzog.

»Was wünschst du?«

Und als denke er, er könne es erraten, pressten seine Finger sich stärker in meine Haut.

»Eine Zahl«, antwortete ich.

Verständnislos runzelte er die Stirn. »Eine Zahl?«

»Wie viele Buchstaben hat dein wahrer Name?«

Er glotzte mich verdattert an, und ich konnte erkennen, dass er nicht besonders erfreut über meine Frage war. Hatte er gehofft, ich würde um seine Berührung bitten? Ich bezweifelte, dass er wirklich bedauerte, dass ich dies nicht getan hatte. Vielmehr plagte ihn der Gedanke, warum ich nicht seiner Verführung verfallen war.

»Verschlagenes Ding«, zischte er, und dieses Mal schlossen sich seine Finger fester um meine Kehle, und seine Lippen streiften von meinem Kinn bis an mein Ohr, wo er flüsterte: »Sieben.«

Als er zurückwich, begegneten sich unsere Blicke, in seinen Augen loderte ein Feuer. Er lockerte seinen Griff um meinen Hals, und das Blut, das sich in meinem Kopf gestaut hatte, rauschte wieder abwärts. Ich war benommen und wünschte mir noch drängender als zuvor, ihn in mir zu spüren.

»Lügst du?«, fragte ich atemlos.

Sieben Brüder. Sieben Jahre. Sieben Buchstaben.

»Ich kann nicht lügen«, antwortete er, und ich wusste, dass das die Wahrheit war.

Ich starrte erst ihn und dann nur seinen Mund an.

»Ich warte, böses Ding.«

Ich starrte ihn noch einen Moment länger an, suchte in seinen unergründlichen Augen und musterte seine hohen Wangenknochen und sein überhebliches Lächeln. Dann streckte ich mich und konnte seinen Atem auf meinen Lippen fühlen. Ich wollte seinen Mund kosten und an seiner Zunge saugen, als wäre sie eine süße Speise. Ich wollte, dass er sich an mir wand.

»Casamir.«

Ich hatte keine Ahnung gehabt, wie sein Name aus meinem Mund klingen würde. Gepaart mit meinem sehnsüchtigen Verlangen klang er wie ein Flehen. Ein Teil von mir hoffte, der Name würde wie ein Zauber wirken und seine Beherrschung durchbrechen.

Aber weder erschauerte noch schluckte er. Er presste sich nicht an mich und verstärkte nicht seinen Griff.

Er lehnte sich näher zu mir, und dann nahm er seine Hand von meinem Hals, bevor er die Lippen darauf drückte und leise befahl.

»Komme, wenn ich rufe, süßes Ding.«

Dann verschwand er.

Ich blieb an den Toilettentisch gedrückt zurück, und meine Gedanken rasten, um einen Sinn in dem zu erkennen, was gerade zwischen mir und dem Elfenprinzen geschehen war. Mein Herz raste immer noch, und ich konnte seine Hände und die Ranken auf meiner Haut nach wie vor spüren wie Phantome.

Seine Macht hätte mich nicht überraschen sollen. Er hatte sie auf meine Axt angewandt, als Dornen aus dem Griff gesprossen waren, und später, als ich in die verzauberte Nacht hinausgeflohen war und er mich zum Stolpern gebracht hatte. Aber war das die Macht, die ihn zu einem Biest machte? Oder war es etwas ganz anderes?

Da bemerkte ich eine Bewegung am Fenster, und mein Blick huschte dorthin. Die Pixies, die ich aus meinem Zimmer gejagt hatte, waren dort versammelt und drückten sich die Nasen an der Scheibe platt.

Wutschnaubend marschierte ich auf sie zu, hob dabei das Kissen vom Boden auf, das ich zuvor geworfen hatte, und schleuderte es in ihre Richtung. Ich wusste, dass das zwecklos war – immerhin waren sie ja auf der anderen Seite des Fensters –, aber es fühlte sich gut an, etwas auf sie abzufeuern.

Das Kissen prallte mit einem leisen Plopp ans Glas und segelte zu Boden. Die Pixies kugelten sich vor Lachen und flogen davon. Ich fragte mich, was sie beobachtet hatten und wem sie wohl davon erzählen würden. Aber es war wahrscheinlicher, dass sie mich nur als eine weitere dumme Sterbliche wahrnahmen, die einem hübschen Elfenprinzen verfallen war.

Ich senkte den Blick, und mir fiel auf, dass das kaputte Fenster, durch das die Pixies in mein Zimmer hatten gelangen können, nun wieder unversehrt war. Und obwohl ich gern ein Gefühl von Dankbarkeit gegenüber dem Prinzen dafür hätte empfinden wollen, breitete sich stattdessen Grauen in mir aus wie bitteres Gift.

Elfen taten einem keine Gefallen.

Was schuldete ich dem Prinzen der Dornen nun noch mehr?

Zögerlich verließ ich mein Zimmer, unsicher, was mich auf der anderen Seite erwarten würde. Ich wollte meine Axt mitnehmen, doch der Griff war immer noch voller Dornen und unmöglich zu halten. Aber auch ohne Waffe entschloss ich mich dagegen, hierzubleiben. Es lag nun mal nicht in meiner Natur. Denn wenn sich mir sogar im Schutz meiner Hütte am Rande des Waldes bereits die Nackenhärchen beim bloßen Gedanken daran aufstellten, was auch immer mir dort zwischen dem Geäst auflauern könnte ... alles, was im Reich des Biests – *Casamirs* – nach mir gierte, konnte nur schlimmer sein, darüber war ich mir völlig im Klaren.

Durch meine Tür gelangte ich in einen steinernen Korridor, dessen Wände mit Weinranken bedeckt waren, deren Knospen augenblicklich in der Sekunde aufblühten, als ich an ihnen vorbeischritt.

Bezaubernd, dachte ich, nur dass die Ranken Dornen mit roten Spitzen zierten, die vermuten ließen, dass jede einzelne von ihnen jemanden gestochen und Blut vergossen hatte, und ihre Blüten, weiß, pink und glockenförmig, waren giftig bei jeglicher Berührung – praktisch eine Todesfalle.

Ich folgte ihnen und achtete dabei sorgfältig darauf, mich von der Wand fernzuhalten. Der Korridor wandte sich nach rechts, und ich fand mich in einem Gang wieder, gesäumt von steinernen Säulen, die von den gleichen blühenden Ranken umwunden waren. Dahinter befand sich ein weitläufiger Garten, von sattem Grün und bunten Pflanzen. Und überall erhoben sich gezackt und spitz die hohen und dünnen Spitzen von Casamirs Schloss und umgaben mich wie die Gitterstäbe einer Zelle.

Der Himmel über mir war blau, mit weißen Wolken gespickt, die so tief hingen, als könne man die Hand ausstrecken und sie berühren.

Es war wirklich schön hier.

Und lange war es her, seit ich etwas angesehen und schön gefunden hatte. Es war ein Zeichen dafür, wie mein Leben sich verändert hatte, nicht wegen Casamir oder der fünf Elfenprinzen. Noch nicht einmal wegen der Kröte im Brunnen – das alles war unausweichlich gewesen. Mein Leben hatte sich verändert, weil ich schon in jungen Jahren dem Tod ins Auge gesehen hatte: Zuerst, als er meine Mutter holte, und dann, als er mir meine Schwester und schließlich meinen Vater nahm.

Manchmal brüllte ich ihn mitten in der Nacht an.

Du bist egoistisch, dass du mich allein zurückgelassen hast!

Ach, junges Ding, antwortete er dann. *Nicht ich war es, der dir die Mutter oder die Schwester oder den Vater genommen hat. Du hast deine Mutter getötet, du hast deiner Schwester den Tod gewünscht, und deine Taten haben deinem Vater den letzten Atemzug geraubt.*

Er hatte nicht unrecht, und wenn ich fragte, was ich getan hatte, um diese Einsamkeit zu verdienen, erinnerte ich mich daran, dass ich einen schrecklichen Wunsch ausgesprochen hatte.

Ich hasste es, dass dieser Ort mich dazu brachte, an meine Familie zu denken, und ich bemühte mich mit aller Macht, diese

Gefühle auszusperren, die in mir aufstiegen. Die seltsame Trübung in meinem Herzen, das Prickeln von Tränen in meinen Augen. Ich trat aus dem Schutz des Säulengangs hinaus in den Garten.

Eine sanfte Brise erfasste meinen Rock, der um mich herum flatterte. Ich hielt den fließenden Stoff fest, damit er sich nicht im Gestrüpp verfing. Als ich weiter in den Garten hineinschlenderte, schien er größer, voller und höher zu werden, bis er ganz und gar überwältigend war und ich nicht länger tief hängende Wolken oder auch nur die Spitzen von Casamirs Schloss wahrnahm. Der Pfad, dem ich gefolgt war, hatte sich längst in ein endloses Meer aus Pflanzen verwandelt, obwohl er mich weiter in eine Richtung führte. Ich fragte mich, ob dies Casamirs Magie war oder die Magie des Verzauberten Waldes. Waren sie ein und dasselbe?

Ich wusste nur wenig über Magie, außer dass sie grausam war.

Ich lief und lief und achtete sorgfältig darauf, nichts zu berühren oder eine schöne Blüte zu lange anzusehen, aus Angst, sie würde mich hypnotisieren und in ein unausweichliches Schicksal leiten. Ich hatte vielleicht nichts, wofür es sich zu leben lohnte, aber ich wollte nicht hier unter den Feen sterben. Der Pfad führte direkt zu einem trüben Teich. Er war umgeben von hohem Gras und blühenden Bäumen, deren Blätter überall auf der Wasseroberfläche verstreut lagen, die dunkel und mit sternförmigen Blüten bedeckt war. Doch nichts von alledem lenkte meine Aufmerksamkeit so sehr auf sich wie der nackte Mann, der auf einem Felsen in der Mitte des Teichs thronte.

Er war ein Selkie, ein gestaltwandelndes Feenwesen. In ihrer natürlichen Form waren Selkies Robben und konnten ihr Fell abstreifen, um als Menschen an Land zu wandeln. Das Robbenfell war wertvoll, denn es war der einzige Weg, wie sie in ihre wahre Gestalt und ihr wahres Heim, das Meer, zurückkehren konnten.

Dieser Selkie war weit weg von zu Hause und machte sich nichts aus meiner Anwesenheit. Er saß einfach nur da, hatte die

Hände hinter sich aufgestützt, den Kopf zum Himmel gewandt und badete seinen Körper im goldenen Licht der Sonne. Sein Haar war braun, zerzaust vom Wind, und seine bronzefarbene Haut wurde mit jeder Sekunde unter den Sonnenstrahlen röter. Seine Muskeln waren steif, ebenso wie sein Schwanz, den er sich nicht zu verbergen die Mühe machte.

Er sprach in einem Singsang, und die Worte ließen meine Haut vor Unbehagen prickeln.

»Nichts ist mir süßer als der Ruf einer Jungfer.
Ein Körper voll Blut, drängender Herzschlag.
Warm vor Lust kommt sie zu mir, will wilde Erlösung.
Und kommt der süßliche Todesschrei über ihre Lippen,
atmet sie nicht mehr für mich.«

Die Worte waren ein hypnotischer Zauber, eine Waffe, die Selkies nutzten, um ihre Beute anzulocken. Ich konnte fühlen, wie sie meinen Verstand vernebelten, und ein seltsames Gefühl von Lust bohrte sich wie ein Messer in mein Herz und schnitt bis tief in den Kern. Ich fiel auf die Knie, biss die Zähne fest aufeinander, wühlte fieberhaft in der Erde und presste mir den Lehm in die Ohren, bis die Worte der Melodie des Selkies nicht mehr als ein leises Murmeln waren.

Das Lustgefühl löste sich auf, und mein Körper entspannte sich. Die Magie dieser Kreatur verstörte mich. Ich blieb auf Händen und Knien, war leicht verunsichert. Für den Bruchteil einer Sekunde hatte ich die Kontrolle über mich verloren, und das nicht freiwillig. Die Erkenntnis erschütterte meinen ganzen Körper, und ich war fassungslos darüber, wie sehr sich dieses Gefühl von dem unterschied, das ich in Casamirs Nähe empfand.

Meine Reaktion auf ihn war wenigstens echt, ungeachtet, wie sehr ich sie hasste. Ich fühlte mich zu Casamir hingezogen, und das war alles, was nötig war, um ihn zu begehren.

Der Selkie hingegen war ein Raubtier.

Mein Herz hämmerte immer noch in meiner Brust, entfacht vom Lied des Feenwesens.

Ich sammelte Steine, bevor ich aufstand, um sie als Waffe zu nutzen, doch der Selkie fläzte nicht mehr auf dem Felsen. Ich sah mich alarmiert im Teich nach jeglichem Zeichen von Bewegung um, aber das Wasser blieb still.

»Hmm, was haben wir denn hier?«

Die Stimme ertönte hinter mir, und obwohl sie leise klang, konnte ich die Worte noch ausmachen. Ich drehte mich zu hastig um und fiel, während ein Schrei aus meiner Kehle drang. Kaum traf ich auf den Boden, fiel der Selkie rittlings über mich her. Er hatte runde Augen, die zwischen Grün und Blau zu wechseln schienen wie die Wogen der See. Sein Haar war nass und hing tropfend herab.

»Wer bist du, junge Maid?«, fragte er.

Ich hob ein Knie und rammte es ihm hart in die Weichteile. Die Kreatur ging zu Boden, jetzt war ich diejenige, die sich über ihm wiederfand. Ich hob die mit Steinen bewaffneten Hände über den Kopf und machte mich bereit, ihn ins Gesicht zu schlagen, bis seine Zähne brachen und er an seinem eigenen Blut erstickte. Doch da sprang mir ein Robbenfell ins Auge, das direkt neben mir lag, und ich las es vom Boden auf.

Mit dem Fell des Selkies in der Hand stolperte ich rückwärts, und als er sah, dass ich es hatte, wurden seine Augen groß.

»Nein, bitte! Gib es zurück!«

Ich grinste und hielt einen der Steine daran.

Der Selkie musste nicht wissen, dass er stumpf war.

»Ist es dir wichtig?«

»Du weißt, dass es wichtig ist, du schreckliches Ding!«, kreischte er, und Spucke flog aus seinem Mund. Er hievte sich auf Hände und Knie.

»Du hast recht«, nickte ich. »Ohne das Fell kannst du nicht in deine wahre Gestalt zurückkehren, nicht wahr? Was für ein Jammer wäre es doch, wenn es in Fetzen zerrissen würde.«

»Was willst du, schreckliches Ding? Ich gebe dir alles!«

Es war das Versprechen, das ich gewollt hatte, doch bevor ich etwas sagen konnte, traf etwas meine Wange. Es fühlte sich wie ein Stich an. Ich presste die Hand an mein Gesicht, und als ich sie wieder wegnahm, klebte Blut daran. Mein suchender Blick fand etwas, das vor mir schwebte – ein kleines Geschöpf mit Flügeln. Ein Naturgeist.

Seine Kleidung bestand aus Blütenblättern einer pinken Rose, die voller Spritzer meines Blutes waren.

Der Naturgeist attackierte mein Gesicht, und ich schlug nach ihm. Doch plötzlich war ein ganzer Schwarm von ihnen da, und ich konnte nur noch die Hände vors Gesicht nehmen, als sie mich schnitten, traten und bissen.

Ich stolperte und fiel in den Teich, meine Hand krallte sich immer noch um das Robbenfell. Ich ließ nicht davon ab, noch während jemand es mir zu entreißen versuchte.

Der heftige Ruck beförderte mich zurück an die Wasseroberfläche, wo ich mich erneut Auge in Auge mit dem Selkie wiederfand.

»Was immer du willst«, wiederholte er. Ein weiteres Versprechen. »Nur gib es zurück.«

»Wenn du mich betrügst, werde ich dich für den Rest deines Lebens heimsuchen. Du wirst nie mehr in der Sonne baden. Du wirst nie mehr an Land treten, ohne mich zu fürchten. Ich werde dich jagen, bis ich dich bei lebendigem Leib häute und dieses Fell vor deinen Augen verbrenne. Hast du verstanden?«

Der Selkie schaute mich einen Moment lang finster an, dann formten seine Lippen sich zu einem breiten Grinsen.

»Ich mag dich«, meinte er dann. »Ich gebe dir mein Wort, schreckliches Ding. Ich werde dir dein größtes Begehren erfüllen.«

Ich ließ sein Fell los, und er drückte es fest an sich. Ich bereute sofort, dass ich meine einzige Waffe hergegeben hatte, aber er tauchte nicht sofort in seinen Sumpf ab, wie ich erwartet hatte.

»Säubere deine Ohren, schreckliches Ding«, befahl er. »Und sage mir, was du begehrst.«

Ich musterte ihn misstrauisch.

»Bezweifelst du mein Wort, Ding?«, fragte er, und Ärger blitzte in seinen Augen auf.

Ich hielt mir die Nase zu, als ich mich in das trübe Wasser sinken ließ und die Finger in meine Ohren drehte, um den Lehm zu entfernen. So schnell ich konnte kam ich wieder an die Oberfläche, da ich befürchtete, der Selkie würde fliehen, doch erneut stand er zu seinem Wort und war dort im Wasser geblieben, wo er zuvor gewesen war.

»Na bitte«, gab er zufrieden von sich. »Also?«

»Ich muss den wahren Namen deines Prinzen wissen«, sagte ich.

»Er ist nicht mein Prinz«, antwortete der Selkie. »Und das ist nicht dein größtes Begehren.«

»Du versprachst, du würdest mir geben, was ich begehre«, ereiferte ich mich. »Ich begehre den wahren Namen des Prinzen zu erfahren.«

»Ich sagte, ich würde dir dein größtes Begehren schenken«, entgegnete er. »Das ist ein Unterschied.«

Wir starrten einander an. Ich wollte den Selkie der Lüge bezichtigen, doch mir wurde klar, dass der Fehler bei mir lag. Ich war nicht sorgfältig genug in der Wortwahl unseres Handels gewesen. Wusste der Selkie, was ich wirklich begehrte, oder konnte er nur wahrnehmen, dass ich log? Schrecken erfüllte mich, als mir klar wurde, dass ich ihm unbeabsichtigt Macht über mich gegeben hatte.

»Wie nennst du den Prinzen?«, fragte ich.

»Wir haben viele Namen für ihn«, sagte er. »Der Dornenprinz, Prinz der Dornen, Furchtbarer König, Schattenkönig. Manche nennen ihn bei seinem sterblichen Namen, Casamir, doch das sind nur wenige.«

»Wieso nur wenige?«

Er zuckte mit den Schultern. »Ein Name geht dir voran, und ohne einen Namen bist du nichts.«

»Warum ist er dann unter Namen bekannt, die nicht seine eigenen sind?«

»Alle Feenwesen sind unter Namen bekannt, die nicht die ihren sind«, erläuterte er. »Wahre Namen sind für Liebende. Wahre Namen sind für den Tod.«

»Warum nur für Liebende und den Tod?«

»Ein wahrer Name ist ein Geschenk an Liebende und ein Symbol für den Tod.«

»Wie finde ich einen wahren Namen?«

»Der Prinz muss ihn dir verraten«, erklärte er.

»Der Prinz wird ihn mir nicht verraten«, gab ich zurück.

Ich zweifelte seine Großzügigkeit stark an, wenn es nicht gerade darum ging, mich zu frustrieren oder mir seinen Überfluss an Dornen zu demonstrieren.

»Er wird ihn dir sagen, wenn er dich liebt.«

»Du lebst schon zu lange in diesem Sumpf von Teich, wenn du denkst, dass der Prinz mich je lieben wird.«

Der Selkie grinste und kicherte vor sich hin.

»Ich glaube dir nicht, schreckliches Ding.«

»Ich habe meine Fähigkeit zu lieben schon vor langer Zeit verloren«, sagte ich. »Ich will sie nicht zurück.«

»Das vielleicht nicht«, erwiderte er. »Dennoch wünschst du, geliebt zu werden.«

Mir wich das Blut aus dem Gesicht.

»Ich habe kein *Begehren*, darüber zu sprechen«, zischte ich. »Ich brauche Casamirs wahren Namen.«

Der Selkie musterte mich einen Moment lang und schlug dann vor: »Die Berge könnten ihn kennen.«

»Die Berge?«

»Die Elfenlords sind alt. Es ist wahrscheinlich, dass niemand ihren wahren Namen kennt, bis auf das, was vor ihnen kam – die Erde und die Gläsernen Berge.«

Ich runzelte die Stirn.

»Die Gläsernen Berge befinden sich außerhalb von Prinz Casamirs Reich.«

»Das stimmt«, bestätigte der Selkie.

»Ich kann nicht über die Mauer hinaus«, sagte ich.

Obwohl ich etwas anderes behauptet hatte, war ich felsenfest überzeugt, dass es außerhalb seines Reiches noch weit schlimmere Kreaturen gab.

»Selbst wenn ich das schaffen würde, könnte ich nicht innerhalb eines Tages zurückkehren. Er würde bemerken, dass ich fort bin.«

Und was dann?, fragte ich mich.

Würde der Verzauberte Wald mich maßregeln? Oder vielleicht Casamirs fünf Brüder?

»Vielleicht solltest du fliegen«, schlug der Selkie so gar nicht hilfreich vor.

»Ich kann nicht fliegen.«

»Komm morgen wieder«, meinte der Selkie. »Und ich gebe dir Flügel.«

Ich zögerte.

»Was würdest du dafür fordern?«

»Vorerst? Dein Lächeln«, beteuerte er. »Doch wenn du eines Tages Herrscherin über dieses Schloss bist, bringe mich zurück ins Meer.«

KAPITEL SECHS
MITLEID MIT EINEM NARREN

Ich beobachtete, wie mein Geschöpf den Garten verließ. Ihr Kleid war nass und klebte wie eine zweite Haut an ihr. Ich schäumte vor Wut, dass die Blumen und Bäume, die Feenwesen und der Selkie sie in einem solchen Zustand gesehen hatten, und ich ballte die Fäuste.

»Weswegen schmollst du?«, wollte Naeve wissen und hopste auf die Bank unter dem Fenster, um nach draußen zu spähen. Als sie mein Geschöpf sah, grinste sie boshaft und zeigte ihre schiefen Zähne. »Scharf auf sie, eh?«

»Ich bin nicht *scharf* auf sie«, gab ich verärgert zurück. Aber trotzdem dachte ich daran, wie ihre Kleider nass geworden sein mussten, und ich wusste, dass der Selkie sie so gesehen hatte. Hatte er sie mit seiner schrecklichen Melodie verführt?

»Hast du sie deshalb angebettelt, deinen Namen auszusprechen?«, fragte Naeve.

Der Spiegel hüstelte, um ein Lachen zu unterdrücken. Ich sah beide finster an.

»Ich *brauche* ihre Liebe«, wiederholte ich, so wie ich es letzte Nacht schon gesagt hatte, doch ich konnte dieses Gefühl nicht abschütteln. Es war irgendwas zwischen Grauen und Angst. Was, wenn sie sich in jemand anderen verliebte?

»Und wie willst du sie dazu bringen, dich zu lieben?«, wollte Naeve wissen. »Sie hasst dich.«

Ich blickte düster drein. Das war mir mehr als klar, aber vielleicht mit genügend Schmeichelei …

»Lust ist nicht dasselbe wie Liebe«, bemerkte der Spiegel.

»Ich kenne den Unterschied«, donnerte ich wütend.

Die Brownie betrachtete mich mit hochgezogener Augenbraue, und auch wenn der Spiegel über keinen Gesichtsausdruck verfügte, wusste ich doch, dass er dasselbe tat.

»Wer sagt denn, dass sie mich nicht begehren und lieben kann?«

Naeve wechselte einen Blick mit dem Spiegel.

»Liebe ist erlernbar«, antwortete der Spiegel.

»Das sagst du ständig, und doch hat niemand bisher gelernt, mich zu lieben«, gab ich zu bedenken.

»Und du hast gelernt, niemanden zu lieben«, warf Naeve ein.

»Sie kann mich lieben lernen, während sie mich begehrt«, sagte ich und wandte mich zurück zum Fenster. Ich hasste die Enttäuschung, die sich in meinen Eingeweiden breitmachte, als ich mein Geschöpf nicht mehr sehen konnte.

»Es wird mehr nötig sein, als sie zu vögeln, wenn du willst, dass sie dich liebt«, bemerkte Naeve.

Ich drehte mich schwungvoll zu ihr um, nicht länger am Ausblick interessiert.

»Was weißt du schon von der Liebe?«

Ungehalten funkelte die Brownie mich an. »Du erwartest wahre und hingebungsvolle Liebe von dieser Frau, und doch willst du ihr keine im Gegenzug geben? Welchen Teil an *sie hasst dich* verstehst du nicht? Du wirst sie umwerben müssen, und bisher hast du darin einen jämmerlichen Job gemacht.«

»Sie ist erst weniger als einen Tag hier«, fauchte ich.

»Kostbare Zeit, wenn du nur sechs Tage hast«, sagte die Brownie.

»Hast du jemals jemanden umworben, Naeve?«, fragte ich. Sie verschränkte die Arme vor der Brust und sah mich mit hochgezogener Augenbraue an. »Und du, Spiegel?«

Sein Schweigen war vielsagend.

»Wieso sollte ich dann auf einen von *euch* hören?«

»Die Berge versuchen, dir eine Lehre zu erteilen«, erklärte Naeve.

Ich weiß!, wollte ich schreien, so laut, dass die Berge meinen Zorn hören würden, aber ich wollte ihnen nicht die Genugtuung geben, meinen Frust zu sehen.

»Was soll eine Lehre Gutes hervorbringen, die aus Bosheit geboren wurde?«

»Wenn du sie lernst, ist es Rache«, sagte Naeve. »Und du wirst wahre Liebe kennenlernen.«

»Wahre Liebe«, knurrte ich. »Wer braucht die schon?«

»Du, du Narr«, schimpfte Naeve, die von ihrem Platz auf der Bank hüpfte und mein Gemach verließ. Und vermutlich wäre der Spiegel auch gegangen, wenn er gekonnt hätte.

»Sie hat recht, weißt du«, wandte der Spiegel ein.

»Dich hat niemand gefragt!«

»Du hast die Frage gestellt. Sie hat sie beantwortet.«

»Die Frage war hypothetisch!«, brüllte ich und warf die Hände hoch.

Ich begann, unruhig hin und her zu laufen. Ich war angespannt und frustriert. Ich war die ganze Zeit schon frustriert gewesen, seit dieses Geschöpf auf Knien in meinem Gemach aufgetaucht war. Dies war ihre Schuld. Ich würde nicht so empfinden, wenn sie nie hierhergekommen wäre. Ich würde nicht *hoffen*.

Ich hasste Hoffnung.

Mit dem Rücken zum Spiegel hielt ich inne und fragte: »Wie soll ich …«

Abrupt verstummte ich wieder.

Das war lächerlich. Ich war ein Elfenprinz. Hunderte Frauen hatten sich schon in mich verliebt. Warum war diese eine anders?

»Wolltest du mich gerade fragen, wie man eine Frau umwirbt?«

»*Nein*«, rief ich und verschränkte die Arme vor der Brust. Scham ließ meine Wangen rot anlaufen.

»Ich bin ein Spiegel.«

»Ich *weiß*, dass du ein Spiegel bist«, zeterte ich. Damit meinte er zweierlei: Niemals hatte er eine Frau umworben, und außerdem kannte er die Antwort auf meine Frage. Doch ich konnte mich nicht dazu durchringen, sie zu stellen. »Ich bin mir völlig gewiss, dass du meine Brüder stets im Blick hast.«

»Deine Brüder sind in Liebesdingen auch nicht kompetenter als du«, bemerkte er.

»Lore ist verliebt«, widersprach ich.

»In eine Sterbliche, die gar nicht weiß, dass er existiert«, sagte der Spiegel.

»Cardic ist charmant«, warf ich ein.

»Ja, und er setzt seinen Charme ein, um Frauen ins Bett zu locken.«

»Aber verlieben sie sich in ihn?«

»Für gewöhnlich endet es damit, dass sie ihn hassen«, antwortete der Spiegel.

Ich runzelte die Stirn, während ich über meine anderen Brüder nachdachte, aber keiner von ihnen hatte es geschafft, sich zu verlieben. Nicht einmal unser Vater hatte unsere Mutter geliebt. Ihre Verbindung war eine aus Bequemlichkeit gewesen, und obwohl sie Erben hervorbrachten, hatten sie doch andere Geliebte. Hatten sie diese geliebt?

»Vielleicht solltest du jemanden fragen, der tatsächlich verliebt ist«, schlug der Spiegel vor. »Wie der sterbliche Prinz, den du gefangengenommen hast, weil er eine Rose aus deinem Garten gestohlen hat.«

»Ich bezweifle, dass er mir helfen wird.«

Der Prinz, dessen Namen ich nicht kannte, war aus einem sterblichen Königreich hergekommen. Er hatte mit der Hoffnung auf einen goldenen Apfel die Gläsernen Berge erklommen, der dort wuchs, und war mit ihm im Gepäck auf dem Rückweg in sein Königreich gewesen. Er hatte bei mir haltgemacht, meine Mauern überwunden und von meinem Boden eine Blume

für seine Prinzessin gepflückt. Ich nahm ihn gefangen, trotz seines Flehens, dass ich ihn freilassen solle, damit er seine Verlobte wiedersehen könne.
»Fragen kostet nichts.«
»Fragen kostet immer etwas.« Außerdem war ich nicht besonders erpicht darauf, mich vor einem sterblichen Prinzen verletzlich zu zeigen.
»Mir scheint, dass es mehr schadet, wenn du nicht fragst.«
»Ich hasse dich«, sagte ich, doch mir war klar, dass der Spiegel – und sogar Naeve – recht hatten. Ich war auf die Liebe dieser Frau angewiesen, und mir lief die Zeit davon.

Und deshalb befand ich mich nun in den Untiefen meines Schlosses, auf der Suche nach dem Prinzen, der eine Rose für seine Geliebte gestohlen hatte. Als ich ihn fand, kauerte er auf dem Steinboden, ein Knie angezogen. Er hatte den Kopf zum Fenster erhoben, das wie ein Halbmond geformt und vergittert war. Direkt dahinter hatten sich Blumenfeen versammelt, um ihn zu betrachten, doch als sie mich erblickten, stoben sie in einem Wirbel aus Flügeln und losen Blütenblättern auseinander.

Langsam drehte der Prinz sich zu mir um.

Er hauste noch nicht lange genug in dieser Welt, sie hatte seiner Jugend und Schönheit bisher nichts anhaben können. Er benahm sich so, wie ich es von allen sterblichen Prinzen erwartete: auffallend und überheblich. Er glaubte ganz und gar, dass der Titel, den er außerhalb des Verzauberten Waldes innehatte, Eindruck auf jene von uns machte, die darin lebten.

Doch hier war er nichts als Nahrung für Zauber und um Mägen zu füllen.

Er trug purpurroten Samt und einen Hut, der seine goldenen Locken plattdrückte. An dem Hut steckte eine lange rote Feder.

»Mein Geiselnehmer erscheint«, gab er von sich.

»Ich hoffe, dass du keinen Handel eingehst«, sagte ich. »Die Feen können grausam sein.«

»Nicht grausamer als du«, antwortete er.

»Es gibt immer jemanden, der grausamer ist«, behauptete ich.

Der Prinz schwieg, also sprach ich weiter.

»Willst du mich nicht wieder anbetteln, dass ich dich freilassen soll?«

Der Prinz lächelte. »Nein, denn das willst du doch nur.«

»Es ist nicht das, was ich will«, berichtigte ich ihn, frustriert darüber, dass dieser Sterbliche es überhaupt wagen wollte, meine Sehnsüchte zu erraten.

»Was willst du dann?«, verlangte er zu wissen.

Ich musterte den Prinzen aus zusammengekniffenen Augen und spürte, wie der Zorn mich packte. Er schien die Gefahr zu ahnen, denn sein Körper verkrampfte sich.

»Es ist nicht an dir, mir Fragen zu stellen, sterblicher Prinz«, knurrte ich. »Ich brauche deine Hilfe, und im Gegenzug werde ich dir deine größte Sehnsucht gewähren.«

»Meine größte Sehnsucht?«, wiederholte er mit glänzenden Augen.

»*Nur* dann, wenn dein Rat das Ergebnis bringt, das *ich* mir erhoffe«, fuhr ich fort. Ich würde ihn nicht für weniger freilassen.

»Und was erhoffst du dir?«, fragte er.

Es kostete mich jede Menge Überwindung, es laut auszusprechen, doch noch während ich mit mir haderte, rief ich mir meinen wahren Namen ins Gedächtnis und stellte mit Schrecken fest, dass ich mich kaum noch daran erinnerte, wie er buchstabiert wurde.

Sieben Buchstaben.

Dein Name ist keinem fremd.

Dein Name ist das Flehen auf den Lippen einer gebärenden Mutter.

Dein Name ist das Wehklagen aus dem Mund trauernder Liebender.

Es ist der Aufschrei, der durch die Nacht dringt, wenn der Tod gerufen wird.

»Ich hoffe, eine Jungfer dazu zu bringen, sich in mich zu verlieben.«

Meine Fingernägel bohrten sich in meine Handflächen, als ich darauf wartete, dass der Prinz zu lachen begann. Doch alles, was er sagte, war: »Sie hat sich nicht auf den ersten Blick in dich verliebt?«

»Nein«, stieß ich hervor. Stattdessen hatte sie versucht, mir eine Axt in die Brust zu rammen.

»Ist so was überhaupt möglich?«, fragte ich.

»Natürlich ist es das«, beteuerte der Prinz und dachte dann nach. »Vielleicht fühlt sie sich nicht zu dir hingezogen.«

»Sie *fühlt* sich zu mir hingezogen«, fauchte ich. Ich wusste es. Ich konnte spüren, wie es in der Luft zwischen uns knisterte. Das Problem war, dass sie mich gleichermaßen hasste.

Der Prinz wirkte nicht überzeugt. Ich streckte die Hände aus und legte sie um die Gitterstäbe seiner Zelle, und als er sah, wie lang meine Klauen waren, wurden seine Augen groß.

»Ich habe dich gebeten, mir zu verraten, wie ich sie dazu bringen kann, sich in mich zu verlieben«, sagte ich. »Ist deine geliebte Prinzessin denn nicht auch verliebt in dich?«

»Doch, natürlich«, antwortete er schnell und klang dabei so verzweifelt, wie ich mich fühlte.

»Was hat sie also dazu gebracht, dich zu lieben?«

Er überlegte einen Moment und fragte dann: »Hast du ihr gesagt, dass sie schön ist?«

Ich blinzelte langsam.

»Nein.«

»Nun ja, ist sie schön?«

»Ja«, zischte ich.

Sie war mehr als schön, schöner als ich zugeben wollte.

Ich dachte daran, wie sie mich bei ihrer Ankunft angesehen hatte. Der Schock in ihrem Gesicht, der Grimm, der sie überkommen hatte, als sie beschloss, gegen mich zu kämpfen.

»Dann solltest du ihr das sagen. Alle Frauen wollen hören, dass sie schön sind.«

Ich versuchte, mir vorzustellen, wie mein Geschöpf in meinen Armen dahinschmolz, wenn es diese Worte hörte, doch mein Verstand brachte nur ein wütendes Knurren hervor.

»Du bist sicher, dass das funktioniert?«, wollte ich wissen.

»Falls sie sich nicht sofort in dich verliebt hat, ist es ein Anfang.«

Mein Herz fühlte sich entzweigerissen. Einerseits hoffte es nichts mehr, als ihre Liebe zu gewinnen, und andererseits kam es sich so töricht vor, dass es meinen Namen am liebsten für alle Zeit vergessen hätte.

»Wenn du dich irrst«, warnte ich und beugte mich vor, damit der Prinz mein Gesicht zwischen den Gitterstäben sehen konnte. Er wurde blass und presste sich an die Steinmauer, um mehr Abstand zwischen uns zu bringen, als überhaupt möglich war. »Dann werde ich dir die Locken von deinem Goldschopf schneiden.«

Damit verließ ich das Gefängnis, um mein Geschöpf herbeizurufen.

KAPITEL SIEBEN
DER FEENRING

Zurück in meinem Zimmer zog ich die nassen Sachen aus und öffnete den Garderobenschrank – doch die Tür wurde sofort wieder zugeschlagen. Ich versuchte es noch einmal, doch diesmal ging die Tür gar nicht mehr auf, als hätte jemand sie von innen verschlossen.

»Macht die Tür auf!«, rief ich und zog am Knauf. »Ich brauche etwas zum Anziehen!«

Die Tür flog auf, und ich fiel auf den Rücken. Ein Stück Stoff landete auf meinem Kopf. Dann fiel die Tür wieder zu, und ich zog den Stoff vom Kopf und sah, dass sie mir ein dünnes, durchsichtiges Hemd zugeworfen hatten.

»Das kann man wohl kaum als Kleidung bezeichnen!«, schrie ich, ging hoch auf die Knie und hämmerte gegen den Garderobenschrank, doch von den Geschöpfen darin kam keine Antwort. Knurrend stand ich auf, schlüpfte in das Hemd und musste lachen, wie lächerlich wenig es verhüllte.

Dann ging ich zum Fenster und blickte hinaus, aber das Fenster war größtenteils von gewundenen Ranken und goldgrünen Bäumen verdeckt. Ich konnte nur die glitzernden Gipfel der Gläsernen Berge ausmachen, deren gezackte Umrisse wie unheildrohende Wogen am Horizont aufragten.

Könige forderten Freier heraus, ebendiese Berge zu erklimmen, in dem Wissen, dass niemand, der sich dorthin wagte, jemals zurückkehrte. Doch ich war bereit, zu gehen und den Namen meines Wärters zu erfahren – oder es zumindest zu versuchen – dort draußen zu sterben war dasselbe wie hier zu sterben.

»Ich hasse diesen Ort«, brummte ich und schlang die Arme um meine Mitte.

Ich wandte mich zum Bett hin und zog die Decken zurück. Fast rechnete ich mit der nächsten Hinterlassenschaft der Pixies, auch wenn Casamir das kaputte Fenster repariert hatte, zweifelte ich nämlich nicht daran, dass sie erneut einen Weg hineinfinden konnten. Aber meine Laken waren sauber, und ich warf mich darauf und rollte mich auf der Seite zusammen.

Einige Sekunden lang lag ich nur da und kämpfte gegen die Tränen an, die mir in den Augen brannten. An diesem Punkt war ich mir nicht einmal sicher, um was oder wen genau ich weinte – um meine Mutter, meinen Vater, meine Schwester oder mich selbst.

Vielleicht weinte ich ja nur, weil sich alles in meinem Leben so unfair anfühlte.

Aber die Welt interessierte sich nicht für Fairness.

Sie belohnte diejenigen, die bereits genug besaßen, wie Sheriff Roland, der glaubte, er habe Anspruch auf alles und jeden, als sei es sein Geburtsrecht.

Casamir war nicht anders, und ich war der Gnade beider ausgeliefert.

Ich vergrub das Gesicht in mein Kissen, meine angeschwollenen Lider wurden schwer, und so glitt ich in den Schlaf – nur um urplötzlich von einem lauten Klopfen geweckt zu werden. Ich setzte mich auf, starrte benommen die Tür an, und mein Herz hämmerte, als das Geräusch erneut erklang und meine Knochen klappern ließ. Ich fühlte mich, als sei ich eben erst eingeschlafen. Meine Augen waren wie Gelee, und mein Körper war schweißfeucht.

»Ja?«, rief ich verschlafen.

»Prinz Casamir hat dich gerufen«, tönte die Stimme jenseits der Tür.

Ich erkannte sie nicht als Naeves heiseres Rufen und antwortete nicht. Stattdessen ließ ich mich stöhnend zurück ins Bett fallen und fragte mich, was der Prinz wohl tun würde, wenn ich nicht kam, wenn er mich rief.

Wollte ich es herausfinden?

Ich stand auf und klopfte an die Tür zum Kleiderschrank.

»Hallo?«, rief ich. »Ich muss mich zum Abendessen ankleiden!«

Keine Antwort.

Ich versuchte, die Türen zu öffnen, aber sie waren wie immer abgeschlossen. Mein Klopfen blieb unbeantwortet.

Knurrend drehte ich mich um und betrachtete mein Spiegelbild im inzwischen dunklen Fenster. Nie im Leben würde ich mein Zimmer in diesem Hauch von Nichts verlassen und einem Abendessen mit Casamir beiwohnen, nicht nach den Begegnungen, die ich seit meiner Ankunft in seinem Schloss mit ihm gehabt hatte. Also kletterte ich zurück ins Bett.

Es dauerte nicht lange, bis meine Augen wieder schwer wurden, und gerade als ich dabei war, einzuschlafen, flog die Tür zu meinem Zimmer krachend auf.

Casamir erschien in der Tür, und seine finstere, königliche Präsenz erfüllte das Zimmer wie die Nacht.

Er war atemberaubend.

Wie alle Elfenprinzen, rief ich mir ins Gedächtnis. Doch dieser hier hatte etwas an sich. Zu den anderen hatte ich mich nicht so hingezogen gefühlt.

Er war anders, ich wusste nicht, warum oder wie. Vielleicht hatte es etwas mit seinen Augen zu tun, die ganz von Schwärze verschluckt wurden. Oder mit seinen vollen Lippen, die frustriert zusammengepresst waren. Was immer es war, mein Körper *wusste*, wann er in der Nähe war, und brannte in derart heftigem Begehren, dass ich mich dabei ertappte, wie ich die Beine zusammenpresste, um es zu unterdrücken.

»Sagte ich dir nicht, zu kommen, wenn ich dich rufe?«

Meine Augen formten sich zu Schlitzen. »Deine Kreaturen wollten mich nicht einkleiden.«

»Das ist mir egal«, erwiderte er und trat weiter ins Zimmer, bis er bedrohlich nah vor meinem Bett stand, die Hände auf das Fußende gestützt. »Komm so, wie du bist. Komm, wenn ich dich rufe.«

Ich funkelte ihn zornig an, schlug dann die Decken beiseite, stieg aus dem Bett und baute mich vor ihm auf.

Seine Augen verdunkelten sich, als er den Blick über meinen Körper gleiten ließ, gehüllt nur in das durchsichtige Hemdchen, das seine Untergebenen herausgerückt hatten. Und trotz seiner eindeutigen Forderung, war ich mir ziemlich sicher, wäre ich so im Speisesaal aufgetaucht, hätten seine Augen nicht verhehlen können, dass mein Aufzug Wut und etwas Besitzergreifendes in ihm entfachten.

Ohne ein weiteres Wort ging er hinüber zum Schrank und hämmerte gegen die Tür. Die Feen rissen sie mit gehässiger Miene auf – bis sie Casamir erkannten, und wurden auf der Stelle leichenblass.

»Ein Kleid für meinen Gast. *Sofort.*«

Daraufhin schlugen sie die Tür zu und kehrten nur Sekunden später mit einem sauber gefalteten Haufen aus schimmerndem, blauem Stoff zurück.

Der Elfenprinz schnappte ihn sich und befahl: »Ihr gebt ihr, worum sie bittet, oder ihr werdet nicht länger hinter diesen Türen leben.«

Die Drohung ließ ihre winzigen Rücken erbeben, und als die Tür sich schloss, reichte Casamir mir das Kleid.

»Zieh dich um.«

Ich nahm es und sah ihn herausfordernd an.

»Wirst du hier etwa stehen bleiben und zusehen?«

»Was soll die Frage? Ich habe dir doch schon zuvor beim Baden und Ankleiden zugesehen?«

»Dies sind die Vorzüge eines Geliebten, der du aber nicht bist.«

»Ich könnte dein Geliebter sein«, meinte er.

Die Bemerkung kam so sanft, dass es mir die Sprache verschlug. Einen Moment lang konnte ich ihn nur anstarren, und als ich mich davon wieder erholte, räusperte ich mich und bemühte mich um eine scharfe Antwort.

»Dazu müsste ich dich mögen.«

»Wer sagt denn, dass es Mögen sein muss? Auch in Hass liegen Leidenschaft und Lust.«

Ich war mir nicht sicher, warum mir das wichtig war, doch irgendwie wollte ich ihm nicht die Befriedigung bieten, mir zuzusehen. Vielleicht wollte ich, dass es sich nach einer Strafe anfühlte … nach Zurückweisung. Ich wandte mich von ihm ab, schlüpfte aus dem Hemd und stieg dann in das Kleid. Als ich die Ärmel bis über die Schultern hochzog, lagen Casamirs Hände an den Schnüren und zogen sie fest. Ich schauderte, als seine Fingerspitzen über meine Haut streiften.

Die Leichtigkeit und Intimität seiner Handlungen brannten auf meiner Haut, und doch verwehrte ich es ihm nicht. Ich redete mir ein, es läge daran, dass das Schnüren meines Kleides allein zu schwierig für mich wäre, und nicht daran, dass ich mich von dem Augenblick an, seit er in mein Zimmer gekommen war, nach seiner Berührung gesehnt hatte.

»Hilfst du allen deinen Gästen beim Anziehen?« Obwohl es mir gelang, einen unbekümmerten Tonfall beizubehalten, war ich überrascht, wie viel Eifersucht in meiner Frage mitschwang.

»Du bist kein Gast«, sagte er.

Ich überlegte, ihn zu fragen, als was er mich denn dann betrachtete – als eine Gefangene, einen Fluch, einen Dorn im Auge – aber ich schwieg, und nachdem er fertig mit dem Schnüren war, wirbelte ich zu ihm herum. Er bot mir die Hand, doch ich verweigerte ihm meine, und seine Züge verhärteten sich.

»Du hast meinen Abend schon lange genug aufgehalten«, zischte er verärgert.

»Welche Macht du mir doch zugestehst«, sagte ich daraufhin amüsiert.

Er fletschte die Zähne. »Ich bin heißhungrig«, erwiderte er. »Heute Abend werde ich schlemmen. Ob an Speisen oder an dir, das ist deine Entscheidung.«

»Ich werde deinen Appetit wohl kaum stillen.«

»Oh, süßes Ding, ich denke doch.«

Mir entging nicht, wie er es sagte, so als seien er und ich eine unaufhaltsame Wahrheit.

Ich nahm seine Hand und ließ mich von ihm aus meinem Zimmer geleiten. Und als wir hinaus in den Korridor traten, der zu dem Säulengang führte, konnte ich nicht anders, als mich dicht bei ihm halten, um Abstand zwischen mir und der Wand voller Dornranken zu wahren.

Er warf mir einen Blick zu. »Angst vor meinen Blumen?«

»Misstrauen«, korrigierte ich. »Wie bei allen Feendingen.«

»Aber du bist eine Fee.«

Der Drang, ihm zu verbieten, mich so zu nennen, war übermächtig, doch ich verkniff es mir, da ich fürchtete, er würde mich sonst fortan absichtlich mit diesen Worten quälen.

Wir schwiegen nur einen Herzschlag lang, und dann sagte er: »Du hast Zeit in meinem Garten verbracht.«

Es war, als würde er eine Beobachtung aussprechen, und daraufhin fragte ich mich, ob er mich beobachtet hatte. Hatte er mitangehört, was ich mit dem Selkie besprochen hatte?

Ich warf ihm einen Blick zu. »Ist das eine Frage?«

»Hast du es genossen?«

»Genossen ist kein Wort, mit dem ich irgendetwas beschreiben würde, das ich bisher hier erfahren habe.«

Ich wartete auf Casamirs Reaktion. Seine Kinnmuskeln zuckten, als er mit den Zähnen knirschte.

»Wieso bezweifle ich, dass du bisher irgendetwas in deinem Leben genossen hast?«

Ich entzog ihm meine Hand und ballte sie zur Faust.

Wir sprachen nicht weiter, und als wir einen Teil von Casamirs Schloss betraten, der mir bisher fremd war, blieb ich einen Schritt hinter ihm und überließ ihm die Führung. Ich hasste es, dass ich jetzt wünschte, ich würde wieder die Wärme seiner Hand in meiner spüren. Sie wäre wie ein Sicherheitsseil an diesem unbekannten Ort gewesen, aber ich weigerte mich, die Hand nach ihm auszustrecken, und unterdrückte das Bedürfnis. Ich brauchte nichts und niemanden. Das hatte mich das Leben gelehrt. Warum sonst sollte es mir alle nehmen, die ich liebte?

Wir schritten weiter durch einen Korridor, der an einer Seite zur Nacht hin offen war, und obwohl ich ihn zuvor misstrauisch beäugt hatte, war ich plötzlich abgelenkt von der Schönheit der gewölbten Decke, die durch Zierleisten in verschiedene Bereiche geteilt war, detailreich geschmückt mit Weinranken und Rosen. Die Decke selbst war tiefblau gestrichen, wie der Himmel an einem kalten Wintermorgen.

Der Korridor führte zu einem Speisesaal, in dem es bis auf ein paar brennende Kerzen stockfinster war. Ein langer Banketttisch stand in der Mitte, auf ihm befanden sich hohe Kerzenleuchter, ausladende Blumensträuße und Platten voller Köstlichkeiten. Der Duft nach gebratener Gans stieg mir in die Nase, und mir lief das Wasser im Mund zusammen.

»Wo ist denn dein Hofstaat?«, fragte ich, als Casamir an das Kopfende des Tisches trat, und ich feststellte, dass wir allein waren.

»Hier und da«, antwortete er und nahm Platz. »Vielleicht gesellen wir uns zu ihnen, nachdem du gegessen hast.«

Ein unbehagliches Gefühl überkam mich. Ich war nicht erpicht auf einen Abend mit verschlagenen Feenwesen.

»Setz dich.«

Er deutete auf einen Stuhl neben sich, an dem bereits für mich gedeckt war. Ich gehorchte, wenn auch zögerlich, und beäugte die Speisen.

»Bediene dich«, bot er mir an.

Das tat ich nicht, obwohl mein Magen laut knurrte.

»Es kursieren Gerüchte über Feenspeisen«, sagte ich. »Ist es wahr, dass ich für immer in deinem Reich bleiben muss, wenn ich hiervon etwas koste?«

»Du wirst nur auf ewig verdammt sein, hierzubleiben, wenn du meinen Namen nicht errätst«, meinte er.

Ich musterte ihn, und er musterte mich. Ich fragte mich, wonach er suchte und wonach ich in ihm suchte. Vielleicht nach einem Zeichen, dass ich ihm glaubte. Aber mein Hunger siegte, und ich füllte meinen Teller. Der Elfenprinz schenkte mir Wein in einen goldenen Kelch ein.

»Willst du nichts essen?«, fragte ich.

Als Antwort nahm der Prinz sich einen Apfel aus dem Füllhorn voller Obst und biss in das frische Fruchtfleisch. Ich betrachtete seinen Mund, als er kaute, und konnte mich nicht davon abhalten, daran zu denken, wie seine Lippen über meine Haut gewandert waren.

»Zufrieden?«, gab er zurück.

Wohl kaum.

Ich wandte mich meiner eigenen Mahlzeit zu und wählte für den Anfang eine runde Traubenfrucht. Als ich hineinbiss, spritzte der Saft aus meinem Mund. Ich wischte die klebrige Flüssigkeit mit den Fingern weg und leckte sie dann ab.

Als ich zu Casamir schaute, presste er seinen Mund zu einer harten, schmalen Linie zusammen, und seine langen Fingernägel bohrten sich in den zarten Apfel.

»Zufrieden?«, gab ich die Frage zurück.

Seine Augen formten sich zu Schlitzen, und er legte den Apfel beiseite. Wir starrten einander an, und dann konzentrierte ich mich wieder auf mein Essen, wobei ich mir die ganze Zeit völlig darüber bewusst war, dass er jede meiner Bewegungen verfolgte. Ich fühlte seinen Blick auf mir – auf meinen Händen, als ich nach einer weiteren Traubenfrucht griff, auf meinem Mund, als ich hineinbiss, auf meiner Zunge, als ich sie ausstreckte, um mir über die Lippen zu lecken.

»Welche Fortschritte hast du dabei gemacht, meinen Namen herauszufinden?«, erkundigte er sich.

»Keine. Bis auf das, was du mir heute Morgen gesagt hast: Sieben Buchstaben.«

»Der Selkie hat dir keinen Hinweis gegeben?«

Ich wollte nicht darüber reden, was der Selkie mir verraten hatte, also fragte ich stattdessen: »Ist der Selkie auch ein Gefangener?«

»Ich vermute, das kommt darauf an, was du als einen Gefangenen betrachtest.«

»Jene, die gegen ihren Willen hier sind.«

»Dann nehme ich an, er ist ein Gefangener.«

»Was hat er getan, um deinen Zorn auf sich zu ziehen?«

»Er hat eine der Meinen in seine Falle gelockt, also habe ich ihn selbst in eine Falle gelockt, und jetzt lebt er in meinem Teich, wo er singt, die Verletzbaren verführt und dazu zu überreden versucht, ihn zu befreien.«

Ich sagte nichts dazu und erinnerte mich an die Worte des Selkies.

Eines Tages, wenn du in diesem Schloss herrschst, wirst du mich ins Meer zurückbringen.

»Wirst du ihn wieder besuchen?«, wollte er wissen. Die Frage klang belanglos und unbedeutsam, aber er wirkte auf mich, als müsste er sich Mühe geben, seine Stimme nicht zu erheben.

»Ja«, antwortete ich. »Morgen.«

Eine seltsame Anspannung baute sich zwischen uns auf, wie ein Drücken und Ziehen. Ich vermutete, den Elfenprinzen plagte die Neugierde, ob es dem Selkie wohl gelungen war, mich zu verführen, doch ich schwieg und ließ ihn in seiner Ungewissheit schmoren. Was sollte es ihn kümmern, wer mich berührt hatte?

Ich gehörte nicht ihm.

»Du bist schön«, bemerkte er da, nach einem langen Moment der Stille.

Ich war gerade dabei, in eine weitere Frucht zu beißen, als er dieses Kompliment aussprach, und ich erstarrte bei seinen Worten und ihrem steifen Klang. Es war, als zwinge er sich, sie auszusprechen.

»Wie bitte?«

»Ich sagte, du siehst schön aus.«

Seine Augenbrauen waren zusammengezogen, seine Züge angespannt, doch er hielt weiter meinem Blick stand.

»Wieso scheinst du darüber so wütend zu sein?«

»Ich bin nicht wütend«, fauchte er. »Ich sagte dir, dass du schön bist. Sei gefälligst dankbar.«

»Du kannst mich mal.«

Ich nahm den Kelch, schüttete Casamir dessen Inhalt ins Gesicht, und der rote Wein tropfte wie Blut an ihm herab.

Er stand so abrupt auf, dass der Tisch wackelte, und ich zuckte zusammen und presste mich in meinen Stuhl, was ihn zu verblüffen schien. Seine Augen, die schwarz geworden waren, wurden wieder normal.

»Wer hat dir wehgetan?«, fragte er und blieb stehen, mit geballten Fäusten, so als würde er vielleicht gehen, sobald ich seine Frage beantwortet hatte.

»Was meinst du?«

»Du hast Blutergüsse am Rücken. Wer hat dir wehgetan?«, fragte er erneut. »Ich brauche einen Namen.«

Ich schwieg einen Moment lang, unsicher, was ich antworten sollte. Es war nicht so, dass ich Roland schützen wollte. Mein Leben mit diesem Prinzen teilen wollte ich allerdings auch nicht. Trotzdem hatte Roland mich ausgesucht, um den Fluch des Brunnens zu brechen, und er hatte es in dem Glauben getan, er könne sich als mein Retter darstellen.

Ich könnte das abwenden. Heirate mich.

Auch wenn er es nicht ernst gemeint hatte, drehte sich mir

vor lauter Abscheu der Magen allein bei dem Gedanken um, den Sheriff zu heiraten, den Rest meines Lebens mit ihm zu verbringen, seine Kinder zur Welt zu bringen und seine Erwartung an mich, ein gehorsames Eheweib zu sein, zu erfüllen.

Es verwunderte mich gleichermaßen, dass er dachte, ich wäre, was er wollte.

»Ich bin in einen Brunnen gefallen«, erklärte ich.

»Ist mein Bruder so gestorben?«

»Ich wünschte, es wäre so einfach«, seufzte ich. Denn dann würde ich mich nicht so schuldig fühlen für das, was ich getan hatte.

»Was hast du angestellt?«, flüsterte er, die Worte hingen zwischen uns in der Luft.

»Er hat mich aus dem Brunnen geführt, und ich dachte, er würde weiterziehen, sobald er frei war, doch stattdessen rannte er zurück zum Brunnen. Ich wollte ihn aufhalten, und in dem Handgemenge ... kam er um.«

Ich ließ den Teil aus, wie ich ihm den Kopf eingeschlagen hatte, doch ich bezweifelte nicht, dass Casamir Bescheid wusste.

»Man hat von mir verlangt, die Kröte im Brunnen zu töten. Auf den Gedanken, dass ich eine andere Option haben könnte, bin ich nicht gekommen.«

»Wer hat dir befohlen, ihn zu töten?«

Als ich nicht antwortete, fuhr er fort: »War es der Mann, der dich in den Brunnen geworfen hat?«

Ich erwiderte seinen Blick, und keiner von uns sagte etwas.

»Ich werde seinen Namen erfahren«, versprach Casamir. »Und wenn ich ihn ausspreche, werde ich ihn zu einem schrecklichen Tod verfluchen.«

»Warum solltest du das tun?«, fragte ich, verwirrt über seine Anteilnahme.

»Weil er dir wehgetan hat«, erwiderte der Prinz schlicht. Dann streckte er die Hand aus. »Komm.«

Ich zögerte, denn mein Hunger war immer noch kaum gestillt. Trotzdem legte ich meine Finger in seine, und er führte mich von meinem Platz zu einer weiteren Tür auf der anderen Seite des Speisesaals.

»Gibst du mir die Schuld?«, fragte ich. Ich konnte mich nicht davon abhalten. »Am Tod deines Bruders?«

»Ja«, sagte er. Schweigen legte sich über uns, und Schuldgefühle überrollten mich. »Aber du stellst die falsche Frage.«

Ich sah ihn an. »Welche Frage sollte ich denn stellen?«

»Ob es mich kümmert.«

»Kümmert es deine Brüder?«

»Vermutlich schon, denn sonst wärst du nicht hier.«

Er wirkte gleichgültig, was mich keineswegs beruhigte, im Gegenteil, es machte mich bloß wütend. Es wäre einfacher, zu akzeptieren, dass ich eine Gefangene von jemandem war, der jemanden, den er verloren hatte, zutiefst geliebt hatte.

»War dir jemals irgendwer wichtig?«

Ich hatte nicht so verächtlich klingen wollen, aber ich konnte nicht anders. Wenn er nicht für die eintreten konnte, die er liebte, wofür stand er dann?

»Ich selbst bin mir wichtig«, gab er zurück. »Ich bin alles, was ich brauche.«

»Wieso überrascht mich das nicht?«, brummte ich.

Falls Casamir mich hörte, sagte er nichts dazu. Stattdessen öffneten sich die Türen vor uns, um seinen Hofstaat und dessen ausgelassene Feier zu offenbaren. Der Ballsaal – zumindest nahm ich an, dass wir uns in einem solchen befanden – sah mehr wie ein Hain aus, umringt von Bäumen, voll mit leuchtenden Irrlichtern, die einen blassen Schein auf die Menge unter ihnen warfen. Die Anzahl der Feen in diesem Saal verblüffte mich, wenn man bedachte, dass ich den Tag über nur so wenige zu Gesicht bekommen hatte. Aber Feen blühten unter den Sternen auf, denn ihre Possen waren von der Dunkelheit getrieben, und das traf auf Casamirs Hofstaat zu.

Ein Geräuschbrei aus Gesang, schallendem Gelächter und

Kichern traf auf meine Ohren, der Duft von frischen Blüten und süßem Wasser war hingegen ganz angenehm.

Feen aller Arten tanzten und trommelten, gekleidet in die lebhaften Farben des heraufziehenden Frühlings. Ich blickte von Gesicht zu Gesicht, in dem Versuch, zu erkennen, welcher Gattung sie angehörten, doch mein Blick blieb auf jenen haften, die Casamir am ähnlichsten sahen – groß gewachsene, geschmeidige Elfen, die mich mit Verachtung anstarrten. Sie waren alle so schön wie er, so kalt wie er, und sie hassten mich ... wie er.

Mein Herz hatte zu rasen begonnen, und meine Hand um Casamirs Finger spannte sich an.

»Keine Sorge, Ding«, sagte er und beugte sich runter zu mir, sodass sein Atem heiß über mein Ohr streifte. »Hier verletzt dich niemand ... zu sehr.«

Dann schleifte er mich ohne Vorwarnung mit ins Getümmel, und zwei Feen mit schillernden Flügeln, eine sehr groß und eine sehr klein, nahmen meine Hände und zogen mich in ihren Tanzkreis.

»Casamir!«, rief ich, als die Feen mich hin und her schubsten. Erst diesen Morgen hatte er mich angefleht, seinen Namen zu sagen, und ich hatte ihn voller Inbrunst geflüstert, gelockt durch seine Berührung, trunken von der Macht, die er mir geliefert hatte. Doch in diesem Augenblick schrie ich ihn voller Wut. Am liebsten hätte ich ihn auf der Stelle gelyncht. Meine Mordgedanken verflüchtigten sich jedoch ziemlich schnell, da ich voll und ganz damit beschäftigt war, nicht mein Gleichgewicht zu verlieren. Denn mir war klar, dass die Feenschar keinen Deut darauf geben würde, wenn ich stürzte, und ihr wildes Treiben ungeachtet fortsetzte. Sie würden meinen Körper malträtieren, bis mein Blut ihre Füße bedeckte.

Die Feen bewegten sich schnell, wanden sich durch den Hain, Hand in Hand, während andere um uns herum tanzten. Ich reckte den Hals, hielt Ausschau nach Casamir, doch er tauchte immer nur für den Bruchteil einer Sekunde in meinem Sichtfeld auf – ich nahm ihn bloß als kurzen Schatten im Augenwinkel wahr. Er war mir buchstäblich ein Dorn im Auge.

»Sie sucht nach dem Prinzen!«, flötete eine der Feen.

»Sie ist verliebt!«, höhnte eine andere und kicherte boshaft.

»Ich bin keineswegs verliebt!«, stritt ich entrüstet ab.

Ich war fuchsteufelswild, und sollte ich ihn in die Finger kriegen, würde er dafür büßen.

Die Feen traten aus ihren Reigen, und die große nahm meine beiden Hände. Wir drehten uns so schwungvoll und verlagerten unser ganzes Gewicht auf unseren Fersen, dass es mich nicht gewundert hätte, wenn ich abgehoben und bis in den Himmel geflogen wäre, hätte sie mich losgelassen. Und ich wünschte mir insgeheim, sie täte es, und ich würde auf den Gläsernen Bergen landen.

Aber die Fee ließ nicht los und zog mich tänzelnd zurück in einen Kreis, und bald schon spürte ich, wie mein Körper sich entspannte und schmiegsamer wurde. Der Hain hatte etwas Berauschendes an sich, ausgehend vom Duft des Holzfeuers und dem Schweiß, der mir von der Stirn perlte, gepaart mit der Geschwindigkeit, mit der wir uns drehten. Schweißgebadet entbrannte tief in mir drin ein Feuer. Mein Gesicht war von der Hitze gerötet, die Haut meiner Brüste schmerzhaft gespannt, als Erregung mich durchfuhr, so stark und gewaltig wie in der Nacht, als ich Casamir begegnet war.

Ich war nicht sicher, wie lange ich tanzte, meine Füße taten allerdings bereits höllisch weh und würden bis zum Morgengrauen voller Blasen sein. Ein Teil von mir wollte aufhören, ein Teil von mir wollte weitermachen, und ein Teil von mir wollte Sex.

Jemand schubste mich von hinten, und ich stolperte vorwärts und fing mich mit den Händen an der nackten Brust eines Elfen mit lockigem Haar und den Füßen einer Ziege ab. Er trug einen Kranz aus Blättern, der gleich hinter zwei schwarzen Hörnern saß, die sich aus seinem Kopf wanden. Er drehte mich herum, und eine andere Fee grabschte nach mir, dann noch eine und eine weitere, bis starke Arme mich schützend umschlossen. Ich blickte auf und sah direkt in Casamirs Gesicht.

Es wirkte warm im Feuerschein, seine Augen waren schwarz wie die Nacht. Seine Hände pressten sich an meinen Rücken, mein Körper schmiegte sich an seine feste Gestalt. In seiner Umarmung verblassten die Geräusche des Hains, und die Luft wurde dichter und schwerer. Unter ihrem Gewicht fielen mir die Augen zu.

Seine Hand hob sich an meine Wange, und sein Daumen streifte über meine Lippen.

»Geschöpf«, flüsterte er und neigte den Kopf, als wolle er mich küssen, doch bevor seine Lippen meine berührt hätten, knickten mir die Beine weg, und ich fiel in eine Dunkelheit, so tief wie der Brunnen.

KAPITEL ACHT

DIE GLÄSERNEN BERGE

Abrupt wachte ich auf und wurde von dem hellen Licht geblendet, das durch das Fenster hereinfiel. Ich schirmte meine Augen ab, setzte mich auf, und die Ereignisse der letzten Nacht wirbelten lebhaft durch meinen Kopf. Ich wusste nicht, ob ich gelassen oder beschämt darüber sein sollte, dass ich letztendlich mitgemacht hatte, ebenso leidenschaftlich wie die Feen. Es war nicht gänzlich aus eigenem Antrieb geschehen. Der Hain besaß seine eigene Magie, die mir unter die Haut gesickert war. Ich spürte sie noch immer an mir.

Ich schob die Decken zurück und stellte fest, dass ich noch das Kleid von gestern Nacht trug. Wenigstens hatte Casamir mich nicht ausgezogen, dachte ich mir. Doch welche Rolle hätte das gespielt? Er hatte mich bereits mehr als jeder andere Mann nackt gesehen.

Ich stand auf, doch als ich mich auf die Füße stellte, fühlte es sich an, als seien sie von einem Messer durchbohrt worden. Ich fiel zurück aufs Bett und hob die Füße, um meine Fußsohlen zu inspizieren. Sie waren rot, geschwollen und voller Blasen.

Verdammt.

Wie sollte ich mich da heute mit dem Selkie treffen?

Ein frustriertes Knurren drang aus meinem Mund, als ich erneut aufstand. Der Schmerz war furchtbar, und jeder Schritt war, als liefe ich auf Nadeln. Ich hätte die Konsequenzen erahnen sollen, die das Tanzen mit den Feen herbeigeführt hatte, hätte wissen sollen, dass das passieren würde. Ich dachte daran, wie

Casamir mich ins Getümmel geschubst hatte, und wie er bis ganz zum Schluss außer Sicht geblieben war.

Nun fragte ich mich, ob er von meinen wahren Plänen mit dem Selkie gewusst und absichtlich versucht hatte, mich zu sabotieren.

Ich stützte mich auf dem Bett ab, bis ich das Ende erreichte, humpelte dann über den Fußboden, einen langsamen Schritt nach dem anderen, und presste dabei die Zähne so fest aufeinander, bis mein Kiefer schmerzte.

Ich hielt mich nicht damit auf, mich umzuziehen, schlüpfte zur Tür hinaus und betrat den Korridor. An den Wänden konnte ich mich nicht festhalten, da sie von giftigen Blumen bedeckt waren.

Ich arbeitete mich bis in den Säulengang vor, hockte mich hin, und rutschte jede Stufe einzeln hinab. Die Erleichterung, die das meinen Füßen bot, war nur von kurzer Dauer, denn schon bald darauf musste ich mich wieder erheben und arbeitete mich vorsichtig weiter bis in Casamirs Waldgarten.

Der Erdboden war für meine geschundenen Füße kein Stück besser, und jeder Schritt hinterließ Blut in den Mulden meiner Fußabdrücke. Trotzdem ging ich weiter. Wenn überhaupt, befeuerte dieser schreckliche Schmerz noch mein Sehnen, die Gläsernen Berge zu erreichen und Casamirs wahren Namen zu erfahren, damit ich von hier fort konnte.

Gerade als ich glaubte, keinen Schritt mehr laufen zu können, sah ich den Selkie vor mir. Er saß auf seinem Felsen, und unter der Sonne hatten seine Locken Ähnlichkeit mit einer glänzenden Krone.

Ich schaffte es bis an das Ufer des Teichs, setzte mich hin und schob meine pochenden Füße in den kühlen Schlamm.

Der Selkie zog eine Augenbraue hoch.

»In einen Feenring geraten?«

Ich verzog die Lippen bei seiner Frage. »Bring mich zu den Gläsernen Bergen«, bat ich.

Ich sah keinen Grund, Konversation zu betreiben. Ich hatte einen Handel zu gewinnen.

»Ich fürchte, du wirst warten müssen. Deine Begleitung hat Hunger bekommen, aber sie wird zurückkehren.«

Unbehaglich blickte ich über die Schulter und richtete meine Aufmerksamkeit dann rasch wieder auf den Selkie.

»Sprichst du die Wahrheit?«

»Bezichtigst du mich etwa der Lüge?« Seine Miene verfinsterte sich, ein Zeichen seines Zorns.

»Wer ist diese Begleitung?«

»Ein vertrauenswürdiger Freund.«

»In diesen Wäldern gibt es kein Vertrauen.«

»Er schuldet mir einen Gefallen.«

Meine Schultern versteiften sich. Ich traute dem Selkie nicht, kein bisschen, selbst wenn sein Freund sich als real herausstellte.

»Tauche deine Füße ins Wasser, schreckliches Ding. Es wird deinen Fußsohlen Linderung verschaffen … und deinem Leid.«

Wieder breitete sich dieses unwohle Gefühl in meinem Bauch aus. Ich hielt die Füße im Schlamm und presste die Knie an meine Brust.

»Wie viel weißt du über Casamir?«

»Dann nennt ihr euch inzwischen also beim Vornamen?«

»Er hat es befohlen.«

»Und du hast gehorcht?«

Ich sah ihn wütend an. »Du weißt gar nichts über ihn, oder?« Der Selkie formte die Augen zu schmalen Schlitzen.

»Ich weiß so viel über ihn, wie wir alle«, sagte er dann. »Aber es birgt Gefahren, Gerüchte als Wahrheit auszusprechen. Vor allem im Feenland.«

Feenland? So nannten sie diesen Ort?

»Dann sprich aus, was du als Wahrheit weißt«, forderte ich.

Seine Lippen waren zu einer dünnen Linie zusammengepresst. »Der Prinz ist verflucht, so wie alle seine Brüder. Manche sind dazu verflucht, zu verabscheuen, manche sind dazu verflucht, sich nach etwas zu sehnen, doch nur einer ist dazu verflucht, zu sterben.«

Ich bedachte die Worte des Selkies und fragte dann: »Wer hat sie verflucht?«

»Wer nicht?«, fragte er zurück. Seine Worte machten mich sauer, doch ich wusste auch, dass alles zu einem Fluch werden konnte, wenn es nur nahe genug an Magie ausgesprochen wurde.

»Und du? Was hast du getan, um im Teich des Prinzen zu enden?«

An seinem Kinn zuckte ein Muskel, und mir war klar, dass meine forsche Frage ihm nicht gefiel. Aber er antwortete.

»Ich lockte eine holde Maid an die Küste des Meeres, und sie verliebte sich so sehr in mich, dass sie vor Sehnsucht starb. Die holde Maid war eine Feenkönigin, und als ich die schützenden Wellen meines Meeres verließ, griff ihr Volk mich an. Sie stahlen mein Robbenfell, und ich durchwanderte das Land auf der Suche danach, bis ich zu einer Hütte kam, in der eine Hexe lebte. Ich erzählte ihr von meinem Leid, und sie versprach zu helfen, wenn ich ihr sieben Jahre lang dienen würde. Also ging ich den Handel ein, und schließlich überreichte sie mir einen Dorn mit roter Spitze und sagte: *Erzähl dem Dorn von deinem Wunsch und vergrabe ihn unter dem Vollmond.* Weitere Anweisungen gab sie nicht, und ich tat, wie mir geheißen. Am nächsten Morgen wachte ich neben meinem Robbenfell auf, das aus dem Boden entsprungen war. Sieben Jahre lang hatte ich nicht solche Freude gefühlt wie in diesem Moment. Doch als ich es vom Boden aufhob, erschien der Elfenprinz – der, den du Casamir nennst. *Dein Robbenfell gehört mir, denn es wurde aus meinem Dorn gemacht,* entschied er. Und seitdem lebe ich in diesem Teich.«

Schweigend lauschte ich der Geschichte des Selkies. Sie erinnerte mich an die Grausamkeit des Verzauberten Waldes und erneuerte meinen Wunsch, meiner eigenen drohenden Gefangenschaft zu entfliehen – nicht, dass es mir an Verzweiflung fehlte.

»Und wenn man dich freiließe? Was würdest du tun?«
»Nach Hause zurückkehren«, sagte er. »Zu dem, was davon noch übrig ist.«

Ich presste die Knie noch fester an meine Brust, als ich daran dachte, in was für ein Zuhause ich zurückkehren würde – meine leere Hütte, ein voller Brunnen, die Gänse, die in den Verzauberten Wald und wieder heraus wanderten.

Sonst gab es nichts und niemanden.

»Und wenn dort nichts mehr auf dich wartet?«

»Dann werde ich vermutlich sterben«, antwortete er.

Da weckte ein gurgelndes Krächzen meine Aufmerksamkeit, und ich blickte zum Himmel und sah einen großen, schwarzen Vogel dort oben kreisen. Dann schoss er herab, landete neben mir und verneigte sich.

»Ding, das ist Wolf, der Rabe.«

»Wolf ist ein seltsamer Name für einen Vogel.«

»Ding ist ein seltsamer Name für einen Menschen.«

»Ding ist nicht mein Name«, sagte ich.

»Wolf ist auch nicht mein Name«, antwortete der Rabe.

Wir starrten einander an, und ein Grinsen spielte um meine Mundwinkel.

»Schön, dich kennenzulernen, Wolf.«

Die Augen des Raben glitzerten. »Schön, dich kennenzulernen, Ding.«

»Wolf bringt dich zu den Gläsernen Bergen«, erklärte der Selkie.

Ich blickte von dem Selkie zu Wolf. »Wie willst du mich zu den Gläsernen Bergen bringen?«

»Du steigst auf meinen Rücken, und ich fliege dich dorthin.«

»Aber ich bin viel zu groß, um auf deinem Rücken zu reiten.«

»Trinke aus dem Teich des Selkies, und du wirst klein.«

Ich zögerte. »Und wenn ich zurückkomme, trinke ich erneut und werde wieder normal?«

»Was ist normal?«, fragte der Selkie.

Ich sah ihn finster an, und er antwortete: »Ja, du hast mein Wort darauf.«

Sein Wort war bindend, also kniete ich beim Teich nieder, tauchte die Hände in das Wasser und trank.

Dann richtete ich mich zu voller Größe auf, und gleich darauf spürte ich, wie die Welt um mich herum immer gewaltiger wurde. Der Teich war nun ein riesiger Ozean, die Blumen ein dunkler, tiefer Wald und der Rabe ein Monster. Meine Wunden schmerzten nicht mehr, und als ich den Fuß hob, stellte ich fest, dass meine Sohlen wieder heil waren.

»Also dann«, sagte Wolf und verneigte sich. »Steig auf, Ding.«

Ich grub meine Finger in sein Federkleid und krallte mich daran, als ich auf seinen Rücken kletterte.

»Gut festhalten!«, befahl er, breitete die großen Flügel aus und hob vom Boden ab.

Das Schlagen seiner Flügel war laut, und der Wind schnitt mir wie messerscharfe Rasierklingen ins Gesicht, nachdem wir uns in die Luft erhoben hatten und Richtung Berge flogen, die ich nun, über Casamirs Schloss, in der Ferne aufragen sah. Es gab nicht viel, das mir Furcht einflößte, vermutlich, weil ich keine Angst vor dem Tod hatte, doch der Anblick der Berge, der sich mir nun in all ihrer Pracht bot, ließ mich erschauern.

Sie verhüllten den Horizont und glitzerten in blendend hellen Lichtstrahlen. Ihr greller Schein machte es beinahe unmöglich, sie länger zu betrachten, doch ich blinzelte dagegen an, konnte nach und nach ihre spitzen, nadelähnlichen Gipfel und schroffen Kanten ausmachen und erkannte, dass sie ohne die Sonne nichts als bloße Felsblöcke aus kaltem Stein wären.

Doch auch dieser Gedanke kam nicht gegen das Grauen an, das sich in meinen Eingeweiden breitgemacht hatte.

Ich spähte auf die Welt unter meinen Füßen, die dicht von Wald bewachsen war und durchzogen von Flüssen. Mein Blick fiel auf die runden Dächer in Grün und Gold eines Gebäudes, das aussah wie ein Palast.

»Wer lebt dort unten?«, fragte ich den Raben, obwohl ich mir nicht sicher war, ob er mich hören konnte.
»Das ist das Königreich Nightshade. Es wird von einem der Sieben regiert.«
»Einem von Casamirs Brüdern?«
»Dem dritten, Prinz Lore.«
Lore. Ich erinnerte mich an ihn. Er war derjenige gewesen, der mir mein Messer weggenommen hatte.
Über welches Königreich hatte der tote Bruder geherrscht? Und wer herrschte jetzt dort?
»Wenn es sieben Prinzen gibt, gibt es einen König?«
»Der Elderkönig ist tot.«
»Und er hat keinen Erben hinterlassen?«
»Er hat sieben hinterlassen.«
»Das meine ich nicht. Wieso gibt es denn immer noch sieben Prinzen? Warum gibt es keinen König?«
»Der König konnte sich nicht zwischen seinen Söhnen entscheiden, also erklärte er bei seinem Tod, dass, wer immer den Magischen Spiegel wieder zusammensetzt, König des Verzauberten Waldes sein soll. Jeder Bruder hat ein Stück davon, und seitdem gab es keinen König mehr.«
»Das scheint ein schrecklicher Weg zu sein, einen König zu erwählen«, sagte ich.
Obwohl, nachdem ich alle sieben Prinzen kennengelernt hatte, war ich mir sicher, dass dem König klar geworden war, dass keiner seiner Söhne einen geeigneten König abgeben würde.
»Oder vielleicht ist es ein perfekter Weg«, meinte Wolf.
Der Rabe glitt weiter durch die Luft, bis er über den Gläsernen Bergen schwebte, wo er Kreise zog und langsam hinabsank.
Ich schirmte meine Augen ab, als die Sonne sich in der Oberfläche der Berge spiegelte, und sah voll Staunen zu, als wir auf einem Hang zwischen Gipfeln landeten, die sich wie große Säulen erhoben und den Himmel küssten.

»Steig ab, Ding«, befahl Wolf, und ich schwang das Bein über seinen Rücken und rutschte herab.

Meine Füße verloren den Halt, als ich auf den glatten Boden traf, aber ich fing mich, bevor ich fallen konnte. Trotzdem fühlten meine Beine sich taub an und zitterten unter meinem Gewicht nach meinem Flug durch den Himmel.

»Was soll ich tun?«, fragte ich Wolf.

»Anklopfen«, antwortete er.

Vorsichtig bückte ich mich, klopfte mit den Fingerknöcheln an die Oberfläche des Berges und war überrascht, als das Geräusch um mich herum echote und in der Luft schwirrte. Dann senkte sich Stille wie ein Schleier herab und drückte wie eine schwere Last auf meinen Körper.

»Hallo?«, rief ich und stand auf.

»Sprich!«, forderte Wolf mich auf. »Die Berge hören zu.«

Ich musterte den Raben einen Moment lang zögernd und kam mir albern vor, nur zum Wind zu sprechen.

»Ich bin gekommen, um den wahren Namen des Prinzen der Dornen zu erfahren«, sagte ich dann.

Erneut standen Wolf und ich in der Stille da, und während sie uns einhüllte, musterte ich die glitzernden Berghänge, als könne jeden Augenblick jemand oder etwas auftauchen und mich bei lebendigem Leib verschlingen.

Und dann sprach der Berg, und es war, als befände sich seine Stimme in meinem Kopf. Sie hallte wider und vibrierte durch meinen ganzen Körper.

»Was willst du mir im Austausch dafür geben?«, fragte der Berg.

Mein Herz hämmerte noch heftiger.

»Was verlangst du denn?«

Der Berg verstummte kurz, dann antwortete er: »Bring mir drei Haare vom Kopf des Prinzen der Dornen, und ich werde dir seinen wahren Namen nennen.«

Im nächsten Moment verschwand die Last, die sich bei unserer Landung auf mich gelegt hatte. Nicht länger angespannt, sank ich in mich zusammen und konnte wieder atmen.

Ich wandte mich dem Raben zu, denn ich erwartete, dass nun noch etwas folgen würde.

»Komm, Ding. Wir müssen zurück.«

Mit dem rutschigen Boden unter mir war es schwieriger, auf den Rücken des Raben zu klettern, und ich zog an seinen Federn, als ich aufstieg. Wolf krächzte schmerzerfüllt auf, doch sobald ich saß, flog er los. Ich starrte hinab auf meine Hände, die tief in Wolfs Federn vergraben waren. Sie erinnerten mich an Casamirs Dornen. Meine Gedanken drifteten ab, ich überlegte fieberhaft, welche Möglichkeiten es gäbe, drei Haare von Casamir zu erlangen.

Vielleicht konnte ich mich in sein Gemach schleichen, während er schlief, und sie ihm vom Kopf zupfen. Nur wo schlief er bloß in seinem riesigen Schloss? Ich dachte, ich sei einmal dort gewesen, bei meiner Ankunft, doch sein Schloss war wie ein endloser Wald, in dem es gefühlt unmöglich war, sich zurechtzufinden.

Obwohl es mich nicht kümmern sollte, fragte ich mich, was die Berge mit seinen Haaren vorhatten. Noch schlimmer, was, wenn ich sie ihnen gab und den falschen Namen erhielt?

Ich versuchte, mich an die genauen Worte zu entsinnen, die ich gebraucht hatte, als ich den Bergen gesagt hatte, was ich wollte. Doch mein Kopf war wie leer gefegt.

»Warum sollten die Berge Haare von Casamir wollen? Und nur drei davon?«

»Es ist nicht an mir, mich das zu fragen«, meinte Wolf, dessen Hilfe, wie mir klar wurde, sich nur auf seine Flügel beschränkte. Viel mehr würde er mir nicht nützen.

Der Selkie fläzte bei unserer Rückkehr noch immer auf seinem Felsen. Nachdem wir gelandet waren, richtete er sich auf.

»Also, hast du einen Namen?«, fragte er in gelangweiltem Tonfall.

»Ich habe eine Aufgabe«, entgegnete ich. »Aber das wusstest du bereits, nicht wahr?«

»Nichts in dieser Welt ist umsonst«, meinte der Selkie.

Ich sah Wolf an. »Danke.«

Ich war dem Vogel aufrichtig dankbar, dass er nicht versucht hatte, mich hereinzulegen oder in den Bergen zurückzulassen. Obwohl es mich weit misstrauischer machte, dass er nichts dergleichen getan hatte.

Er verneigte sich und legte einen Flügel an seine Brust. »Es war mir ein Vergnügen, Lady Ding.«

»Ich bin nicht …«

Doch schon hatte der Rabe sich in die Luft erhoben und flog davon, ehe ich den Satz überhaupt beenden konnte. Ich blieb mit dem Selkie zurück, der zum Wasser deutete.

»Trink«, befahl er. »Dann erlangst du deine volle Größe zurück.«

Der Teich lag wie ein riesiger Ozean vor mir, und meine Füße sanken in tiefen Schlamm ein, als ich mich dem Ufer näherte. Ich schöpfte mit beiden Händen vorsichtig etwas Wasser heraus und trank davon. Kaum berührte es meine Zunge, begann es sich in meinem Kopf zu drehen, und meine Welt wurde wieder zurechtgerückt.

Mein Magen rebellierte, und bevor ich es verhindern konnte, bückte ich mich und übergab mich auf das grasbewachsene Ufer.

»Ts, ts, ts«, meinte der Selkie. »Das wird den Feen aber nicht gefallen.«

Ich spuckte mehrmals aus und versuchte, so viel wie möglich von dem säuerlichen Geschmack im Mund loszuwerden. Dann wischte ich mir mit dem Handrücken über den Mund und sah den Selkie finster an.

»Wieso?«

»Sie mögen niemanden, der ihren Platz beschmutzt.«

»Was sollte ich denn tun? Es hinunterschlucken?«

»Das wäre bei Weitem besser gewesen als das, was dir nun blüht.«

Seine Worte ließen nichts Gutes erahnen. Ich kehrte dem Selkie den Rücken zu und verließ den Teich.

KAPITEL NEUN
EIN GUTER HANDEL

Die ganze Nacht lang hatte ich in Gedanken an mein Geschöpf geschäumt vor Wut, während mein Körper vor Zorn und Lust, die in mir im erbitterten Kampf um die Vorherrschaft gewesen waren, geschwelt hatte. Mein Kompliment hatte sie zurückgewiesen und meine Gastfreundschaft beleidigt. Für das alles hätte ich sie bestraft – wäre sie nicht dermaßen vor mir zusammengezuckt.

Das hatte meine Wut im Nu ausgelöscht.

»Sie hat erwartet, dass ich ihr wehtue«, sagte ich.

»Du hast ihr wehgetan«, erinnerte der Spiegel mich. »Du hast deine spitzen Dornen um sie geschlungen, die Rotmützen Steine nach ihr werfen lassen, und gestern Nacht hast du sie den Feen ausgeliefert, bis ihre Füße vom Tanzen ganz blutig waren.«

Ich setzte mich im Bett auf. »Sie wollte fliehen«, verteidigte ich mein Verhalten zu Punkt eins. »Was das Zweite angeht, da ließ ich ihr die Wahl, und das dritte Mal … könnte man als Gnade bezeichnen. Immerhin hatte sie mir offenbart, sie würde den Selkie wieder besuchen.«

»Hast du versucht, mit ihr über den Selkie zu reden?«, fragte der Spiegel.

Ich verschränkte die Arme. »Versuch *du* doch mal, mit ihr zu reden. Sie ist unmöglich!«

»Sie kann nicht schlimmer sein als du.«

»Als ich ihr sagte, dass sie schön ist, hat sie mir Wein ins Gesicht geschüttet«, entgegnete ich.

Daraufhin entfuhr dem Spiegel ein unterdrückter Laut. Ich sah ihn finster an, und der Laut wurde zu einem Würgen, als versuche er, das Lachen hinunterzuschlucken.

»Wie hast du es ihr denn gesagt?«, wollte er wissen.

»Was meinst du damit, wie ich es ihr gesagt habe? Ich sagte: *Du bist schön.*«

»Und …?«, hakte der Spiegel nach.

»Sie war verwirrt«, gab ich zu. »Und dann befahl ich ihr, sie solle dankbar sein für mein Kompliment, aber sie war es nicht.«

In der Stille, die darauf folgte, lag Anspannung, und dann verkündete der Spiegel: »Du bist ein Idiot.«

Ich glitt vom Bett und machte einen Satz auf ihn zu. »Vorsichtig, du besseres Stück Stein.«

»Findest du das Geschöpf schön?«, fragte er.

»Natürlich finde ich sie schön«, fauchte ich. »Als wäre meine tobende Erektion nicht Beweis genug!«

»Wieso sagst du es ihr dann nicht noch einmal«, schlug er vor. »Und dieses Mal solltest du es ernst meinen.«

»Ich habe es ernst gemeint!«

»Es gibt einen Zeitpunkt für diese Dinge«, erklärte der Spiegel. »Vielleicht, *nachdem* sie dir gegenüber weicher geworden ist.«

»Du vergisst wohl den Teil, bei dem sie sich in mich verlieben muss.«

»Sie wird sich nicht in jemanden verlieben, den sie nicht kennt, und das Einzige, was du ihr bisher von dir gezeigt hast, ist, was für ein Mistkerl du wirklich bist.«

»Ich bin kein Mistkerl!«

Ich funkelte den Spiegel wütend an, und er schaute finster zurück – genauer gesagt, es *fühlte sich an* wie ein finsterer Blick. Einen Moment später stieß ich ergeben die Luft aus und ließ mich rückwärts wieder aufs Bett fallen.

»Okay, na gut. Ich bin ein Mistkerl.«

Ich starrte die Decke an, die sich in mehreren Stoffschichten um mein Bett drapierte wie ein schwerer Mantel im Winter.

»Vielleicht könntest du … ein Picknick mit ihr machen«, schlug der Spiegel vor. »Du könntest sie … an einen Lieblingsort führen und … *plaudern*.«

Mir drang ein Lachen aus der Kehle. »Das ist eine lächerliche Idee. Sie will beim Abendessen kaum mit mir reden. Was lässt dich denken, sie würde mir in den Wald folgen, um zu *plaudern*?«

»Es war nur ein Vorschlag«, meinte der Spiegel. »Vielleicht könntest du …«

»Ich frage den Prinzen noch einmal«, fiel ich ihm ins Wort.

»Du würdest ihm noch eine Chance geben?«

Ich bemerkte die Überraschung in seiner Stimme.

»Nicht ohne Folgen«, sagte ich. »Ich habe noch fünf Tage. Nicht mehr. Ich kann mir keine Zeitverschwendung leisten!«

»Natürlich nicht«, sagte der Spiegel. »Du musst los. Beeil dich, bevor es zu spät ist.«

Seine Stimme war voller Verachtung, und hätte er mich nicht dermaßen verärgert, hätte ich möglicherweise nach dem Grund dafür gefragt.

Doch stattdessen wandte ich mich zum Gehen.

»Weißt du überhaupt, wo sie ist?«, fragte der Spiegel.

Ich blieb an der Tür stehen und blickte über die Schulter zurück. Aus dieser Entfernung konnte ich mein Spiegelbild sehen.

»Wahrscheinlich in ihrem Zimmer«, vermutete ich. »Sie kann ja nirgendwohin mit ihren kaputten Füßen.«

Als er nichts darauf erwiderte, drehte ich mich ganz zu ihm um.

»Warum?«

»Nur so«, meinte er leichthin. »Aber wenn ich eine Frau umwerben wollte, würde mein Tag mit ihr beginnen und mit ihr enden.«

Ich knirschte mit den Zähnen.

»Was weißt denn du schon? Du bist nur ein Spiegel!« Ich schlug die Tür hinter mir zu, doch als ich mich auf den Weg zum

Kerker machte, stockten meine Schritte, während die Worte des Spiegels ihren Weg in meine Gedanken fanden.
Wo ist sie?
Verdammter Spiegel.
Ich gab mein Vorhaben auf und steuerte das Zimmer meines Geschöpfs an. Als ich dort ankam, klopfte ich und trat ein, ohne ihr Zeit für eine Antwort zu geben, denn ich war zu ungeduldig, zu erfahren, ob sie da war.
Sie war nicht da.
Das Zimmer war leer, das Bett war gemacht, und das durchsichtige Gewand, das sie in der Nacht zuvor getragen hatte, lag am Fuße ihres Bettes. Ich durchquerte das Zimmer, um es aufzuheben. Der dünne Stoff war beinahe so leicht wie Luft, und als sie von ihrem Bett aufgestanden war, nur in dies hier gehüllt, hatte ich jeden Griff auf meinen Zorn verloren und den ganzen Abend und die Nacht mit dem Versuch verbracht, meine unmögliche Erregung zu bezwingen.
Ich hätte sie da an Ort und Stelle nehmen sollen. Ich hätte es tun können. Sie hätte sich meinem Willen gebeugt, mit ebenso viel Begeisterung, und doch hatte ich mich nicht dazu durchringen können, die Entfernung zwischen uns zu überwinden, denn zweifelsohne hätte sie mich danach gehasst und ich mich selbst verabscheut.
Ich drückte das Gewand an mein Gesicht und sog ihren süßen, rosigen Duft in mich auf.
»Was machst du da?« Die Stimme meines Geschöpfes war scharf und fordernd.
Ich wirbelte zu ihr herum und schaute sie an.
Sie trug immer noch das Kleid von gestern Nacht, ihr Haar war vom Wind zerzaust und verfilzt, und ihre leuchtenden Augen zusammengekniffen. Aber ihren Zügen fehlte die zornige Anspannung. Vielleicht war sie zu müde, um an diesen Gefühlen festzuhalten, was die dunklen Ringe unter ihren Augen erklären würde.

Wenn sie letzte Nacht überhaupt geschlafen hatte, dann ganz sicher nicht erholsam.

»Wo bist du gewesen?«, zischte ich.

In ihren Augen flackerte ein Licht auf, das an meinen Mundwinkeln zupfte. Dort war sie wieder, ihre Wut.

»Ich sagte dir gestern, dass ich den Selkie aufsuchen werde.«

»Du bist dorthin zurück?« Ich wurde blass. »Mit diesen Füßen?«

»Natürlich mit meinen Füßen«, antwortete sie unwirsch. »Wessen hätte ich denn sonst nehmen sollen?«

Ich ließ das Gewand fallen und ging auf sie zu. »Ich habe dich davor gewarnt, dorthin zurückzukehren.«

Sie lächelte boshaft. »Hast du wirklich gedacht, ein Feenring würde mich davon abhalten, deinen Namen in Erfahrung zu bringen?«

»Ist es das, was du tust?«, stieß ich hervor und blieb nur Zentimeter vor ihr stehen. Sie trat von einem Fuß auf den anderen, straffte die Schultern und bog den Rücken durch. Sie machte sich bereit, sich gegen mich zur Wehr zu setzen, und ich fragte mich, ob ihr das klar war. Ich lehnte mich noch einen Zentimeter näher zu ihr und fragte: »Hast du einen Handel mit dem Selkie geschlossen?«

»Und was, wenn?«, fragte sie zurück.

Ich griff nach ihr und umfasste ihren Nacken, wo ihr Puls unter meiner Hand raste.

»Spiele nicht mit mir, böses Geschöpf«, warnte ich sie leise. »Sage mir wahrheitsgemäß: Hast du mit dem Selkie einen Handel um meinen Namen geschlossen?«

Sie musste wohl etwas in meinen Augen gesehen haben, das auf meinen Zorn hindeutete, denn ich spürte, wie ihr Widerstand verschwand.

»Nein«, flüsterte sie.

»Und wirst du versprechen, das niemals zu tun?«

»Nein.«

Ich schenkte ihr einen herausfordernden Blick. »Ich kann dir alles geben, was er könnte, und noch mehr.«

»Ich will nichts von dir außer Freiheit«, sagte sie, doch als sie es aussprach, linste sie auf meine Lippen.

Ich kam ihr noch ein Stück näher, lediglich ein Flüstern trennte unsere Lippen noch voneinander. »Bist du dir da wirklich so sicher, Geschöpf?«

Als sie nicht antwortete, verlor ich die Beherrschung und presste meinen Mund auf ihren. Einen kurzen Moment lang versteifte sie sich, doch als meine Zunge über ihre Lippen strich, schmolz sie dahin, und ihre Lippen bewegten sich ebenso hungrig wie meine.

Ich konnte nicht entscheiden, wohin mit meinen Händen. Was würde sie wollen? Ich hatte zuvor kein Problem damit gehabt, sie zu berühren, doch dies fühlte sich heikel an. Die falsche Geste konnte das Ganze zu früh beenden, und ich wollte, dass es so lange wie möglich dauerte. Doch sie war es, die das Feuer schürte, als sie die Arme um meinen Nacken schlang, um mich enger an sich zu ziehen. Ihre Brüste drückten sich an meinen Brustkorb, ihr Mund öffnete sich für mich, und ihre Zunge streichelte meine.

Verdammt, war sie süß.

Meine Hände wanderten an ihre Taille, dann an ihre Oberschenkel, und ich hob sie in die Höhe. Ihre Beine umschlangen meine Taille, und ich lehnte mich mit meinem ganzen Gewicht gegen sie, als ihr Rücken die Tür ihrer Garderobe traf. Mein Schwanz war hart und schwer, und als er sich zwischen ihren Beinen reiben konnte, stöhnte ich laut, und sie schnappte nach Luft, während ihre Finger sich in meinem Haar verfingen.

Ich suchte Halt an der nackten Haut ihrer Oberschenkel, ließ die Hand zwischen ihren Beinen ruhen und strich mit den Fingern durch ihre Schamlippen.

»Süße Kreatur, sag, dass du dich nach mir sehnst.«

»Sei still«, flehte sie. »Ich werde dich nur noch mehr hassen.«

Sie zog an meinem Haar und presste ihre Lippen noch fester auf meine. Ich erstarrte, griff nach ihren Händen und drückte sie an die Tür.

Schwer atmend sahen wir einander mit finsterem Blick an.

»Boshaftes Geschöpf«, raunte ich.

»Biest«, spuckte sie aus.

Aus Vergeltung rieb ich mich an ihr und lächelte bösartig, als sie den Kopf in den Nacken warf und gegen die Tür knallte und somit ihren cremefarbenen Hals für meinen Mund entblößte. Ich saugte an ihrer Haut, bis ein Aufschrei aus ihrer Kehle drang.

»Verweigere dir selbst meine Lust, Geschöpf«, forderte ich und wanderte mit den Lippen bis zu ihrem Kinn. »Es wird dich nur verrückt machen.«

Ich erwiderte ihren Blick, küsste sie aber nicht erneut. Sie starrte wütend zurück, mit geröteter Haut und geschwollenen Lippen.

»Lass. Los.«

Ihre Forderung wand sich durch meinen Leib und frustrierte mich bis in alle Glieder, doch ich gehorchte und ließ sie auf den Boden sinken. Ich war nicht fähig, Abstand zwischen uns zu bringen, und sie stieß mich nicht von sich. Stattdessen senkte sie die Lider dorthin, wo meine Erregung meine Tunika wölbte, bevor sie noch näher an mich herankam und den Kopf nach hinten legte, um meinen Blick festzuhalten.

»Gib mir einen Buchstaben«, wisperte sie, und ihr Atem streichelte über meine Lippen. »Und ich befreie dich von deinem Elend.«

Ihre Worte weckten schmerzhaftes Sehnen in meinem Körper, und ich krallte die Finger in ihr Haar und fuhr mit spitzen Nägeln über ihre Haut. Sie zuckte kaum zusammen. Ich wollte sie zurückweisen, aber ich war verzweifelt und voller Lust, und ich glaubte nicht, dass ich so weitermachen konnte, mit diesem Hämmern in meinem Kopf, in meinem Herzen und in meinem Schwanz.

»U«, sagte ich.

»Ich?«, fragte sie stirnrunzelnd, als habe sie ein »Du« gehört.

»U«, wiederholte ich. »Der Buchstabe.«

Darauf folgte ein Atemzug Stille, bevor meine Hand in ihrem Haar sich anspannte.

»Auf die Knie«, befahl ich, und sie fiel erst auf ein Knie, dann auf das andere, ohne den Blick von mir zu wenden.

Ich hob meine Tunika und griff in meine Hose, um meinen steifen Schwanz hervorzuholen, gerötet von all dem Blut, das hineinrauschte. Ich beobachtete meine Kreatur dabei, wie sie ihn mit großen Augen staunend betrachtete, ehe sie ihn mit einer Hand umfasste und über seine ganze Länge leckte. Als ihre Zunge meine Eichel berührte und ihre Lippen sie umschlossen, wanderten meine Hände zurück in ihr Haar und strichen es ihr aus dem Gesicht, damit ich ihr zusehen konnte, wie sie mich kostete.

Ihre Hand blieb, wo sie war, glitt mit beständigem Druck an meinem Schaft auf und ab, und hin und wieder blickte sie auf, um mein Gesicht zu mustern, als sei ihr mein Vergnügen wirklich wichtig. Ich ließ mich hineinsinken, flehend, hoffend, *wünschend*.

»Verdammt.«

Ich stieß das Wort zwischen zusammengebissenen Zähnen hervor, als ich mich in ihrem weichen, warmen und feuchten Mund verlor. Sie war pure Vollkommenheit zu meinen Füßen. Ich schloss die Augen, bevor mein Körper sich anspannte, ein Prickeln mich durchlief, und ich so heftig kam, dass ein rauer Laut meinem Mund entschlüpfte, während sie leidenschaftlich an mir saugte. Sie ließ von mir ab, und ich nahm ihr Gesicht in beide Hände und betrachtete sie. Sie war vor Hitze leicht errötet und so verdammt schön.

»Du bist ein süßes Geschöpf«, sagte ich, und sie erhob sich und zog mich an sich, während ihre Lippen sich auf meine pressten. Ich konnte meinen Samen in ihrem Mund schmecken, als ihre Zunge mit meiner spielte.

Ich hielt sie fest, doch sie schob mich von sich.

»Ein Buchstabe«, sagte sie. »Für jedes Mal, das meine Hand dich kommen lässt.«

Ich formte die Augen zu Schlitzen, und in mir kämpfte eine seltsame Mischung aus Emotionen gegeneinander. Die vergebliche Hoffnung, die ich gehegt hatte, dass sie mich vielleicht ein klein wenig mögen könnte, als sie mich in den Mund genommen hatte, löste sich in Luft auf.

»Du setzt viel voraus, Geschöpf.«

»Wiederhole das, wenn dein Schwanz wieder in meinem Mund steckt«, konterte sie.

Wir waren nur Zentimeter voneinander entfernt, und ich lehnte mich näher zu ihr und sprach halb flüsternd.

»Tu nicht so, als wärst du nicht feucht für mich, boshaftes Geschöpf«, raunte ich und strich mit einer Fingerklaue über ihr Gesicht. »Ich habe dich berührt. Ich *kenne* dich.«

Sie stemmte sich gegen mich, aber ich rührte mich nicht.

»Geh!«, befahl sie, schwer atmend und mit geballten Fäusten.

Ich musterte sie und konnte meinen Verstand nicht davon abhalten, sich vorzustellen, wie es wäre, ihre süße Mitte an meinem Mund zu spüren. Der Gedanke ließ meinen schlaff gewordenen Schwanz erneut hart werden.

»Wie du willst«, sagte ich, doch nachdem ich meine Erscheinung wiederhergestellt hatte, hielt ich an der Tür inne. Als ich einen Blick über die Schulter auf sie warf, starrte sie die Wand gegenüber an. Ihr Profil war angespannt und wütend, und ihre Stimmung wurde nur noch finsterer, als ich sprach.

»Komme, wenn ich dich rufe, süßes Geschöpf«, sagte ich. »Oder ich werde dich holen.«

KAPITEL ZEHN
DREI HAARE

Ich presste mir die Hand auf den Mund. Ich konnte kaum fassen, was ich getan hatte, was ich mit dem Elfenprinzen hatte tun *wollen*. Ich hatte nicht damit gerechnet, dass er mich küssen würde, und dann hatte ich nicht widerstehen können, selbst wenn ich gewollt hätte. Die ganze Zeit über hatte ich befürchtet, er würde mich in einem Stück verschlingen, und trotzdem hatte ich es unbedingt gewollt.

Es war nur Mittel zum Zweck, redete ich mir ein, damit ich mich besser damit fühlte, dass ich freiwillig den Schwanz des Prinzen in den Mund genommen hatte.

Ich schmeckte ihn noch immer auf meiner Zunge.

Ich hatte noch immer den Geruch seiner erhitzten Haut in der Nase.

Ich spürte noch immer seine Hand in meinem Haar und das schmerzhafte Ziehen an meiner Kopfhaut.

Und ich wollte mehr davon. Von allem.

Verdammmich.

Ich kniete nieder und zupfte ein dunkles Haar nach dem anderen von meinem Boden auf, bis ich drei lange, schwarze Haare in meiner Hand hielt. Vorsichtig wickelte ich sie um meinen Finger und klopfte dann an die Türen meiner Garderobe. Anders als beim letzten Mal, ging die Tür einen Spalt auf, doch ich konnte nicht sehen, wer da öffnete.

»Ich brauche ein Säckchen … ein kleines, um etwas sicher aufzubewahren«, sagte ich.

Die Tür ging leise zu, und einen Moment später hatten die Feen im Schrank ein kleines, quadratisches Stück Stoff gefertigt, das sich mit zwei goldenen Bändern schließen ließ. Ich nahm es, und bevor ich noch etwas erwidern konnte, klappte die Tür wieder zu. Ich ließ die Haare in dem winzigen Beutel verschwinden, zog die Schnüre fest zu und schob das Säckchen zwischen meine Brüste, um es sicher zu verwahren, als ich zum Teich des Selkies zurückkehrte.

Nun, da meine Füße wieder heil waren, machten nicht sie den Weg beschwerlich für mich, sondern meine Gedanken an Casamir und diesen Moment, den wir geteilt hatten. Denn je mehr ich darüber nachdachte, umso stärker wurde das Sehnen. Ein verzweifeltes Drängen machte sich in meinem Unterleib breit, und bis der Teich in Sicht kam, hatte mein Verstand Bilder von mir und dem Elfenprinzen heraufbeschworen, ineinander verschlungen und sich windend.

Ich musste hier schleunigst verschwinden, bevor ich noch etwas tat, das ich auf ewig bereuen würde.

Ein unbehaglicher Schauer lief mir über den Rücken, so wie bei meinem Besuch zuvor. Meine Schritte wurden langsamer, das Gefühl blieb, und mir stellten sich die Nackenhaare auf. Langsam drehte ich den Kopf und spähte in das Grün um mich herum, konnte aber nichts Bemerkenswertes entdecken.

Wahrscheinlich Feen, die dir einen Streich spielen. Mir fielen die Abschiedsworte des Selkies ein, doch mein Herz hörte nicht auf, wie verrückt zu schlagen, und ich empfand überwältigende Beklommenheit, als ich den Teich schließlich erreichte.

»Du bist zurück.«

Die Stimme erschreckte mich, und ich wirbelte herum und erblickte den Selkie, der in seiner menschlichen Gestalt dastand. Er war nackt, sein glänzender Körper zur Schau gestellt. Ich ließ die Augen über seine harten Muskeln abwärts wandern und war entrüstet über seine Erektion. Hastig suchte ich nach seiner Schwachstelle, dem Robbenfell – das nirgends zu sehen war.

»Kannst du Wolf rufen?«, fragte ich.

Der Selkie trat einen Schritt auf mich zu, und ich wich einen Schritt zurück.

»Also hattest du Erfolg? Du hast drei Haare vom Kopf des Prinzen?«

Während er sprach, kam er weiter auf mich zu, so listig und schleichend wie ein Tier des Dschungels. Ich fühlte mich in die Enge getrieben, als meine Fersen in das schlammige Ufer des Teichs einsanken.

Seine Augen wurden schmal, als sie über meinen Hals glitten. Ich wusste nicht, was er dort sah, aber ich konnte es mir denken. Casamir hatte ziemlich leidenschaftlich an meiner Haut gesogen.

»Du trägst sein Mal.«

Ich bedeckte meine Haut an ihrer empfindlichsten Stelle und beäugte ihn nun auch argwöhnisch mit zusammengekniffenen Augen.

»Ich habe die drei Haare dir gegenüber nicht erwähnt«, stellte ich fest.

Und da stürzte sich der Selkie auf mich. Ich hatte kaum Zeit, zu reagieren, bevor er auf mich prallte. Ich traf so hart auf das Wasser, dass mir die Luft wegblieb. Als ich unter die Oberfläche sank, lastete sein Gewicht schwer auf meinem Brustkorb. Ich zappelte, um freizukommen, noch während mein Mund sich mit Wasser füllte und meine Lungen brannten.

Er drückte mich nieder, bis ich dachte, ich würde ertrinken – und dann zerrte er mich zurück an die Oberfläche.

»Wo sind sie?«, wollte er wissen. Er packte mich an den Oberarmen und schüttelte mich. »Gib sie mir!«

Ich konnte nichts sagen, weil ich zu verzweifelt nach Luft rang.

Der Selkie schleifte mich den Fels in der Mitte des Teiches hoch und hielt meine Beine mit seinen kräftigen Oberschenkeln an Ort und Stelle, damit ich nicht nach ihm treten konnte.

Trotzdem wehrte ich mich und krallte nach seinen Händen, die sich in meine Taschen schoben. Als er die Haare dort nicht fand, drückte er meine Brüste zusammen. Ich zog an seinen Strähnen und stach mit den Fingern nach seinen Augen, aber seine Hände packten meine Handgelenke, und er verschränkte sie mit einer Hand über meinem Kopf. Mit der anderen tastete er an mir herum, zerriss dann das Mieder meines Kleides und grinste, als er das Säckchen hochhob.

»Törichtes Ding«, blaffte er, schloss die Finger um das Säckchen und drückte gewaltsam seinen Mund auf meinen.

»Nein!«, schrie ich. »Wolf! Casamir!«

»Sei still!«, befahl der Selkie, legte mir seine große Hand über Nase und Mund und drückte zu, bis ich keine Luft mehr bekam. Ich zog ihm die Nägel über die Arme und wusste, dass ich seine Haut verletzt hatte, denn ich konnte die Fetzen spüren. Doch er lockerte seinen Griff nicht, und gerade als meine Sicht verschwamm, glitt von oben ein Schatten über uns. In der nächsten Sekunde sauste Wolf auf uns herab und fuhr seine Klauen aus, um sie ins Gesicht des Selkies zu schlagen und mit seinem scharfen Schnabel dessen Augen auszupicken.

Der Selkie schrie auf, als Blut an ihm hinabtropfte, und ließ das Säckchen, das er mir entrissen hatte, fallen. Ich hastete ihm hinterher, rutschte vom Felsen und watete durchs Wasser, so schnell ich konnte.

»Trink, Kreatur, trink!«, befahl Wolf, aber ich bemerkte bereits, wie ich immer kleiner und der Teich immer größer wurde. Je größer er wurde, umso weiter war ich vom Ufer entfernt und umso erschöpfter wurde ich. Und gerade, als ich dachte, ich könnte nicht mehr weiter, rettete der Rabe mich mit seinen Krallenfüßen aus dem Teich.

Ich zitterte wie Espenlaub, und alles an mir war taub. Ich fühlte nichts, nicht einmal den Wind auf meinem Gesicht.

»Alles in Ordnung, Kreatur?«, fragte Wolf, doch ich antwortete nicht, denn ich wusste nicht, was ich sagen sollte. Es war nicht alles in Ordnung mit mir, aber ich hatte ein Ziel, und das musste ich um jeden Preis erreichen. Ich war meiner Freiheit zu nahe.

Ich hielt den gesamten Flug über die Augen geschlossen. Bei unserer Ankunft setzte Wolf mich sachte auf der kalten, gläsernen Oberfläche der gleichen Lichtung ab und landete in der Nähe. Ich richtete mich benommen auf und sah ihn an.

»Wieso hast du mich gerettet?«, fragte ich.

»Weil du den Prinzen heiraten wirst«, sprach Wolf. »Und wenn du das tust, werde ich wieder ein Wolf sein.«

Der Selkie hatte etwas Ähnliches von sich gegeben. Damals hatte ich ihm nicht geglaubt, und ich glaubte auch Wolf jetzt nicht, aber ich sagte nichts, als ich aufstand, das Säckchen aufzog und Casamirs dunkle Haare herausfischte. Sie waren nass und klebten an meinen Fingern, aber ich schaffte es, sie zu zählen, um sicherzugehen, dass alle drei da waren.

»Berge«, rief ich. »Ich habe euch drei Haare vom Kopf des Prinzen der Dornen gebracht.«

Nach meinen Worten schien die Welt stillzustehen, und die Last der Stille drückte auf meine Ohren. Dann ächzte der Boden unter mir, und zu meinen Füßen tat sich ein Loch auf.

»Füttere mich, Sterbliche.«

»Ihr versprecht, mir den wahren Namen des Prinzen zu nennen?«, vergewisserte ich mich.

Das Loch wurde größer, berührte meine Zehenspitzen, und ich machte einen Satz rückwärts, um nicht hineinzustürzen.

»Füttere mich, Sterbliche!«

Mir wurde schwer ums Herz, aber ich gehorchte. Ich war überzeugt davon, sorgfältig genug in der Formulierung meines Handels mit den Bergen gewesen zu sein, ich konnte mich allerdings nicht an den genauen Wortlaut erinnern. Aber wir waren einen Handel miteinander eingegangen, und ich hatte keinen Grund zu glauben, dass die Berge sich nicht daran halten würden. Ich ließ Casamirs Haare in die Dunkelheit fallen, und das

Loch schnappte mit einem Geräusch, das mir durch Mark und Bein ging, wieder zu. Dann begann die Erde unter mir zu beben. Es war anders als vorhin – nicht das Grummeln einer Stimme, sondern ein Beben vor Wut.

»Denkst du, du kannst mich hereinlegen, Sterbliche?«, brüllte der Berg in meinem Kopf, sodass mir die Ohren klingelten. Ich fiel auf die Knie und presste die Handflächen auf meine Ohren. »Das ist kein Trick!«, rief ich wütend. »Die Haare stammen von seinem Kopf!«

»Lügnerin!«, dröhnten die Berge. »Lediglich ein Haar ist von ihm. Die anderen beiden nicht. Und jetzt wirst du für deine Täuschung büßen!«

Vor mir tat sich ein kleineres Loch auf, und plötzlich lagen die Hände, die gerade noch an meine Ohren gepresst gewesen waren, flach auf die Oberfläche der Gläsernen Berge gedrückt.

»Mit deinem eigen Fleisch und Blut wirst du bezahlen«, tönten die Berge, und während sie sprachen, konnte ich nur tatenlos dabei zusehen, wie mein Ringfinger abfiel und in der Öffnung der Berge verschwand. Und genau wie es sich zuvor mit den Haaren zugetragen hatte, schloss sie sich nun wieder mit einem Geräusch, als würde man durch Haut und Knochen schneiden, nachdem der Berg meinen Finger verschlungen hatte.

Der Schmerz kam plötzlich und heftig und raubte mir einen Herzschlag lang den Atem, bevor sich von irgendwo tief in meiner Kehle ein Schrei seinen Weg nach draußen bahnte. Ich riss die Hand weg und barg sie in der anderen, Blut tropfte zwischen meinen Fingern hindurch und auf die Erde.

Ich sah Wolf an, der mich ganz aus der Nähe beäugte.

»Komm, Lady Ding«, sagte er, nichts weiter.

Mein Gesicht war heiß vor Scham, befeuert von dem Wissen, dass jemand mein Scheitern mit angesehen hatte. Mein Blick fiel auf meine Hand, und ich wickelte sie in den Rock meines Kleides, bevor ich aufstand. Der Rabe war gütig und neigte sich tief, damit ich auf seinen Rücken steigen konnte. Während des

Flugs gab ich mein Bestes, die Emotionen, die mein Herz in Aufruhr versetzten, zurückzuhalten, doch sie tobten in mir, drohend und explosiv.

Als wir in Sichtweite des Teiches waren, wusste ich, dass ich in Schwierigkeiten steckte, denn am Ufer wartete Casamir. Er war eine finstere und Unheil verkündende Gestalt, umhüllt von schwarzen Dornen und Schatten. In einer Hand hielt er das Robbenfell des Selkies. In der anderen seinen abgetrennten Kopf.

Wolf krächzte und kreiste einmal, bevor er zu Casamirs Füßen landete. Ich legte den Kopf in den Nacken, um zu ihm aufzublicken. Aus meiner Perspektive glich er einem Riesen. Ich glitt von Wolfs Rücken, und als ich aus dem Teich trank und wieder wuchs, verneigte sich der Rabe vor dem Prinzen, der hingegen ganz und gar nicht an dem Raben interessiert zu sein schien. Er ließ mich nicht eine Sekunde lang aus den Augen.

»Woher wusstest du Bescheid?«, fragte ich, nachdem ich wieder groß war.

»Du hast gerufen, und ich kam«, antwortete er.

Einen Moment lang sprach keiner von uns, und dann, urplötzlich, warf ich mich an seine Brust und brach in Tränen aus.

KAPITEL ELF
EINE WAGEMUTIGE RETTUNG

Ich wusste nicht, wie mir geschah, als mein Geschöpf den Kopf an meine Brust legte und zu weinen begann. Ihre Tränen schnitten in mein Herz wie scharfe Messer und nährten ein Verlangen, ihren Schmerz zu rächen. Ich war nicht an diese Gefühle gewöhnt, weder meine noch ihre.

Bestürzt schaute ich zum Raben, der seine Flügel auffächerte und um sich legte.

»Was?«, fragte ich lautlos.

Der Rabe breitete seine Flügel aus und wiederholte die Geste.

Ich zuckte verständnislos mit den Schultern.

»Tröste sie, du Rüpel«, befahl der Rabe halb flüsternd.

Ich ließ meine Magie zurückweichen und den Kopf des Selkies fallen, um die Arme um sie zu schlingen. Doch ich kam nicht mehr dazu, weil sie sich vorher von mir wegstemmte.

»Ich hasse diesen Ort«, schrie sie und funkelte mich an. Ihr Zorn traf mich mit voller Wucht, als hätte sie mich geschlagen. »Ich hasse *dich*.«

»Ich sagte dir, dass du nicht wieder dorthin gehen sollst«, entgegnete ich. Mir wurde heiß, und meine Hände krallten sich in das Robbenfell des Selkies. Sie hatte kein Recht, ihre Wut gegen mich zu richten. Sie war nur hier, weil sie meinen Bruder getötet hatte, und das hier alles war nur passiert, weil sie meine Warnung ignoriert hatte. »Ich sagte dir doch, dass er gefährlich ist.«

»Als wärst du irgendwie besser«, spuckte sie mir vor die Füße.

»Oh, böse Kreatur, du willst gar nicht, dass ich besser *bin*. Ich bin das Einzige, was dich hier schützen kann.«

Ihr Blick fiel auf das Robbenfell in meiner Hand und huschte dann zum Kopf des Selkies, der ihr vom Boden aus entgegenstarrte.

In ihren Augen glitzerten nicht vergossene Tränen, wie Smaragde, die unter der Erde schimmern. Ich verfluchte mich dafür, dass ich die Chance verpasst hatte, sie in den Arm zu nehmen. Zweifellos würde ich mir später deswegen einiges vom Spiegel anhören müssen, der diesen Austausch wahrscheinlich gerade mit Naeve verfolgte.

Der Rabe hatte recht. Ich war ein Rüpel.

Und nun hasste sie mich wieder, wenngleich ich annahm, dass sie damit nie aufgehört hatte.

Ich musterte sie und bemerkte das Blut auf ihrem Kleid.

»Bist du verletzt?«, fragte ich, unsicher, ob sie vielleicht nur den blutigen Kopf des Selkies gestreift hatte. Doch dann fiel mir auf, wie sie die Hand in ihrem Kleid hielt. Ich trat einen Schritt näher und warf das Fell des Selkies beiseite. »Lass mich deine Hand sehen.«

»Es geht mir gut«, sagte sie und wich einen Schritt zurück.

»Lass sie mich sehen«, wiederholte ich, langsam und bedächtig. Etwas in meiner Stimme musste sie dazu veranlassen, zu gehorchen, denn sie hob die blutige Hand und zeigte mir ihren fehlenden Finger. »Wo ist er? Dein Finger?«

»Die Berge haben ihn verschlungen«, antwortete sie.

»Die Berge haben dein Blut?«

»Ich konnte mich nicht wehren«, verteidigte sie sich.

»Weil du mit ihnen verhandelt hast«, schäumte ich. »Törichte Kreatur! Um was hast du verhandelt?«

Sie schwieg.

»*Kreatur*«, warnte ich sie mit zusammengebissenen Zähnen.

Sie sah mich nicht an, als sie es mir gestand. »Drei Haare von dir.«

»Drei Haare?«

Ihr Blick begegnete meinem. »Ich hatte nur eins. Die anderen beiden müssen deiner Mätresse gehört haben.«

»Oder einem *Bruder*«, fauchte ich.

Ihr Mund spannte sich an. »Das ist deine Schuld! Ich hätte mich auf keinen Handel eingelassen, wenn ich nicht deinen wahren Namen hätte erfahren wollen!«

»Niemand hat von dir verlangt, dass du deswegen mit den Bergen verhandeln sollst!«

»Er schon!«, antwortete sie und deutete auf den Kopf des Selkies.

»Er wollte mich töten!«, schrie ich und trat nach dem Kopf, der daraufhin in den Wald flog, der uns umgab. »Ich hätte dir meinen Namen doch verraten, hättest du mir noch vier weitere Tage lang einen geblasen!«

Es spielte keine Rolle, dass ich die Zeit nicht hatte. Es spielte keine Rolle, dass sie mich auch lieben musste.

»Wenn ich dich nur im Geringsten begehren würde, könnte ich ja vielleicht einen weiteren Handel in Betracht ziehen, doch so wie es ist, bist du die letzte Person an diesem einsamen Ort, die ich je vögeln würde!«

»Sei dir da nicht so sicher, vor allem nicht, wenn es um deine Freiheit geht.«

»Entwürdige mich nicht dafür, dass ich dir Lust bereitet habe.«

»Ich entwürdige dich nicht«, behauptete ich. Herausfordernd beugte ich mich über sie, und ebenso trotzig kam sie mir auf Zehenspitzen entgegen, um meinem giftigen Ton zu begegnen. »Wenn du mich lassen würdest, würde ich dir sogar *huldigen*. Vielleicht wüsstest du dann ja, wie es ist, wirklich dankbar zu sein.«

Daraufhin ohrfeigte sie mich, und ich wich zurück und presste eine Hand ans Gesicht, um das Brennen zu lindern, obwohl meine Finger mit dem Blut des Selkies besudelt waren.

Ihre Augen loderten vor Wut, doch mir war schleierhaft, warum meine letzten Worte sie noch mehr erzürnt hatten.

»Wage es bloß nicht, mir ein noch schlechteres Gewissen zu machen, als ich ohnehin schon habe.«

Ich fühlte mich verletzt und bloßgestellt, und ich hasste alles daran.

»Hättest du mir gestanden, warum du Haare von mir willst, wäre dir erspart geblieben, ein Körperglied zu verlieren. Die Berge kennen meinen Namen nicht.«

»So langsam denke ich, dass niemand deinen Namen kennt. Vielleicht hast du ja gar keinen Namen.«

»Ich habe viele Namen«, widersprach ich. »Das bringt ein langes Leben so mit sich.«

»Welch grausames Schicksal«, spottete sie. »Möglicherweise wäre dein Tod die Lösung, dann hättest du nicht so furchtbar viele.«

»Nur enden sie nicht, wenn man stirbt«, erwiderte ich. »Ich bin schon viele Male gestorben und kehrte immer wieder mit noch mehr zurück.«

Sie wurde blass, als ich das sagte, und ich trat einen kleinen Schritt näher.

»Gib mir deine Hand«, bat ich.

Sie zögerte, streckte aber zitternd den Arm aus.

Ich ergriff ihre Hand und nahm ihren verletzten Finger in den Mund. Genau wie ich vorhergesehen hatte, wollte sie ihn wegziehen, aber ich hielt sie fest, saugte heftig, und als ich sie wieder freigab, waren Fleisch und Knochen wiederhergestellt.

Staunend weiteten sich ihre Augen, verfinsterten sich allerdings schon einige Sekunden später vor Entsetzen.

»Nein! Darum habe ich dich nicht gebeten!«

»Stimmt«, bestätigte ich.

»M-mach es rückgängig!«, rief sie und hielt die Hand in die Höhe, als gehöre sie nicht zu ihr.

»Das werde ich nicht«, wehrte ich ab.

»Ich will dir nichts schuldig sein. *Mach es rückgängig!*«

»Habe ich dich denn dafür um irgendetwas gebeten?«

»Es spielt keine Rolle, dass du das nicht getan hast«, sagte sie. »Magie fordert immer eine Gegenleistung.«

»Dann lass mich dafür Sorge tragen, was sie wollen wird«, antwortete ich und bückte mich, um das Robbenfell aufzuheben. Als ich sie umrundete, rollte plötzlich der Kopf des Selkies wieder aus dem Gestrüpp heraus, angeschoben von einer tränenüberströmten, geflügelten Fee.

»Weine nicht um ein solches Geschöpf«, sagte ich. »Er hat berührt, was mein ist.«

Ich hob den Schädel an seinem goldenen Haar vom Boden auf.

Als ich mich wieder zu meinem Geschöpf umdrehte, starrte sie den Kopf des Selkies an.

»Was hast du damit vor?«

»Ich werde ihn vor meinem Fenster einpflanzen und abwarten, was daraus erwächst«, meinte ich.

Sie erwiderte nichts darauf und fragte auch nicht, was ich mit dem Robbenfell anfangen würde, doch hätte sie es getan, hätte ich ihr wahrscheinlich von meiner Sammlung an Häuten und Fellen erzählt, die von tierisch zu menschlich reichten. Schließlich wusste man nie, wozu einem eine andere Haut mal dienlich sein konnte.

»Lass uns gehen«, drängte ich. »Die Abenddämmerung kommt rasch näher.«

Sie zog eine Augenbraue hoch. »Fürchtest du die Dunkelheit?«

»Nein«, sagte ich. »Aber du solltest davor auf der Hut sein, selbst wenn ich bei dir bin.«

Auf dem Rückweg sprach ich nur einmal, und das auch nur, um meine Kreatur anzuweisen, einen Schritt vor mir zu gehen, damit ich sie von allen Seiten betrachten könne. Als wir das Schloss erreichten, warf ich den Kopf des Selkies in die Mitte des Hofes und sah sie dann an.

»Die Berge haben nun dein Blut«, sagte ich. »Sie werden nach dir rufen, und wenn sie das tun, musst du widerstehen.«

»Wie werde ich wissen, wenn sie rufen?«

»Wahrscheinlich gar nicht.«

Sie warf mir einen genervten Blick zu. »*Überaus* unhilfreich, besten Dank auch.«

Ich lächelte halbherzig, amüsiert über ihren Ärger. »Verlass heute Nacht nicht dein Zimmer, ganz gleich, was ruft.«

Ihr Kehlkopf trat hervor, als sie schluckte, und mein Blick fiel auf das Mal, das ich auf ihrer Haut hinterlassen hatte. Ich streckte die Hand aus und berührte die Stelle. Ich wollte sie küssen, sie lecken, wieder an ihrer Haut saugen, aber sie zuckte zusammen, also ließ ich die Hand sinken.

»Gute Nacht, Geschöpf«, verabschiedete ich sie, und sie machte sich aus dem Staub.

Ich kehrte in mein Gemach zurück und wich beim Eintreten einem Schuh aus.

»Wofür zum Teufel war das?«, beschwerte ich mich an Naeve gerichtet, die auf der Bank unter dem Fenster stand und auf einem Bein hüpfte, während sie versuchte, den anderen Schuh auszuziehen.

»Dafür, dass du ein Arsch bist! Und zwar ein riesengroßer!«, brüllte sie.

»Was habe ich dieses Mal verbrochen?«, wollte ich wissen.

Ihre Antwort bestand darin, einen weiteren Schuh nach mir zu schleudern, und ich hob den Arm gerade noch rechtzeitig, um mein Gesicht zu schützen.

»*Du solltest dankbar sein?*«, zitierte mich Naeve. »Geht's vielleicht noch ein bisschen unromantischer?«

»So habe ich das aber gar nicht gemeint!«

Sie sollte doch nur verstehen, wie dankbar ich ihr gewesen war, als sie vor mir gekniet und einen Teil von mir in den Mund genommen hatte, und dass ich diesen Gefallen unbedingt erwidern wollte.

Naeve suchte nach etwas anderem, das sie nach mir werfen konnte.

»Was sollte ich denn sonst sagen?«

»Irgendwas anderes! Irgendetwas *Freundliches!*«, rief sie. »Wenn sie dich lieben soll, muss sie dich mögen, und da ist nichts an dir, das auch nur entfernt liebenswert wäre.«

Sie schnappte sich das Kissen hinter ihr und warf es nach mir.

»Hör auf, Dinge zu schmeißen!«

»Du hast noch fünf Tage! *Fünf!*«

»Ich kann zählen!«

»Dann sorge dafür, dass sie zählen!«

»Das *versuche* ich ja!«, brüllte ich zurück. »Glaubst du denn, mir fällt das Ganze irgendwie leicht, wo ich in meinem Leben noch nie Liebe hatte?«

Naeve erstarrte, den Kerzenhalter, den sie als Nächstes auf mich hatte abfeuern wollen, in der Hand wie einen Speer.

»Glaubst du, ich bin zu Freundlichkeit fähig, wenn ich nie welche erhalten habe?«, fuhr ich fort. »Glaubst du, es ist leicht, etwas anderes zu sein als das, was ich nun mal bin?«

»Leicht? Nein, das glaube ich nicht, aber Veränderung hat noch nie versprochen, dass sie leicht wäre, und wenn es das ist, was du willst, musst du mehr tun, als es nur zu *versuchen*.«

Ich sah sie finster an, rauschte dann aus meinem Gemach und schlug die Tür hinter mir zu, um widerwillig den Prinzen im Verlies meines Schlosses aufzusuchen. Er lag auf seiner Pritsche unter dem Fenster. Ein Bein hing herab und schabte über den Boden. Der seltsame Hut, den er für gewöhnlich trug, bedeckte sein Gesicht, und seine Hände ruhten gefaltet auf seinem Bauch.

»Dein Rat hat nicht funktioniert«, begrüßte ich ihn.

Der Prinz schreckte hoch, setzte sich auf, und sein Hut fiel in seinen Schoß.

»W-was meinst du damit?«

»Ich sagte ihr, dass sie schön ist, und sie hat sich nicht in mich verliebt.«

»Na ja, wie hast du es denn gesagt?«
»Wieso fragen mich das alle ständig? Ich habe es einfach ... *gesagt!*«
»Hast du es ernst gemeint?«
»Ja!«
»Und sie hat sich nicht in dich verliebt?« Er wirkte verwirrt.
»Ich habe heute einem Selkie den Kopf abgerissen. Willst du wirklich Spielchen mit mir treiben?«
»Natürlich, sie tut bestimmt so, als wäre sie nicht leicht zu haben«, meinte der Prinz hastig. »Vielleicht solltest du sie aus einer Gefahr retten. Dann wird sie so dankbar sein, dass sie auf der Stelle ihre Liebe zu dir erkennen wird.«
»Das habe ich getan. Heute. Ich habe sie heute gerettet.«
Ich hatte den Selkie getötet für das, was er ihr angetan hatte. Sie hatte mich mit seinem Kopf und seinem Fell in den Händen gesehen.
Der Prinz öffnete den Mund und schloss ihn wieder. Dann fragte er: »Und sie war Zeugin deiner Heldentat?«
»Nun ja ... nein.«
»Das ist es!«, rief er und schnippte mit den Fingern. »Du musst ihr deine Fähigkeiten zeigen, deine Tapferkeit. Sie wird zu deinen Füßen dahinschmelzen!«
»Wenn du dich irrst, nehme ich mir die Feder von deinem Hut.«
»Was ist mit meinen Locken?«, wunderte er sich.
»Welche Locken?«, fragte ich, und ein boshaftes Lächeln umspielte meinen Mund, als der Prinz blass wurde und mit der Hand über sein kurz geschorenes Haar strich.

KAPITEL ZWÖLF
DIE GLOCKE

Als ich mein Zimmer betrat, wartete eine metallene Wanne mit dampfendem Wasser auf mich. Mir tat alles weh, meine Knochen beschwerten sich lautstark, und bei dem Gedanken, mich in die Hitze sinken zu lassen, hätte ich vor Erleichterung drauflosheulen können.

Leise schloss ich die Tür und sah mich prüfend im Zimmer nach Anzeichen von Feenwesen um, entdeckte aber keine. Dann richtete ich meine Aufmerksamkeit auf das Wasser und versuchte einzuschätzen, ob es wohl verzaubert war. Währenddessen schwang die Tür auf.

Naeve stiefelte grummelnd herein. »Worauf wartest du?«, wollte sie wissen. »Steig hinein! Du stinkst!«

Ich richtete mich auf. »Hast du das Bad beauftragt?«, fragte ich.

»Wer sonst?«, fragte sie unwirsch zurück.

»Danke«, sagte ich.

Auf meinen Dank hin wurden die strengen Züge im Gesicht der Brownie sanfter, und sie wandte den Blick ab, als würde ihr das Unbehagen bereiten.

»Beeilung, Beeilung, bevor das Wasser abkühlt!«

Ich lächelte über ihre Verlegenheit und griff hinter mich in dem Versuch, die Bänder meines Kleides zu lösen. Casamir hatte sie geschnürt, und im Laufe der zwei Tage, die ich schon in dem Kleid steckte, waren sie enger geworden. Naeve zog einen Hocker zu mir heran, stieg darauf und übernahm. Mit geschickten

Fingern hatte sie das Kleid in Sekunden aufgeschnürt. Es war ganz steif, als ich es nach unten schob.

Als ich nackt war, stieg ich in das Bad. Ich konnte das Stöhnen nicht aufhalten, das meinem Mund entschlüpfte, als ich mich in das Wasser sinken ließ. Zum ersten Mal seit meiner Ankunft fühlte ich, wie die Anspannung von mir abfiel.

Ich konnte Naeve nicht sehen, aber ich hörte sie herumwuseln, was mir verriet, dass sie in der Nähe war. Plötzlich tauchte eine Scheuerbürste über dem Rand der Wanne auf, gefolgt von ihrem Gesicht, als sie auf einen Stuhl stieg.

»Beuge dich rüber«, befahl sie.

Ich zögerte und erwog, ihr zu sagen, dass ich mir den Rücken selbst schrubben könne, doch dann entschied ich, dass ich mich lieber weiter gut mit ihr stellen wollte, also tat ich, wie mir geheißen. Als sie fertig war, lehnte ich mich zurück in die Wanne, ließ mich ins Wasser gleiten und genoss das Gefühl, als es mich von Kopf bis Fuß umgab. Als ich wieder an die Oberfläche kam, schrubbte sie mein Haar, bis ich dachte, mir würde gleich die Kopfhaut bluten, bevor sie ohne Vorwarnung einen Eimer mit frischem Wasser über mir auskippte und dann aufstand und ein Handtuch hochhielt.

Mein Bad war beendet, und als ich mich erhob und das Wasser an mir herabtropfte, erklärte Naeve: »Unser Prinz ist ein Arsch.«

Ich runzelte die Stirn. »Was?«

»Nimm das Handtuch«, sagte sie und hüpfte dann vom Stuhl.

Ich stieg aus der Wanne und sah der Brownie zu, als sie den Hocker zurück zum Toilettentisch schob.

Nachdem er an seinem üblichen Platz stand, drehte sie sich um und fuhr fort: »Er ist ein Arsch, und er ist kein gutes Geschöpf. Er besitzt nur wenige positive Eigenschaften, abgesehen davon, dass er blendend aussieht, aber das trifft auf alle Elfenprinzen zu, und wahrscheinlich wird er deine Bedürfnisse nie verstehen, weil er nie an jemand anderen als sich selbst denken musste. Aber das heißt nicht, dass er es nicht versuchen wird.«

»Wovon sprichst du da, Naeve?«, fragte ich, verwundert von ihrer unerwarteten Ansprache.

»Ich will dir dabei helfen, dich in ihn zu verlieben«, erläuterte sie.

»Was?« Entgeistert lachte ich auf.

»Freilich, nach deinen Standards war er nicht freundlich«, meinte sie, als hätte sie mich gar nicht gehört. »Aber nach den Standards der Feen hat er dir jede Gnade gewährt.«

»Welche *Gnade?*«, empörte ich mich. »Ich bin seine Gefangene, und ich muss mir meine Freiheit *verdienen*, und wofür? Für nichts als sein Vergnügen.«

»Du musst dir deine Freiheit verdienen, weil er sich seine nicht verdienen kann«, widersprach sie. »Vertrau mir, es ist ganz und gar kein Vergnügen, zuzusehen, wie ihr beide jeden Tag aufs Neue scheitert.«

Ich starrte sie verständnislos an. »Wovon sprichst du?«

»Der Prinz wurde von den Gläsernen Bergen verflucht«, antwortete sie. »Und wenn du nicht in fünf Tagen seinen Namen errätst und ausprichst, wird er ihn vergessen, und wenn ein Feenwesen seinen Namen nicht kennt, schwindet es.«

»Schwindet?«

»Hört auf, zu existieren«, klärte sie mich auf. »Um nie mehr auf die irdische Ebene zurückzukehren.«

Ich dachte an mein Gespräch mit Casamir vorhin zurück.

Ich bin schon viele Male gestorben und kehrte immer wieder mit noch mehr zurück.

Unter dem Fluch würde dieser Zyklus sein Ende finden, vermutete ich.

»Warum sollte mich das kümmern?«

»Weil deine Freiheit nun an seine gebunden ist«, verriet sie mir. »Und wenn du nicht frei bist, bevor er seinen Namen vergisst, wirst du es nie sein.«

»Und was hat Liebe damit zu tun?«, fragte ich.

»Du kannst seinen Namen erraten und sogar aussprechen, aber du musst ihn auch lieben, sonst kann der Fluch nicht gebrochen werden.«

Ich konnte meinen Schock gar nicht beschreiben, doch aus der Wärme von dem Bad, die von meiner Haut ausgegangen war, wurde plötzlich eine Kälte, die mir bis in die Knochen fuhr.

»Dann werden wir nie frei sein«, sagte ich.

»Wollen wir hoffen, dass das nicht stimmt«, meinte sie nur, und damit ließ sie mich allein, um diesen Schlag zu verdauen.

Du musst ihn auch lieben.

Casamir hatte vollkommen versäumt, mir diesen Teil des Handels mitzuteilen – doch warum sollte er auch? Er brauchte mich, und wahrscheinlich hielt er sich für charmant genug, um mich umzustimmen.

»Dummer, arroganter Feenprinz!«, rief ich wutschäumend.

Ich warf das Handtuch von mir, ging zum Garderobenschrank und rief, noch während ich klopfte.

»Ich brauche Kleidung! Etwas ... *Züchtiges!*«

Die Tür ging auf, und ich schnappte mir das weiße Kleid, das die Fee mir anbot, schlüpfte hinein und ging zum Spiegel. Es war ein dünnes Nachtgewand, das nur wenig gegen lüsterne Blicken ausrichten konnte, vor allem an den Stellen, an denen meine Haut noch nass vom Bad war. Ich schnürte die Bänder vorne zu, so albern es auch erschien, wenn man bedachte, dass Casamir schon alles von mir gesehen hatte. Es fühlte sich wie eine Form der Rebellion an.

Dann wandte ich mich vom Spiegel ab und schritt zum Fenster, wo der Tag langsam zu Nacht wurde und nur noch ein schmaler Streifen goldenen Lichts durch das dichte Laub spähte.

Ich dachte an einige der Dinge, die in den letzten Tagen geschehen waren – wie Casamir mich bei unserem ersten Treffen berührt hatte, wie er es übernommen hatte, meine Kleider zu-

zuschnüren, wie er mich in seinem Gemach geküsst hatte, so als sei er am Verhungern. Aber wie sich herausgestellt hatte, war das alles bloß aus purer Verzweiflung geschehen, damit ich mich in ihn verliebte und einen Fluch brach. Ich ballte die Fäuste, und mein Gesicht wurde heiß vor lauter Scham. Ich verschränkte die Arme vor der Brust, bereute zutiefst, dass ich ihm überhaupt gewährt hatte, sich an meinem Körper zu erfreuen.

Nie wieder, dachte ich, während Tränen in meinen Augen brannten.

Ich war so verletzt. Ich kam mir so dumm vor. Und ich wusste nicht einmal genau, *warum*. Es war nichts falsch daran, sich der Lust hinzugeben. Nur dass … ich vielleicht gehofft hatte, dass dieser verdammte Elfenprinz tatsächlich an mir *interessiert* wäre.

»Nie wieder«, wiederholte ich laut und sah dabei zu, wie das goldene Licht sich dunkelrot färbte. Als das Licht vollkommen verblasste, hätte ich schwören können, dass ich eine Glocke hörte. Es war ein leises Läuten, das ich in meinem Herzen fühlen konnte, und es weckte meine Aufmerksamkeit wie noch nie etwas zuvor.

Ich presse mein Ohr ans Fenster, und es wurde deutlicher – ein hübscher Klang von Glocken. Mit einem Male fühlte ich mich ruhig, die Anspannung und Wut, die mein Inneres gepackt hatten, lösten sich einen Augenblick später in Luft auf, und ich konnte wieder befreit atmen. Ich wandte mich vom Fenster ab und verließ mein Zimmer, das Läuten wurde jetzt, wo die Wände des Raums es nicht länger aussperrten, deutlicher. Ich folgte dem Säulengang und floh in den Garten, geleitet von dem hallenden Läuten.

Meine Füße waren nackt und die Erde war kalt, aber das Klingen der Glocken war warm, also machte es mir nichts aus, als ich mir einen Weg durch hohe Waldlilien und Anemonenstöcke bahnte, zwischen Bäumen, so dicht mit Brombeeren und Dornen behangen, dass ihre Zweige kaum zu sehen waren.

Das Läuten wurde nicht lauter, je weiter ich lief, und doch folgte ich ihm, als könne ich vielleicht die Quelle finden. Aber als ich zu einer Lichtung kam, deren Boden von blühenden Winden bedeckt war, verstummte es abrupt. Nachdem die Glocke zu läuten aufhörte, verschwand ihr Zauber über mich und ließ mich frierend und allein mitten im Waldgarten des Dornenprinzen zurück.

»Verdammt«, brummte ich und drehte mich in der Mitte der Lichtung einmal im Kreis, allerdings konnte ich nicht mehr erkennen, aus welcher Richtung ich gekommen war. Dann fühlte ich ein Tippen auf meiner Schulter, und mir wich alle Farbe aus dem Gesicht, als ich eine vertraute Stimme vernahm.

»Kenne ich dich?«

Ein Kloß kroch mir die Kehle hoch, und ich versuchte, ihn hinunterzuschlucken, aber ich konnte nicht.

»Miss?«

Ich schloss die Augen, hin- und hergerissen zwischen Hoffnung und Entsetzen.

Ich kannte die Stimme, aber ich hatte sie seit Jahren nicht gehört.

»Liebling?« Eine weitere Stimme gesellte sich hinzu, und meinem Mund entfloh ein Laut, so schmerzerfüllt und instinktiv, dass ich mich kaum aufrecht halten konnte und mich unter der Seelenpein krümmte.

Die Stimmen gehörten meinen toten Eltern.

»Liebling«, wiederholte meine Mutter mit ihrer schönen, rauchigen Stimme. Mir kamen die Tränen, als ich sie hörte, ein längst vergangenes Echo, das ich nie mehr zurückholen konnte. »Sieh mir ins Gesicht, und du wirst wissen, dass alles gut wird.«

»Aufhören!«, rief ich und würgte an einem Schluchzen, das sich wie eine Nadel in meiner Kehle anfühlte.

Eine kalte Hand berührte meinen Arm, und ich riss mich los und presste die Augen noch fester zu.

»Kleines.« Die Stimme meines Vaters erschütterte mich bis ins Mark. »Hör auf deine Mutter.«

»Sie ist nicht meine Mutter«, rief ich mit rauer und verletzter Stimme. »Und du bist nicht mein Vater!«

»Ella.«

Diese neue Stimme brach mich. Sie riss mir das Herz heraus und hinterließ ein klaffendes Loch, und das Blut, das ich zu meinen Füßen sah, war nicht mein eigenes, sondern das meiner Schwester.

»Hab keine Angst«, sagte sie. »Wir sind wieder alle zusammen.«

Ich wusste, dass ich es nicht tun sollte, aber ich tat es trotzdem. Ich öffnete die Augen und sah sie an. Meine Schwester, Winter. Sie war nur ein Leichnam, ein Skelett, verziert mit verrottendem Fleisch und mit einem Pfeil in der Brust.

Ich taumelte rückwärts und rannte los, meine Familie folgte mir, während ihre Rufe schrill im Wald widerhallten.

»Ella! Komm zurück!«, rief meine Schwester.

»Wir sind hier, um dich nach Hause zu holen«, flötete meine Mutter.

»Gesela! Hör auf, vor deiner Mutter wegzulaufen!«, befahl mein Vater in seinem barsch-heiseren Tonfall.

»Verschwindet!«, schrie ich und bedeckte meine Augen. »Verschwindet, verschwindet, verschwindet!«

Da stolperte ich, und als ich zu Boden fiel, blieb ich liegen. Ich fühlte mich, als hätte man mir das Herz aus der Brust gerissen, und der Schmerz war so groß, dass ich kaum atmen konnte.

Ich schluchzte auf, meine Tränen tränkten die Erde unter mir, und erst als ich spürte, wie etwas meine Wange berührte, erhob ich mich ruckartig von dort, wo ich lag. Ich richtete mich auf und bemerkte, dass es ein Blatt war. Während ich zusah, wuchs aus dem Blatt ein längerer Stiel, und aus dem Stiel spross eine goldene Blüte, und die Blüte öffnete sich und offenbarte eine schlafende Fee. Sie war ganz golden. Als sie die Augen öffnete, setzte sie sich auf, streckte sich, und dann lächelte sie boshaft und blies mir Staub ins Gesicht.

»Verdammt!«, hörte ich da Casamir fluchen, und der Klang seiner Stimme beschleunigte meinen Herzschlag auf eine noch nie dagewesene Weise. Ich wollte mich zu ihm umdrehen, doch sein Befehl schnitt wie ein Peitschenhieb durch die Luft.

»Schließ die Augen!«

Ich kannte Feen gut genug, um seine Forderung ernst zu nehmen. Ich befolgte, was mir befohlen worden war, und das Lachen der goldenen Fee ertönte, klein und schelmisch, und wurde schnell zu einem gurgelnden Schrei.

Ich bedeckte meine Augen mit den Händen, doch die wurden abrupt weggerissen.

»Nein, du musst hinsehen! Sieh hin!«, rief eine Stimme.

Ich konnte die Quelle der Macht nicht erkennen, die mich davon abhielt, Casamir zu gehorchen, aber ich war nicht stark genug, zu widerstehen. Als ich die Augen öffnete, sah ich den Prinzen der Dornen mit der goldenen Fee in seiner Klauenhand, die Zähne gefletscht, als sei er drauf und dran, sie zu verschlingen.

»Casamir!«

Ich wusste nicht, was mich ritt, seinen Namen zu rufen, aber ich verstand ohnehin nichts von dem, was da gerade mit mir passierte.

Als er mich ansah, begriff ich plötzlich, was die Fee getan hatte. Ihre Magie war Begehren, und kaum traf Casamirs Blick auf meinen, loderte Hitze zwischen meinen Beinen auf, und ein schauerliches Stöhnen drang aus meinem Mund.

»Was. Habe. Ich. Gesagt?«, fragte er mit zusammengebissenen Zähnen. Sein ganzer Körper hatte sich versteift, und ich verstummte, als mir seine schwere Erektion ins Auge fiel.

Die Fee hatte auch ihn erwischt.

»Verdammt«, fluchte er und warf die Fee achtlos beiseite.

Sie landete mit einem dumpfen Aufprall und rührte sich nicht mehr. Hastig stürmte er auf mich zu und zog mich auf die Füße. Ich dachte – hoffte –, er würde mich küssen. Ich war bereit dafür und sehnte mich drängend danach.

Meine Finger krallten sich in sein Hemd, als ich den Kopf nach hinten legte und den Mund öffnete, aber er drehte mich um und zog mich rücklings an seine Brust, die Hände an meinen Hüften.

Ein unheimliches Klagen drang aus meinem Mund, als seine Erregung sich an meinen Po drückte, und ich konnte nicht anders, als mich an ihm zu reiben. Ich bog den Rücken durch und griff hinter mich, um meine Hand in seinen Nacken zu legen, doch Casamir schnappte sich mein Handgelenk, und dann hielt er meine Arme unter seinen eigenen fest.

»*Nicht*«, stieß er hervor.

»Bitte«, flehte ich, keuchend und unfähig, über das verzweifelte Verlangen, das durch meinen ganzen Körper pulsierte, hinauszudenken. Ich war noch nie derart erregt gewesen.

Es war mehr als Verzweiflung.

Wenn er mich nicht nahm, würde ich auf der Stille sterben.

»Du hasst mich«, erinnerte er mich, trotzdem zog er mich enger an sich und hielt mich noch fester. Es war eine winzige Atempause, nur ein ganz klein wenig Reibung. Ich wollte am liebsten weinen. »Du wirst dich selbst hassen.«

»Es ist ja nicht so, als könnten wir anders«, argumentierte ich.

»Ich möchte lieber nicht mit jemandem schlafen, dessen Lust nach mir nur ein Zauber ist.«

»Aber du hattest kein Problem damit, als ich dir einen geblasen habe.«

»Das war etwas anderes. *Dies hier* ist anders.«

»Wie das?«

»Hör auf zu reden«, befahl er. »Es ist schwerer, wenn du *redest*.«

»Wieso sollte ich?«, forderte ich ihn frustriert heraus. »Ich hätte nie vermutet, dass der Prinz der Dornen ein Mann von Ehre ist.«

»Bin ich auch nicht«, antwortete er heiser.

Er hob mich auf und trug mich unter die Zweige eines nahen Baums, wo er sich mit dem Rücken zum Baumstamm niederließ und mich vor sich zwischen seine Beine setzte. Er hielt mich weiter rücklings an sich gedrückt, seine Arme hatte er an meiner Taille fest um meine geschlungen. Seine Erektion lag hart zwischen uns, und trotz seines Widerstandes konnte nicht einmal er sich davon abhalten, sich an mich zu pressen.

»Ich kann dir Linderung verschaffen«, versprach ich. »Das habe ich doch schon einmal getan.«

»*Geschöpf*«, warnte er.

»Ich bitte nur um dich. Nicht mehr.«

Er antwortete nicht. Je länger ich unberührt dasaß, umso verzweifelter fühlte ich mich. Ich rieb meine Beine aneinander, um irgendwie etwas Reibung zu spüren, in dem drängenden Verlangen, das Pochen zwischen meinen Beinen zu beenden.

»Bitte, Casamir«, flehte ich.

»Mache. Es. Nicht. Noch. Schwerer«, sagte er mit zusammengebissenen Zähnen und grub die Finger fest in meine Haut.

»Ich sterbe noch«, stöhnte ich.

Er vergrub sein Gesicht an meinem Nacken, wobei seine Lippen über meine Haut tanzten. Seine Zunge wagte sich ein Stück heraus, um an mir zu lecken und mich zu kosten. Ich wandte mich zu ihm um, und unsere Lippen prallten aufeinander, verschlangen sich gegenseitig mit einem heißen, leidenschaftlichen Kuss. Ich spreizte die Beine in fieberhaftem Verlangen nach seiner Berührung, und hoffte, er würde nicht widerstehen, aber er beließ die Hände unbeirrt an meiner Taille. Ich schob mein Kleid nach oben, löste den Mund von seinem und ließ den Kopf an seine Schulter sinken, als ich selbst die Finger zwischen meine Beine gleiten ließ und mein Handgelenk drehte, um tiefer in mich einzudringen.

»Verdammt«, keuchte er.

Ein Stöhnen kam aus meinem Mund, und ich flüsterte ihm zu, was ich nie laut auszusprechen gewagt hätte.

»Ich bin so feucht«, hauchte ich, während er über meine Schulter hinweg zusah, wie ich mir selbst Lust bereitete.

»Leck mich«, raunte er, und seine Lippen wanderten über meine Schulter und meinen Hals, während seine Zähne hungrig über die Haut schrammten.

»Ich versuche es«, antwortete ich und hob meine Beine über seine, sodass ich noch weit mehr entblößt war. »Willst du mich denn nicht berühren?«

»Das ist eine verdammt dumme Frage«, sagte er, und seine Zähne kratzten an meinem Ohr, aber es funktionierte.

Eine seiner Hände löste sich und wand sich in mein Haar, dann bog er meinen Kopf nach hinten, damit er mich auf den Mund küssen konnte. Doch es befreite mich nur so weit, dass ich mir noch viel leichter als vorher selbst Lust bereiten konnte. Ich bewegte mich voller Verlangen, Ekstase bahnte sich ihren Weg durch meinen Körper, sammelte sich tief in meinem Bauch, bis ich meinen Orgasmus nicht länger zurückhalten konnte. Ich öffnete den Mund für Casamir, bevor ich kam. Als ich die Hand hob und nach ihm ausstreckte, nahm er sie, steckte meine Finger einzeln in seinen Mund und leckte sie ab. Da lenkte ein Lachen unsere Aufmerksamkeit auf sich.

Die Fee, die Casamir zu Boden geschleudert hatte, hatte sich aufgerappelt, und ihr boshaftes Grinsen war wieder da.

»Widerstand ist zwecklos«, säuselte sie, und ihre Stimme klang so rein wie das Läuten, das mich hierher geführt hatte. »Es wäre letzten Endes doch dazu gekommen.«

Casamir erstarrte hinter mir.

»Wovon redet sie da?«, fragte ich.

»Ich weiß es nicht, aber wenn sie nicht den Mund hält, werde ich ihr den Kopf abreißen.«

Die Fee kicherte wieder. »Ich habe euch nur gegeben, was ihr wirklich wolltet. Euer tiefstes Begehren. Es geschieht nicht alle Tage, dass ich zwei Menschen finde, die sich derart zueinander hingezogen fühlen. Schätzt euch glücklich.«

Damit flatterte sie davon, und Stille senkte sich zwischen uns.

»Lass mich los«, sagte ich.

Er hörte nicht, und sein Körper an meinem spannte sich an.

»Casamir«, warnte ich, und dann waren meine Hände frei. Ich kniete mich vor ihn und sah ihn an. Seine Augen waren dunkel, und unser Verlangen hing betörend zwischen uns in der Luft.

»Ich hasse dich«, wisperte ich, noch während ich mich rittlings auf ihn hockte und seine Hände meinen Po umfassten.

Ich musste es sagen, denn das, was ich im Begriff war zu tun, ergab keinen Sinn.

Aber ich wollte es.

Ich wollte begehrt werden.

Ein kleines Lächeln umspielte seine Lippen.

»Das Gefühl beruht auf Gegenseitigkeit, Geschöpf.«

Als mein Mund auf seinen traf, riss Casamir mein Kleid entzwei, und die Teile fielen von meinen Schultern und bauschten sich um meine Taille. Es kümmerte mich nicht, konnte mich nicht kümmern. Mein Verlangen nach Erlösung war über jegliche Vernunft hinausgewachsen, und ich wurde von ihm verschlungen – von seinem Mund und seiner Berührung, die nun auf meinen Brüsten lag.

»Ist es wahr?«, fragte Casamir. »Ist es wahr, dass du mich begehrst?«

Ich blieb still.

»Beantworte die verdammte Frage.«

Seine Hände an mir spannten sich an, und er drückte die Lippen auf meinen Nacken.

»Ja«, hauchte ich. »Und du?«

Das Geräusch, das er von sich gab, war etwas zwischen Knurren und Seufzen.

»Ich wusste, dass du Sex mit mir willst«, sagte er.

»Biest«, keuchte ich und stemmte mich gegen ihn. »Antworte mir!«

»Ja«, knurrte er und küsste mich fest auf den Mund, die Hand in mein Haar gewunden.

Als er sich von mir löste, sagte er: »Du wirst mich Casamir nennen, wenn du meinen Schwanz willst. Hast du verstanden?«

Ich öffnete die Lippen und schenkte ihm ein kleines, aufreizendes Lächeln. Dieser Prinz würde schon bald feststellen, dass er nicht länger die Oberhand hatte.

»Casamir«, hauchte ich seinen Namen, und meine Lippen schwebten über seinen.

Er küsste mich erneut, und seine Finger gruben sich in meine Haut, als er sein Gewicht verlagerte und mich auf den Boden drückte. Dann ging er in die Hocke, seine Augen waren schwarz verhangen.

»Du bist wunderschön«, raunte er, und als er es dieses Mal sagte, wusste ich, dass er es so meinte.

Dann schlüpfte er aus seinen Kleidern, sein großer, harter Schwanz kam zum Vorschein. Er legte sich zwischen meine Beine, nur noch die silbernen Ketten am Leib, die sich kalt anfühlten, als sie auf meine Haut trafen. Ich seufzte vor Erleichterung, als ich ihn an mir spürte, und spreizte die Beine, damit er in mich eintauchen konnte.

Er zögerte einen Moment lang und strich mir das Haar aus dem Gesicht. Die Geste war seltsam sanft, und als er sprach, war seine Stimme warm und tief. »Ich werde dir alles geben«, sagte er. »Aber genau jetzt ...«

»Du warst noch nie charmant bisher«, fiel ich ihm ins Wort. »Verschwende jetzt nicht meine Zeit damit.«

Daraufhin lächelte er listig, und dann stieß er in einer einzigen fließenden Bewegung in mich. Ich hatte ja nicht geahnt, wie sehr ich dies brauchte – bis jetzt. Wir stöhnten beide auf, und ich ließ den Kopf nach hinten auf die Erde sinken, während seine Finger sich um meinen Hals schlossen. Aber er drückte nicht zu. So sehr ich es hasste, mich dieser Kreatur zu ergeben – in diesem Augenblick unter ihm zu liegen, fühlte sich einfach nur richtig an.

»Würge mich«, flehte ich.

Es bedurfte keiner erneuten Aufforderung, und damit hatte ich gerechnet, denn seit unserer ersten Begegnung war er von meinem Hals besessen gewesen. Als er sachte zudrückte und dabei weiter in mich stieß, glaubte ich, zu sterben. Der bevorstehende Höhepunkt baute sich allmählich in mir auf und wurde von dem Druck um meinen Hals nur noch beschleunigt.

Ich packte seinen Unterarm und rang nach Atem, als meine Lunge zu brennen begann. Er ragte über mir auf, studierte mein Gesicht und beugte sich dann vor, um meinen Mund zu küssen, bevor er mich losließ. Ich holte tief und kehlig Luft, benommen, aber so verdammt erregt, dass ich meinen Orgasmus kaum aufhalten konnte. Ich wollte nicht, dass dies schon endete, denn unter Casamirs heißblütigem Blick hatte ich das Gefühl, *jemand* zu sein.

»So verdammt wunderschön und so verdammt feucht«, keuchte er, seine Worte waren kaum mehr als ein Flüstern, so als würde er nur mit sich selbst sprechen. Dann kehrte seine Hand an meinen Hals zurück, und seine Stöße wurden schneller und unkontrollierter. Ich liebte es, und ich wollte es mehr, als ich jemals zuvor etwas gewollt hatte, selbst meine Freiheit.

Als er seine Hand von meinem Hals nahm, kam ich mit einem lauten Schrei, doch er bewegte sich weiter, auf der Jagd nach seinem eigenen Orgasmus.

»Komm in mir«, bat ich.

»Verdammt«, stöhnte er, stützte die Arme links und rechts neben meinem Kopf ab und stieß noch tiefer in mich. Ich genoss es, als unsere Körper aufeinanderprallten. Schweiß trat ihm auf die Stirn, und ich krallte mich an ihm fest, grub die Finger in seine Haut, bis seine Lippen wieder auf meine trafen und wir uns lange und innig küssten.

Ich schlang die Beine um seine Hüften, um ihn in mir zu behalten, und wartete darauf, dass ich mich befriedigt fühlen würde. Doch als der Prinz etwas zurückwich und meinem Blick begegnete, entflammte das Feuer, das uns von Anfang an angetrieben hatte, erneut.

»Was für eine Magie ist das?«, stöhnte ich und bog den Rücken durch.

»Das ist keine Magie«, hauchte er und neigte sich, um einen Kuss auf meinen Hals und dann mein Kinn zu drücken. Es war eine süße Geste, und sie schickte ein seltsam tröstliches Gefühl durch meinen Körper, noch während die Hitze unserer Vereinigung in mir tobte. »Das ist *Verlangen*.«

Wenn dies Verlangen war, dann hatte ich noch nie zuvor welches gekannt. Doch ich war überzeugt, nicht länger ohne es leben zu können, und war noch genug bei Verstand, um das Grauen dieses Gedankens zu fühlen, bevor ich einmal mehr von Leidenschaft nach dem Elfenprinzen, dessen Namen ich nicht kannte, verschlungen wurde.

KAPITEL DREIZEHN
BEZAUBERUNG

Ich war noch nicht richtig wach, war mir jedoch trotzdem der Hitze und der Härte bewusst, die sich an meinen Rücken presste, ebenso wie der Schwere von Casamirs Armen um mich. Je länger ich dalag, desto deutlicher meldete sich jedes einzelne Körperteil. Trotz der Erschöpfung, die ich fühlte, brannte unter meiner Haut nach wie vor ein Feuer, und ich wollte diesen Elfenprinzen unbedingt erneut in mir spüren.

Ich muss wohl verzaubert sein, sagte ich mir, aber selbst mir war klar, dass das nicht stimmte. Hätte einer von uns noch immer unter dem Zauber der Fee gestanden, so wären wir nicht eingeschlafen, sondern hätten uns weiterhin unter diesem verfluchten Himmel vereinigt.

Was stimmte also nicht mit mir?

Casamir war mein Kerkermeister. Er war ein Biest.

Er war ein Feenwesen, und er lebte an einem Ort, der mir so viel genommen hatte.

Ich durfte das nicht tun. Ich durfte das nicht noch einmal geschehen lassen, ganz gleich, wie sehr ich ihn wollte.

Unbedingt.

Casamir rührte sich, und als er sich bewegte, setzte ich mich mit dem Rücken zu ihm auf. Es erschien mir falsch, mich ihm zuzuwenden, vor allem nach dem, was wir getan hatten, obwohl ich es gewollt hatte.

Wir waren keine Liebenden, und ich hatte keinerlei zärtliche Gefühle für ihn.

Das konnte ich nicht, auch wenn der Gedanke meinem Herz wehtat.

Ich fühlte seinen Blick auf mir, und nach einem Moment sprach er.

»Geht es dir gut?«

Bei seiner Frage drückte ich den Rücken durch.

Es war das Letzte, was ich von ihm erwartet hatte. Ich hatte gedacht, er würde mich verspotten und daran erinnern, dass er gewusst hatte, wie sehr ich ihn begehrte.

Ich schluckte und drehte den Kopf zur Seite, um zu antworten. Ich konnte ihn immer noch nicht ansehen.

»Ich ... weiß nicht.«

»Habe ich dir wehgetan?«

»Nein«, antwortete ich schnell. »Nein, hast du nicht.«

Danach schwiegen wir, und ich blieb da, wo ich war, auch als Casamir aufstand. Ich war mir nicht sicher, was er vorhatte, doch einen Moment später kam er in Sicht, halb angezogen, seine Tunika in der Hand. Mein Blick wanderte über seine Gestalt nach oben, und ich begegnete seinem dunklen Blick.

»Wirst du mit mir kommen?«, fragte er.

Vielleicht lag es daran, dass er es gefragt und nicht befohlen hatte, aber ich legte ohne Wiederworte meine Hand in seine, und als seine Finger sich um meine schlossen, breitete sich Wärme in mir aus bei dem Gedanken, was diese Hände alles mit mir angestellt hatten.

Er half mir auf und strich mit einem Finger erst über meine Wange und dann stirnrunzelnd über eine Stelle an meiner Schulter.

»Du hast gelogen«, sagte er.

Ich runzelte die Stirn. »Was meinst du?«

Aber als ich auf die Stelle blickte, die er auf meiner Haut nachfuhr, sah ich, was er meinte. Ich war übersät mit Kratzern und blauen Flecken.

Aber er auch.

Ich schaute ihm in die Augen.

»Es ist … nicht so, als konntest du anders«, warf ich ein.

Er runzelte immer noch die Stirn, aber seine Finger spannten sich an, und er zog mich mit sich durch einen Vorhang aus Bäumen und einen Hügel hinab. An dessen Fuß lag ein kleines Gewässer, genährt von einem tröpfelnden Wasserfall. Hier konnte ich über den dichten Wald hinaus nichts sehen.

Casamir ließ seine Tunika auf die moosige Erde fallen, und der Rest seiner Kleidung folgte.

»Ich dachte mir, du möchtest vielleicht baden«, meinte er.

Ich starrte ihn einige Sekunden lang an, bevor mein Blick auf den schimmernden Teich fiel. Er war verlockend und abgelegen genug, doch ich vertraute nicht darauf, dass wir hier tatsächlich unter uns waren.

»Er birgt keinerlei Gefahr«, beteuerte Casamir, und als ich ihn ansah, fuhr er fort: »Ich verspreche es.«

Von einem Feenwesen hatten diese Worte das Gewicht eines Blutschwurs. Trotz dem, was er versprochen hatte, musste ich unwillkürlich daran denken, wie der Selkie mich attackiert hatte, und obwohl er tot war, ließen die Erinnerungen mich am Rand des Wassers zögern.

Ich spürte, wie Casamir näher kam, und er berührte mit den Spitzen seiner Fingernägel meine Seite.

»Vertraust du mir?«, fragte er, sein Mund an meinem Ohr.

Ich holte tief Luft und drehte mich ein klein wenig zu ihm.

»In dieser Sekunde ja, aber ich kann nichts über diesen Augenblick hinaus versprechen.«

Er drückte einen Kuss auf meine Schulter und legte die Hand flach an meinen Rücken, als er mich in den See geleitete. Ich stand einige Momente lang im Wasser, das mir bis zum Oberschenkel reichte, und als nichts passierte, tauchte ich im Wasser unter, um ein wenig Abstand zwischen uns zu bringen. Als ich wieder an die Oberfläche kam, sah ich ihn an.

Er hatte sich nicht von der Stelle gerührt, und ich konnte

seinen Gesichtsausdruck nicht deuten. Er war finster und sinnlich, gab mir das Gefühl, begehrt zu werden, und machte mir zugleich Angst.

»Wieso hast du das Schloss verlassen?«, fragte er.

»Ich hörte eine Glocke«, sagte ich, und selbst jetzt noch stiegen mir bei dem Gedanken an die Schönheit des Klangs Tränen in die Augen. »Und ich konnte nicht anders, als ihr zu folgen.«

»Wohin hat sie dich geführt?«

»Zu meiner toten Familie«, antwortete ich.

Seine Kinnmuskeln spannten sich an, und ich rechnete damit, dass er Fragen nach ihnen stellen würde, aber er tat es nicht.

»Die Glocke war der Zauber der Berge über dich«, erklärte er. »Deine Familie … das waren die Feen.«

Ich fragte nicht, warum, denn ich wusste es. Casamir hatte mich vor den Bergen gewarnt, und der Selkie vor den Feen und ihrer Vergeltung.

»Naeve hat mir erzählt, dass du verflucht bist«, sagte ich.

Casamir reagierte nicht.

»Was hast du getan?«

Er watete tiefer in den See, und ich folgte ihm, doch er gab keinen Ton von sich, bis er gänzlich im Wasser versank und dann wieder auftauchte. Das dunkle Haar hing ihm nass ins Gesicht.

»Ich habe mit einer Tochter der Berge geschlafen«, meinte er. »Und sie hat sich hoffnungslos in mich verliebt, und weil ich ihre Liebe nicht erwiderte, haben die Berge mich dazu verflucht, meinen wahren Namen zu vergessen.«

»Es sei denn, er wird in Liebe ausgesprochen«, warf ich ein. »Nicht wahr?«

Er starrte mich nur an.

»Ist es das, was du dir von mir erhofft hast?«

Seine Wangen wurden noch hohler, als er mit den Zähnen knirschte.

»Ich hoffe auf gar nichts«, entgegnete er.

Wir umkreisten einander.

»Ich kann gar nicht glauben, dass sich noch keine in dich verliebt hat.«

»Verliebt haben sich schon viele«, gab er zurück. »Aber keine war klug genug, um meinen Namen zu erraten.«

»Und wenn ich ihn nicht errate, wirst du aufhören, zu existieren?«

»Letzten Endes«, sagte er, und dann lächelte er mich an und streckte die Hand aus, um mir eine Haarsträhne hinters Ohr zu streichen. »Etwas, worauf du dich freuen kannst.«

Ich wollte widersprechen und beteuern, dass ich nie so empfinden würde, aber mir blieben die Worte im Hals stecken, und ich schluckte schwer.

Danach sprachen wir nicht mehr, und als wir lange genug im See verweilt hatten, schwammen wir ans Ufer.

»Zieh das an.« Casamir bot mir seine Tunika an. Es erinnerte mich daran, wie ich hierhergekommen war, und wie ich nun zurückkehrte, mit zerrissenem Nachthemd, Spuren des verzweifelten Verlangens, das in uns getobt hatte, während wir uns vereinigt hatten.

Meine Haut brannte unter dem Ansturm von Zuneigung.

Ich nahm seine Tunika und zog sie mir über den Kopf. Reue stieg in mir auf, als sein Duft mich umhüllte, und es rührte an Erinnerungen von vor langer Zeit, als ich mit meiner Schwester immer auf das Dach der Hütte unserer Eltern geklettert war und den Sonnenaufgang betrachtet hatte, wenn das Morgenlicht sich in den Tautropfen fing und unser kleines Tal zum Schimmern brachte.

Früher hielt ich das immer für magisch, doch heute wusste ich es besser.

Magie war die Finsternis, die zwischen den Bäumen existierte, der Ort, an dem kein Licht schien, und sie hatte alles genommen.

»Bist du so voller Reue?«

Ich öffnete die Augen und blickte zu Casamir auf, dessen

Züge schroff, aber nicht wütend waren. Ich konnte ihm nicht recht ansehen, was er empfand, aber um seinen Mund und seine Augen lag eine Anspannung, die seinen inneren Kampf preisgaben, doch ich wusste nicht, wogegen.

»Es ist ja nicht so, als könnten wir ändern, was geschehen ist«, sagte ich und wandte den Blick ab, bevor ich seine Reaktion sehen konnte. Ich hatte zu viel Angst, zu erfahren, was er dachte, oder wie er wirklich fühlte. Was, wenn er das mit mir bereute?

»Willst du mich nicht ansehen?«, fragte er.

Also tat ich es. Wir musterten einander misstrauisch, und über uns braute sich etwas zusammen. Ich vermochte nicht genau zu sagen, was, aber es war schmerzlich, wütend und seltsam, und selbst mit all diesen Emotionen spürte ich noch immer ein leidenschaftliches Begehren nach ihm in mir.

»Wie sehr hasst du mich jetzt?«, fragte er.

Ich knirschte mit den Zähnen und runzelte die Stirn. Alles, was ich erwidern konnte, war: »Ich hasse dich nicht ... nicht dafür.«

Ich glaubte nicht, dass ihn das wütender machen würde, doch seine Augen verfinsterten sich noch mehr, sein Kinn zuckte, und diesmal wandte er den Blick ab.

»Komm.«

Wir gingen, und ich blieb einen Schritt hinter ihm, als er mich von der Lichtung im Wald wegführte, in der unser Wahnsinn ausgebrochen war. Er trug kein Hemd, und die Muskeln seiner Schultern zuckten bei jeder noch so winzigen Bewegung. Sein Rücken war voller roter Striemen von meinen Fingernägeln. Mir gefiel, dass ich ihn irgendwie gezeichnet hatte, doch die Tatsache, dass andere es sehen und *wissen* würden, beschämte mich, obwohl mich das doch gar nicht kümmern musste.

Vielleicht weil ich ihn eigentlich hassen sollte.

Ich sollte ihn hassen und ... tat es nicht.

Wieso hasse ich ihn nicht?

Es war ja nicht so, als hätte er etwas getan, um meine Gunst zu verdienen. Aber gestern Nacht hatte es einige seltsam zärtliche Momente gegeben, die mich dazu gebracht hatten, etwas über die kalte Wut hinaus zu fühlen, die seit Jahren in mir geschwelt hatte. Anders als sonst war ich nicht unsichtbar, vergessen oder allein gewesen.

Casamir blieb stehen und streckte die Hand aus, um mir zu bedeuten, stehen zu bleiben. Mein Herz geriet ins Stocken bei dem plötzlichen Halt, und ich guckte ihn an, als er zu mir sprach.

»Warte hier«, bat er mich. »Ich bin gleich wieder da.«

Gleich konnte alles in seinen Wäldern geschehen, aber ich blieb, wo ich war, und rührte mich keinen Zentimeter, während er im Dickicht vor uns verschwand und einen Augenblick später zurückkehrte, wie er gesagt hatte, mit einem roten Apfel in der Hand.

»Hier.« Er hielt ihn mir hin. »Du kannst ihn unbesorgt essen. Versprochen.«

Versprochen.

Mir gefiel dieses Wort aus seinem Mund, und ich wollte es öfter hören. Das hätte ich ihm sagen sollen, aber die Anspannung zwischen uns war nur noch stärker geworden, seit wir unseren Rückweg angetreten hatten, also behielt ich es für mich.

Ich nahm den Apfel, starrte ihn aber nur an.

»Wofür ist der?«

Er zuckte mit den Schultern und wirkte etwas unbehaglich.

»Ich dachte ... dass du vielleicht Hunger hast.«

Ich lachte. Ich konnte nicht anders. Seine Handlungen waren so gegensätzlich zu dem, was ich erwartet hatte. Aber er blieb sehr ernst, also presste ich die Lippen zusammen, um es zu unterdrücken, und räusperte mich.

»Danke«, sagte ich, biss in den Apfel, der knackig und süß war, und registrierte, dass Casamir meinen Mund betrachtete, während ich aß.

Dann schien ihm bewusst zu werden, dass er starrte, und er wandte sich ab.

»Wir sollten unseren Weg fortsetzen.«

Den Rest der Strecke sprachen wir nicht, und als das Schloss in Sicht kam, fühlte ich ein gewisses Unbehagen. Ich wusste nicht, woher es kam oder was der Grund dafür war, bis Casamir innehielt und mich ansah. Plötzlich wurde mir klar, dass ich nicht wusste, wie es von diesem Punkt an weitergehen sollte. Es gab kein Zurück mehr zu dem, was auch immer zuvor zwischen uns existiert hatte, und obwohl das nicht leicht gewesen war, war es besser als diese verwirrende Sehnsucht, die nun zwischen uns hing.

»I...«, begann er, verstummte jedoch.

»Was?«, fragte ich.

Er brauchte einen Moment, um zu antworten, doch als er es tat, wurde sein Tonfall beißender.

»Ein weiterer Buchstabe meines wahren Namens.« Ich konnte nicht verhindern, dass ich mich von seinen Worten angewidert fühlte, doch er fuhr trotzdem fort: »Hast du denn nicht die Regeln für unsere Begegnungen festgelegt? Ein Buchstabe für jedes Mal, wenn ich deinetwegen komme?«

Seine Worte schockierten mich so sehr und so unerwartet, dass ich mich nicht davon abhalten konnte, ihn zu ohrfeigen. Meine Hand brannte, und seine Wange wurde rot.

»Wie kannst du es wagen.«

Er zuckte nicht mal mit der Wimper, presste nicht seine Hand auf die Stelle an seiner Wange, um den Schmerz zu lindern.

»Ich dachte, ich sollte dir etwas geben, das du nicht bereuen würdest.«

»Wenn es um dich geht, Casamir, bereue ich *alles*.«

Damit wandte ich mich ab und floh.

Je eher ich seinen wahren Namen erfuhr, umso besser. Ich musste hier weg.

KAPITEL VIERZEHN
DREISATZ

Ich sah meinem Geschöpf hinterher, als sie wie ein tobender Sturm von dannen zog. Ich verstand sie nicht. Vielleicht wollte ich das auch nicht. Ich hatte ihr gegeben, was sie wollte, ihr einen Buchstaben meines Namens geboten, damit ihre Beschämung sich vielleicht nicht so schwer anfühlte, doch statt Dankbarkeit auszudrücken, hatte sie mich geohrfeigt.

Das liegt daran, dass du ein Idiot bist.

Die Stimme des Spiegels hallte in meinem Kopf wider, und ich knirschte mit den Zähnen, um seine Worte auszusperren.

»Sie hat unsere gemeinsame Zeit offensichtlich bereut«, sagte ich laut.

Hast du sie gefragt, was sie bereut?

»Sie hat es gesagt!«

Erst nachdem du ihr einen Buchstaben genannt hast. Vielleicht war sie nicht so sehr voller Reue, sondern mehr voller Beschämung.

»Das ist doch dasselbe.«

Das ist nicht dasselbe.

»Du erwartest von mir, dass ich mich freue, weil mein Geschöpf über unsere gemeinsame Zeit beschämt war?«

Vielleicht hat es ja gar nichts mit dir zu tun, sagte der Spiegel und fügte nach einer kurzen Pause hinzu: *Idiot.*

Ich presste die Hand an mein Gesicht, doch die Erinnerung an sie war unter meiner Haut und überall an meinem Körper spürbar. Mir war klar, dass ich den Zauber, den sie über mich hatte, nie loswürde. Er war ebenso stark wie die Berge, die mich verflucht hatten, und ich wusste nicht, warum, aber das fühlte ich mit mehr Gewissheit als je etwas anderes in meinem langen Leben. Es fühlte sich albern an, so etwas zu denken, vor allem nach dem, was wir getan hatten, aber ich hatte schon Sex mit vielen, vielen Wesen gehabt, und noch nie hatte ich so empfunden.

Vielleicht war dies der Versuch der Berge, mich noch weiter zu verfluchen. Hatten sie ihr Fleisch genommen, nur damit ich mich danach sehnte?

Du hast dich schon immer danach gesehnt. Du hast dich schon immer nach ihr gesehnt. Du hast nur erwartet, dass dein Verlangen vergehen würde, wenn du erst eine Kostprobe genommen hast, doch die hat dich nur erst recht heißhungrig gemacht.

Ich verließ den Garten und suchte den sterblichen Prinzen auf, der auf der Bank unter seinem Fenster stand, die Hände um die Gitterstäbe gelegt.

»Ich gebe dir alles, was du begehrst, wenn du meinem Vater sagst, wo ich gefangen gehalten werde«, sagte er gerade.

»Nimm dich davor in Acht, Begehrlichkeiten zu wecken«, warnte ich ihn. »Das ist eine gute Methode, um am Ende seinen Erstgeborenen hergeben zu müssen.«

Der Prinz erstarrte und drehte sich mit vor Angst geweiteten Augen zu mir um.

»Nicht ... nicht töten.«

»Ich werde dich nicht töten«, sagte ich. »Aber ich werde mich damit begnügen, dir das zu nehmen, was dir am liebsten ist.«

»Du meinst mein Haar und die rote Feder an meinem Hut?«

»Die Feder an deinem Hut habe ich dir noch nicht genommen«, sagte ich. »Aber ich werde sie jetzt nehmen.«

Der Sterbliche trug seinen Hut über sein kurz geschorenes Haar, und die Feder verschwand mit einem Knall. Er nahm den Hut nicht ab, um nachzusehen, ob sie weg war.

»Also hast du sie aus einer Gefahr gerettet, und sie liebt dich immer noch nicht?«

Ich wusste, dass sie mich nicht liebte, aber seit letzter Nacht gab es Augenblicke, in denen sie mich anders ansah, und ich wusste nicht, was diese Augenblicke bedeuteten, oder ob sie überhaupt real waren.

»Als du deine Prinzessin gerettet hast, was ist da passiert?«

Der Prinz zuckte mit den Schultern. »Sie war dankbar.«

»Und?«

»Und?«, wiederholte er verständnislos.

»Was ist sonst noch passiert?«

»Wir kehrten in ihr Königreich zurück, wo ihr Vater erklärte, dass wir heiraten würden«, erzählte er. Dann fragte er: »Hast du deine Prinzessin gerettet?«

»Ja«, sagte ich.

»Und was ist passiert?«

»Ich habe sie die ganze Nacht lang im Wald gevögelt.«

Der Prinz schnappte nach Luft, und seine Augen wurden groß. »Du ... Seid ihr verheiratet?«

»*Sehe* ich verheiratet *aus*?«

»Nun ja, nicht wirklich, aber du kannst doch eine Dame nicht ... *vögeln* ... bevor du sie geheiratet hast. Du wirst sie ins Unglück stürzen!«

Ich zog eine Augenbraue hoch. »Hattest du denn nie Sex?«

»Nicht mit einer Dame. Ich bin ein *ehrenhafter* Mann.«

Der Prinz mochte ja vieles sein, aber ehrenhaft gehörte gewiss nicht dazu.

Ich runzelte die Stirn. »Wieso ist Sex nicht ehrenhaft?«

Der Prinz zögerte. »Ich ... ich weiß nicht.«

»Wieso sprichst du dann von Dingen, von denen du nichts verstehst?«

Der Sterbliche schwieg und fragte dann: »Liebst du diese Frau? Die du im Wald gevögelt hast?«

Ich wusste nicht, was ich antworten sollte.

»Das musst du wohl«, sagte der Prinz mehr zu sich selbst als zu mir. »Sonst würdest du nicht wollen, dass sie dich liebt.«

»Maße dir nicht an, zu wissen, was ich fühle, Sterblicher«, zischte ich. »Ich *brauche* ihre Liebe.«

Ich brauchte meinen wahren Namen von ihren Lippen.

»Wenn du sie nicht liebst, wird es irgendwann ein anderer tun.«

»Was weißt du schon über Liebe?«, konterte ich. »Alle deine Ratschläge haben nur dazu geführt, dass mein Geschöpf mich noch mehr hasst.«

»Was bei meiner Prinzessin geklappt hat, klappt vielleicht nicht bei deiner. Hast du sie mal gefragt, was sie will?«

Sie wollte Freiheit, und das lag außerhalb dessen, was ich ihr geben konnte, selbst wenn ich wollte. Magie war bindend. Sie war nun die Einzige, die sich befreien konnte, und ihre Optionen waren die, meinen Namen auszusprechen oder die nächsten sechs Jahre lang zu überleben, während ich in Wahnsinn versank und schließlich zu existieren aufhörte.

»Was, wenn sie es mir nicht sagt?«

»Dann wirst du mir wohl vermutlich wieder etwas wegnehmen.«

KAPITEL FÜNFZEHN
EIN RÄTSEL

Der Prinz der Dornen ist ein Idiot, dachte ich, als ich mich auf dem Bett ausstreckte und an die eintönige Decke starrte. Ich wollte ihn hassen. Ich war definitiv wütend auf ihn, vor allem darauf, wie wir heute Morgen auseinandergegangen waren. Nach allem, was wir geteilt hatten, hatte er gedacht, er könnte das schmälern, indem er mir einen Buchstaben seines wahren Namens verriet.

Ein *I*.

Ein *U* hatte ich bereits.

Ich sollte aufgeregt sein. Ich war zwei Schritte näher am Ziel, Casamirs wahren Namen zu erraten, und ich brauchte nur noch fünf Buchstaben. Doch ich konnte nur an letzte Nacht denken. Es waren nicht einmal die leidenschaftlichsten Momente, die nun in meiner Erinnerung blieben. Es waren die Momente, in denen der grausame Elfenprinz mich sanft auf die Stirn geküsst und gefragt hatte, ob es mir gut ging, als er mir sein Hemd und dann den Apfel angeboten hatte, und als er Sorge über mein Wohlergehen ausgedrückt und befürchtet hatte, er habe mir wehgetan.

Er hatte mich dazu gebracht, Dinge zu *fühlen* ... nicht nur Begehren, sondern *begehrt zu werden*.

Das alles hatte er getan, und dann hatte er das mit einem dummen Buchstaben verdorben.

Wieso ist er so ein Arsch?, ärgerte ich mich.

Ich versuchte, nicht an ihn zu denken, doch das gelang mir nicht.

Ich war ihm gegenüber schon weicher geworden, hatte bereits das längst vergessene Aufsteigen von Hoffnung in mir gefühlt, und nun, da es geweckt war, konnte ich nichts tun, als mich in meinem Elend zu suhlen und mir einzureden, dass nichts von dem, was gestern Nacht geschehen war, echt war.

Doch jedes Mal, wenn ich in den Spiegel blickte, sah ich Erinnerungen an seine Berührungen – blaue Flecken und geschwollene Haut – und entsann mich an all das, was einen Fleck verursacht hatte.

Die Gedanken jagten mich aus meinem Zimmer und trieben mich an, das Schloss nach Hinweisen zu durchsuchen, die mich vielleicht zu Casamirs wahrem Namen führen konnten – falls es sie denn gab. Ich hoffte nur, dass ich dem Elfenprinzen nicht begegnen würde, während ich durch seine Flure streifte, doch schon bald musste ich feststellen, dass man an diesem Ort nicht lange für sich blieb.

Wäre ich aus freiem Willen zufällig hier vorbeigekommen, hätte ich angenommen, dass das Schloss verlassen sei, mit seinen moosbedeckten Wänden und blühenden Weinranken vom Boden bis zur Decke. Es gab keine Porträts, nicht einmal von ihm selbst, und anstelle von weichem Teppich war der Boden unter meinen Füßen mit Weinranken, Gestrüpp und Moos bedeckt. Eins ging in das andere über, während ich von einem gewundenen Flur in den nächsten bog und immer wieder kurz innehielt, um aus Fenstern zu blicken, die entweder von Weinranken verhangen oder von dicken Ästen der Bäume verdunkelt waren, die in die Fassade des Schlosses hineingewachsen waren.

An seiner Schönheit bestand kein Zweifel, doch ich fragte mich, ob alle Elfen so lebten.

Dann erreichte ich das Ende eines Korridors, an dem sich eine Treppe in die Dunkelheit erhob. Ich sah mich um, bevor ich die Stufen hinaufstieg, langsam und bedächtig, die sich aufwärts wanden und zu einem großen Schlafzimmer öffneten. Die Farben in diesem Zimmer waren dunkel und erdig, doch es gab vier raumhohe Fenster, die den Raum mit hellem Licht erfüllten.

An einer Wand stand ein großes Himmelbett. Jeder Pfosten war reich verziert, und die Vorhänge, die das Bett verhüllten, waren offen und von dunkelgrüner Farbe. Zwischen zwei großen Fenstern prangte ein kaputter Spiegel.

Ich erkannte, dass ich schon einmal hier gewesen war, dass hier der Ort war, an den Casamirs fünf Brüder mich zu Beginn meiner Strafe geschickt hatten. Ich erinnerte mich an den weichen Teppich unter meinen Füßen und an den Kamin mit der Feuerstelle.

Anders als in den anderen Räumen, war das Pflanzenleben hier lediglich auf eine Ecke beschränkt, in der einige Regale mit Blumen, Weinranken und hängenden Grünpflanzen geschmückt waren. Es war seltsam, wenn man bedachte, dass das restliche Schloss von Grün überwachsen war.

»Du musst die Sterbliche sein, von der unser Prinz so besessen ist.«

Ich schnappte nach Luft und drehte mich um, um zu sehen, wer da redete, aber da war niemand.

»Wer ist da?«, fragte ich.

»Hier drüben«, antwortete die Stimme, die klang, als käme sie von den Fenstern.

Ich ging hin, um hinter die schweren Vorhänge zu spähen.

»Nein, nein. Der Spiegel«, ertönte die Stimme.

Ich runzelte die Stirn, als ich vor die zerbrochene Glasscherbe trat, aber ich sah nichts darin, nicht einmal mein Spiegelbild. Ich berührte den Rand des Spiegels und wollte gerade dahinter linsen, da ich dachte, dass mir vielleicht eine Fee einen Streich spielen wollte.

»Was machst du da?«

Ich schnappte erneut nach Luft und ließ den Spiegel los, der daraufhin mit einem leisen Klirren zurück an die Wand knallte »Ich dachte, du bist vielleicht ein Feenwesen«, erklärte ich mich.

»Ich sagte dir doch, dass ich ein Spiegel bin.«
»Warst du schon immer ein Spiegel?«
»Ja. Was ist das denn für eine Frage?«
»Ich dachte, vielleicht wurdest du ja verflucht.«
»Ich bin nicht verflucht. Ich bin verzaubert.«
»Was ist der Unterschied?«
»Die Perspektive, vermute ich.«
Einen Moment stand ich schweigend vor dem Spiegel.

»Du bist der Magische Spiegel«, sagte ich dann und erinnerte mich an mein Gespräch mit Wolf darüber, wie Casamirs Vater bestimmt hatte, auf welche Weise der nächste König erwählt werden solle.

»Dann hast du also von mir gehört«, meinte er mit Stolz in der Stimme.

»Ich weiß nicht viel, fürchte ich. Nur dass du nicht heil bist.«

»Darüber hinaus gibt es nicht viel zu wissen«, sagte er.

Ich drehte mich um, um mich im Zimmer umzusehen. »Dann ist das also Casamirs Gemach?«

Obwohl ich schon einmal hier gewesen war, hatte ich mir nicht die Zeit genommen, mich umzusehen. Ich war zu beansprucht von dem Elfenprinzen vor mir gewesen, um mich auf etwas anderes zu konzentrieren als ihn und mein Überleben.

»Bist du auf der Suche nach ihm hier?«, fragte der Spiegel.

»Nein«, antwortete ich. »Ich möchte ihn heute oder morgen lieber nicht sehen, vielleicht auch nie wieder.«

»Das verheißt nichts Gutes für ihn«, meinte der Spiegel.

Ich warf ihm einen Blick zu. »Du weißt von dem Fluch?«

»*Du* weißt von dem Fluch?«, fragte er zurück.

Ich starrte den Spiegel an und mir war, als starre er zurück. Beide ohne Worte.

»Wenn du nicht wegen Casamir hier bist, warum dann?«

»Ich bin auf der Suche nach seinem wahren Namen«, erwiderte ich.

»Ah«, sagte der Spiegel. »Hier wirst du keine Antworten finden.«

»Wo werde ich sie dann finden?«

Ich stellte mir vor, dass der Spiegel mit den Schultern zuckte, als er antwortete: »Hier und da.«

Frustriert knirschte ich mit den Zähnen. Ich ging zum Ende von Casamirs Bett, und alles, woran ich denken und was ich mir vorstellen konnte, waren wir, ineinander verschlungen in einem Meer aus dunkler Seide. Wenn wir wieder Sex hätten, wäre es dann anders? Wäre er sanfter, liebenswerter, noch viel beschützender?

Das alles machte mich viel zu wütend. Ich sollte nicht einmal über ein nächstes Mal nachdenken. Ich sollte mich auf mein Ziel konzentrieren, hier wegzukommen.

Ich drehte mich zu dem Spiegel um und lehnte mich an das Fußende von Casamirs Bett.

»Beobachtest du ihn immer?«, fragte ich.

»Mir bleibt nichts anderes übrig«, sagte er. »Ich bin ein Spiegel.«

»Hat er …«, fing ich an. »Hat er … Besucherinnen?«

»Nein«, entgegnete der Spiegel.

Ich hasse die Erleichterung, die daraufhin in mir aufstieg, und ich hasste, dass ich überhaupt gefragt hatte.

»Wieso hält er diese Pflanzen, wenn sein ganzes Schloss ein Garten ist?«, fragte ich.

»Er liebt sie«, sagte der Spiegel. »Deshalb ist sein Schloss auch ein Garten.«

Ich runzelte die Stirn und ging erneut zu der Ecke, in der alle seine Pflanzen zur Schau gestellt waren. Plötzlich sah ich sein Heim in einem neuen Licht. Ich hatte gedacht, es habe nichts Persönliches an sich, doch das ganze Gebäude … es war eine Spiegelung dessen, was er liebte.

Etwas Warmes erfüllte mein Herz.

»Warum liebt er Pflanzen?«

»Ich vermute, es liegt daran, dass er bei Pflanzen sein kann, wer er wirklich ist, ohne Konsequenzen.«

»Und wer ist Casamir?«, fragte ich. »In Wahrheit?«

»Ich denke, das weißt du«, sagte der Spiegel. »Die Frage ist, bist du bereit, es zu sehen?«

Ich schürzte die Lippen, verschränkte die Arme vor der Brust und fühlte mich ertappt.

»Wo ist er?«

»Ich kann es dir zeigen«, meinte der Spiegel. »Aber vielleicht willst du es gar nicht wissen.«

Ich wartete und sah zu, als die Oberfläche des Spiegels sich verzerrte und veränderte, und dann sah ich Casamir bis zur Taille im Wasser. Er wusch sich Spritzer von Blut und Goldstaub vom Körper. Ich musste nicht lange darüber grübeln, was er getötet hatte. Ich konnte es mir denken. Die Fee, die mich gestern Nacht in ihre Falle gelockt hatte, die mir ins Gesicht gepustet und mich dazu gebracht hatte, mich so schmerzhaft nach ihm zu sehen.

Seine Züge waren hart, und ein Teil von mir wollte die Anspannung zwischen seinen Brauen und um seinen Mund wegstreicheln. Ich verfolgte seine Hände, die über die festen Muskeln seiner Schultern und Arme glitten, über seinen Brustkorb und seinen Bauch, bevor er sich ins Wasser des Sees sinken ließ.

Dann tauchte er wieder auf und watete ans Ufer. Als sein Körper sich mir langsam offenbarte, konnte ich die Sehnsucht nicht zurückhalten, und so sehr ich wollte, dass dies Magie wäre, wusste ich doch, dass es keine war.

Ich holte tief Luft und wandte mich vom Spiegel ab.

»Wie finde ich seinen wahren Namen heraus?«

Ich musste ihn herausfinden. Und aussprechen.

»Gar nicht«, sagte der Spiegel. »Er wird dich finden.«

»Wie denn? Wie, wenn ihn niemand kennt?«

»Alle kennen seinen Namen. Er ist keinem fremd. Er ist das Klagen auf den Lippen einer gebärenden Mutter, das Wehklagen aus dem Mund trauernder Liebender. Er ist der Aufschrei, der durch die Nacht dringt, wenn der Tod gerufen wird, und der Schrei, der bei Tagesanbruch widerhallt, wenn die Wahrheit dir Schmerz bereitet.«

»Ich suche nicht danach, ein Rätsel zu lösen«, sagte ich, entmutigt von seinen Worten, doch zugleich verarbeitete ich sie und fühlte sie. »Ich brauche einen Namen.«

»Du kennst seinen Namen«, sagte der Spiegel. »Du hast ihn schon gefühlt.«

Ich dachte darüber nach, was er gesagt hatte, und ich konnte bestätigen, dass ich wusste, wie es war, zu sehen, wie der Tod kam und Leben stahl. Ich wusste, wie es war, die Nacht hindurch zu wünschen, dass es nicht wahr sei. Ich wusste, wie es war, dass mir jeden Morgen bei Tagesanbruch das Herz gebrochen wurde.

»Grief – Trauer – kenne ich, das ist wahr«, bestätigte ich. »Aber Grief ist kein Name.«

»Alles kann ein Name sein«, widersprach der Spiegel. »Aber mit einem hast du recht. Grief ist nicht Casamirs wahrer Name.«

Wir schwiegen beide einen Augenblick lang, und dann sagte der Spiegel: »Denke darüber nach, Geschöpf. Du hast noch vier Tage.«

KAPITEL SECHZEHN
LIEBE MICH, VERLASSE MICH

Ich wartete darauf, dass mein Geschöpf kam, wie ich es gerufen hatte, gleich vor dem Eingang zum Speisesaal, gekleidet in meine feinsten Gewänder. Ich kam mir albern vor und fühlte mich unbehaglich, und die Erwartung machte mich verrückt. Sie fraß an meinem Herzen wie ein vor Wut kochender Parasit. Warum empfand ich so? Ich hatte sie doch zuvor schon gesehen, einhundertmal, aber dieses Mal war es anders, denn ich war in ihr gewesen. Ich hatte ihr Lust bereitet, und sie hatte sich unter mir gewunden, und ich wollte das wieder, auch wenn sie es nicht wollte.

Als sie dann in Sicht kam, war ich darauf nicht vorbereitet. Sie war schon immer schön gewesen, doch heute Abend sah sie wundervoll aus. Sie trug ein maßgeschneidertes Kleid, so dünn wie Elfenflügel, dessen Farben sich mit ihren Bewegungen von Pink zu Gold veränderten.

Die Elfen in ihrer Garderobe hatten ihre Sache gut gemacht, besser als je zuvor seit ihrer Ankunft.

Sie blieb vor mir stehen, und wir sahen einander an, in seltsamem und unbehaglichem Schweigen.

»Du siehst wunderschön aus«, sagte ich und hoffte, dass sie erkennen konnte, wie ernst ich das meinte.

Ihre Brust hob sich, als sie tief Luft holte. »Danke.«

Ich bot ihr die Hand. Es dauerte einen Augenblick, bis sie sie ergriff, und als sie es tat, zog ich sie an mich. Ihre Augen wurden groß, und sie drückte eine Hand flach auf meine Brust, aber sie schob mich nicht von sich.

Ich hielt ihren Blick fest und strich mit einem Finger über ihre Wange.

»Ich will dich«, raunte ich, und ich spürte die Wahrheit meiner Worte bis in die Knochen.

»Ein Buchstabe«, forderte sie mit leiser Stimme und den Blick auf meine Lippen gesenkt. »Und du kannst mich haben.«

Zorn wand sich durch mich wie ein Messer.

Ich wollte, dass sie mich auch wollte. Ich wollte, dass sie mich ohne Erwartungen wollte, doch ein Teil von mir wusste, dass ich mir das selbst zuzuschreiben hatte, weil ich ihr heute Morgen einen Buchstaben genannt hatte.

»Ein Buchstabe«, sagte ich. »Und du servierst mir Abendessen. Nackt.«

Sie stieß sich von mir ab.

»Du kannst mich mal.«

»Darüber, was wir uns können, möchte ich lieber nicht reden«, sagte ich mit finsterer Miene.

Die Stimmung veränderte sich abrupt, man hätte die dicke Luft zerschneiden können. Ich hasste, dass es zwischen uns so sein musste, denn jetzt hatte ich das Gefühl, übertrieben angezogen zu sein, und Verlegenheit stieg in mir auf.

»Du bist abscheulich«, sagte sie.

»Du kannst auch das verdammte Angebot akzeptieren und dich schneller von mir befreien.«

»Ich dachte, du wolltest nicht darüber reden, was wir uns können«, spuckte sie aus.

Wir funkelten einander wütend an, und dann hob sie den Kopf, schob das Kinn vor, und ihre Augen blitzten selbstsicher auf. »Zwei Buchstaben.«

»Also gut«, gab ich mich geschlagen, wandte mich ab und ging in den Speisesaal, wo ich mich am Kopfende des Tisches niederließ.

»Zieh dich aus«, befahl ich.

»Die Buchstaben«, verlangte sie.

»A«, antwortete ich. »Den anderen verrate ich dir, wenn du nackt bist.«

»Ich hasse dich«, sagte sie.

»Das Gefühl beruht auf Gegenseitigkeit, Sterbliche.«

»Du kannst ...«

Der Stuhl schrammte über den Boden, als ich aufstand, und ließ sie verstummen. Meine Hand knallte flach auf den Tisch, und das Geräusch hallte im Speisesaal wider.

»*Was habe ich gesagt?*«

Ihre Augen schimmerten, und unter ihrem Schweigen setzte ich mich wieder. Sie griff hinter sich und schaffte es, die Schnüre ihres Kleides zu lösen. Ich hätte gern geholfen, hätte gern ihre Haut an meinen Fingerspitzen gefühlt, als ihr Kleid zu Boden sank, aber mir war klar, dass sie das nicht wollte. Trotzdem war es ein Vergnügen, ihr zuzusehen. Sie war prachtvoll. Ich rutschte unbehaglich auf meinem Stuhl, als meine Erregung immer größer und härter wurde.

»Warum bist du wütend?«, fragte sie.

»Du machst mich wütend. Du machst mich verrückt«, sagte ich.

»Du wolltest das doch.«

»*Du* wolltest das!«, widersprach ich. »Worte in dieser Welt sind bindend, böses Geschöpf, oder hast du in ihrem Schatten nichts gelernt?«

Sie ballte die Fäuste.

»Gib mir den zweiten Buchstaben, Bastard.«

»S«, sagte ich. »Bist du glücklich?«

»Du wirst mich nie glücklich machen.«

»Das wissen wir beide besser, Geschöpf.«

»Das war *keine* freie Entscheidung.«

»Aber es war ein Begehren, oder nicht? Ganz gleich, wie sehr du dir wünschst, es wäre nicht so.«

Sie blieb stumm, als sie zum Tisch ging, wo die Speisen zwischen glitzernden Kerzen aufgetürmt standen, und entschied, Suppe aus einer silbernen Terrine zu schöpfen.

Dabei warf sie mir einen Blick zu.

»Was ist mit deinen Fingernägeln passiert?«

Ich ballte die Hand zur Faust, damit sie sie nicht sehen konnte, auch wenn es zu spät war.

»Ich habe sie geschnitten«, gestand ich. Weil sie ihr wehgetan hatten und weil ich ihr mit solchen Klauen kein Vergnügen bereiten konnte.

Nun, im Angesicht ihres Hasses, erschien mir diese Entscheidung albern.

Sie erwiderte daraufhin nichts, und als die Schale voll war, kam sie damit zu mir, spuckte hinein und stellte sie vor mir auf den Tisch.

Ich konnte ihren Blick auf mir fühlen, als ich die Suppe anstarrte, schweigend und reglos, bevor ich sie vom Tisch wischte und mir das Handgelenk meines Geschöpfs packte. Ich stand auf, zog sie an mich und drückte sie an den Tisch. Als ich meine Hüften an ihre presste, schnappte sie nach Luft. Ich wand die Finger in ihr Haar und bog ihren Kopf nach hinten.

»Keine freie Entscheidung?«, flüsterte ich und strich mit den Lippen über ihren gestreckten Hals. »Bist du sicher, Geschöpf?«

Ihre Hände krallten sich in mein Hemd.

Ich griff nach der nächstbesten Flasche Wein, entkorkte sie, trank einen Schluck und küsste sie mit der Flüssigkeit im Mund, die ich ihr einflößte, während ich sie kostete. Der Wein lief uns aus dem Mund, als unsere Lippen und Zungen leidenschaftlich miteinander spielten.

Sie stieß mich nicht von sich, also hob ich sie auf die Tischkante, und als sie die Beine spreizte, löste ich mich von ihr.

»Willst du dies?«, fragte ich.

»Was ist dies denn?«, fragte sie zurück.

Ich grinste und antwortete mit meinen Lippen über ihren. »Mein Mund. Meine Zunge. Meine Finger. *Mich.*«

Sie starrte mich an, und als sie nicht antwortete, machte ich mich langsam von ihr los. Doch da fasste sie mein Hemd und hielt mich auf.

»Nein«, sagte sie.

»Nein?«, fragte ich.

»Ich meine ja«, stieß sie atemlos hervor. »Ja. Ich will dies.«

Noch nie hatte ich solche Erleichterung gefühlt, und ich küsste sie dafür, bevor ich wieder von ihr abließ, um sie zu betrachten.

»Verdammt wunderschön«, sagte ich und genoss dieses Bild, wie sie so vor mir ausgebreitet lag, die Beine geöffnet, ihre Brüste gespannt und ihr Blick verhangen. »Ich werde dir zeigen, wie es wäre, wenn du für immer bei mir bleiben würdest. Das Vergnügen, das ich dir schenken werde. Wie ich mich um dich kümmern werde. Du wirst darum flehen. Du wirst es lieben.«

Du wirst mich lieben, dachte ich. Hoffte ich.

Ich nahm den Wein, und sie schnappte erneut nach Luft, als ich ihn über ihren Körper goss. Tiefrote Rinnsale perlten über ihre Haut, ihre Brüste und ihren Bauch hinab, sammelten sich in ihrem Bauchnabel und über den dunklen Löckchen zwischen ihren Beinen. Ich beugte mich vor und leckte die bittersüße Flüssigkeit von ihrer Haut. Ich begann mit ihren kissenweichen Brüsten, nahm jede in den Mund und saugte an ihren Brustwarzen, bis sie zu harten Knospen wurden. Sie bog den Rücken durch, mir entgegen, ihre Finger glitten durch mein Haar, und ihre Nägel kratzten über meinen Kopf.

Ich wanderte über ihren Bauch abwärts, küsste sie und ließ meine Zunge kreisen, kostete sie und sog ihre Haut in meinen Mund, bis ihr der Atem stockte. Ich hegte nur den Wunsch, ihr Lust zu bereiten, denn ich wusste, dass sie dies hier ohne den Einfluss einer Fee entschieden hatte.

Davor konnte sie morgen nicht weglaufen.

Ich erreichte ihre Hüften und küsste sie auf beide Seiten, bevor ich ihre Oberschenkel mit federleichten Küssen übersäte.

Ihre Atemzüge kamen kurz und flach, und sie wand sich unter mir. Meine Zunge strich über ihre Hitze, und sie stöhnte und schenkte mir ein protestierendes Wimmern, als ich mich von ihr löste. Ich begegnete ihrem Blick, als sie die Hände nach mir ausstreckte und meinen Kopf zwischen ihre Beine führte.

»Berühre mich. Casamir, *bitte*.«

»Erinnere dich daran, dass du gebettelt hast«, sagte ich, und dann genoss ich sie. Ich leckte sie langsam. Jeden Zentimeter ihrer intimsten Stelle. Sie schmeckte so gut, so süß, und ich vergrub mein Gesicht in ihr und folgte ihr, als sie sich unter mir wand. Ich glitt an ihre Klitoris, die prall und geschwollen war und erhitzt an meiner Zunge lag. Ich leckte und saugte daran, und während ich sie dort berührte, ließ ich meine Finger in sie gleiten.

Sie gab einen kehligen Aufschrei von sich und bäumte sich vom Tisch auf. Ich drückte meine Hand auf ihren Bauch, um sie festzuhalten und sah zwischen ihren Beinen auf, betrachtete sie, als ihr Kopf nach hinten auf den Tisch sank und ihre Hände ihre Brüste umfassten.

Verdammt. Sie war so prachtvoll.

Meine Lust war so gewaltig, mein Schwanz dermaßen hart, dass es schmerzte. Ich wollte wieder in ihr sein, wollte fühlen, wie sie auf mir kam, doch heute Abend würde ich mich mit dem hier zufriedengeben. Wenn sie mehr wollte, würde sie zu mir kommen müssen.

Mein Geschöpf stemmte die Fersen in meine Schultern, öffnete die Knie und bewegte sich an meinem Mund, rieb sich stärker an mir und wand sich unter mir. Als sie kam, war es ein dekadentes und wundervolles Gefühl, und ich nahm den Mund nicht von ihr, bis sie sich entspannte. Dann schob ich mich über sie und küsste sie, und meine Zunge streichelte ihre, bis ich sie nicht mehr schmecken konnte.

Ihre Hände gruben sich in mein Haar und krallten sich in meine Kopfhaut. Ihre Beine schlangen sich um meine Taille, pressten unsere Körper aneinander, und dann löste sie ihren Mund von meinem.

»Ich brauche dich in mir«, raunte sie.

»Brauchst du mich?«, fragte ich atemlos. »Oder willst du mich?«

»Ist das wichtig?«, fragte sie zurück. »Ich habe gefragt. Ich habe gefleht.«

»Wollen oder brauchen, böses Ding?«

Sie stemmte sich gegen meine Brust, und ich richtete mich auf und blickte auf sie herab, während sie dasaß, gezeichnet und gerötet von meinem Mund.

»Willst du mich?«, fragte sie.

»Das ist eine dumme Frage«, erwiderte ich.

Ich war voll verzweifeltem Verlangen nach ihr.

Ihr Blick senkte sich auf meine Erektion, die sich gegen den Stoff meiner Hose presste, und ihre Augen verdunkelten sich. Ihr Fuß streichelte mich dort aufreizend.

»Dann nimm mich«, sagte sie. »Ich biete es dir an.«

»Du wirst es bereuen«, wandte ich ein. »So wie du es letzte Nacht bereut hast.«

Ihr Blick wurde hart, und so sehr ich es hasste, sie abzuweisen, vertraute ich dennoch nicht darauf, dass sie mich wollte. Sie war gefangen in einem Nebel der Lust, und in diesem Zustand würde sie mich willkommen heißen, auch wenn sie mich gar nicht wirklich wollte. Doch das würde sie kein bisschen näher dahin bringen, mich zu lieben.

Sie stieß sich vom Tisch ab und beugte sich auf Zehenspitzen vor, bis ihr Gesicht meinem ganz nahe war.

»Feigling«, stieß sie zwischen zusammengebissenen Zähnen hervor.

Dann schnappte sie sich ihr Kleid vom Boden und floh.

KAPITEL SIEBZEHN
SÜSSES GIFT

Ich stürmte in mein Zimmer, stolpernd, blind vor Tränen, die ich mich weigerte zu vergießen für diese ... *armselige* Ausrede von einem *Mann*, der nicht einmal ein Mann war, sondern ein schrecklicher, hinterhältiger und boshafter Elf. Als ich sicher in meinem Zimmer war, lehnte ich mich an die Tür, schloss die Augen und wartete, bis mein Herzschlag sich wieder beruhigte, bis die Hitze in meinem Gesicht nachließ, bis ich so oft geschluckt hatte, dass die Tränen nicht mehr zu fließen drohten.

Was *wollte* er von mir?

Ich hatte alles getan, was er gewollt hatte.

Er sagte »Bettle«, also bettelte ich.

Ich sollte erfreut sein, weil er aufgehört hatte, denn was hatte ich mir nur gedacht? Ich war so gefangen gewesen in der Lust durch seinen Mund, seine Berührung, dass ich bereit gewesen war, mich noch weiter zu kompromittieren, und dieses Mal hätte ich keine Ausrede dafür gehabt, ihn zu genießen, denn ich hatte nicht unter einem Zauber gestanden.

Doch stattdessen fühlte ich mich nur beschämt, lächerlich, zurückgewiesen, denn am Ende ... hatte ich ihn wirklich gewollt.

Wie konnte ich ihn wollen?

Er war ein Elfenprinz und ich seine Gefangene.

Ich stieß mich von der Tür ab und warf das Kleid, das ich zum Abendessen getragen hatte, in die Ecke. Ich war mir nicht einmal sicher, warum ich mir die Mühe gemacht hatte, mich anzukleiden. Ich hätte das durchsichtige Hemd tragen sollen, das die Elfen in der Garderobe angefertigt hatten. Es wäre passender gewesen für das, was Casamir geplant hatte. Der Gedanke machte mich noch wütender. Er hatte mich gedemütigt, und im Austausch wofür? Ein paar Buchstaben – *U, I, A, S* – vier von sieben, die vollkommen nutzlos waren.

Je mehr ich darüber nachdachte, umso wütender wurde ich. Ich schnappte mir mein Gewand vom Ende des Bettes und schlüpfte hinein, noch während ich nach meiner Axt griff. Der Griff war immer noch voller Dornen, aber mich kümmerte nicht, dass sie mir in die Hand stachen, als ich mich aus meinem Zimmer wagte und im Dunkeln zu Casamirs Schlafgemach marschierte.

Ich hielt meine Axt erhoben, fühlte jeden Dorn, der seine Spitze in meine Haut bohrte, sie war bereits klebrig von Blut. Ich war mir nicht sicher, was mir in der Nacht über den Weg laufen würde, aber ich war so voller Wut, dass ich bereit war, so ziemlich gegen alles zu kämpfen. Vielleicht wussten die Feen es gut genug, mich nicht auf die Probe zu stellen, denn ich schaffte es ohne Probleme in Casamirs Gemach.

Trotz meiner Entschlossenheit zögerte ich, als ich vor seiner Tür stand. Ich empfand ein tiefes Gefühl von Grauen ... eine Gewissheit, dass ich, sobald ich dort eintrat, nicht mehr herauskommen würde, und doch wollte ich dem Ganzen ein Ende machen. Ihm ein Ende machen.

Ich griff nach dem Knauf seiner Tür und drehte ihn vorsichtig. Dann schlüpfte ich in sein Gemach, trat an sein Bett und öffnete leicht die Vorhänge, um ihn anzusehen. Ein Strahl aus Mondlicht schien auf seinen nackten Oberkörper.

»Bist du gekommen, um mich zu töten?«, fragte er.

Ich antwortete nicht, sondern kletterte auf sein Bett. Es war hoch, und ich kam mir ungeschickt vor, als ich mich mühte, meine Axt festzuhalten, während jeder spitze Dorn sich noch tiefer in meine Haut bohrte. Er rührte sich nicht, als ich mich rittlings auf ihm niederließ, sondern sah mich nur mit diesen leuchtenden Augen an.

Ich drückte die Axt eng an meine Brust. Er versuchte nicht, sie mir abzunehmen, aber er runzelte die Stirn, als er das Blut sah, das zwischen meine Finger hindurchsickerte.

»Du bist verwundet.«

Ich hob die Waffe über meinen Kopf und hielt sie dort. Ich wollte ihn verletzen, aber zugleich wollte ich Sex mit ihm.

»Wenn du es tun willst, dann ziele auf meinen Kopf«, sagte er.

»Welchen?«, fragte ich. »Den, auf den ich gerade blicke, oder den zwischen meinen Beinen?«

»Wenn du den zwischen deinen Beinen abhackst, wirst du wahrscheinlich nicht bekommen, weshalb du hier bist.«

Ich senkte die Axt ein wenig. »Ich will dich hassen.«

»Ich weiß«, antwortete er leise. Er setzte sich auf und lehnte sich in meine Richtung, legte die Hand um mein Handgelenk und seinen Mund auf meinen.

Ich ließ die Axt sinken und zu Boden fallen. Er umfasste mein Gesicht, und ich hielt mich an seinen Unterarmen fest, unsicher, was ich eigentlich wollte, und wusste nur, dass ich gerade nicht über die Lust hinaus denken konnte, die sein Mund in mir auslöste, als er sich an meinem bewegte und meine völlige Unterwerfung forderte. Ich war bereit dafür. Ich öffnete den Mund, und als seine Zunge sich zwischen meine Lippen schob, um mit meiner zu spielen, seufzte ich an seinem laut auf, und mein Körper entspannte sich. Ich legte die Arme um seinen Nacken und drückte mich an ihn, genoss das Gefühl seiner Erregung an meiner Haut, als ich näher rutschte, süchtig danach, welche Gefühle er in mir weckte – vollkommen verloren und nicht von dieser Welt.

Casamir nahm seine Lippen von meinen, und seine Hände in meinem Haar verkrampften sich. Als er meinen Kopf nach hinten bog, knurrte er an meiner Kehle.

»Du bist Gift, süßes Geschöpf. Ich will dich in meinem Blut.«
Dann sog er meine Haut in seinen Mund, bis ein Aufschrei über meine Lippen drang. Daraufhin drückte er mich auf den Rücken, ging in die Hocke und betrachtete mich.

»Danke für boshafte Feen«, meinte er, als seine Augen über meinen Körper glitten, gehüllt in das durchsichtige Gewand.

Je länger er mich ansah, ohne mich zu berühren, umso stärker wurden die Ungeduld und die Hitze in mir, und ich wand mich unter seinem Blick.

Ich griff nach der Schnur an meiner Taille, aber Casamir hielt mich auf.

»Lass mich das machen«, flüsterte er.

Ich hielt seinem Blick stand. »Du hast mich doch schon so gesehen.«

»Und es wird nie genug sein.«

Ich starrte ihn an und konnte seinen Tonfall nicht recht begreifen, doch er klang, als würde er einen Eid schwören, aufrichtig, wenngleich aussichtslos, und das veränderte etwas in mir.

Ich ließ die Hände sinken und packte die Decken unter mir, als er an der Schnur zog und mein Gewand öffnete. Und obwohl es nichts verbarg, tat er so, als habe er die kostbarsten Edelsteine der Welt enthüllt.

Er beugte sich vor und drückte einen Kuss auf meinen Bauch, und nur einen Augenblick lang begegneten seine Augen meinen, glühend wie Kohlen im Dunkeln.

Dann küsste er mich, wieder und wieder, und wanderte weiter bis an meine Oberschenkel. Ich ballte die Fäuste in die Decken und bog den Rücken durch. Ich hätte meine Beine zusammengepresst, nur um etwas Reibung zu spüren, aber zwischen ihnen lag Casamir und reizte mich mit federleichten Küssen.

Er lächelte, als ich mich in verzweifeltem Verlangen wand.

»Casamir«, stöhnte ich, und die Erwartung schnürte meine Brust ein, sodass ich kaum Luft holen konnte.

»Ja, süßes Geschöpf?«

Seine Stimme vibrierte an meiner Haut.

»Das ist Folter.«

»Ah«, sagte er, und seine Lippen streiften unten über meinen Bauch. »Aber ist es gut?«

»Es könnte besser sein«, meinte ich.

»Ist das so?«, flüsterte er. »Wie?«

»Berühre mich.«

»Ich berühre dich doch schon.«

Ich gab einen kehligen Aufschrei von mir und griff nach seinem Kopf, aber er drückte mich mit einer Hand flach auf das Bett und öffnete mich mit der anderen. Doch sonst starrte er mich nur an.

»Vergib mir, süßes Geschöpf«, sagte er. »Du musst am Verhungern sein.«

Dann leckte er mich, umkreiste meine Klitoris, und ich glaubte zu sterben vor lauter Lust, die sich tief in meinem Bauch ausbreitete und meinen ganzen Körper erfasste.

»Verdammt.« Ich kam ihm entgegen, spreizte die Beine noch weiter, und er nahm die Einladung an, ließ erst einen Finger, dann zwei in mich gleiten. »Ja.«

Es spielte keine Rolle, dass er dies schon früher getan hatte, denn jetzt fühlte es sich sogar noch besser an. Seine Berührung und seine Zunge waren anders, viel intensiver. Ich fühlte ihn ganz und gar, als sei mein Körper ein einziger bloßliegender Nerv, und alles an mir pulsierte um ihn herum.

Ich hatte nie damit gerechnet, dass dieser seltsame Feenprinz das Zentrum meines Universums werden würde, doch wenn ich das hier jede Sekunde eines jeden Tages fühlen konnte, würde ich auf ewig unter ihm liegen.

Hier, wo es keinen Schmerz und keinen Verlust gab.

Hier, wo ich nicht allein war.

Ich griff nach seinem Kopf, rieb mich an ihm, und ein Laut, den ich noch nie von mir gegeben hatte, drang tief aus meiner Kehle, als er meiner Lust folgte. Der Druck wurde immer stärker, und ich konnte die Laute, die aus meinem Mund kamen, nicht länger unterdrücken.

»Ja, ja, ja«, flüsterte ich, bis meine Worte in einem Schluchzen untergingen und ich so heftig unter seinem Mund kam, dass ich am ganzen Leib zitterte. Als Casamir sich von mir löste und Küsse auf meinen Bauch und meinen Oberkörper drückte, war er atemlos, doch trotzdem küsste er mich leidenschaftlich, als sei er zu lange ohne mich gewesen.

Sein Körper lag warm und feucht an meinem. Ich griff zwischen uns und umfasste seinen Schwanz. Er war hart und weich zugleich, und Casamir stöhnte an meinem Mund, als ich ihn berührte.

Als er zurückwich, musste er das Begehren in meinen Augen verstanden haben, denn er strich mit einem Finger über meine Lippen und antwortete: »Nur wenn du es wünschst.«

Ich würde ihn ja korrigieren und ihm sagen, dass ich mir niemals irgendetwas wünschte, doch dies hier wünschte ich.

Wir wechselten die Positionen, und als er sich vor mir ausstreckte, betrachtete ich ihn, ließ den Blick über seine Brust schweifen und über seine Erregung, die sich an seinen Bauch drückte. Er war schön, und das machte mir das Herz schwer.

Ich erwiderte seinen Blick.

»Du bist dafür geschaffen«, sagte ich.

Er lächelte und fragte: »Geschaffen wofür, süße Kreatur?«

Lust, wollte ich sagen. *Sex.*

Doch stattdessen antwortete ich: »Herzensleid.«

Er blieb reglos, doch in seiner Miene lag eine Anspannung, die mir verriet, dass er da nicht widersprach. Ich wusste nicht, ob er etwas darauf erwidern wollte, denn ich küsste ihn und presste die Lippen auf seinen Bauch, so wie er zuvor auf meinen.

Er blieb aufrecht, lehnte sich aber etwas nach hinten und schob mein Haar über meine Schulter. Ich konnte seinen Schwanz zwischen meinen Brüsten spüren, als ich über seinen Körper glitt, und als er mein Kinn berührte, schloss ich meine Lippen um ihn.

Casamir rang nach Luft, und ich blickte zu ihm auf, als ich ihn freigab und an seiner ganzen Länge entlangleckte, bevor ich ihn erneut in den Mund nahm. Er stützte die Hände hinter sich, legte den Kopf in den Nacken und entblößte seinen Hals, während ich ihn verwöhnte.

Seine Atemzüge wurden schwerer und sein Stöhnen lauter. Seine Finger wanderten durch mein Haar, spannten sich aber nicht an.

»Verdammt«, keuchte er mit leiser Stimme auf. »Was für ein süßes Ding du bist.«

Er schmeckte salzig auf meiner Zunge. Ich dachte an all die Male, die er letzte Nacht in mir gekommen war, und daran, wie ich danach verlangt und es wieder gewollt hatte.

Ich wusste nicht, was er fühlte, als ich ihn berührte und an ihm saugte, doch ich spürte die Macht, ihn in meinen Händen und in meinem Mund zu haben – ich hatte die unmittelbare Kontrolle über seine Atemzüge, und in diesem Augenblick gingen sie schnell.

Es weckte Sehnsucht nach ihm in mir, und als ich ihn freigab, schob ich mich über ihn und presste meine Lippen hart auf seine, bevor ich mich so herumrollte, dass ich unter ihm lag.

Er ruhte zwischen meinen Beinen und strich mir das Haar aus dem Gesicht.

»Bist du dir sicher?«, fragte er, musterte mein Gesicht und forschte nach etwas, das über das Einverständnis hinausging, das ich aussprach.

Er wollte wissen, dass ich nichts bereuen würde.

»Ich bin gekommen«, sagte ich. »Und du musstest nicht nach mir rufen.«

Er starrte mich an, und dann fiel sein Blick auf meine Lippen, und er küsste mich sanft und innig und presste seine Hüften an mich, bevor er sich auf Hände und Knie erhob. Als er sich näher schob, spreizte ich die Beine und hob die Hüften. Er führte seinen Schwanz zwischen meine Beine und drang in mich ein.

Ich holte Luft, als er tief in mir versank, doch er bewegte sich nicht, sondern lag nur auf mir.

»Letzte Nacht«, begann er, aber ich legte die Finger auf seinen Mund und brachte ihn zum Schweigen. Ich wollte nicht, dass er schlecht von letzter Nacht sprach. Ich wollte nicht, dass er es bereute.

Letzte Nacht war unser Beginn, und ich wollte nicht mit weniger darauf blicken als Zuneigung, ob nun Magie unsere Leidenschaft entfacht hatte oder nicht.

Als ich sicher war, dass er schweigen würde, nahm ich die Finger weg. Wir sahen einander noch einen Augenblick an, bevor Casamirs Lippen sich auf meine senkten und er sich zu bewegen begann. Ich stöhnte auf, als ich ihn in mir fühlte, und seine Zunge tauchte in meinen Mund und spielte mit meiner. Er schmeckte noch immer nach mir, und in meinem Herzen blühte ein warmes und machtvolles Gefühl auf. Ich öffnete mich noch weiter für ihn, hob die Hüften noch höher, um seinen Stößen zu begegnen.

Casamir wich zurück, stützte die Arme links und rechts neben meinen Kopf und musterte mich mit einer Eindringlichkeit, die mir das Gefühl gab, verwundbar und entblößt zu sein, so als könne er mein Herz sehen und wie heftig es für ihn schlug.

Er hob mein Bein an und legte es über seine Schulter. Die Wonne dieser neuen Stellung entlockte meinem Mund einen Laut, und ich drückte den Kopf ins Kissen, als mich Woge um Woge der Ekstase erschütterte. Casamir beugte sich nieder, um meinen Hals zu küssen, sog meine Haut in seinen Mund und saugte leidenschaftlich daran.

Ich stöhnte, vergrub die Finger in seinem Haar und schlang sie um seinen Nacken.

»Ja«, flüsterte ich. »Mehr.«

»Mehr wovon, süßes Geschöpf?«, fragte er.

Um ehrlich zu sein, wusste ich das gar nicht, einem Impuls folgend hob ich das andere Bein, stemmte die Ferse in seinen Po und bewegte mich an ihm, als unsere Körper immer wieder aufeinandertrafen, und darüber hinaus gab es nichts, um sich darauf zu konzentrieren oder zu fühlen.

Ich suchte mit den Handflächen Halt am Kopfende des Bettes, damit ich nicht dagegenstieß. Casamir schien es zu bemerken, denn er legte schützend seine Hände um meinen Kopf, während er mich küsste und seine Stöße härter wurden, schneller, tiefer. Unsere Körper waren schweißgebadet, der Geruch von Sex hing schwer in der Luft, und wir beide waren kurz davor, zu explodieren.

Ich fühlte meinen Orgasmus bis in die Knochen, und Casamir folgte mir gleich darauf. Seine Arme bebten, als er sich niedersenkte, um mich zu küssen, und seine Zunge strich über meinen Mund mit einer sanften Leidenschaft, die ich tief in mir spürte. Als er sich von mir löste, stellte ich mir die Frage, wer dieser Mann war, der mich so zärtlich geliebt hatte.

Ich fühlte mich seltsam damit – verändert.

Ein Teil von mir wollte davor fliehen, doch ich lag noch immer unter Casamir, und er war noch immer in mir. Ich konnte nicht leugnen, dass es mir hier gefiel.

Er streichelte mit der Fingerspitze meine Lippen.

»Geht es dir gut?«, fragte er. Seine Stimme war ein leises Flüstern.

»Ja«, wisperte ich, obwohl mein Körper noch immer bebte. »Mehr als gut.«

Daraufhin schenkte er mir ein schwaches Lächeln, als glaube er meinen Worten nicht ganz.

»Und geht es dir gut?«, fragte ich zurück.

Sein Lächeln wurde ein wenig tiefer.

»Ja«, antwortete er. »Mehr als gut.«

Er beugte sich herab, um mich erneut zu küssen, und ich schloss die Augen in der Erwartung, seinen Mund auf mir zu fühlen, doch stattdessen drückte er die Lippen auf meine Stirn und rollte sich von mir. Ohne ihn war mir unvermittelt kalt, und ich wolle mich in seine Wärme schmiegen, doch er stieg ganz aus dem Bett und zwischen den Vorhängen hinaus.

Ich überlegte, ihn zu fragen, was er da tat, doch dann hörte ich Wasser in ein Becken tropfen und konnte es mir denken. Wenige Sekunden später kehrte er zurück mit einem Tuch in der Hand. Er sagte nichts, als er es mir reichte, und schloss die Vorhänge, während ich mich säuberte – und mich dabei zuerst auf das Blut von der Axt konzentrierte, das seitdem an meinen Händen getrocknet war, und dann erst auf den Rest.

»Ich bin ... fertig«, sagte ich und war verlegen, als Casamir erschien und die Hand ausstreckte, um das Tuch zu nehmen. Ich zögerte.

»Wir sind einander zu vertraut geworden, als dass dies hier peinlich sein könnte.«

Da mochte er recht haben, aber das vertrieb die Röte nicht von meinen Wangen, als ich ihm das Tuch reichte.

Als er zurückkehrte, stützte er ein Knie auf das Bett, legte sich aber nicht wieder neben mich.

»Willst du gehen?«, fragte er. Seine Miene war neutral, doch ich ahnte, dass er hart daran arbeitete, seine Emotionen unter Kontrolle zu halten, und keine Enttäuschung zeigen wollte, falls ich Ja sagte. Aber ich hatte nicht die Absicht zu gehen. Mir war immer noch kalt, und ich wollte seine Wärme.

»Nein«, flüsterte ich.

Casamir atmete aus und zog dann die Decken zurück, damit wir darunter schlüpfen konnten. Ich wartete darauf, dass er sich niederlegte, bevor ich mich neben ihm an seine Wärme schmiegte. Ich ließ die Hand auf seiner Brust ruhen, und unter meiner Handfläche konnte ich seinen schnellen Herzschlag spüren. Ich schloss die Augen, und in der Stille hüllte mich das beständige Pochen in ein wohliges Gefühl der Ruhe. Doch gerade als ich mich entspannte, sprach er.

»Was ist mit deiner Familie passiert?«, fragte er.

Ich öffnete die Augen und starrte ins Dunkel. Es war eine

Frage, die mir das Herz zuschnürte, als habe er es in die Hand genommen und zugedrückt.

»Sie ist gestorben«, sagte ich.

Daran zu denken, machte mich krank und traurig. Ich war der Grund dafür, dass sie fort waren und ich allein war. Mein Blut hatte meine Mutter getötet, ich hatte den Tod meiner Schwester herbeigewünscht, und mein Vater war nach ihrem Verlust an gebrochenem Herzen gestorben.

»Deine Schwester ist auch gestorben? Oder wurde sie ermordet?«

Ich ballte die Faust auf seiner Brust, und er legte seine Hand darauf.

»Erzähl es mir«, bat er. »Bitte.«

Es dauerte einen Moment, bis ich sprechen konnte, denn plötzlich fühlte meine Zunge sich geschwollen an.

»Als ich jünger war, tanzte ich immer mit den Feen am Waldrand. Kleine Feen mit Schmetterlingsflügeln. Ich liebte sie, und sie krümmten mir nie ein Haar. Als meine Schwester es herausfand, jagte sie sie fort. Ich war so wütend, dass ich wünschte, sie wäre tot, und da verwandelte sie sich direkt vor meinen Augen in ein Reh und rannte in den Wald.«

Ich hielt inne und schluckte den Kloß in meiner Kehle hinunter.

»Ich suchte jahrelang im Wald nach ihr, und am letzten Tag des siebten Jahres fand ich sie, als sie sich unter einem Baum ausruhte, doch als ich zu ihr gehen wollte, flog ein Pfeil von den Bäumen heran und traf sie.

Ich werde nie vergessen, wie ihre Augen sich weiteten, und als sie fiel, wurde sie wieder menschlich. Da war so viel Blut, und ich konnte nichts für sie tun, also hielt ich sie nur in den Armen und sagte ihr, wie leid es mir tat … wie sehr ich wünschte, dass ich ungeschehen machen könnte, was ich getan hatte. Und dann, als habe der Wald uns noch nicht genug gestraft, sah ich etwas über die Erde schlängeln, Wurzeln glitten unter uns hervor und schlangen sich um meine Schwester. Ich schrie und krallte nach dem Holz, aber der Baum holte sie.«

Diesmal konnte ich die Tränen nicht davon abhalten, über meine Wangen zu laufen. Ich holte bebend Luft und flüsterte: »Seitdem habe ich mir nie wieder etwas gewünscht.«

Darauf folgte ein Augenblick der Stille, und Casamirs Hände um mich spannten sich an.

»Deine Schwester ist nicht tot«, sagte er.

Ich stemmte mich von ihm weg und richtete mich auf. »*Lass das.*«

Casamir setzte sich mit mir auf und griff nach meinen Händen. Ich wollte sie wegziehen, aber er drückte sie eng an seine Brust.

»Sie ist am Heilen, nicht tot«, sagte er schnell. »*Vertrau mir.*«

Ich starrte ihn an und suchte in seinen Augen nach der Wahrheit, aber er sah so ernsthaft und aufrichtig aus, dass mir die Luft wegblieb.

»Was willst du damit sagen?«

»Wenn der Baum sie geholt hat, so wie du gesagt hast, dann heilt sie. Das geht nicht schnell. Sie könnte jahrelang innerhalb seiner Wurzeln bleiben, einhundert Jahre gar, aber es ist wahrscheinlich, dass ihr Herz noch schlägt.«

Ich kletterte hastig aus dem Bett.

»*Geschöpf*«, zischte Casamir. »Wo willst du hin?«

»Zu meiner Schwester!«, sagte ich, suchte nach meinen Sachen, doch da fiel mir ein, dass ich nur in einem Nachthemd gekommen war, und ich rannte zur Tür.

Casamir umfasste meine Taille.

»Es ist zu gefährlich heute Nacht.«

»Lass mich los!«, fauchte ich und krallte nach seinen Händen, aber er wollte mich nicht loslassen.

»Nicht im Dunkeln«, sagte er, sein Mund an meinem Ohr. »Bitte, süßes Geschöpf.«

»Aber sie ist *am Leben*!« Meine Stimme brach. Ich war nicht mehr allein.

»Und wahrscheinlich ist sie immer noch in dem Baum, und dort wird sie auch morgen noch sein.« Seine Worte vertrieben meinen Kampfgeist, und ich gab nach. Er hielt die Arme fest um mich, und sein Kopf ruhte weiter an meinem Hals.

»Ich bringe dich morgen hin. Sobald der Tag anbricht. Ich verspreche es. Ich schwöre es.«

Nach einem Augenblick drehte ich mich zu ihm um.

»Warum versprechen?«, fragte ich. »Warum schwören?«

Er wirkte verwirrt. »Weil ... es das ist, was du willst.«

Mein Herz fühlte sich warm und offen an, und mir war, als würde es in meinem ganzen Körper schlagen. Ich umfasste sein Gesicht und zog ihn an mich. Als unsere Lippen einander trafen, taumelten wir, und Casamirs Hände glitten an meinen Po und packten mich fest, seine Erregung spürte ich hart zwischen uns.

»Runter«, befahl ich, und wir knieten uns auf den Boden. Ich drückte ihn auf den Rücken, kam rittlings über ihn und rieb über seinen Schwanz. Ich beugte mich vor, um ihn erneut zu küssen und ließ meine Zunge auf seine treffen. Casamirs Finger pressten sich in meine Haut, als ich die Reibung suchte, die wir beide wollten, und als das nicht genug war, führte ich ihn in mich und rieb meine Hüften an seinen, die Hände auf seine Brust gestützt. Als ich vollkommen erschöpft war, setzte er sich auf, gab mir Halt und kam meinen Bewegungen mit Stößen entgegen, während seine Stirn an meiner lag. Unsere Körper waren warm und feucht, und als der Druck zwischen uns immer stärker wurde, küsste Casamir mich, eroberte meinen Mund mit seiner Zunge, und ich kam heftig und brach auf ihm zusammen. Er hielt mich fest, als er auf den Rücken sank, und dort lagen wir, bis unsere Atemzüge gleichmäßig wurden.

»N.«

Ich zuckte zusammen, als ich den Buchstaben hörte, und Casamir versteifte sich in der Erwartung, dass ich mich von ihm losriss. Doch stattdessen blieb ich, wo ich war, und lag schwer auf ihm.

»Ich habe das nicht ernst gemeint«, sagte ich.

»Doch, hast du«, entgegnete er. »Zumindest als du die Worte zum ersten Mal ausgesprochen hast. Aber ich habe dir den Buchstaben nicht wegen des Handels gegeben. Stelle es dir als ein Geschenk vor, ein weiterer Buchstabe näher an der Freiheit.«

»Ist es das, was du willst?«, fragte ich und fühlte einen kleinen schmerzhaften Stich bei dem Gedanken, dass er wollen würde, dass ich fort war.

»Ist es denn nicht das, was du willst?«, konterte er.

Ich dachte darüber nach, nun unsicher, und kurz darauf antwortete ich.

»Ich will eine Wahl haben. Zu bleiben oder zu gehen.«

Bedeutete nicht genau das Freiheit? Eine Wahl zu haben.

»Welches würdest du wählen?«

»Das kann ich nicht sagen«, antwortete ich, und meine Worte kamen langsam und schläfrig. »Ich bin nicht frei.«

Casamir starrte mich an, und ich fragte mich, was er dachte und was hinter seinen dunklen Augen vorging. Doch dann setzte er sich auf. Mit meinen Beinen um seine Taille geschlungen und meinen Armen um seinen Nacken stand er auf und trug mich zum Bett. Als ich mich neben ihn legte, wirbelten Gedanken durch meinen Kopf, wie es wohl wäre, dies für den Rest meines Lebens zu tun, und ich hasste es gar kein bisschen.

KAPITEL ACHTZEHN
DIE ALTE WEIDE

»Wach auf, süßes Geschöpf«, sagte eine leise, warme Stimme. Verschlafen öffnete ich die Augen und sah Casamir vor mir stehen, voll angekleidet. Hinter ihm brannte ein gold-oranges Licht. Die Sonne ging gerade auf.

»Der Tag bricht an«, verkündete er. »Und ich habe versprochen, dich zu deiner Schwester zu bringen.«

Diese Worte erweckten auf der Stelle alle meine Sinne, und ich richtete mich auf und schwang die Beine aus dem Bett. Ich war nackt, und Casamirs anerkennender Blick lag plötzlich auf mir. Seine Augen glitten über mich, meine Haut prickelte, und in meinem Bauch loderte ein Verlangen auf, so leidenschaftlich, dass ich näher an den Rand rutschte und die Beine spreizte.

Casamirs Blick verweilte dort, und er leckte sich über die Unterlippe.

»Oh, süßes Geschöpf«, raunte er heiser. »Führe mich heute Morgen nicht in Versuchung, denn ich habe dir ein Versprechen gegeben.«

Er legte zwei Finger unter mein Kinn und bog meinen Kopf nach hinten, während er die andere Hand in mein Haar tauchte und meinen Mund eroberte. Dann löste er sich mit einem Stöhnen von mir und legte seine Stirn an meine.

»Zieh dich an«, forderte er mich auf und trat einen Schritt zurück, um mir einige Sachen zu überreichen.

Ich war überrascht, dass er mir nicht zusah, sondern stattdessen zu seinen Pflanzen hinüberging, während ich Beinlinge und ein langes Kleid mit hohen Schlitzen zum Reiten anzog.

»Ausgeruht?«, fragte eine Stimme.

Ich drehte den Kopf zum Spiegel, und mir blieb der Mund offen stehen, doch ich konnte nicht antworten. Ich hatte ihn ganz vergessen. »Ich …«

»Ignoriere ihn«, meinte Casamir, noch immer mit dem Rücken zu mir.

»Wie ignorierst du ihn?«, fragte ich. »Er ist *da*.«

Er hatte alles *gesehen*. Alles *gehört*.

Der Gedanke ließ meine Wangen glühen.

»Vertrau mir, je mehr er redet, umso einfacher ist es.«

»Keine Sorge, Kreatur«, sagte der Spiegel. »Ich bin an das Liebesspiel des Prinzen gewöhnt.«

»Oh wirklich?«, fragte ich, und meine Scham wich einem plötzlichen Gefühl von Eifersucht.

»Sag das nicht so, du dummes Ding«, sagte Casamir.

»Wie sollte er es denn dann sagen?«, blaffte ich.

»Ja, wie sollte ich es denn sagen?«, wiederholte der Spiegel.

Casamir inspizierte unbeirrt seine Pflanzen weiter, ohne den Ärger zu bemerken, der in meinem Blut hochkochte.

»Zu sagen, ich habe mit irgendwem anderes geschlafen als mit dir, ist ein Irrtum«, erklärte er. »Und ich habe den größten Teil der letzten zehn Jahre damit verbracht, mir selbst Lust zu bereiten. Falls der Spiegel irgendwem beim Sex zugesehen hat, muss es einer meiner Brüder gewesen sein.«

»Würde er den Unterschied nicht kennen?«, konterte ich.

»Na ja, er ist nur ein Spiegel«, meinte Casamir, und dann wandte er sich mir mit ernster Miene zu, die noch viel strenger wurde, je länger er mich ansah. Eine Sekunde später war er bei mir und griff nach dem letzten Kleidungsstück, das auf dem Bett lag – einem Mantel, den er mir um die Schultern legte und vorn schloss. Er ließ die Finger auf jeder Seite über die Ränder gleiten, bis seine Finger sich mit meinen verschränkten.

»Wunderschön«, sagte er.

Mein Blick fiel auf seine Lippen, und ich lehnte mich näher und streifte seinen Mund gerade so mit meinem, als der Spiegel sprach.

»Gut gemacht, Prinz«, lobte er.

Wir guckten ihn beide finster an.

»Du weißt schon, dass du nicht reden *musst*«, erinnerte Casamir ihn.

»Ich möchte nur ein Kompliment aussprechen«, erklärte der Spiegel. »Du bist besser geworden seit dem letzten Mal.«

Ich runzelte die Stirn, und bevor ich etwas fragen konnte, nahm Casamir meine Hand und zog mich zur Tür.

»Zeit, zu gehen.«

Er ließ meine Hand bis zum Innenhof des Schlosses nicht mehr los, wo ein weißes Pferd graste. Sein Fell schimmerte in der Sonne, so hell, dass es mich beinahe blendete.

»Ich wusste gar nicht, dass du Pferde besitzt«, wunderte ich mich. Ich hatte seit meiner Ankunft keine Ställe gesehen.

»Tue ich auch nicht«, erwiderte er. »Balthazar ist ein Wildfang, aber er hat zugestimmt, uns heute zu helfen.«

»Du hältst keine Tiere, dafür aber Menschen?«

»Tiere haben ein reines Herz«, gab er zur Antwort. »Menschen nicht.«

Da widersprach ich nicht. Ich tätschelte Balthazars Nase.

»Bist du schon einmal geritten?«, fragte er.

»Natürlich«, nickte ich, und er trat einen Schritt zurück, als ich auf Balthazar stieg. Er tat es mir gleich und hockte sich hinter mich, legte die Arme um meine Taille und strich behutsam mit den Händen über meine bis zu meinen Fingerspitzen.

»Kennst du den Weg?«, fragte er.

»Ich kenne den Baum. Ich gehe jeden Tag dorthin.« Ich korrigierte mich sofort. »Ich ging täglich dorthin. Es ist eine alte Weide beim breiten Fluss.«

»Halt dich fest«, befahl er. Unsere Finger tauchten in Balthazars Mähne, und das Pferd stürmte los in den Verzauberten Wald. Ich konnte nicht sagen, ob Casamir dem Hengst den Weg wies oder ob er ihn von sich aus wusste, er trug uns geschmeidig und in gleichbleibendem Tempo tief in den Wald hinein und wich dabei geschickt Ästen und Brombeerbüschen aus. Bald erreichten wir einen Fluss, dem Balthazar folgte, bis er sich gabelte. Dort richtete er sich nach links und durchquerte das Wasser. Das Wasser spritzte um uns herum auf, und ich schnappte nach Luft, weil es so kalt war. Casamir lachte leise an meinem Ohr, sagte aber nichts, während Balthazar ans andere Ufer watete und dann weiter durch den Wald galoppierte, immer am Fluss entlang, der sich wie eine Schlange zwischen hohen Bäumen und Hügeln hindurchwand. Irgendwann kam mir die Umgebung seltsam vertraut vor, und mir wurde klar, dass ich diesen Ort kannte.

Mir schlug das Herz bis zum Hals, als die Weide in Sicht kam, deren lange, schlanke Äste über den Boden fegten wie Kaskaden eines Wasserfalls.

Balthazar wurde langsamer, blieb schließlich stehen, und Casamir stieg ab. Ich rutschte vom Rücken des Hengstes, und kaum hatten meine Füße den Boden berührt, eilte ich zu dem Baum. Ein kunstvolles Wurzelsystem hatte den Boden aufgewühlt und machte es fast unmöglich, dazwischen hindurchzugehen. Doch ich schaffte es, bis ich die Stelle fand, an der Winter einst gelegen hatte. Es gab keinerlei Anzeichen dafür, dass sich unter diesem Wurzelwerk heraus jemand erhoben hatte.

Panik stieg in mir auf, ich sank zu Boden und versuchte, die Wurzeln auseinanderzustemmen, aber sie wollten nicht nachgeben.

Da legte Casamir seine Hände auf meine, und ich erstarrte und begegnete seinem dunklen Blick.

»Fühle sie«, sagte er und drückte meine Handflächen flach auf die Wurzeln.

»Ich *kann nicht*«, entgegnete ich. Meine Stimme klang schrill, und alles um mich herum drehte sich.

»Ganz ruhig, süßes Geschöpf. Atme durch«, besänftigte er mich. »Deine Schwester ist nicht weit weg.«

Erst jetzt bemerkte ich, wie hektisch und abgehakt meine Atemzüge waren. Ich schloss die Augen, holte tief Luft und konzentrierte mich auf die Wärme von Casamirs Fingern auf meinen und das raue Gefühl der Wurzeln der Weide unter meinen Handflächen.

Und dann fühlte ich es – ein schwacher Puls an meiner Haut.

Ein Herzschlag.

Ich öffnete die Augen.

»Sie ist *am Leben*.«

Ich begegnete Casamirs Blick, doch ich konnte den Ausdruck in seinem Gesicht nicht recht deuten. Er lag irgendwo zwischen freundlich und mitfühlend, und ich war nicht darauf vorbereitet, wie sehr das seine Schönheit unterstrich.

»Das sagte ich dir ja«, meinte er.

Ich runzelte die Stirn. »Aber ... wie lange dauert es, bis sie geheilt ist? Es ist bereits zehn Jahre her.«

»Die Weide heilt nicht oft Sterbliche«, erklärte Casamir. »Wahrscheinlich hat sie es nur getan, weil ihr beide Feenblut in euch habt.«

Zum ersten Mal in meinem Leben war ich dankbar für dieses bisschen Blut.

»Sie könnte sich in einem Tag erheben oder in zehn. Vielleicht auch erst, nachdem du und ich tot sind und die Welt nicht mehr dieselbe ist.«

Tränen stiegen mir in die Augen bei dem Gedanken, auch nur einen Moment länger ohne sie zu sein, nun da ich wusste, dass ihr Herz noch schlug.

»Wie werde ich es wissen? Sie soll nicht allein sein, wenn sie aufwacht.«

»Sie wird nicht allein sein«, meinte Casamir. »Die Feen werden ihr helfen. Dann wird sie vollkommen eine von ihnen sein ... eine von uns.«

Mein Blick huschte zu ihm, aber er sah mich nicht an, so als wolle er meine Reaktion auf diese Neuigkeit nicht sehen.

Dann stand er abrupt auf und ließ mich unter der Weide allein zurück.

Ich blieb noch eine Weile dort, drückte einen Kuss auf die Weidenwurzeln und flüsterte: »Ich liebe dich. Ich werde kommen und dich holen. Ich *verspreche* es.«

Als ich unter dem Blätterdach des Baumes hervorkam, stand Casamir mitten auf der Wiese und Balthazar wartete in der Nähe. In den Augen eines Fremden hätte er bedrohlich und gefährlich gewirkt, aber ich kannte die Wahrheit.

Ich wollte zu ihm hin, hielt aber einige Schritte von ihm entfernt inne.

»Warum hast du das für mich getan?«, fragte ich.

»Weil es das war, was du wolltest«, antwortete er.

Ich trat von einem Fuß auf den anderen und schluckte schwer.

»Und was willst du?«

Ich dachte, er würde schnell darauf antworten, doch er wartete einen Moment, und als er dann sprach, tat er es langsam, beinahe unsicher. »Ich würde gern meinen Namen behalten.«

»Warum ist dein Name so wichtig?«

»Er erinnert mich daran, wer ich war und wer ich geworden bin«, sagte er.

»Und an das alles wirst du dich nicht erinnern können, wenn du einen neuen Namen erwählst?«

Daraufhin zuckte er beinahe zusammen, und ich fragte mich, was bei meinen Worten wohl alles durch seinen Kopf wirbelte. Ich trat auf ihn zu, bedächtig, als würde ich mich einem Raubtier nähern. Nur Zentimeter vor ihm blieb ich stehen. Unsere Köpfe waren geneigt, und die Anspannung zwischen uns verdichtete sich zu einer Last, unter der ich kaum atmen konnte.

»Ist es der Name, den du wirklich willst?«, flüsterte ich und senkte den Blick auf seine Lippen.

»Über einen wahren Namen hinaus gibt es nichts zu ersehnen«, erwiderte er. »Deinen oder meinen.«

Seine Worte verwirrten mich. »Nicht einmal Liebe?«

Casamir runzelte die Stirn. »Willst du mich verspotten?«

»Nein«, entgegnete ich.

Er starrte mich an und strich dann mit einem Finger sanft über meine Wange, was meine Haut entflammte.

»Könntest du mich lieben?«, flüsterte er.

Die Frage raubte mir den Atem und brannte in der Stille, die darauf folgte, in meinen Lungen.

Ich wollte antworten, ein Ja in den Raum zwischen uns wispern, doch ich hatte Angst.

Was, wenn ich mich zu ihm bekannte, aber er mich nicht auch lieben konnte?

Spielte es überhaupt eine Rolle, wenn ich damit zufrieden war, meine Tage mit ihm zu verbringen?

Seine Züge wurden kalt und distanziert, und er wich einen Schritt zurück. Die Anspannung, die sich zwischen uns aufgebaut hatte, löste sich in Luft auf und ließ mich erschüttert zurück.

»Wir sollten uns auf den Rückweg machen«, beschloss er und ging zu Balthazar.

Er wartete, bis ich oben saß, bevor er aufstieg, und dann ritten wir los, ohne dass Casamir sich an mir oder dem Pferd festhielt. Und während ich mir normalerweise seiner Präsenz übermäßig bewusst war, so war ich mir nun seiner Abwesenheit übermäßig bewusst, und ich erkannte, dass ich das noch viel mehr hasste, als ich den Prinzen der Dornen je gehasst hatte.

KAPITEL NEUNZEHN
WAS IST LIEBE?

Könntest du mich lieben? Was für eine *dumme* Frage, dachte ich wutschäumend, als wir zum Schloss zurückkehrten. Natürlich könnte und würde das Geschöpf mich niemals lieben.

Obwohl es mich verzweifelt danach verlangte, sie zu berühren, ballte ich die Fäuste und weigerte mich, es zu tun. Ich konnte mich nicht noch tiefer in diesen Brunnen fallen lassen – in die Hoffnung, dass sie mich irgendwie für gut genug halten würde.

Ich dachte, ich würde Erleichterung empfinden, als das Schloss in Sicht kam, doch ich hatte mich getäuscht. Stattdessen brachte dieses Gefühl von Distanz mein Herz in Aufruhr.

Balthazar hielt an und ich sprang von ihm runter, drehte mich um, um meinem Geschöpf beim Absteigen zu helfen und schloss die Hände um ihre Taille.

Als sie sicher auf der Erde stand, wandte sie sich mir zu.

»G«, sagte sie.

Ich runzelte die Stirn. »Wie bitte?«

»Ein Buchstabe meines Namens«, erklärte sie und senkte dann den Blick, als sie fortfuhr: »Du kannst gar nicht ahnen, wie dankbar ich bin, zu wissen, dass meine Schwester lebt.«

Ohne ein weiteres Wort wirbelte sie herum und rannte aus dem Garten. Ich starrte ihr nach, selbst dann noch, als ich sie nicht mehr sehen konnte, und mein Verstand war eine chaotische Mischung aus Emotionen, die ich nicht einzuordnen vermochte. Und je länger ich sie fühlte – die Verwirrung und die seltsame

Zuneigung zu dieser sterblichen Frau –, umso entmutigter wurde ich. Und so fand ich mich erneut vor der Zelle des sterblichen Prinzen wieder.

»Was ist Liebe?«, wollte ich wissen.

Ich war mir nicht sicher, was er vor meiner Ankunft getan hatte, aber er hatte sein Gesicht so fest zwischen die Gitterstäbe seines kleinen Fensters gepresst, dass ich die Abdrücke in seinem Gesicht erkennen konnte, als er sich zu mir umdrehte. Seine Augen wurden groß. »W-was?«

»Liebe«, wiederholte ich. »Was ist das? Wie fühlt es sich an?«

Sein Mund klappte auf und wieder zu, und dann räusperte er sich.

»Na ja, es ist ein Gefühl«, antwortete er. »Es ... ähm ... es fühlt sich *schön* an.«

»Schön?«, grübelte ich und schnalzte mit der Zunge.

»Ja, du weißt schon ... *gut*«, sagte er und rieb sich die Handflächen an seiner Kleidung, als würde er übermäßig schwitzen, obwohl es kühl in seiner Zelle war. »Es ist gut.«

Ich klemmte meine Unterlippe zwischen die Zähne und nickte.

»Erzähl mir von deiner größten Sehnsucht«, befahl ich.

Er starrte mich an. »Ist das ein Trick?«

»Nein«, antwortete ich, und als der Prinz nichts erwiderte, fuhr ich fort: »Du hast mein Wort.«

Auch wenn sich dieses Versprechen wie Glas zwischen meinen Zähnen anfühlte.

»Meine größte Sehnsucht ist nicht so einfach zu erklären«, setzte er an. »Denn eigentlich ist es meine Freiheit, doch wenn ich nicht mit einem goldenen Apfel von einem Baum, der in den Tiefen der Gläsernen Berge wächst, in mein Königreich zurückkehre, kann ich meine Liebste nicht heiraten.«

Das war seine verständlichste Rede, seit ich begonnen hatte, seine Hilfe zu suchen.

Ich zog eine Augenbraue hoch. »Musst du sie heiraten?«

Der Prinz stockte. »Natürlich! Wenn ich sie nicht heirate, wird sie jemand anderen heiraten.«

»Dann liebt sie dich nicht.«

»Doch, sie liebt mich«, widersprach er. »Aber sie ist eine Prinzessin, und alle Prinzessinnen müssen heiraten.«

»Sagt wer?«

Der Prinz zögerte und antwortete dann: »Ihr Vater.«

»Und wenn ihr Vater tot ist?«

»Wenn er tot ist und niemand die Prinzessin geheiratet hat, dann gibt es keinen König.«

»Also wünschst du, König zu sein?«, fragte ich.

Der Prinz sagte nichts darauf, und ich wusste, dass ich die Wurzel seines Sehnens getroffen hatte.

»Also waren alle diese Ratschläge, die du mir gegeben hast …?«

»Ich habe nicht gelogen«, meinte der Prinz abwehrend. »Du hast gefragt, wie du eine Jungfer dazu bringst, sich in dich zu verlieben, nicht wie du dich in *sie* verliebst.«

Mein Gesicht glühte vor Verlegenheit, aber der Prinz hatte nicht unrecht.

»Also … hat sie sich schon in dich verliebt?«, erkundigte er sich.

»Wärst du hier, wenn ja?«

Der Prinz wurde blass, ließ sich aber nicht beirren. »Aber du hast dich in sie verliebt?«

»Genau das versuche ich herauszufinden«, stieß ich hervor.

»Na ja, wie fühlst du dich?«, fragte er.

»Verrückt«, klagte ich.

»Ich denke, verrückt warst du schon vor ihr«, sagte der Prinz.

Ich machte ein finsteres Gesicht.

»Ich kann es nicht beschreiben«, gestand ich nach einem Moment. »Ich weiß nur, dass ich die Welt ohne sie gar nicht kennen will.«

Der Prinz brummte leise und antwortete dann: »Tja, falls du nicht schon verliebt bist, ist das ein vielversprechender Anfang.«

Ich begegnete seinem Blick und sah ihn verärgert an. »Du bist höchst unhilfreich.«

Ich wirbelte herum und hastete in mein Gemach. Naeve, die gerade dabei gewesen war, mein Bett zu machen, jaulte auf, als ich auf der Matratze landete. Ich ignorierte sie, griff nach einem Kissen, drückte es mir aufs Gesicht und schrie hinein.

»Fühlst du dich jetzt besser?«, fragte der Spiegel, als ich fertig war.

»Nein«, gab ich zurück, und das Kissen dämpfte meine bissige Antwort.

Naeve riss es mir vom Gesicht und schlug dann damit nach mir. Ich funkelte sie wütend an, und sie holte noch einmal aus.

»Warum bist du hier? Du solltest dein Geschöpf umwerben! Dir bleibt kaum noch Zeit, um sie dazu zu bringen, dass sie dich liebt!«

»Ich habe alles getan, was ich konnte!«, zeterte ich und setzte mich auf.

»Du meinst, du hast sie gevögelt?«, fragte Naeve.

»Ich habe mehr getan als vögeln, du dreister kleiner Geist!«

»Und du denkst, das reicht?«

»Ich kann sie nicht *zwingen*, mich zu lieben! Liebe ist eine Wahl, und sie hat mich nicht erwählt.«

Daraufhin herrschte Stille, und dann hörte ich Naeve scharf einatmen.

»Na, endlich haben wir Fortschritte gemacht.«

Ich starrte sie verwirrt an.

»Wovon redest du da?«

»Wenn Liebe eine Wahl ist, dann kannst auch du sie wählen«, sagte sie.

»*Sie* soll sich *in mich* verlieben, Naeve, oder hast du das vergessen?«

Sie schüttelte den Kopf. »Du hast noch einen Tag, um zu leben, wie auch immer du es dir wünschst, bevor du dich für immer vergisst. Wie willst du diesen Tag verbringen?«

Ich schwieg.

»Wie?«, wollte sie wissen.

Ich knurrte und biss die Zähne zusammen, als ich antwortete: »Mit ihr, du nervtötendes Ding! Ich würde ihn mit ihr verbringen!«

Als diese Worte heraus waren, fühlte ich mich urplötzlich erschöpft. »Sie gibt mir das Gefühl, als wäre es gar nicht wichtig, ob ich einen Namen habe oder nicht. Solange ich sie kenne, werde ich mich selbst kennen.«

Da drang ein erstickter Laut durch die Stille, und ich blickte zum Spiegel.

»Sag mal ... weinst du?«, fragte ich.

»Natürlich nicht«, antwortete er mit zitternder Stimme. »Ich bin nur ein Spiegel.«

Ich verdrehte die Augen.

»Statt dich damit zu plagen, ob sie dich liebt, kannst du diese letzten Stunden vielleicht auch damit verbringen, sie zu lieben.«

»Was, wenn sie das nicht will?«, fragte ich.

»Aus meiner Perspektive wirkte sie ganz empfänglich«, meinte der Spiegel.

Ich schnitt eine Grimasse. »Könntest du ... das auch ausnahmsweise mal *bleiben lassen?*«

»Es ist nicht so, als hätte ich eine Wahl. Ich bin nur ...«

»Sag noch einmal *nur ein Spiegel*«, warnte ich ihn mit gepresster Stimme.

»Konzentration!«, fauchte Naeve. Sie hob die Hand, als wolle sie mir einen Klaps verpassen, und ich fletschte die Zähne. »Lass nicht zu, dass diese Frau dich vergisst, Casamir, auch dann nicht, wenn du deinen Namen nicht mehr kennst.«

Ich sah erst sie an und dann auf meine Hände hinab. »Was soll ich dann also tun?«

»Wenn ich noch einmal ein Picknick vorschlagen dürfte«, schaltete der Spiegel sich ein.

KAPITEL ZWANZIG
EIN VERLOCKENDES PICKNICK

U, I, A, S, N.

Ich lag auf meinem Bett, starrte wieder an die Decke und überlegte, wie die Buchstaben von Casamirs wahrem Namen zusammenpassten und welche mir noch fehlen mochten. Und ich stellte fest, dass ich mich fragte, was passieren würde, wenn ich seinen Namen erfuhr, wenn ich ihn aussprach und mich befreien konnte.

Musste ich dann fort von hier? Musste ich dann in meine einsame Hütte am Rand des Verzauberten Waldes zurückkehren? Wenn ich blieb und Casamir nicht mehr wusste, wer er war, würde er noch wissen, wer ich war?

Der Gedanke schmerzte mehr, als ich zugeben wollte.

Natürlich wäre das alles behoben, wenn ich ihn liebte.

Aber was war Liebe? Ja, ich hatte meine Mutter geliebt, meine Schwester und meinen Vater. Ich hatte sie geliebt und ihnen Schaden zugefügt.

Ich wollte nicht, dass meine Liebe Casamir schadete, nicht wenn er mir so viel von meinem Schmerz nahm.

Da klopfte es an meine Tür, und ich seufzte tief und blinzelte hektisch, weil Tränen meine Sicht trübten.

Ich setzte mich auf und starrte die Tür an, voll Misstrauen, wer wohl auf der anderen Seite stehen mochte.

Es klopfte erneut, und ich rollte mich auf die Knie und schnappte mir meine Axt, die auf meinen Nachttisch zurückgelegt worden war, wahrscheinlich von Naeve. Ihr Griff war nicht mehr mit Dornen gespickt, sondern glatt – Casamirs Magie, wenn ich raten sollte.

»Herein«, rief ich.

Die Tür ging auf, und Casamir trat ein.

Ich war erstaunt, ihn zu sehen, angesichts seines abweisenden Weggangs vorhin, aber als er die Tür schloss, breitete sich allmählich ein Lächeln auf seinem Gesicht aus.

»Machst du dich bereit für den Kampf, Geschöpf?«, fragte er.

Ich drückte die Axt an meine Brust.

»Das kommt darauf an«, antwortete ich. »Bist du gekommen, um mir den Krieg zu erklären?«

»Ich dachte an etwas weniger Blutiges.«

Ich zog eine Augenbraue hoch, und seine Züge wurden etwas ernster.

»Vielleicht ein Picknick?«

Ich presste die Lippen zusammen und versuchte, nicht zu lächeln, bei dem Gedanken an ein verlockendes Picknick mit dem Prinzen der Dornen.

»Magst du Picknicks überhaupt?«, wunderte ich mich.

»Ich mag alles mit dir«, gab er zurück.

Ich starrte ihn an und schluckte.

»Also?«, fragte er.

»Ja«, sagte ich. »Ich gehe zu einem Picknick mit dir.«

Sein Lächeln, das daraufhin folgte, war breit und aufrichtig, und als könnte er nicht noch schöner sein, war er es unvermittelt doch. Er raubte mir den Atem.

»Ich treffe dich im Hof«, verabschiedete er sich.

Ich nickte, und als er mein Zimmer verließ, stieß ich langgezogen die Luft aus und ließ mich aufs Bett fallen.

Was passierte da mit mir, dass ich mich so nach seiner Gegenwart sehnte? Dies war mehr als das Verlangen nach seinem Körper in meinem.

Ich hatte ihn aufgesucht.

Ich hatte ihn gewollt.

Und allein hier zu liegen, hatte nur dazu geführt, dass ich ihn noch mehr begehrte.

Ich rollte mich vom Bett und klopfte an die Garderobentür. »Ich brauche etwas, das ich zu einem Picknick tragen kann«, sagte ich.

Die Tür ging auf, und ich rechnete damit, dass die Elfen mir etwas entgegenwarfen, so wie sie es immer taten, doch stattdessen starrten mich sechs Augenpaare abwägend an. Einen kurzen Moment später schloss die Tür sich leise. Ihr dezentes Verhalten überraschte mich, und ich war ebenso überrascht, als sie einige Sekunden später die Tür öffneten und ein neues weißes Kleid vor mir baumeln ließen.

Ich nahm es und hielt es vor mich.

»Danke«, sagte ich und drehte mich dann von ihnen weg, um in das luftige Kleid zu schlüpfen. Es war schulterfrei mit geschnürtem Vorderteil, das ich lose zuband. Der Stoff war beinahe durchsichtig, so wie die Feen es gern fertigten. Ich zog flache Schuhe an und blickte prüfend in den Spiegel. Mein Haar war zerzaust und zerrupft von unserem Ritt zum Weidenbaum, und ich band es zu einem Zopf, bevor ich zum Hof aufbrach, unfähig, das seltsame Flattern in meinem Bauch zu bändigen.

Das Flattern wurde nicht weniger, auch nicht, als ich auf Casamir traf, der auf mich wartete. Wenn überhaupt, wurde es nur noch heftiger, ließ das Blut in meinen Adern pulsieren und meine Haut erröten. Er trug schwarze Hosen und ein weites weißes Hemd, das am Kragen offen war und seinen schlanken Hals und den Oberkörper zeigte, dessen helle Haut Male von meinem Mund trug.

Seine Augen wurden dunkler, als er mich betrachtete, und ich erbebte unter seinem Blick.

»Bist du bereit, süßes Geschöpf?«

»Ja«, sagte ich leise.

Er streckte die Hand aus, und als ich sie nahm, zog er mich an sich und legte den Arm um meine Taille.

»Du bist schön«, flüsterte er.

Ich schaute lächelnd zu ihm auf. »Du wirst langsam sehr gut darin, dieses Kompliment auszusprechen.«

Er legte die Finger unter mein Kinn. »Es ist leicht auszusprechen, was die Wahrheit ist.«

Mir blieb einen Moment die Luft weg, und ich senkte den Blick auf seine Brust und strich mit den Fingerspitzen über seine Haut.

»Ich dachte, wir gehen zu einem Picknick«, meinte ich.

»Tun wir auch.«

»Du hast keinen Korb dabei«, stellte ich fest. »Keine Decke.«

Er lachte leise und lenkte damit erneut meine Aufmerksamkeit auf sich. Seine Augen leuchteten fröhlich, und ich liebte es. Diesen Gesichtsausdruck wollte ich jeden Tag bei ihm sehen.

»Komm, süßes Geschöpf.«

Casamir ließ meine Hand nicht los, als er mich in seinen Garten führte. Während wir an Büscheln blühender Blumen vorbeigingen, erhoben sich Naturgeister aus den Blüten und flogen in Schwärmen vor uns her. Wie zuvor wurde der Garten dichter und bewachsener, je weiter wir gingen, und obwohl ich mit Casamir hier war, konnte ich nichts gegen das Gefühl der Nervosität in mir tun. Der Garten schien sich zu öffnen und zu schwinden, bis wir mitten auf einer Lichtung standen, wo der Boden von kleinen weißen Blumen bedeckt war. Bäume mit krummen und verdrehten Stämmen umringten den Ort, aber unter dem höchsten lag auf einem weißen Quilt unser Picknick ausgebreitet. Inmitten von Sträußen aus kleinen pinken Blumen und Säulenkerzen befanden sich Flaschen mit Wein, Platten mit Fleisch, Käse und süßen Leckereien.

»Ist das nach deinem Geschmack?«, fragte er.

»Mehr als das«, sagte ich lächelnd.

Ich hatte noch nie ein schöneres Picknick gesehen, doch andererseits – ich hatte noch nie ein Picknick besucht.

Er hielt meine Hand, bis wir uns niedergelassen hatten, und

schenkte Wein in elegante Gläser. Ich beobachtete, wie Casamir sich auf der Decke zurücklehnte, und er sah entspannt und viel zu schön aus. Ich nippte an meinem Wein, der nach Himbeeren schmeckte, süß und herb zugleich. Nun da wir hier waren, fühlte ich mich ganz unsicher und verwirrt.

»Ich hätte nie gedacht, dass eine Stelle im Verzauberten Wald schön sein könnte«, sagte ich.

»Er ist überall schön«, antwortete er. »Aber das macht ihn nicht weniger gefährlich.«

Ich schenkte ihm ein kleines, beinahe trauriges Lächeln.

»Wenn ich es nicht besser wüsste, würde ich denken, dass du von dir selbst sprichst.«

»Du findest mich schön?«, fragte er amüsiert.

»Natürlich«, antwortete ich.

Sein Blick verhakte sich mit meinem, zu eindringlich, um ihm zu entgehen.

Ich holte tief Luft. »Was tun wir hier?«

»Wir machen ein Picknick«, meinte er.

»Nein, Casamir. Was tun *wir* hier? Ich verstehe das nicht ... *uns*.«

Casamir runzelte die Stirn, setzte sich dann auf und stellte sein Glas beiseite. Er lehnte sich zu mir, strich mir das Haar hinters Ohr und ließ die Fingerspitzen dann an meinem Kinn ruhen.

»Musst du es denn verstehen?«, fragte er.

»Ich denke, ich sollte«, sagte ich. »Bevor ich einen Fehler mache.«

»Was für einen Fehler könntest du wohl machen?«

Sein Mund schwebte über meinem, und sein Atem streifte über meine Lippen, als er auf meine Antwort wartete. Doch die kam nicht. Stattdessen ließ ich meine Zunge in seinen Mund gleiten und gab mich seinem Kuss hin, der in langsamem Streicheln inniger wurde.

Casamir zupfte an den Schnüren meines Kleides, und ich half

ihm dabei, den Ausschnitt nach unten zu ziehen und schlüpfte aus den Ärmeln, sodass das Kleid sich um meine Taille bauschte. So entblößt vor ihm schwang ich mein Bein über seines, und er zog mich mit den Händen unter meinen Kniekehlen zu sich heran, bis ich an seiner Erregung ruhte. Allein das Versprechen, dass er schon bald in mir sein würde, war Wonne, und einen kurzen Augenblick lang fragte ich mich, wie ich je ohne dies gelebt hatte – ohne ihn.

Casamir küsste mich, während er meine Brüste drückte und dann nacheinander in den Mund nahm. Ich schnappte nach Luft, kämmte mit den Fingern durch sein Haar und zog an seinen langen Strähnen, bis er von meinen Brüsten abließ und mich küsste.

»Sag mir, welcher Teil davon ein Fehler ist«, raunte er, und seine Hände glitten unter mein Kleid, über meine Oberschenkel und Hüften, bevor er ganz fest meinen Po umfasste, als ich mich auf ihm bewegte und seine Erregung sich wohltuend zwischen meinen Beinen rieb. Währenddessen erforschte Casamirs Mund mein Kinn und meinen Hals, mein Schlüsselbein und erneut meine Brüste. Er war überall zugleich, und ich wollte mehr, immer noch mehr. Dann rollte er mich auf den Rücken, ließ mir keine Zeit, mich daran zu gewöhnen, sondern schob sich schon über mir abwärts und hinterließ eine Spur aus Feuer, bis er die Stelle zwischen meinen Beinen erreichte und mich dort küsste. Sein Mund schloss sich über meine Klitoris, seine Zunge spielte in sanften Kreisen mit mir, und seine Finger öffneten mich und drangen in mich ein. Als ich kam und erschöpft und atemlos da lag, zog Casamir mir das Kleid aus und entledigte sich dann selbst seiner Kleidung. Alles in mir fühlte sich an wie flüssiges Feuer, als ich zusah, wie er, schlank und erregt, zu mir zurückkehrte.

Er positionierte sich zwischen meinen Beinen, und ich rechnete damit, dass er mich küsste, aber er starrte mich nur an, und seine schwere Erregung wurde noch härter und presste sich an meinen Unterleib.

»Was ist los?«, fragte ich.

»Nichts«, meinte er. »Ich versuche nur, dich mir einzuprägen.«

»Willst du damit sagen, dass du mich vergessen wirst?«, fragte ich neckend in unbeschwertem Tonfall, doch tiefe Falten legten sich auf seine Stirn, und ich fühlte Kummer in mir aufsteigen.

»Ich weiß es nicht.«

Ich musterte ihn und nahm dann sein Gesicht in beide Hände.

»Ich wünschte, ich hätte dir wenigstens die Freiheit schenken können«, sagte er. »Ich würde dir gerne ersparen, mitanzusehen, wie ich dahinschwinde.« In seinen dunklen und tiefen Augen lag etwas, das ich noch nie zuvor gesehen hatte – ein Anflug von Furcht –, und es fühlte sich an, als gelte diese Furcht mehr mir als ihm.

Mein Herz geriet ins Stocken.

»Das wirst du nicht«, schwor ich. »Ich werde dich daran erinnern, wer du bist.«

»Jeden Tag?«, fragte er.

»So lange, bis du dich erinnerst.«

»Ich werde mich nie erinnern.«

»Wirst du dich an mich erinnern?«, flehte ich mit leicht zitternder Stimme, denn ich konnte meine Angst nicht unter Kontrolle halten.

»Ich wünsche, dich nie zu vergessen.«

Einen Augenblick lang sahen wir einander schweigend an, und dann zog ich ihn an mich, küsste ihn und griff zwischen uns, um ihn in meine Wärme zu führen. Mit einem Stoß war er in mir.

Wir begannen ganz langsam und lieblich. Ich fühlte jeden Muskel von ihm, als er sich in mir bewegte, und unsere Atemzüge waren erst leise und gingen in ein Keuchen über, als seine Stöße schneller wurden. Ich kam ihm mit meinem Becken entgegen, und dann, ganz plötzlich, änderte sich was zwischen uns, und Leidenschaft überrollte uns.

Seine Hand glitt an meine Kehle, aber er drückte nicht zu. Ich wartete kurz und befahl es ihm dann. Aber stattdessen küsste er mich, und als er den Kuss löste, fühlte ich, wie seine Finger sich links und rechts an meinen Hals pressten, und ich genoss den Druck, der sich in meinem Kopf aufbaute. Als er mich losließ, ließ die Ekstase mich beinahe auseinanderbrechen.

Ich gab einen kehligen Aufschrei von mir und hob meinen Kopf zu seinem. Unsere Lippen trafen einander zu einem leidenschaftlichen Kuss, und ich packte seine Unterarme, um so etwas wie Kontrolle zurückzuerlangen. Aber ich war schon verloren, und als ich kam, folgte er mir gleich darauf, während meine Muskeln sich um ihn anspannten, begierig auf jeden Tropfen seines Samens.

Danach lagen wir auf dem Quilt, und Casamir fütterte mich mit Trauben und Pflaumen. Sie waren süß und reif, und wenn ich sie runtergeschluckt hatte, küsste er mich und leckte mir den Fruchtsaft von der Haut.

Irgendwann legte er mein Bein über seines, spreizte mich weit und drang in mich, während er hinter mir auf der Seite lag. Ich schmiegte mich an ihn und schob die Hand an seinen Hinterkopf, um seinen Mund zu mir zu führen, bis ich ihn nicht länger festhalten konnte und mich stattdessen auf den Boden stützte, während er unaufhörlich in mich stieß. Die Wonne trieb mir Tränen in die Augen, und er machte weiter, bis ich glaubte, die Ekstase nicht aushalten zu können und explodierte.

Als ich von meinem Höhenrausch wieder auf die Erde zurückkehrte, fühlte ich mich verwundbar und entblößt, und ich fragte mich, ob Casamir sehen konnte, wie ich empfand – wie sehr ich mir *wünschte*, dies für den Rest meines Lebens zu empfinden.

Er drückte einen Kuss auf die Mulde an meinem Hals und sprach nahe an meinem Ohr.

»Ich würde dir einen Buchstaben geben«, sagte er. »Aber ich fürchte, ich kann mich nicht an meinen Namen erinnern.«

Ich runzelte die Stirn und hob den Kopf, um ihn anzusehen. »Es ist noch nicht Zeit, zu vergessen.«
Er lächelte schwach.
»Vielleicht habe ich mich bei den Tagen verzählt«, meinte er schläfrig, und als er in einen sorglosen Schlaf fiel, lag ich noch lange wach und wünschte mir nichts sehnlicher als seinen Namen.

KAPITEL EINUNDZWANZIG
DAS RÄTSEL

Wir verließen die Lichtung und kehrten ins Schloss zurück, wo ich Casamir in sein Gemach folgte. Ich würde meine Angst, ihn zu verlieren, noch ein paar Stunden länger wegschieben können. Wenn er vor mir stand, mich berührte, mich liebte, war es schwer vorstellbar, dass er mich je vergessen würde, doch ich kannte das Böse der Magie. Es hatte mich zuvor verletzt und würde es wieder tun.

Casamir schlief neben mir. Seine Wärme war ein willkommenes Gewicht, und obwohl ich erschöpft war, konnte ich meine Gedanken nicht davon abhalten, umherzuwirbeln und das Rätsel des Spiegels hin und her zu wälzen, in dem Versuch, einen Sinn in den Worten zu erkennen.

Sein Name ist keinem fremd.
Er ist das Klagen auf den Lippen einer gebärenden Mutter,
das Wehklagen aus dem Mund trauernder Liebender.
Er ist der Aufschrei, der durch die Nacht dringt, wenn der Tod
  gerufen wird
und der Schrei, der bei Tagesanbruch widerhallt, wenn die
  Wahrheit dir Schmerz bereitet.
Du kennst seinen Namen. Du hast ihn schon gefühlt.

Ich drehte den Kopf, betrachtete sein Profil und versuchte mir vorzustellen, wie ich in mein einsames Leben zurückkehrte, in dem Wissen, dass die Erinnerung an ihn immer unter meiner Haut brennen würde. Ich würde ihn nie loslassen können. Er würde mich verrückt machen, und er würde es nicht einmal wissen, weil er mich nicht kennen würde.

Obwohl ich müde war, verließ ich das Bett und schlüpfte in das weiße Kleid, das die Elfen mir für das Picknick gemacht hatten. Der Tag brach gerade an, und ein reines goldenes Licht wärmte die Vorhänge vor den Fenstern. Ich ging zu der Ecke des Gemachs, wo Casamirs Pflanzen blühten.

»Wird er sich daran erinnern, warum er sie liebte?«, fragte ich und nahm ein samtiges Blatt zwischen die Finger.

»Er wird sich an nichts erinnern, was ihn angeht«, antwortete der Spiegel. »Das ist die Macht, wenn man seinen Namen verliert.«

Mein Herz krampfte sich zusammen, und ich schluckte etwas Hartes in meiner Kehle hinunter.

»Und wenn ich ihm meinen Namen geben sollte?«, fragte ich und blickte dann in den Spiegel. Diesmal sah ich mein Spiegelbild, heimgesucht und bleich.

»Nun denn, auch das wäre Macht.«

Ich ließ Casamir schlafen und wanderte in den Garten, in der Hoffnung, den Kopf klar zu bekommen. Ich brauchte Zeit zum Nachdenken und um die Buchstaben durchzuwechseln, die ich hatte und die Worte, die ich kannte. Nun, da ich mich dem Verlust von Casamir gegenübersah, fühlte ich einen Kummer, der mir durch und durch ging.

Es verletzte mich und schmerzte.

Ich war so lange allein gewesen, dass ich nie gedacht hätte, ich würde mich je nach irgendjemandem sehnen, doch hier war ich und wünschte mir, dass ein Elfenprinz mich liebte.

Ich blieb stehen.

Das hatte ich doch sicherlich nicht gemeint.

Ich wollte, dass Casamir sich an mich erinnerte, nicht dass er mich *liebte*.

Ein plötzlicher und intensiver Ansturm von Schwindel überwältigte mich, und ich zitterte und konnte nicht atmen, als ich mir der Wahrheit meiner Gefühle bewusstwurde. Ich wollte, dass Casamir mich liebte, weil ich ihn liebte. Doch ich brauchte seinen Namen.

Wie war sein *Name*?

Je frustrierter ich wurde, umso weniger Kontrolle hatte ich über meine Emotionen. Ich war verzweifelt, meine Brust schnürte sich zu, und mein Herz fühlte sich an, als würde es im ganzen Körper pochen. Ich beugte mich vor und versuchte, Luft zu holen, während ich die Buchstaben von Casamirs Namen wiederholte.

U, I, A, S, N.

Wieder und wieder sagte ich sie auf, bis ich wieder atmen konnte.

Langsam wandten meine Gedanken sich dem Rätsel des Spiegels zu, und ich erinnerte mich an die Male, als ich geklagt und geweint hatte über den Tod meiner Familie. Meine Trauer hatte die Morgenstunden umspannt, und ich hatte die ganze Zeit nichts als Qual empfunden. Ich hatte nichts empfunden als …

Seelenpein – *Anguish*.

Mein Herz wurde leicht. Das musste Casamirs wahrer Name sein.

Ich tanzte vor Freude, und mein ganzer Körper vibrierte vor Aufregung. Ich wirbelte herum und wollte zu ihm stürmen und seinen Namen an seinen Lippen aussprechen, während ich ihm meine Liebe gestand – doch als ich mich umdrehte, fand ich mich Auge in Auge mit einem Mann wieder.

»Tja, hallo«, meinte er, und obwohl er sich Mühe gab, freundlich zu klingen, war ich auf der Stelle beunruhigt.

So, wie er auf mich zuschritt, die Hände ausgestreckt, die Handflächen geöffnet, als sei ich ein wildes Tier, ließ mich vermuten, dass er wohl versucht hatte, sich an mich heranzupirschen.

Er trug einen purpurnen Hut und seltsame purpurne Kleider,

an denen Knöpfe zu fehlen schienen, denn sein Hemd hing offen und gab den Blick auf seinen Brustkorb und Bauch frei.

»Wer bist du?«, fragte ich mit rasendem Puls. Er wollte mich umkreisen, aber ich folgte seiner Bewegung und wünschte, ich hätte meine Axt bei mir. Denn dann hätte *ich ihn* das Fürchten gelehrt.

»Ich bin ein Prinz. Ein sterblicher«, fügte er hinzu, als könne ich das nicht erkennen. Kein Feenwesen würde solche Kleider tragen. Kein Feenwesen würde sich mir auf diese Weise nähern. So als wäre er auf der Hut. »Mein Name ist Flynn.«

Er hielt kurz inne, um sich zu verneigen, und sagte dann: »Zu deinen Diensten.«

»Ich brauche deine Dienste nicht«, wehrte ich ab.

Er musterte mich, und seine blauen Augen funkelten.

»Bist du die Jungfer, in die der Prinz verliebt ist?«

Ich wollte fragen, woher er von mir wusste, aber seine Worte verblüfften mich.

Hatte er gesagt, dass der Prinz in mich verliebt sei?

Ich öffnete den Mund und schloss ihn wieder, bevor ich schließlich entschied, zu fragen: »Warum bist du hier?«

»Aus dem gleichen Grund, warum du hier bist, vermute ich. Wir sind Gefangene, oder nicht?«

Ich erwiderte nichts und wich stattdessen einen Schritt zurück.

»Hab keine Angst«, sagte er und kam langsam näher. »Ich werde dir nicht wehtun. Ich bin hier, um dich zu retten.«

»Ich muss nicht gerettet werden«, entgegnete ich.

»Sieht mir aber ganz danach aus«, meinte er.

Casamirs Name lag mir schon auf der Zunge. Ich wusste, wenn ich rief, würde er kommen, doch bevor ich etwas sagen konnte, schlang sich etwas Festes um meine Handgelenke und über meinen Mund – Weinranken.

Dann traf mich etwas von hinten, und ich fiel auf die Knie. Als ich aufblickte, flog ein ganzer Haufen Pixies hinter mir davon und schwebte neben Prinz Flynn. Es waren die gleichen, die in meiner ersten Nacht in Casamirs Schloss Nacktschnecken in mein Zimmer geschmuggelt hatten.

Jede von ihnen streckte eine Hand aus, und er machte einen Knopf von seinem Ärmelaufschlag ab. Die Pixies nahmen den Knopf, der so groß war wie sie selbst, in die Hand und schleppten ihn mit heftig flatternden Flügeln fort.

Es war ihre Magie, die mich fesselte, ihre Magie, um die er gefeilscht hatte. Zwei blieben zurück und saßen auf seinen Schultern.

»Die Pixies erzählen mir, dass du in den Gläsernen Bergen warst.«

Verdammte Feen. Casamir würde nicht das Vergnügen bekommen, sie in Stücke zu reißen, denn das würde ich selbst tun.

»Du wirst mich dorthin bringen«, befahl er. »Und sobald ich einen goldenen Apfel von den Bergen erhalten habe, wirst du mit in mein Königreich kommen und mir bei der Eroberung des Prinzen der Dornen helfen. Hast du verstanden?«

Ich sah ihn finster an – und da holte er meine Axt hinter seinem Rücken hervor. Meine Augen wurden groß. Noch ein Handel, den er mit den Pixies eingegangen war, zweifellos.

»Falls du dich zur Wehr setzt, werde ich nicht zögern, diese Klinge in deinen Kopf zu schlagen. Immerhin ist es das, was du verdient hast, dafür dass du mit einem Feenprinzen schläfst. Hoch mit dir!«

Mit zitternden Beinen stand ich auf, und der sterbliche Prinz legte seine Hand auf meinen Arm.

»Die Pixies sagen, dass es einen Teich gibt, von dem aus du aufbrichst, und dass du von dort immer einen Wolf rufst.«

Ich gab mit keiner Reaktion preis, ob es stimmte, was die Pixies dem Sterblichen erzählt hatten, und mir war klar, dass er einen verzweifelten Handel geschlossen haben musste. Was hatte der Prinz für diese Hilfe aufgegeben? Mehr als Knöpfe, vermutete ich.

»Ich werde es wissen, wenn du mich in die Irre führst«, drohte der Prinz und stieß mich vorwärts. »Los.«

Ich ging voran und bedachte dabei meinen nächsten Zug. Es war, als wüssten die Pixies, dass ich über meine Flucht nachdachte, denn die Weinranken um meine Handgelenke und über meinem Mund zogen sich fester. Doch meine Gedanken konnten sie nicht aufhalten, die wünschten, dass Casamir, dass Anguish, dass mein Elfenprinz erwachte und erkannte, dass ich fort war.

Währenddessen war Prinz Flynn damit beschäftigt, über seine Zeit in den Verliesen von Casamirs Schloss zu schwadronieren.

»Und wusstest du, dass er zu mir kam, um sich Ratschläge in Sachen Liebe zu holen?«, meinte er. »Und jedes Mal hat er mir etwas weggenommen. Zuerst mein Haar und dann die Feder an meinem Hut, so als könnte das Haar nicht nachwachsen und als könnte ich mir nicht eine neue Feder besorgen. Die sind so töricht, die Feen!«

Seine Worte ließen mich innerlich zusammenzucken. Selbst wenn es ihm gelänge, einen goldenen Apfel von den Gläsernen Bergen zu erhalten, würde er diese Worte noch bereuen. Doch ich fragte mich auch, warum Casamir sein Haar und die Feder an seinem Hut gewollt hatte. Ich kannte den Prinzen der Dornen, und er wollte nie etwas ohne Grund.

»Für eine Hure bist du ein ganz schön wählerisches Ding.«

Ich zerrte an seinem Griff bei seinen schrecklichen Worten, und er riss mich mit einem Ruck zu sich und legte die scharfe Klinge meiner Axt an meinen Hals.

»Ah, ah, ah«, meinte er. »Weißt du noch, was ich sagte?«

»Du kannst mich mal«, wollte ich sagen, aber die Weinranken zogen sich so fest, dass mein Kiefer schmerzte.

Der sterbliche Prinz lachte und stieß mich dann weiter vor sich her.

»Tu, was man dir sagt, dann lassen die Pixies dich das Ganze vielleicht überleben.«

Der Gang zum Teich des Selkies schien ewig zu dauern, doch als wir ihn erreichten, drehte ich mich zu dem Prinzen um.

»Und? Was jetzt?«, fragte er.

Ich blieb still. Es war ja nicht so, als könnte ich sprechen, wenn diese Ranken so fest um meinen Mund lagen. Er schien es zu bemerken und kicherte.

»Oh, natürlich«, meinte er und hob die Axt. »Gestatte mir, zu helfen.«

Als ich zurückweichen wollte, legte er eine Hand an meinen Kopf.

»Vorsichtig«, flüsterte er. »Ich würde dich nicht treffen wollen.«

Er legte die Klinge der Axt an die Ranke und drückte zu. Die Ranken rissen, und ich fühlte das deutliche Brennen einer Schnittwunde auf meiner Haut.

Ich zischte vor Schmerz, und der Prinz kicherte.

»Ich sagte dir doch, dass du dich nicht rühren sollst.«

Ich erwog, ihm das Knie in die Weichteile zu rammen, doch er hielt immer noch die Axt auf meinen Oberkörper gerichtet, und ohne die Hände frei zu haben, um sie zu packen, sorgte ich mich, dass sie am Ende in meinem Brustkorb landen würde.

»Was jetzt, Hure?«, fragte der Prinz.

Ich knirschte mit den Zähnen.

»Trink das Wasser«, sagte ich. »Und ich rufe Wolf.«

»Trink das Wasser?«

»Du musst das Wasser trinken, um genug zu schrumpfen, dass du auf Wolf reiten kannst«, erklärte ich. »Willst du deinen Apfel oder nicht?«

Er schaute von einer Schulter zur anderen, wo nach wie vor die Pixies hockten, und sobald sie meine Worte bestätigt hatten, packte mich Prinz Flynn und zog mich zum Wasser. Dann trat er mir die Beine weg, und ich fiel hart nieder, und Schlamm spritzte auf meinen ganzen Körper.

»Du trinkst zuerst«, befahl er. »Und danach ich.«

Ich konnte es nicht erwarten, ihm die Augen auszustechen, und ich würde es mit meinen Daumen tun und genießen, wie sich das unter meinen Fingernägeln anfühlen würde. Ich bückte mich, die Hände immer noch hinter dem Rücken gefesselt, und schlürfte das schlammige Wasser in meinen Mund. Dabei fühlte ich den vertrauten Schwindel, der beim Schrumpfen einsetzte. Am Ende stand ich in einer Wasserpfütze, die mein Knie am Ufer des Teiches geschaffen hatte, und watete von dort hinaus auf den weichen Boden.

»Tja, sieh sich das einer an«, meinte er, und ich sah zu, wie er hastig Wasser in seine hohlen Hände schöpfte und trank.

Als ich Wolf rief, schrie ich seinen Namen und hoffte, dass der Wind meinen Ruf auch zum Schloss tragen würde, doch je länger wir warteten, umso beklommener wurde ich. Würde Casamir uns bald einholen? Würde er bemerken, dass ich fort war und denken, ich sei weggelaufen? Würde er sich überhaupt an mich erinnern, falls er sich wirklich mit den Tagen verzählt hatte?

Ich kaute an der Innenseite meiner Wange.

»Du solltest besser nicht gelogen haben«, drohte der Prinz, als ein Schatten über unsere Köpfe glitt.

Als ich aufblickte, kreiste Wolf über uns.

»Was ist das?«, wollte der Prinz wissen.

»Wolf«, sagte ich.

»Das ist doch kein Wolf!«

»Ich sagte nicht, dass Wolf ein Wolf ist«, meinte ich.

Der Rabe landete und neigte den Kopf.

»Lady Ding«, grüßte er. Seine Knopfaugen wurden schmal, als er mich sah und bemerkte, dass meine Hände hinter meinem Rücken gefesselt waren und Blut aus dem Schnitt meiner Axt über mein Gesicht tropfte. »Wie kann ich helfen?«

»Das ist Prinz Flynn, aus dem Königreich …« Ich verstummte und sah den Prinzen an. Ich wusste nicht, woher er kam, aber ich wollte es wissen, denn wenn ich ihm erst die Augen ausgekratzt hatte, würde ich sie seinem Vater in einem gläsernen Sarg zurückschicken, damit sein ganzes Königreich wissen würde, was geschehen war, als er mich verärgerte.

Prinz Flynn zögerte und sagte dann: »Dem Königreich Rook.«

»Rook«, wiederholte ich. »Er wünscht zu den Gläsernen Bergen gebracht zu werden, um einen goldenen Apfel zu pflücken.«

»Sie muss auch mit«, fügte Flynn hastig hinzu. »Du musst uns beide hinbringen.«

Der Rabe blickte vom Prinzen zu mir.

»Natürlich«, sagte er dann. »Aber, Lady Ding, du kannst nicht mit gefesselten Händen reiten. Gestatte.«

Der Prinz hob die Axt, um Wolf zu drohen, aber der reagierte schnell und biss die Ranken um meine Handgelenke durch, dann wandte er sich um, packte den Prinzen am Schlafittchen und erhob sich in den Himmel. Die Axt fiel dem Prinzen aus der Hand, landete zu meinen Füßen, und mich traf ein gewaltiger Spritzer aus Schlamm und Wasser.

Der Sterbliche wedelte wild mit den Armen, und obwohl er so winzig geworden war, konnte ich immer noch sein verzweifeltes Geschrei hören, als der Rabe immer höher stieg, bis sie nur noch ein winziger schwarzer Punkt am Himmel waren.

»Ich befehle dir, mich loszulassen!«, rief er, und als das nicht funktionierte, brach er in Tränen aus. »Bitte, lass mich los! Lass mich los! Ich gebe dir alles dafür, alles!«

Wolf gehorchte und ließ den winzigen Prinzen fallen, doch bevor er auf der Erde aufschlagen konnte, schoss ein großer Falke von den Bäumen heran, schnappte ihn und verschlang ihn in einem Stück.

Ich stand da und starrte verblüfft in den Himmel, wo er zuvor gewesen war, bevor ich mich hinkniete und aus dem Teich trank. Mir drehte sich der Kopf, als ich wuchs. Nachdem ich meine volle Größe wiedererlangt hatte, sauste etwas an meinem Gesicht vorbei – die beiden Pixies, die dem Prinzen dabei geholfen hatten, mich gefangen zu nehmen. Sie kamen so nahe, dass ich das Vibrieren ihrer Flügel fühlen und ihr schrilles Lachen hören konnte.

Ich streckte die Hände aus und schaffte es, eine zu fangen, und ihr fröhliches Kichern wurde zu einem entsetzten Schrei, als ich zudrückte. Die Pixie knackte und brach, und als ich die Hand öffnete, lag ihr blutiger und zerbrochener Körper mitten in meiner Hand, mit verdrehten Flügeln und zuckenden Beinen.

Ein schriller Aufschrei erklang, und ich blickte gerade rechtzeitig auf, um die andere Pixie auf mich zurasen zu sehen, doch bevor sie einen Schlag in mein Gesicht landen konnte, schlug ich nach ihr, und sie landete in einiger Entfernung im Gras und stand nicht mehr auf.

Ich wusch mir im Wasser Blut und Knochen von den Händen und griff nach meiner Axt, als ich schwarze Dornen und feste Schatten bemerkte, die über den Boden glitten. Als ich mich aufrichtete und umdrehte, sah ich Casamir vor mir stehen. Seine Magie umgab uns wie eine Mauer, ein Trost, von dem ich nie gedacht hatte, dass ich ihn wollen würde. Doch nun wünschte ich ihn mir auf ewig.

Er griff mich an den Schultern und zog mich eng an sich. Seine Augen waren schwarz wie der Nachthimmel und glitzerten wie die Sterne.

»Casamir«, hauchte ich.

Ich schlang die Arme um ihn, obwohl er böse und blutrünstig aussah. Wenn ich raten müsste, hatten die anderen Pixies, die dem Prinzen geholfen hatten, mich gefangen zu nehmen, wohl ihr Ende an seinen Händen gefunden.

»Du bist verletzt«, sagte er.

»Es ist nur ein Kratzer«, entgegnete ich und löste mich von ihm, um ihn anzusehen. »Der Prinz ist tot.«

Casamir fletschte die Zähne.

»Es tut mir leid. Ich wusste nicht …«, begann er.

»Es ist in Ordnung, Casamir«, sagte ich und legte die Finger an seine Lippen. »Es ist nicht wichtig. Ich bin wohlauf, und ich kenne deinen Namen. Deinen wahren Namen.«

Die Schroffheit in seinen Zügen verging nicht.

»Meinen Namen?«

Ich runzelte die Stirn. »Freust du dich nicht?«

Ich dachte, er würde sich freuen. War es denn nicht das, was er wollte?

Es war das, was er gesagt hatte, als ich ihn gefragt hatte, was er sich am meisten wünschte.

Meinen Namen. Meinen wahren Namen.

»Ich habe gelogen«, sagte er. »Als du gefragt hast, was ich am meisten will. Ich will dich. Wenn ich bei dir bin, weiß ich, wer ich bin.«

»Casamir«, sagte ich und strich ihm eine verirrte Haarsträhne hinters Ohr, und dann lächelte ich und flüsterte: »Mein Name ist Gesela.«

Seine Augen wurden groß, und ich beugte mich vor und flüsterte seinen Namen, bevor mein Mund auf seinen traf.

KAPITEL ZWEIUNDZWANZIG
GLÜCKLICH BIS ANS LEBENSENDE

Es war fast Mittag, die Sonne stand hoch am Himmel, als ich auf Balthazars Rücken in das Städtchen Elk ritt, gehüllt in ein Kleid aus Dornen und Schatten. Auf dem Kopf trug ich eine Krone aus Zweigen und schillernden Flügeln, ein Geschenk von Casamir. Die Flügel stammten von den Rücken der Pixies, die dem sterblichen Prinzen bei meiner Entführung geholfen hatten. Ich trug sie stolz, als ein Zeichen meines Status als seine künftige Ehefrau.

Bei dem Gedanken wurde mir warm ums Herz, und als diese Wärme sich in mir ausbreitete, setzte ich mich gerader.

»Gesela«, hatte Casamir geflüstert, als wir zusammen im Bett lagen, nachdem wir vom Teich des Selkies nach Hause zurückgekehrt waren und uns den Dreck und das Blut abgewaschen hatten. »Prinzessin des Königreiches Thorn.«

Ich erbebte, als ich meinen Namen von seinen Lippen hörte, den Titel, den er mir verlieh.

Ich blickte zu ihm herab und fuhr seinen Mund nach. »Aber das ist mein wahrer Name«, sagte ich. »Nur du kannst mich bei meinem wahren Namen nennen.«

Nur er und der Tod.

Er lächelte. »Stimmt«, nickte er. »Wie würdest du gern von allen anderen genannt werden?«

Mein Grinsen passte zu seinem. »Prinzessin würde genügen«, meinte ich und zögerte kurz. »Prinzessin … Ella. So hat meine Schwester mich immer genannt.«

Ich hoffte nur, dass sie sich eines baldigen Tages aus den Wurzeln des Weidenbaums erheben würde, wo sie lag und heilte, damit ich hören konnte, wie sie mich erneut so nannte.

»Also Prinzessin Ella«, meinte Casamir.

Ich lachte leise und schüttelte den Kopf.

Casamir runzelte die Stirn. »Was ist los?«

»Der Selkie hatte recht«, kicherte ich. »Und Wolf auch. Sie beteuerten beide, ich würde eines Tages an deiner Seite herrschen.«

Der Elfenprinz sagte nichts dazu. Er sah mich nur an, und ich beugte mich vor, meine Lippen nahe an seinen.

»Wie verwandelt man einen Raben in einen Wolf?«, fragte ich.

»Hmm«, machte er, und seine Arme um mich spannten sich an. »Ich vermute, du könntest einen Wunsch aussprechen und ich könnte ihn gewähren.«

»Wünsche haben immer schwere Folgen«, antwortete ich.

»Und wenn die Folge wäre, für den Rest unseres ewigen Lebens an meiner Seite zu bleiben?«

»Das ist keine Folge«, widersprach ich. »Das ist ein Geschenk.«

Wir küssten uns und ließen uns in unseren ganz eigenen heißen Wahnsinn treiben.

Später hatte ich gefragt: »Warum hast du das Haar vom Kopf des Prinzen und die Feder an seinem Hut gefordert?«

»Der Prinz war zu blind, um zu sehen, was er vor sich hatte – seine goldenen Locken hätten zu goldenen Äpfeln werden können, seine rote Feder zu einem Schlüssel für seine Zelle, und die Knöpfe, die er bei den Pixies eingetauscht hat, zu Futter, um ein Pferd zu zähmen. Er hatte alle Mittel, die er brauchte, um mir zu entfliehen, aber er entschied, sie falsch einzusetzen.«

Wir verbrachten den Rest des Abends zusammen im Bett, und am nächsten Morgen gewährte mir Casamir meinen Wunsch, woraufhin Wolf, der Rabe, sich in seine wahre Gestalt als großer weißer Wolf zurückverwandelte.

In seiner wahren Gestalt verneigte Wolf sich vor mir.
»Ich stehe tief in deiner Schuld, Lady Ding«, sprach er. »Ich werde kommen, wenn du rufst.«

Nachdem er im Wald verschwunden war, stieg ich auf Balthazar, den Casamir ebenfalls aus dem Verzauberten Wald herbeigerufen hatte.

»Bist du sicher, dass du in dein Dorf zurückkehren willst?«, fragte er, bevor ich aufbrach.

»Es ist nicht mein Dorf«, sagte ich. »Aber ja, sie sollen erfahren, was sie aus mir gemacht haben.«

Ich wollte, dass sie mich ansahen und mich fürchteten, dass sie wussten, dass ihre Taten etwas viel Schlimmeres als einen Fluch erschaffen hatten.

Nun, als ich an Hütten und Läden vorbeiritt, lächelte ich in mich hinein. Die Dorfbewohner verließen ihre Hütten, um mich anzustarren, und ich hörte ihr Getuschel.

Ich dachte, sie sei tot.
Sie wurde von Feen geschändet.
Seht nur ihr Kleid! Wie unzüchtig!

Dass das Kleid unzüchtig war, stimmte: Es enthüllte breite Streifen Haut, und die dornigen Ranken bedeckten nur meine Oberschenkel und meine Brüste, aber ich liebte es, denn es war ein Geschenk von Casamir.

Ich hielt beim Brunnen an, gerade als die Glocken erklangen und die Stille des späten Morgens durchbrachen. Sie waren nicht annähernd so schön wie jene, die mich in den Wald gelockt hatten, so als hätten sie einen Sprung, und ihr Klang war hart und misstönend.

Die Türen der Kapelle schwangen auf, und noch mehr Menschen traten heraus auf die Stufen, unter ihnen viele Mitglieder des Stadtrates und der Bürgermeister von Elk. Alle, die dafür gestimmt hatten, mich den Brunnen hinunterzuschicken.

In gewisser Weise musste ich ihnen für die Wendung danken, die mein Leben genommen hatte.

Als sie mich erkannten, verebbte ihr ausgelassenes Stimmengewirr.

Hinter ihnen erschienen Roland, gekleidet in Taubenblau, und Elsie, ganz in Weiß, Chrysanthemen ins strohblonde Haar geflochten.

Ich war nicht allzu überrascht, zu sehen, dass die beiden einander erwählt hatten. Nachdem sie mich zum Brunnen geführt hatten, verdienten sie einander.

Sie blieben oben an den Stufen stehen, beide bleich wie der Schnee, der sich noch immer in der Stadt häufte.

»Gesela«, stieß Elsie atemlos hervor. »Wir ... wir dachten, du seist tot.«

»Was das für eine Überraschung sein muss«, meinte ich, »festzustellen, dass ich es nicht bin.«

Roland und Elsie wechselten einen Blick.

»Wir gingen zu deinem Haus und durchsuchten alles dort«, sagte Roland, bemüht um einen hartherzigen und gleichgültigen Gesichtsausdruck, doch er konnte die aufsteigende Panik in seinen Augen nicht verbergen. »Du warst nirgendwo zu finden.«

»Ich vermute, du hast nicht erwartet, mich überhaupt zu finden«, sagte ich. »Was der Grund dafür sein muss, dass alle meine Sachen verschwunden sind.«

Daraufhin herrschte Stille.

Ich sah die Versammelten an, deren Mienen ganz Ähnliches widerspiegelten wie an dem Tag, als man mich zum Brunnen getrieben hatte: eine Mischung aus Mitleid, Furcht und Unbehagen.

»Was werdet ihr alle tun, um zu sühnen?«, fragte ich.

»Sühnen?«, fragte Roland wütend. »Du kannst uns nicht die Schuld dafür geben, dass wir dich für tot hielten! Du bist in den Brunnen gefallen!«

»Ich kann euch so viel Schuld geben, wie ich will«, entgegnete ich. »An alledem trägst vor allem du Schuld, Roland.«

Er erzitterte, als ich seinen Namen aussprach, und ich faltete die Hände, während ich hoch über ihnen allen auf Balthazar thronte und auf sie hinunterblickte.

»Ich frage noch einmal. Wie werdet ihr sühnen?«

Der Sterbliche knirschte mit den Zähnen und ließ Elsies Hand los. Er stieg eine Treppenstufe herab und zog sein Schwert. Die versammelte Menge schnappte nach Luft, und Elsie griff nach seinem Arm.

»Nein, Ro!«

Ich rührte mich nicht, als er blaffte: »Du bist ein böser Geist, der gekommen ist, um uns heimzusuchen!«

Seine dramatische Zurschaustellung zauberte ein Lächeln auf meine Lippen.

»Du wagst es, deine Klinge gegen mich zu ziehen?«

»Wer glaubst du denn zu sein? Nun da du den Wald überlebt hast?«

Flüstern erklang, und Roland brachte alle mit einem Ruf zum Schweigen.

»Fort mit dir, Biest!«, zischte er.

»Sie ist kein Biest«, erklang da Casamirs Stimme. »Aber ich bin auf jeden Fall eines.«

Die Dornen und Schatten meines Kleides kamen in Bewegung und glitten über meine Haut.

»Was für ein Hexenwerk ist das?«, brüllte Roland, während Casamir hinter mir Gestalt annahm, den Arm um meine Brüste gelegt, um meine Nacktheit zu verbergen, jetzt, wo ich sein Kleid aus Dornen nicht mehr trug.

Daraufhin schnappte die Menge erst richtig nach Luft, schockiert von seinem Anblick.

»Ein Elfenprinz!«, rief jemand. Einige Leute schrien auf, einige fielen bei seinem Anblick in Ohnmacht, und ich war mir sicher, dass er das genoss.

»Seid still!«, schrie Roland. »Gesela, was hat das zu bedeuten?«

Ich spürte, wie Casamir sich versteifte, als er meinen Namen aus seinem Mund vernahm.

»Verzeih«, sagte ich zu Roland und legte Casamir eine Hand auf das Bein, um ihn zu beruhigen. »Denn ich muss euch noch vorstellen. Roland, das ist mein künftiger Ehemann, der Prinz von Thorn, der siebte Sohn und Bruder des sechsten, den du mir zu töten befohlen hast.«
»Ehemann?«, flüsterte Roland.
Verblüfftes Schweigen folgte.
»Ja«, sagte ich. »Du fragtest, wer ich denn nun sei, da ich den Wald überlebt habe? Hier ist deine Antwort. Ich bin Ella, Herrin von Thorn und Hüterin der Flügel, Ehefrau des siebten Bruders, und ich bin gekommen, um euch nichts zu wünschen als – *Anguish*.«
Als Casamirs wahrer Name ertönte, durchschnitt ein klirrendes Geräusch die Luft, und dann regneten Splitter aus glänzendem Glas vom Himmel herab und durchbohrten Rolands Kopf ebenso wie den Bürgermeister und alle schrecklichen Dorfbewohner, die mich je mit Verachtung gestraft hatten. Elsie blieb trotz ihrer Beteiligung unverletzt und starrte entsetzt auf ihren gerade geehelichten Gatten, der zu ihren Füßen lag, ihr Kleid bespritzt mit seinem Blut.
Und inmitten des reinen Klirrens von Glas und der Schreie der Dorfbewohner wandte ich mich meinem Elfenprinzen zu.
»Ich liebe dich, Anguish von Thorn.«
Er legte eine Hand an meine Wange, und unsere Lippen trafen einander. »Ich liebe dich, Gesela, von ganzem Herzen.«
Wir küssten uns inmitten des Blutbads, ohne selbst von Glasscherben durchbohrt zu werden, denn Balthazar hatte bereits die Reise nach Hause angetreten, durch den Verzauberten Wald, vorbei an der Weide meiner Schwester zu unserem Schloss der Dornen.

Und wenn wir nicht gestorben sind,
dann leben wir noch heute.

ANMERKUNG DER AUTORIN

Ihr wisst alle, wie sehr ich meine Anmerkungen mag.
Erstens, ich weiß, dass ich *Mountains Made of Glass* anfänglich als *Grimm-Nacherzählung* bezeichnet habe, doch in Wirklichkeit ist es nicht die Nacherzählung eines Märchens, da ich nicht nur Inspirationen von Grimms Märchen verwende. In dieser Anmerkung und in meinen Referenzen werdet ihr sehen, dass ich auch Bezug auf Hans Christian Andersen und irische Märchen genommen habe.

Ich wollte schon lange eine Märchennacherzählung schreiben, denn ich finde, Märchen sind eine tolle Mischung aus Fantasy und Horror. Außerdem sind sie albern und romantisch zugleich. Es gibt keinerlei Erklärung für die Magie oder auch die Flüche darin. Dinge existieren einfach in der Welt, und alle in den Geschichten akzeptieren sie.

Ich habe eine Menge Märchen und viele Übersetzungen gelesen. Deshalb ist nicht alles, was aus jedem Märchen entnommen wurde, über die Geschichten hinweg das Gleiche, nicht einmal der Titel. Am Ende dieser Anmerkung werde ich die Übersetzungen, die ich verwendet habe, auflisten, und ich werde auch sehr ins Detail gehen, um euch zu zeigen, wie ich verschiedene Elemente von existierenden Geschichten nutze, um eine neue zu erschaffen.

Lasst uns zuerst über den Titel dieser Novella sprechen. Die Gläsernen Berge werden tatsächlich in mehr als einem Märchen erwähnt, doch die Details, die ich in MMOG verwendet habe, stammen aus *Die Sieben Raben*. Das andere Element, das ich diesem speziellen Märchen entnommen habe, war der Einsatz von Wolf – dem Raben –, der Gesela zu den Bergen flog, und die Opferung eines Körpergliedes. In *Die Sieben Raben* macht sich die Hauptfigur, ein junges Mädchen, auf die Suche nach ihren sieben Brüdern, die bei ihrer Geburt in Raben verwandelt worden waren. Um die Berge zu betreten und sie zu finden, muss sie ihren kleinen Finger opfern. Ich ließ Gesela ihren Ringfinger opfern, was mir passend als Referenz auf eine Hochzeit erschien.

Aber das Märchen, mit dem das alles wirklich anfing, heißt *Der Teufel und die drei goldenen Haare*. Schon am Titel erkennt ihr wahrscheinlich, woher ich die Idee hatte, dass Gesela drei Haare von Casamir opfern musste, um seinen wahren Namen zu erfahren. Doch was ihr vielleicht nicht wisst, ist, dass der Beginn dieser Geschichte direkt aus diesem Märchen stammt. In *Der Teufel und die drei goldenen Haare* wird ein Mann ausgesandt, um eine unmögliche Aufgabe zu erfüllen – er muss drei Haare vom Kopf des Teufels holen. Und wer weiß schon, ob der Teufel wirklich blond ist? Auf seinem Weg kommt der Mann in drei Städte, und jede gibt ihm ein Rätsel oder eine Aufgabe zu lösen – achtet hier auch auf die Bedeutung von Zahlen: drei goldene Haare, drei Städte. In einer Stadt ist der Brunnen ausgetrocknet, und wir erfahren, dass der Grund dafür eine Kröte ist, die am Grund unter einem Stein lebt. Nur wenn sie getötet wird, kehrt das Wasser zurück. Dies war das Fundament meiner Geschichte, und ich dachte mir: Was, wenn die Kröte in Wahrheit ein Prinz wäre? Ein *Elfenprinz* – denn seit Tolkien liebe ich Elfen. Was, wenn alle diese Flüche, die gebrochen werden, weitreichende Folgen hätten?

Von da an wuchs die Geschichte.

Im gleichen Märchen, in einer weiteren Stadt, verdorrt ein Feigenbaum und trägt keine Früchte mehr. Wir erfahren, dass eine Maus an seinen Wurzeln nagt. Darauf beziehe ich mich, als Gesela erklärt, was geschieht, wenn Flüche gebrochen werden. Doch anstelle von Feigen trägt der Baum goldene Früchte, eine symbolische Referenz auf viele von Grimms Märchen – und viele andere Mythen, die griechische Mythologie eingeschlossen. Darüber hinaus tauchen viele kleine Elemente auf, die aus verschiedenen Geschichten stammen. Das Offensichtlichste sind zunächst die meisten Ortsnamen, die ihr vorn im Buch auf der Landkarte sehen könnt – Briar, Rose, Cinder in Anlehnung an Dornröschen und Cinderella –, und die Namen der Nebenfiguren: Roland, Flynn, Elsie. Das sind alles Namen von Figuren in Grimms Märchen. Außerdem verwende ich überall im Buch Tiere oder Blumen als symbolischen Hinweis auf Märchen, wie zum Beispiel die Gans, die Gesela zu Beginn des Buches geschlachtet hatte. Gänse tauchen häufig in Grimms Märchen auf: *Die Goldene Gans*, *Die Gänsemagd* ... Die Idee, Zahlen zu verwenden – sieben Brüder, sieben Buchstaben, zehn Jahre – stammt direkt aus einer Reihe Nacherzählungen von Grimms Märchen. Alles in diesen Geschichten geschieht entweder in sehr kurzer Zeit – wie sich zu verlieben – oder in einem unglaublich langen Zeitraum. Außerdem verwende ich Haare. Das seht ihr, natürlich, an Casamirs drei Haaren und an den goldenen Locken des Prinzen. Über die Rolle von Haar in Märchen wurden schon viele wissenschaftliche Artikel verfasst, und ich möchte euch unbedingt ermutigen, einige davon zu lesen, denn die Symbolik von Haar ist sehr interessant und manchmal unerwartet. Mich hat vor allem fasziniert, wie es sich auf Schönheit, Sinnlichkeit und Sexualität bezieht.

Wahrscheinlich versteht es sich von selbst, dass die Idee von dem »wahren Namen« eine Anspielung auf *Rumpelstilzchen* ist, und irgendwann warnt Casamir, dass ein Handel mit den Feen dazu führen kann, ein Neugeborenes opfern zu müssen. Der Magische Spiegel ist eine Anspielung auf *Schneewittchen*, ebenso wie Geselas Schwester Winter, die am Ende von den Toten auferstehen wird. Prinz Flynn ist der Archetypus des Märchenprinzen, der in allen Grimm'schen Märchen vorkommt. Alles, was diese Figur je tut, ist, schöne Jungfern aus Gefahren zu erretten und dann glücklich bis ans Lebensende zu leben, also dachte ich mir, es wäre witzig, damit zu spielen, und noch witziger, wenn er ganz furchtbare Ratschläge in Sachen Liebe gibt, weil er nicht mehr weiß als: Wenn man einer Frau sagt, sie sei schön, und sie rettet, dann muss sie einen heiraten.

In Grimms Märchen gibt es mehrere Situationen, in denen Menschen in Tiere verwandelt werden. In *Brüderchen und Schwesterchen* spricht eine Quelle zum Schwesterchen und sagt ihm, wenn es daraus trinkt, wird es sich in ein Rehkitz verwandeln. Stattdessen trinkt aber Brüderchen und wird zum Rehkitz. Und in mehreren Märchen verwandeln Hexen verschiedene Menschen in Bären, Raben, Gänse, Tauben – und die Liste reicht noch weiter.

Als Casamir Gesela mitteilt, dass er den Kopf des Selkies in seinem Garten vergraben und sehen will, was dann so wächst, ist dies eine Anspielung auf Hans Christian Andersens *Der Rosenelf*, wo eine trauernde Frau den Kopf ihres toten Geliebten in einen Topf legt und darauf einen Jasminzweig pflanzt. Die Glocke, die Gesela in den Wald lockt, stammt aus Andersens *Die Glocke*, buchstäblich ein Märchen über eine Glocke, die alle hören können, aber niemand finden kann. Das Ende ist langweilig, etwas über die Herrlichkeit Gottes, aber ich zog es vor, dass Gesela stattdessen ihre tote Familie findet, was eine Referenz auf ein irisches Märchen mit dem Titel *The Ride with the Fairies* ist. Der Selkie stammt nicht aus Grimms Märchen, doch es gibt dort eine Geschichte über eine Nixe, und ich dachte mir, wenn es in Grimms Märchen Nixen gibt, wäre ein Selkie ebenso plausibel. Ich habe mich nicht auf eine konkrete Geschichte bezogen, um den Selkie ins Spiel zu bringen, aber eine gute Geschichte, die ich euch empfehlen könnte, ist *The Selkie Wife*. Und bevor ihr euch fragt, wieso ich nicht einfach eine Nixe genommen habe: Ich bin mir nicht sicher. Ich fand irgendwie, dass das Robbenfell hier gut als Handlungselement funktioniert. Des Weiteren habe ich mich im ersten Kapitel auf zwei Flüche bezogen: auf Beulen und eine Ernte, die von Heuschrecken vernichtet wurde, beides Referenzen auf die Bibel. Das habe ich getan, weil manche Übersetzungen von Grimms Märchen extrem religiös waren, und auch Hans Christian Andersen war *sehr* religiös, daher ist das ein Hinweis auf den Einfluss des Christentums.

Es gibt noch einige andere Elemente, die ich der Geschichte hinzugefügt habe, die zwar meine eigene Schöpfung sind, meiner Meinung nach aber extrem gut in eine Märchenwelt passen: das Trinken aus einem Teich und das Wachsen oder Schrumpfen, das Robbenfell, das aus dem Dorn wuchs, die Tränen, die die Blume mit einer Fee darin wachsen und blühen lassen, die Axt, an der Dornen sprießen, die Weide, die Winter heilt. Um nur einige zu nennen, die mir aus dem Stegreif einfallen.

Und wahrscheinlich gibt es noch mehr Referenzen, die ich hier noch gar nicht angerissen habe, doch das liegt in der Natur einer Nacherzählung.

Eine letzte Anmerkung: Die Gebrüder Grimm sind bekannt dafür, dass sie existierende Märchen sammelten, während Hans Christian Andersen seine eigenen Märchen erschaffen haben soll. Ich finde, dass sie einem ähnlichen Tonfall und Muster folgen.

Ich hoffe sehr, dass euch diese Geschichte gefallen hat, und bevor ihr fragt: Ich habe vor, noch sechs weitere davon zu schreiben, eine für jeden Bruder. Auch für den toten.

Alles Liebe
Scarlett

Apples Dipped in Gold

Auf Christas Gartenhaus.

KAPITEL EINS
DREI BOSHAFTE BRÜDER

Samara

Ich stand in der Mitte von Daft Moor und starrte in die endlose Nacht, die durch die dichte Baumlinie des Verzauberten Waldes nur umso dunkler erschien. Seine Bäume wuchsen so hoch, dass sie den Mond und die Sterne aussperrten. Der Boden unter meinen Füßen war durchweicht und eiskalt, die frostige Luft roch voll und süß, und Blut befleckte meine Hände. Es fühlte sich dickflüssig an und tropfte zwischen meinen Fingern auf die Erde, platschte wie Regentropfen auf meine nackten Zehen. Ich weigerte mich, auf die rote Pfütze zu blicken, die sich zu meinen Füßen bildete. Ich wollte mir nicht ansehen, was ich getan hatte. Es zu wissen, reichte schon.

Das Blut war nicht mein eigenes.

Es gehörte einem Fee, den ich einst beinahe geliebt, aber in ebendiesem Moor verraten hatte.

Schuldgefühle zerrissen mein Herz und fraßen sich einen schmerzvollen Weg von meiner Brust bis in die Kehle hinauf.

Ich fuhr hoch, und als ich meine Augen öffnete und der Dunkelheit aussetzte, erwachte der Kummer erneut lautstark zum Leben wie eine Woge, die mich überrollte. Dieses Gefühl war ich gewohnt. Mich suchte ein und derselbe Traum schon die letzten sieben Jahre heim, eine eindringliche Stimme, die meinen Namen flüsterte, verfolgte mich stets im Schlaf.

Samara, sang sie. *Samara, meine Liebste, komm zu mir. Fliehe mit mir. Ich kann dich befreien.*

Aber die Worte waren nichts weiter als ein gebrochenes Versprechen, und jeden Morgen, wenn ich in derselben tiefen Dunkelheit aufschreckte, blieb ich allein zurück, um mich meiner Strafe zu stellen, für das Unrecht, das ich vor den Augen des Verzauberten Waldes begangen hatte.

Langsam setzte ich mich auf, mein unterer Rücken tat höllisch weh, als ich die Beine aus dem Bett schwang – obwohl, die Pritsche, die ich in einer Ecke der Küche aufgestellt hatte, als »Bett« zu bezeichnen, war eine ziemliche Übertreibung. Trotzdem war es allemal besser, als auf dem Boden zu schlafen, wo ich den Ratten schutzlos ausgeliefert gewesen wäre.

Ich schauderte bei dem Gedanken und schaute hinab auf meine Hände, die ebenfalls wund waren. Ich hatte den gestrigen Tag stundenlang gebückt verbracht und durch dichte Torfschichten gestochen. Jeden Tag hatte ich mich abgerackert, in der Hoffnung, genug für den kommenden Winter zu ernten, obwohl der lang und streng zu werden versprach. Die Ernte wäre erheblich ertragreicher gewesen, hätten meine drei kräftigen Brüder mit angepackt, doch das war keine Aufgabe, die ihnen zufiel. Keine Aufgabe fiel ihnen zu.

Schuldgefühle stiegen in mir auf, weil ich so über sie dachte. Denn ich wusste, dass es unfair war. Meine Brüder – Jackal, Michal und Hans – halfen vielleicht nicht im Haus oder mit den Tieren oder beim Torfstechen, aber sie gingen auf die Jagd, und sie waren die besten Jäger von ganz Gnat. Nur sie konnten den Verzauberten Wald betreten und mit Beute zurückkehren – Beute, die das ganze Dorf ernährte.

Sie waren Helden, und ich war nicht mehr als das, was *sie* aus mir machten, denn mit dem Feenblut an meinen Händen konnte ich nichts anderes sein.

»Deine Finger sehen aus, als wären sie in Blut getaucht worden«, hatten meine Brüder gesagt, als sie meine Hand damals betrachteten. »Du wirst von den Dorfbewohnern mit Schande bestraft und von den Feen zum Tode verurteilt werden, aber wenn du immer auf uns hörst, werden wir für deine Sicherheit sorgen.«

Zuerst glaubte ich ihnen, und ich war verängstigt genug gewesen, um ihrer Aufforderung zu folgen, doch als die Tage vergingen, einer nach dem anderen, und jeder härter als der davor, war die Aussicht auf den Tod gar nicht mehr so schrecklich.

Tatsächlich freundete ich mich mehr und mehr mit dem Gedanken an. Nicht mehr zu existieren, hatte auf gewisse Weise beinahe etwas Tröstliches an sich – ich könnte ... in Frieden ruhen.

Scham brannte auf meinen Wangen. Ich sollte nicht daran denken, zu ruhen, während so viele um mich herum litten. Und da gerade der Winter nahte, war es für alle unerlässlich, ihren Beitrag zu leisten. Besonders ich, deren Verantwortung es war, dafür Sorge zu tragen, dass die drei größten Jäger von Gnat stets wohlauf und satt waren, musste in diesem Sinne handeln.

Und diese Pflicht war es, die mich nun aus dem Bett trieb.

In der Luft lag eine Kälte, die meine Haut kribbeln ließ. Trotzdem ging ich zu dem Tisch in der Ecke, goss halb gefrorenes Wasser in eine Schale und wusch mir das Gesicht. Der Kälteschock erweckte meine Lebensgeister. Ich zog warme Sachen an, bevor ich mich vor den Kamin kniete, in dem glühende Kohlen unter weißer Asche glommen. Ich rechte alles zu einem Haufen zusammen und griff nach dem Eimer, den ich neben dem Feuer stehen hatte und der voller Anzündholz sein sollte – doch er war leer.

Seltsam.

Ich wusste, dass ich vor der Abenddämmerung Zweige und Rindenstücke gesammelt hatte, damit ich es heute Morgen nicht tun brauchte.

Zorn machte sich in mir breit. Einer meiner Brüder musste sie genommen haben.

»*Damen werden nicht zornig*«, hörte ich meine Mutter sagen. »*Das ist unschicklich.*«

Meine Zähne schmerzten, so sehr biss ich sie zusammen, um die Wut zu unterdrücken, die das Blut in meinen Adern zum Kochen brachte, und ich suchte fieberhaft nach einer vernünftigen Erklärung für ihr Verhalten.

Vielleicht war einem von ihnen in der Nacht zu kalt geworden, und er hatte all sein Anzündholz – das ich ebenfalls nachgefüllt hatte – aufgebraucht und sich hier mehr geholt. Schließlich konnten sie nicht jagen, wenn sie nicht schliefen, und wenn sie nicht jagten, würden wir nicht essen, und wenn wir nicht aßen, würden wir alle sterben.

Ich seufzte und warf den Rechen beiseite. Er fiel klappernd zu Boden, als ich den Eimer vom Boden aufhob und hinaus ins Halbdunkel marschierte. Die Kälte schlug mir entgegen wie ein Faustschlag, und meine Brust wurde eng. Atmen tat weh, doch das war ein vertrautes Gefühl.

Als ich hinaustrat auf die gefrorene Erde, meinte ich, herannahenden Schnee riechen zu können. In der Kälte lag eine Schärfe – wie Messer, die in meine Haut stachen.

Ich ging durch den Garten zu dem Holz, das ich neben der Scheune aufgestapelt aufbewahrte. Während ich Wacholder, Kiefer und einige große Stücke Eichenholz sammelte, hüpfte eine schlanke schwarze Katze auf den Stapel, streckte sich und schnurrte, um Aufmerksamkeit zu bekommen.

»Guten Morgen, Maus«, grüßte ich und kraulte sie hinter den Ohren. »Hast du Gockel aufgeweckt?«

Gockel war ein Hengst und hatte mehr Jahre auf dem Buckel als Jackal, mein ältester Bruder, der zweiunddreißig Lenze zählte. Maus gab ein hohes Miauen von sich. Ihre Art, Nein zu sagen.

»Du solltest ihn besser wecken. Die Jungs werden es heute kaum erwarten können, aufzubrechen. Der Schnee kommt.«

Maus' Antwort war ein Knurren. Ich wusste, warum sie protestierte. Gockel war erschöpft, aber es ließ sich nicht ändern. Sogar die Greise schufteten in Gnat, Menschen wie Tiere.

»Ich weiß, dass er Ruhe braucht. Wenn es nach mir ginge, würde ich ihn gar nicht in den Wald schicken.«

Gockel begleitete meine Brüder auf der Jagd, und da wir nur einen Hengst hatten, ritten sie abwechselnd auf ihm. Er verabscheute den Wald und trottete nur langsam hindurch. Da meine Brüder dies als Ungehorsam auffassten, trieben sie ihn stets mit der Peitsche an, um ihn dazu zu bringen, schneller zu laufen. Ich hasste das, doch als ich meinen Zorn einmal zum Ausdruck gebracht hatte, drohte Jackal *mir* mit der Peitsche. Und Gockel, dieser liebe Gockel, war dazwischengegangen und hatte Jackal mit seinem Widerstand fuchsteufelswild gemacht. Aber die Gefahr eines Tritts von dem kräftigen Hengst hatte ihn in Schach gehalten.

»Tritt mich, und ich jage dir einen Pfeil ins Bein. Mir ist egal, ob du das einzige Pferd in ganz Gnat bist«, hatte Jackal ihn zähneknirschend gewarnt. Dann hatte er mich angefunkelt. »Und du. Du wirst für seinen Ungehorsam büßen. Verbringst du alle deine Abende in der Scheune und jammerst darüber, wie schlimm wir sind? Kein Wunder, dass er uns trotzt. Nun, ich werde dir Grausamkeit zeigen, du undankbares Stück.«

Nach Jackals Drohung hatte ich die Nacht voller Furcht vor dem, was er wohl mit mir anstellen würde, in der Scheune verbracht. Doch das hatte das Unvermeidbare nur hinausgezögert. Am nächsten Morgen hatte er mich unsanft mit einem Eimer voll eiskaltem Wasser geweckt und mir ein stumpfes Messer vor die Füße geworfen.

»Du gehst ins Moor und stichst Torf für unser Feuer.«

Vollkommen durchnässt, hatte ich mich in den Sumpf begeben. Meine Finger waren so steif gefroren gewesen, dass ich Mühe hatte, das Messer zu halten.

Niemals hätte ich geahnt, dass dieser Tag, der so übel begonnen hatte, noch schlimmer würde enden können – zu jenem Tag werden würde, an dem ich den Feenmann verraten sollte, den ich liebte.

Was bist du doch für eine dumme Gans, schalt ich mich selbst. *Du kannst doch keinen Mann lieben, den du nie wirklich gesehen hast.*

Aber daran, wie mein Herz schmerzte, erkannte ich, dass ich genau das getan hatte.

Zum Glück riss ein scharfer Ruf von Maus mich aus den schmerzhaften Gedanken, ein vertrauter Laut, der für gewöhnlich das Nahen eines meiner Brüder ankündigte. Mein Herz raste, als ich mich umdrehte, um nachzuschauen, wer von den dreien sich da anschlich – doch niemand war zu sehen.

Trotzdem fauchte Maus weiter, zeigte ihre scharfen Zähne, und ihr Fell sträubte sich.

Ich musterte die Baumlinie gleich hinter dem vermodernden Holzzaun, der unser Grundstück umgab. Die Bäume dort glichen Riesen – uralt und bedrohlich. Dichter Nebel wallte aus der Dunkelheit zwischen den Baumstämmen und schlängelte sich wie winkende Finger durch die Luft zu mir. Auch wenn ich sonst nichts erkennen konnte, hieß das nicht, dass niemand da war. Die Feen bewegten sich für gewöhnlich von Sterblichen ungesehen durch die Welt. Nur wenn sie entschieden, sich zu zeigen, brachte das Probleme, und während ein Teil von mir sich wünschte, ich wäre niemals dem namen- und gesichtslosen Fee beggegnet, gab es auch einen anderen Teil von mir, der sich fragte – der sich danach sehnte, auch wenn das Gefahr barg –, ob er es war, der mich so genau beobachtete.

Ich schüttelte den Kopf, um die Gedanken zu vertreiben, griff dann nach Maus und drückte sie an meine Brust.

»Kein Grund zur Sorge, Liebling«, sagte ich und setzte sie wieder auf die Erde. »Jetzt geh und wecke Gockel.«

Maus bedachte mich mit einem scharfen Blick, streckte sich und schlenderte dann zur Scheune.

Ich sammelte das Holz fertig ein und kehrte in die Hütte zurück. Nachdem das Anzündholz nachgefüllt und das Feuer entzündet war und das Haus wärmte, begann ich, Frühstück zu machen, briet Schinken und Kartoffeln, kochte Eier und Porridge.

Als alles vorbereitet war und warmstand, ging ich nach oben, um die Aufgabe zu erledigen, die ich am meisten fürchtete – meine Brüder wecken.

Es spielte keine Rolle, dass die drei mich jeden Morgen erwarteten. Ich sah mich immer irgendeiner Bedrohung gegenüber. Wenn sie mich nicht mit Flüchen bedachten, warfen sie nach mir, was immer gerade in Reichweite war. Ich hatte schon einmal versucht, ihre Tische abgeräumt zu halten, nur dass in dieser Nacht dann jeder Bruder alles, was zerbrechlich war, neben sein Bett deponiert hatte und damit nach mir warf, als ich am nächsten Morgen die Tür öffnete.

Daraufhin hatte ich entschieden, dass meine Versuche, mein Leben ein wenig erträglicher zu machen, die Konsequenzen nicht wert waren. Also taten meine Brüder mir an, was sie wollten, und solange Maus und Gockel sicher waren, dachte ich, dass ich es aushalten würde.

Ich stieg die Stufen hinauf und kam an die erste Tür zu meiner Rechten. Das Zimmer gehörte Hans, meinem jüngsten Bruder. Er war der ruhigste der drei, weswegen er mich zwar nicht so häufig beleidigte, allerdings nur allzu gerne mit seiner bevorzugten Foltermethode – *Streiche*, wie er sie bezeichnete – bedachte.

Die Tür knarrte, als sie aufging, und es war dunkel. Die Glut in seinem Kamin war beinahe erloschen. Ich warf einen Blick zum Bett und konnte Hans nicht entdecken, doch das war normal. Er vergrub sich gern unter den Decken. Das war wahrscheinlich auch das Beste. Es war nämlich so viel leichter, das Feuer neu zu entfachen, wenn er schlief.

Ich schlich zum Kamin, kniete mich hin und machte dasselbe, was ich unten getan hatte, nur dass diesmal der Eimer mit Anzündholz voll war. Als das Feuer loderte, wollte ich aufstehen, doch da schubste mich jemand.

Wild um mich schlagend fing ich mich gerade so eben, indem ich die Handflächen flach auf den heißen Stein des Kamins presste. Der Schmerz folgte augenblicklich und heftig. Ich schrie auf, stieß mich ab und landete auf meinem Hintern. Ein paar Sekunden lang konnte ich nur in stillem Schock dasitzen, mit geröteten und pochenden Handflächen.

Hinter mir brach Hans in schallendes Gelächter aus.

»Du hättest es besser wissen sollen, als anzunehmen, dass ich schlafe!«

Mir stiegen Tränen in die Augen, vor Schmerz, aber auch vor Scham. Ich schob diese Gefühle beiseite, denn sie hatten hier nichts zu suchen. Niemand überstand dieses Leben, wenn er sich selbst bemitleidete. Außerdem hatte Hans recht – ich hätte es wissen müssen.

Ich richtete mich auf, stemmte mich von dem kalten Steinboden hoch und zuckte vor Schmerz zusammen. Meine Handflächen spannten, als sei dort plötzlich zu wenig Haut.

Ich wäre ohne ein Wort gegangen, hätte ich nicht vermutet, dass mir weitaus Schlimmeres blühen würde, wenn ich es täte, also sprach ich.

»Gut, dass du wach bist«, sagte ich und blickte ihm in seine blauen Augen. Sie glichen meinen, bis auf den Ausdruck von Sorge und Angst, der seinen fehlte. »Das Frühstück ist bald fertig.«

Sein Gesicht lief rot an, vor allem seine Wangen.

»Willst du denn gar nicht über meinen Streich lachen?«, fragte er.

Ich starrte ihn einige Sekunden lang an, in dem Wissen, dass er nicht scherzte, öffnete dann den Mund und lachte – oder versuchte es. Es war ein hohler, freudloser Laut, doch ich hatte in Gegenwart meines Bruders noch nie wirklich gelacht, also würde Hans den Unterschied nicht erkennen.

Hans lachte mit, und das so laut, dass ich mich selbst kaum noch hören konnte – und dann hörte er abrupt damit auf, und eine kalte Maske legte sich über sein Gesicht.

»Sieh zu, dass du aus meinem Zimmer kommst«, befahl er.

Ich hastete hinaus und weiter zum nächsten, das Michal, meinem mittleren Bruder, gehörte. Als ich die Tür öffnete, sah ich eine nackte Frau mit langem, blondem Haar, die rittlings auf ihm saß. Sie bewegten sich gemeinsam und stöhnten. Es war nicht das erste Mal, dass ich meinen Bruder wecken kam und ihn so vorfand, doch es war das erste Mal, dass ich Llywelyn, die Tochter des Geistlichen, in seinem Bett erblickte.

Ich ging weiter ins Zimmer hinein, um mich um das Feuer zu kümmern. Llywelyn kreischte auf, als sie mich bemerkte, und griff nach der Decke, um ihren Oberkörper zu verhüllen.

»Was machst du da, du hässlicher, kleiner Bauerntrampel?«, fuhr sie mich an.

»Ignoriere sie«, grunzte Michal.

»Sie ignorieren? Wie soll ich sie denn ignorieren? Sie ist genau da!«

»Stell sie dir als Dienstmädchen vor«, meinte er.

»Aber sie ist kein Dienstmädchen. Sie ist deine Schwester! Was, wenn sie es meinem Vater erzählt?«

»Sie wird unsere Geheimnisse bewahren, oder sie findet sich in einem Grab wieder.«

Llywelyn kicherte bei Michals Drohung, mit der er mich keinesfalls das erste Mal bedachte. Ehrlich gesagt war mir egal, was meine Brüder trieben, wenn sie nicht gerade jagten. Und mir war auch nur wichtig, dass sie jagten, damit ich meine Ruhe vor ihnen hatte.

Als ich fertig war, stand ich auf und wandte mich ihnen zu. Sie küssten sich immer noch und bewegten sich im gleichen Takt. Michals Bett quietschte bei jeder Bewegung.

»Es gibt bald Frühstück«, verkündete ich und fügte auf dem Weg zur Tür hinzu: »Die Kirchenglocken läuten in weniger als einer Stunde.«

Ich verließ Michals Zimmer und tapste zur Tür meines ältesten Bruders. Mein Herz hämmerte, denn obwohl ich an

Jackals Grausamkeit gewöhnt war, warnte mein Körper mich immer wieder davor. Aber ich wusste, wenn ich weglief, würde es nur noch schlimmer, also betrat ich sein Zimmer.

Es war dunkel, abgesehen vom Kamin, in dem verglimmende Glut brannte.

Ich ging zum Fenster und zog die Vorhänge auf, um das trübe Morgenlicht hereinzulassen. Manchmal genügte das, um ihn zu wecken, aber nicht heute. Er blieb auf der Seite liegen, die Augen geschlossen, das dunkle Haar vom Schlaf zerzaust.

»Jackal«, flüsterte ich, aus Angst, ihn aufzuschrecken. »Jackal.« Dann rief ich seinen Namen etwas lauter und sah, dass seine Lider flatterten.

»Es ist Zeit, aufzuwachen. Das Frühstück wird ...«

Jackal riss abrupt die Augen auf, und ich stolperte rückwärts, als er sich aufsetzte, nach dem Krug neben seinem Bett griff und ihn nach mir warf. Ich konnte spüren, wie er meine Kleider streifte, bevor an die Wand krachte. Keramikscherben und Wasserspritzer flogen explosionsartig in alle Richtungen.

»Du verdammter Störenfried!«, schäumte er.

Seine Augen waren dunkel vor Wut. Ich hatte es aufgegeben, herausfinden zu wollen, was genau ihn in Zorn versetzte. Manchmal wachte er eben einfach so auf.

»Bring mir einen neuen Krug!«, befahl er. »Und räum das auf!«

Ich gehorchte und verließ das Zimmer, um einen neuen Krug zu holen, der einzige andere, den ich fand, war mein eigener. Ich füllte ihn mit Wasser, schnappte mir Lappen und einen Besen und ging wieder nach oben.

Jackal stand in seinem Nachthemd da und wartete. Ich wollte an ihm vorbei, um den Krug wieder auf seinen Tisch zu stellen, aber er hielt mich auf.

»Gib mir den Krug«, forderte er.

Ich tat, wie mir geheißen.

Dann schüttete er mir den Inhalt über den Kopf.

»Mehr Wasser, Miststück«, sagte er und drückte mir den Krug in die Hände.

Mir blieb nichts anderes übrig, als zu gehorchen.

Als ich ein zweites Mal zurückkehrte, war Jackal angekleidet. Er trug eine dunkle Wolltunika über Hosen und hohe Stiefel. Mit seinem stolzen, kantigen Gesicht und dem kurzen, dunklen Haar sah er aus wie unser Vater. Ich hasste es, denn mein Vater hatte mich geliebt, aber Jackal tat es nicht.

Er ließ mich vorbeigehen und den Krug auf seinen Nachttisch stellen. Während er sich das Gesicht wusch, beeilte ich mich, einen Weg freizuputzen, damit Jackal sein Zimmer verlassen konnte, ohne dass seine Stiefel nass wurden oder sich Keramikscherben in die Sohlen bohrten.

Ich arbeitete schnell und war fertig, als er sich umdrehte und aus seinem Zimmer schlenderte. Ich folgte ihm in sicherer Entfernung, als er Richtung Küche schlurfte. Ich würde später fertig saubermachen müssen, denn jetzt hatte ich den Jägern zuerst ihr Frühstück zu servieren.

Als ich in die Küche kam, saßen meine Brüder und eine nun angezogene Llywelyn um den langen Banketttisch herum. Er war weit größer als jedes andere Möbelstück in unserer Hütte. Mein Vater hatte ihn angefertigt, über die Jahre war das Holz verwittert, und wenn man nicht achtgab, handelte man sich Splitter ein.

Schweigend füllte ich Teller mit Essen und Krüge mit Bier für die Jungs und Llywelyn, die auf Michals Schoß hockte.

»Es ist ja so gefährlich, im Verzauberten Wald zu jagen!«, sagte Llywelyn. »Wie schafft ihr es, lebendig wieder herauszukommen?«

Ganz Gnat lechzte nach der Antwort auf diese Frage. Natürlich gab es Gerüchte, dass meine Brüder von den Feen geküsst oder von Hexen geehrt worden seien, aber ich vermutete etwas weitaus Schändlicheres.

Weder die Feen noch die Hexen waren uns wohlgesinnt. Was

auch immer meinen Brüdern die Macht verlieh, den Wald unbeschadet zu betreten, war mehr ein Fluch als alles andere.

»Wir sind halt Naturtalente«, behauptete Michal.

»Ich würde euch zu gerne einmal jagen sehen«, meinte sie.

»Nein«, widersprach Jackal barsch.

Llywelyn funkelte ihn finster an, ließ sich von seiner Grobheit aber nicht abschrecken.

»Was werdet ihr heute jagen?«, fragte sie.

»Was immer unseren Weg kreuzt«, antwortete Michal.

»Ich hoffe, ihr findet einen Hirsch«, flötete sie und fuhr dann mit leiser, sinnlicher Stimme fort: »Er würde mich einen ganzen Monat lang satt machen.«

»Ich werde dich satt machen«, raunte Michal. »Ich werde dich ausfüllen.«

Sie kicherte und lehnte sich näher zu ihm, als wolle sie ihn küssen, doch bevor ihre Lippen sich berühren konnten, ergriff Hans das Wort.

»Witzig«, meinte er. »Ich habe gehört, wie du letzte Woche der Tochter des Sheriffs dasselbe erzählt hast, und in der Woche davor der Tochter des Bürgermeisters.«

Michal und Llywelyn sahen ihn beide verärgert an, aber Llywelyn schien es nicht zu kümmern, dass Michal mehr als eine Gespielin hatte. Sie richtete ihre Aufmerksamkeit wieder auf ihn und schlang die Arme um seinen Nacken.

»Mag ja sein, dass du ihnen auch etwas versprochen hast, aber mir hast du mehr versprochen.«

Stille folgte auf ihre Worte, und nach einigen Sekunden hörte Jackal zu essen auf, legte Gabel und Messer auf den Tisch und richtete den Blick auf die beiden.

»Versprechen sind gefährlich«, mahnte er. »Du hast dich ihr nicht versprochen, oder, Michal?«

»N-nein«, stammelte Michal. »Natürlich nicht.«

»Und wieso sollte er das nicht tun?«, wollte Llywelyn wissen. »Ich war eine gute Geliebte. Und eine loyale Geliebte.«

»Du bist mit dem Sohn des Sheriffs verlobt«, erinnerte Hans sie. »Du bist alles andere als loyal.«

Darauf fiel Llywelyn nichts mehr ein.

Jackal stand auf.

»Versprechen sind bindend, aber sie können gebrochen werden«, sagte er. »Gebrochen werden sie durch Lügen, Llywelyn. Und Lügen haben immer schwerwiegende Folgen.«

Llywelyn straffte sich unter der Drohung meines Bruders, erwiderte aber nichts. Jackal verließ die Küche. Hans tat es ihm gleich, ebenso wie Michal, der Llywelyn beiseitestieß und ihnen hinterherstolperte, ohne sie noch eines Blickes zu würdigen. Sie saß da, fassungslos, Augen und Mund weit aufgerissen, als ihr plötzlich klar wurde, dass sie sich den falschen Bruder für ihre Verführungskünste ausgesucht hatte.

Ich nahm meinen Mantel, ging meinen Brüdern nach und blieb an der Tür stehen. Jackal war auf Gockel gestiegen, und Hans war in den hölzernen Karren gehüpft, der an seinem Geschirr befestigt war. Da Michal der Letzte war, musste er ihnen zu Fuß folgen, als sie sich auf den Weg in den Wald machten.

Ich blickte ihnen nach. Llywelyn kam zur Tür und blieb kurz stehen, um mich anzusehen.

»Wieso bleibst du hier?«, fragte sie. »Du könntest abhauen, während sie fort sind.«

Ihre Frage fühlte sich wie eine Falle an, als wolle sie mich dazu verleiten, ihr etwas zu sagen, das sie dann bei meinem ältesten Bruder gegen mich verwenden konnte.

»Ich gehöre hierher«, antwortete ich.

Llywelyn lachte auf. »Ich dachte, Lügen hätten schwerwiegende Folgen, Samara.«

Ich betrachtete die Frau, die sogar im bleichen Morgenlicht schön aussah. Es mochte eine Lüge sein, aber für mich hatte die Wahrheit immer noch gravierendere Folgen. Das war etwas, das sie nie verstehen würde.

»Die Kirchenglocken läuten«, bemerkte ich, und noch während die Worte meinen Mund verließen, hallte ein schriller Laut in weiter Ferne.

Llywelyns Augen wurden groß, und ihre Wangen röteten sich. »Du grausamer Trampel! Du solltest mich doch vorwarnen!«

Sie drängte sich an mir vorbei, und meine Schulter schlug heftig gegen den Türrahmen, als sie über die gefrorene Erde losrannte, die gewundene Straße hinunter ins Dorf Gnat.

KAPITEL ZWEI
EIN STATTLICHER PRINZ

Samara

Ich blickte meinen Brüdern nach, bis sie im Wald verschwanden, und einen kurzen Moment lang ertappte ich mich dabei, wie ich hoffte, sie würden niemals zurückkehren. Meine darauffolgenden Schuldgefühle waren so groß, dass ich laut sprach, gerichtet an wen auch immer, der meine Gedanken gehört haben mochte.

»Vergib mir. Ich weiß nicht, wie ich so etwas auch nur denken kann«, flehte ich.

Am besten wäre, ich würde fortgehen. Außer dem, was ich für meine Brüder tat, hatte ich Gnat nichts zu bieten. Und wie Michal so häufig demonstrierte, gab es eine ganze Reihe Frauen, die bereit waren, meine Rolle zu übernehmen, und das mit Freuden.

Doch obwohl ich das wusste, blieb ich. Ich konnte nicht weg. Llywelyn irrte sich. Dieses Haus gehörte meinen Eltern. Mein Vater hatte es gebaut, und meine Mutter hatte es mit ihrer Malerei verziert. Sie lagen hier begraben. Ich konnte sie nicht verlassen, und ich konnte Maus und Gockel nicht verlassen. Sie waren meine besten Freunde, und ich würde sie niemals der Grausamkeit meiner Brüder aussetzen, egal, wie oft ich von einem anderen Leben träumte – oder von gar keinem.

Ich schloss die Tür und ging zurück in die Küche, wo ich die Teller abräumte und Essensreste in einen Eimer warf. Ich würde sie später vergraben müssen, denn ich konnte nicht sicher sein, dass Hans das, was noch übrig war, nicht vergiftet hatte. Diesen Fehler hatte ich nur einmal begannen – die Reste den Vögeln und Wildtieren überlassen. Denn am nächsten Morgen hatte ich drei tote Wölfe vorgefunden.

Hans hatte bloß gelacht – und noch mehr hatte er gelacht, als ich sie hatte begraben müssen.

Nachdem ich die Teller abgespült hatte, ging ich nach oben, um Jackals Fußboden fertig zu säubern.

Auf Händen und Knien entfernte ich mit einem Messer Keramiksplitter aus den Ritzen der Holzdielen. Ich hegte den Verdacht, dass mein Bruder sie dort absichtlich hineingedrückt hatte, als ich nach unten gegangen war, um einen neuen Krug zu holen. Und mir war klar, würde er auch nur einen noch so winzigen Keramikrest entdecken, würde er als Vergeltung alles im Haus zerschlagen.

Also war ich sorgfältig, die Stückchen waren scharf und schnitten in meine Finger. Der Schmerz machte mir nicht so viel aus wie das Blut, denn es erinnerte mich an meinen Traum, und mein Traum erinnerte mich an den Fee, und der Fee erinnerte mich daran, dass ich einst verliebt gewesen war.

Töricht verliebt.

Und wenn ich an Liebe dachte, dachte ich an alles, was damit einherging und was ich nie erleben würde – Leidenschaft, Geborgenheit, Vertrauen. Ich hatte mich nach jemandem gesehnt, der mich aus Begehren berührte, und ich hatte es mir nur ein einziges Mal gewünscht. In der Folge dieses Wunsches hatte welche Magie auch immer, die schwer in der Luft hing, mich gezwungen, die einzige Hand abzuschlagen, die mir je Güte entgegengebracht hatte.

Als ich sicher war, dass keine einzige Keramikscherbe mehr übrig war, schrubbte ich auf allen vieren Jackals Fußboden, machte dann in den Zimmern von Michal und Hans weiter, danach die Treppe und das kleine Wohnzimmer, wo ich abrupt innehielt, weil der Boden mit etwas bedeckt war, das wie schwarzer Ruß aussah – Asche aus dem Kamin.

Noch einer von Hans' grausamen Scherzen.

Urplötzlich stieg Hitze in mir auf, und meine Finger krallten sich in meine Handflächen. Ich war das Gefühl gewohnt – diesen tiefen, alles verzehrenden Zorn –, doch diesmal flößte es mir Angst ein, weil ich es nicht niederkämpfen konnte. Stattdessen ließ ich meinen Zorn ausbrechen und nutzte ihn, als ich den mit Asche bedeckten Teppich nach draußen zerrte und über den modrigen Holzzaun hievte. Vom Boden hob ich ein Holzscheit auf und begann, damit auf den Teppich einzuschlagen.

Staubwolken vernebelten meine Sicht und brachten mich zum Husten. Meine Haut wetzte an der rauen Rinde, aber ich konnte nicht aufhören, und ich hörte auch nicht auf, bis der Zaun einkrachte.

Meine Brust schmerzte mit jedem keuchenden Atemzug, als ich rückwärts taumelte und den Holzscheit fallen ließ. Ich schrie, bis mein Zorn fort war und ich nicht mehr stehen konnte. Ich fiel auf die Knie, meine Kehle war wund, und Tränen brannten in meinen Augen. Die Wut, die mich angetrieben hatte, wurde zu Panik.

»Nein, nein, nein.«

Ich hievte mich hoch und zog den Teppich weg, der in den Dreck geflogen war. Er war ruiniert, ebenso wie der Zaun. Zwei Pfosten waren gebrochen, und die verrotteten Leisten dazwischen zerschmettert.

Wenn meine Brüder nach Hause kamen und sahen, dass der Zaun kaputt war, würde die Strafe heftig ausfallen – wahrscheinlich eine Tracht Prügel mit genau dem Holzscheit, mit dem ich ihn kaputtgemacht hatte.

Wie hatte ich nur so dumm sein können!

Ich spähte zum Verzauberten Wald und fragte mich, wie lange es dauerte, bis meine Brüder zurückkehrten. Konnte ich den

Zaun rechtzeitig reparieren? Mein Blick huschte zu dem Holzhaufen neben der Scheune. Oder konnte ich ihn tarnen?

Etwas Pelziges streifte meinen Knöchel.

»Du weißt nicht zufällig, wo ich etwas Holz finden kann, Maus?«

Sie blieb kurz stehen, schaute zu mir hoch und miaute, und dann lief sie weiter, zur Hausseite. Ich folgte ihr, als sie um die Ecke bog, und sah sie neben einem Haufen Holz sitzen, doch es war kein Holz für den Zaun. Es war das Anzündholz, das ich für den Kamin gesammelt hatte, und es lag unter dem Fenster meines ältesten Bruders.

Ich hatte geglaubt, ich sei bereits bis an die Grenze meiner Belastbarkeit getrieben worden, doch nun wusste ich es besser.

Dies war meine Grenze.

Aber es fühlte sich nicht so an, wie ich erwartet hatte. Es war nicht der Zorn, der mir noch vor wenigen Momenten den Verstand geraubt hatte. Dies war nicht einmal eine Emotion – sondern ihr Fehlen. Ich machte mir nicht länger Sorgen, was passieren würde, wenn meine Brüder zurückkehrten und den Zaun oder den Teppich zerstört vorfanden, denn keins von beiden spielte eine Rolle. Vor allem deshalb, weil ich nicht hier sein würde, damit sie mich bestrafen konnten.

Ich machte auf dem Absatz kehrt und stieg den abfallenden Hügel hinter unserer Hütte hinab. Weiter unten markierten zwei abgerundete Steine die Stelle, an der meine Eltern begraben lagen. Ich hetzte an ihnen vorbei, denn ich wusste, wenn ich stehenblieb, würde ich den Schuldgefühlen erliegen, die mich bisher immer zum Gehorsam gezwungen hatten.

Dann begab ich mich auf einen ausgetretenen und vertrauten Pfad, der in einen Wald führte, welcher nichts mit den unheilvollen Bäumen oder finsteren Kiefern des Verzauberten Waldes gemein hatte. Am Fuße des Hügels entsprang ein Bach, dem ich folgte, während er sich durch noch mehr sanfte Hügel schlängelte, alle bedeckt von verfaulendem Laub und Kiefernnadeln. Ich ging, bis meine Waden schmerzten und meine Füße wund waren. Ich konnte mein Ziel bereits ausmachen, denn der Himmel schien sich vor mir zu öffnen, und als ich den Rand der Klippe erreichte, war er wahrhaft endlos. Die Wolken hingen schwer und tief und warfen große Schatten über das felsige Tal unten. Dort befand sich mein Ziel, wo die Erde meinen Körper umfassen, mein Fleisch verschlingen und meine Knochen verzehren würde.

Es klang auf eigenartige Weise schön. Friedvoll sogar.

Ich wollte alles, nur nicht das, was hinter mir lag.

Sand und Steine rieselten über die Klippe, als ich mich ihr langsam näherte, bis meine Zehenspitzen über den Rand ragten. Benommenheit rauschte wie eine Welle in meinen Kopf, und meine Beine zitterten. Ich hätte die Augen schließen sollen, aber ich tat es nicht. Stattdessen breitete ich die Arme aus und ließ den kalten Wind über mich wehen, und als ich das tat, begann es zu schneien.

»Willst du dich umbringen?«

Die fremde Stimme, die da plötzlich ertönte, weckte meine Aufmerksamkeit. Ich drehte den Kopf und erblickte einen Mann, der ganz in der Nähe stand. Er sah gut aus, mit großen blauen Augen und dunklem Haar, aber er war beinahe zu schön. Seine Haut war unversehrt von Sonne oder Narben, und seine Lippen waren voll und rosig, nicht rissig und trocken. Er trug einen schweren Wollmantel, und obwohl der verbarg, was er darunter anhatte, nahm ich an, dass seine Ärmel von Goldfäden durchzogen waren. Er hielt einen Hut an seine Brust, in dessen Band eine lange rote Feder steckte.

Ich wandte den Blick ab und antwortete: »Ich habe mich noch nicht entschieden.«

»Es wäre eine Schande«, beteuerte er.

Ich glaubte zu spüren, dass er nähertrat.

»Du bist zu schön, um zu sterben.«

»Das zu sagen, ist töricht«, schnaubte ich. »Dem Tod ist Schönheit gleichgültig.«
Denn andernfalls hätte er nicht meine Mutter oder meinen Vater geholt.
Sondern meine Brüder.
»Keinem Mann ist Schönheit gleichgültig«, antwortete er.
»Ihr glaubt, der Tod ist ein Mann?«
»Glaubst du, eine Frau kann ein Leben nehmen?«, entgegnete er.
»Ja«, nickte ich und erwiderte seinen Blick. »Zuallermindest könnte ich mein eigenes nehmen.«
»Wieso habe ich das Gefühl, dass du das tun würdest, nur um zu beweisen, dass ich mich irre?«
»Ihr seid eitel, mein Herr«, klagte ich ihn an. »Hier geht es ganz und gar nicht um Euch. Wenn Ihr mich nun freundlicherweise meinem Tod überlassen wollt.«
»Nun da ich deine Absichten kenne, kann ich unmöglich gehen.«
»Warum nicht? Wollt Ihr zusehen?«
»Nein, ich hoffe, deine Meinung zu ändern.«
»Das werdet Ihr nicht«, widersprach ich. »Ich habe mich entschieden.«
»Wirklich?«
»Ja.«
»Wieso bist du dann noch nicht gesprungen?«
»Weil Ihr meine Konzentration gestört habt.«
»Dein Leben zu beenden, klingt nicht nach etwas, das Konzentration erfordert.«
»Dann habt Ihr es schon einmal versucht?«
»Tja, nein.«
»Woher wollt Ihr das dann wissen?«
»Durch Schlussfolgerung«, erwiderte er. »Schwere Dinge erfordern Konzentration. Von einer Klippe zu springen, ist nicht schwer.«

»Ich vermute, das kommt auf Eure Definition von schwer an. Der Boden ist recht hart.«

Der Mann lachte leise, und in seinen Augen lag ein Funkeln, das ich noch nie in den Augen eines anderen Menschen gesehen hatte, doch das lag wohl daran, dass dieser Mann nicht von der Sorge ums Überleben belastet war. Wahrscheinlich trug er in der Tasche einen Silberlöffel mit sich herum, und obwohl er ihn wahrscheinlich sein ganzes Leben lang benutzt hatte, hatte er ihm keine »Silberzunge« verliehen.

»Du bist ziemlich schlau«, sagte er.

»Zu schlau zum Sterben?«, fragte ich.

»Niemand ist zu schlau zum Sterben«, antwortete der Mann.

»Einmal mehr sprecht Ihr für den Tod«, warf ich ein. »Noch schlimmer, Ihr glaubt, er schätze Schönheit mehr als Genie.«

»Schönheit ist Genie«, erklärte der Mann. »Sicherlich beeinflusst sie dich.«

»Beeinflussen? Nein.« Ich schüttelte den Kopf. »Ich bin schon vielen schönen und furchtbaren Menschen begegnet.«

»Ich auch, vermute ich«, meinte er und zögerte dann kurz. »Was ist es dann also, was du schätzt?«

»Güte«, gab ich zurück.

Ich rechnete damit, dass der Lord mich auslachte, aber er tat es nicht, und als ich ihn ansah, hatte sich sein Blick verändert.

»War jemals jemand gütig zu dir?«

Ich wandte den Blick ab. Ich konnte sein Mitleid nicht ertragen.

»Vor langer Zeit.«

»War ich gütig zu dir?«

»Ich kenne Euch kaum«, wandte ich ein.

»Würdest du mir Zeit geben, um dir zu zeigen, dass ich gütig sein kann?«

»Wir werden uns über diesen Augenblick hinaus nicht wiedersehen«, sagte ich.

»Weil du beabsichtigst, zu sterben?«
»Ja«, nickte ich. »Doch auch nicht, wenn ich lebte.«
Er zögerte kurz und trat einen kleinen Schritt näher. Ich überlegte, was ich wohl tun würde, wenn er nach mir griff. Würde ich springen, um ihm zu trotzen, oder würde ich zulassen, dass er mich zu sich zog?
»Würdest du schlecht behandelt werden, wenn ich dich wiedersehen würde?«
Ich antwortete nicht.
»Was, wenn ich dich von hier fortbringen würde?«
Der Laut, der aus meinem Mund drang, überraschte mich – ein kehliges Lachen.
»Ich könnte nicht gehen, selbst wenn ich wollte.«
»Warum nicht?«
»Weil ...«, begann ich, doch als mir kein Grund einfiel, zögerte ich. »Eben weil.«
»Ich würde für deine Sicherheit sorgen«, versprach er.
»Dieses Wort kenne ich nicht einmal«, erwiderte ich. »Und ich kenne Euch nicht.«
Er hielt meinem Blick stand mit diesen schönen blauen Augen. Sie waren erstaunlich, und obwohl ich nie die Augen des Fee gesehen hatte, nach dem ich mich die letzten sieben Jahre lang gesehnt hatte, erinnerten sie mich daran, dass ich einst davon geträumt hatte, seinem Blick zu begegnen und zu entdecken, dass seine Augen den gleichen eisigen Farbton hatten.
Der Mann streckte die Hand aus.
Ich nahm sie nicht, aber er wartete.
Schließlich gab ich nach. Ich war überrascht, wie weich seine Finger waren, und fühlte sogleich Schamesröte in dem Bewusstsein, wie rau meine eigenen waren.
»Ich bin Prinz Henry vom Königreich Rook«, stellte er sich vor und drückte seine Lippen auf meine geröteten und geschwollenen Fingerknöchel. Dann sah er mir in die Augen und lächelte. »Jetzt sind wir keine Fremden mehr.«

»Euer Name macht uns nicht zu mehr als Bekannten«, entschied ich.

»Wenn jemand seinen Namen nennt, ist es üblicherweise höflich, auch seinen eigenen preiszugeben«, meinte er.

»Dann tut Ihr das wohl häufig«, schlussfolgerte ich.

»Fremden Mädchen im Wald begegnen, die ihrem Leben ein Ende setzen wollen? Nein«, entgegnete er. »Ich muss zugeben, dass mir dies zum ersten Mal passiert.«

Ich versuchte, nicht zu lächeln.

Ich *wollte* ihm kein Lächeln schenken.

»Samara«, sagte ich.

»Samara«, wiederholte er und grinste. »War das so schwer?«

»Furchtbar schwer«, antwortete ich.

»Samara«, sagte er wieder. »Lass mich dich von diesem schrecklichen Ort fortbringen.«

Ich schüttelte den Kopf. »Und meine Lage eintauschen gegen was? Etwas weitaus Schlimmeres? Niemals.«

»Ich glaube nicht, dass es schlimmer sein würde, meine Gemahlin zu werden.«

»Eure *Gemahlin*?«

»Heirate mich«, bat er.

»Ihr habt Wahnvorstellungen«, empörte ich mich.

»Keineswegs.«

»Ihr seid mir eben erst begegnet. Ich bin ein fremdes Mädchen im Wald, Ihr erinnert Euch?«

»Ja, und du bist sehr bezaubernd.«

»Habt Ihr Pilze gegessen?«

Er öffnete den Mund, zögerte aber. »Das ist nicht der Punkt. Der Punkt ist, dass ich dir gern ein besseres Leben bieten möchte.«

»Es gibt andere Wege als eine Heirat, um das zu tun.«

»Wenn du mich nicht heiraten willst, dann komm mit mir nach Rook. Ich kann dir ein besseres Leben verschaffen, und vielleicht, wenn etwas Zeit vergangen ist, bist du dann einverstanden, meine Frau zu werden.«

»Warum? Warum solltet Ihr mich retten wollen?«

»Weil es, trotz allem, was du glaubst, gütige Menschen auf der Welt gibt, Samara.«

Ich starrte den Mann an – diesen fremden Mann, der mich im Wald gefunden hatte.

»Ihr werdet meine Brüder fragen müssen«, sagte ich. »Das wird nicht einfach werden.«

»Gehe ich recht darin, dass das nicht daran liegt, weil sie dich so innig lieben?«

»Wäre das der Fall, hättet Ihr mich nicht mit so wenig Mühe überzeugt.«

»Das nennst du wenig Mühe?«, fragte er, doch seine Augen funkelten amüsiert. »Ich musste praktisch betteln.«

»Ich bin mir sicher, dass es schwer für Euch gewesen sein muss, ein Nein zu hören«, meinte ich. »Das erste Mal?«

Er lachte leise. »Leider nein«, gab er zurück und wurde dann etwas ernster. »Ich weiß, du musst eine schlechte Meinung von mir haben, angesichts meines Titels, aber ich habe die Absicht, dir zu zeigen, dass wir nicht alle so schrecklich sind.«

»Es sieht einem Prinzen ähnlich, davon auszugehen, dass er weiß, was ich denke«, sagte ich. Doch in meinen Worten lag wenig Widerspruch, denn der Prinz hatte recht – ich hatte keine hohe Meinung von ihm oder all jenen, die durch das Recht des Blutes regierten.

Henry lächelte. »Sei unbesorgt wegen deiner Brüder«, bekräftigte er und zog leicht an meiner Hand. »Ich werde ihnen ein Angebot machen, das sie nicht ausschlagen können.«

Ich ließ zu, dass er mich weg von der Klippe führte, den kahl werdenden Pfad hinab und in den Wald, wo ein wunderschönes Pferd wartete. Ich hatte noch nie eines mit solchem Fell und solcher Mähne gesehen – weiß mit schwarzen Flecken.

»Oh, der ist ja wunderschön«, rief ich aus.

»Vielen Dank«, antwortete Henry und nahm die Zügel. »Ihr Name ist River.«

»Oh.« Ich errötete. »Tut mir leid.«

»Keine Sorge. Sie nimmt das nicht persönlich«, winkte er ab.

»Komm, ich helfe dir hoch.«

»Ich brauche keine Hilfe«, lehnte ich ab.

Ich konnte reiten.

Ich stellte den linken Fuß in den Steigbügel und hielt mich am Sattelknauf fest, als ich den rechten Fuß hinüberschwang und mit Leichtigkeit in den Sattel sank. Als ich dem Blick des Prinzen begegnete, waren nun seine Wangen leicht gerötet.

»Du«, begann er und räusperte sich dann. »Du willst nicht im Damensitz reiten?«

»Nein. Warum sollte ich?«

Er rieb sich über den Hinterkopf, und die Röte hatte sich bis zu seinen Ohren ausgebreitet.

»Nun ja, du trägst ein Kleid«, erläuterte er. »Und Reiten im Herrensitz zeigt deine ... Beine.«

»Meine Beine?« Ich blickte hinab und stellte fest, dass mein Kleid bis an die Knie nach oben gerutscht war. Ich hatte es gar nicht bemerkt, weil ich daran gewöhnt war, aber plötzlich wurde mir klar, warum der Prinz so verlegen war.

»Habt Ihr denn schon einmal im Leben die Beine einer Frau gesehen?«, fragte ich.

»Nun, ja, aber ...«

»Aber meine machen Euch nervös?«

»Nicht nervös«, behauptete er.

»Dann erregen sie Euren Ärger?«

»Nein, natürlich nicht«, stammelte er. »Es sind sehr hübsche Beine. Du ... hast sehr hübsche Beine.«

Ich starrte ihn an und grinste.

»Vergiss, dass ich etwas gesagt habe«, brach er ab und setzte seinen Hut auf.

»Im Leben nicht«, schmunzelte ich, als er auf River aufstieg – doch meine Belustigung löste sich im Nu in Luft auf, als er hinter mir Platz nahm.

Noch nie zuvor war ich einem Mann so nahe gewesen, hatte noch nie einen anderen Körper so nahe an meinem gespürt. Er war warm, und als er an mir vorbei nach den Zügeln griff, war mir, als könne ich seine Kraft in den festen Muskeln seiner Brust und seiner Arme spüren. Es war das erste Mal, dass ich mich dabei ertappte, wie ich daran dachte, was sich wohl unter der Pracht seiner Kleidung befand.

Und plötzlich war ich diejenige, die errötete.

»Bereit?«, fragte er.

Ich erstarrte, als ich seinen Atem an meinem Ohr fühlte, und alles, was ich tun konnte, war, zu nicken, gedemütigt durch meine sündigen Gedanken.

Er lachte leise und zog an den Zügeln. Ich wagte es nicht, ihn zu fragen, was so lustig sei, weil ich wusste, wenn er dieses Mal meine Gedanken zu erraten versuchte, läge er schließlich richtig.

Ich wies dem Prinzen den Weg zur Hütte, gab ansonsten aber keinen Mucks von mir, denn ich war zu konzentriert auf jede Stelle meines Körpers, die ihn berührte. Es war ein eigenartiges Gefühl, einem Fremden so nahe zu sein. Verstohlen musterte ich seine Hände, die vor mir die Zügel festhielten. Sie waren … normal. Nicht übermäßig groß, aber anmutig. Seine Nägel waren kurz geschnitten und sauber, und er hatte weder Schnitte noch Narben.

Eine seltsame Enttäuschung machte sich in mir breit.

»Habt Ihr ein Schwert?«, wollte ich wissen.

»Warum? Planst du bereits mein Ableben?«, erkundigte er sich amüsiert.

»Ich habe mich nur gefragt, ob Ihr schon mal eins benutzt habt«, antwortete ich darauf.

»Wenn es erforderlich ist«, sagte er. »Warum?«

»Weil … Eure Hände so weich sind.«

»Du denkst, meine Hände sind weich?«

»Es ist kein Gedanke«, beteuerte ich. »Ich weiß es.«

Der Prinz schwieg einen Moment lang.

»Dir gelingt es auf unerklärliche Weise, dass ich mich sehr unsicher fühle«, meinte er.

»Es war nur eine Beobachtung«, erwiderte ich.

Er hob die Hand, und ich zuckte unwillkürlich zusammen. Daraufhin ließ er sie schnell wieder sinken.

»Ich werde dir nicht wehtun«, beruhigte er mich. Seine Stimme war sanft, doch ich glaubte ihm trotzdem nicht.

»Das sagt Ihr jetzt.«

»Ich werde es dir mit der Zeit beweisen«, versprach er.

Ein Teil von mir wollte hoffen, dass er ehrenhaft war und sein Wort halten würde, aber ich hatte mir schon einmal Hoffnungen gemacht, und das hatte nur zu Enttäuschung geführt.

»Vielleicht wollt Ihr das gar nicht mehr, wenn Ihr erst meine Brüder getroffen habt.«

Danach schwiegen wir, und ich stellte fest, dass ich mich sorgte, was meine Brüder wohl sagen würden, wenn sie nach Hause kamen und dort einen stattlichen Prinzen vorfanden, der um meine Hand anhielt. Ich war überzeugt, dass sie damit nicht rechnen würden, denn sie hielten es nicht für möglich, dass mich jemand je wollen könnte. Ich war mir ja selbst nicht einmal sicher, ob dies real war. Vielleicht war es wieder nur einer von Hans' grausamen Streichen.

Wieso sollte ein Prinz von Rook allein durch die Wälder in Gnat wandern? Je länger ich grübelte, umso misstrauischer wurde ich, und mein Körper reagierte entsprechend. Ich straffte den Rücken, beugte mich vor und versuchte, so viel Distanz zwischen mich und den Prinzen zu bringen, wie ich konnte. Allerdings ließ das Pferd nicht viel Distanz zu, und der Griff des Prinzen um meine Taille wurde nur noch fester.

»Hab keine Angst«, raunte er.

»Ich weiß nicht, wie«, antwortete ich.

»Du weißt nicht, wie?«, wiederholte er.

»Ich habe immer nur Angst gehabt«, erklärte ich.

Wieder sagte Henry nichts darauf, und ich war überzeugt, dass er nicht wusste, was er mit mir machen sollte. Als wir den Bach erreichten, führte der Prinz River am Ufer entlang, über jeden Hügel, vorbei an den Gräbern von Mutter und Vater, bis vor die Schwelle der verwitterten Hütte, wo meine drei Brüder warteten. Jeder von ihnen trug eine Waffe – Hans eine Axt, Michal einen Bogen und Jackal ein Schwert.

»Was hat das zu bedeuten?«, verlangte Michal zu wissen.

Der Prinz stieg ab und streckte dann die Hand nach mir aus. Ich ergriff sie nicht, sondern glitt stattdessen von Rivers Rücken und brachte Abstand zwischen ihn, mich selbst und meine Brüder.

»Gute Herren«, setzte er an, nahm seinen Hut mit Feder ab und hielt ihn an seine Brust. »Ich bin Prinz Henry aus dem Königreich Rook. Ich bin zufällig eurer Schwester im Wald begegnet und möchte sie gern zur Gemahlin nehmen. Was sagt ihr?«

Darauf folgte eine lange Pause, und Hans war der Erste, der zu lachen begann, gefolgt von Michal. Doch was mir am meisten Angst einjagte, war, dass Jackal noch nichts gesagt oder auch nur geblinzelt hatte.

»Du willst unsere Schwester heiraten?«, fragte Hans, immer noch lachend. »Du wärst besser dran, wenn du ein Schwein heiratest!«

»Aye«, stimmte Michal zu. »Und ein Schwein ist hübscher.«

»Ich bin mir sicher, dass wir nicht von derselben Frau sprechen«, entgegnete der Prinz in strengem Tonfall.

»Er ist verhext worden!«, rief Michal.

»Bezaubert, das versichere ich euch«, sagte der Prinz.

»Prinz«, meinte Hans. »Du hast den Blick auf die Feen geworfen, und sie haben dir verblendete Augen verpasst!«

»Ich habe keinen Blick auf eine Fee geworfen«, widersprach der Prinz. »Ich habe nur die Gewissheit, dass ich meine künftige Gemahlin getroffen habe, eure Schwester. Ich will noch einmal um ihre Hand anhalten.«

Auf die Worte des Prinzen folgte Stille.

Michal schüttelte ungläubig den Kopf. »Hörst du das, Jackal?« Erst als ich den Namen meines ältesten Bruders vernahm, sah ich auf und fing seinen kalten, starren Blick auf, bevor er seine Aufmerksamkeit auf den Prinzen richtete und den Kopf schief legte, um neugierig zu erscheinen.

»Sag mir, Prinz«, fragte Jackal. »Was erwartest du von einer Ehefrau?«

Der Prinz zögerte. »Ich nehme an, darüber habe ich noch nicht viel nachgedacht.«

»Wie kannst du meine Schwester zur Frau haben wollen, wenn du nicht einmal weißt, was du von ihr erwartest?«

»Weil ich sie sehen kann«, antwortete der Prinz.

»Also geht es um Sex«, meinte Michal. »Wenn das so ist – da drüben ist die Scheune.«

»Wollt ihr damit andeuten, dass ich ehrlos bin?«

»Nein, Prinz, aber du bist ein Mann«, sagte Michal.

»Ein Mann vielleicht schon, aber ich würde niemals eine Frau derart entehren, vor allem nicht eine, die ich zu heiraten beabsichtige. Also, ich will ein letztes Mal um euren Segen bitten. Gewährt mir die Hand Eurer Schwester, und ihr werdet großzügig dafür belohnt werden.«

Daraufhin herrschte erneut Schweigen.

»Großzügig, sagst du?«, fragte Jackal. »Was hast du denn zu bieten im Austausch für unsere liebe, liebe Schwester?«

»Ich werde euch drei Schätze aus der Schatzkammer meines Vaters bringen. Einen goldenen Ring, eine singende Lerche und eine verzauberte Rose.«

»Wozu bräuchten wir, drei hungernde Jäger, einen Ring, einen Vogel und eine Rose?«

»Dann gebe ich euch Gold und Silber«, bot Henry an. »Und alles andere, das ich genannt habe, geht an Eure Schwester.«

»Bring uns Gold und Silber«, sagte Jackal. »Dann kannst du unsere Schwester zur Frau nehmen.«

»Habe ich Euer Wort?«

»Du hast mein Wort«, bestätigte Jackal. »Wir erwarten deine Ankunft bei Sonnenaufgang – und keinen Augenblick später, oder unsere Vereinbarung ist nichtig.«

Der Prinz wandte sich zu mir um, und meine Augen wurden groß.

»Ich werde an nichts anderes denken als an dich, bis wir zur Morgendämmerung wieder vereint sind.«

Er linste noch mal zu meinen Brüdern, bevor er seinen Hut aufsetzte und aufs Pferd stieg. Seine Feder wippte, während er auf und davon ritt.

»Denkst du, er kommt wieder?«, fragte Hans.

Michal schnaubte. »Keine Chance. Er wird zurückkehren in sein goldenes Schloss auf seinem goldenen Hügel und vergessen, dass es sie je gegeben hat.«

Etwas, das ich nicht bezweifelte.

Jackal drängte sich an Michal und Hans vorbei und stürmte auf mich zu. Ich stolperte rückwärts und fiel zu Boden, als er sich vor mir aufbaute.

»Was glaubst du, was du da tust?«, knurrte er und ragte mit hasserfüllten Augen über mir auf.

»N-nichts«, stammelte ich. »Ich habe gar nichts getan!«

Er packte mich an den Haaren und zerrte mich auf die Füße, aber ich hatte mich so an das Gefühl gewöhnt, dass ich nicht einmal aufschrie. Ich folgte seinem Griff nur, als er mich wütend zu sich zog.

»Hast du ihn verführt?«, wollte er wissen.

»Nein! Das würde ich nie tun!«

Ich wusste ja nicht einmal, wie.

»Lügnerin!«, schimpfte er. »Du hast mit ihm geschlafen, oder nicht?«

»Nein, ich schwöre!«, rief ich. »Ich schwöre es bei den Gräbern unserer Eltern!«

Sein Griff wurde fester, und er beugte sich zu mir runter. Seine Augen waren so voller Hass, dass ich fühlen konnte, wie seine Hitze mich von innen heraus verbrannte.

»Sollte ich auch nur ahnen, dass du ein Baby im Bauch hast, schneide ich dich auf und reiße es heraus«, drohte er, und dann trat er mir so fest das Knie in den Bauch, dass ich eine Explosion aus Schmerz und Übelkeit zugleich empfand.

Er ließ mich los, und ich fiel zu Boden und rollte mich zusammen, während er mir erneut in den Bauch trat, bis Michal ihn am Arm packte und zurückriss.

»Hör auf, Jackal!«, brüllte er. »Was, wenn du sie umbringst, und der Prinz kehrt zurück?«

»Falls der Prinz zurückkommt, kann er ihre Leiche wegtragen«, zischte Jackal.

»Aye, das vielleicht schon, aber wird er dann zahlen?«, gab Michal zu bedenken. »Außerdem geht die Sonne bald unter, und ich bin am Verhungern. Wer kocht für uns, wenn sie tot ist?«

Ich war so damit beschäftigt, vor lauter Schmerzen nach Atem zu ringen, dass ich nicht wusste, ob Michals Worte meinen Bruder umgestimmt hatten. In gewisser Weise war es mir sogar egal. Sollte dies mein Ende sein, gäbe es wenigstens keine Schmerzen mehr.

»Steh auf!«, befahl Jackal unvermittelt, und ich öffnete mühsam die Augen und sah alle drei Brüder vor mir stehen.

Ich hielt mir den Bauch, als ich aufstand, und kämpfte gegen die Übelkeit an.

»Mach uns Essen, wasche den Teppich, repariere den Zaun und träume nicht einmal von Schlaf, bis du sicher bist, dass du fertig bist, oder ich lasse dich in glühenden Eisenschuhen tanzen, bis du tot bist.«

Jackal wandte sich ab und ging ins Haus. Michal warf mir einen seltsamen Blick zu – kein Mitleid, sondern Interesse. Er hatte nie die Möglichkeit in Betracht gezogen, dass ich ihnen Wohlstand einbringen könnte. Hans spuckte mir ins Gesicht, ehe er sich abwandte und manisch lachend ins Haus marschierte.

Als sie im Haus verschwunden waren, bückte ich mich und übergab mich auf meine Füße.

KAPITEL DREI
DER FUCHS UND DIE FEE

Samara

Mir war den ganzen Abend und die ganz Nacht lang übel. Mein Magen fühlte sich schwer an, und der Schmerz ging nicht weg. Die ganze Zeit über, während ich meine Brüder verpflegte, den Teppich säuberte und den Zaun reparierte, fragte ich mich, ob ich am Morgen wohl noch am Leben sein würde. Trotz der Schmerzen stahl sich bei dem Gedanken, dass meine Brüder dann ihre Bezahlung aus Gold und Silber verlieren würden, ein schadenfreudiges Lächeln auf mein Gesicht. Fühlte es sich etwa so an, Macht zu haben? Wie gering auch immer sie sein mochte?

Als ich mit dem Zaun fertig war, war es dunkel und ich bis auf die Knochen durchgefroren. Ich blickte auf zum Himmel und wusste, dass ich nichts als dunkle Leere sehen würde. Der Geruch von Schnee hing schwer in der Luft, frisch und kristallen. Ich sog sie tief ein und füllte meine Lungen damit. Die Kälte tat gut, auch wenn ich ihre Schärfe bis in die Eingeweide spürte. Kleine, weiße Wölkchen bildeten sich vor meinem Mund, als ich ausatmete. Ich schaute zur Scheune, wo Gockel und Maus wahrscheinlich schliefen, und überlegte kurz, meine letzte Nacht zu Hause bei ihnen zu verbringen. Doch stattdessen nahm ich meine Laterne, zog meinen Mantel eng um mich und lief nach Daft Moor.

Die Nacht war von Stille erfüllt, als ich den vertrauten gewundenen Pfad zum Sumpf einschlug. Einst hatte ich so viel Trost in diesem kurzen Spaziergang gefunden. Nun fühlte ich nur Kummer, aber es schien mir wichtig, Lebewohl zu sagen, ob ich nun starb oder morgen mit dem Prinzen von hier fortging.

Als ich näher kam, begann mein Herz zu rasen, und ein dicker Kloß kroch meine Kehle hinauf. Die Emotionen erschütterten mich, waren sie doch noch immer so frisch und gewaltig wie vor sieben Jahren. Ich wusste, dass die Gefühle mit dem Tod im Keim erstickt würden, aber würden sie das auch durch genügend Abstand? Zeit hatte gewiss nicht geholfen.

Der Pfad fiel ab in ein Tal mit großen Felsen zu beiden Seiten, bedeckt von braun werdendem Moos. Hier war ich zum ersten Mal dem Fee begegnet, der mir seine Hand und das Messer angeboten hatte, das mein Leben verändert hatte. Am Rand des Moors, wo mir der reiche Duft dunkler Erde in die Nase stieg, zögerte ich. Er barg so viele Erinnerungen, schrecklich und aufregend zugleich. Ich hatte nicht den blassesten Schimmer, warum ich so empfand. Dieser Ort war eine Quelle des Elends gewesen, und doch machte es mich traurig, ihm den Rücken zu kehren. Es gab Dinge hier, die ich immer noch liebte – das Haus, das mein Vater gebaut hatte, ihre Körper in den Gräbern, die Tiere, wilde wie zahme, sogar der Fee, der mir das Messer gereicht hatte. So albern es war – aber nun war es Zeit, das alles loszulassen. Es waren Ankerpunkte zu einer Vergangenheit, die mich einen Atemzug von der Oberfläche entfernt hielt, sodass ich unter der Last von Dingen ertrank, die nichts als Träume waren.

»Ich hatte noch nie solche Hoffnung gespürt wie an dem Tag, als du mir zu Hilfe gekommen bist, bis heute«, sagte ich. »Jetzt kann ich dich endlich vergessen.«

Die Lüge schmeckte bitter in meinem Mund, aber wenn ich es nur laut genug aussprach, würde es vielleicht wahr. Ich nahm einen letzten kalten, wohltuenden Atemzug und wandte mich zum Gehen – als ich mich plötzlich zwei glühenden Augen gegenübersah. Ich schnappte nach Luft, wich einen Schritt zurück, stolperte dabei über einen Felsblock und fiel hin.

Die Kreatur blinzelte zweimal und glitt dann aus ihrem Versteck zwischen zwei großen Steinen – denselben Steinen, von denen aus der Fee mir das Messer gegeben hatte. Es war ein Fuchs, ein wunderschöner Fuchs mit orangem Fell und weiß-schwarzen Pfoten. Er schüttelte den Kopf, und seine großen Ohren wedelten hin und her, bevor er sich setzte, seinen buschigen Schwanz um die Pfoten legte und mich anstarrte.

»Ich wollte dich nicht erschrecken«, sagte er.

Nun war es an mir, zu blinzeln. »Hast du gerade …«

»Gesprochen?«, fragte er. »Ja.«

Ich drückte die Handflächen an mein Gesicht. »Ich muss tot sein.«

Die Knopfaugen des Fuchses wurden schmal.

»Noch nicht, aber du wirst es bald sein. Lass mich deine Hand lecken, dann wirst du geheilt.«

Ich zögerte.

»Vertrau mir, *wild one*. Ich bin hier, um zu helfen.«

»Warum?«, fragte ich.

»Ich muss«, antwortete er, erklärte das aber nicht näher.

Ich hielt ihm meine Hand hin und fühlte das raue Streichen seiner Zunge über meine Haut, einmal, zweimal dreimal, bis der Schmerz in meinem Bauch unvermittelt nachließ. Ich zog die Hand zurück und untersuchte die Stelle, die der Fuchs berührt hatte, doch da war nichts. Dann drückte ich mir die Hand auf den Bauch: kein stechender Schmerz mehr.

»Du hast mich geheilt«, staunte ich nicht schlecht.

»Ich würde niemals lügen«, sagte der Fuchs.

»Würdest du nicht oder könntest du nicht?«, wollte ich wissen. Der Fuchs legte den Kopf schief, als verstünde er die Frage nicht, also ließ ich die Katze aus dem Sack: »Bist du ein Feenwesen?«

Feen konnten nicht lügen – sie hatten keine Wahl.

Der Fuchs sträubte seinen Schwanz, als würde ihm diese Frage nicht gefallen.

»Ich bin ein Fuchs«, erwiderte er.

»Ich bin noch nie einem Fuchs begegnet, der sprechen kann.«

»Ich bin ein Fuchs, der sprechen kann.«

Wir schwiegen beide und beäugten uns, und dann ließ mich eine Woge aus Schuldgefühl erröten.

»Es tut mir leid«, entschuldigte ich mich. »Danke, dass du mich geheilt hast.«

»Danke mir nicht«, entgegnete er. »Tu, was ich sage.«

Ich runzelte die Stirn, als ich seine Worte hörte, doch er fuhr schnell fort.

»Morgen wird der Prinz kommen, um dich fortzuführen in sein Königreich, aber Räuber werden eure Kutsche überfallen. Du darfst dich nicht rühren, noch einen Laut von dir geben, sonst werden sie dich zuerst töten. Warte ab, dann wirst du gerettet werden.«

»Woher weißt du das?«

»Ich bin ein Fuchs«, antwortete er.

»Das erklärt kaum irgendetwas.«

»Es erklärt alles«, widersprach er.

»Wenn das wahr ist …«

»Ich würde niemals lügen«, erinnerte mich der Fuchs.

»Dann sollte ich vielleicht gar nicht gehen.«

»Du musst«, gab der Fuchs zurück. »Das ist bereits entschieden.«

Ich wusste nicht, was ich sagen sollte. Der Fuchs erhob sich.

»Vergiss nicht, was ich gesagt habe, sonst bist du morgen tot.«

Dann drehte er sich um und verschwand mit wippendem Schwanz in der Dunkelheit zwischen den Steinen. Ich stand wie angewurzelt da, starrte ihm nach und fragte mich, welche Welt ich wohl finden mochte, wenn ich ihm folgte.

Etwas Kaltes berührte meinen Arm. Als ich hinsah, bemerkte ich den Schnee, der auf meiner Haut schmolz. Ich hob die Laterne, Eiskristalle rieselten über das Moor. Das Geräusch war klirrend und wunderschön wie das Lachen der Feen. Es weckte in mir den Wunsch, hierzubleiben, und so blieb ich, bis die Erde mit einer dünnen Schicht Weiß bedeckt war. Vielleicht wäre ich für immer dortgeblieben, unter dem Zauber dieser Magie, bis mir das Blut in den Adern gefror, aber eine Stimme in meinem Hinterkopf war lauter.

»*Komm weg hier, Samara*«, sagte sie. »*Hier gibt es nichts für dich als den Tod.*«

Ich wusste nicht, was da sprach, ob es mein Bewusstsein war oder die Stimme, die in meinen Träumen nach mir rief, aber sie zog mich fort vom Moor und nach Hause.

Die Hütte lag still und dunkel vor mir. Lediglich hinterm Küchenfenster war das flackernde Licht des Kaminfeuers auszumachen, warm und einladend. Jemand, der vorbeikam, würde sie für eine idyllische Zuflucht vor der Kälte halten, doch es war schon lange her, dass ich mich unter ihrem Dach sicher gefühlt hatte. Statt hinein und ins Bett zu gehen, schlich ich zur Scheune, schob die Tür auf und schloss sie schnell hinter mir.

Als ich mich umdrehte, sah ich Gockel auf einem Bett aus Heu ruhen. Maus lag zusammengerollt neben ihm und schlief tief und fest. Gockel hob den Kopf und gab einen leisen kehligen Laut von sich, als ich näher kam.

Ich lächelte und stellte die Laterne etwas vom Heu entfernt ab.

»Hallo Liebling«, begrüßte ich ihn und hielt ihm die Hand hin, an der er schnupperte, bevor ich über die Stelle zwischen seinen Augen streichelte, die ihm sogleich zufielen. »Schön, dich zu sehen. Wie war dein Tag?«

Er öffnete die Augen wieder und schnaubte dann, als wolle er sagen, *was denkst du wohl?*

»Ich weiß«, sagte ich. »Mit meinen Brüdern ist nicht gut Kirschen essen.«

Gockel stieß heftig den Atem aus.

»Eines Tages bringe ich dich von ihnen weg«, versprach ich und zog mich zurück. Ich setzte mich neben Maus und nahm sie auf den Schoß. Sie wachte kurz auf, miaute gähnend und rollte sich dann wieder zu einem Ball zusammen, um weiterzuschlafen, während ich mich mit dem Rücken an Gockels Flanke lehnte.

Ein Gefühl lang ersehnter Geborgenheit breitete sich in mir aus, gepaart mit den Schuldgefühlen, die in mir wuchsen, ob der Aussicht auf den bevorstehenden Tag. Im Morgengrauen würde der Prinz wiederkehren, und ich würde Gockel und Maus hier zurücklassen. Mir drehte sich der Magen um. Ich hätte mehr von dem Prinzen erbitten sollen, aber diese Entscheidung hätte sich wahrscheinlich als verhängnisvoll für meine zwei Freunde erwiesen. Ich zweifelte nicht daran, dass meine Brüder fähig waren, die beiden Geschöpfe, die ich am meisten auf der Welt liebte, zu töten, als Vergeltung für meine neu gefundene Freiheit.

Es wäre sicherer, sie irgendwann holen zu kommen, nachdem ich gegangen war – falls ich überhaupt ging.

Ein Teil von mir zweifelte immer noch an Henrys Rückkehr.

»Gockel, ich muss dir etwas beichten«, sagte ich. »Ein Prinz hat um meine Hand angehalten. Er versprach, schon bald wiederzukommen, um mich zu holen, gleich bei Sonnenaufgang. Ich will dich nicht verlassen …«

Gockel unterbrach mich mit einem tiefen Laut aus seiner Kehle und warf den Kopf nach hinten.

»Ich weiß, dass es eine Chance auf ein anderes Leben ist«, erwiderte ich. Ich wollte nicht sagen, ein *besseres* Leben, denn das konnte ich ja nicht mit Sicherheit wissen. »Aber ich werde es mir nie verzeihen, wenn sie dir wehtun, während ich fort bin.«

Gockels Wiehern war leise und tief, als wolle er sagen, *mach dir um mich keine Sorgen*. Aber das würde ich, bis ich ihn wiedersah. Ich konnte das Gefühl nicht abschütteln, dass ich die beiden der Grausamkeit meiner Brüder auslieferte.

»Ich werde den Prinzen darum bitten, euch holen zu lassen, sobald ich kann«, beteuerte ich.

Er schnupperte an meinem Haar, und meine Lider wurden schwer, umgeben von der Wärme der beiden. Schließlich fiel ich in einen tiefen Schlaf, ungehindert von der eindringlichen Stimme, die mich die letzten sieben Jahre lang in den Schlaf gelullt hatte.

Maus weckte mich, als sie den Kopf an meiner Hand rieb und laut schnurrte.

»Was ist?«, fragte ich, noch halb im Schlaf.

Gockel wieherte tief, und mir blieb nichts anderes übrig als aufzustehen, als er sich herumrollte und aufstand. Ich rieb mir die Augen und erkannte, warum sie so alarmiert waren – jemand war auf dem Weg hierher. Ich konnte das rhythmische Klappern von Hufen hören, und plötzlich hämmerte mein Herz. Ich ging zur Tür und schob sie auf. Es war noch dunkel, nur am Horizont brannte ein schwaches, oranges Licht. Es reichte weit genug, um sich glitzernd in einer näher kommenden goldenen Kutsche zu spiegeln, die von vier schwarzen Pferden gezogen wurde.

Mein Prinz war zurückgekehrt.

Ich sah zu, wie der Kutscher einen weiten Kreis fuhr und vor meiner kleinen verfallenden Hütte anhielt, die nun von frischem Schnee bedeckt war. Zwei Diener stiegen hinten ab, beide gekleidet in hoheitsvoll geschneiderte Mäntel in der Farbe von Mitternacht und verbrämt mit glänzendem Gold. Einer öffnete die Tür, während der andere eine Treppe aus vergoldeten Stufen herabzog. Und dann erschien der Prinz, noch viel feiner gekleidet als am Tag zuvor. Sein Surcot glitzerte, als die Morgensonne über den Hof schien, und sein Mantel war mit Pelz gesäumt, so weiß wie der Schnee auf der Erde. Seine Augen leuchteten auf, als er mich entdeckte, und er nahm meine Hand.

»Samara«, grüßte er und drückte die Lippen auf meine Fingerknöchel.

Ich konnte nicht anders: Meine Mundwinkel hoben sich.

»Prinz«, hauchte ich.

Seine Finger schlossen sich fester um meine, doch da lenkte ein zischender Laut unsere Aufmerksamkeit voneinander zur Tür der Hütte, wo meine drei Brüder lauerten.

»Wir hatten eine Abmachung, Prinz«, knurrte Jackal. Henry ließ meine Hand los und trat vor mich, als wolle er mich vor ihren Blicken abschirmen.

»Und ich habe sie eingehalten«, sagte er.

Im nächsten Moment umrundeten die Diener die Kutsche. Sie trugen eine riesige Truhe, die sie auf halbem Weg zwischen uns und meinen Brüdern abstellten und dann öffneten, um einen gigantischen Haufen aus Gold und Silber zu präsentieren. Michals und Hans' Augen funkelten voller Gier, doch Jackal schien ungerührt von seinem neuen Reichtum, als sein hasserfüllter Blick sich in meinen bohrte.

»Nun?«, fragte Henry auffordernd.

Endlich richtete Jackal seine Aufmerksamkeit auf den Prinzen. »Ich erwarte, dass du uns in deinem Schloss willkommen heißt. Ich würde unsere liebe Schwester sehr gern besuchen.«

»Natürlich«, antwortete der Prinz, wenn auch angespannt. »Ihr werdet Ehrengäste bei unserer Hochzeit sein.«

Einen Moment lang sprach niemand, und dann trat der Prinz einen Schritt zurück, sodass er nun neben mir stand.

Nicht einmal er traute meinen Brüdern so weit, dass er ihnen den Rücken zuwandte.

»Verabschiede dich, meine Liebste«, forderte Henry mich auf. »Wir sind spät dran.«

Ich rührte mich nicht, sondern starrte nur meine Brüder an, die mein ganzes Leben bis zu diesem Augenblick zu einem einzigen Elend gemacht hatten.

»Lebt wohl«, sagte ich und drehte mich zu Gockel und Maus um, die von der Türöffnung der Scheune zu uns herüberspähten, und ging zu ihnen. Ich hob Maus hoch und drückte sie an mich, während ich Gockel umarmte und ihnen beiden zuflüsterte: »Ich komme bald, um euch zu holen.«

»Liebste«, rief der Prinz.

Hinter meinen Augen baute sich ein wohl bekannter Druck auf, aber ich weigerte mich, zu weinen.

Ich wandte mich zu dem Prinzen um, der an der Kutschentür auf mich wartete, und stolzierte tapfer auf ihn zu.

»Hab keine Angst«, raunte er, nachdem ich ihn erreicht hatte. »Deine Qual endet heute.« Er nahm meine Hand und half mir in die Kutsche, und als ich in den Sitz sank, war ich umgeben von rotem, weichem Samt. Noch nie hatte ich so teuren Stoff gesehen oder etwas so Weiches gefühlt. Ich klemmte die Hände zwischen meine Beine, um nicht alles um mich herum anzufassen.

Der Prinz setzte sich mir gegenüber. Er war so groß, dass unsere Knie sich berührten.

»Sag mir nun, bevor wir abfahren: Haben deine Brüder dir in der Nacht ein Leid angetan?«

Ich hielt dem Blick seiner hübschen blauen Augen stand und antwortete: »Nein, mein Lord.«

Die Lüge fiel mir leicht, weil ich sie schon so oft ausgesprochen hatte.

Der Prinz musterte mich, und ich wusste, dass er mir nicht glaubte, aber er widersprach auch nicht. Er klopfte an die Decke, und ich wurde durchgerüttelt, als die Kutsche anfuhr. Ich linste durch die großen Fenster hinaus und betrachtete meine Brüder, als wir an ihnen vorbeifuhren. Mein Blick begegnete lange genug dem von Jackal, dass dessen Kälte mir das Blut in den Adern gefrieren ließ. Hätte er mich nun töten können, hätte er es getan.

Ich drehte den Kopf weg, schaute aus dem anderen Fenster zu Gockel und Maus, die unsere Abfahrt beobachteten, und drückte meine Hand an die Fensterscheibe.

»Ich kann nach deinen Tieren schicken lassen«, sagte der Prinz.

Ich sah ihm in die Augen.

»Meine Brüder werden einen Tauschhandel fordern.«

»Natürlich«, nickte der Prinz. »Ich werde den Tausch morgen vornehmen. Drei gute Hengste und sieben wilde Katzen für deine eine. Würde dir das gefallen?«

Ich lächelte bei dem Gedanken, dass der Prinz sieben wilde Katzen auf meine Brüder loslassen würde.

»Das bin ich noch nie zuvor gefragt worden«, sagte ich.

Der Prinz grinste. »Ich werde es häufig fragen.«

In meiner Brust breitete sich Wärme aus, die mir die Kehle hoch bis in die Wangen stieg. Ich ließ den Blick auf meine Hände sinken, die noch immer verschränkt zwischen meinen Beinen lagen.

»Nun?«, fragte der Prinz, und ich guckte ihn an. »Du hast noch nicht geantwortet. Würde dir das gefallen?«

Ich schwieg einen Moment lang und flüsterte dann: »Ja.«

Daraufhin grinste er und schien zufrieden.

Stille trat ein, während die Kutsche über den gewundenen, von Schnee bedeckten Pfad holperte. Ich hielt den Blick nach draußen fixiert, auf die unheildrohende Baumlinie des Verzauberten Waldes, neben dem wir gerade herfuhren. Ich fragte mich, wie lange wir in seinem Schatten bleiben würden.

»Du siehst beunruhigt aus«, unterbrach der Prinz unser Schweigen.

»Ich denke nur gerade an den Wald«, gab ich zurück. »Kommen die Feen auch bis nach Rook?«

»Kein Dorf ist sicher vor den Geschöpfen, die im Verzauberten Wald leben«, antwortete er. Seine Augen verdunkelten sich, als er sprach, und sein Mund spannte sich an. »Ihre Magie ist stark, und ihre Präsenz ist eine Plage.«

»Du bist wütend«, stellte ich fest. Ich konnte den Anflug von Furcht, der mir über den Rücken lief, nicht verhindern.

»Nicht deinetwegen«, sagte er schnell. »Oh meine Liebe, nicht deinetwegen. Mein Königreich war lange im Krieg mit dem Wald, denn weißt du, meine Schwester wurde von den Feen entführt, und an ihrer Stelle ließen sie ein schreckliches Kind zurück. Ein Wechselbalg, so grausam, dass sie in ihrem Zimmer eingesperrt wurde, bis die wahre Prinzessin gefunden werden kann.«

»Wie furchtbar«, erschauerte ich. »Das tut mir leid.«

Der Prinz schenkte mir ein kleines Lächeln.

»Hör auf, dich zu entschuldigen für Dinge, die du nicht getan hast.«

Ich wollte den Mund öffnen, doch das Einzige, was mir auf der Zunge lag, war eine Entschuldigung, also beschloss ich, das Thema zu wechseln.

»Was wird passieren, wenn wir im Schloss ankommen?«

»Du wirst in deine Gemächer gebracht, wo deine Zofen dich baden und ankleiden, und dann mache ich dich mit meinen Eltern bekannt, und wir werden mit dem Hof tafeln, um unsere Verlobung zu feiern«, verkündete er. »Und morgen heiraten wir.«

Schockiert von seinen Worten setzte ich mich gerader hin.

»Du sagtest, wir könnten mit der Heirat warten, bis ich bereit dafür bin.«

»Meine Liebste, es ist wohl kaum angebracht, dich erst von deiner Familie wegzuholen und dich dann nicht schnellstmöglich zu heiraten. Außerdem kann ich dich auch nicht unverheiratet im Schloss zurücklassen, während ich fort bin.«

»Fort?«, wiederholte ich, und erneut wallte Überraschung tief in meinem Bauch auf.

»Natürlich bereitet es mir keine Freude, dich so bald nach der Hochzeit zu verlassen«, beteuerte er. »Wenn ich es aufschieben könnte, würde ich das tun, doch du musst verstehen, als ich dir gestern zufällig im Wald beggegnete, war ich auf der Suche nach meinem Bruder.«

»Du hast auch einen Bruder?«

»Ich habe zwei«, warf er ein. »Aber einer ging auf die Suche nach einem Baum mit goldenen Äpfeln, irgendwo im Verzauberten Wald, und ist nicht zurückgekehrt.«

Einige Sekunden lang saß ich schweigend da, und meine Emotionen stritten miteinander. Ich wusste nicht, was ich von der Information halten sollte, die der Prinz mir gerade mitzuteilen beschlossen hatte. Ich wusste nicht, wie ich mich dabei fühlen sollte, ihn so bald zu heiraten und dann allein zurückzubleiben. Was, wenn seine Eltern nicht so gütig wie er waren?

»Warum hat dein Bruder sich auf die Suche nach einem goldenen Apfel gemacht?«

»Er wünschte, seine Liebste zu heiraten«, erklärte er. »Aber ihr Vater, der König von Holle, hat im Austausch für ihre Hand einen goldenen Apfel gefordert. Natürlich war mein mutiger Bruder mehr als bereitwillig.«

»Wenn dein Bruder nicht zurückgekehrt ist, wirst du es dann tun?«, fragte ich.

Er senkte das Kinn, beugte sich vor und raunte mit leiser Stimme: »Das werde ich, solange ich weiß, dass du auf mich wartest.«

Seine Worte taten mir im Herzen weh, und ich schluckte schwer, während sich eine seltsame Anspannung zwischen uns senkte. Ich wollte den Blick abwenden, um die Fassung wiederzugewinnen, aber ich konnte nicht.

»Samara.« Er sagte meinen Namen, warm und atemlos. Dann fiel sein Blick auf meine Lippen, und ich war wie verzaubert, als ich darauf wartete, dass er mich küsste – doch da kam die Kutsche hart zum Stehen, und ich wurde vorwärts geschleudert, in seine Arme.

Außerhalb der Kutsche war ein dumpfer Schlag zu hören, ein Schrei und dann ein lauter Ruf.

»Lauft, Euer Hoheit!«

Ich fühlte einen überwältigen Ansturm von Furcht. Er kam plötzlich und heiß und ließ mein Herz rasen. Ich löste mich von dem Prinzen und beegnete seinem Blick. Er wirkte nicht angstvoll, sondern wütend, und seine Lippen waren zu einem schmalen Strich zusammengepresst. Plötzlich fiel mir die Warnung des Fuchses von gestern Nacht wieder ein.

Morgen wird eure Kutsche von Räubern überfallen werden. Du darfst dich nicht rühren, noch einen Laut von dir geben, oder sie werden dich töten. Warte ab, und du wirst gerettet werden.

Die Erinnerung war verblasst, als wäre sie nur ein Traum gewesen, aber hier und jetzt geschah es nun wirklich.

Ich machte den Mund auf, um dem Prinzen zu erzählen, was der Fuchs mir eingebläut hatte, aber bevor ich etwas sagen konnte, flog die Kutschentür auf, und der Prinz rief: »Nehmt, was ihr wollt, aber verschont ...«

Dann wurde ihm das Wort abgeschnitten, und ich spürte feuchte Spritzer auf mir. Ich blinzelte, meine Sicht war verschwommen, und wischte mir über die Augen, nur um rote Flecken an meinen Fingern zu erkennen.

Blut.

Ich blickte auf und sah, dass der Prinz tot war. In seiner Augenhöhle steckte ein Pfeil, und er fiel schlaff rücklings auf den Sitz.

Mein Mund öffnete sich in lautlosem Schrecken, als Panik mich überwältigte.

Ich wollte schreien, als Angst mein Herz packte, aber ich konnte nur an die Worte des Fuchses denken, also blieb ich still und reglos, selbst als der Räuber mich an den Füßen aus der Kutsche zog und ich mit dem Kopf hart auf dem Erdboden aufschlug.

Ich biss mir auf die Zunge, als Schmerz hinter meinen Augen explodierte, doch noch immer rührte ich mich nicht, auch dann nicht, als der Räuber sich rittlings auf mich setzte. Ich rechnete damit, dass er etwas Furchtbares tun würde, aber er runzelte nur die Stirn, als er auf mich herabstarrte. Er war ein grausig aussehender Mann, groß mit dunklem, strähnigem Haar und wildem, ungepflegtem Bart.

»Was ist, Peter?«, rief eine Stimme.

»Arthur!«, rief Peter zurück. »Das Mädchen da, die ist so still und reglos wie eine Statue!«

»Vielleicht ist sie ja tot«, meinte eine andere Stimme.

Peter beäugte mich argwöhnisch. »Ich weiß nicht, Puck. Ihre Augen sind offen.«

»Leute sterben mit offenen Augen!«, argumentierte er.

Peter legte sein Ohr auf meine Brust. Sein säuerlicher Geruch und die Tatsache, dass er mich an dieser Stelle berührte, widerten mich an. Alles in mir verlangte unbedingt danach, ihn von mir zu stoßen, doch ich blieb reglos, als seien die Worte des Fuchses magisch und hätten meine Glieder erstarren lassen.

Nach einigen Sekunden richtete Peter sich auf. »Nein, ihr Herz schlägt!«

»Vielleicht ist sie stumm!«, mutmaßte Arthur.

»Bist du stumm?«, fragte Peter.

Ich rührte mich nicht, nicht einmal, um den Kopf zu schütteln.

»Sie antwortet nicht!«, rief Peter über die Schulter.

»Vielleicht kann sie dich nicht hören«, rief Puck.

Peter blickte auf mich herab und brüllte dann: »Kannst du mich hören?«

Ich starrte ihn nur an.

»Du Idiot!«, sagte Arthur. Als er diesmal sprach, klang er näher. »Wenn sie nicht hören kann, wird sie dich auch nicht verstehen!«

»Woher willst du das wissen?«, zeterte Peter. »Vielleicht kann sie Lippen lesen.«

Einige Sekunden später kam der Mann, den ich für Arthur hielt, in Sicht. Er war ebenso abstoßend, aber sein Haar war kürzer, und er hatte einen Schnurrbart, der so lang war, dass er sich in seinen Mund ringelte. Dann stieß noch einer dazu. Das musste Puck sein, der dritte Räuber. Sein Haar war rot und stand in alle Richtungen ab, und sein Kinn war zwar glatt rasiert, aber ich vermutete, das lag bloß daran, dass er keinen Bartwuchs hatte.

»Wo ist sie denn hergekommen?«, fragte Puck.

»Ich habe sie aus der Kutsche gezogen«, erklärte Peter.

»Sie war bei dem Prinzen?«, fragte Arthur, als glaube er nicht, dass das wahr sein könne.

»Ja, habe ich doch *gerade* gesagt«, maulte Peter.

»Sie sieht nicht wie jemand vom Königshaus aus«, meinte Arthur und musterte prüfend meine Kleider.

»Vielleicht ist sie seine Hure«, warf Puck ein.

»Sie sieht nicht aus, als hätte sie Angst«, stellte Peter fest.

»Das sagt nichts darüber aus, ob sie eine Hure ist oder nicht«, entgegnete Puck.

»Nein, aber es gefällt mir nicht«, knurrte Peter.

»Mir auch nicht«, stimmte Arthur zu.

Dann erschauderten alle drei sichtbar.

»Hast du das gespürt?«, fragte Arthur.

»Ja«, nickte Puck. »Was war das?«

»Ich glaube, es war … ein … Schaudern?«, wisperte Peter.

»Ein Schaudern?«, Arthurs Frage.

»Bestimmt nicht!«, erwiderte Puck.

»Wir würden doch niemals so ein schwächliches Ding fürchten – und noch dazu eine Frau!«, erklärte Peter. »Das ist unmöglich!«

»Aber nur, um sicherzugehen«, meinte Arthur.

»Wir sollten sie töten«, sagten die drei wie aus einem Mund, und dann blickten sie auf mich herab.

In den Sekunden, die darauf folgten, war ein seltsames Geräusch zu hören, das ich nicht einordnen konnte. Ich dachte, es sei vielleicht einer der Räuber, der seine Waffe zog. Doch dann sah ich, dass Blut den Kragen von Peters Hemd tränkte, und dann rutschte sein Kopf langsam vom Hals und fiel zu Boden, wo er mehrmals aufhüpfte. Sein Körper folgte und offenbarte eine hoch aufragende Gestalt mit Haar, so schwarz wie Mitternacht. Seine Brauen waren über schattigen Augen gerunzelt und seine hohen Wangenknochen von Zorn gezeichnet. Er trug feine Kleidung, noch feiner als die des Prinzen von Rook, aber ich konnte mich nur auf das lange Schwert konzentrieren, das er schwang und von dem das Blut des Räubers tropfte. Er war ein Fee, und er war wunderschön.

Ich brauchte ein paar Schrecksekunden lang, bis sein Blick auf mich fiel, aus stürmischen Augen in einem erstaunlichen Lila, um meine Fassung zurückzuerlangen. Hastig rappelte ich mich auf. Als ich mich umdrehte und losrannte, jagten die beiden Räuber kreischend an mir vorbei.

Arthur stürzte am Rande des Waldes zu Boden, einen Dolch im Rücken. Der andere schaffte es ins dichte Dickicht, und ich folgte ihm.

Ich rannte so schnell, dass es sich anfühlte, als würden meine Knochen zersplittern. Das Einzige, das ich hören konnte, war das Rascheln von Pflanzen, als der letzte der drei Räuber und ich durch den Wald flohen, um dem Feenkrieger zu entkommen.

Jenseits der verschwommenen Bäume konnte ich die immer weiter schwindende Gestalt des Räubers ausmachen, während er über die Erde davonstolperte. Er begann den Fehler, sich umzuschauen, obwohl ich argwöhnte, dass es vor dem Feenkrieger ohnehin kein Entrinnen gegeben hätte.

»Nein! Bitte!« Angst lag in seiner Stimme. »Nein!«

Ein markerschütternder Schrei folgte seinen letzten Worten, und dann war alles still, bis auf das Geräusch meines eigenen Atems. Ich rannte weiter und sprang über einen großen Ast. Dann blieb ich stehen, hob ihn aus dem verfaulten Laub auf und hielt ihn wie einen Knüppel in den Händen, während ich mich hinter einem uralten Baum versteckte, zwischen dessen flachen Wurzeln man recht leicht den Halt verlieren konnte.

Es dauerte nicht lange, bis ich Schritte vernahm. Ich hielt den Atem an und wartete, bis sie nah genug waren, trat hinter dem Baum hervor und schwang den Ast kraftvoll nach vorne. Er flog durch die Luft, ohne den Fuchs von gestern Nacht auch nur zu streifen, der geduldig vor mir hockte, den Schwanz um seine Pfoten gelegt.

»Was machst du denn hier?«, fragte ich, erleichtert, ihn zu sehen, und nicht den Feenkrieger.

»Du hast falsch gezielt«, sagte eine Stimme hinter mir.

Ein erstickter Schrei entfuhr meiner Kehle, als ich mich umdrehte und mich Auge in Auge mit dem Feenkrieger wiederfand. Ich wich einen Schritt zurück und fiel hin. Da sah ich einen weiteren Ast und versuchte, danach zu greifen, aber er zerfiel in meinen Händen, also schnappte ich mir eine Handvoll verwelktes Laub und warf es nach dem Geschöpf.

Ich wartete nicht ab, um zu sehen, ob ich ihn getroffen hatte. Ich rappelte mich auf und rannte – aber ich kam nicht sehr weit, bis sein Arm sich um meine Taille legte und er mich an seinen festen Körper zog. Seine Hand drückte sich auf meinen Mund und erstickte meinen Schrei.

»Behandelt man etwa so seinen Retter?«, zischte er. Sein Atem war warm, und seine Lippen streiften meine Ohrmuschel.

Ich erbebte, schloss die Augen und machte mich auf den Schmerz seines Todesstoßes gefasst, doch der kam nicht.

»Ich bin ein wenig enttäuscht, dass du dich gar nicht wehrst«, meinte er nur.

Ich öffnete die Augen, entwand mich ihm und hob erneut einen Ast vom Boden auf. Eine armselige Waffe, aber besser als nichts. Ich drehte mich zu ihm um. Er begutachtete den Stock und grinste, bevor er meinem Blick begegnete.

»Nimm dich in Acht, Lore«, warnte der Fuchs. »Sie ist ein Wildfang.«

»Ich habe nicht die Absicht, dich zu töten«, teilte der Feenkrieger mir mit.

Misstrauisch formte ich die Augen zu Schlitzen. »Warum hast du mich dann verfolgt?«

»Das habe ich nicht«, widersprach er. »Ich habe deine Angreifer gejagt.«

»Du hast deine Hand auf meinen Mund gedrückt!«
»Du wolltest schreien.«
»Weil ich dachte, du würdest mich gleich töten!«
»Du solltest nicht mutmaßen.«
»Du hast drei andere Männer *getötet!*«, rief ich ungehalten.
»Sie waren Männer und Räuber«, verteidigte er sein Handeln.
»Bist du denn auch ein Mann oder ein Räuber?«
»Sehe ich etwa wie ein Mann aus?«
Seine Augen wanderten über meine Brüste, und er lächelte süffisant. Ich schwang den Stock nach ihm. Es klang wie eine Peitsche, als er durch die Luft auf ihn zuflog, aber er packte ihn mühelos mit seiner behandschuhten Faust und entriss ihn mir.
Ich zuckte zurück, barg den Kopf in meinen Händen und machte mich auf seinen Schlag gefasst.
Doch nichts geschah.
Langsam ließ ich die Arme sinken. Ich hielt den Blick gesenkt, denn ich konnte den Feenkrieger nicht ansehen. Meine Wangen brannten vor Scham.
»Was habe ich dir gesagt, Lore?«, brummte der Fuchs. »Die hier wird dir das Herz brechen.«
Ich wusste nicht recht, was der Fuchs damit meinte, aber aus irgendeinem Grund fühlte ich mich nun umso unbehaglicher.
»Sieh mich an, *wild one*«, befahl der Feenkrieger.
Diese Bezeichnung ließ mein Gesicht nur noch heißer brennen. Der Feenkrieger – Lore, laut dem Fuchs – trat einen Schritt auf mich zu, was schließlich meine Aufmerksamkeit auf sein Gesicht lenkte. Erneut zogen seine Schönheit und die seltsame Farbe seiner Augen mich in ihren Bann. Angesichts seiner spitzen Ohren und seiner Kleidung vermutete ich, dass er ein Elf von gewissem Rang war.
»Ich werde dir nie wehtun«, sagte er.
Seine Wortwahl war interessant, denn sie implizierte etwas über den gegenwärtigen Moment hinaus.

»Mir haben schon Menschen mit freundlicheren Augen wehgetan«, erwiderte ich.

Seine Augen musterten mich ungerührt, aber sein Mund spannte sich an.

»Ich kann nicht lügen«, antwortete er.

Davon hatte ich schon gehört, es hingegen nie für bare Münze genommen, und tat es auch jetzt nicht. Ich erwog, das auch auszusprechen, doch gerade, als ich den Mund öffnete, wurde mein Name durch den Verzauberten Wald gerufen und erstickte meine Worte im Keim.

»Samara!«

Ich wirbelte herum in die Richtung von Michals Stimme, aber durch das dichte Gestrüpp konnte ich ihn nirgends ausmachen.

Panik stieg in mir auf, und ich sah mich nach einem Versteck um.

»Willst du gefunden werden?«, fragte Lore.

Mir stockte der Atem, als ich seine Stimme wieder an meinem Ohr hörte. Er bewegte sich so geräuschlos, dass ich ihn gar nicht näher kommen gehört hatte. Obwohl mir das Herz bis zum Hals schlug bei dem Gedanken, von meinen Brüdern entdeckt zu werden, zögerte ich, zu antworten – ihm zu vertrauen. Er hatte zwar gesagt, er habe nicht die Absicht, mich zu töten, aber es gab darüber hinaus noch weitaus Schlimmeres.

Ein bebender Atemzug strich über meine Lippen, und ich schüttelte einmal knapp den Kopf.

Da schossen plötzlich Wurzeln aus der Erde und wanden sich um uns.

Magie, wurde mir klar, als ich den Hals reckte, mich drehte und bestaunte, wie sie sich über meinem Kopf schlossen, um einen Baumstamm zu formen. Meine Füße rutschten auf dem unebenen Boden, und ich fiel gegen den Feenkrieger. Er fing mich auf, und ich versuchte vergeblich, mich aufzurichten, die Hände flach an seinen Brustkorb gedrückt, doch dabei trat ich nur dem Fuchs auf den Schwanz, woraufhin der ein furchtbares, fast menschliches Jaulen von sich gab.

»Tut mir leid«, hauchte ich leise und bemühte mich weiter, nicht die Balance zu verlieren, doch da legte sich Lores Hand um meine Taille, und er zog mich an sich.

Ärgerlich blickte ich zu ihm auf.

»So ist es leichter«, raunte er.

Ich sah ihn finster an, aber es war schwer, seinem Blick standzuhalten, nicht wegen seiner fremdartigen Augen, sondern weil er so schön war.

So finden Sterbliche den Tod, dachte ich. *So werde ich den Tod finden.*

Er schien kein Problem damit zu haben, mich anzustarren. Ein Lichtstrahl, der durch einen Spalt in dem gewundenen Baumstamm hereinfiel, ließ seine Augen leuchten.

»Hättest du keinen größeren Baum erschaffen können?«, maulte ich.

»Willst du dich über alles beschweren, das ich tue?«, fuhr er mich an.

Ich öffnete den Mund, um mich zu entschuldigen, aber er legte einen behandschuhten Finger auf meine Lippen, und ich verstummte. Ich ließ die Hände von seiner Brust abwärts an seine Seiten gleiten und hielt ihn fester. Das fühlte sich sicherer an, obwohl ich nicht wusste, warum.

Ich musterte Lores Gesicht, als er sich dem Lichtstrahl zuwandte und meine näher kommenden Brüder beobachtete.

»Samara!«, war erneut Michals Stimme zu hören, nahe diesmal. Er stand direkt vor dem Baum.

Ich zuckte zusammen, und Lore zog mich enger an sich. Ich wusste nicht recht, ob er mich beruhigen oder dichter bei sich haben wollte, um mich zum Schweigen zu bringen, falls nötig.

»Halt die Klappe, du Schwachkopf!«, zischte Jackal.

Als ich Jackals Stimme vernahm, begann ich zu zittern. Ich

krallte die Finger in Lores Tunika und musste mich zwingen, mich nicht zu rühren, aber es funktionierte nicht. Lore hielt mich weiter fest, und ich machte keine Anstalten, ihn von mir zu stoßen. Ich dachte daran, wie oft ich jemanden ersehnt hatte, der mich so festhalten würde, und ich dachte an die Ironie des Schicksals, dass es nun geschah, während ich gefangen in einem Baumstamm war und mich vor meinen Brüdern versteckte.

Michals Stimme ließ mich erneut zusammenzucken. Ich drehte den Kopf in einen Lichtstrahl und erkannte, dass sich dort eine Öffnung befand, durch die auch ich nach draußen sehen konnte.

Ich lehnte mich hin, um hinauszuspähen. Zuerst konnte ich nur Michal sehen. Doch dann flog ein Kieselstein durch die Luft und traf ihn am Hinterkopf.

»Autsch!«, rief Michal wütend und wirbelte zu Hans herum, der kicherte, als er ebenfalls in Sicht kam. Die beiden waren für eine Jagd gekleidet, in ihre dunkleren Tuch- und Lederkleider, was ich seltsam fand, da Prinz Henry sie als reiche Männer zurückgelassen hatte.

»Was?«, fauchte er. »Sie kann nicht weit gekommen sein.«

»Selbst wenn nicht, was lässt dich denken, dass sie zu uns gelaufen käme?«, fragte Hans.

»Das wird sie, wenn sie schlau ist«, sagte Michal.

»Sie ist nicht aus eigenem Willen fort!«, rief Hans.

»Wieso bist du dir da so sicher?«

»Du glaubst doch nicht ernsthaft, dass sie den Prinz und die Räuber umgebracht hat?«

»Hast du sie schon einmal ein Schwein ausnehmen gesehen?«, erkundigte Michal sich herausfordernd.

Lore gab ein leises Lachen von sich, das fast wie ein Schnauben klang. Ich warf ihm einen kurzen Blick zu: Er wirkte amüsiert. Vielleicht fiel es ihm schwer, sich vorzustellen, dass ich einmal etwas ausgeweidet hatte.

»Tja, der Prinz wurde nicht ausgeweidet, und die Räuber auch nicht, oder?«, fragte Hans. »Sie wurden sauber in zwei Teile gespalten!«

Mir lief ein Schauer über den Rücken, als ich das hörte. Zögernd schaute ich erneut zu ihm auf. Vermutlich hatte er den Blick die ganze Zeit nicht von mir gewandt. Er sagte nichts, sondern hob die Hand an mein Gesicht und strich mit dem Daumen über meine Wange. Ich hielt den Atem an. Seine Berührung war sanft, als wolle er mir auf andere Weise mitteilen, dass er mir nie wehtun würde.

Ich hasste es, dass ich ihm nicht glaubte, und wehrte seine Berührung ab. Er lockerte seinen Griff um mich, damit ich mich näher zu der Öffnung lehnen konnte.

Draußen stritten meine Brüder immer noch.

»Wenn sie sie nicht umgebracht hat, wer dann?«, verlangte Michal zu wissen.

»Vielleicht hat sie einen heimlichen Verehrer, der ihr zur Flucht verholfen hat«, überlegte Hans.

»Aber wir haben nur ihre Fußabdrücke und die eines Fuchses gesehen«, widersprach Michal.

Darauf folgte schwere Stille, und dann guckten Michal und Hans plötzlich nach oben, als würden sie mich vielleicht in den Bäumen vermuten. Nur Jackal blieb reglos und still. Seine schmalen Augen huschten suchend umher, und als ich durch den Spalt im Baum hinausspähte, begegnete sein Blick meinem.

Angst durchfuhr mich, und ich sog hörbar die Luft ein, was ich auf der Stelle bereute. Ich drückte mir die Hände auf den Mund, wich einen Schritt zurück und stolperte dabei über den Fuchs, der ein scharfes Jaulen von sich gab. Lore fing mich am Arm auf, bevor ich fallen konnte, und zog mich an sich. Diesmal fühlte sein Griff sich wie ein eisernes Band um meinen Rücken an.

»Hast du das gehört?«, fragte Michal.

»Es klang, als käme es aus dem Inneren dieses Baums«, meinte Hans.

Ich konnte sehen, wie meine Brüder den Baum zu umkreisen begannen, und Lore zückte ein Messer. Ich wusste nicht recht, was er damit vorhatte, denn es sah nicht aus, als könne er damit einen meiner Brüder ausschalten – doch andererseits war er Fee und sie nicht. Trotzdem packte ich seinen Arm, und er schaute mich mit forschendem Blick an.

»Bitte«, flehte ich lautlos, obwohl ich nicht wusste, warum ich ihn aufhielt. Wollte ich meine Brüder schützen, oder hatte ich zu viel Angst, entdeckt zu werden? Ich wusste es ehrlich nicht, aber ich konnte auch nicht denken, denn die Angst pochte in meinen Adern.

Lore betrachtete mich immer noch und begutachtete stirnrunzelnd mein Gesicht.

Dann traf plötzlich ein heftiger Schlag den Baumstamm, unter dem das Holz um uns herum vibrierte und die Luft sich mit Staub füllte.

Hans nutzte seine Axt, um den Baum umzuhacken.

»Wen interessiert schon ein verdammter Fuchs?«, zischte Jackal da auf einmal. »Wen interessiert es, wie der Prinz oder die Räuber getötet wurden? Das einzig Wichtige ist, dass der Prinz von Rook tot ist und sein Königreich wahrscheinlich eine großzügige Belohnung für denjenigen bieten wird, der seinen Mörder der Gerechtigkeit zuführt.«

»Aber wir wissen nicht, wer den Prinz ermordet hat«, wandte Michal ein.

»Nein, aber unsere allerliebste Schwester weiß es, und sobald wir sie finden, werden wir sicher die Wahrheit erfahren. Und dann werden wir entweder sie oder ihren mutmaßlichen Liebhaber dem König als Angreifer präsentieren. So oder so werden wir reich werden.«

Meine Brüder schwiegen, während sie Jackals Worte verdauten. Hans kicherte und dann auch Michal. Ihr Gelächter wurde lauter, hallte überall um mich herum und ließ meine Ohren klingen, aber dann wurde es immer leiser, als sie sich entfernten und, wie ich annahm, zurückgingen, um die Leichen der Räuber zu verscharren.

»Nun, sind sie nicht sympathisch«, meinte der Fuchs.

Seine Worte zerrissen meinen Nebel der Angst, und ich ließ Lores Arm los. Meine Finger schmerzten, weil ich mich so fest an ihn gekrallt hatte. Ich ignorierte meine Beschämung darüber und spähte durch das Loch im Baum hinaus, argwöhnisch, dass meine Brüder immer noch in der Nähe waren und darauf warteten, zuzuschlagen.

Doch dann verschwand der Baum, und ich fiel mit einem Aufschrei auf Hände und Knie. Hastig stand ich wieder auf und drehte mich zu Lore um, der gerade das Messer, das er zuvor gezogen hatte, wieder wegsteckte.

Er sah noch immer unzufrieden aus, und ich fragte mich, was ich falsch gemacht hatte.

»Deine Brüder sind Idioten«, stellte Lore fest.

»Sie sind Helden«, widersprach ich. »Ohne sie würde mein Dorf verhungern.«

Sein Blick glitt über meinen Körper. Mir gefiel nicht, wie er mich ansah, so als sei er frustriert über das, was er vor sich hatte.

»Was ist mit dir?«, fragte er.

»Was soll mit mir sein?«

»Was wird aus dir ohne sie?«

Ich öffnete den Mund, und die Antwort lag mir auf der Zunge.

Dann bin ich frei, wollte ich sagen. Doch das war nur ein Traum, und Träume erreichte man nur durch Wünschen, und niemand in diesem Land sprach einen Wunsch aus – nicht ohne Folgen.

»Höchstwahrscheinlich würde ich sterben«, antwortete ich.

Lore musterte mich, und in seinen Augen loderte ein violettes Feuer.

»Innerhalb von sieben Tagen?«, wollte er wissen.

»Was?«, gab ich perplex zurück, verwirrt von seiner Frage.

»Wenn du sieben Tage lang ohne sie bist, wirst du dann sterben?«

»Nun, nein«, entgegnete ich. »Natürlich nicht.«

»Und du sagtest, ihre Brüder wären Idioten«, ätzte der Fuchs.

Misstrauisch beäugte ich ihn.

»Was läuft hier eigentlich? Zuerst kommst du im Moor zu mir und warnst mich, dass meine Kutsche angegriffen werden wird, und dann kreuzt du rein zufällig zusammen mit dem Feenkrieger, der mich gerettet hat, hier auf. War das geplant?«

Ich kam mir dumm vor, es laut auszusprechen. Wieso sollte einer der beiden geplant haben, mich zu retten?

Lore und der Fuchs wechselten einen Blick, bevor sie ihre Aufmerksamkeit wieder auf mich richteten.

»Deine Brüder haben die Räuber angeheuert, um deine Kutsche anzugreifen. Sie hatten wohl die Absicht, sich dem König von Rook als Helden zu präsentieren, aber ... Prinz Lore war schneller.«

Mein Blick huschte zum Feenkrieger.

»Prinz?«

Lore zog eine dunkle Augenbraue hoch. »Ja?«

»Du hast gar nicht gesagt, dass du ein Prinz bist«, stellte ich fest.

Und ich hatte versucht, nach ihm zu schlagen, und ihm Blätter ins Gesicht geworfen.

»Wir hatten kaum Zeit für eine formelle Vorstellung«, rechtfertigte er sich. »Außerdem bin ich nicht der erste Prinz, der deine Bekanntschaft macht.«

»Lass dich von ihm nicht täuschen, *wild one*«, warf der Fuchs ein. »Er war ziemlich verstimmt deswegen.«

Verstimmt?

Meinetwegen?

Das musste ein Traum sein.

Ich schloss die Augen und öffnete sie wieder, aber der Fuchs und der Feenkrieger waren immer noch da und musterten mich.

»Vielleicht bin ich tot«, meinte ich.

»Du bist sehr lebendig«, widersprach Lore. »Zumindest hast du beteuert, es die nächsten sieben Tage zu bleiben, was für mich von Nutzen sein wird, da ich eine Sterbliche brauche und du nun in meiner Schuld stehst.«

Ich schluckte schwer und guckte ihn an.

»Wie bitte?«

»Ich habe dir das Leben gerettet«, erläuterte er, als würde das alles erklären.

Ich starrte ihn an und fragte dann: »Habe ich dich denn darum gebeten?«

Er blinzelte. »Was?«

»Du sagst, ich stehe in deiner Schuld, weil du mir das Leben gerettet hast, aber ich habe dich nicht darum gebeten, mein Leben zu retten.«

Lore legte den Kopf schief, als würde er mich nicht verstehen. »Willst du damit sagen, dass du nicht gerettet werden wolltest?«

»Ich weiß nicht«, überlegte ich. Ich konnte mich nicht daran erinnern, was ich gedacht hatte, bevor er Peter tötete. »Der Punkt ist, dass ich nicht darum gebeten habe, und wie kann es eine Schuld geben, wenn ich nicht darum gebeten habe?«

Der Fuchs gab einen seltsamen, hohen Laut von sich – ein Lachen, wurde mir klar. »Oh, sie ist ein schlaues Ding«, gluckste er. »Wenn ich es nicht besser wüsste, würde ich denken, sie ist eine Fee!«

Lore machte ein finsteres Gesicht und trat einen Schritt auf mich zu. Ich ballte die Fäuste.

»Es spielt keine Rolle, dass du nicht darum gebeten hast«, brummte er. »Du bist verpflichtet, dich zu revanchieren, egal auf welche Art ich es will, und ich *habe* meine Wahl getroffen.«

Ich verstand das nicht.

»Warum ich?«, fragte ich.

»Warum *nicht* du?«, fragte er zurück.

»Ich bin ... wertlos«, sagte ich.
Ich war zu nichts anderem fähig, außer den Haushalt zu führen, und selbst darin versagte ich jeden Tag, wie meine Brüder mir so oft ins Gedächtnis riefen.
Lore betrachtete mich einige Sekunden lang schweigend, und auf einmal fühlte ich mich so, als sei ich seine ganze Welt. Er hob die Hand, berührte mich aber nicht, sondern machte nur eine Geste mit den Fingern, als streiche er über meine Haut. Selbst durch den Handschuh hindurch konnte ich ihre Wärme spüren. Es war genug.
»Du kannst deinen Wert für mich nicht ermessen«, sagte er und ließ die Hand sinken.
Ich sah ihn an und durchdachte meine Optionen. Doch in Wahrheit gab es nur eine – ihm zu folgen und meine Schuld zu begleichen. Es war ja nicht so, als könne ich nach Hause zurückkehren.
»Meine Brüder werden nach mir suchen«, gab ich zu bedenken. »Sie haben in diesem Wald schon viele Male gejagt und überlebt.«
»Das habe ich auch«, antwortete Lore. »Ich werde dich beschützen.«
Ein Schauer durchlief mich, warm und angenehm. Ich wollte ihn sehnlichst zügeln, denn ich mochte ihn nicht fühlen. Feen würden alles sagen, um ihren Willen zu bekommen, und ich bezweifelte, dass dieser hier eine Ausnahme war. Schließlich hatte er mich zu einem Zweck gerettet, der nur ihm diente. Wenn ich das hier überleben wollte, durfte ich das nicht vergessen.
»Und nach sieben Tagen?«, fragte ich. »Was wird aus mir, wenn ich es nicht geschafft habe, meine Schuld zu begleichen?«
»Nichts«, sagte er. »Dann wirst du frei sein.«
Beinahe hätte ich über seine Worte gelacht, konnte mich aber gerade noch so beherrschen. Er verstand es nicht – er wusste es nicht. Ich wäre vielleicht von ihm befreit, jedoch niemals von meinen Brüdern.

Lore runzelte die Stirn und fragte dann: »Ersehnst du dir etwas anderes?«

Ich hielt seinem Blick stand und antwortete leise: »Ich habe mir nie etwas anderes ersehnt.«

»Wirklich?« Seine Stimme war ebenso leise, und ich weigerte mich, an den Fee zu denken, den ich geliebt hatte, und an alles, was ich mir für uns erträumt hatte.

»Wirklich.« Ich nickte und war froh, dass zumindest ich lügen konnte.

KAPITEL VIER
DER VERFLUCHTE PRINZ

Lore

Schande über schandhafte Menschen und ihr Schandmaul.
Mein Hass auf Samaras Brüder wuchs, je länger ich mich in Gegenwart dieser Frau befand, die zusammenzuckte, sobald ich nur einen Finger hob, und mich ansah, als sei ich derjenige, der ihre Reaktion zu verantworten hatte.

Es war bittere Ironie, wenn man bedachte, dass sie diejenige war, die *meine* Güte zurückgewiesen und *meine* Hand abgetrennt hatte, mit ebenjenem Messer, das ich ihr gegeben hatte, dessen Klinge so scharf war, dass sie selbst einen Stein hätte entzweihauen können.

Das war sieben Jahre her, und ich spürte den Schmerz jenes Tages nach wie vor. Er ging weit über den Phantomschmerz in meinem Armstumpf hinaus. Diese Frau hatte schon vor langer Zeit ihren Namen in mein Herz geritzt, und aus dieser offenen Wunde blutete ich noch immer.

Sie war mein Fluch, und ich wollte wieder frei sein.

»Was hast du gewählt?«, fragte Samara.

Ich blinzelte, so in meinen eigenen Gedanken verloren, dass es mir schwerfiel, ihr zu folgen.

»Was?«

»Du sagtest, du hast entschieden, wie ich meine Schuld vergelte«, sagte sie. »Was hast du gewählt?«

Ich betrachtete ihren Mund, als sie sprach. Es hatte etwas

Wunderschönes an sich, wie sich Worte auf ihren Lippen formten. Keine hilfreiche Beobachtung für meinen Schwanz, der lästigerweise zunehmend härter wurde, je länger ich sie ansah.

»Eure Hoheit?«

Ich wollte, dass sie meinen Namen sagte. Ich wollte ihn mitten in der Nacht hören, während sie unter mir lag, überwältigt von Lust.

Ich knirschte mit den Zähnen, frustriert von meinen Gedanken, doch sie waren auch eine Erinnerung daran, warum ich diese Frau gerettet und in meine Welt gebracht hatte.

»Ich brauche dich, damit du meinen Fluch brichst«, antwortete ich.

Bevor sie etwas darauf erwidern konnte, wandte ich mich dem Fuchs zu.

»Geh voran, Fuchs. Wir haben nur sieben Tage.«

»Wie du befiehlst, Prinz«, meinte der Fuchs nur, erhob sich und trottete in den Wald.

Die Bäume standen dicht an dicht, und ihre Äste hingen unter der Last von Dornenkränzen und wilden Weinranken tief. Die Erde war mit einem undurchdringlichen Gewirr aus Baumwurzeln, Farnen und Waldanemonen bedeckt, deren weiße Blüten sich stark von dem Meer aus Grün abhoben. Vereinzelt schossen auch andere Blumen aus dem Boden, purpurne Veilchen, hellrosa Stachelbeeren und eine Kolonie roter Herzblumen. Ihre Magie rief nach mir wie Musik, ihre Blütenblätter klingelten wie hübsche Glöckchen im Wind. Ihr Geruch war ebenso betörend. Bei manchen war er honigsüß und heilend, bei anderen metallisch und giftig, aber nichts war stärker als Samara, die wie süßer Oleander duftete. Doch so verführerisch dieser Duft auch war, ich war der Prinz von Nightshade, und mir war klar, dass die süßesten Dinge manchmal die giftigsten waren.

Bei Samara war nur ein Blick nötig gewesen – ein kurzer Blick auf ihr bleiches Gesicht, die rosigen Lippen und das kohlrabenschwarze Haar – und es war geschehen. Darum wusste ich, dass ich verflucht sein musste, denn so etwas wie Liebe auf den ersten Blick gab es nicht. Dennoch war ich hier, vollkommen gefangen und unfähig, ihr zu entfliehen, als sie hinter mir umherstolperte, in dem Versuch, durch das Gewirr des Waldes zu gelangen.

Alles an ihr war *laut*. Ihre Schritte waren wie Wasser, das auf Felsen stürzt, ihre Atemzüge wie das Heulen des Windes, und sie war langsam wie eine Schnecke. Wenn es in dem Tempo weiterging, würde ich meinen Fluch nicht in sieben Tagen brechen können. Ich erwog, sie zu tragen, aber bei dem Gedanken, sie zu berühren, fühlte mein Körper sich zu heiß und zu eng an. Es war derart erregend, dass es mich schon wieder abstieß.

»Mein Lord?«, fragte Samara leise, fast schüchtern.

Ich erkannte ihr Zögern als Angst, und das gefiel mir gar nicht. Doch ich wusste, dass ihre Brüder dafür verantwortlich waren. Sie waren grausam gewesen, seit dem Augenblick, als ich ihr vor sieben Jahren begegnet war. Ich hätte sie getötet, wenn sie mich nicht aufgehalten hätte. Ich verstand nicht, warum sie sie schützte. Ich hatte meine Brüder ein- oder zweimal für geringere Vergehen getötet, auch wenn das sinnlos war. Sie kamen einfach zurück, noch schlimmer als zuvor.

Ich sah sie nicht an, noch ging ich langsamer.

»Du darfst mich Lore nennen«, sagte ich angespannt. Ich fragte mich, ob es ein Fehler war, zuzulassen, dass sie meinen Namen aussprach. Der Druck in meiner Brust schwoll an, als ich begierig darauf wartete.

Aber sie tat es nicht.

»Darf ich eine Frage stellen?«, bat sie.

Ich atmete tief ein und langsam wieder aus, um die Enttäuschung zu vertreiben.

»Du darfst«, erlaubte ich ihr. So sehr ich auch fürchtete, was sie vielleicht fragen mochte, wollte ich es ihr trotzdem nicht verwehren.

»Wieso bist du verflucht?«

»Ich sah eine Zauberin an, und jetzt kann ich ihr nicht mehr entfliehen«, gestand ich. Das war nahe genug an der Wahrheit. »Es kommt mir recht extrem vor, jemanden für einen Blick zu verfluchen«, meinte sie.

Der Fuchs vor uns schnaubte. »Seine Hoheit hat schon viele für weit weniger verflucht.«

Finster funkelte ich ihn an. Zu gerne hätte ich ihm mal gezeigt, wie es war, verflucht zu sein, indem ich ihn dazu verurteilte, sein Fell für den Rest seines Lebens mit der Innenseite nach außen zu tragen. Aber ich widerstand dem Drang nach Rache. Samara war so sehr an Gräuel gewöhnt, und ich wollte nicht zu einem weiteren Monster in ihren Augen werden.

»Vielleicht bist du ja deswegen verflucht«, gab Samara zu bedenken.

Ihre Bemerkung ärgerte mich, und ich blieb stehen und drehte mich zu ihr um.

»Willst du damit andeuten, dass ich es verdient habe, verflucht zu sein?«

Ihr stockte der Atem, und sie wurde blass, als ich sie anguckte. Ich wusste gar nicht, wieso es überhaupt eine Rolle spielte, was sie dachte. Sie war eine Sterbliche und hatte keinen Schimmer von der Welt, die unter den Zweigen des Verzauberten Waldes gedieh. Trotzdem wollte ich es wissen.

»Nein, mein Lord«, beteuerte sie.

»Was willst du dann damit sagen?« Ich wollte die Distanz zwischen uns überwinden, hätte allerdings nicht mitansehen können, wie sie vor mir den Kopf einzog.

»Ignoriere mich, mein Lord. Ich weiß nicht, was ich rede.«

»Missfällt dir mein Name?«, erkundigte ich mich und legte den Kopf schief, während ich sie musterte.

Einen kurzen Moment lang sah sie verwirrt aus. »Nein, mein Lord.«

»Warum gebrauchst du ihn dann nicht?«

Sie öffnete den Mund, um etwas zu erwidern, doch dann

schloss sie ihn wieder und senkte den Kopf. »Ich entschuldige mich ... *Lore*.«

»Ich will keine Entschuldigung«, entgegnete ich. »Ich will wissen, was du wirklich denkst.«

Sie sah mich an wie Beute, die unter den Augen eines Wolfes zittert.

»Ich werde dir nicht wehtun. Ich habe es versprochen, und ein Versprechen kann ich nicht brechen«, sagte ich.

»Es spielt keine Rolle, dass du Versprechen nicht brechen kannst. Ich traue dir nicht«, schnaubte sie. »Ich werde dich Lore nennen, wenn ich dir traue.«

Mein Brustkorb zog sich zusammen, es fühlte sich an, als würde sie mein Herz festhalten und zudrücken. Ich wollte nicht enttäuscht von ihren Worten sein. Lore war nicht einmal mein richtiger Name, doch meinen wahren würde ich aus gutem Grund nicht preisgeben, auch wenn ich ihn noch so begierig aus ihrem Mund hören wollte. Es war ein leichtsinniger Gedanke. Das Geschenk eines wahren Namens war ein Angebot von Macht. Wenn sie ihn aussprach, konnte ich ihr nichts verweigern, obwohl ich wusste, dass ich ihr ohnehin nichts verweigern würde, egal wie sie mich zu nennen gedachte.

Das war die Gefahr dieses Fluchs.

Ich senkte den Kopf und hielt ihrem Blick stand. »Wie du möchtest«, sagte ich. »Und?«

»Und was, mein Lord?« Sie nutzte meinen Titel absichtlich, als wolle sie ihren Punkt deutlich machen, und in ihren Augen leuchtete Herausforderung. Ich war mir nicht einmal sicher, ob es ihr klar war, und würde ich es ansprechen, würde sie wahrscheinlich zurück in ihr Schneckenhaus flüchten. Also sagte ich nichts, sondern grinste nur und genoss diesen kurzen Blick darauf, wer sie hätte sein können – wer sie vielleicht immer noch sein konnte –, wären ihre Brüder nicht gewesen.

»Du hast eine Meinung darüber, warum ich verflucht bin«, wechselte ich das Thema. »Ich will sie hören.«

Sie holte tief Luft und reckte das Kinn. Sie beantwortete meine Frage nicht, sondern stellte stattdessen selbst eine: »Warum verfluchst du Menschen?«

Darüber hatte ich noch nie wirklich nachgedacht. Vermutlich machten mich Menschen einfach nur ärgerlich, aber das wollte ich nicht laut sagen.

»Um Lektionen zu erteilen«, antwortete ich.

Das war nicht gelogen, auch wenn die Lektion darin bestand, mich in Ruhe zu lassen.

»Was für Lektionen?«, hakte sie nach.

Ich zögerte. *Oh, sie war eine Herausforderung.*

»Ich schätze, das kommt auf das Vergehen an«, gab ich zurück.

Sie musterte mich, und ich wartete, begierig auf ihre Billigung.

»Ich denke, niemand hat es verdient, verflucht zu werden«, entschied sie. »Aber wenn der Zweck eines Fluchs ist, eine Lektion zu lernen, was ist deine?«

»Ich wurde nicht verflucht, um eine Lektion zu lernen«, meinte ich.

Es war zwecklos, jemanden zu lieben, der diese Liebe nicht erwiderte. Wer immer dies über mich gebracht hatte – wahrscheinlich einer meiner garstigen Brüder –, hatte nur eins im Sinn: *Folter.*

Ich drehte mich um und ging weiter.

»Aber werden Flüche denn nicht so gebrochen?«, fragte sie und folgte mir.

»Nicht dieser«, antwortete ich.

»Dann verstehe ich nicht, wie ich diesen Fluch brechen soll.«

»Du wirst ihn nicht brechen«, erläuterte ich. »Du wirst ihn fortwünschen.«

Es dauerte einen Moment, doch bald wurde mir klar, dass Samara aufgehört hatte, mir zu folgen. Ich blieb stehen und drehte mich um, aber sie war weg. Sofort machte sich Grauen in meinem Bauch breit.

»Samara!« Ich lief zurück an die Stelle, wo ich sie zuletzt gesehen hatte, und schaute in alle Richtungen, aber ich konnte nur dichtes, grünes Laubwerk erkennen. Sie war wie vom Erdboden verschluckt. »Fuck!«
»Du Dummkopf«, meinte der Fuchs. »Du hast ihr Angst eingejagt!«
»Das wollte ich doch nicht!«, fluchte ich. »Sie hat mir nicht einmal eine Chance gegeben, es zu erklären!«
»Sie hat dir gesagt, dass sie dir nicht traut«, wandte der Fuchs ein. »Und dann kommst du ihr mit einem Wunsch!«
»Das ist mir durchaus bewusst«, fuhr ich ihn an. Mir schwante selbst, dass sie mich oft daran erinnern würde, mit ihren Taten und ihren Worten, doch hätte sie mir eine Chance gegeben, hätte ich ihr von dem Wunschbaum und seiner Magie erzählt.

»Fuck«, brummte ich erneut und suchte prüfend auf der Erde nach ihren Fußspuren, als ich einen ausufernden Busch mit belaubten, dunkelgrünen Ranken bemerkte. Purpurne Blüten wuchsen in Büscheln an ihren Stielen, und manche von ihnen waren bereits zu leuchtend roten Beeren geworden. Es handelte sich um bittersüßen Nachtschatten, und wie alle Pflanzen ihrer Art, konnten diese singen.

Es lebte eins ein Prinz von Gift
Eine Sterbliche wählte er für sich.
Doch sein Weib sie nicht wollte werden
Und so fiel seine Hand abgetrennt zu Erden,
Und nun ist sein Herz gebrochen.

Ich knirschte mit den Zähnen. Trotz meiner Macht hatte ich oft mit dem Singsang der Nachtschattenblüten zu kämpfen. Der Wald hatte zu Anfang Einfluss darauf und großes Vergnügen darin gefunden, mich zu verspotten, was mir unter den Feen einen speziellen Ruf eingebracht hatte, da niemand hören konnte, was ich hörte.

»Ich werde euch bis an die Wurzeln vergiften, wenn ihr mir nicht verratet, wohin sie verschwunden ist«, knurrte ich. Die Nachtschattenblüten erzitterten, und ihr Lied veränderte sich unvermittelt.

Sieh genau hin, Prinz.
Sieh unsere Glieder, sie sind welk.
Sieh unsere Blätter, sie sind abgerissen.
Deine Liebste, sie kam hier lang.
Deine Liebste, sie rannte hier lang!

Der bittersüße Nachtschatten wiederholte den Vers immer wieder, während ich dem Trampelpfad folgte, den Samara hinterlassen hatte, als sie durch den Wald rannte, um mir zu entfliehen. *Entfliehen.* Dieses Wort wand sich durch meinen Geist. So sehr ich diesen Fluch loszuwerden wünschte, wollte ich doch auch der eine sein, den Samara nie fürchtete.

»Wirst du es ihr jemals sagen?«, fragte der Fuchs. Er hielt sich hinter mir und trottete den Weg entlang, als sei alles in Ordnung.

»Ihr was sagen, Fuchs?«, fragte ich gereizt.

»Wer du bist«, antwortete er. »Dass du die Hand bist, die ihr das Messer gegeben hat.«

»Warum sollte ich ihr so etwas sagen? Sie hat vor sieben Jahren gezeigt, was sie fühlt«, grummelte ich. Ich wollte mich nicht noch einmal ihrer Zurückweisung stellen.

»Vielleicht irrst du dich.«

»Wie kann ich mich irren, wenn meine Hand fort ist?«, schnaubte ich.

»Ihre Brüder, das sind schreckliche Dinger«, meinte der Fuchs. »Hast du je daran gedacht, dass sie der Grund dafür sein könnten, dass du deine Hand verloren hast?«

»Natürlich habe ich daran gedacht«, behauptete ich. »Das ändert aber nichts an der Tatsache, dass sie das Messer hielt.«

»Das ist nicht wahr.«
Um ehrlich zu sein, wusste ich es auch nicht, es war allerdings leichter zu glauben. Sie hatte mich schon einmal abgewiesen, und ich wollte mich dem nicht noch einmal gegenübersehen.
»Das A und O ist jetzt erst einmal, Samara vom Weglaufen abzuhalten, damit sie meinen Fluch brechen kann«, beschloss ich. Danach wäre ich frei und sie ebenso, und keiner von uns würde je wieder an den anderen denken.
»Bist du sicher, dass du verflucht bist?«, fragte der Fuchs.
»Natürlich bin ich verflucht. Sie ist alles, woran ich je denke!« Seit sieben Jahren war sie alles, wovon ich je träumte.
»Hast du schon versucht, an etwas anderes zu denken?«
»Natürlich habe ich das!«, brüllte ich, genervt von den lächerlichen Worten des Fuchses. Ich hatte versucht, an *alles Mögliche* andere zu denken. Ich war bis an den äußersten Rand der Welt gewandert, hatte dort mit Sonne, Mond und Sternen gesessen und immer noch nur an sie gedacht. Sie war unvergleichlich – heller als die Sonne, schöner als der Mond und süßer als die Sterne. Ich liebte sie mehr als alles auf dieser schrecklichen Welt, und ich hasste es. »Ich kann ihr nicht entkommen.«
»Offenbar schon«, meinte der Fuchs. »Oder zumindest kann sie *dir* entkommen.«
Ich knurrte aus tiefer Kehle. »Ich hasse dich, Fuchs.«
»Gleichfalls, Prinz«, gab er zurück.
Als wir weitergingen, hallte ein beständiges Klopfen durch den Wald. Zuerst war es nur schwach, aber je weiter wir kamen, umso lauter wurde es, und umso lauter wurde mein Grauen. Schon bald gesellten sich die Klänge von Flöten und Fiedeln dazu. Es war der Klang eines Feenfestes, und wahrscheinlich hatte es Samaras Aufmerksamkeit geweckt, so wie es die Aufmerksamkeit vieler unglücklicher Sterblicher heute erregen würde.
Gleich vor uns erschien eine alte Elfin, nicht größer als eine

Krähe, deren Flügel heftig und schnell flatterten. Sie trug einen Rock aus grünem Gras und eine Bluse aus den Blütenblättern einer Mohnblume, und sie hielt einen Schirm aus Ahornblättern, um die Sonne von ihrer Haut fernzuhalten, die so bleich war, dass sie beinahe durchscheinend wirkte. Ohne ihn würde sie sicherlich den Feuertod sterben.

»Holde Maid«, grüßte ich.

»Ich darf nicht trödeln, mein Lord«, entschuldigte sie sich mit ihrer hohen Stimme, die einem schrillen Glöckchen glich. »Denn ich muss los in die Marsch, wo der Nachtrabe schläft.«

Ich ging neben ihr her. »Ich begleite dich auf deiner Reise, wenn du mir sagst, von wo diese Musik stammt.«

»Vom Elfenhügel«, teilte sie mit. »Die Jungfern proben ihre Tänze.«

Es gab viele Elfenhügel verschiedener Größe. Manche waren klein und manche groß, manche beherbergten winzige und manche größere Feen, und wenn sie sich nicht offenbarten, schienen sie lediglich grasbedeckte Hügel zu sein.

»Für welchen Anlass denn?«, erkundigte ich mich.

»Na, für die Ehrengäste des alten Elfenkönigs«, erklärte sie.

»Sollte ich sie kennen, holde Maid?«

»Es würde mich wundern, wenn das so wäre«, sagte sie. »Denn ich kenne dich nicht.«

Ich knirschte mit den Zähnen, versuchte aber, meinen Ärger nicht zu zeigen.

»Wenn die Jungfern ihre Tänze proben und der alte Elfenkönig viele angesehene Gäste eingeladen hat, dann muss es ja richtig was zu feiern geben«, mutmaßte ich.

»Oh, in der Tat wird es ordentlich was zu feiern geben, allerdings nur, wenn jede Jungfer die Nacht als Verlobte beendet«, erklärte die Fee.

»Gibt es denn viele heiratsfähige Jungfern?«, fragte ich.

»Oh ja, denn die Musik, die du gehört hast, wird nur die Ohren jener erreichen, die unverheiratet sind, sogar Sterbliche.«

Ich hatte keinen Zweifel mehr daran, wohin Samara verschwunden war.

»Sag mir, holde Maid, wer ist heute Nacht eingeladen?«

»Jeder darf zum Ball kommen, der nach dem Bankett stattfinden wird, aber das Bankett ist nur für die Ehrengäste des Elfenkönigs«, antwortete sie. »Nun, ich habe mich zu lange aufgehalten, und es gibt noch viel zu tun. Ich muss los, denn ich muss noch die Einladungen senden, und der Nachtrabe wird bald erwachen.«

»Holde Maid, du bist schon so beschäftigt. Erlaube mir, dich zu unterstützen«, bot ich an. »Wenn du mir sagst, wer eingeladen ist, gehe ich für dich zum Nachtraben.«

»Wie liebenswert«, sagte sie. »Wenn du mir diesen Gefallen tun willst, dann darfst du heute Nacht zum Ball kommen!«

»Ich stehe dir zu Diensten«, empfahl ich mich und verneigte mich ein ganz kleines bisschen.

Die alte Elfin lächelte breit und sehr erleichtert und begann dann, alle aufzuzählen. »Sein erster Besuch muss Nereus und seinen Töchtern gelten, die wahrscheinlich nicht lange bleiben werden, denn sie sind nicht gern vom Meer getrennt. Dennoch werden wir versuchen, es ihnen so angenehm wie möglich zu machen. Wir müssen die Brownies fragen, obwohl es Nacht ist und sie ihre Pflichten vielleicht nicht liegenlassen wollen. Oh, und vergiss die Trolle nicht – nicht die großen, denn die werden auf dem Boden herumstampfen und viel Streit heraufbeschwören, sondern die mit Schwanz, die sind kleiner und passen unter die Hügelkuppe.«

Je länger die Liste der Fee wurde, umso mehr bereute ich meinen Entschluss, aber dann dachte ich an Samara, die unter dem Mondlicht für Männer tanzen würde, die nicht ich waren, und das erinnerte mich daran, warum ich dies tun musste.

»Ich zögere, die Geister zu fragen, aber ich fürchte, sie werden unsere Gäste heimsuchen, wenn ich es nicht tue. Aber wenn wir die Geister einladen, müssen wir auch den *Gloson* einladen und ihn gut bewirten, denn sonst wird er sich seine Speise unter unseren Gästen suchen.«

»Natürlich, holde Maid«, nickte ich schnell und unterbrach sie, bevor sie ihrer Gästeliste noch mehr Geschöpfe hinzufügen konnte. »Gibt es noch etwas anderes, das du vielleicht brauchst? Du hast so klug von Speisen gesprochen. Vielleicht fällt dir etwas ein, das ich für die angesehenen Gäste des alten Königs beschaffen kann.«

»Welch ein Segen du doch bist!«, frohlockte sie. »Ich wage zu vermuten, dass unsere Ehrengäste – der Koboldkönig und seine Söhne – einiges für ein paar rostige Nägel geben würden, doch sie müssen vom Huf eines Knochenpferdes sein, denn die sind eine Delikatesse. Wenn du vor Sonnenuntergang mit ihnen zurückkehrst, kannst du einen Platz beim Bankett bekommen.«

»Sucht der Koboldkönig eine Gemahlin?«

»Für seine beiden Söhne«, bestätigte sie. »Obwohl sie Gerüchten zufolge leichtfertig und grob sind.«

»Die armen Frauen, die sie wählen«, sagte ich.

»Nein, guter Herr«, widersprach sie. »Denn die Jungfern werden Prinzessinnen, und ihre Ehemänner werden viele Schlösser und Koboldgold erben.«

»Mir wären die Schlösser und das Gold lieber«, meinte ich.

»Nun, vielleicht gefällt den Söhnen des Koboldkönigs dein Anblick, und dann wirst du Schlösser und Gold haben. Und nun los mit dir!«, befahl sie und rief mir noch hinterher, als sie sich abwandte: »Der Nachtrabe wird bald erwachen!«

Einige Sekunden lang herrschte Stille, und dann sprach der Fuchs.

»Ein Prinz von deinem Rang wäre doch sicher ein Ehrengast? Wäre es nicht einfacher gewesen, der alten Elfin zu verraten, wer du bist?«

»Nein«, entgegnete ich. Ich hatte Glück gehabt, dass sie mich nicht erkannt hatte, und ich hoffte, dass mir heute Nacht auf dem Ball dasselbe Glück zuteilwerden würde. Andernfalls würde ich darin scheitern, Samara zu retten. »Vertrau mir, es wird viel einfacher sein, Nägel von den Hufen eines Knochenpferdes zu ergattern.«

KAPITEL FÜNF
DER ELFENHÜGEL

Samara

Du wirst ihn fortwünschen.
Kaum waren diese Worte über die Lippen des Prinzen von Nightshade gekommen, ergriff ich die Flucht. Ich hatte mir in meinem Leben nur ein einziges Mal etwas gewünscht, und das hatte nur zu Schrecken geführt. Ich schwor, dass ich nie wieder etwas wünschen würde, und ganz sicher würde ich es nicht für jemand anderen tun, ganz gleich, in wie tiefer Schuld ich stand. Er würde mir eben nachjagen müssen.

Obwohl er vielleicht keine Chance dazu bekam, falls meine Brüder mich zuerst fanden, was nun, da ich von der Seite des Prinzen geflohen war, wahrscheinlicher geworden war. Trotz der Gefahr war ich bereit, mich dem Wald zu stellen. Ich bezweifelte, dass er in irgendeiner Weise gefährlicher sein konnte als die Männer in meinem Leben.

Ich rannte und rannte. Hoffte inständig, dass der Wald mich verschlucken und mich so niemand aufspüren würde. Ich riss Knöpfe von meinem Mantel und Fetzen von meinem Kleid und ließ sie auf meinem Weg entlang verstreut liegen, den ich dann sogleich in eine neue Richtung verließ. Sobald ich mich sicher genug fühlte, würde ich innehalten und mir einen Plan ausdenken.

Ich hatte nur wenige Optionen. Ich konnte nicht nach Hause oder irgendwo in die Nähe von Gnat zurück. Es gab noch andere Städte im Schatten des Verzauberten Waldes, die ich vielleicht erreichen konnte, doch dann blieb da immer noch meine Schuld gegenüber dem Prinzen und die Frage, wie weit der Wald gehen würde, um dafür zu sorgen, dass ich diese beglich. Doch selbst mit all dem im Nacken wollte ich lieber etwas riskieren – *irgendwas*. Selbst wenn ich dabei umkam – dann geschah es wenigstens unter meiner Kontrolle.

Im Laufen warf ich hektisch einen Blick über die Schulter, um zu sehen, ob mir jemand folgte. Im nächsten Moment trat ich in ein Loch und fiel hin, wobei ich mir die Knie an moosbedeckten Steinen aufschlug. Alles tat weh, sogar meine Hände, mit denen ich den Sturz abgefangen hatte. Vielleicht musste ich mir ja gar keine Sorgen machen, dass mich irgendwer fand. Vielleicht würde mich der Wald im Ganzen verschlingen.

Ich zog den Fuß zwischen den Steinen heraus. Er tat weh und war bereits angeschwollen. Ich blieb einen Moment lang sitzen, um zu Atem zu kommen, und mein Brustkorb und meine Rippen schmerzten, als ich meine Umgebung musterte und mir klar wurde, dass das, was ich nur für einen grasigen Hügel gehalten hatte, tatsächlich ein Abhang aus großen Felsbrocken war. Dazwischen sprossen Bäume, und ihre Äste reckten sich krallenartig wie knochige Hände in die Luft. Sie hatten schon vor langer Zeit zu wachsen aufgehört und schienen nun in der Zeit erstarrt zu sein, bedeckt von lebhaft grünem Moos, auf dem goldene Mohnblumen wuchsen.

Es war wunderschön, doch der Abstieg würde tückisch werden. Ich würde erneut die Richtung ändern müssen. Als ich mich aufrappelte, verspürte ich einen sanften Windhauch. Mir war vom Rennen so heiß geworden, dass mir der plötzliche kalte Luftzug einen Schauer wie Nadeln über den Rücken jagte. Oder vielleicht war es ja gar nicht der Wind, sondern vielmehr die Musik, die er zu mir herüberwehte. Sie war nur bruchstückhaft und leise zu vernehmen, ich hörte sie kaum, konnte sie aber auch nicht ausblenden.

Sie lockte mich, und ich wollte zu ihr hin, was einen Abstieg durch das Felsenlabyrinth zu meinen Füßen bedeutete. Der erste Schritt war der schwerste und schmerzvollste. Der zweite war nicht mehr so schlimm, und ab dem dritten konnte ich mit dem Schmerz umgehen, wenn ich nur fest genug die Zähne zusammenbiss.

Es führte kein richtiger Weg nach unten, nur ein schmaler Spalt durch felsige Erde, die teilweise mit Moos oder Farnen überwuchert war. Weiter unten türmten sich die Felsen, und der Pfad wurde zwar ebener, war aber völlig zugewachsen. Ich hatte keine andere Wahl, als durch blühende Mohnblumen zu waten, die in Büscheln um meine Füße tanzten. Ich nahm an, dass sie sich vielleicht zur Musik bewegten, die inzwischen näher und deutlicher war. Eine Trommel war hinzugekommen, und ich machte einen Schritt bei jedem Schlag. Schon bald schwand der Schmerz in meinem Knöchel, dafür waren allerdings meine Lider schwer geworden, und ein überwältigender Drang zu schlafen stieg in mir auf.

Ich stolperte, stürzte zu Boden und stellte fest, dass die Erde unter mir gepolstert war, viel weicher als alles, worauf ich in meinen sechsundzwanzig Jahren je zuvor geschlafen hatte. Ich versuchte aufzustehen, aber mein Körper war zu schwer, und meine Arme erzitterten unter der Anstrengung.

»Schlafe«, hörte ich die Blumen wispern. Ihre Stimmen waren wie ein leises Summen, ein Schlaflied, das meinen Körper einhüllte. »Wir werden dich beschützen.«

Ich öffnete die Augen und hätte schwören können, dass die Mohnblumen höher wuchsen und die Sonne, den Himmel und die gewundenen Äste der uralten Eichen über mir aussperrten, bis es nur noch Dunkelheit gab, und ich schlief ein, denn ich glaubte ihnen mehr, als ich Lore glaubte.

Etwas piekte mich.

Ich erwachte auf der Stelle, und mein Herz raste, als ich mich hochstemmte und eilig wegkrabbelte, denn ich rechnete mit meinen Brüdern. Doch als meine Sicht klar wurde, erkannte ich, dass nicht sie mich gepiekt hatten, sondern eine Fee.

Sie war klein, nicht größer als der Mohnblumenstängel, den sie in den winzigen Händen hielt. Sie sah aus, als sei sie aus einem Baum geschaffen, mit einer Haut wie Rinde und Haar wie Weinranken in Zöpfen. Eine Dryade, stellte ich fest. Sie trug ein Kleid aus dunklen Blättern und Rosetten, die wie Tau im frühen Morgenlicht schimmerten – nur dass es gar kein früher Morgen war, sondern die Abenddämmerung, die den Himmel in oranges Licht tauchte.

»Oh«, sagte ich und rieb mir die Augen. »Es tut mir sehr leid. Ich dachte … du wärst jemand anderes.«

Sie musterte mich mit ihren großen moosgrünen Augen und fragte: »Gehst du zum Ball?«

Ich blinzelte verständnislos. »Zum Ball?«

»Dort unten auf dem alten Elfenhügel findet ein Ball statt«, erläuterte sie. »Wenn du dich nicht beeilst, verpasst du die Tänze!«

»Das klingt verlockend«, erwiderte ich. »Aber ich fürchte, ich wurde nicht eingeladen.«

»Du musst doch nicht eingeladen sein, Dummchen!«, meinte sie. »Alle dürfen kommen! Der alte Elfenkönig hat es so bestimmt!«

Ich zögerte wieder. »Ich würde ihn beleidigen«, seufzte ich und blickte hinab auf mein zerfetztes und abgetragenes Kleid. Es war das Einzige, was ich in den letzten zehn Jahren besessen hatte. Ich hatte es immer wieder geflickt, und inzwischen bestand es größtenteils aus Fäden und gar nicht mehr aus Tuch. »Ich habe nur diese Lumpen anzuziehen.«

»Dann kleiden wir dich neu ein«, entschied die Dryade kurzerhand.

»Bitte«, entgegnete ich. »Das würde ich nicht von dir verlangen.«

Ich fühlte mich unwohl bei dem Gedanken, ein solches Geschenk anzunehmen, vor allem von den Feen. Lore hatte mich schon gelehrt, dass nichts aus reiner Güte geschah. Alles war ein Tauschgeschäft, und ich fragte mich, was ein hübsches neues Kleid wohl kosten würde.

»Hast du auch nicht«, sagte sie. »Ich habe es angeboten. Alles, worum ich dich bitte, ist, dass du zum Ball kommst.«

Ich erwog das Angebot der Dryade und fürchtete halb, dass dies eine Falle war.

»Was tut man auf einem Feenball?«, fragte ich.

»Was für eine seltsame Frage!«, rief sie aus. »Nun, tanzen, singen und bis zum Morgengrauen speisen!«

Bei der Erwähnung von Essen knurrte mein Magen. Ich konnte mich nicht erinnern, wann ich zuletzt etwas zu mir genommen hatte. Außerdem war ich noch nie auf einem Ball gewesen, und das klang nach viel mehr Spaß, als im Dunkeln durch den Verzauberten Wald zu wandern.

»Und … werde ich auch wieder gehen können?«, erkundigte ich mich zaghaft.

»Sterbliche sind ja so widerspenstig«, schimpfte die Dryade und runzelte die Stirn. »Natürlich kannst du auch wieder gehen.«

Wenn das so war, sah ich keinen Schaden darin, den Ball zu besuchen.

»Dann komme ich mit dir zum Ball«, beschloss ich.

Die Dryade lächelte erfreut, sprang dann in die Luft, und ihre Flügel glitzerten, als sie hinter ihr wie wild flatterten. »Dann beeil dich! Du musst mir folgen!«

Ich erhob mich aus dem Blumenbett, ohne den Schmerz in meinem Knöchel zu spüren, und hielt inne, um ihn zu untersuchen. Kein Zeichen, dass er verletzt gewesen war, keine Schwellung, kein Bluterguss.

»Was ist los?«, fragte die Dryade und schwebte neben mir. »Wir müssen uns auf den Weg machen!«

»Ich bin nur erstaunt«, sagte ich. »Bevor ich in den Blumen einschlief, hatte ich mich am Fuß verletzt.«

»Die Mohnblumen müssen dich wohl geheilt haben«, vermutete sie. »Denn genau das tun sie, entweder heilen oder töten.«

Damit schwirrte sie davon, schlug Saltos in der Luft, und ich lief ihr nach – wieder im Takt zur Musik, die ich inzwischen in meinen Adern vibrieren fühlte. Nicht lange und wir kamen hinter der letzten Reihe Felsen hervor, wo der Wald offen und endlos war. Als wir unter diese uralten und schweren Äste traten, entflammten Hunderte Lichter in den Bäumen.

»Oh«, hauchte ich atemlos, voller Ehrfurcht vor dem wunderschönen Anblick.

Als ich genauer hinsah, entdeckte ich, dass dort Hunderte Feen in den Zweigen waren und Laternen hielten.

»Wir werden die Laternen zum Elfenball tragen«, erklärte die Dryade. »Beeil dich, sonst kommen wir zu spät!«

Ich folgte ihr an vielen Bäumen vorbei, bis wir zum größten kamen. Er war riesiger als jeder Baum, den ich jemals gesehen hatte. Möglicherweise handelte es sich bei ihm um den ältesten Baum im Verzauberten Wald, obwohl ich bezweifelte, dass das jemand sicher sagen konnte. Seine Äste hingen dicht und schwer herab, mit vielen Nadeln und roten Beeren.

»Alte Mutter!«, zwitscherte die Dryade und klopfte an den Baumstamm. »Alte Mutter! Ich habe hier eine Sterbliche, die etwas anzuziehen braucht!«

Es dauerte einen Moment, bis mir klar wurde, dass der Baum sich bewegte. Plötzlich brach ein Arm aus dem Stamm heraus und dann ein Bein, und kurz darauf stand ein Geschöpf ganz aus Holz vor mir. Sie war etwa so groß wie ich und hatte tiefe Augen, eine breite Nase und einen gekräuselten Mund. Moos und Pilze wuchsen ihr auf Kopf und Armen und zogen sich über ihren Rumpf.

»Eine Sterbliche, sagst du?«, fragte Alte Mutter. Sie lehnte sich vor zu mir und knarrte wie lange Äste im Wind, ohne Blinzeln in den leeren Augen. »Was für ein hübsches, blasses Ding. Bist du sicher, dass sie kein Geist ist?«

»Ich bin kein Geist, Alte Mutter«, entgegnete ich, wenn auch leise.

»Nein?«, fragte die alte Dryade. Sie hob ihre zweigartige Hand an mein Kinn, und ich versteifte mich bei ihrer Berührung. »Deine Augen sagen etwas anderes. Deine Augen sagen, dass du verschwinden willst.«

Keine Ahnung, warum ich rot wurde. Vielleicht lag es daran, dass sie tief in meine Seele geschaut hatte. Ich wusste nicht, was ich darauf erwidern sollte, also sagte ich nichts, sondern senkte stattdessen den Blick.

»Ist schon in Ordnung, hübsches Ding«, beruhigte sie mich. »Heute Nacht wirst du erfahren, wie es ist, bewundert zu werden.«

Ich wollte protestieren. Ich brauchte keine Bewunderung, aber Alte Mutter erstickte meinen Widerspruch im Keim.

»Ah, ah, ah«, meinte sie. »Das will ich nicht hören. Du wirst die Schönste des Balls sein.«

Sie griff hinter ihren Kopf, brach mit einem kurzen Knacken etwas ab und zog eine Walnuss hervor.

»Mach auf«, befahl sie.

Ich sah erst Alte Mutter und dann die Nuss an. Ich wollte sie nicht verärgern, also nahm ich sie und kam mir seltsam vor, als ich in die hölzerne Schale biss und sie dann aufbrach – um ein Bündel aus weißem Stoff zu offenbaren. Ich zog es heraus, ließ die Nussschale fallen und stellte fest, dass es ein wunderschönes Kleid war.

»Oh, Alte Mutter«, staunte ich und hielt das Kleid vor mich. »Ich hatte noch nie etwas so Schönes!«

»Zieh es an! Zieh es an!«

Meine Augen wurden groß, und ich sah mich um.

»Hinter meinem Baum, hübsches Ding!«, forderte sie mich auf.

Ich eilte um die Eibe herum und fand eine Öffnung in der Rinde, die gerade so groß war, dass ich hineinpasste. Eine seltsame Vorfreude überkam mich, als ich mich auszog. Ich hatte so lange nichts Neues gehabt, schon gar nicht etwas so Schönes.

Ich schlüpfte in das neue Kleid und war überrascht, wie weich es sich anfühlte und wie perfekt es passte. Der Rock war gerüscht und leicht und luftig, wie Spinnfäden, die im Wind schwebten. Silberdurchwirkte Spitze und Girlanden hübscher weißer Rosen hingen in verschiedenen Längen von der Taille. Das Oberteil war geschnürt und wie der obere Teil eines Herzens geschnitten, verziert mit den gleichen Bändern und Rosen. Die Ärmel waren nicht mehr als lange Bänder aus Gazestoff, die an meinen Schultern befestigt waren.

»Hübsches Ding, bist du fertig?«, flötete die jüngere Dryade.

»Ich ... ich kann den Rücken nicht schnüren«, sagte ich.

»Komm her, hübsches Ding, ich mache das für dich.«

Ich trat aus dem Schutz des Baumes, vor dem die Dryade mit schnell schlagenden Flügeln schwebte.

»Dreh dich um, hübsches Ding«, befahl sie und zog dann die Schnüre des Korsettoberteils fest. Als sie damit fertig war, drehte ich mich zu ihr um und schob die Hände in den Rock meines neuen Kleides. Ich glaubte nicht, dass ich jemals wieder damit aufhören konnte, es zu berühren.

»Oh, du bist eine Erscheinung«, freute sich die Dryade. »Alte Mutter irrt sich nie! Du wirst die Schönste des Balls sein!«

Ich lächelte, denn ich konnte nicht anders. Ich würde auf einen Ball gehen!

»Und jetzt los mit dir!«, krähte Alte Mutter, als wir ihren Baum umrundeten. »Auf zum Ball, hübsches Ding!«

Die Dryaden segelten von dem Blätterdach über mir herab, und ihre Laternen flackerten im Flug. Ich schenkte Alte Mutter ein letztes Lächeln und folgte dann den Lichtern. Es war, als würde man unter den Sternen laufen. Die Dryaden erleuchteten den Weg und schienen dabei alle möglichen Geschöpfe aus dem Dunkeln anzuziehen: Feen mit Schmetterlingsflügeln und Brownies mit seltsamen Hüten, Zwerge, gekleidet in feinen Schmuck. Auch Nymphen waren darunter, kleine und große, manche mit Flügeln und manche ohne, manche mit weißem Haar und manche mit braunem.

Eine tänzelte an mich heran, den Arm vollbeladen mit Blumenkronen, und setzte mir eine davon auf den Kopf, bevor sie wieder davonwirbelte. Eine andere kam zu mir, nahm meine Hand und kicherte lächelnd, als sie mich mit sich zog. Wir hüpften zur Musik, die nun näher war als zuvor, ein leiser, aber warmer und reicher Klang, der tiefer als Glocken war und höher als Trommeln. Die Melodie war hypnotisch, und mein ganzer Körper summte.

Ich war noch nie so glücklich gewesen, und ich wusste nicht, woher das kam, das Gefühl, dazuzugehören und gesehen zu werden, oder eine andere Art von Magie.

Die Dryaden teilten sich in der Luft über mir und bildeten zwei Reihen, die sich in die Bäume erhoben, während wir auf eine Wiese gelangten, die bereits übervoll war mit allen möglichen Geschöpfen und Sterblichen. Dort waren noch mehr Feen und Nymphen, manche so klein, dass sie wie Mücken herumschwirrten, andere größer als ich. Kobolde mit langen Zähnen und spitzen Nägeln und Trolle mit Schwänzen, Zentauren mit Hufen und langen Bärten und Faune mit kurzen Beinen und Hörnern tummelten sich überall. Ich hatte noch nie so viele unterschiedliche Geschöpfe gesehen, und unter ihnen gab es sogar noch mehr, die ich nicht kannte. Doch sie alle waren in der Sekunde vergessen, als ich von der Nymphe, die meine Hand ergriffen hatte, in einen Tanz geführt wurde.

Als wir einen Kreis bildeten, sah ich sie an, und ihre Augen waren so hell, dass sie wie leuchtende Sterne aussahen.

»Ich habe noch nie getanzt«, gestand ich.

»Es ist einfach. Tu einfach dasselbe wie ich!«, sagte sie, zog mich nach rechts und links und hüpfte beim Gehen. Unser Kreis wurde kleiner, und die Nymphen neben mir hoben meine Arme hoch und ließen sie los, um in die Hände zu klatschen und sich zu drehen, bevor wir uns wieder an den Händen nahmen, um das Ganze von vorn zu beginnen. Beim dritten Mal bewegte ich mich mit einer Leichtigkeit, die ich noch nie zuvor gefühlt hatte, und ich lächelte so breit, dass mir das Gesicht wehtat. Mir war, als könnte ich bis in alle Ewigkeit weiter unter den schimmernden Lichtern der Dryaden tanzen, selbst dann noch, als mir heiß wurde und ich nach Atem rang.

Die Musik spielte und spielte und wurde schneller und schneller. Die Nymphen hielten weiter meine Hände und unser Kreis wurde kleiner, während sich um uns herum ein größerer bildete. Ich war nicht darauf gefasst, als ich nach rechts gezerrt wurde und die Fee neben mir einen schnellen Hüpfer machte, und dann plötzlich ließen sie meine Hand los, um einen Schritt zu machen und sich zu drehen. Ich tat es ihnen nach und ergriff die Hand eines Mannes – jedenfalls dachte ich, es sei ein Mann, nur dass seine Augen gelb waren und mit einer Iris wie schwarze Schlitze.

Einen Moment lang hielt ich seinem Blick stand, irritiert von diesen seltsamen Augen in einem so schönen Gesicht, bis ich mich in dem großen Kreis wiederfand und erneut nach rechts gezogen wurde.

So tanzten wir weiter, kamen zusammen und trennten uns wieder, und ich dachte, dass ich nie glücklicher gewesen war. Als ich eine weitere Hand ergriff, erkannte ich, dass die Tanzenden beobachtet wurden. Das allein hätte mich nicht gestört, wäre da nicht ein bestimmtes Augenpaar gewesen.

Lore.

Nun, da ich ihn bemerkt hatte, fragte ich mich unwillkürlich, wie mir sein Blick so lange hatte entgangen sein können. Ich konnte ihn auf einmal mit jeder Pore fühlen. Schwer, finster und ... *wütend*.

Er saß steif am Ende eines langen Banketttisches am Fuße

eines Hügels, der aussah, als sei er mit großen Pfosten gestützt, umwunden mit grünen Girlanden. Eine seiner Hände lag auf dem Tisch, seine behandschuhten Finger trommelten darauf, aber nicht zur Musik. Er war anders gekleidet, nicht in seine Rüstung und Leder, sondern in eine silberne Tunika mit Silberverschlüssen. Er trug eine Krone aus hellweißen Zweigen, und sein langes, seidiges Haar fiel ihm über die Schultern.

Er war atemberaubend, aber auch erschreckend, und sein Anblick ließ mich stehen bleiben, und dann, ganz plötzlich, tanzte niemand mehr, und alle starrten mich und den Prinzen von Nightshade an.

»Meine Lady?«, fragte eine Stimme.

Es dauerte einen Moment, bis ich mich von Lores Blick lösen konnte, einen Moment, um mich darauf gefasst zu machen, wie es sich anfühlen würde, wenn sein Blick brennend über meinen Körper glitt. Schließlich wandte ich den Kopf und begegnete den gelben Augen des Mannes, mit dem ich zuerst beim Tanz Plätze getauscht hatte.

»Vielleicht möchtest du dich ausruhen?«, schlug er vor. »Erlaube mir, dich zu geleiten.«

Er bot mir seine Hand, und ich nahm sie, denn ich wusste nicht, was ich sonst tun sollte. Ich glaubte nicht, dass ich weiter tanzen konnte, nun da ich wusste, dass Lore hier war und mir zusah.

Der Fremde führte mich von der Mitte der Wiese zu einem Haufen Felsbrocken, die als Tische und Stühle dienten. Als ich saß, begann die Musik von Neuem.

»Hier bitte, meine Lady«, sagte er und reichte mir ein großes Blatt, mit dem ich mir Luft zufächeln konnte, auch wenn ich nicht glaubte, dass es helfen würde. Mir war nicht mehr heiß vom Tanzen. Diese Hitze brannte tief und heiß in meinem Inneren.

»Danke«, erwiderte ich, aber der Mann schien mich nicht zu hören, denn er winkte gerade einen Bediensteten mit einem

Tablett heran, auf dem einige Silberkelche standen. Er nahm zwei und gab mir einen. Ich wusste nicht, was in dem Kelch war, aber ich nippte trotzdem daran und stellte fest, dass es süß schmeckte.

Der Mann tat das Gleiche und setzte sich mir gegenüber an den kleinen runden Tisch.

»Du bist ein Mensch«, stellte er fest.

Ich zögerte. »Ja«, gab ich dann zu. »Ist es so offensichtlich?«

»Nur weil du nicht tanzen kannst«, brummte er und lachte leise.

Ich wurde rot und trank noch einen Schluck von dem süßen Gebräu.

»Schäme dich deswegen nicht«, sagte er. »Ich finde es liebenswert.«

So war ich noch nie genannt worden, und ich fragte mich, ob das etwas Gutes war. Fast kam es dem gleich, als wenn man naiv genannt wurde, was mir nicht gefiel, auch wenn ich wusste, dass es stimmte, vor allem, wenn es um das Überleben im Verzauberten Wald ging.

»Und du? Bist du … menschlich?«, erkundigte ich mich höflich und wusste zugleich, dass er es nicht war.

Er hielt meinem Blick stand und lächelte schwach, bevor er den Kopf in Richtung der Tanzenden drehte.

»Meine Mutter war menschlich«, erläuterte er. »Mein Vater war ein Kobold.«

Das erklärte seine Augen.

»Sind sie noch bei dir?«, fragte ich.

»Sie starben vor sehr langer Zeit«, widersprach er.

Ich brauchte einen Augenblick für meine Antwort. Ich erwog, nur zu sagen, dass mir das leidtat, aber Entschuldigungen waren seltsam, wenn Tod das Thema war.

»Meine auch«, sagte ich stattdessen.

»Dann wissen wir beide, was Trauer ist«, warf er ein.

Ich nickte, und wir schwiegen einige Momente lang.

»Erzähl mir etwas über sie«, bat ich. »Über deine Eltern.«

Ich konnte den Ausdruck im Gesicht des Halbkobolds nicht deuten.

»Natürlich nur, wenn du willst«, fügte ich hinzu und kam mir albern vor.

»Ich will schon«, zögerte er. Dann holte er tief Luft und wandte den Blick wieder ab. »Meine Mutter hat mir immer vorgesungen. Sie hatte eine wunderschöne Stimme. Manchmal glaube ich, ich kann sie immer noch hören, aber nur wenn es sehr ruhig und die Welt still ist.«

»Das kommt nicht oft vor«, meinte ich.

Er lachte. »Nein, gar nicht oft.«

»Meine Mutter sang auch gern«, sagte ich und musste unwillkürlich bei der Erinnerung daran lächeln. »Sie war schrecklich darin, aber sie hat es geliebt.«

Der Halbkobold lachte.

»Singst du?«, fragte er.

Auf seine Frage hin verschwand mein Lächeln. Ich hatte nicht erwartet, dass es schmerzen würde, daran erinnert zu werden, dass ich seit dem Tod meiner Mutter nicht mehr gesungen hatte, und dass ich nicht glücklich genug gewesen war, um es überhaupt zu versuchen.

»Ich habe schon lange nicht mehr gesungen«, erklärte ich.

»Du klingst so lieblich, wenn du sprichst, dass ich überzeugt bin, dass es auch so sein muss, wenn du singst.«

»Ich bin mir sicher, dass du dich irrst, mein Lord«, entgegnete ich und fühlte mich unwohl unter seinem Lob. Ich guckte weg, bereute das aber sofort, als ich sah, dass Lore herüberstarrte. Er hatte sich nicht gerührt, und er schien immer noch wütend zu sein.

Der Halbkobold musste wohl bemerkt haben, dass ich mich versteifte, und folgte meinem Blick. Dann wandte er sich wieder mir zu, und unsere Augen begegneten sich.

»Kennst du den Prinzen von Nightshade?«, wollte er wissen.

»Wir sind miteinander bekannt«, wich ich aus, denn ich wollte nicht offenlegen, dass ich in der Schuld des Prinzen stand. »Aber ich würde nicht sagen, dass ich ihn kenne.«

Der Halbkobold musterte mich, und ich nahm an, dass er mir nicht glaubte.

»Ich bin überrascht, dass er hier ist. Für gewöhnlich wird er von den Feen außerhalb seines Königreiches nicht willkommen geheißen.«

Mir wurde schwer ums Herz. »Warum nicht?«

»Es heißt, er spricht mit sich selbst und hört Dinge, die sonst niemand hören kann.«

»Ist das alles?«, fragte ich stirnrunzelnd. »Es scheint grausam, ihn auszuschließen für etwas so ... Harmloses.«

»Ist die Art, wie er dich ansieht, harmlos?«

Ich wusste es nicht, aber er hatte versprochen, mir nicht wehzutun, also vielleicht schon.

»Er ist wütend auf mich«, sagte ich.

»Das ist keine Wut«, antwortete der Halbkobold.

Bevor ich fragen konnte, was es dann war, kam ein Zwerg heran, um ihm etwas ins Ohr zu flüstern. Der Austausch war kurz, doch dann wandte er sich mir zu.

»Ich entschuldige mich«, sagte er und stand auf. »Ich wurde fortgerufen.«

»Natürlich. Danke, dass du mir Gesellschaft geleistet hast.«

»Darf ich?«, fragte er und streckte die Hand aus.

Ich zögerte nur einen Moment lang und akzeptierte dann, dass seine Finger sich um meine schlossen. Er bückte sich und streifte mit den Lippen über meine Haut.

»Es war mir ein Vergnügen«, beteuerte er. In seinem Blick lag eine Eindringlichkeit, die mich erröten ließ, und ich schaute ihm nach, als er sich zum Banketttisch zurückzog, doch es dauerte nicht lange, bis mein Blick wieder zu Lore glitt. Diesmal war er allerdings fort. Mein Herz pochte schneller, und meine Ohren klingelten, aber bevor ich in der Menge Ausschau nach ihm halten konnte, drang eine Stimme durch meine Beunruhigung.

»Ich hoffe, du hast ihm nicht deinen Namen genannt, *wild one*«, sagte eine vertraute Stimme und erschreckte mich. Ich blickte hinab und sah Fuchs stoisch zu meinen Füßen sitzen.

»Er hat nicht danach gefragt«, gab ich zur Antwort. »Und warum hätte ich das bitte schön nicht tun sollen?«

»Namen haben Macht«, erläuterte der Fuchs. »Du willst deine Macht nicht fortgeben.«

Ich runzelte die Stirn. Noch etwas, das einen Austausch erforderte.

»Warum bist du hier, Fuchs?«, verlangte ich zu wissen.

»Ich könnte dich dasselbe fragen, *wild one*«, konterte er.

»Die Dryaden haben mich eingeladen«, erklärte ich. »Sie sagten, alle seien willkommen.«

Die Augen des Fuchses formten sich zu Schlitzen, und er legte den Kopf schief. »Haben sie sonst noch etwas zu dir gesagt, *wild one*?«

Kummer kroch mir ins Herz, als ich seine Frage hörte.

»Dass ich jederzeit wieder gehen kann«, flüsterte ich.

»Eine Sache, die du über Feen lernen musst, ist, dass nur weil sie nicht lügen können, das nicht heißt, dass sie die Wahrheit sagen.«

»Ich verstehe nicht ...«

»Vielleicht lassen sie dich wieder gehen«, unterbrach mich der Fuchs. »Aber nur wenn du noch vor Sonnenaufgang verlobt bist.«

»Was?« Schockiert rang ich nach Atem.

»Du bist angezogen wie eine Jungfer auf der Suche nach einem Ehemann, gehüllt in Weiß und mit einer Krone. Jemand hier muss um deine Hand anhalten. Andernfalls wirst du ein Jahr im Elfenhügel verbringen.«

»Das kann nicht sein«, rief ich.

»Es ist so«, antwortete der Fuchs und blickte an mir vorbei.

»Obwohl du wohl keine Probleme damit haben wirst, zu gehen. Wie es scheint, hat der Koboldkönig Gefallen an dir gefunden.«

»Koboldkönig?« Ich spähte über meine Schulter und entdeckte den Halbkobold von vorhin am Bankettisch, wo er neben einem sehr kleinen Elfen stand, der so runzelig war, dass es aussah, als wäre er auf den Stapel Kissen unter ihm geschmolzen. Beide beobachteten mich.

Ich wandte mich wieder dem Fuchs zu. »Du musst mir helfen«, flehte ich. »Ich will nicht …«

Die Worte erstarben auf meinen Lippen, als sich jemand anpirschte, und ich blickte auf und begegnete Lores violetten Augen.

»Wildfang«, begrüßte er mich.

Ich schluckte schwer. Aus der Nähe wirkte er nicht mehr ganz so wütend, nur seine Augen funkelten noch immer und loderten wie ein übernatürliches Feuer.

»Prinz«, grüßte ich zurück und stand langsam auf.

Er bot mir seine Hand. »Tanz mit mir.«

Ich zögerte, unsicher angesichts dessen, was er von mir wollte.

»Samara?«, fragte er. Der Name kam leise, kaum ein Flüstern, ließ mich an einen Zauber denken, und mir fiel ein, was der Fuchs darüber gesagt hatte, dass Namen Macht besaßen.

Ich gab Lore die Hand, und er führte mich an den Rand der Wiese. Wir standen mit Abstand zueinander da, und das fühlte sich seltsam an.

»Ich weiß nicht, wie man tanzt«, gab ich zu.

»Vorhin schienst du es zu wissen«, antwortete er. »Aber solltest du dich verloren fühlen, schau einfach zu mir.«

Die Musik begann, und er neigte den Kopf. Ich sah mich um. Die Damen knicksten, also tat ich dasselbe. Wir erhoben uns wieder und umkreisten einander, nur um denselben Tanzschritt zu wiederholen, ohne dass wir einander aus den Augen ließen.

»Du bist weggelaufen«, stellte er mich zur Rede.

»Ich werde nicht für dich wünschen«, rechtfertigte ich mein Verhalten.

Sein Mund spannte sich an, doch dann führte der Tanz uns voneinander weg und in eine große Schleife, bis wir uns wieder gegenüberstanden. Er streckte die Hand aus, und ich nahm sie, während wir aufeinander zu und wieder voneinander weg traten.

»Ich will dich nicht darum bitten, ihn in den Äther zu sprechen«, sagte er.

»Worum willst du dann bitten?«

Wir verstummten, während wir einen weiteren Ring umeinander tanzten, und diesmal ergriff Lore die Hand einer Fee, und ich tauchte unter den Armen beider hindurch. Ich blickte zu den anderen Tanzenden und kam mir albern vor, als ich diesen seltsamen Tanz tanzte, dann erinnerte ich mich an Lores Worte und drehte mich ihm zu.

Er nahm wieder meine Hand.

»Ich will dich bitten, mich auf einer Suche zu begleiten, um den Wunschbaum zu finden, an dem goldene Äpfel wachsen«, erklärte er mir. »Wenn wir ihn finden, musst du einen pflücken und nur einen Bissen essen, um mich freizuwünschen. Es ist ganz einfach.«

Es klang zu schön, um wahr zu sein. Allerdings war das in meinem Leben bisher stets so abgelaufen. Der Fee, der mir das Messer gegeben hatte, der Prinz, der um meine Hand angehalten hatte.

»Du kannst nicht denken, ich würde glauben, dass es so etwas gibt«, entgegnete ich.

»Ich kann nicht lügen.«

»Vielleicht kannst du nicht lügen, aber du musst auch nicht die Wahrheit sagen.«

Lores Augen wurden schmal. »Hat der Fuchs dir das eingeflüstert?«

Ich antwortete nicht, aber das war auch nicht schwer zu vermeiden, als wir uns voneinander wegdrehten.

»Ich sage dir ehrlich, dass der Wunschbaum existiert«, beteuerte er, als wir wieder aufeinandertrafen. »Aber seine Magie wirkt nur in der ersten Nacht des Vollmonds.«

Ich wollte ihm nicht glauben, aber er erzählte mit solcher Aufrichtigkeit nicht nur von dem Baum, sondern auch von seinem Fluch. Er schien unbedingt frei sein zu wollen.

»Das erklärt nicht, warum ich es wünschen soll.«

»Du musst es wünschen, weil ich unwürdig bin«, erläuterte er.

Ich stolperte, und Lore fing mich auf. Ich fand meine Balance wieder, aber er ließ nicht los, sondern behielt die Hände links und rechts meiner bloßen Arme. Mir fiel auf, dass er seine Handschuhe immer noch nicht ausgezogen hatte. Ich überlegte, ihn nach dem Grund zu fragen – doch das beschämenderweise nur, weil ich mich fragte, wie seine Haut sich wohl an meiner anfühlen würde. Wenn seine Handflächen jetzt schon brennend heiß waren, würden sie mich dann unbedeckt in Brand stecken?

Doch etwas, das er gesagt hatte, verstörte mich mehr.

»Wer sagt, du seist unwürdig?«

Er begutachtete mich stirnrunzelnd. Ich konnte nicht anders, als seinen Mund und sein Stirnrunzeln zu betrachten, und ich beschloss, dass es mir nicht gefiel. Ich zog es vor, wenn er lächelte, selbst wenn das, was aus seinem Mund kam, frustrierend war.

»Niemand muss es sagen, damit es stimmt«, antwortete er.

»Dann kann es ebenso leicht auch falsch sein«, meinte ich.

»Ist es nicht«, erklärte Lore.

Seine Worte entmutigten mich, und ich wandte den Blick ab.

»Ich kann mir nicht vorstellen, warum du mich wählen solltest«, gab ich zu bedenken. »Wenn wir hier von Würdigkeit sprechen, dann bin ich …«

»Deine Brüder irren sich«, unterbrach mich Lore. »Sie sind es, die unwürdig sind. Sie verdienen dich nicht.«

»Nur weil du das glaubst, muss es nicht so sein«, entgegnete ich.

Wir hatten zu tanzen aufgehört, aber die Feen bewegten sich

nach wie vor um uns herum, und mir wurde überdeutlich bewusst, wie nahe wir uns waren, sodass ich den Kopf in den Nacken legen musste, um seinen Augen zu begegnen. Ich wollte die Sehnsucht nicht fühlen, die sich da in mir breitmachte. Ich wollte nicht mögen, wie seine Hände sich an mir anfühlten. Ich wollte nicht daran denken, wie seine Lippen sich auf meinen anfühlen mochten.

Nur dass ich das alles eben doch wollte. Ich traute Lore bloß nicht so weit, dass er es mir geben würde.

Sein Blick fiel auf meinen Mund.

»Wie es scheint, befinden wir uns in einer Sackgasse, *wild one*«, stellte er fest.

»Sieht wohl so aus«, stimmte ich zu.

Langsam hob der Elfenlord seine Hand, und ich holte tief Luft, als seine Finger leicht über meine Wange strichen.

»Komm mit mir«, flüsterte er. »Ich werde dir zeigen, dass du würdig bist.«

Ich schloss die Augen, unfähig, ihn anzusehen. Ich wollte ihm so unbedingt glauben. Seine Worte waren vertraut, so wie jene, die ich im Schlaf gehört hatte.

»Samara«, flüsterte er wieder.

Seine Lippen waren meinen so nahe, dass ich ihre Wärme spüren konnte. Sie rauschte mir durch die Kehle und erfasste mein Herz. Ich hielt den Atem an und bemühte mich inständig, mir nicht vorzustellen, wie es wäre, den Abstand zwischen uns zu überwinden, meine Lippen auf seine zu drücken und dieser Leidenschaft, die da in mir brannte, nachzugehen.

Und gerade, als ich mich entschlossen hatte, riss uns ein hektisches Klimpern auseinander. Ich drehte mich um und sah, dass der Zwerg von vorhin mit einem Löffel an ein Glas klopfte.

»Seine Majestät wünscht zu sprechen!«, erklärte der Zwerg und klopfte dabei weiter so heftig gegen den Kelch, dass ich schon fürchtete, er würde zerbrechen. Bald hatte er die Aufmerksamkeit aller, und noch immer sah der Koboldkönig mich an. »Feenvolk«, verkündete der alte Elfenkönig. »Der Koboldkönig hat eine Braut erwählt!«

Darauf folgte eine Mischung aus leisem Gemurmel und Applaus, als sich alle umguckten, um zu erraten, wer unter ihnen es wohl sein mochte.

Ich glaubte, mir würde das Herz aus der Brust springen.

»Doch wie es scheint, ist er nicht der Einzige«, donnerte der alte Elfenkönig und zog dabei jeden Vokal in seinen Worten in die Länge. »Ein anderer wetteifert mit ihm um ihre Hand.«

Hinter mir ertönte ein Laut, der sehr nach einem Knurren klang, und dann stellte Lore sich vor mich, um mich vor Blicken abzuschirmen.

»Es gibt keinen Wettbewerb«, erläuterte Lore.

Der Koboldkönig trat vor. »Du kennst die Regeln, verfluchter Prinz. Wenn du Anspruch auf meine Auserwählte erheben willst, dann müssen wir uns duellieren bis zum Tod.«

Ich konnte nicht sagen, was mich mehr schockierte – dass die Lage so schnell bis zum Tod eskaliert war oder dass diese zwei nun darum stritten, wem ich gehörte.

»Wenn du dich bis zum Tod duellieren willst, bin ich gern dazu bereit, aber es wird nicht um diese Frau dabei gehen. Sie ist bereits mein.«

»Ruhe!«, rief der alte Elfenkönig. »Auserkorene, was sagst du? Welchem dieser Feen gehörst du?«

»Keinem von beidem«, erwiderte ich, doch ich fragte mich sogleich, ob das ein Fehler gewesen war, angesichts der Worte des Fuchses, dass ich heute Nacht nur als Verlobte würde wieder gehen können. »Ich gehöre niemandem.«

»Wenn du niemandem gehörst, dann muss jemand dich annehmen«, forderte der König.

»Das ist lächerlich«, widersprach ich.

Wieder entsetztes Keuchen, lauter dieses Mal. Ich sprach lauter.

»Ich darf ja wohl mehr als zwei Möglichkeiten wählen«, entrüstete ich mich.

»Mehr als zwei? Du willst mehr als zwei Männer?« Der alte Elfenkönig runzelte so sehr die Stirn, dass seine Augenbrauen beinahe seinen Haaransatz erreichten, der bereits bis fast auf die Mitte seines Kopfes zurückgewichen war. Doch die Menge schien das gar nicht so sehr abzulehnen, denn ihr Aufkeuchen wurde zu einem eher zustimmenden Brummen.

»Ich *will* niemanden«, rief ich.

»Aber du trägst Weiß«, betonte der alte Elfenkönig. »Und du hast Apfelblüten im Haar.«

Ich griff nach der Krone, nahm sie ab und warf sie zu Boden. Die Feen schnappten nach Luft, erneut gekränkt.

»Was ich trage, sagt nichts darüber aus, was ich will«, bekräftigte ich. Zumindest wusste ich das nicht, als ich das Kleid anzog oder die Blumenkrone aufsetzte.

Endlich herrschte Stille nach meinen Worten.

»Du gefällst mir, Sterbliche«, erklärte der alte Elfenkönig. »Wenn du keinen Freier wählen willst, dann wirst du hier bei mir bleiben.«

»Eure Majestät …«

»Du wolltest eine dritte Wahlmöglichkeit, und nun hast du sie«, fiel der alte Elfenkönig mir ins Wort. »Also, wen wirst du wählen?«

»Das ist unanständig«, mischte sich da der Fuchs ein. »Diese Frau kann nicht zwischen euch dreien wählen.«

»Und warum nicht, Fuchs?«, fragte der alte Elfenkönig. »Willst du deinen Hut in den Ring werfen?«

Darauf war Gelächter zu hören, doch das verstummte schnell, denn der Fuchs fuhr sogleich fort.

»Sie kann nicht wählen, weil sie in Trauer ist, denn ihr Auserkorener, ein sterblicher Prinz, ist genau heute gestorben«, sagte der Fuchs. »Es ist nur angemessen, dass sie ihre Wahl für mindestens ein Jahr aufschiebt.«

Die Feen tuschelten miteinander, doch ich konnte nicht verstehen, was sie sagten, und ich hoffte, dass die Worte des Fuchses mich aus dieser schrecklichen Lage befreit hatten. Obwohl ich Prinz Henrys Antrag angenommen hatte und mich danach sehnte, Lore zu küssen, wollte ich nicht heiraten. Ich war mir nicht mal sicher, ob ich das jemals tun würde.

»Du bringst ein gutes Argument vor, Fuchs«, nickte der alte Elfenkönig. »Dann ist es abgemacht. Wir werden ein Jahr lang warten, und dann wird die Jungfer ihre Wahl treffen.«

Meine Erleichterung war augenblicklich wie weggeblasen.

Die Musik ertönte, und das Fest ging weiter, als sei nichts geschehen. Ich wandte mich Lore zu, der ein finsteres Gesicht machte.

»Wäre ich denn eine so schreckliche Wahl gewesen?«, brummte er.

Seine Frage bestürzte mich, doch ich erholte mich rasch. »Es hat nichts mit dir zu tun«, erwiderte ich. »Eine wahre Wahl bietet die Option der Freiheit.«

Lores Züge wurden sanfter.

»Entschuldigung, *wild one*. Es war alles, was ich für dich erreichen konnte«, sagte der Fuchs und trottete heran.

»Entschuldige dich nicht«, bat ich. »Ich bin dir dankbar, Fuchs ... aber muss ich wirklich in einem Jahr zurückkehren?«

»Ja«, bestätigte er. »Du bist einen Handel mit dem alten Elfenkönig eingegangen, und wenn du ihn nicht einhältst, wird der Wald Rache nehmen.«

Ich zog die Stirn in Falten und fühlte mich niedergeschlagen. Dann sah ich Lore an. »Gilt für Schulden dasselbe?«

Er musterte mich mit einer seltsamen Hitze in den Augen. Es erinnerte mich daran, wo wir gerade eben stehengeblieben waren – zu nahe und kurz davor, einen großen Fehler zu begehen.

Ich war froh, dass ich ihn nicht geküsst hatte. Jedenfalls redete ich mir das ein, als mein Blick auf seine Lippen fiel.

»Niemand entflieht dem, was man schuldet«, sagte Lore. »Wir alle bezahlen, mit unserer Zeit oder unserem Leben. Es gibt nichts anderes.«

Seine Worte gefielen mir nicht, aber das war nicht ungewöhnlich. Eine Menge Dinge, die aus seinem Mund kamen, gefielen mir nicht, und ich kannte ihn erst einen Tag.

»Wenn das der Fall ist, dann vermute ich, wir sollten uns wohl besser auf den Weg machen«, meinte ich. »Ich würde ungern noch mehr Zeit verschwenden.«

Ich dachte, Lore wäre erfreut, dass ich endlich seinen Forderungen zugestimmt hatte, doch seine Miene blieb angespannt.

»Meine Lady«, sagte da eine Stimme.

Ich drehte mich um und sah den Koboldkönig wartend dastehen.

Lore gab ein unschönes Knurren von sich – das wurde langsam viel zu sehr zur Gewohnheit.

Der Halbkobold ignorierte ihn und sah mir weiter in die Augen. »Ich respektiere deine Entscheidung«, erklärte er. »Erlaube mir, dir ein Geschenk zu machen.«

»Oh«, hauchte ich. Erneut fand ich mich in einer Situation wieder, die ich noch nie erlebt hatte. Es war schon lange her, dass ich ein Geschenk erhalten hatte, das sich nicht als ein Streich herausstellte, den meine Brüder geplant hatten.

Der Koboldkönig zauberte ein kleines, schwarzes Kästchen hervor, öffnete es, und ein Kamm kam zum Vorschein.

Es war ein feines Schmuckstück aus Gold und Opalen.

»Darf ich?«, fragte er und nahm es in die Hand.

Mir war Lores Blick sehr bewusst, ebenso wie sein Zorn, und ich wollte es nicht noch schlimmer machen, nachdem ich mich nun der Aufgabe gegenübersah, die nächsten sechs Tage lang den Verzauberten Wald an seiner Seite zu durchqueren.

»Gestatte mir«, sagte ich deshalb, nahm den Kamm aus seiner Hand und steckte ihn in mein Haar.

Die Miene des Koboldkönigs war traurig, als er mir dabei zusah und mir dann in die Augen blickte. »Wunderschön«, raunte er. »Vielleicht wirst du in einem Jahr deine Stimme finden und für mich singen.«

»Vielleicht«, sagte ich leise, beinahe flüsternd.
Er lächelte schwach, bevor er sich zum Gehen wandte und ich erleichtert aufatmete. Bis ich mich zu Lore umdrehte. Sein Blick konzentrierte sich eindringlich auf den Kamm in meinem Haar.
»W-wie sieht das aus?«, fragte ich.
»Schrecklich«, grummelte er, machte auf dem Absatz kehrt, stapfte in die Dunkelheit des Waldes und ließ Fuchs und mich zurück.
»Was habe ich getan?«, wunderte ich mich verwirrt.
»Glaube mir, wenn ich dir sage, *wild one*, absolut nichts.«

KAPITEL SECHS
DAS KÖNIGREICH LARKSPUR

Lore

Ein Kamm.
Ich gab ihr ein Messer, und sie schnitt mir die Hand ab.
Der Koboldkönig gab ihr einen Kamm, und sie steckte ihn sich ins Haar.
Ich marschierte vor Samara und dem Fuchs her, brach Zweige ab und mähte dornige Ranken nieder. Es erlaubte mir, meinen Ärger zu kanalisieren und machte zugleich den Weg für Samara einfacher, die im Dunkeln nicht so sehen konnte wie ich.
Welchen Nutzen hat schon ein Kamm?, dachte ich.
Er war auf jeden Fall nicht so hilfreich wie ein Messer, vor allem eins, das alles schneiden konnte. Doch hätte ich ihr vor sieben Jahren einen Kamm gegeben, hätte ich vielleicht noch meine Hand und ein Fitzelchen Würde unter meinen sechs Brüdern, die es alle wahnsinnig unterhaltsam fanden, dass ich meiner Liebsten eine Waffe gegeben habe, die sie gegen mich eingesetzt hat.
Aber sie hatten auch nicht zugesehen, wie sie sich stundenlang im Schlamm und der Kälte eines Moores abgemüht hatte. Sie hatten nicht gehört, wie ihre Brüder sie beschimpft und herabgesetzt hatten. Sie hatten ihr nicht in tiefster Nacht gelauscht, wenn sie ihre Sehnsüchte preisgegeben hatte. Sie verstanden es nicht, denn sie hatten sich nie für etwas oder jemanden geopfert.

Ich konnte nicht warten, bis sie sich verliebten, obwohl ja das Gerücht umging, dass Casamir, mein siebter Bruder, das Biest, das wir ihm gesandt hatten, die Frau, die unseren sechsten Bruder getötet hatte, zur Braut genommen hatte.

Sie war ein wütendes und einsames Ding gewesen, aber sie hatte sich in ihn verliebt und seinen Fluch gebrochen.

Mir war bisher nicht so viel Glück vergönnt gewesen. Samara liebte mich nicht. Sie wusste nicht einmal, dass ich es gewesen war, der ihr das Messer gegeben hatte. Aber sie war mein Augapfel, und deshalb war sie die Einzige, die den Wunsch aussprechen konnte, der mich von dem Fluch der Liebe befreien würde.

»Ich weiß, du bist begierig darauf, den Wunschbaum zu finden«, sagte der Fuchs, der neben mir herlief, während ich einen weiteren Strauch niedermetzelte. »Aber deine Liebste ist zum Umfallen müde.«

»Nenn sie nicht so«, befahl ich ungehalten.

»Wie soll ich sie nicht nennen, Prinz? Beides wird wahr werden, eins früher als das andere, abhängig von dir.«

Ich funkelte den Fuchs finster an, konnte aber nicht anders als einen Blick über die Schulter zu werfen und sie weit hinter mir herstolpern zu sehen, während sie kaum noch die Füße vom Boden heben konnte.

»Sie müht sich ab, aber sie sagt nichts«, überlegte ich. »Ich kann nicht sagen, ob sie mutig oder ängstlich ist.«

»Sie ist beides, Prinz«, erklärte der Fuchs. »Sie sagt es dir nicht, weil sie es nicht gewohnt ist, dass ihr Schmerz jemanden kümmert.«

»Ich bin nicht wie ihre Brüder.«

»Im Augenblick bist du sogar genau wie sie«, korrigierte der Fuchs. »Du bist wütend auf sie, und seit du den Elfenhügel verlassen hast, tust du so, als würde sie nicht existieren.«

Es gab kein So-Tun.

Ich konnte ihr nicht entfliehen. Selbst wenn sie hinter mir

blieb, wusste ich, dass sie da war. Ich war auf jede Bewegung von ihr eingestimmt – auf jeden kleinen Atemzug und jeden Herzschlag –, aber der Fuchs hatte recht. Scham, schwer und zäh, überflutete mich. Unter dieser Last wurde ich langsamer, bis ich stehen blieb, mich umdrehte und zu ihr ging.

Ihre schweren Lider hoben sich, sie schaute mich an, und dann wurden ihre Augen groß, und sie hielt inne.

»Ich werde schneller laufen, versprochen«, beteuerte sie sogleich und wich einen Schritt zurück.

Die Furcht in ihrer Stimme war verstörend, denn ich hatte ihr Angst gemacht. Mein Ärger war auf der Stelle wie weggeblasen. »Du musst nicht schneller sein«, versicherte ich ihr. »Lass mich dich tragen.«

»Ich will keine Last sein«, wehrte sie sich gegen mein Angebot.

»Du bist schon zu lange wach, und du brauchst Ruhe. Es wird noch einige Meilen dauern, bis wir einen sicheren Ort erreichen«, beharrte ich. Ich hatte bereits beschlossen, mich in das Königreich meines Bruders, das Königreich Larkspur, zu wagen. Mir graute vor dem Besuch, aber der Mistkerl hatte weiche Betten und Frühstück, zwei Dinge, die Samara, wie ich annahm, lange nicht mehr gehabt hatte. »Lass mich dich tragen.«

Ich wartete auf ihre Antwort, überwältigt von dem Drang, sie zu berühren.

Endlich nickte sie und hielt meinen Blick fest, als ich näher kam. Als ich die Hand an ihren Rücken legte, fühlte sie sich stocksteif an.

»Entspann dich, Samara«, versuchte ich, sie zu besänftigen. »Ich bin nicht wütend auf dich.«

»Vielleicht nicht im Augenblick«, erwiderte sie. »Aber wütend bist du.«

Ich sagte nichts, denn es stimmte.

»Leg die Arme um meinen Nacken«, forderte ich sie auf, bückte mich und hob sie hoch. Bis zu diesem Moment hatte ich den Phantomschmerz, der mir von meinem Stumpf den Arm hinaufschoss, ignorierte und meinen Zorn genährt, aber nun war das alles, was ich fühlen konnte – das und die Tatsache, dass Samaras Gesicht nur Zentimeter von meinem entfernt war. Es ließ mich daran denken, wie kurz ich davor gewesen war, sie unter dem Elfenhügel zu küssen, etwas, wovon ich sieben lange Jahre geträumt hatte.

Etwas, das mich für ebenso lang verflucht hatte.

Vielleicht war es eine ganz schlechte Idee, sie in den Armen zu halten.

»Alles in Ordnung?«, flüsterte sie.

Ich runzelte die Stirn, überrascht von ihrer Frage. Als ich sie nun ansah, konnte ich mir nicht mehr erklären, warum ich so wütend auf sie gewesen war.

»Ich bin in Ordnung«, antwortete ich. »Warum fragst du, *wild one?*«

»Weil du mich anstarrst«, sagte sie.

Ich lächelte ein wenig. »Ich bewundere dich nur.«

Sie erwiderte nichts, aber ihre Miene war misstrauisch, so als glaube sie nicht, dass es an ihr irgendetwas wertzuschätzen gäbe. Ich wusste nicht, wie ich ihr helfen sollte, sich selbst so zu sehen, wie ich sie sah – wunderschön und freundlich, als jemanden, der mehr wert war, als ich überhaupt zu geben imstande war.

»Schlafe, Samara«, sagte ich. »Ich werde auf dich achtgeben.«

Sie betrachtete mich noch einige Minuten, bevor sie die Augen schloss, und ich setzte unsere Reise weiter fort, während der Fuchs vorantrottete. Ich war im Widerstreit mit mir selbst, als ich sie in den Armen hielt, im Zwiespalt zwischen Trost und Qual. Mein Körper musste das Gefühl noch loslassen, das sie im Hain in mir erweckt hatte, und sie nun so nahe zu haben, brachte alles auf einen Schlag zurück.

Ich hatte sie küssen wollen, aber ich konnte mich nicht dazu bringen, es zu tun, denn ich hatte zu viel Angst, sie zu erschrecken. Aber vor allem zögerte ich deshalb, weil sie nicht wusste, wer ich war.

Sie wusste nicht, dass ich die Hand mit dem Messer war.

»Im Hain unter dem Elfenhügel«, sagte sie.

Ihre Stimme klang wie ein Schrei in der stillen Nacht, und ihre Augen blieben geschlossen. Ich wusste nicht, ob sie sie nicht länger offen halten konnte, oder ob sie mich nicht ansehen wollte, während sie sprach. Mein Herz raste, als ich auf ihre nächsten Worte wartete und mir klar wurde, dass sie an das Gleiche dachte.

Sie fuhr fort: »Als wir tanzten und du meinen Namen sagtest ... war das ein Zauber?«

»Ein Zauber?« Ich war verwirrt und zugleich enttäuscht.

»Fuchs sagte, dass Namen Macht haben«, erklärte sie. »Als du meinen Namen sagtest ... fühlte ich mich ... als hätte ich die Kontrolle verloren.«

Ich schluckte schwer. So hatte ich mich gefühlt, seit ich ihr begegnet war.

»Nein«, entgegnete ich. »Es war kein Zauber.«

Danach fühlte sich ihr Körper schwerer an, als hätte sie sich endlich dem Trost ergeben.

Irgendwann während unserer Reise bog ich vom Weg des Fuchses ab in Richtung des Königreichs Larkspur, wo Cardic, mein zweiter Bruder, regierte.

»Prinz! Das ist nicht unser Weg«, meinte der Fuchs.

»Es ist jetzt unser Weg«, erläuterte ich. »Wir machen Rast für die Nacht.«

Zumindest Samara würde rasten. Ich traute meinem Bruder nicht genug, um in seinem Revier zu schlafen.

»Bist du sicher, Prinz?«, fragte der Fuchs. »Das wird unangenehm für dich.«

Das war mir sehr bewusst, aber als ich Samara in meinen Armen hielt, war der Wunsch, für ihr Wohlbefinden zu sorgen, größer als mein eigenes. »Ich bin mir sicher.«

Doch mit jedem Schritt wuchs die Beklommenheit vor unserer Ankunft.

Vor uns konnte ich Lichter in den Bäumen schimmern sehen. Es waren die warm erleuchteten Fenster und flackernden Laternen der Feen, die in Larkspur lebten, dem Königreich in den Bäumen. Eine Brücke markierte den Beginn von Cardics Reich, sie wand sich zwischen Ästen, und ich überquerte sie. Es war ein langsamer Anstieg zu seinem Palast, vorbei an Heimen, die vielen verschiedenen Feen gehörten – Dryaden, aber auch Waldelfen, grünen Männern und Kobolden.

Etwas schwirrte an mir vorbei und traf mich im Gesicht.

Ich wusste, was es war, in dem Moment, als ich das deutliche Surren ihrer Flügel hörte.

»Verdammte Pixies«, knurrte ich.

Cardic nutzte deren Hang zu Unfug und verwandelte sie in Waffen. Sie griffen alles an, das in seine Nähe kam, selbst geladene Gäste. Er fand es lustig, und die Pixies hatten Freude daran, ihn zu erfreuen – wahrscheinlich weil sie in ihn verschossen waren.

Ich fragte mich, was wohl passieren würde, wenn sie herausfanden, dass er unfähig war zu lieben.

Eine weitere Pixie sauste vorbei, und dieses Mal konnte ich ihre Krallen spüren, die mir ins Gesicht schnitten.

Ich biss die Zähne zusammen, und Zorn stieg in mir auf. Ich wollte sie aus der Luft pflücken und zu einem hässlichen Brei zermatschen, doch wie sich herausstellte, musste ich das gar nicht, denn als eine weitere vorbeiflog, sprang Fuchs in die Höhe und fing die Pixie in seinem Maul.

Dann schluckte er sie in einem Stück hinunter.

Das war das Ende des Angriffs.

Endlich kam Cardics Palast in Sicht. Ich war über alle Maßen erleichtert, da der Phantomschmerz meiner abgetrennten Hand höllisch brannte. Obwohl ich dort keine Finger mehr hatte, konnte ich das Feuer in jedem Fingerglied spüren. Ich knirschte mit den Zähnen gegen den Schmerz an, wie gewöhnlich, und begann, die vielen Stufen zum Eingang hochzusteigen. Cardics Zuhause war in eine große uralte Eiche eingelassen, die in der Dunkelheit über mir verschwand und bis zu den Sternen zu reichen schien. Mit der Zeit waren die kräftigen Äste dicker und dichter geworden und hatten die Steinfassade seines Schlosses weiter eingekapselt. Es gab zahlreiche offene Fenster und große Balkone, überwachsen mit Ranken und herabhängendem Moos. Zu meinem großen Entzücken erspähte ich eine vertraute Ranke mit tränenförmigen Blättern. Giftefeu.

Ich wollte, dass er wuchs und wuchs, bis er ins Schloss meines Bruders hineinkriechen würde.

Ich hoffte, er würde ihn anfassen und sich danach selbst befriedigen.

Der Gedanke an den Schmerz, den ein solcher Ausschlag ihm bereiten würde, erfüllte mich mit Schadenfreude, noch während ich mich dem offenen Bogentor seines Schlosses näherte, um Zuflucht zu suchen. Meine Beine und meine Lungen brannten, mir war heiß, und ich war außer Atem, zwei Dinge, die ich verabscheute, außer beim Sex – etwas, das ich schon sehr lange nicht mehr gehabt hatte, nicht, seit ich Samara begegnet war. Eine weitere Facette des Fluches. Ich war gezwungen, ihr gegenüber loyal zu sein. Allein der Gedanke, mit einer anderen Frau Sex zu haben, war ... unvorstellbar. Nach heute Nacht bezweifelte ich allerdings, dass wir dasselbe fühlten. Ich fragte mich, ob sie wohl vom Koboldkönig träumte.

Bei der bloßen Vorstellung hielt ich sie fester, und mein Blick fiel auf den Kamm, den er ihr geschenkt hatte. Ich wollte ihn aus ihrem Haar ziehen und in den dunklen Abgrund unter dem Königreich meines Bruders werfen.

»Tu es nicht, Prinz«, warnte der Fuchs.

»Woher willst du wissen, was ich denke?«, fauchte ich.

»Weil du noch mehr knurrst als ich, wenn du wütend bist«, antwortete er.

Ich biss die Zähne zusammen und hoffte, dass ich schweigen konnte. Bald erreichten wir die letzten Stufen, doch bevor ich oben ankam, flog etwas über meinen Kopf hinweg.

Ich duckte mich der Länge nach runter, blickte über die Schulter und sah einen Dolch, der auf den Stufen landete und hinabschlitterte.

Anscheinend hatte man meinen Bruder bereits auf meine Ankunft aufmerksam gemacht.

»Du unerzogener, leberfressender Bastard!«, rief er. »Gib mir meine verdammte Fee zurück!«

»Sch!«, befahl ich, noch während ich auf den Stufen lag, deren Kanten sich in meine Rippen bohrten. Ich würde mich ja aufrichten, aber ich war darauf gefasst, dass noch mehr Dolche in meine Richtung fliegen würden.

»Willst du ... willst du mir den Mund verbieten?«, verlangte Cardic zu wissen. »Auf den Stufen meines eigenen Königreiches?«

»Halt die Klappe, du schwachköpfiger, hurengebissener Feigling«, raunte ich. Meine Stimme war ein raues Flüstern. »Sonst weckst du sie noch!«

»Sonst wecke ich wen, du spuckender, übellauniger Tor?«

Ich spähte über die letzte Stufe hinweg und sah meinen Bruder am Eingang seines Schlosses stehen, durch das helle Licht hinter ihm in Schatten gehüllt.

»Schwöre, dass du nichts nach mir wirfst«, sagte ich. »Denn das, was ich trage, ist kostbar.«

»Nein«, grollte Cardic.

Ich schnaubte ärgerlich. »Du bist ein Freak.«

»Und du bist ein langweiliger Tor«, zeterte er.

»Leck mich, Freak«, presste ich hervor.

Darauf folgte Stille.

»Bist du bald fertig mit ducken?«

»Ich *ducke* mich nicht!«

»Doch, tust du.«

Die Bemerkung kam von dem Fuchs, der über meinem Kopf auf der obersten Stufe hockte.

»Leck mich, du armseliges Exemplar eines Katers. Auf dich sollte er Dolche schleudern. Du bist derjenige, der seine Fee gefressen hat!«

Plötzlich gab der Fuchs einen seltsamen Laut von sich, als würde er rülpsen. Dann begann er zu husten, bis er schließlich etwas hochwürgte, und die Pixie, die er verschluckt hatte, flog in hohem Bogen aus seinem Maul. Sie landete in einer Pfütze aus gelber Galle, erhob sich, röchelte und spuckte, und dann brach sie in Tränen aus und flatterte davon.

»Da hast du deine Pixie«, zischte der Fuchs. »Also, willst du uns jetzt hereinbitten? Dein Bruder trägt seine Sterbliche schon eine ganze Weile herum.«

»Seine *Sterbliche*?«

Endlich stand ich auf, noch immer hielt ich Samara in den Armen.

»Was ist *das*?«, fragte Cardic, als würde Samaras Anblick ihn abstoßen.

Ich fletschte die Zähne. »Achte auf deinen Ton, Freak.«

»Ist das die Frau, nach der du dich seit sieben langen Jahren verzehrst?«, wollte er wissen, und seine bernsteinfarbenen Augen funkelten vor Entzücken. Nach einigen Momenten breitete sich langsam ein selbstgefälliges Lächeln in seinem Gesicht aus. »Die, die dir die Hand abgeschnitten und nie wieder mit dir gesprochen hat?«

Ich wollte ihm die Zunge herausreißen, aber ich entschied mich dagegen. Solange ich Samara so nah war, wollte ich keine Vergeltung seiner Pixies riskieren. Meine Miene wurde noch finsterer, und Cardic begann zu lachen.

Er lachte so sehr, dass er sich vornüberbeugte und die Hände auf die Knie stützte.

Er lachte so lange, dass er ganz rot im Gesicht wurde und ich schon dachte, er würde ersticken.

Zu meiner großen Enttäuschung erstickte er nicht, und bald fing er sich wieder und wischte sich die Tränen aus dem Gesicht.

»Ich kann nicht glauben, dass ich dich beinahe umgebracht und das verpasst hätte«, meinte er, immer noch kichernd.

»Du hast mich nicht beinahe umgebracht«, brummte ich und schritt an ihm vorbei in sein Schloss. Ich tat so, als wäre ich hier zu Hause, wandte mich nach rechts und ging über einen robusten Ast, der als Fußboden diente. Ich duckte mich unter tiefhängenden Zweigen hindurch und schob Büschel aus Blättern beiseite. Inmitten der Äste hingen runde Betten, gehüllt in durchscheinenden, dünnen Stoff. Ich wählte eins, das dem Boden am nächsten war, da Samara nicht fliegen konnte, und kniete nieder, um sie auf die weiche Matratze zu legen, bevor ich sie zudeckte.

Der Fuchs hüpfte zu ihr aufs Bett.

»Was glaubst du, was du da tust, Fuchs?«, fragte ich.

»Ich ruhe mich aus, Prinz«, sagte er. »Keine Sorge. Ich bin nur ein Fuchs.«

Damit rollte er sich ein und legte das Kinn auf seinen Schwanz. Ärgerlich guckte ich ihn an, und dann fiel mein Blick auf Samara, die schlief, ohne einen Mucks von sich zu geben, seit ich sie im Verzauberten Wald in die Arme genommen hatte. Ich staunte, wie friedvoll sie aussah. Das war sie, unbelastet von Sorge oder Angst, und es war wunderschön.

Ich strich eine verirrte Haarsträhne von ihren hübschen rosigen Lippen, und sie seufzte und drehte den Kopf weg.

Ich musterte den Fuchs argwöhnisch.

»Du solltest besser nur ein Fuchs sein«, drohte ich.

Er öffnete die Augen lange genug, um sie genervt zu verdrehen, und schlief dann weiter.

Ich drehte mich um und entdeckte meinen Bruder, der uns beobachtete.

»Also, wie bist du in ihren Besitz gelangt?«, fragte er.

Ich ignorierte ihn und ging an ihm vorbei.

»Hast du ihr heimlich Belladonna gegeben und sie entführt?«

»Ich habe ihr kein Belladonna gegeben, und ich musste sie nicht entführen«, antwortete ich ungehalten. »Ich habe sie vor Räubern außerhalb des Verzauberten Waldes gerettet.«

Cardic schürzte die Lippen. »Tja, das ist nicht besonders spannend.«

»Zum Glück existiere ich nicht zu deiner Unterhaltung.«

»Du existiert für gar nichts, Lore, außer für diese Frau. Vielleicht kannst du ja jetzt, da du sie hast, wieder interessant werden.«

Ich ging nicht darauf ein.

»Du warst einmal ein geschickter Jäger«, fuhr er fort. »Weißt du überhaupt noch, wie man einen Bogen spannt?«

»Hättest du gern eine Demonstration?«, fragte ich. »Ich schieße dir einen Pfeil direkt ins Auge.«

Cardic schnaubte. »Sogar deine Beleidigungen sind fade geworden.«

Ich ging vor ihm, zurück durch das Foyer seines Schlosses und in den angrenzenden Saal, wo ich begann, Türen zu öffnen.

»Was glaubst du, was du da machst?«, wollte Cardic wissen.

»Ich suche nach Wein«, sagte ich. »Du musst ihn hier irgendwo haben.«

»Lass die zu!«

Aber es war zu spät. Ich wandte mich zu meinem Bruder um und deutete auf den Raum.

»Wieso hast du eine Bibliothek?«

Es war eine hübsche Bibliothek, mit Reihen von raumhohen Regalen und ledergebundenen Büchern.

»Weil ich *lese*«, antwortete er spöttisch.

»Seit wann?«, wunderte ich mich. Ich hatte Cardic noch nie in meinem ganzen Leben mit einem Buch gesehen, nicht einmal, als wir mit Mutter und Vater im Elderkönigreich lebten.

»Seit ... einer Weile«, sagte er.

Ich machte schmale Augen, und er verschränkte die Arme vor der Brust.

»Ich habe Hobbys, Lore. Ich bin ein vielseitiges Wesen.«

»Vielseitig?«, fragte ich. Noch nie in meinem Leben hatte ich meinen Bruder ein solches Wort gebrauchen gehört.

»Du bist nur eifersüchtig, weil du … *langweilig* bist!«

»Und du findest, meine Beleidigungen wären fade.«

Ich schaute zur Bibliothek und dann wieder zu ihm und beäugte ihn misstrauisch.

»Bist du … Bist du jemandem begegnet? Bist du verliebt?«

»Was?«, rief Cardic aufgebracht. »Nein … nein. Bin ich ganz sicher nicht.«

Ich zog eine Braue hoch.

»Leck mich«, maulte er, und ich grinste, als er an mir vorbeihastete. Ich drehte mich um, um ihm zu folgen.

»Also«, forderte ich. »Erzähl mir von ihr.«

»Nein«, entgegnete er und öffnete eine Tür zu seiner Linken.

»Also *bist* du in jemanden verliebt?«, fragte ich.

»Ich bin nicht verliebt!«

»Du lügst«, sagte da eine Stimme.

Cardic hatte sein Arbeitszimmer betreten, in dem eine gezackte Spiegelscherbe über dem Kamin hing. Der Spiegel war einst ganz gewesen und hatte in der großen Halle meines Vaters gehangen, doch vor seinem Tod hatte er ihn in sieben Scherben zerschmettert und erklärt, dass der Bruder, der sie als Erster wieder zusammenfügte, König würde.

Nur einem unserer Brüder war es wichtig, König zu werden, nämlich Silas, aber keiner von uns wollte sein Spiegelstück aufgeben, wegen seiner Magie, die uns alles zeigte, was wir wollten.

Der Nachteil war, dass der Spiegel auch sprechen konnte.

»Sei still!«, befahl Cardic. »Oder ich zerschmettere dich in eine Million Scherben!«

»Zerschmettere mich nur«, sagte der Spiegel. »Dann spreche ich nur eine Million Mal mehr.«

»Hat er darum gebeten, sie zu sehen? Diese Frau, die er begehrt?«

»Natürlich«, erwiderte der Spiegel. »Genauso, wie du darum gebeten hast, deine zu sehen.«

Es stimmte, dass ich den Spiegel gebeten hatte, mir Samara zu zeigen, doch zu meiner Verteidigung: Ich war verflucht.

»Wieso kannst du kein Geheimnis für dich behalten?«, fragte Cardic.

»Weil ich ein Spiegel bin«, antwortete der Spiegel.

»Zeig mir diese Frau«, verlangte ich.

»Nicht …«

Die Spiegelfläche kräuselte sich und offenbarte eine Szene, die mich noch mehr schockierte als die Bibliothek. Ich erwartete, Cardics Angebetete wäre … nun ja, so wie er, unmoralisch und unheilig – aber die Frau im Spiegel war das Gegenteil.

»Bist du verliebt in eine Nonne?«, fragte ich.

Ich war mir ziemlich sicher, dass die Frau, die ich da sah, eine Nonne war. Sie trug ein schwarzes Kittelkleid mit langen Ärmeln und auf dem Kopf eine Haube. Alles an ihr war verhüllt, sogar ihre Fußknöchel, und sie saß!

»Sie ist keine Nonne!«, fauchte er.

»Sie sieht wie eine Nonne aus«, behauptete ich. »Sie trägt einen Schleier.«

»Sie ist keine Nonne!«

»Sie *betet*, um Himmels willen. Cardic! Du kannst keine Nonne haben!«

»Sag mir nicht, was ich haben kann und was nicht, du selbstvögelnder, ungehobelter … *Bastard!*«, brüllte er und dann schlug er mir ins Gesicht.

Ich hörte den Spiegel seufzen.

»Ich wusste, dass du nicht liest!«, rief ich und stürzte mich auf ihn. Er holte erneut aus, aber ich packte seinen Arm, drehte mich weg und traf mit dem anderen Arm hart seinen Ellbogen.

Cardic jaulte auf.

Ich rammte ihm das Knie in den Bauch, aber er packte mein Bein.

»Ich lese, verdammt noch mal!«, donnerte er und biss mir in den Oberschenkel.

Ich schrie auf und stieß ihn von mir. Er fiel zu Boden, und ich stürzte mich auf ihn, als er sich wieder aufrappeln wollte, und griff mir seinen Fußknöchel, um ihn heranzuziehen. Er stürzte erneut zu Boden und rollte sich herum, als ich mich auf ihn warf und die Hand an seinen Hals drückte.

Ich wusste nicht einmal, ob ich ihn mit nur einer Hand erwürgen konnte, aber ich wollte es versuchen, und ich wusste gar nicht, warum – weil er sich weigerte, zur Kenntnis zu nehmen, dass die Frau, die er wollte, eine Nonne war?

Ich fing zu lachen an.

Ich lachte so sehr, dass ich nicht mehr kämpfen konnte, und als mein Bruder mich von sich schubste, war mir das egal. Ich fiel auf den Rücken und lachte dabei immer noch.

»Freut mich sehr, dass mein Schmerz dich amüsiert«, meinte er, was alles nur noch lustiger machte, und obwohl Cardic schmollte, dauerte es nicht lang, bis auch er lachte.

»Ich kann nicht glauben, dass du in eine Nonne verliebt bist«, brachte ich glucksend hervor.

»Ich kann nicht glauben, dass du die Frau, nach der du seit sieben Jahren schmachtest, in meinen Palast gebracht hast«, meinte Cardic.

»Ich kann nicht glauben, dass ich das mitansehen muss«, bemerkte der Spiegel.

Wir warfen beide einen finsteren Blick zu der besseren Fensterscheibe hin, doch als wir in Schweigen verfielen, überkam mich eine andere Art Gefühl. Es war schwerer als Traurigkeit, schlimmer als Furcht.

Es war wie eine Art Trauer, denn sobald Samara von dem goldenen Apfel abbiss und mich frei wünschte, hätte ich nichts mehr, und mir wurde eben erst langsam klar, dass sie von Ferne zu lieben wenigstens *etwas* war.

KAPITEL SIEBEN
DER FLUCH WAHRER LIEBE

Samara

Ich erwachte davon, dass etwas meine Nase kitzelte. Als ich die Augen öffnete, sah ich drei Pixies, die mich anstarrten. Überrascht von ihrer Anwesenheit, schreckte ich hoch und stützte mich auf die Ellbogen, doch auch sie schienen erstaunt zu sein und huschten mit schwirrenden Flügeln rückwärts. Sie hatten große Augen und lange spitze Ohren, was beides zu groß in ihren kleinen, zarten Gesichtern wirkte. Alle drei trugen ausgefranst aussehende Kleider aus Eichenblättern, und eine von ihnen hatte den Fruchtbecher einer Eichel als Hut auf dem Kopf.

»Hallo«, grüßte ich, wenn auch etwas besorgt, da ich mich fragte, welchen Unfug sie wohl im Sinn haben mochten. Doch bevor ich noch etwas sagen konnte, sprang der Fuchs in die Luft und fing sie mit seinem Maul.

»Fuchs!«, schrie ich auf. »Lass sie los!«

Ich eilte ihm nach. Ich wusste nicht recht, was ich denn tun wollte, vielleicht ihn schütteln, bis er das Maul öffnete. Ich packte seinen buschigen Schwanz, aber ich war nicht darauf vorbereitet, dass das Bett schwankte. Ich fiel vorwärts, und er schlüpfte aus meinem Griff.

»Fuchs!«, knurrte ich und folgte ihm aus dem Bett heraus, wo ich ihn hingekauert fand. Sein Maul vibrierte, als würden die Pixies darum kämpfen, herauszukommen. »Spuck sie aus!«, befahl ich.

Der Fuchs öffnete das Maul, und die Pixies flogen heraus. Ich konnte ihre hohen Stimmchen hören, verstand aber nichts, als sie um meinen Kopf herumschwirrten und dann davonsausten.

Nun endlich in der Stille stemmte ich die Hände in die Hüften und blickte finster auf den Fuchs herab.

»Das war schrecklich grob«, schimpfte ich.

Er hustete, und Blut spritzte auf den Boden.

»Fuchs?«, fragte ich, trat einen Schritt näher und kniete mich hin.

Er hustete erneut, nieste dann und schüttelte den Kopf, bevor er sich wieder setzte und mich ansah.

»Wenn du das grob fandest, dann kennst du Pixies aber schlecht«, meinte er.

Er leckte sich die Pfote und putzte dabei sein Gesicht.

Ich musterte ihn einige Sekunden lang, bevor ich meine Aufmerksamkeit dann meiner Umgebung widmete. Im Chaos des Aufwachens hatte ich keine Zeit gehabt, darüber nachzudenken, wo ich denn wohl war, doch nun sah ich, dass ich mich in einem Baum befand. Sonnenlicht strömte zwischen den Ästen um mich herum hindurch, an denen runde Betten hingen, manche klein, manche groß.

Ich hatte noch nie etwas so Seltsames gesehen.

»Wo sind wir?«, fragte ich.

»Wir sind im Königreich Larkspur«, antwortete der Fuchs. »Im Palast von Cardic, dem zweiten Bruder.«

»Lores Bruder?«, wunderte ich mich.

»Leider ja«, seufzte der Fuchs.

»Warum?«

»Wer kann schon sagen, was der Prinz des Giftes sich dabei gedacht hat«, erklärte der Fuchs. »Aber ich vermute, er nahm an, du würdest in einem Bett bequemer schlafen als auf dem Waldboden.«

Das war ... höchst fürsorglich, angesichts der Tatsache, dass das Letzte, woran ich mich vor dem Einschlafen erinnerte, sein

Zorn war. Ich hob die Hand an mein Haar und berührte den Kamm, den mir der Koboldkönig geschenkt hatte.

»Behalte ihn, *wild one*«, sagte der Fuchs. »Du wirst ihn brauchen.«

Ich wollte fragen, warum genau ich denn einen Kamm brauchen würde, aber ich entschied mich dagegen. Ich bekam nur sehr selten etwas, und so oder so wollte ich das Geschenk des Koboldkönigs nicht wegwerfen, auch wenn es Lore ärgerte, was ich noch immer nicht verstand.

Wäre ich denn eine so schlechte Wahl gewesen?, hatte er gefragt. Doch war der Grund dafür, dass er mein Verlobter sein wollte, oder dass er sichergehen wollte, dass ich mit ihm zum Wunschbaum reisen würde?

Stichwort Prinz von Nightshade ...

»Wo ist Lore?«, fragte ich.

»Entweder tot oder lebendig«, sagte der Fuchs. »Was von beidem, weiß ich nicht.«

Die Antwort des Fuchses war nicht hilfreich, das war ihm wohl selbst klar, als er aufstand und zur Halle trottete. Ich folgte ihm und erreichte etwas, das, wie ich vermutete, der Haupteingang von Cardics Schloss war. Es war wunderschön. Die Wände waren mit komplizierten Mustern verziert und die Fenster und Türen mit besonderer Sorgfalt von Blättern und Blüten umrahmt. In den Baumstamm war eine Treppe hineingeschnitzt, die sich nach oben hin um den Stamm wand. Ich reckte den Hals und fragte mich, wie weit die Treppe wohl ging und was auf den anderen Ebenen des Palastes wohnen mochte, doch dann wurde mir schwindelig. Ich senkte den Blick schnell auf den Fuchs, der zu meinen Füßen wartete.

»Hat Lore ein Schloss?«, fragte ich neugierig.

»Ja«, bestätigte der Fuchs.

»Wie sieht es aus?«

»Ich bin mir sicher, dass ich das nicht weiß«, antwortete der Fuchs.

Ich war überrascht.

»Wenn du noch nie in seinem Königreich warst, wie bist du dem Prinzen dann begegnet?«

»Unsere Wege kreuzten sich, als er auf der Jagd war. Als er mich ins Visier nahm, bat ich ihn, mich nicht zu töten, und im Austausch dafür würde ich ihm helfen, seinen größten Wunsch zu erlangen.«

Ich musste nicht nach seinem größten Wunsch fragen, denn den kannte ich schon.

»Den Fluch zu brechen«, raunte ich.

Der Fuchs sagte nichts.

Wir gingen weiter nach unten in die angrenzende Halle. Ich überlegte, ob ich Lores Namen rufen sollte, aber das schien mir in einem Schloss nicht angemessen zu sein – allerdings, ohne Erlaubnis durch seine Flure zu wandern, auch nicht.

An einer offenen Tür blieb ich stehen, um nach Lore Ausschau zu halten, doch stattdessen sah ich reihenweise Regale, die vom Boden bis zur Decke voll waren mit Büchern. Und sie waren schön, ledergebunden mit vergoldeten Buchrücken. Ich hatte noch nie so viele auf einmal gesehen. Ich trat einen Schritt auf den Raum zu, blieb dann aber abrupt stehen.

»Was ist los, *wild one*?«

»Ich will hier nicht einfach eindringen«, erklärte ich mich, »und am Ende jemandes Zorn entfachen.«

»Das sind nur Bücher«, sagte der Fuchs und hüpfte voran.

Ich schaute mich im Flur um, ob jemand kam, bevor ich in den Raum trat. Es roch leicht modrig und erdig hier, und als ich durch einen der vielen Gänge schritt, las ich die vergoldeten Titel, ohne einen zu erkennen. Ich fragte mich, was das für Bücher waren, ob sie in die sterbliche Welt gehörten oder in die der Feen.

Ich wollte nach einem greifen, begierig darauf, es in den Händen zu halten, den Duft seiner Seiten einzuatmen und eine Geschichte zu lesen, die mich weit weg von hier führen würde, als ich von irgendwo im Raum ein Geräusch vernahm. Es klang wie das Klappern von Besteck, was seltsam war, da dies doch anscheinend eine Bibliothek war.

Ich zog die Hand zurück und schlich durch den Flur, bis ich das Ende der Regale erreichte und um die Ecke spähte. Dort sah ich einen Mann an einem runden Tisch vor großen Bogenfenstern sitzen. Er sah wie Lore aus, aber zugleich auch wieder nicht.

Er war gerade dabei, in eine Art Tarte zu beißen, als er zu mir aufblickte. Seine Augen hatten einen faszinierenden Bernsteinton.

Als er mich sah, erstarrte er einen Moment lang und beschloss dann, trotzdem in die Tarte zu beißen.

»Du musst das Biest meines Bruders sein«, meinte er kauend.

»Ich bin kein Biest«, sagte ich und trat aus dem Schutz der Regale.

»Ich habe mit dem Fuchs gesprochen«, erklärte der Mann. »Doch vielleicht sollte ich über dich sprechen.«

Ich wusste nicht, was ich von diesem Mann halten sollte, der wie Lore war, aber zugleich auch nicht.

»Du musst Lores Bruder sein«, sagte ich.

Er stand von seinem Stuhl auf und verneigte sich, noch immer die halb gegessene Tarte in der Hand.

»Ich bin Cardic«, stellte er sich vor. »Prinz von Larkspur, der zweite Bruder.«

Ich runzelte die Stirn. »Wieso hast du das gesagt?«

»Was gesagt?«

»Dich als zweiter Bruder vorgestellt?«

»Weil die Ziffer unseren Platz in der Folge bezeichnet«, antwortete er. »Lore ist der dritte Bruder, falls er dir das nicht erzählt hat.«

»Um König zu sein?«

»Nein, dafür hat unser Vater eine andere Methode gewählt. Als wir noch zusammen waren, legte das fest, wer zuerst aß, wer das beste Pferd und die schönste Kleidung bekam. *Alles*, abgesehen von der Krone.«

»Und nun, da ihr getrennt seid?«

»Es erinnert uns an unsere Feindseligkeit«, sagte er und deutete dann auf einen Stuhl neben sich. »Bitte, nimm Platz.«

Ich zögerte und schaute hinab auf den Fuchs, der geduldig zu meinen Füßen saß.

»Wo ist Lore?«

»Keine Sorge. Wenn er entdeckt, dass du nicht in dem Bett liegst, in dem er dich zurückgelassen hat, wird er nach dir suchen. In der Zwischenzeit solltest du etwas essen. Ich hörte, du hast eine ziemliche Reise vor dir.«

Ich trat näher an den Tisch. »Du weißt von unserer Reise?«

»Oh ja. Du wirst den Fluch meines Bruders brechen«, meinte Cardic, aber er war weit amüsierter, als ich erwartet hatte.

Ich setzte mich langsam. Cardic schenkte Tee ein und schob dann die Tasse mit Untertasse näher zu mir hin.

»Du … klingst nicht so, als würdest du glauben, dass er verflucht ist?«, fragte ich.

Cardic hob mit einer Hand eine Schale und eine silberne Zange auf. »Zucker?«

Ich zögerte und nahm an, dass er meine Frage ignorieren wollte.

»Ich … ja«, sagte ich. »Bitte.«

Er ließ einen Würfel in meinen Tee fallen. »Einen oder zwei?«

»Einer ist reichlich«, sagte ich. »Danke.«

»Es gibt auch Milch«, meinte er.

»Danke«, sagte ich wieder. In der darauffolgenden Stille schenkte ich Milch in meinen Tee und rührte mit einem glänzenden Löffel um. Cardic wählte derweil Gebäck von einem mehrstöckigen Tablett.

»Magst du warme Äpfel?«, fragte er.

»Ja«, sagte ich und fand es seltsam, dass der Prinz von Larkspur mich bediente.

Wenige Sekunden später reichte er mir einen Teller, den er mit Obst, süßen Brotstücken und verschiedenen Sorten Käse und Fleisch gefüllt hatte.

»Danke«, sagte ich noch einmal.

Es war mehr Essen, als ich je in meinem Leben gesehen hatte.

»Gern geschehen, Biest«, sagte er.

Ich blickte nach unten und sah Fuchs wieder zu meinen Füßen, also bückte ich mich und hob ihn auf, damit er auf meinem Schoß sitzen und mit mir essen konnte.

Cardic machte ein finsteres Gesicht. »Ratten gehören nicht an den Tisch.«

»Er ist keine Ratte«, widersprach ich in einem Tonfall, der schon fast lapidar war. »Er ist ein Fuchs, und er hilft uns auf unserer Reise.«

Der Prinz verzog spöttisch den Mund. »Ah ja, die Reise«, meinte er. »Um deine Frage zu beantworten: Ich glaube, dass Lore denkt, er sei verflucht.«

»Also ... ist er gar nicht verflucht?«, fragte ich verwirrt.

Cardic zuckte mit den Schultern. »Wer kann das schon sagen, wenn es um Liebe geht?«

»Liebe?«

»Weißt du das nicht? Er ist dazu verflucht, hoffnungslos in eine Frau verliebt zu sein, die nicht weiß, dass er existiert.«

Ich konnte das Gefühl nicht beschreiben, das mich durchlief, aber es war heftig. Ich ließ das Stück Brot fallen, das ich gerade abgebrochen hatte, und der Fuchs war schnell zur Stelle, um es zu verschlingen.

»Was?«

»Wie ich sehe, wusstest du das nicht«, meinte Cardic.

»Er sagte, er habe zu lange eine Zauberin angestarrt«, erläuterte ich. »Ich dachte ... ich dachte, ihr könnt nicht lügen.«

»Er lügt nicht«, entgegnete Cardic. »Er hat sich auf den ersten Blick verliebt.«

»Warum sollte er ... mir das nicht sagen?«, fragte ich, doch in

Wahrheit fragte ich mich, warum er mich unter dem Elfenhügel beinahe geküsst hätte. Wieso hatte er von Bewunderung gesprochen, als er mich in Cardics Königreich trug, damit ich in einem weichen Bett schlafen konnte?

»Weil er sich schämt«, sagte der Prinz.

Nun, damit waren wir schon zwei.

»Wer ist sie? Diese Frau, die er liebt. Ist sie wirklich eine Zauberin?«

»Das weiß keiner von uns«, sagte Cardic. »Aber er liebt sie seit sieben Jahren.«

Ich saß still da, währen der Druck hinter meinen Augen immer stärker wurde. Mir wurde klar, dass das lächerlich war. Ich kannte Lore noch nicht lange, aber er war freundlich gewesen, und ich war so allein, dass ich zugelassen hatte, dass er Gefühle in mir weckte, die ich weiter hätte verschlossen halten sollen. Dies war nur noch eine weitere Erinnerung daran, dass niemand mich je lieben würde – und wie sollte das auch jemand können? Wie meine Brüder so oft gesagt hatten: Ich war ein Nichts.

»Iss, Biest«, befahl Cardic. »Ich weiß, dass du hungrig bist.«

Aber inzwischen fühlte ich mich gar nicht mehr so hungrig.

»Weißt du viel über den Wunschbaum?«, fragte ich.

»Ich weiß so viel wie jeder andere auch«, meinte er.

»Kann man mehr als einen Wunsch aussprechen?«

»Wenn du es fertigbringst, noch einen Apfel vom Baum zu pflücken«, antwortete Cardic.

Ich runzelte die Stirn. »Wie meinst du das?«

»Es heißt, er werde von einem grimmigen Raben mit silbernen Krallen und messerscharfem Schnabel bewacht.«

»Wusste Lore das?«, fragte ich.

»Ich vermute, ja«, sagte Cardic. »Wir alle wissen es.«

Außer mir. Ich fragte mich, wann er mir das sagen wollte. Noch mehr, ich fragte mich, was er von mir erwartete, wenn wir den Wunschbaum erreichten. Bei ihm hatte es so einfach geklungen, wie einen Apfel zu pflücken. Doch nun schien das nicht der Fall zu sein.

»Oh je«, sagte Cardic.

Ich sah ihn an.

»Habe ich deine Gefühle verletzt, Biest?«, fragte er.

»Ich glaube nicht, dass es dich kümmert, ob du meine Gefühle verletzt hast oder nicht«, meinte ich. »Ganz ähnlich wie dein Bruder.«

»Das ist eine recht unhöfliche Annahme«, sagte Cardic.

Ich hielt seinem Blick stand. »Dann sag mir, dass es eine Lüge ist«, forderte ich ihn heraus.

Der Prinz machte schmale Augen, doch um seine Lippen spielte ein Lächeln.

»Ich sehe, du hast einiges gelernt während deiner Zeit im Feenland«, stellte er fest.

»Nicht genug«, erwiderte ich. Ich hätte wissen müssen, dass ich mein Herz gegen die Feen wappnen sollte.

»Na, das ist ja echt kuschelig«, sagte da Lore hinter mir.

Ich drehte mich nicht um, um ihn anzusehen, sondern biss die Zähne zusammen, als ich seine Stimme hörte.

»Du siehst schrecklich aus«, beleidigte Cardic ihn.

»Leck mich, Schwachkopf«, sagte Lore und nahm neben mir Platz.

Ich hasste es, dass sein Nahen mir so bewusst war. Alles in mir erstarrte – mein Rücken straffte sich, meine Beine pressten sich zusammen, und eine schwindelerregende Hitze durchlief mich. Ich holte tief Luft und gab mir alle Mühe, diese Gefühle unter Kontrolle zu bekommen, als würde ich Garn auf einer Spindel aufrollen. Dabei versuchte ich, Lore nicht anzusehen, doch es war unmöglich, nicht einige Dinge an ihm zu bemerken, als er sich direkt neben mich setzte.

Die Schnüre am Kragen seiner Tunika waren gelöst und enthüllten seine Brust, und sein Haar war zerzaust. Es erinnerte mich daran, wie Michal morgens aussah, wenn er die Nacht mit einer der vielen Frauen verbracht hatte, die sein Bett wärmten.

Eifersucht stieg in mir auf, was mich nur zorniger machte. Nun da Lore auch hier war, senkte sich hässliches Schweigen zwischen uns. Er griff nach einem Stück Brot. Statt ein Messer zu benutzen, zog er es durch die Butter und hob es dann an den Mund.

»Bitte fahrt fort«, sagte er, bevor er abbiss. »Lasst euch in eurer Unterhaltung nicht von mir stören.«

Ich fragte mich, wie viel er gehört hatte, entschied aber, dass mich das auch nicht kümmerte.

»Wie hast du geschlafen?«

Es dauerte einen Moment, bis ich begriff, dass Lore mit mir sprach. Widerstrebend begegnete ich seinem Blick, und der Ausdruck in seinen Augen nahm mir den Wind aus den Segeln. Seine Miene war so liebevoll. Konnte das alles wirklich nur gespielt sein?

»Gut«, antwortete ich knapp. Ich hatte zu viel Angst, um mehr zu sagen. Ich wollte nicht, dass meine Stimme zitterte oder meine Augen feucht wurden.

»Nur gut?«

»Was willst du denn sonst von mir hören?«, fragte ich.

Er musterte mich und runzelte die Stirn, erwiderte aber nichts.

Erneut folgte Stille.

Cardic holte tief Luft, als würde er den angenehmsten aller Düfte inhalieren. »Nun, ist das nicht einfach *reizend*.«

»Sei still«, brummte Lore. Sein Ärger war offensichtlich und ein abrupter Wechsel zu dem Moment vor nur wenigen Sekunden, als er sich nach meinem Schlaf erkundigt hatte.

»Sei du still«, konterte Cardic. »Dich hat niemand eingeladen, mit uns zu essen.«

Die beiden Brüder sahen einander finster an, und die Anspannung zwischen ihnen ließ mein Herz rasen. Ich erkannte sie als die Ruhe vor dem Sturm – die Stille, die sich dicht zwischen mich und meine Brüder senkte, bevor einer von ihnen durchdrehte.

»Wieso hasst ihr euch?«, fragte ich und war erleichtert, als meine Frage ironischerweise die Anspannung zwischen ihnen zu lindern schien.

Beide Brüder sahen mich an, aber ich hielt den Blick auf Cardic gerichtet. Es war einfacher, ihn anzusehen, trotz der Tatsache, dass Lores Blick mich, wie immer, von innen heraus verbrannte.

»Was gibt es da zu mögen?«, fragte Cardic.

»Ihr könnt doch sicher etwas finden, das ihr aneinander mögt«, meinte ich, doch ich konnte nicht leugnen, dass es mir im gegenwärtigen Moment schwerfiel, zu bestimmen, was ich an ihnen mochte.

»Kannst du an deinen Brüdern etwas finden, das du magst?«, fragte Lore.

Ich sah ihn finster an. Seine Frage *tat weh*.

»Genau jetzt mag ich sie mehr als dich«, sagte ich.

Lores Augen wurden groß, und ich fand, dass er ganz so aussah, wie ich mich fühlte.

Gut.

Cardic kicherte. »Oh, du bist wirklich ein Biest.«

Lores Mund spannte sich an. »Wir wurden nicht dazu erzogen, Geschwister zu sein, wie Sterbliche«, sagte er. »Wir wurden dazu erzogen, einander als Konkurrenz zu betrachten, um die Spitze zu kämpfen, trotz der Reihenfolge unserer Geburt. *Das* ist der Grund, warum wir uns hassen.«

Ich blickte hinab auf mein ungegessenes Mahl.

»Wildfang«, sagte da der Fuchs atemlos. »Du erdrückst mich.«

Ich ließ ihn los. Mir war gar nicht bewusst gewesen, dass ich ihn so fest gehalten hatte.

Der Fuchs atmete schwer aus.

In diesem Moment gab es plötzlich Tumult, als mehrere Pixies durch die Fenster hinter Cardic hereinrauschten. Der Fuchs knurrte, aber ich hielt ihn nahe bei mir, als sie redeten, mit Stimmen, die zu hoch für mich waren, um sie zu verstehen. Aber ich sah, wie Cardics und Lores Gesichter sich vor Zorn verzerrten, und mir war klar, dass etwas Furchtbares passiert sein musste.

Beide standen gleichzeitig auf.

»Was ist los?«, fragte ich. »Was ist passiert?«

Die beiden wechselten einen Blick und verließen dann den Tisch.

»Wo wollt ihr denn hin?«, verlangte ich zu wissen, und ich erhob mich mit dem Fuchs in meinen Armen.

Ich folgte ihnen, als sie über den Flur marschierten und einen angrenzenden Raum betraten.

»Spiegel, zeig uns die drei Schurken, die die Pixies gesehen haben«, befahl Cardic.

Drei Schurken? Ich hielt den Atem an, als sich die Spiegeloberfläche kräuselte und sich vor mir eine Szene mit meinen Brüdern formte – Hans, Michal und Jackal. Sie wanderten durch den Verzauberten Wald, ich konnte nicht sagen, wo genau, doch ich nahm an, wenn die Pixies Cardic warnten, mussten sie nahe sein.

Ich hörte Lore knurren.

»Kennst du diese drei Sterblichen?«, fragte Cardic.

»Sie sind meine Brüder«, nickte ich und sah Lore an. »ich sagte dir, sie würden mich holen kommen.«

»Mach dir keine Sorgen«, knurrte Cardic. »An meinen Pixies kommen sie nicht vorbei.«

»Pixies werden sie nicht aufhalten«, erklärte ich. »Sie jagen schon seit sieben langen Jahren in diesem Wald, und bisher konnte ihnen noch nie irgendetwas etwas anhaben.«

Cardic schaute Lore an und fragte dann: »Was hat sich vor sieben Jahren geändert?«

»Sie gelangten in den Besitz eines Messers«, sagte ich. »Einer Klinge, so scharf, dass sie durch Knochen schneiden kann.«

Während ich sprach, konnte ich den Blick nicht von dem Spiegel abwenden, in dem ich meine Brüder durch den Wald stapfen sah, ihre Mienen beängstigend und blutdürstig.

Lore trat vor mich und blockierte meine Sicht.

»Das reicht, Spiegel«, sagte er, und das Bild verschwand.

Ich schaffte es, seinem Blick standzuhalten.

»Ich werde nicht zulassen, dass sie dir wehtun.«

»Das kannst du nicht versprechen«, entgegnete ich. »Solange sie nicht tot sind, kannst du das nicht versprechen.«

»Ich hätte sie zuvor schon getötet, aber du hast mich angefleht, es nicht zu tun«, erinnerte mich Lore. »Willst du sagen, dass du deine Meinung geändert hast?«

»Lore«, flüsterte ich, und mir stiegen Tränen in die Augen.

Zwing mich nicht, mich zu entscheiden, wollte ich sagen.

»Deine Brüder mögen Jäger sein, aber sie sind ganz schlecht darin, dich zu jagen«, meinte Cardic. »Meine Pixies konnten sie nach Westen führen. Im Augenblick sind sie vor euch und ihr hinter ihnen.«

Das bot mir nur wenig Erleichterung. Was passierte, wenn sie entdeckten, dass sie getäuscht worden waren? Ich kannte Jackal gut genug. Er machte schon eine Liste von allem, das meine Schuld war, und teilte angemessene Bestrafungen zu.

»Vielleicht, Biest, ist es an der Zeit, dass du zur Jägerin wirst und sie die Gejagten«, schlug Cardic vor.

»Wenn sie sterben, werden viele leiden«, gab ich zu bedenken.

»Und wenn sie nicht sterben?«, fragte Lore.

»Dann werde nur ich leiden.«

»Sind diese Menschen, die du schützen willst, all den Schmerz denn wert?«, erkundigte Cardic sich.

»Nein«, gestand ich. Es fühlte sich schrecklich an, das zu sagen, aber niemand in dieser Stadt hatte je versucht, mich zu retten, obwohl sie wussten, wie schrecklich ich behandelt wurde.

»Wieso kümmert dich dann, ob sie leben oder sterben?«

»Es kümmert mich, weil man mir die Schuld geben wird«,

sagte ich. »Es kümmert mich, weil die Menschen von Gnat mein Zuhause zerstören werden, wenn man mir die Schuld gibt.«

Es kümmerte mich, weil mein Zuhause der Ort war, an dem meine Eltern gelebt hatten, und der einzige Ort, an dem ich immer noch ihre Liebe fühlen konnte, trotz allem Schlechten, das seit ihrem Tod geschehen war.

Die Brüder schwiegen einen Moment, doch dann ergriff Cardic zuerst das Wort.

»Vielleicht ist es gut, dass ihr euch auf die Suche nach dem Wunschbaum machen wollt«, sagte er. »Ich hoffe, dass du, bis ihr ihn erreicht, den Mut gefunden hast, dir zu wünschen, dass deine Brüder nicht länger existieren.«

KAPITEL ACHT
DIE NIXE

Samara

Ich wartete mit dem Fuchs zu meinen Füßen am Eingang zu Cardics Palast auf Lore.

Ich sorgte mich um das, was vor mir lag, wegen meiner Brüder und weil ich ganz allein mit Lore sein würde, während wir den Verzauberten Wald durchquerten, um ihn vom Fluch wahrer Liebe zu befreien.

Ich ballte die Fäuste und biss die Zähne zusammen, so fest, dass es wehtat.

Er war *verliebt*. Er war verliebt, und er hatte versucht, mich zu küssen. Zumindest dachte ich, dass er das versucht hatte. Ich konnte noch immer seine Stirn an meine gedrückt fühlen, die Wärme seines Atems auf meinen Lippen.

Ich konnte immer noch hören, wie er meinen Namen sagte.

Es vibrierte überall in mir, und dann wurde mir warm, und ich war *so* wütend.

Eine Dame wird nicht wütend, dachte ich. *Eine Dame wird nicht wütend.*

Für gewöhnlich unterdrückten die Worte meiner Mutter meine Emotionen, weil ich mich immer daran erinnerte, wie ich mich bei ihren Warnungen über mein Verhalten fühlte – beschämt und verlegen –, und obwohl mir auch jetzt so zumute war, war der Grund dafür nicht mein Zorn.

Sondern Lore.

»Auf Wiedersehen, Biest«, verabschiedete Cardic sich und blieb neben mir stehen.

Ich zuckte zusammen, so verloren in meinen Gedanken, dass ich ihn gar nicht kommen gehört hatte.

Er lächelte mir zu, doch sein Lächeln war neckend. »Ich werde dein Bett warmhalten, falls dir Lore zu langweilig wird.«

»Ich bin nicht sicher, ob deine Nonne es billigen würde, dass du jungen Frauen Betten anbietest«, meinte Lore.

Ich drehte mich zu dem Prinzen um, der unvermittelt hinter mir aufgetaucht war. Er wirkte gefasster als zuvor und trug nun eine Leinentasche, deren Riemen über seine Brust spannte.

»Hast du gerade Nonne gesagt?«, fragte ich.

»Ignoriere ihn«, erwiderte Cardic und sah seinen Bruder finster an. »Er weiß nicht, was er sagt.«

»Ich weiß dein Angebot zu schätzen, Cardic«, bedankte ich mich und schaute ihn wieder an. »Ich werde es im Hinterkopf behalten.«

Das tiefe Grollen aus Lores Mund überhörte ich geflissentlich, als ich vor ihm her ging und dem Fuchs über die Terrasse folgte, die Stufen des Palasts und die gewundene Brücke hinunter, die zwischen den Ästen anderer Eichen, Eschen und Eiben hindurchführte.

Niemand von uns gab einen Ton von sich, auch nicht als wir Larkspur verließen und den Verzauberten Wald betraten.

»Wohin genau gehen wir?«, fragte ich den Fuchs, während ich mit ihm Schritt zu halten versuchte.

»Wir müssen weiter durch den Wald und den Fluss überqueren, bis wir die Hexe des Waldes finden«, erläuterte er. »Sie hat überall Augen und kann uns sagen, wo der Wunschbaum ist.«

»Eine Hexe?«, fragte ich. »Bist du sicher, dass man einer Hexe trauen kann?«

»Es geht nicht um Vertrauen, *wild one*«, erklärte der Fuchs. »Es geht um den Handel.«

Wir setzten unseren Weg fort, doch schon bald wurde es zu

schwierig für mich, mit Fuchs Schritt zu halten, und ich fiel zurück und ging neben Lore. Unsere Hände berührten sich, und ich zog meine weg und wurde tiefrot, obwohl mir nicht ganz klar war, wieso. Seine Nähe frustrierte mich, ebenso wie die Tatsache, dass ich nicht aufhören konnte, ihn zu *fühlen*. Ich wusste, dass er schneller gehen konnte als ich, und ich fragte mich, warum er es nicht tat.

»Hast du ernst gemeint, was du gesagt hast?«, fragte er.

Ich warf ihm einen Blick zu. »Was meinst du?«

»Du sagtest meinem Bruder, du würdest sein Angebot eines warmen Bettes in Erwägung ziehen.«

Das Knirschen unserer Schritte füllte die Stille, als wir über herabgefallene Zweige und verstreut liegende Eicheln schritten.

»Ist das denn wichtig?«, erwiderte ich.

»Ja, es ist wichtig«, antwortete er.

»Ich bin nicht sicher, wie ernst ich es gemeint habe«, überlegte ich. »Aber ich weiß das Angebot dennoch zu schätzen.«

»Du weißt, dass sein Angebot nicht aus reiner Herzensgüte kam«, meinte Lore. »Sondern um mich zu ärgern.«

»Du musst mich nicht daran erinnern, dass ich benutzt werde«, schoss ich zurück, blieb stehen und sah ihn finster an. »Ich verstehe sehr wohl, dass ich für alle nur ein Bauer in ihrem Spiel bin.«

»Das habe ich damit nicht gemeint«, brummte er.

»Mir ist egal, was du gemeint hast«, schimpfte ich. »Du sprichst über deinen Bruder, als wärt ihr irgendwie verschieden, aber ihr seid beide gleich.«

Lores Züge wurden hart. »Habe ich etwas falsch gemacht?« Er zögerte, und dann schien ihm etwas zu dämmern. »Was hat Cardic dir erzählt?«

»Nichts«, fauchte ich und stürmte davon.

»Samara!« Lore rief mir nach, aber ich blieb nicht stehen. Ich lief weiter und verschwand hinter dem Fuchs zwischen den Bäumen.

Ich hatte jede Absicht, wütend weiterzustürmen – doch als ich durch den Blättervorhang brach, konnte ich mich nicht rühren, und ich bemerkte, dass der Fuchs sich auch nicht gerührt hatte. Er saß da und starrte voll Entsetzen auf das Gleiche wie ich – tote Tiere, die von den Bäumen hingen.

Es waren Kaninchen und Rehe, Kojoten und Wildschweine, sogar Füchse.

Dies war das Werk meiner Brüder.

»Samara, ich ...« Lore verstummte hinter mir. »Was zum *Teufel*.«

Panik stieg in Sekundenschnelle in mir auf, und mit einem Mal zog sich die Welt um mich herum zusammen. Alles verschwamm ineinander, und ich konnte nicht mehr atmen, obwohl ich es verzweifelt versuchte. Ich brach beinahe zusammen, doch dann stand Lore vor mir, die Hand an meinem Gesicht.

»Sieh mich an«, befahl er. »Sieh mich an und atme.«

Ich konnte nicht.

Mein Brustkorb fühlte sich wie gelähmt und meine Kehle geschwollen an.

»Samara«, raunte Lore. Er ließ die Hand auf meinen Arm sinken und legte seine Stirn an meine, so wie er es auf der Wiese unter dem Elfenhügel getan hatte. »Du bist in Sicherheit«, flüsterte er.

Vor diesem Moment war ich so wütend auf ihn gewesen, doch jetzt hatte ich zu viel Angst, um wütend zu sein.

Ich schloss die Augen und brachte einen flachen, bebenden Atemzug zustande. Dann nahm Lore mich fest in die Arme, als denke er, dass er meinen Körper ruhighalten könne, und ich lehnte den Kopf an seine Brust. Ich konnte seinen Herzschlag hören, ein leises Pochen. Ich fragte mich, wie er so ruhig sein konnte im Angesicht eines solchen Schreckens, aber wahrscheinlich hatte er so etwas Furchtbares nicht zum ersten Mal gesehen. Natürlich hatte ich schon Tiere unter den Befehlen meines Bruders geschlachtet, doch das hier ... das war etwas anderes.

Nach einiger Zeit passten meine Atemzüge sich denen von Lore an, und ich fühlte mich wieder sicherer auf den Beinen.
»Das waren meine Brüder«, brachte ich erstickt hervor und löste mich von ihm.
»Das habe ich vermutet«, meinte Lore.
Cardic sagte, sie seien nicht weit vor uns«, wisperte ich. »Was, wenn sie zurückkommen? Was, wenn …«
»Samara«, sagte Lore und beugte sich vor, um mich auf die Stirn zu küssen. Seine Lippen waren warm und verweilten dort, als er an meiner Haut sprach. »Ich werde *niemals* zulassen, dass sie dir noch einmal wehtun.«
Und jetzt raste mein Herz aus einem anderen Grund.
Er löste sich von mir und nahm meine Hand.
»Wir können nicht hierbleiben«, entschied er und zog mich mit sich.
Ich stemmte die Füße in den Boden. »Wir können sie nicht so zurücklassen, Lore.«
»Wenn wir nicht sofort weitergehen, wächst die Gefahr, dass sie uns finden.«
»Lore«, flüsterte ich verzweifelt. »Das wird mich verfolgen.«
Ich war überzeugt, dass meine Brüder genau das beabsichtigten.
Lore sah mich an, mit hartem Blick und zusammengebissenen Zähnen. Nach einigen Sekunden drehte er sich um und inspizierte die Tiere. Es war offensichtlich, dass sie schon seit einiger Zeit hier hingen, denn es tropfte kein Blut mehr von ihnen herab, sondern hatte sich alles in einer roten Lache unter ihnen gesammelt.
»Wir haben keine Zeit, um sie zu begraben«, beharrte Lore.
»Dann lass sie uns wenigstens in einer Reihe auf die Erde legen«, bettelte ich. »Das ist besser, als sie da zu lassen, wo sie jetzt hängen.«
Er musterte mich einen langen Moment, und ich fragte mich,

was er gerade dachte. Vielleicht wog er ab, ob er damit leben konnte, mich zu enttäuschen.

Ich hoffte, dass er es nicht konnte.

»Sobald ich auch nur einen Zweig knacken oder einen Kieselstein rollen höre, verschwinden wir«, gab er nach. »Ganz gleich, wer noch fehlt.«

Ich nickte nachdrücklich zustimmend.

Lore drehte sich um, und ich sah zu, wie er den am nächsten stehenden Baum hochkletterte, als sei er eine Leiter, mit den Armen um den Baumstamm gestützt und die Zehen in die Rinde gekrallt. Als er den ersten Ast erklomm, zog er sich nach oben und lief anmutig auf ihm entlang, als sei der Ast flacher Boden. Nachdem er das erste Tier erreicht hatte, ein Kaninchen, das nach links und rechts baumelte, blieb er stehen. Dann kniete er sich hin und zog ein Messer. Kaum berührte die Klinge das Seil, war es durchtrennt, was mich an das Messer erinnerte, das ich vor sieben Jahren erhalten hatte – wahrscheinlich genau das Messer, mit dem Jackal dieses Massaker hier angerichtet hatte.

Nachdem das Seil entzwei war, fiel das Kaninchen herab und landete mit einem grotesken Laut auf dem Boden. Ich drückte mir die Hand auf den Mund, denn ich war nicht gefasst auf das Geräusch oder das zusätzliche Entsetzen, diese Tiere noch im Tod misshandelt zu sehen.

Ich wusste ja, dass meine Brüder grausam waren. Sie hatten schon oft gedroht, Maus oder Gockel etwas anzutun, doch für gewöhnlich ließen sie ihre Wut stattdessen an mir aus. War dies hier das, was geschah, wenn sie das nicht konnten?

Der Gedanke drehte mir den Magen um.

Erst als ich versuchte, das Kaninchen von der Stelle, auf der es gelandet war, wegzubewegen, kam alles, was ich zum Frühstück gegessen hatte, wieder hoch. Ich schaffte nur einige wenige Schritte, bevor ich mich übergab, und mein Blick war verschwommen vor Tränen.

Dies war entsetzlich, und meine Brüder wussten das.

Sie wollten, dass ich mich für jedes einzelne dieser toten Tiere verantwortlich fühlte, und das tat ich auch.

Als ich mich aufrichtete, reichte Lore mir einen Trinkschlauch.

»Es ist Wein«, sagte er. »Aber es vertreibt den Geschmack.«

Ich spülte mir den Mund mit dem bitteren Getränk und spuckte dann aus, bevor ich ihm den Behälter zurückgab.

»Vielleicht solltest du ein paar Blumen pflücken«, schlug er vor.

»Ich kann das«, entgegnete ich. »Ich will helfen.«

»Fuchs kann die Körper wegschaffen«, versicherte er mir.

Ich blickte auf und sah, dass der Fuchs das Kaninchen bereits in die Mitte des Hains zog, und ich spürte, wie mein Magen erneut revoltierte.

Lore bewegte sich etwas zur Seite, um mir den Blick zu versperren.

»Wenn wir sie schon nicht begraben können, sollen sie wenigstens ein wenig Schmuck haben«, sagte er. »Blumen werden helfen.«

»Okay«, erwiderte ich.

»Geh nicht über die Baumlinie hinaus«, warnte Lore. »Und meide die glockenförmigen Blüten. Sie sind giftig.«

Ich nickte, und er machte sich wieder an die Arbeit. Ich kehrte ihm zwar den Rücken zu, während ich Blumen pflückte, aber ich konnte immer noch hören, was passierte, und das war fast genauso schlimm.

Als Lore sein Werk vollendet hatte und die Körper aufgereiht nebeneinander lagen, ließ er mich die Blumen auf jeden Leichnam betten. Ich tat es mit einem fetten Kloß im Hals, und als wir fertig waren, gingen wir, ohne ein Wort, weiter durch den Wald auf unserer Reise zu einem Baum, der nicht existierte.

Ich rechnete damit, dass wir bis spät in die Nacht unterwegs sein würden, da die toten Tiere den Großteil unseres Tages in Anspruch genommen hatten, doch als wir an einen breiten Fluss kamen, blieb Lore stehen und begann, nach einem Ort zu suchen, an dem wir ungesehen lagern konnten.

»Sollten wir nicht weitergehen?«, fragte ich.

»Normalerweise würde ich Ja sagen, aber nachdem ich mit so viel totem Fleisch zu tun hatte, will ich dringend baden.«

Ich schluckte, sowohl wegen der Erwähnung der Tiere als auch bei dem Gedanken an einen nackten Lore.

»Du willst im Fluss baden?«, wunderte ich mich.

Er stand gebückt da und räumte Laub und Zweige unter einer Nische aus Baumwurzeln fort. Dann hielt er kurz inne und sah mich amüsiert an. »Ja.«

»Nackt?«

»So funktioniert Baden tendenziell«, meinte er. Sein Lächeln war breiter geworden.

Mir gefiel es, wenn er lächelte. Dann sah er beinahe wie eine andere Person aus.

»Du solltest wahrscheinlich auch baden«, meinte er.

Mir blieb der Mund offen stehen. »Willst du damit sagen, ich rieche schlecht?«

»Nein«, entgegnete Lore.

»Ja«, sagte der Fuchs.

Ich schaute beide wütend an. Lore schenkte dem Fuchs einen verärgerten Blick.

»Ich sage nur die Wahrheit«, meinte der Fuchs und saß mit seinem Schwanz um die Pfoten gelegt da. »Wenn deine Brüder nicht deine Spuren verfolgen könnten, könnten sie deinem Geruch folgen.«

Ich wandte mich von ihnen ab, schnupperte selbst an mir und rümpfte dann die Nase.

Der Fuchs hatte recht. Ich brauchte ein Bad.

Ich wanderte an das Flussufer. Es war felsig, aber das Wasser war klar und wurde zur Mitte hin, wo es tiefer war, dunkler. Ich tauchte die Finger hinein und stellte fest, dass es kühl war.

»Geh nicht allein ins Wasser«, riet mir der Fuchs.

Ich zuckte zusammen, denn ich hatte nicht bemerkt, dass er neben mir herangekommen war.

Ich sah ihn verwirrt an.

»Warum nicht?«

»Die Feen sind nicht auf Land beschränkt«, erläuterte der Fuchs. »Manche der bösartigsten leben im Wasser.«

Seine Worte jagten mir einen Schauer über den Rücken. Ich zog die Hand aus dem Wasser und richtete mich auf. Es sollte mich nicht überraschen, wenn das Wasser, das so harmlos wirkte, tatsächlich mit bösen Feen infiziert wäre.

»Wie sollen wir dann baden?«

»Sie werden dich nicht belästigen, solange der Prinz von Nightshade in der Nähe ist«, erklärte der Fuchs.

Ich drehte mich suchend nach Lore um und sah, dass er eine Decke aus der Tasche gezogen hatte, die er bei Cardic gepackt hatte, und nun versuchte, sie an einem Ast in Ufernähe festzumachen.

»Was machst du da?«, rief ich.

»Ich versuche«, antwortete er und ächzte, während er sich abmühte, »dir etwas … Privatsphäre zu geben.«

Die Decke rutschte weg und fiel hinunter, halb in den Fluss und halb ans Ufer.

»Fuck«, zischte Lore.

Ich ging kichernd zu ihm, hob die Decke vom Boden auf und wrang den Teil aus, der im Wasser gelandet war. Ich hielt sie an den Ecken hoch und gab sie Lore.

»Das wird reichen«, sagte ich und begann, mein Kleid auszuziehen.

»Dem entnehme ich, dass du beschlossen hast, zu baden«, schlussfolgerte er von der anderen Seite der Decke.

»Ich fürchte, ich habe wohl keine andere Wahl«, gab ich zurück und griff hinter mich, um die Schnüre in meinem Rücken zu lösen. Ich hatte angenommen, sie seien in einer Schleife gebunden, doch stattdessen stellte ich fest, dass sie sich verheddert hatten, und ich hatte es nur noch schlimmer gemacht. Ich senkte das Kinn auf meine Brust, drehte beide Arme hinter mich und versuchte verzweifelt, den Knoten zu erreichen.

»Brauchst du immer so lange, um dich auszuziehen?«, fragte Lore. »Ich bin sicher, dass ich mit diesem Kleid schneller fertig würde.«

»Ich will nichts über deine Eroberungen hören, Prinz«, knurrte ich ärgerlich.

Lore ließ die Decke fallen.

»Was tust du da?«, fragte ich.

»Meine Arme sind müde, und du bist nicht nackt«, erwiderte er. »Dreh dich um.«

Ich schaute ihn finster an, und er legte den Kopf nach hinten und blickte blinzelnd über mich hinweg.

»Ist das eine Fliege?«

Er schlug danach.

»Da ist noch eine!«

Mein Gesicht verdüsterte sich noch mehr. »Also gut!«

Ich wandte ihm den Rücken zu und war mir nicht sicher, warum ich mich dabei so entblößt fühlte. Vielleicht weil ich im Begriff war, vor den Augen eines Mannes vollkommen nackt in einen Fluss zu waten, und so etwas noch nie getan hatte.

Lore war der erste Mann, der mich je geküsst hatte, und dabei hatte er noch nicht einmal meine Lippen berührt.

Ich fragte mich, ob er das wusste.

Wenn man seine jahrelange Erfahrung bedachte, konnte er es sich wahrscheinlich denken.

»Danke«, sagte ich.

»Wofür?«, fragte Lore.

»Dafür, dass du mich hast ausruhen lassen«, antwortete ich. »Du hättest es dir nicht so schwermachen müssen. Ich bin daran gewöhnt, auf dem Boden zu schlafen.«

»Du brauchtest echte Ruhe«, sagte er. »Wir haben noch fünf Tage Reise vor uns.«

Daraufhin schwiegen wir. Ich konnte spüren, wie er an den Schnüren tastete.

»Wo hast du letzte Nacht geschlafen?«, fragte ich.

Ich bemühte mich um einen unbeschwerten Tonfall, aber ich war mir nicht sicher, ob es mir gelang.

Seine Hand erstarrte. »Was?«

Mein Gesicht wurde heiß, und ich konnte nicht bestimmen, ob ich diese Fragerei weiter verfolgen oder aufgeben sollte.

»Wo hast du gestern Nacht geschlafen?«, wiederholte ich.

»Ich habe nicht geschlafen«, sagte er.

Ich runzelte die Stirn, als ich darüber nachdachte, was das andeuten mochte. »Oh.«

»Warum fragst du?«

»Nur so«, sagte ich schnell, und mir wurde klar, was für ein großer Fehler das war. »Ich war nur neugierig.«

»Wieso bist du neugierig, wo ich schlafe?«

»Bin ich nicht«, entgegnete ich.

»Aber du hast gerade gesagt, du seist neugierig, wo ich gestern Nacht war«, eiferte Lore sich. »Dafür muss es einen Grund geben.«

»Es gibt keinen«, sagte ich. »Bist du fertig? Ich dachte, du wärst erfahren darin, Kleider auszuziehen.«

»Samara.«

Ich drehte mich frustriert zu ihm um. »Wegen deines Aussehens, als du heute Morgen in die Bibliothek kamst.«

Er legte den Kopf schief, und sein Mundwinkel ging hoch.

»Und wie habe ich ausgesehen?«

Ich schüttelte den Kopf und zuckte zugleich mit den Schultern – eine Reaktion, die vermutlich eher mir selbst galt, eine Art Kapitulation. Jetzt war es zu spät, um einen Rückzieher zu machen.

»Als hättest du mit jemandem geschlafen«, ließ ich die Bombe platzen.

»Wieso sagst du das?«, fragte er.

»Ich *weiß*, wie Männer am Morgen nach dem Sex aussehen.«

Mein Gesicht war so heiß, dass ich es kaum aushielt. Ich würde noch in den Fluss springen müssen, nur um mich abzukühlen. Vielleicht würde ich dabei auch ertrinken, dann konnte ich dieser Demütigung entfliehen.

Überraschung huschte über Lores Miene, bevor er ganz starr vor Zorn wurde, und er trat einen Schritt vorwärts. »Woher solltest du das wissen?«

»Sei nicht herablassend«, wehrte ich ab. »Ich bin nicht unwissend.«

»Ich habe dich keinen Augenblick lang für unwissend gehalten«, sagte Lore. »Dann denkst du also, ich hätte die Nacht mit jemandem verbracht?«

Ich legte den Kopf in den Nacken und hielt seinem Blick stand.

»Und das stört dich?«

Meine Augen wurden groß. »Nein, natürlich nicht.«

»Wieso hast du dann überhaupt gefragt?«

»Ich sagte doch, ich war neugierig«, beharrte ich.

»Dann willst du also sagen, wenn ich mit jemandem geschlafen *hätte*, wäre dir das egal?«

»Ja«, antwortete ich.

Er sah mich an und grinste spöttisch.

»Ich denke, du bist eine Lügnerin, Samara von Gnat.«

»Nenn mich nicht Lügnerin!«, rief ich und schubste ihn.

Er stolperte rückwärts und fiel in den Fluss. Das Problem war nur, dass ich dabei ebenfalls über die Wurzeln zu meinen Füßen stolperte und auch stürzte.

Ich schaffte es kaum, den Atem anzuhalten, als ich ins Wasser fiel. Lore legte den Arm fest um meine Taille, richtete uns beide auf und drückte uns nach oben an die Oberfläche. Ich hustete und spuckte Wasser, während mir noch mehr aus der Nase rann, bevor ich mir über mein Gesicht und durch mein Haar fuhr.

Dann sah ich Lore über mir stehen, und ich konnte nicht wegsehen.

Ich hatte ganz vergessen, wie beeindruckend er sein konnte, aber in diesem Augenblick ließ es sich nicht leugnen. Er ragte über mir auf, seine Tunika klebte an jedem Muskel und ließ mich erkennen, wie breit seine Schultern waren. Ich wollte ihn berühren.

»Du bist auf jeden Fall eine Lügnerin«, raunte er und strich mir eine Haarsträhne hinters Ohr.

Ich schloss die Augen bei seiner Berührung, aber nicht aus Furcht. Ein anderes Gefühl vibrierte in mir, und ich schluckte schwer, bevor ich ihn wieder ansah.

»Vielleicht bin ich eine Lügnerin«, sagte ich. »Aber was bringt es Gutes, die Wahrheit zu kennen?«

Lores Finger wanderten über meine Wange an mein Kinn. »Ich vermute, das kommt darauf an, wie ich mich damit fühle.«

»Und wie fühlst du dich damit?«

Er lehnte sich nahe zu mir, und seine Lippen schwebten ganz dicht an meinen.

»Es gefällt mir«, wisperte er. »Es gefällt mir sehr.«

Und dann küsste er mich.

Es war ein sanftes, langsames Drücken seiner Lippen auf meine, und als er sich von mir löste, ruhte seine Stirn an meiner.

»Und du?«, fragte er. Seine Stimme war ein leises Flüstern. »Wie fühlst du dich damit?«

Er löste sich von mir, um mir in die Augen zu sehen.

»Es gefällt mir«, hauchte ich. »Es gefällt mir sehr.«

Lore lächelte und schenkte mir dann ein atemloses Lachen.

Seine Hand glitt in mein Haar, und er küsste mich erneut, länger diesmal. Er kam näher, und unsere Körper berührten sich. Ich ließ die Hände in den Stoff seiner Tunika wandern. Ich wusste nicht, woran ich mich festhalten oder wie ich ihn berühren sollte. Ich hasste es, dass mir meine Unerfahrenheit so bewusst war, wenn etwas so Wundervolles passierte, aber ich konnte nicht anders, als mich unbeholfen und verlegen zu fühlen, trotz der Hitze, die durch meinen Leib wallte. Ich fragte mich, ob Lore es merkte, und ob er fand, dass ich ganz schlecht darin war.

Dann veränderte sich etwas, und Lores Arm legte sich fester um meine Taille, als er mich noch enger an sich zog. Sein Körper war hart, und ich schnappte nach Luft, als ich ihn spürte. Ich dachte, ich hätte schon einmal Begehren empfunden, doch das war im Vergleich dazu gar nichts gewesen. Urplötzlich fühlte mein Körper sich schwer an, und ich wollte unbedingt an Stellen berührt werden, die nur ich je erforscht hatte.

Ich legte die Arme um seinen Nacken und wollte ihm noch näher sein, auch wenn das gar nicht möglich war. Die Reibung seines Körpers bot mir ein klein wenig Erleichterung, als meine Brüste sich flach gegen seinen Brustkorb drückten und seine Erregung sich an meinen Bauch presste. Nun dachte ich nicht mehr an meine Unzulänglichkeiten, sondern daran, wie es sich anfühlen würde, ihn in mir zu spüren. Solche Lust hatte ich noch nie erlebt, und ich hatte nur von einer Person geträumt, mit der ich das wollte – dem Fee, der mir ein Messer gegeben hatte.

Aber alle diese Gefühle wurden mir entrissen, als Lore den Kuss abrupt beendete und sich von mir löste. Schwer atmend trat er einige Schritte zurück.

»Tut mir leid«, sagte ich, weil ich nicht wusste, was ich sonst sagen sollte.

»Warum?«, fragte er.

Meine Augen wurden groß. Ich wusste nicht recht, warum.

»Ich ... wollte nicht, dass das passiert«, antwortete ich.

Lore runzelte die Stirn. »Wie meinst du das? Du sagtest doch, es gefällt dir.«

»Hat es auch«, ruderte ich schnell zurück. »*Tut* es. Du bist derjenige, der aufgehört hat.«

Nun, da ich etwas entfernt von ihm stand, drang die kalte Realität, warum er aufgehört hatte, zu mir durch. Ich verschränkte die Arme und fühlte mich entblößt und schrecklich beschämt.

»Wieso hast du aufgehört?«

»Ich musste«, sagte er.

»Weil du verliebt bist?«, fragte ich.

Überraschung huschte über seine Miene. »Was?«

»Cardic hat es mir erzählt«, sagte ich. »Du bist verliebt, und du glaubst, du seist verflucht.«

»Ich *bin* verflucht«, fauchte Lore. »Du weißt nicht, wie ich gelitten habe. Dieses Sehnen … es hat mich zerrissen.«

»Und doch hast du mich berührt«, sagte ich, und meine Stimme nahm einen Tonfall an, den ich gar nicht von mir kannte. »Du hast *mich* geküsst.«

Er starrte mich nur an. Ich wollte, dass er sich ebenso beschämt fühlte wie ich, nun da er wusste, dass ich sein Geheimnis kannte, doch stattdessen fand ich, dass er am Boden zerstört aussah, was mich noch mehr ärgerte.

»Du bist nicht verflucht, Lore, Prinz von Nightshade«, schimpfte ich. »Du bist ein Feigling.«

Damit drehte ich mich um, stieg aus dem Fluss und nutzte die halb durchnässte Decke, um mich zu bedecken, während ich mir alle Mühe gab, den Druck zu bändigen, der sich hinter meinen Augen aufbaute, als mir klar wurde, dass meine Brüder recht hatten.

Kein Mann würde je jemanden wie mich wollen.

Frierend und nass rollte ich mich auf dem Lager zusammen, das Lore unter den Wurzeln errichtet hatte, während stumme Tränen über mein Gesicht liefen, und irgendwann schlief ich schließlich ein.

Ich erwachte unvermittelt zum Klang von Musik.

Eine heitere Melodie, wunderschön und eindringlich. Ich rollte mich auf die Seite und blickte hinaus in die Nacht, doch soweit ich sagen konnte, war nichts in der Nähe, bis auf Mondlicht, das von den Wellen des Flusses reflektiert wurde. Ich setzte mich auf, lauschte angestrengter und erkannte, dass dazu auch jemand sang.

Einst tanzte ein Mädchen mit Beeren im Haar.
Schön ward sie genannt, weil so schön sie war.
Doch Musik niemand hörte, Rund' um Rund'.
Und ihre Füße, klein und bloß, die wurden so wund.

Ich stand auf und folgte dem Klang, und meine bloßen Füße glitten über Steine, als wären sie nichts als Sand. Ich wanderte am Flussufer entlang, vorbei an großen Bäumen, kleinen Bäumen und Büschen mit Blüten, so weiß, dass sie in der Nacht zu leuchten schienen. Der Gesang wurde lauter, als ich näher kam, und die Blätter wurden dichter. Ich musste mich mit den Ellbogen durch dichte, grüne Sprösslinge kämpfen, während der Boden unter meinen Füßen weicher wurde.

Von stillem Dorf zu Bergen grau durchs Land,
Unter Sternenhimmel und der Sonne Brand.
Das Gras wuchs grün, wo ihr Blut fiel,
und Feen folgten ihr bis an ihr Ziel.

Sie tanzte, bis sie wollt' vergehen.
An einen Ort, wo man Geister kann liegen sehen.
Unter karger Erde lagen sie,
Knochen von Hexen und üblen Feen.

Ein schöner Prinz kam bald heran,
Gelockt von der Elfen Silberklang.
So betört war er von der Jungfer Tanz,
Dass er zog sein Schwert, um sie zu retten ganz.

Doch noch kaum auf der Erde er steht,
Er auch schon im Tanze sich dreht.
Die Feen klatschten und lachten dazu,
Und mit lauten Stimmen sangen sie im Nu …

Schließlich schob ich einen Vorhang aus Blättern zur Seite, um die Quelle des Gesangs zu erspähen. Zwei Frauen saßen auf Felsen in der Mitte des Flusses. Eine spielte Flöte, während die andere sang und ihr langes goldenes Haar bürstete. Sie waren liebreizend, in weiße Gewänder gehüllt, und unter dem Mond schienen auch sie zu leuchten.

Die Frau mit der Bürste drehte den Kopf zu mir und lächelte lockend. Sie hatte fremdartige Züge – große runde Augen und glitzernde Schuppen an den Schläfen. Ich dachte mir, dass sie vielleicht halb menschlich sei, aber ich hatte keine Angst. Ich watete durch das Wasser auf die zwei zu, während sie zu Ende sang.

Einst tanzte ein Mädchen mit Dornen im Haar,
Zu Musik, die niemand konnt' hören.
Und als ein Prinz dorthin kam, wo sie war,
Macht' er den Fehler, ihre Rettung zu schwören.
Sie tanzten, bis ihre Herzen aufhörten zu schlagen,
Und dann tot auf der kargen Erde sie lagen.

Sie verstummte und wandte sich zu der anderen Frau.

»Schau nur, Elke, wir haben unsere eigene Schönheit hier angelockt«, sagte sie. »Vielleicht können wir sie zum Tanzen bringen.« Sie richtete ihre hellen Augen auf mich. Sie waren von gelber Farbe und flackerten wie Laternenlichter. »Kannst du tanzen, Schönheit?«

Ich schüttelte den Kopf.

»Keine Sorge, Schönheit. Wir lehren es dich«, bot sie an. Sie glitt von dem Felsen, trat mit mir in das Wasser und hob die

Hand an mein Gesicht, berührte mich aber nicht. »Wunderschön«, flötete sie, und dann umkreiste sie mich und ich folgte ihr. Die Frau lächelte. »Nun tanzen wir, Schönheit.«

Dann nahm sie meine Hände, hielt sie hoch und machte einen Schritt zu meiner Linken und dann zu meiner Rechten. Ich folgte ihren Schritten und konnte den Blick nicht von ihrem Gesicht abwenden. Sie war so wunderschön, und ihr Lächeln war so süß.

»Du tanzt, Schönheit«, sagte sie, führte mich im Kreis herum und ließ dann eine meiner Hände los. »Dreh dich.«

Ich tat, wie sie geheißen.

»Wunderschön«, meinte sie, als ich ihr wieder gegenüberstand, und lächelte weiter.

Ich lächelte ebenfalls.

»Was ... was bist du?«, fragte ich und drehte mich erneut unter ihrer Führung.

Die Frau lachte, und es klang wie ein Glockenspiel. »Nun, ich bin eine Nixe, und meine Schwester auch«, sagte sie. »Dieser Fluss ist unser Zuhause.«

»Ich habe kein Zuhause«, erzählte ich ihr. »Also ... nicht mehr.«

»Armes, wunderschönes Geschöpf«, klagte sie stirnrunzelnd. »Elke und ich werden dich aufnehmen. Würde dir das gefallen, Schönheit?«

Bevor ich antworten konnte, ertönte ein schrecklicher Schrei, und als ich aufblickte, sah ich die andere Nixe, die auf dem Felsen gesessen und Flöte gespielt hatte, rücklings ins Wasser fallen. In ihrer Augenhöhle steckte ein Messer. Dann fauchte die Frau vor mir. Mein Blick begegnete ihrem, und sie verwandelte sich vor meinen Augen. Ihre Zähne wurden scharf, und ihre Hände bekamen Schwimmhäute, während sie meine Handgelenke packte.

»Meins!«, knurrte sie.

Ich schrie auf.

»Samara!«

Lore brüllte meinen Namen, und in diesem Moment zog die Kreatur mich ins Wasser. Ich wehrte mich und krallte nach ihrem Gesicht, als ihre Hände sich um meine Kehle schlossen. Und dann plötzlich war sie weg von mir, und ich konnte aufstehen und hustete Wasser, während ich nach Luft rang und Lore mit dem Monster kämpfte.

»Der Kamm, Wildfang!«, rief der Fuchs. »Wirf den Kamm!«

Den Kamm? Den Kamm hatte ich ganz vergessen. Ich konnte ihn in meinem Haar fühlen, und obwohl ich keine Ahnung hatte, wie er wohl helfen könnte, gehorchte ich dem Befehl des Fuchses, aber er war so sehr in meinem Haar verheddert, dass ich ihn nicht freibekam. Ich riss an den nassen Strähnen, während Lore vor mir mit der knurrenden Kreatur rang, doch selbst er hatte Mühe. Sie war glitschig und nass, aber ihr Griff war stark, und bald konnte sie den Prinz von Nightshade mit einem kehligen Schrei von sich stoßen und in das Wasser tauchen, auf mich zu.

Panik erfüllte mich, während ich an dem Kamm zerrte und mir dabei schmerzhaft Haarbüschel vom Kopf riss. Endlich kam der Kamm frei, gerade als das Monster durch die Wasseroberfläche brach und sich auf mich stürzte.

Ich warf den Kamm, und als er auf das Wasser traf, wurde er zu tausend Speeren. Die leuchtenden Augen der Nixe weiteten sich, und sie trat mit Armen und Beinen, als wolle sie davonschwimmen, doch es war zu spät. Sie gab noch einen kurzen, schrillen Aufschrei von sich, bevor sie von den scharfen Spitzen aufgespießt wurde, und dann herrschte Stille, abgesehen von dem Geräusch ihres Blutes, das ins Wasser tropfte.

Sofort war Lore neben mir, eine Hand an meinem Gesicht.

»Bist du verletzt?«, fragte er, aber ich konnte gerade gar nicht denken und antwortete ihm nicht.

Stattdessen drehte ich mich um und warf noch einen Blick auf die Nixe, die gekrümmt im Wasser lag, von einhundert Speeren durchbohrt. Eben noch hatte es ausgesehen, als leuchtete sie im Mondlicht, doch nun war ihre Haut glanzlos, und ihr Haar fiel ihr in gelben Wellen übers Gesicht.

»Schneide der Nixe das Haar ab«, forderte der Fuchs mich auf. »Dann wird es zu Gold.«

Ich sah den Fuchs an, verließ dann Lores Seite, watete zu der Nixe mit dem Messer im Auge und zog es heraus.

»Samara?«

Ich ignorierte Lore, ging zu der Nixe mit dem gelben Haar, packte es und schnitt es mit seinem Messer ab. Kaum waren die Haare abgeschnitten, wurden sie zu schimmernden, goldenen Fäden. Ich drehte mich zu Lore um, sein Messer in der einen Hand, das Gold in der anderen.

»Es geht mir gut«, antwortete ich, obwohl das nicht stimmte, und gab ihm das Messer.

Dann kletterte ich aus dem Fluss und folgte Fuchs zurück ins Lager.

KAPITEL NEUN

UND TRÄUME WERDEN DOCH WAHR

Lore

Ich folgte Samara durch den Wald, während eisiger Regen auf uns niederprasselte. Es ging ihr nicht gut, und sie fror und zitterte so sehr, dass sie kaum laufen konnte. Ich hatte ihr meinen Mantel umgehängt, aber sie hatte ihn direkt wieder abgestreift und auf dem Boden liegen lassen, bevor sie vorausging, gehüllt in die nasse Decke vom Fluss. Es war frustrierend, dass sie so stur war, dass sie ihr Wohlbefinden opfern wollte, nur weil sie wütend auf mich war.

Ich hätte Cardic umbringen können.

Und ich würde es tun, wenn ich ihn das nächste Mal sah.

Warum nur erzählte er ihr, dass ich verliebt war, wenn ich ihr doch nicht sagen konnte, dass *sie* es war, die ich liebte?

Es spielte keine Rolle, dass sie meinen Kuss erwidert oder dass er ihr gefallen hatte. Was eine Rolle spielte, war, dass sie nicht wusste, wer ich in Wahrheit war, und ich wollte es ihr nicht sagen, weil ich nicht zusehen wollte, wie sie ihren Fehler erkannte und mich ein zweites Mal zurückwies.

Sie hatte recht. Ich war ein Feigling.

Wir bahnten uns weiter unseren Weg durch den Wald, doch bald wurde sogar der Fuchs langsamer, sein Fell schwer von Eis.

»Wir müssen einen Unterschlupf finden«, beschloss ich.

»Ich kenne einen Ort«, meinte der Fuchs. »Es ist nichts Besonderes, aber es ist nicht weit von hier.«

Mir war egal, was es war, solange Samara aus diesem Wetter herauskam.

Der Fuchs führte uns weiter, schlängelte sich zwischen Bäumen durch und schlüpfrige Hügel hinunter, bis wir etwas erreichten, das ich nur als Unterstand beschreiben konnte. Im Grunde war es nur ein Raum mit drei Wänden und einem strohgedeckten Dach, doch es gab einen eisernen Ofen. Die Asche darin war beinahe fest. Ich scharrte sie auf den Boden, ohne mich darum zu kümmern, welche Unordnung ich anrichtete, denn mir war überaus bewusst, wie sehr Samara zitterte. Sobald der Ofen sauber war, stand ich auf und ging hinaus in den Regen.

»Wo gehst du hin?«, fragte Samara.

Es war das erste Mal, dass sie seit gestern Nacht mit mir sprach.

»Holz für das Feuer suchen«, klärte ich sie auf.

»Es regnet«, erwiderte sie.

»Es besteht trotzdem eine Chance, dass ich trockenes Holz finden kann«, antwortete ich. »Ich komme zurück. Fuchs passt auf dich auf.«

Ich verließ den Unterstand und suchte überall nach trockenem Holz. Da der Wald so feucht war, war es schwerer, welches zu finden, doch es gab tote Äste, verheddert im Blätterdach über mir, die größtenteils trocken geblieben waren. Außerdem sammelte ich einige größere Holzklötze, die man in kleinere, trockenere Stücke spalten konnte.

Als ich zurückkehrte, lag Samara in der Ecke zusammengerollt, Fuchs zu ihren Füßen, und beide bibberten vor Kälte. Ich machte mich eilig an die Arbeit und zupfte etwas Stroh vom Dach, um es zum Anzünden zu nutzen. Mit meinem Messer spaltete ich die Holzklötze und schabte trockene Holzstücke ab.

Sobald ein Feuer im Ofen loderte, wandte ich mich der Öffnung des Unterstandes zu und beschwor meine Magie herauf.

Dornen sprossen aus dem Holz, und Ranken brachen aus dem Boden, woben sich umeinander und blühten auf, bis der Unterstand nach außen hin geschlossen war. Es war nicht notwendig, um den Raum warmzuhalten, aber ich dachte mir, dass es Samara so lieber wäre.

Als ich fertig war, drehte ich mich um und sah, dass sie mich beobachtete.

»Tut mir leid«, entschuldigte sie sich und räusperte sich. »Ich habe nur ... noch nie gesehen, wie du deine Magie einsetzt.«

»Es stört mich nicht, wenn du mir zusiehst«, sagte ich, auch wenn sie den Blick danach senkte.

Ich nahm meinen Mantel ab, hängte ihn an einen Ast und zog dann meine Tunika aus, die größtenteils trocken geblieben war, weit trockener als Samaras nasse Decke und ihr Kleid.

»Was machst du da?«, fragte sie.

Ich sah sie an, und mir gefiel nicht, wie alarmiert sie klang.

»Du musst etwas Trockenes anziehen«, sagte ich.

»Aber was ist mit dir?«

Ich lächelte schwach. »Mich würde es nicht stören, wenn du nackt wärst, aber ich vermute, dir ist es anders lieber.«

Sie starrte mich an, stand dann auf und ließ die nasse Decke von ihren Schultern gleiten.

»Zieh dich vor dem Feuer um«, forderte ich sie auf.

Ich nahm die Decke und versuchte mein Bestes, sie so aufzuhängen, dass sie trocknen konnte, während Samara sich umzog. Ich war nicht darauf gefasst, was ich fühlen würde, wenn ich sie in meinen Sachen sah. Die Tunika ging ihr bis an die Knie, und der Kragen hing tief bis zwischen ihre Brüste. Ich gab mir Mühe, sie nicht anzustarren, aber sie bemerkte es, denn sie hielt die Vorderseite zu.

Ich räusperte mich und befahl meinem Schwanz, sich wieder zu beruhigen, doch meine Gedanken liefen bereits Amok mit Fantasien, wie es sich anfühlen würde, wenn ihre Beine fest um meine Taille geschlungen wären, während ich tief in sie drang.

Das war es, was ich wollte, und das war es, was ich nie haben würde. Genau deshalb war es so wichtig, diesen Fluch zu brechen.

»Was ist dir zugestoßen?«, flüsterte sie.

Inzwischen verstand ich ihre Miene etwas besser – die Narben an meinem Körper erschreckten sie. Ich hatte einige Striemen über dem Rücken, von denen sich eine um meine Schulter bis zur Brust zog.

»Ein Dullahan hat mich mit seiner Peitsche geschlagen«, erläuterte ich, wenn auch etwas widerstrebend, dieses Thema anzuschneiden.

»Ein Dullahan?«

»Das ist eine Art Hobgoblin. Sie sind böse Geister, die nach dem Geschmack von Blut lechzen, aber nur von kopflosen Opfern.«

»Und du bist einem begegnet?«

»Ich bin vielen begegnet«, sagte ich.

»Gibt es viele hier im Verzauberten Wald?«, fragte sie.

Ich erkannte meinen Fehler, und ich wollte nicht, dass sie Angst hatte.

»Nicht wirklich. Ich war auf der Suche nach ihnen«, erklärte ich.

»Warum solltest du nach einem Dullahan suchen?«

Ich schwieg, denn die Antwort war … sie. Ich hatte mich auf die Suche nach ihnen gemacht, denn nur wenn ich um mein Leben kämpfte, dachte ich nicht an sie.

»Lore?«

»Ich nehme das hier«, wechselte ich das Thema und griff nach ihrem Kleid.

Sobald das aufgehängt war, öffnete ich die Umhängetasche, zog die einzige trockene Decke heraus, die wir hatten, und gab sie Samara. Sie nahm sie und legte sie um ihre Schultern.

»Wenn du nahe am Ofen sitzt, wird dein Haar schneller trocknen«, sagte ich.

Sie rutschte näher, während ich die Nahrungsmittel durchging, die ich aus Cardics Speisekammer gestohlen hatte: getrocknetes Fleisch, Obst und Brot. Ich schichtete alles auf die Tasche, damit Samara sich etwas nehmen konnte.

Als ich damit fertig war, setzte ich mich mit dem Rücken an die Wand und biss in ein Brötchen. Ich versuchte, sie nicht anzusehen, aber das war schwierig. Mein Blick huschte ständig zu ihr hin. Als sie es bemerkte, schaute ich weg.

»Wieso willst du nicht verliebt sein?«, fragte sie.

Ich presste die Zähne aufeinander. Meine Brust fühlte sich eng an, als ich Luft holte.

»Es würde mich nicht stören, wenn das Gefühl erwidert werden würde«, gab ich zurück.

Sie sagte nichts.

»Hast du den Prinzen geliebt?«, fragte ich.

»Nein«, antwortete sie. »Ich war ihm erst kurz zuvor begegnet.«

»Aber du hattest zugestimmt, ihn zu heiraten?«

»Ich hatte zugestimmt, mit ihm fortzugehen in sein Königreich«, korrigierte sie. »Er versprach, mir Zeit zu lassen, mich in ihn zu verlieben, aber als wir in der Kutsche saßen, sagte er, wir würden heiraten, sobald wir ankämen.«

Ein Teil von mir war froh, dass die Räuber die Kutsche aufgehalten hatten, und ein Teil von mir wusste, dass das nicht fair von mir war. Ich konnte nicht erwarten, dass Samara sich nie verlieben würde. Ich konnte nicht von ihr erwarten, dass sie nie heiraten würde.

»Also hat er gelogen«, stellte ich fest.

Sie nickte. »Er sagte, sein Bruder sei nicht aus dem Verzauberten Wald zurückgekehrt, und er müsse losziehen, um nach ihm zu suchen. Er war auch auf der Suche nach goldenen Äpfeln. Anscheinend bist du nicht der Einzige, der einen Wunsch erfüllt haben will.«

Ich war nicht überrascht, das zu hören, denn ich glaubte nicht, dass es ein lebendes Wesen gab, das seinen größten Wunsch nicht erfüllt sehen wollte.

»Was würdest du dir wünschen?«, fragte ich. »Wenn du es ohne Folgen tun könntest?«

Sie zog die Knie an den Oberkörper. Sie sah so klein und zerbrechlich aus, doch ich wusste, dass sie stark und unerschütterlich war.

»Ich würde mir wünschen, dass Maus und Gockel nie wieder ein Leid geschieht.«

»Maus und Gockel?«

»Maus ist meine Katze und Gockel ist mein Hengst«, verriet sie mir. »Meine Brüder behandeln sie schrecklich, genauso wie mich.«

Es verblüffte mich nicht, dass sie nicht zuerst an sich, sondern an andere dachte.

»Und was würdest du für dich selbst wollen?«

»Früher dachte ich, dass ich geliebt werden will«, meinte sie. »Aber inzwischen denke ich, dass Liebe vielleicht gar nicht ohne Schmerz existieren kann, und davon habe ich genug.«

»Ich denke nicht, dass das so ist«, entgegnete ich.

»Wenn nicht, warum willst du sie dann fortwünschen?«, fragte sie.

Darauf hatte ich keine Antwort, und nach einigen Sekunden des Schweigens räusperte ich mich. »Du solltest dich ein wenig ausruhen. Es tut mir leid, dass ich dir keinen bequemeren Ort zum Schlafen bieten kann.«

»Es ist in Ordnung«, winkte sie ab. »Ich bin an den Boden gewöhnt.«

Sie faltete die Decke in der Mitte zusammen und legte sich nieder.

Ich wickelte die Nahrungsmittel ein und räumte sie beiseite, damit ich die Tasche aus Tuch zusammenrollen konnte.

»Hier«, sagte ich und schob sie unter Samaras Kopf, damit sie sie als Kissen nutzen konnte.

»Danke«, wisperte sie.
Unsere Blicke begegneten sich und hielten einander einige stille Momente lang fest. Ich wollte sie so sehr küssen, dass die Sehnsucht danach meinen ganzen Körper anspannte, aber nach dem, was am Fluss zwischen uns geschehen war, war mir klar, dass ich nie mehr die Chance bekommen würde, sie zu berühren.
»Schlafe ein wenig«, flüsterte ich stattdessen und kehrte zu meinem Platz an der Wand zurück. Aber ich schlief nicht.

Am nächsten Morgen goss es immer noch in eisigen Strömen, und ich ließ Samara schlafen.
»Bist du sicher, Prinz?«, fragte Fuchs. »Hierzubleiben wird uns noch einen Tag zurückwerfen.«
»Willst du dich in diesen Regen hinauswagen?«, konterte ich. »Soweit ich mich erinnere, konntest du kaum noch laufen, so schwer war dein Fell von Eis.«
»Mich verlangt es nicht danach«, sagte der Fuchs, drehte sich auf seinem Platz einmal im Kreis und legte sich wieder hin.
Es dauerte eine Weile, bis Samara aufwachte, und dann setzte sie sich schnell auf. Ich dachte schon, dass sie vielleicht fortlaufen würde, aber ihr Blick huschte suchend durch den kleinen Raum, bis er meinen fand.
»Böser Traum?«, fragte ich.
Sie schluckte und schüttelte den Kopf. »Nein, ich ... dachte, du wärst ohne mich gegangen.«
Ihr Geständnis bestürzte mich.
»Für mich klingt das nach einem bösen Traum«, sagte ich.
Sie runzelte die Stirn und rieb sich dann die Augen, bevor sie erneut sprach.
»Wie spät ist es?«
»Ich glaube, es ist gut nach Mittag«, antwortete ich.
Ihre Augen wurden groß. »Mittag? Warum hast du mich nicht geweckt?«
Sie warf die Decke ab und stand auf.

»Wenn wir heute weitergehen würden, hätte ich es getan«, erklärte ich. »Aber das Wetter hat sich nicht geändert, also dachte ich mir, dass du dich am besten ausruhst.«

»Oh«, sagte sie. »Aber dann hast du ja nur noch …«

»Drei Tage«, ergänzte ich. »Das ist mir bewusst, aber die Reise ist sinnlos, wenn du vor Kälte umkommst.«

Sie setzte sich wieder an ihren Platz vor dem Feuer und zog die Decke um ihre Schultern.

»Danke«, sagte sie.

Das Wort ging mir auf die Nerven, weil ich es nicht gern hörte, aber die Entscheidung, hierzubleiben, war kein Akt der Güte, sondern notwendig, wenn wir irgendeine Chance haben wollten, den Wunschbaum zu erreichen.

»Wie hast du geschlafen?«, fragte sie.

Ich lächelte leise. »Gar nicht.«

Sie wurde rot, und ich wusste, dass sie an unser Gespräch am Fluss dachte.

»Das tut mir leid«, sagte sie.

»Du entschuldigst dich für so viele Dinge, und keines davon ist dein Werk«, wandte ich ein.

Sie ließ den Blick sinken und hielt die Decke fester.

»Ich vermute, ich bin daran gewöhnt, die Schuld zu bekommen«, meinte sie.

»Ich gebe dir keine Schuld«, sagte ich.

Danach schwiegen wir, und Samara legte sich wieder hin.

Als ich mir sicher war, dass sie schlief, zog ich erst meine Handschuhe und dann meine Prothese ab. Sie war von Dryaden geschnitzt und von der blauen Fee mit der Illusion versehen worden, echt auszusehen, doch selbst mit Magie bereitete sie meinem Armstumpf Schmerzen und ließ ihn schwitzen. Eine Woge der Erleichterung, die ich gar nicht beschreiben konnte, überkam mich, als ich die Stoffschichten entfernte, mit denen ich den Stumpf schützte. Er schmerzte schon seit gestern, wegen des Wetters schlimmer als gewöhnlich, aber ich hatte meine

Hand nicht früher abnehmen wollen, da ich befürchtet hatte, ich könne ohne sie einschlafen.
Ich saß da, starrte den Stumpf an und erinnerte mich an den Schrecken, die Hand zu verlieren.
Nichts hatte mich darauf vorbereitet. Einen Tag war sie noch da gewesen und am nächsten verschwunden. Anfangs war ich geschockt gewesen. Je mehr ich mich mit Dingen abmühte, die einst ganz leicht gewesen waren – zum Beispiel mit einem Messer Butter auf Brot zu streichen oder mein Schwert zu ziehen – umso wütender wurde ich, vor allem, weil ich meine Hand und alle fünf Finger immer noch *fühlen* konnte. Zuerst versuchte ich, es verzweifelt geheim zu halten, vor allem vor meinen Brüdern, doch am Ende war ihnen egal, dass ich meine Hand verloren hatte. Ihnen war das *Wie* wichtiger, und die Wahrheit amüsierte sie ohne Ende.
Damit konnte ich umgehen.
Ich konnte damit umgehen, zu lernen, anders in meiner Welt zu leben. Ich konnte damit umgehen, dass alles länger dauerte. Es war der Schmerz, der es schwer machte, und der wurde den Tag über schlimmer. Es war, als würde ich meine Finger nahe an ein Feuer halten und immer näher kommen, bis sie verschlungen wurden – nur dass das alles nur in meinem Kopf passierte, denn ich hatte ja keine Hand.
Auch jetzt biss ich die Zähne zusammen, während Woge um Woge aus Schmerz durch den Arm bis in meine nicht existenten Fingerspitzen lief. Ich holte tief Luft, schloss die Augen und lehnte den Kopf an die harte Mauer des Unterstands.
Keine Ahnung, was mich weckte, doch als ich die Augen öffnete, sah ich Samara. Eine kurze Sekunde lang dachte ich, dass ich vielleicht immer noch träumte. Doch in meinen Träumen starrte sie mich nie derart an – mit vor Schock weit aufgerissenen Augen und offenem Mund, so als wolle sie etwas sagen, fände aber keine Worte.
Dann wurde mir bewusst, dass sie meine Hand hielt, und der

Ausdruck in ihrem Gesicht bedeutete, dass sie genau wusste, wer ich war.

»Samara«, sagte ich und setzte mich auf. Ich spürte den verzweifelten Drang, mich zu erklären.

»Du bist es«, sagte sie, ließ meine Hand los und wich einen Schritt zurück. »Du bist der, der mir das Messer gegeben hat. Ich ... ich verstehe nicht.«

»Samara ...«

Sie schüttelte den Kopf. »Warum bist du es?«

»Warum nicht ich?«, fragte ich, wusste aber gar nicht genau, warum. Sie hatte jedes Recht, zu fragen, auch wenn ich in gewisser Weise eine innere Abwehr fühlte.

»Weil du gegangen bist!«, brauste sie auf, und in ihren Augen brannten Zorn und Schmerz. »Du bist gegangen, vor sieben Jahren!«

Ihre Worte verwirrten mich, denn immerhin war sie es gewesen, die mir die Hand abgeschnitten hatte.

»Ich bin nie *gegangen*«, widersprach ich.

»Du lügst, und wenn du nicht lügst, dann hasse ich dich«, sagte sie. »Wo warst du, als ich dich brauchte? Als ich dich *wollte*?«

Mich wollte? Wann hatte sie mich gewollt?

»Ich habe versucht, dir zu helfen«, entgegnete ich und stand auf. »Wieso glaubst du denn, dass ich dir das Messer gegeben habe?«

»Du meinst das Messer, das mein Leben zerstört hat?«, rief sie wütend.

»*Dein* Leben?« Eine heiße Welle aus Zorn brach in mir los, und ich hob meinen Arm, um ihr die Hand zu zeigen, die nicht mehr da war. »Was ist mit *meinem* Leben?«

Daraufhin wurde sie blass und wandte den Blick ab, bevor sie mir den Rücken zudrehte. Ich konnte nicht sagen, was ihre Reaktion bedeutete. Schämte sie sich, oder fand sie mich abstoßend? Doch den Gedankengang verwarf ich schnell wieder, als sie im Begriff war, die Tunika auszuziehen, die ich ihr für die Nacht geliehen hatte.

»Was tust du da?«, wollte ich wissen, doch das fragte ich vor allem deshalb, weil ich nervös war, zum einen, weil sie dabei war, mich zu verlassen, und zum anderen, weil sie auf einmal nackt war. Sie hatte sich ohne großes Zögern ausgezogen und entblößte ihren ganzen Körper vor meinen hungrigen Augen.

Als ich sie zum ersten Mal erblickt hatte, hatte ich noch nie ein so schönes Wesen gesehen, und das stimmte auch jetzt noch, doch es wirkte falsch, mitten in diesem Streit erregt zu sein. Ich gab mir alle Mühe, mich weiter auf ihr Gesicht zu konzentrieren, doch mein Blick glitt abwärts, vor allem, als sie sich umdrehte und mir meine Tunika zuwarf. Ich fing sie auf und ließ sie zu Boden fallen.

Sie war das am wenigsten Interessante hier.

»Ich gehe«, sagte sie und drehte sich um, um ihr Kleid aufzuheben.

Ich trat langsam näher. Sie war wie eine Flamme, und je näher ich ihr kam, umso heißer brannte ich. Und ich wollte ihr keine Angst machen.

»Samara«, raunte ich und hoffte, dass meine Stimme ruhig und leise klang. »Sieh mich an.«

Sie erstarrte. Ich hatte nicht damit gerechnet, dass sie gehorchen würde, aber vielleicht war sie dazu bereit, weil sie sich verletzbar, in die Enge getrieben und nackt vor mir fühlte.

Das war nicht das, was ich wollte. Was ich wollte, war, dass sie mir zuhörte.

Sie richtete sich auf und hob den Blick zu mir. Ich war ihr so nahe, dass ich spüren konnte, wie ihre Brüste meinen Oberkörper streiften, als sie einatmete. Eine süße Folter.

Dies wird meine Strafe, wenn ich sterbe, dachte ich.

Oder vielleicht wäre meine Strafe, in dieses wunderschöne Gesicht zu schauen und Schmerz in ihren Augen glitzern zu sehen.

»Du hast mich zurückgelassen«, zischte sie, und trotz der drohenden Tränen in ihren Augen kam es zwischen zusammengebissenen Zähnen aus ihrem Mund.

»Ich dachte, dass du genau das wolltest«, sagte ich. »Du hast mir die verdammte Hand abgetrennt!«

»Tja, ich eben nicht, du *verdammter* Arsch«, widersprach sie. »Jackal hat meine Hand um den Messergriff gehalten. Er hat dir die Hand genommen und dein Leben zerstört.«

Ich straffte mich, und sie wich einen Schritt zurück. »Du denkst, meine Hand zu verlieren, hat mein Leben zerstört?«

Sie blinzelte und glaubte offensichtlich, es wäre das Schlimmste, was mir hätte passieren können.

»Ich hätte den Verlust meiner Hand viel leichter ertragen können, wenn du nicht gewesen wärst«, sagte ich und verringerte den Abstand zwischen uns, bis sie nicht weiter nach hinten zurückweichen konnte und ihr Rücken sich an die Wand presste. Doch sie sah nicht ängstlich aus, sondern wütend. »Du. Du hast alles gestohlen. Ich hatte keinen Frieden mehr, seit ich dein Gesicht sah. Du verfolgst mich bei jedem Schritt. Du bist immer in meinen Träumen. Ich kann nichts tun, ohne an dich zu denken, und doch sagst du, ich hätte *dein* Leben zerstört!«

»Ich habe dich geliebt!«, rief sie aufgebracht und stellte sich auf die Zehenspitzen. »Ich habe dich geliebt, und du hast mich verlassen!«

Einige stille Sekunden lang konnte ich mich weder rühren noch atmen. Ihre Worte hatten mich fassungslos gemacht.

»Du hast mich geliebt?«, fragte ich. Ich konnte es nicht glauben. Ich musste es noch einmal von ihr hören, doch sie sagte nichts.

Ich kam ihr noch näher, obwohl wir kaum noch Platz hatten. »Tust du das immer noch?«, fragte ich. Ich war einer Panik nahe.

»Du warst das Einzige, worauf ich mich freuen konnte«, erwiderte sie mit zitternder Stimme.

»Das war nicht meine Frage«, sagte ich frustriert. »Liebst du mich immer noch?«

Die erste Träne lief über ihre Wange, dann noch eine. Ich nahm ihr Gesicht in meine Hand und den Armstumpf und wischte die Tränen weg.

»Ich will dich hassen«, flüsterte sie mit erstickter Stimme.

»*Liebst du mich?*«, fragte ich erneut.

Ich erkannte, dass es egoistisch von mir war, ein Bekenntnis von ihr zu fordern, angesichts des Grundes, aus dem wir zusammen waren, aber ich brauchte Gewissheit. Ich musste es wissen.

Sie starrte mich an. So viel hing zwischen uns – Zorn und Frust, aber auch ein tiefes und unnachgiebiges Sehnen. Ich kämpfte dagegen an, in diesem Augenblick, nur noch einen Hauch vom Zusammenbruch entfernt.

»Ja«, flüsterte sie da, und eine weitere verirrte Träne rollte über ihre Wange. »Ich habe nie damit aufgehört.«

Ich küsste sie.

Sieben lange Jahre hatte ich von diesem Moment geträumt, und nun war er endlich gekommen. Alles in mir, das so angespannt gewesen war, löste sich plötzlich. Es war wie eine Erlösung für sich, berauschend und mitreißend, und es ließ mein Sehnen nur noch stärker werden.

Ich spannte die Hand in ihrem Haar an, als ich mich über sie beugte und ihre weiche Haut mit dem stumpfen Ende meines Handgelenks erforschte. Es schien sie nicht zu stören, als ich langsam ihren Hals entlangstrich, über ihren Oberkörper, zur Schwellung ihrer Brüste und den harten Knospen ihrer Brustwarzen. Sie schnappte nach Luft, und der Laut ließ meinen Schwanz härter werden. Meine Zunge streifte leicht über ihre Lippen, prüfend und neckend, und als sie dasselbe tat, glitt ich in ihren Mund und stöhnte, als ich sie fühlte und schmeckte.

Sie war wundervoll.

Ich verließ ihren Mund wieder, um Küsse auf ihr Kinn und über ihren Hals bis an ihre Brust zu drücken. Ihre Hände hoben sich an meinen Kopf, und ich reizte ihre Brustwarze mit der Zunge und sog sie in den Mund. Sie ließ mit einem Aufkeuchen den Kopf nach hinten an die Wand sinken, und als sie ausatmete, flüsterte sie dabei meinen Namen.

Ihre Finger waren so fest in mein Haar gewunden, dass es schmerzte, aber das kümmerte mich nicht. Ich würde mich auf ewig so von ihr festhalten lassen, wenn ich dies dafür bekam.

Ich widmete mich ihrer anderen Brust und war mir dabei bewusst, dass sie sich unter mir rührte und die Beine etwas auseinanderschob. Es war eine Einladung, die ich annahm, und ich ließ meine Hand über ihren Körper bis an ihre Kniekehle gleiten. Ich legte ihr Bein um meine Hüfte und rieb mich an ihr. Die Reibung betäubte meinen Verstand und setzte meinen ganzen Körper in Brand.

Ich unterdrückte ein Stöhnen.

Verdammt. Ich wollte so unbedingt kommen, dass es blamabel war, aber ich hatte doch so lange auf dies gewartet – auf sie.

Ich war mir nicht sicher, ob ich noch recht viel mehr aushalten würde.

Doch da räusperte sich der Fuchs. Diese Störung hätte mich allerdings nicht gekümmert, wäre nicht Samara augenblicklich bei dem Geräusch erstarrt.

»Wenn ihr beide Sex haben wollt«, meinte der Fuchs, »dann wartet wenigstens damit, bis ich eingeschlafen bin.«

Ich hätte ihn verdammt noch eins umbringen können.

Wahrscheinlich würde ich das auch tun, wenn unsere Reise zu Ende war, doch nun, da er meinen Rausch durchbrochen hatte, fiel mir wieder ein, warum Samara und ich überhaupt zusammen waren, und plötzlich war ich überwältigt von Schuldgefühlen. Wie konnte ich das hier wollen, wenn ich wusste, dass es mein Fluch war, diese Frau zu lieben?

Ich löste mich von ihr und begegnete ihrem Blick. Ihre Wangen waren gerötet und ihre Lippen geschwollen. Der Anblick gefiel mir, und noch mehr gefiel mir, dass ich dafür verantwortlich war, obwohl mir das nicht gefallen sollte.

»Du solltest dich ausruhen.«

Sie legte den Kopf leicht schief und zog eine dunkle Augenbraue hoch.

»Du willst, dass ich ruhe, wenn wir uns eben erst wiedergefunden haben?«

Wiedergefunden.

Sie sagte das so, als habe sie die ganze Zeit nach mir gesucht, etwas, das mir nie in den Sinn gekommen war – bis jetzt. Der Gedanke machte mir das Herz schwer, und ich beugte mich vor, um sie noch einmal zu küssen, bevor ich ihre Hand nahm und sie zu der Stelle vor dem Ofen führte, wo sie zuvor geschlafen hatte.

Auf dem Weg hob ich meine Tunika auf und gab sie ihr.

»Ich habe nichts dagegen, wenn du weiterhin nackt bist«, sagte ich mit einem kurzen Blick auf den Fuchs, der sich mit dem Rücken zu uns zu einer Kugel zusammengerollt hatte. »Aber vielleicht fühlst du dich wohler, wenn du das hier trägst.«

Ich hob die Decke wieder auf und war etwas enttäuscht, als sie beschloss, in das lange Hemd zu schlüpfen, obwohl ich es doch vorgeschlagen hatte. Trotzdem hatte es etwas verdammt Schönes an sich, wie sie in meinen Sachen aussah. Es gab mir das Gefühl, als sei sie wirklich mein.

»Möchtest du, dass ich die Decke ausbreite?«, fragte sie leise.

Ich überlegte, ob sie es fragte, weil ich nur eine Hand hatte oder weil ich sie angestarrt hatte.

»Das kann ich auch tun«, erwiderte ich und schüttelte sie aus, bevor ich sie auf den Boden legte. Dann ging ich darum herum, um sie glattzuziehen. »Die meisten Dinge kann ich tun. Manchmal braucht es nur ein wenig mehr Zeit.«

»Ich wollte nicht andeuten ...«

»Ich weiß«, unterbrach ich sie schnell. Ich begegnete ihrem Blick und streckte die Hand aus. Sie nahm sie, und ich half ihr, sich zu setzen, obwohl das vollkommen unnötig war. Sie zog die Knie an die Brust und schlang die Arme darum. Es fühlte sich wie eine Barriere an. Ob ihre plötzliche Schüchternheit daher rührte, dass sie Angst davor hatte, was der Rest der Nacht wohl bringen würde?

Ich kniete mich vor sie.

»Du hast noch nie … bei einem anderen gelegen, nicht wahr?«, fragte ich.

Sie schüttelte den Kopf.

»Wir müssen nichts tun«, beruhigte ich sie. »Ich wäre zufrieden damit, dich bis zum Morgen in den Armen zu halten.«

Das war das Ehrenhafteste, was ich tun konnte – das Richtigste angesichts unserer Umstände.

»Vielleicht fangen wir damit an«, wisperte sie.

Ich nickte und streckte mich dann auf dem Rücken aus, während sie sich auf die Seite legte. Ihr Kopf ruhte auf meiner Brust und ihre Hand auf meinem Bauch. Falls sie mutiger wurde und auf Entdeckungsreise ginge, würde sie feststellen, dass ich erregt war und mein Schwanz hart und schwer auf meinem Bauch lag. Ich bezweifelte, dass sich das zwischen jetzt und morgen früh ändern würde – oder für den Rest dieser Reise.

Erst lag sie ganz still, doch dann begann sie mit den Fingerspitzen über die schwachen Narben auf meiner Haut zu fahren.

»Du hast nicht gesagt, warum du auf der Suche nach den Dullahan warst«, meinte sie.

Ich hatte es nicht gesagt, weil mir davor graute, es ihr zu erzählen, doch in diesem Augenblick kam ich mir wie ein Lügner vor, also sagte ich ihr die Wahrheit.

»Ich suchte nach ihnen, weil ich dachte, dass ich dich dann vergessen könnte.«

Sie schwieg, und das sanfte Streicheln ihrer Finger hörte auf. Ich vermisste es.

»Ist es denn so furchtbar, an mich zu denken?«, fragte sie.

»Ich habe nicht versucht, dich zu vergessen, weil du furchtbar bist«, entgegnete ich. »Du bist alles, woran ich die letzten sieben Jahre gedacht habe. Ich kam nicht darauf, welchen Fehler ich gemacht hatte, wie ich es geschafft hatte, dass du mich so sehr hasst, dass du mein eigenes Messer gegen mich einsetzt. Ich dachte, das sei Teil des Fluches.«

»Ich habe dich nie gehasst«, flüsterte sie.

Ich konnte hören, dass sie kurz davor war, wieder zu weinen.

»Meine Brüder wurden misstrauisch. Sie dachten, meine Arbeit sei zu leicht, und folgten mir. Sie sahen, wie du mir das Messer gabst. Dann stellten sie mich am Moor zur Rede und zwangen mich, ihnen das Messer auszuhändigen. Wenn ich gewusst hätte, was Jackal vorhatte ...«

»Ich hätte wissen müssen, dass du dazu nicht fähig bist«, widersprach ich. »Damals ergab es Sinn. Ich dachte nicht, dass irgendwer in der Lage sei, mich zu lieben.«

Sie schwieg, doch dann stützte sie sich auf den Ellbogen und sah mich an.

»Dies kann nicht real sein«, sagte sie. »Ich muss in einen Feenring gestolpert sein, als ich von der Kutsche in den Wald floh.«

Es war seltsam, sie sagen zu hören, was ich dachte.

»Ich kann dir versichern, Liebste, dass dies alles sehr real ist«, sagte ich. Ich legte die Hand an ihr Gesicht und streichelte ihre Wange. »Die Feen sind zu ruhelos, um eine Illusion so lange aufrechtzuhalten.«

»Jeder Tag, nachdem du gegangen warst, war unerträglich«, flüsterte sie.

»Ich habe dein Elend geteilt«, sagte ich und strich ihr eine Haarsträhne hinters Ohr.

»Ich wünschte ...«

Sie verstummte, kurz bevor sie ihren Wunsch laut aussprach, und ich schenkte ihr ein kleines Lächeln.

»Was getan ist, lässt sich nicht ungeschehen machen«, sagte ich. »Ich denke, nun können wir uns nur selbst verzeihen, was wir nicht wussten.«

Sie schmiegte sich enger an mich, und ihre Lippen streiften über meine.

Ich hielt den Atem an, um mich zurückzuhalten. Falls in irgendeiner Weise mehr geschah, wollte ich, dass sie die Führung übernahm. Dann schob sie ihr Bein über mich und küsste mich, und als sie sich aufrichtete, spürte ich ihre Hitze über meinem Schwanz. Es fühlte sich wundervoll an, obwohl ich angezogen war.

Sie erstarrte und blickte auf mich herab, die Hände auf meiner Brust. Ich legte meine an ihre Kniekehlen.

»Ich habe das noch nie getan«, hauchte sie. »Aber mir ist, als wisse mein Körper genau, was er tun muss.«

»Und was ist das?«, fragte ich.

Wir wandten den Blick nicht voneinander, als sie sich bewegte und über meinen Schwanz glitt. Ich hielt sie fester und hob die Hüften, doch da hörte sie auf.

»Ist das okay?«, flüsterte sie.

Ich schluckte schwer. Natürlich war das verdammt okay, wollte ich sagen, aber ich brachte nur ein Nicken zustande.

Sie bewegte sich weiter, ein langsames Vor und Zurück.

Die Art, wie sie atmete, setzte mich in Brand. Das kleine Aufkeuchen, das tief aus ihrer Kehle drang. Ich verstärkte meinen Griff unter ihren Knien und half ihren Bewegungen.

»Stört es dich?«, fragte ich.

Ihre Augen waren dunkel und glitzerten, als sie den Kopf schüttelte. »Nein.«

»Küss mich«, bat ich.

Sie gehorchte, und als unsere Lippen sich trafen, küsste ich sie noch inniger als zuvor. Wir bewegten uns gemeinsam, und ihre Hüften rieben sich schwer an meinen. Hätte ich die Kontrolle gehabt, hätte ich damit kurz aufgehört, um mich auszuziehen, damit ich ihre feuchte Hitze um mich spüren konnte, doch in dem, was wir taten, war so viel Wucht, dass ich inzwischen nur noch fühlen wollte, wie der Druck, der sich in meinem Unterleib aufbaute, ausbrach.

»Bist du schon einmal gekommen?«, fragte ich.
Ich wusste nicht, was sie vielleicht schon alles allein im Dunkeln getan hatte, und ich war neugierig.
»Ich ... ich weiß nicht«, sagte sie atemlos.
»Berührst du dich selbst?«, hakte ich nach.
»Ja.«
Fuck. Mein Unterleib spannte sich an bei ihrer Antwort.
»Zieh meine Tunika aus«, befahl ich.
Sie zögerte nur einen Moment, gehorchte dann aber.
»Verdammt wundervoll«, sagte ich und drückte eine Brust. Mein anderer Arm blieb an ihrem Knie. »Und nun zeig mir, wie du dich berührst.«

Ihre Finger wanderten zwischen ihre Beine, doch kurz bevor sie sich selbst berührte, hielt sie inne. Ich wollte sie auf den Rücken legen und ihre Klitoris in meinen Mund saugen, aber ich war nicht sicher, ob sie für etwas so Forsches bereit war.

»Küss mich noch einmal«, bat ich stattdessen, und als sie sich vorbeugte, schob ich die Hände an ihren Po, umfasste sie so fest ich konnte und rieb sie über meinen Schwanz. Ich fühlte, wie ihre Klitoris über meinen Unterleib streifte, und ein hinreißendes Stöhnen entschlüpfte ihrem Mund. Die Lust überwältigte alle Hemmungen, die sie noch gehabt haben mochte, als sie die Führung übernahm.

Ich betrachtete sie, voller Ehrfurcht vor der Schönheit dieses Augenblicks.

»Ja«, flüsterte ich, denn je drängender sie ihrer Lust folgte, umso schneller bewegte sie sich.

Ich hob die Hüften, immer höher, bereit für meine Erlösung.

Die Explosion traf mich wie ein körperlicher Schlag. Beinahe schmerzhaft spannte mein Körper sich an, als er sich bereitmachte, eine weitere Woge der Lust freizulassen.

Als es vorüber war, öffnete ich die Augen und entspannte meinen Kiefer wieder – und stellte fest, dass Samara mich anstarrte. Ich wusste nicht, wie ich ihre Miene deuten sollte. Sie sah erhitzt aus, und ihre Augen waren glasig. War sie gekommen? Ich wollte schon fragen, doch sie kam mir zuvor.

»Bist du okay?«

Ich grinste. »Mehr als okay«, sagte ich. »Aber wie geht es dir, Liebste?«

»Perfekt«, flüsterte sie und legte sich neben mich, bettete den Kopf auf meine Brust.

In der Stille, die darauf folgte, wich langsam jedes Gefühl von Entzücken aus mir und wurde ersetzt von Schuldgefühlen. Ich hatte es zu weit zwischen uns gehen lassen. Es spielte keine Rolle, dass sie mich liebte oder dass meine Gefühle der letzten sieben Jahre für sie sich real anfühlten. Die Wahrheit war, dass meine Liebe zu ihr nichts weiter war als ein Fluch.

KAPITEL ZEHN
DIE HEXE IM WALD

Samara

»Samara«, raunte Lore. Seine Stimme war nahe meinem Ohr, und seine Hand lag auf meiner Schulter. Er stupste mich sachte an und sagte: »Es ist Zeit, aufzustehen. Wir müssen los.«

»Geh weg«, flehte ich und vergrub den Kopf unter der Decke.

»Vielleicht solltest du sie ausruhen lassen«, meinte der Fuchs. »Du hast sie die halbe Nacht wachgehalten.«

»Hüte deine Zunge, Fuchs«, gab Lore ungehalten zurück und richtete seine Aufmerksamkeit wieder auf mich.

»Ich gebe Fuchs recht«, brummelte ich. »Lass mich schlafen.«

»Haben denn alle vergessen, dass ich auch die halbe Nacht auf war?«

»Die meisten Männer würden sich darüber nicht beschweren«, warf der Fuchs ein.

Lore knurrte.

»Hast du nicht ein paar Ratten zu fangen?«, fragte er barsch.

Plötzlich war ein Geräusch zu hören, als würden Ranken reißen, und ein Schwall kalter Luft drang in den kleinen Raum.

»Man sollte denken, du wärst angesichts deiner Nacht in besserer Stimmung«, sagte der Fuchs. »Vielleicht solltest du auf deine *Liebste* hören. Ich denke, du könntest ein Nickerchen gebrauchen.«

Ich setzte mich auf, und Fuchs sprang aus dem Unterstand hinaus in den grauen Morgen, um sich sein Futter zu jagen.

»Das war nicht sehr nett«, schalt ich ihn und sah Lore an.

»Das sagst du jetzt nur, weil er dich schlafen lassen wollte.«

»Was ist so falsch daran, noch etwas länger zu schlafen?«, fragte ich, doch dann fiel mein Blick auf seinen Mund, und ich lehnte mich nahe zu ihm. Meine Lippen streiften über seine, als ich fragte: »Oder vielleicht bist du begierig auf etwas anderes?«

»Samara«, sagte er, doch ich konnte seinen Tonfall nicht einordnen. Er klang beinahe schmerzvoll, doch das ergab keinen Sinn, nicht nach der Nacht, die wir geteilt hatten. Ich schob mich noch näher zu ihm und küsste ihn. Dieses Gefühl großer Selbstsicherheit darin, wie ich mich bewegte, war noch allzu neu für mich, aber mir gefiel, wie sein Mund sich auf meinem anfühlte, also machte ich weiter, sanft und langsam. Doch dann erwiderte Lore meinen Kuss, inniger diesmal und länger, bevor er sich von mir löste.

»Das hier ist falsch«, sagte er.

Ich konnte nicht recht beschreiben, welche Gefühle seine Worte in mir auslösten, doch mein Herz war wohl kurz davor, zu brechen. Mein Brustkorb schmerzte.

»Was hast du gesagt?«, wisperte ich und blickte in seine violetten Augen.

»Samara«, flüsterte er flehend. »Was gestern Nacht geschehen ist, darf nicht wieder geschehen. Diese Liebe, die ich für dich fühle, sie ist ein Fluch.«

Mir war klar, dass ich Lores Zauberin war, die Quelle seines Leidens, sein sogenannter Fluch. Doch ich hatte geglaubt, dass er nach gestern Nacht die Wahrheit erkennen würde – dass er überhaupt nie verflucht gewesen war.

»Du glaubst, dass das, was du für mich empfindest, nicht real ist?«, fragte ich.

Er starrte mich nur an.

»Du willst es nicht sagen, oder? Denn wenn die Gefühle real sind, ergibt der Fluch keinen Sinn.«

»Ich weiß, du willst, dass die Dinge anders stehen«, erwiderte er. »Aber ich habe dir von Beginn an die Wahrheit gesagt.«

Ich schüttelte ungläubig den Kopf und stand dann auf. Ich durchquerte den Raum, um mich umzuziehen, zog im Gehen seine Tunika aus und warf sie zu Boden. Dann schlüpfte ich in mein Kleid und drehte mich zu ihm um, während ich die Schnüre im Rücken zuband.

»Ich bemitleide dich, Lore von Nightshade«, seufzte ich. »Alle in deinem Leben, die dich je lieben sollten, haben dich verlassen, doch das hat dir so viel Angst vor der Liebe gemacht, dass du sie nicht einmal dann erkennen kannst, wenn sie echt ist.«

Wenn er diese Reise nun so unbedingt fortführen wollte, würde ich ihn halt begleiten, nur um ihm zu beweisen, dass er sich irrte. Ich würde einen Wunsch verschwenden auf einen Fluch, den er nur in seinem Kopf heraufbeschworen hatte, um sein Herz zu schützen. Ich würde es tun, weil ich ihn liebte und weil ich ihn wollte, ungeachtet dessen, wie sehr es schmerzte.

Nicht lange nach unserem Streit ließen wir den kleinen Verschlag hinter uns.

Ich folgte dem Fuchs in den Wald, während Lore sich hinter uns hielt. Zwischen uns herrschte eine seltsame Anspannung. Sie war anders als alles, was ich zuvor erlebt hatte – nicht wirklich Zorn, nicht wirklich Begehren. Was mich anging, war es ein Sich-Aufstauen aller Dinge, die ich zu sagen wünschte, aber wusste, dass er sie nicht hören wollte.

Mir wurde klar, dass unser Beginn voller Schrecken war, dass er sieben Jahre lang geglaubt hatte, ich hätte ihn auf brutalste Weise zurückgewiesen, und dass er angenommen hatte, dass seine Liebe nicht erwidert würde. Doch auch ich hatte gelitten, genau wie er. Es hatte Augenblicke gegeben, in denen auch ich geglaubt hatte, ich sei verflucht.

Doch ich kannte mich aus mit Täuschung. Seit dem Tod meiner Eltern hatte ich täglich damit zu tun, und dies war keine.

»Was bekümmert dich, *wild one?*«, fragte der Fuchs.

Ich antwortete eine Weile lang nicht, während wir über den matschigen Boden liefen. In der Luft hing ein feiner Nebel, in dem alles feucht blieb, doch das war nichts im Vergleich zu dem eisigen Regen von gestern.

»Lore will lieber glauben, er sei verflucht, statt zu akzeptieren, dass seine Liebe zu mir echt ist«, gab ich schließlich zurück.

»Das liegt in der Natur von Flüchen«, erklärte der Fuchs.

»Was meinst du damit?«, fragte ich.

»Alles kann echt sein, wenn man nur stark genug daran glaubt«, erläuterte der Fuchs.

Mir gefielen seine Worte nicht. »Dann bist du also auf seiner Seite?«

»Ich bin auf niemandes Seite, Wildfang«, antwortete er. »Aber es wird mehr als deine Liebe brauchen, um Lores Überzeugung zu ändern. Er glaubt ja nicht nur, dass er verflucht sei. Er glaubt, er sei der Liebe unwürdig.«

Meine Kehle fühlte sich eng an, als mich ein Gefühl überrollte. Ich hatte es ganz vergessen, aber nun kam die Erinnerung zurück.

Wer sagt, dass du unwürdig bist?, hatte ich gefragt.

Er hatte die Stirn gerunzelt, als verstünde er meine Frage nicht, als sei es eine universelle Wahrheit, dass der Prinz von Nightshade unwürdig sei.

Das muss niemand sagen, damit es wahr ist, hatte er geantwortet.

»Wie bringe ich ihn dazu, dass er sich würdig fühlt?«, fragte ich.

»Du kannst niemanden dazu bringen, etwas zu fühlen«, sagte der Fuchs.

»Du bist kein bisschen hilfreich«, murrte ich.

»Wieso liebst du Lore?«, fragte der Fuchs stattdessen.

Zuerst überwältigte mich seine Frage förmlich, als ich an all die Gründe dachte, doch dann überlegte ich, wie meine Liebe für ihn nur noch stärker geworden war, seit wir den Verzauberten Wald betreten hatten. Dass sie heißer und heftiger als je zuvor zu lodern begonnen hatte, und mir wurde klar, warum.

»Weil … er mir ein Gefühl von Geborgenheit gibt«, sagte ich, und deshalb hatte ich andere Gefühle wie Furcht loslassen können. »Wie kann ich bewirken, dass er sich geborgen genug fühlt, um mich zu lieben?«

»Ich vermute«, meinte der Fuchs, »du liebst ihn einfach weiterhin.«

Danach schwiegen wir, wanderten zielstrebig weiter durch den Wald, und schon bald erreichten wir eine kleine Hütte mit einem Giebeldach aus Stroh. Ein niedriger Zaun umgab sie, und ein Weg führte durch einen schönen Garten bis zur Tür. Ich hatte noch nie einen so einladenden Ort gesehen.

Rauch stieg aus dem Kamin auf, und in der Luft lag der Duft nach gebratenem Schwein. Er machte mir den Mund wässrig, und ich dachte daran, wie lange es her war, seit ich eine warme Mahlzeit gehabt hatte. Mein Magen knurrte ebenso begierig.

Ich ging auf das Haus zu, an Fuchs vorbei, als ich spürte, dass etwas an meinem Rock zog. Es war der Fuchs, der meinen Rocksaum festhielt, um mich aufzuhalten.

»Sei gewarnt, Samara«, zischte er. »Denn wir befinden uns in Gegenwart einer Hexe. Traue nicht deinen Augen.«

Mir lief ein Hauch von Unbehagen über den Rücken und dann durch den ganzen Körper. Auf die Worte des Fuchses hin fiel mein Blick wieder auf die Hütte, die nun kein schöner Anblick mehr war, sondern in Ruinen lag. Das Dach war krumm und schief, die Pflanzen im Garten waren verwelkt, und der Rauch roch mehr nach brennendem Fleisch.

Im Hof zwischen dem Haus und dem Wald stand gebückt eine Frau und schnitt Gras mit einer Sichel. Alles an ihr war grau, von Kopf bis Fuß, ausgenommen ein Paar schwarzer Handschuhe. Sie erinnerten mich an die von Lore, obwohl ich bezweifelte, dass sie sie aus denselben Gründen trug wie er.

»Sprich nicht in Gegenwart der Hexe«, sagte der Fuchs. »Denn dann wird sie uns Zuflucht verweigern.«

Ich hatte kein Problem damit, zu schweigen oder auf Abstand zu bleiben.

»Gute Frau«, grüßte der Fuchs und näherte sich der Frau. Sie hörte nicht auf, Gras zu schneiden. »Man sagte uns, dass du Augen überall hast und weißt, wo der Wunschbaum in der Nacht des ersten Vollmonds wachsen wird.«

»Natürlich, guter Fuchs«, antwortete sie. Ihre Worte wurden von dem leisen Geräusch ihrer Sichel unterstrichen. »Ich kann euch sagen, wo der Wunschbaum in der Nacht des ersten Vollmondes erscheinen wird, aber ihr müsst mir einen Gefallen tun, sonst wird niemand von euch diesen Wald je wieder lebend verlassen.«

Mir stellten sich die Nackenhaare auf. Lore trat näher zu mir, und ich merkte, dass ich mich straffte.

»Welchen Gefallen, gute Frau?«, fragte der Fuchs ohne Angst in der Stimme.

»Ich habe nur eine Glasaxt zum Holzhacken, und ich brauche einen Heuschober voll bis zum Morgen. Macht euch sogleich an die Arbeit, dann verrate ich euch, wie ihr den Wunschbaum erreichen könnt. Doch solltet ihr die Axt zerbrochen zurückbringen, werdet ihr sterben.«

»Ich werde deine Aufgabe erfüllen, gute Frau«, sagte der Fuchs. »Doch wärst du bereit, meinen Gefährten einen Platz zum Schlafen für die Nacht zu geben?«

»Ich habe nur ein Bett«, entgegnete die Frau. »Aber die Jungfer kann es haben, wenn sie mir beim Kochen hilft, und der Prinz kann auf dem Heu in den Ställen schlafen, wenn er das Gras hier mit meiner Sichel schneidet.«

»Danke, gute Frau«, sagte der Fuchs.

Sie richtete sich steif auf und ließ die Sichel fallen.

»Folge mir, hübsches Ding«, befahl sie.

Unvermittelt packte mich Angst, und Lore konnte sein Grollen nicht unterdrücken, woraufhin sich das Gesicht der Hexe veränderte. Es war nur ein ganz kurzer Blick auf ihr wahres Wesen: eine knurrende Kreatur mit scharfen Zähnen und Augen so schwarz und tief wie die Mitternacht.

»Einen Moment noch, gute Frau«, hielt der Fuchs sie auf. »Ich will mich für die Nacht von meinen Gefährten verabschieden.«

»Einen Moment, natürlich«, sagte sie »Doch dann gehörst du mir.« Damit schlurfte sie in ihre Hütte.

Als sie hineingegangen war, wandte sich der Fuchs zu uns um und sah uns an. Ich wollte ihn anflehen, nicht allein mit ihr sein zu müssen, doch der Fuchs erteilte rasch seinen Rat.

»Du wirst die Nacht überleben, wenn du auf mich hörst. Die Frau wird versuchen, dir Speise und Trank anzubieten, aber nimm nichts davon, denn sonst wirst du in einen tiefen Schlaf fallen, aus dem du nicht mehr erwachen wirst.« Dann sah er mich an. »Bevor du dich zur Ruhe legst, breite sieben Längen goldenen Faden auf dem Boden aus, von der Tür bis zum Bett.«

Ich nickte und fragte nicht nach dem Warum. Nach dem, was der Nixe geschehen war, hielt ich es für das Beste, es nicht zu wissen.

»Das werde ich tun«, versprach ich.

»Gut. Wir sehen uns bei Morgengrauen.«

Der Fuchs stapfte zu der Glasaxt, die am Zaun lehnte. Ein leises Klirren war zu hören, als er sie am Griff ins Maul nahm und in den Wald trottete.

Ich blickte ihm nach, bis er im Dunkel zwischen den Bäumen verschwand. Als ich mich umdrehte, bemerkte ich, dass Lore mich betrachtete.

»Das gefällt mir nicht«, sagte er.

Ich hielt seinem Blick stand. Wir waren uns so nahe, dass unsere Körper sich beinahe berührten.

»Mir geht es gut, solange du in der Nähe bist«, wisperte ich.

Er runzelte die Stirn, und sein Mund spannte sich an. Ich verstand nicht, wie er mich so ansehen konnte, mit so viel Zuneigung in den Augen, und trotzdem behaupten konnte, dass seine Gefühle für mich nicht real seien.

»Ich werde dich beschützen«, sagte er und strich mit den Fingerspitzen über meine Wange. Seine Berührung ließ Hitze tief in mir auflodern, und ich schloss die Augen, um das Gefühl auszusperren.

Als ich sie wieder öffnete, huschte mein Blick an Lore vorbei zu der Hütte, aus deren Fenster die Hexe herausspähte, bleich und mit hohlen Augen. Dann blinzelte ich, und sie war fort.

»Samara?«, fragte Lore mit leiser Stimme, als wolle er nicht, dass ihn jemand anders hörte. Vielleicht wollte er das ja wirklich nicht.

»Ich sollte gehen«, sagte ich.

»Warte«, bat er und drückte mir etwas in die Hand. Es war der goldene Faden.

»Danke«, flüsterte ich und schob ihn in meine Tasche.

Ich ging um Lore herum und näherte mich der Hütte auf dem Steinpfad, der sich durch den Garten wand. Wie schon zuvor schimmerten die Steine zu meinen Füßen jetzt wie neu, und der Garten war üppig grün.

Traue deinen Augen nicht, hatte der Fuchs mir geraten, also gehorchte ich und konzentrierte mich auf andere Sinne.

Die Pflastersteine unter meinen Füßen fühlten sich sogleich brüchig und uneben an, und der Garten roch faulig und modrig. Die Stufen zur Hütte knarrten unter meinen Füßen. Der Türgriff sah glänzend poliert aus, hatte aber eine raue Oberfläche, als wäre er rostig, und quietschte, während ich ihn langsam drehte.

Als ich die Hütte betrat, sah ich zur Linken eine gemütliche Küche und zur Rechten einen kleinen Sitzbereich. Alles wirkte ordentlich und sauber. Ein Feuer loderte im Herd vor einem langen Holztisch, auf dem sich verschiedenes Gemüse, Kartoffeln und Schweinefleisch befanden, und obwohl es in der Hütte nach brennendem Zedernholz roch, konnte das den widerlichen

Geruch von verrottendem Fleisch oder den beißenden Gestank verdorbener Kartoffeln nicht überdecken.

»Komm, hübsches Ding«, sagte die Hexe hinter mir.

Ich zuckte zusammen, als ich ihre Stimme hörte und ihre behandschuhte Hand auf meinem Arm fühlte, schleimig und kalt, obwohl sie vollkommen normal aussah.

Sie zog mich in die Küche. »Hilf mir dabei, für deinen Liebsten zu kochen, denn das ist er doch, nicht wahr? Dein Liebster?«

Ich antwortete ihr nicht, denn der Fuchs hatte gesagt, dass ich in ihrer Gegenwart nicht sprechen sollte.

»Neben dem Feuer hängt eine Schürze für dich, hübsches Ding. Binde sie dir um!«

Ich gehorchte und wusste, dass die Schürze nicht sauber war, obwohl sie strahlend weiß aussah. Als ich das Band über meinen Kopf schob, überkam mich eine überwältigende Welle der Übelkeit. Sollte ich diesen Abend durchstehen, ohne mich zu übergeben, wäre das ein Wunder.

»Nun, hübsches Ding, da ist ein Messer und ein Schneidebrett. Schneide die Karotten und Pilze in Scheiben und schneide dann die Kartoffeln und das Schweinefleisch in Stücke.«

Ich ging zum Tisch. Das Messer, das sie meinte, war eher ein Hackebeil, und als ich es in die Hand nahm, fühlte sich der Griff ölig an. Mir graute davor, die Wahrheit zu wissen, mit welchem Schrecken es wohl befleckt sein mochte. Ich fing mit den Karotten an, doch die erste wurde in meiner Hand zu Brei. Galle stieg mir in die Kehle, und ich schluckte und nahm vorsichtig die nächste. Die Pilze waren schleimig, die Kartoffeln weich und voller Sprossen, und das Schweinefleisch war klebrig und verdorben. Der Gestank brannte mir in der Nase, und ich biss fest die Zähne zusammen, um mich nicht zu übergeben.

»Nun, hübsches Ding, da hängt ein Kessel über dem Feuer. Fülle ihn mit Wasser.«

Das Wasser kam aus einem Fass neben dem Herd. Ich hoffte

darauf, dass es vielleicht frisch sei, doch als ich den Deckel abnahm, roch es wie faule Eier. Trotzdem schöpfte ich eine Schale nach der anderen, bis der Kessel voll war.

»Während du darauf wartest, dass es kocht, hübsches Ding, kannst du die Teller spülen und den Boden schrubben.«

Ich ging zum Spülbecken, wo sich Teller stapelten. Ich fragte mich, woher die wohl kamen, doch ich vermutete, dass die Hexe viele Besucher hatte, und nicht alle von ihnen hatten einen Begleiter wie den Fuchs. Ich versuchte nicht daran zu denken, was diesen arglosen Gästen widerfahren war, denen, die ihren Augen und nicht ihrem Bauchgefühl getraut hatten.

Das Tellerspülen war eine öde Arbeit, aber ich war daran gewöhnt. Ich nahm mir die Zeit, das Spülbecken zu säubern, damit ich es mit Wasser füllen konnte, das ich in einem schweren Teekessel kochte. Meine Hände brannten, während ich arbeitete, aber das kümmerte mich nicht. Das kochend heiße Wasser linderte das Gefühl all der schrecklichen Dinge, die ich im Haus der Hexe berührt hatte, auch wenn es immer noch nach Schwefel roch.

Wenigstens befand sich das Spülbecken neben dem Fenster, und aus dem Augenwinkel konnte ich Lore sehen, der das Gras auf dem Feld mähte. Er hatte kein Hemd an und schwitzte, und seine Muskeln und Narben waren deutlich zu erkennen.

Ich kämpfte gegen ein Aufwallen elektrisierender Lust an, doch es war zu spät. Meine Gedanken waren schon zur vergangenen Nacht gewandert, als er unter mir gelegen hatte. Ich dachte daran, wie er sich auf meiner Haut angefühlt hatte und wie sehr ich ihn in mir gewollt hatte. Ich verschränkte die Beine, als das Sehnen schlimmer wurde, doch das schien mein Verlangen nur noch zu steigern, und in gewisser Weise verstand ich plötzlich, warum Lore dies als Fluch ansehen mochte.

Ich wurde unvermittelt aus meinen Gedanken gerissen, als etwas Scharfes in meine Haut schnitt. Ich schnappte nach Luft und zog hastig die Hand weg, nur um einen Schnitt über meiner

Handfläche zu sehen. Die Wunde blutete stark und brannte, als sie der Luft ausgesetzt war.

»Oh, hübsches Ding, sieh nur, was du angerichtet hast!«, meinte die Hexe.

Ihre schreckliche Hand schloss sich um meinen verletzten Arm. Ich biss mir auf die Zunge, weil ich so sehr Nein schreien wollte, als sie mich vom Spülbecken wegzog. Sie führte mich neben den Herd, nahm eine Blechdose vom Kaminsims und schmierte etwas Geleeartiges auf meine Handfläche. Ich fand, dass es nach Honig aussah, aber es roch säuerlich. Als sie fertig war, verband sie die Stelle mit einem Stück Leinen, das sie aus ihrer Tasche zog.

Ich ballte die Hand zur Faust, und mir drehte sich der Magen um, sowohl vor Schmerz als auch vor Beklommenheit, was genau die Hexe auf meine Wunde aufgetragen hatte.

»Das Wasser kocht, hübsches Ding«, sagte sie dann. »Du musst Fleisch und Kartoffeln hineingeben.«

Ich tat wie geheißen, spülte dann die Teller zu Ende, trotz meiner verwundeten Hand, und gab dann die Karotten und Pilze ins Wasser, bevor ich den Boden schrubbte.

Bis ich fertig war, ging allmählich die Sonne unter.

Die Hexe stand am Herd und schaufelte Eintopf in eine Schale, die sie auf ein Tablett stellte, zusammen mit einem Laib Brot und einer Flasche Wein.

»Bring das deinem Liebsten«, befahl sie. »Sorge dafür, dass er keinen Tropfen übrig lässt, und wenn du zurückkehrst, kannst du selbst etwas haben.«

Ich war misstrauisch, was ihre Anweisungen anging, aber zugleich erleichtert. Ich nahm das Tablett und trug es zur Tür. Der Geruch des Eintopfs drehte mir den Magen um. Speichel sammelte sich in meinem Mund, und ich wusste, dass ich mich gleich übergeben würde. Zum Glück traf mich ein Schwall kalte Luft, als ich aus der Hütte trat, und das Gefühl wurde schwächer. Ich blieb kurz auf der morschen Stufe stehen und atmete tief durch, bevor ich über den Steinpfad durch den Garten lief.

Lore war nicht mehr auf dem Feld. Ich fand ihn in den Ställen, wo er gerade eine Decke auf den mit Heu bedeckten Boden ausgebreitet hatte. Er war noch immer ohne Hemd und verschwitzt von seiner Arbeit auf dem Feld. Er hatte sein Haar nach hinten gebunden, und seine Miene sah ebenso grimmig aus wie der Blick, mit dem er mich musterte.

»Geht es dir gut?«, fragte er.

Ich nickte und senkte den Blick auf das Tablett. »Ich weiß, dass der Fuchs befohlen hat, kein Essen oder Trinken anzunehmen«, sagte ich. »Aber die Hexe hat mich angewiesen, dir Abendessen zu bringen. Ich dachte mir, vielleicht könnten wir das an Essen teilen, was wir von unserem noch übrig haben.«

»Natürlich«, stimmte Lore zu.

Ich stellte das Tablett auf ein Fass in der Nähe. Als ich mich wieder zu Lore umdrehte, ruhte sein Blick auf meiner Hand.

»Sagtest du nicht, es ginge dir gut?«, meinte er.

»Tut es auch«, antwortete ich. »Größtenteils.«

Er kam zu mir, nahm meine Hand und wickelte den Verband ab. Dann bückte er sich, um an der Salbe zu riechen.

»Ich weiß nicht, was sie darauf getan hat«, gestand ich.

»Auf jeden Fall nichts, das heilen wird«, sagte er. »Setz dich, und ich kümmere mich darum.«

Ich gehorchte, und erst jetzt bemerkte ich, wie sehr meine Füße schmerzten. Lore holte den Ranzen und kniete dann vor mir nieder.

»Was denkst du, wie es Fuchs im Wald ergeht?«, fragte ich.

»Ich bin sicher, es geht ihm gut«, sagte Lore. »Streck die Hand aus.«

Ich tat, wie mir geheißen. Er kratzte die Überreste der Medizin der Hexe ab, holte dann den Wasserschlauch aus der Tasche, goss frisches Wasser über die Wunde und drückte, bis sie blutete.

Der Schmerz war fast so stark, als würde mir erneut in die Haut geschnitten, und ich sog mit zusammengebissenen Zähnen die Luft ein.

»Tut mir leid«, sagte er bestürzt. »Ich will nur sichergehen, dass sie sauber ist.«

»Ich weiß. Ist schon okay«, beruhigte ich ihn.

Als er zufrieden mit der Säuberung wirkte, legte er die Hand auf eine Stelle auf der Erde, und darunter spross ein grüner Stängel mit spitzen Blättern und Beeren, die beinahe wie schwarze Tomaten aussahen.

»Was ist das?«, fragte ich.

»Man nennt es Belladonna«, sagte Lore.

Er ließ die Pflanze wachsen, bis sie einige Zentimeter hoch war, bevor er sie aus der Erde zog und dann die Blätter abriss, sodass nur die Stiele übrig blieben, aus denen er eine musartige Salbe auf den Schnitt drückte. Als er damit fertig war, riss er einen Streifen Tuch von seiner Tunika und wickelte ihn um meine Hand.

»Bevor du gehst, ersetze ich ihn durch den Fetzen der Hexe«, sagte Lore. »Ihr wird nichts auffallen.«

Der Gedanke, in diese grässliche Hütte zurückkehren zu müssen, erfüllte mich mit Grauen. »Denkst du, sie wird es merken, wenn ich nicht zurückgehe?«

»Wenn wir nicht tun, was sie sagt, riskieren wir, sie zu verärgern«, antwortete er.

»Sie erwartet, dass ich etwas esse, wenn ich wieder zurück bin«, wand ich ein.

»Dann lassen wir es so aussehen, als hättest du mit mir gegessen«, beschloss Lore und gab mir ein Stück Brot aus unseren eigenen Vorräten.

Ich nahm es, aber ich war nicht sehr hungrig. Der Geruch von verdorbenem Fleisch hing mir noch in der Nase, was bedeutete, dass ich den Geruch ebenso hinten in meiner Kehle schmecken konnte.

Ich knabberte an dem Brot und griff dann in die Tasche nach dem anderen Wasserschlauch, der voll mit Wein war. Ich trank einen Schluck und dann noch einen. Als ich fertig war, sah ich, dass Lore mich beobachtete.

»Ich kann den Dingen nicht entkommen, die ich in dieser Hütte gesehen und gefühlt habe«, erklärte ich. »Alles sieht hübsch und sauber aus, aber mein Körper verrät mir, dass es anders ist.«

»Wenn ich könnte, würde ich deinen Platz einnehmen«, brummte Lore. »Aber ich fürchte, die Hexe mag keine Feen, vor allem keine elfischen Prinzen.«

»Ich komme schon zurecht«, erwiderte ich und schaute auf meine Hände. »Ich würde alles für dich tun.«

Langsam hob ich den Kopf und begegnete seinem Blick. Mein Herz schlug schneller, als ich an die Worte dachte, die ich gleich sagen würde. Und schon purzelten sie aus meinem Mund und landeten in der Luft zwischen uns, wo ich sie nicht zurücknehmen konnte.

»Du magst glauben, du seist verflucht«, begann ich. »Aber meine Liebe zu dir ist sehr real.«

»Samara.« Mein Name drang als schmerzerfülltes Flüstern über Lores Lippen. »Bitte, Samara.«

»In zwei Tagen werde ich von dem goldenen Apfel kosten und dich von deiner Liebe zu mir freiwünschen, aber ich werde dich weiter lieben. Ich werde dich immer lieben. Und ich verdiene es, zu wissen, wie es ist, von dir geliebt zu werden, bevor es zu spät ist.«

Meine Stimme zitterte, ich wusste nicht, ob vor Zorn oder Traurigkeit. In diesem Augenblick fühlte ich mich von beidem überwältigt. Ich ging hoch auf die Knie, schnürte mein Kleid auf, zog es mir über den Kopf und warf es beiseite. Ich saß da, nackt, vor dem Prinzen, den ich seit sieben langen Jahren liebte, und wartete darauf, dass er etwas sagte – irgendetwas.

Er starrte mich an, und seine Lippen waren angespannt.

Gerade als ich dachte, dass er nichts tun würde, und mir schon das Wort *Feigling* auf der Zungenspitze lag, kniete er plötzlich vor mir. Seine Hand schob sich in mein Haar, und er bog meinen Kopf nach hinten, damit er mir in die Augen sehen konnte.

»Ich habe ewig von diesem Moment geträumt, nur hätte ich mir dafür einen Ort ersehnt, der etwas hübscher ist als der Boden eines Stalls«, sagte er. »Du verdienst mehr als das.«

»Ich brauche sonst nichts«, beteuerte ich. »Ich brauche nur dich.«

Er musterte mich noch einige Sekunden lang, ich vermutete, er suchte nach irgendwelchen Anzeichen von Zweifel, doch ich hatte keine Zweifel. Ich hatte mir noch nie genommen, was ich wollte, doch heute Nacht würde ich es tun.

Ich küsste ihn, und sein Zögern schwand, als seine Hand sich in meinem Haar zur Faust ballte. Meine Lippen öffneten sich mit einem Stöhnen, und seine Zunge glitt über meine eigene und neckte mich, bevor er mich küsste, lange, langsam und voller Leidenschaft. Mein Herz schlug mir bis zum Hals, als meine Hände an seine Brust wanderten. Ich versuchte, ihn auf den Rücken zu legen, denn ich konnte nur das, was wir gestern Nacht getan hatten, aber Lore hielt mich auf und lächelte, als wir den Kuss lösten.

»Geduld, Liebste«, raunte er. Er bog meinen Kopf nach hinten und strich mit dem Daumen über meine vollen Lippen. »Ich habe Pläne mit dir.«

Mir gefiel der Ausdruck in seinen Augen, Begierde, nagend und tief. Die Art Begierde, bei der man sich leer fühlte. Ich hatte sie schon zuvor in seinem Blick gesehen, aber nicht so stark. Heute Nacht erwachte sie heftig zum Leben, und ein Schauer durchlief mich, denn ich wusste, wonach er sich sehnte.

»Ich ... weiß nicht, was zu tun ist«, gestand ich.

Ich brauchte es zwar nicht zu sagen, aber ich hatte das Gefühl, dass ich eine Art Entschuldigung liefern müsse, falls ich ganz schlecht darin war.

»Samara«, sagte er und legte seine Stirn an meine. »Du bist perfekt.«

Er küsste mich erneut und drückte mich dann sanft auf den Rücken. Er folgte mir nicht nach unten, sondern blieb auf den Knien und schaute auf mich herab. Ich fühlte mich entblößt und wollte mich bedecken, indem ich ein Knie an das andere presste, als könne ich mich vor Lore verbergen, dessen Augen bei dem Anblick nur dunkler wurden.

»Schon bald wird mein Gesicht genau dort sein«, meinte er. »Da kannst du mich ebenso gut hinsehen lassen.«

»Eine leichte Forderung für jemanden, der immer noch angezogen ist.«

Sein Mundwinkel ging hoch, aber das Leuchten in seinen Augen verriet mir, dass er meine Worte als Herausforderung genommen hatte. Ich stützte mich auf die Ellbogen, als er aufstand, seine Hose aufschnürte und sie auszog. Als er sich aufrichtete, glitt mein Blick über seinen Körper, verweilte aber auf seiner Erregung, kräftig und hart. Ich wurde tiefrot, als mir klar wurde, dass ich nichts anderes anstarrte, doch zugleich dachte ich auch daran, wie es sich wohl anfühlen mochte, ihn bald in mir zu spüren.

Ich wusste nicht, was mich packte. Vielleicht war es nur der Blick, mit dem er mich nun ansah, aber ich ging wieder hoch auf die Knie, auf Augenhöhe zu seiner Erregung. Ich hob die Hand, berührte ihn aber nicht und sah ihm in die Augen. Vermutlich wollte ich seine Erlaubnis.

»Du kannst mich ruhig anfassen.« Seine Stimme klang angestrengt. Ich fragte mich, ob er sich so fühlte, wie ich mich den ganzen Tag gefühlt hatte – so angespannt, dass ich kaum atmen konnte.

Ich richtete meine Aufmerksamkeit auf seine Erregung und ließ die Fingerspitzen über seinen Schwanz gleiten, von oben bis unten. Mich überraschte, wie glatt er war. Kein anderer Teil seines Körpers fühlte sich so an.

»Werde ich dir wehtun?«, fragte ich.

»Ich werde es dir sagen«, antwortete er. »Schließe die Finger um mich.«

Ich gehorchte, und dann legte er seine Hand um meine, bewegte sie auf und ab und atmete leise zischend aus, als ich seiner Führung folgte.

»Und das fühlt sich gut an?«

»Ja«, antwortete er keuchend. »Sehr.«

»Was soll ich sonst noch tun?«, fragte ich.

Erneut atmete Lore tief aus.

»Süße Samara«, sagte er, und ich war überrascht, als er meine Hand von sich wegschob und sich dann vor mich kniete. »Lass mich dir zeigen, wie gut das für dich sein kann.«

»Ich will dir Freude bereiten«, widersprach ich.

Ich wollte nicht über meine Brüder sprechen, aber ich wusste, wie sie über die Frauen redeten, die unsere Hütte aufsuchten. Ich wusste, welche von ihnen sie zufriedengestellt hatten und welche nicht.

»Liebste, du bereitest mir Freude allein durch deine Existenz«, sagte er.

Er küsste mich lange und langsam und legte mich wieder auf den Rücken. Er blieb aufrecht und betrachtete mich.

»Du bist so verdammt schön«, raunte er heiser, und dann schob er sein Knie zwischen meine Beine und spreizte sie. Er positionierte sich dazwischen, stützte dann die Ellbogen links und rechts neben meinen Kopf und küsste mich weiter. Irgendwann entspannte er sich vollkommen, und mir stockte der Atem. Er war so warm, und seine Erregung drückte sich an meine Hitze, schwer und hart. Ich wollte ganz von ihm erfüllt sein und reagierte instinktiv, öffnete die Beine und hob die Hüften.

Lore stöhnte an meinem Mund und zog dann Küsse über mein Kinn und meinen Hals. Er verteilte mehr Küsse auf meinem Oberkörper, zwischen meinen Brüsten, und nahm dann nacheinander beide in den Mund. Er reizte mich gnadenlos, verwöhnte meine Brustwarzen mit seiner Zunge und saugte fest daran. Es war ein Drücken und Ziehen überwältigender Lust und berauschender Erleichterung.

Ich hatte eine Vorstellung, was er vorhatte, als er zärtliche Küsse auf meinen Bauch drückte, doch als er die Stelle zwischen meinen Beinen endlich erreichte, war es ganz anders, als ich zu erahnen gehofft hatte. Mich überwältigte der Drang, die Knie zusammenzupressen, aber dort war Lore, und er blickte auf eine Stelle von mir, die noch nie jemand je gesehen hatte, so wie er alles von mir ansah – als sei sie das Schönste auf der Welt.

Unsere Augen begegneten sich, während er die Innenseiten meiner Oberschenkel küsste. Ich schluckte schwer, und meine Wangen glühten.

»Du bist perfekt«, stöhnte er.

Er drückte weiter Küsse auf einen Oberschenkel und dann auf den anderen, bevor er sich ganz auf den Bauch legte und meine Hitze küsste. Dann tat er es erneut, inniger diesmal, und vergrub sein Gesicht zwischen meinen Beinen.

Ich schnappte nach Luft und drückte den Kopf auf den Boden.

Ich wusste nicht, was ich mit meinen Händen anfangen sollte. Zuerst wand ich sie in sein Haar. Das fühlte sich sicher an, denn notfalls hätte ich ihn wegziehen können, doch dann öffnete er mich mit den Fingern, leckte über meine Hitze und ließ seine Zunge dort kreisen, wo mein Sehnen am stärksten war. Ich schrie lustvoll auf, und mein Kopf sank erneut nach hinten.

Lore löste sich von mir. »Ist das gut?«, fragte er.

»Ja«, hauchte ich. Meine Augen waren geschlossen, und mein Brustkorb hob und senkte sich schwer. Ich hatte die ganze Zeit über den Atem angehalten. »Ja.«

Er leckte erneut über mich und dann schloss sich sein Mund über meine Klitoris. Er saugte sachte daran, und ich glaubte, ich würde sterben. Ich stemmte die Fersen in den Boden, aber ich konnte nirgendwo hin, denn Lores Arme waren um meine

Beine geschlossen, um mich festzuhalten, während sein Gesicht sich tiefer zwischen meine Beine senkte.

Als er mich losließ, atmete er tief aus, und als ich ihn ansah, waren seine Lippen nass von meiner Erregung. Brennende Beschämung überkam mich, aber Lores Mundwinkel gingen hoch, und seine Augen waren dunkel vor Lust.

»Hier ist kein Raum für Scham, Liebste«, sagte er. »Es ist in Ordnung, das zu lieben. Ich tue es.«

Dann wandte er seine Aufmerksamkeit wieder mir zu. Diesmal glitten seine Finger tiefer, bis ein Finger ganz in mich drang. Ich spannte mich instinktiv an, doch da lag schon sein Mund wieder auf mir, und ich konnte mich entspannen. Schon bald war mir, als würde ich zerfließen, und er ließ einen weiteren Finger in mich gleiten. Die Muskeln in meinem Unterleib zogen sich zusammen, und ich hielt Lore mit meinen Schenkeln fest, unfähig, etwas anderes zu tun. Es war ein instinktives Gefühl, und es gab mir, was ich wollte, es erhöhte den Druck und die Lust auf eine Weise, die ich noch nie gefühlt hatte.

Lore löste sich lange genug von mir, um einen leisen Fluch zu brummen. Dann war er wieder da, doch diesmal mit einem beständigen Rhythmus. Seine Finger bewegten sich in mir, während er an meiner Klitoris saugte und leckte und meine Beine sich so fest an ihn pressten, dass ich zitterte. Innerlich stieg ich immer höher, und die Ekstase stieg aus den Tiefen meines Unterleibs direkt in meinen Kopf, bis sie explodierte.

Der Aufschrei, der aus meiner Kehle drang, kratzte in meiner Kehle. Ich konnte nicht einmal die Augen öffnen. Es fühlte sich an, als habe mein Körper alles in mir an eine einzige Stelle zwischen meinen Beinen gezogen. Wäre es nicht so lustvoll gewesen, hätte es geschmerzt. Ich krümmte mich, während ein Beben nach dem anderen meinen ganzen Körper erschütterte. Als es schwächer wurde, konnte ich mich entspannen, aber meine Lider waren schwer.

In Sekunden hatte er mir alle Kraft genommen.

Ich hörte sein leises Lachen und öffnete die Augen weit genug, um seine selbstzufriedene Miene zu sehen.

Er war stolz auf sich.

Er drückte einen Kuss innen auf mein Knie.

»Wie hat sich das angefühlt?«, fragte er.

»Du weißt, wie es sich angefühlt hat, überheblicher Prinz«, sagte ich. »Ist es Bedingung, deinen Mund zu preisen, bevor wir fortfahren?«

Er grinste und stützte erst den einen Ellbogen und dann den anderen neben meinen Bauch. Dann zog er eine Spur von Küssen meinen Körper hinauf. Ich fühlte mich warm und entspannt. Ich fühlte mich bereit für ihn, noch sicherer, als seine Erregung sich an meine feuchte Stelle drückte.

So schnell er mich zur Erlösung gebracht hatte, flammte das Begehren wieder auf. Es war eine seltsame Folter, doch eine, nach der ich mich verzweifelt sehnte.

Ich hielt Lores Blick fest, als er mir das Haar aus dem Gesicht strich.

»Ich liebe dich«, sagte ich, unfähig, lauter zu sprechen als ein Flüstern. Ein wenig hatte ich Angst, dass er bei den Worten zurückschrecken würde, doch seine Miene wurde nur noch sanfter.

»Was ich diese letzten sieben Jahre für dich gefühlt habe, grenzt an Besessenheit. Ich habe noch nie so etwas gefühlt und werde es auch nie mehr tun.«

Seine Worte überraschten mich, doch sie verwirrten mich auch. Es war ein Bekenntnis seiner Gefühle für mich, doch zugleich eine Bestätigung, dass diese enden würden.

Doch er küsste mich, und das erinnerte mich daran, warum ich diese Entscheidung getroffen hatte. Trotz allem liebte ich Lore, und so war es, von ihm geliebt zu werden.

Als er sich von mir löste, strich er mit der Nasenspitze über meine.

»Bist du bereit?«, fragte er.

Ich nickte, denn sprechen konnte ich nicht.

Er verlagerte sein Gewicht etwas zur Seite und griff zwischen uns, um seinen Schwanz in Position zu bringen, bevor er die Unterarme links und rechts neben meinen Kopf stützte.

Wir waren beide ein wenig atemlos, und das, obwohl noch nichts geschehen war.

Erneut küsste er mich, einmal leidenschaftlich und innig, dann wieder sanft und langsam, und als er sich von meinen Lippen löste, wiegte er seine Hüften gegen meine. Ich atmete hörbar aus. Ich fühlte keinen Schmerz, nur einen angenehmen Druck, und ich spreizte die Beine und machte mich darauf gefasst, mehr von ihm aufzunehmen, obwohl es mir schwerfiel, mich zu entspannen. Mein Körper blieb steif in der Erwartung des Kommenden, meine Fersen waren in die Erde gestemmt, und mein Rücken bog sich durch, ihm entgegen.

Er küsste mich auf die Stirn und schob einen Arm unter meinen Kopf.

»Leg die Beine um meine Taille«, forderte er mich auf.

Ich folgte seinen Anweisungen, und die Anspannung in mir ließ nach. Dann drang er erneut in mich, diesmal in ganzer Länge. Ich atmete scharf ein, doch nicht, weil es schmerzte. Sondern weil ich überrascht war.

Lore küsste mein Gesicht und meinen Hals und sagte mir, ich solle atmen. Ich hielt seinem Blick stand. Ich hatte von so vielen Möglichkeiten geträumt, wie dieser Augenblick wohl sein würde, doch was ich mir nie hätte vorstellen können, war, wie nahe ich mich ihm fühlen würde. Dies ging über die Verbindung unserer Körper hinaus. Es war eine andere Ebene der Existenz, und hier wusste ich, dass ich nie einen anderen lieben würde, so lange ich lebte.

»Wie fühlst du dich?«, fragte er.

»Als würde ich träumen«, wisperte ich und strich ihm das Haar hinters Ohr »Und du?«

Er lachte atemlos. »Ich fürchte, ich werde wohl sterben, wenn ich mich nicht bald bewege.«

»Ich bin bereit«, sagte ich.

Er musterte mich und küsste mich wieder.

»Du bist alles«, raunte er.

Seine Worte wanden sich in mir. Sie waren so ähnlich denen, die ich hören wollte, und doch so weit entfernt. Aber als er sich zu bewegen begann, kam ein Punkt, an dem mich nicht mehr kümmerte, wie er mir sagte, dass er mich liebte, denn ich konnte es überall in mir spüren. Es war, als habe er von allem in mir Besitz ergriffen. Mein Kopf sank nach hinten, und meine Hände glitten über seinen Rücken an seinen Po. Ich packte ihn fest und zog ihn in mich. Ich wollte so viel von ihm, wie ich bekommen konnte.

»Samara«, flüsterte er meinen Namen, während er Küsse auf meinen Hals drückte und seine Bewegungen so schnell wurden, wie ich es ersehnte. »Liebste.«

Er barg das Gesicht an meinem Hals und hielt mich fest, während er immer wieder in mich stieß, immer schneller, bis sein Atem schwer stockte und sein ganzer Körper sich anspannte, als er kam. Ich konnte die Ekstase nicht beschreiben, die ich fühlte in dem Wissen, dass ein Teil von ihm in mir war, und ich wusste, dass es richtig von mir gewesen war, das zu erbitten.

»Geht es dir gut?«, fragte er, während sein Körper sich an meinem entspannte.

»Ja«, antwortete ich. »Vollkommen.«

»Es gibt nichts Wahrhaftigeres«, sagte er und küsste meine Lippen.

Wir küssten uns und erforschten einander nach unserer Vereinigung, doch irgendwann wusste ich, dass ich gehen musste. Es war ein seltsames Gefühl, von der Stelle aufzustehen, an der wir uns geliebt hatten. Ich fühlte mich anders, erneuert auf eine Weise, die ich nie erwartet hatte, und so verliebt, dass mein Herz schmerzte.

Als ich angezogen war, drehte ich mich um und sah, dass Lore mich betrachtete. Sein Blick war hart und seine Stirn gerunzelt. Mein Herz zog sich unvermittelt zusammen, aus Angst, dass er bereits beschlossen hatte, zu bereuen, was zwischen uns geschehen war. Ich beschloss, nicht zu fragen, denn ich wollte es nicht wissen. Ich würde ihm bald genug zeigen, dass es uns bestimmt war, zusammen zu sein, dass seine Liebe zu mir ebenso echt war wie das, was wir heute Nacht geteilt hatten.

»Hier«, sagte er und wickelte die zerlumpte Bandage der Hexe um meine Hand, um sein Werk zu verbergen. Danach nahm er die Schale mit dem Eintopf. »Reibe etwas von der Soße um deinen Mund und schütte etwas auf deine Schürze. Ich weiß, es ist grässlich, aber so wird sie denken, dass du mit mir zusammen gegessen hast.«

Ich nahm die Schale in die Hand, doch bevor ich die Aufgabe vollenden konnte, bog Lore meinen Kopf nach hinten, und sein Mund drückte sich auf meinen. Ich wollte so sehr bei ihm bleiben, doch es würde noch andere Nächte geben, so sagte ich mir, denn ich war mir gewiss, dass ich diese Nacht gegen Hunderte mehr danach eintauschte.

»Schlafe ein wenig, *wild one*«, flüsterte Lore und löste sich von mir.

Ich hielt den Atem an, während ich mir den schrecklichen Eintopf um den Mund schmierte und etwas davon auf die Schürze schüttete, die mir die Hexe gegeben hatte, bevor ich den Stall verließ. An der Tür blieb ich stehen und warf einen letzten Blick zurück auf Lore.

»Ich liebe dich«, sagte ich, denn ich glaubte, dass ich es gar nicht oft genug sagen konnte, doch ehe ich seine Miene sehen konnte, drehte ich mich um und eilte zur Hütte der Hexe, deren Fenster ein hübsches oranges Leuchten füllte, auch wenn mir klar war, dass das von dem Feuer kam, auf dem noch immer der grausige Eintopf kochte – und wahrscheinlich noch viele andere schreckliche Dinge.

Ich wappnete mich für alles, was ich jenseits ihrer verrotteten Tür hören, schmecken und riechen würde, doch zu wissen, womit ich rechnen musste, machte es nicht einfacher.

Ich krümmte mich innerlich, während ich den rostigen Türknauf drehte, und Übelkeit stieg in mir auf, als ich die quietschende Tür aufschob. Die Hexe saß auf einem Stuhl, schaukelte vor und zurück und strickte mit langen Nadeln, die dabei lautstark aneinanderklackten. Bei jedem Schritt biss ich die Zähne fester zusammen.

»Du warst eine ganze Weile weg, hübsches Ding«, sagte die Hexe. »Dein Abendessen ist kalt geworden.«

Meine Augen huschten zum Tisch hinüber, und ich stellte fest, dass sie meine Schale vorbereitet hatte. Ein Glas Wein und ein Laib Brot standen auch schon für mich bereit. Als mein Blick wieder auf die Hexe fiel, hatte sie sich erhoben und stand nun nur noch wenige Zentimeter von mir entfernt. Ich war froh, dass ich die Zähne so fest zusammengebissen hatte, denn es hielt mich davon ab, aufzuschreien, weil sie mir plötzlich so nahe war. Trotzdem taumelte ich zurück und geriet ins Straucheln. Sie packte mein Handgelenk, wie sie es anscheinend gern tat, zog mich ganz dicht an sich heran und schnüffelte an mir.

»Du riechst nach dem Prinzchen«, meinte sie. »Aber wie es scheint, bist du voll. Voll mit dem Prinzen und voll mit Eintopf. Dann jetzt ab ins Bett mit dir.«

Sie drehte sich um und zerrte mich hinter sich her ins Dunkel ihrer Hütte, zu einem Zimmer mit einem eisernen Bett. Es war ordentlich gemacht, mit vielen Kissen und einer Bettdecke, die mit Spitze gesäumt war. Auf einem Tisch daneben spendete eine Kerze ein bisschen Licht, doch sie war schon tief niedergebrannt und würde bald ausgehen.

Die Hexe ließ meine Hand los und schob mich weiter in das Zimmer. Ich stolperte, fing mich aber, bevor ich stürzen konnte.

»Ruhe dich aus, hübsches Ding, denn dein Bauch ist voll. Nichts wird dir heute Nacht ein Leid antun, es sei denn, du erwachst vor Sonnenaufgang.«

Sie schlug die Tür zu, und die Kerze ging aus.

Als ich allein war, legte ich die Hände auf das Bett und zuckte augenblicklich zurück. Die Bettdecke war feucht, ebenso die Kissen. Hier würde ich keinesfalls schlafen, also legte ich mich stattdessen neben das Bett auf den Boden. Es war, wie zu Hause in der Küche zu schlafen, und vermutlich war es diese Vertrautheit – und meine Erschöpfung nach dem Abend, den ich mit Lore verbracht hatte – die mir half, trotz meiner grässlichen Umgebung einzuschlafen.

Ein plötzlicher, heftiger Tritt in die Seite riss mich aus dem Schlaf. Ich erwachte in dem Versuch, Luft zu holen, und voller Schrecken, als ein furchterregendes Kreischen durchs Zimmer hallte und die Hexe neben mir auf den Boden krachte. Angsterfüllt erkannte ich, dass ich die letzte Aufgabe des Fuchses vergessen hatte. Ich hatte es versäumt, sieben Längen des goldenen Fadens von der Tür zum Bett zu legen.

Immer noch um Atem ringend rollte ich mich auf Hände und Knie und versuchte aufzustehen, doch die Hexe schloss die Hände um meinen Knöchel, und mir fiel auf, dass sie Krallen hatte, die so scharf waren, dass sie mir in die Haut schnitten. Ich schrie auf, als der Schmerz mich erfasste, und sie riss mich zu Boden.

Ich landete flach auf dem Bauch, und die Luft wurde mir aus den Lungen gepresst. Ich konnte nicht einmal mehr schreien.

Ich wollte aufstehen, doch die Hexe zog mich zu sich.

»Hübsches Geschöpf, voller bösartiger Feen«, schäumte sie. »Ich werde sie dir herausschneiden. Ich werde dich ausbluten, aber zuerst nehme ich deine Augen.«

Ich drehte mich mit Schwung auf den Rücken. Die Hexe hatte noch immer die Krallen in mein Bein geschlagen, doch mein anderes Bein war frei, und ich trat nach ihr. Ich war nicht sicher, was mein Fuß traf, vielleicht ihre Hände oder Arme, aber sie brüllte und kreischte und ließ mich endlich los. Hastig kam ich auf die Beine, doch als ich weglaufen wollte, gab mein Bein nach, zerfetzt von den Krallen der Hexe. Ich stand wieder auf, stolperte in den Flur und prallte an die Wand.

»Lore! Lore, bitte hilf mir!«

Mein Schrei wurde zu einem Schluchzen.

»Er kann dich nicht hören, hübsches Ding«, sang die Hexe schrill. »Er ist tot, in tiefem Schlaf!«

Aber ich wusste es besser. Er hatte Speise und Trank von ihr nicht angerührt.

»Lore!«

Meine Hand hatte gerade die Tür gestreift, als die Klauen der Hexe sich in meine Arme schlugen. Ich schrie erneut auf, als sie mich zu Boden warf, doch ich verstummte schnell, als mein Kopf auf den Rand der Wand traf. Meine Sicht verschwamm, schwarze Punkte tanzten vor meinen Augen, und mir drehte sich heftig der Magen um. Ich rollte mich auf die Seite und übergab mich.

»Zur Strafe, weil du nicht hören willst, hübsches Ding. Du bist eine kampfeslustige Kreatur, und du bist eine Lügnerin«, zeterte die Hexe.

Ihre Krallen bohrten sich in mein verwundetes Bein, und ich brachte nur ein kurzes Aufheulen zustande. Ich wehrte mich nicht gegen sie, als sie mich immer näher zum Herd schleifte, wo noch immer ein Feuer loderte.

Als sie von meinem Bein abließ, wandte sie mir den Rücken zu, und da sah ich etwas Schimmerndes auf dem Boden liegen.

Es war der goldene Faden.

Er musste mir aus der Tasche gefallen sein.

Keine Ahnung, was über mich kam, doch etwas Finsteres packte mich, und ich fühlte nur noch Wut – Wut auf alle, die mir je wehgetan hatten. Es war, als sei all die Wut, die meine Mutter in mir weggesperrt hatte, plötzlich freigesetzt worden, und ich fühlte … den Drang nach Gewalt.

Ich griff nach dem Faden, stand auf und stolperte auf die Hexe zu, die mir noch immer den Rücken zugedreht hatte. Mit jedem Schritt wand ich den Faden um meine Hände und zog ihn fest. Als ich hinter ihr stand, warf ich ihn über ihren Kopf und um ihren Hals und zog fest zu. Ich hatte sie erdrosseln wollen und war gefasst auf den Kampf, der sich dadurch ergeben würde – doch der Faden schnitt direkt durch sie hindurch, und ihr Haupt wurde komplett abgetrennt und fiel in das leere Spülbecken. Eine Sekunde später sackte ihr Körper auf dem Boden zusammen.

Meine Atemzüge gingen abgehackt, und meine Rippen schmerzten, ich stand da wie betäubt mit dem blutigen Faden, der von meinen Händen hing, bis ich in der Ferne eine Bewegung wahrnahm. Fuchs kam aus der Dunkelheit zwischen den Bäumen hervor, die Glasaxt zwischen den Zähnen, und Lore öffnete die Stalltür, während gerade die Sonne über dem Horizont aufging.

Gemeinsam liefen sie über das frisch gemähte Feld zur Hütte.

Ich ging weg vom Spülbecken und trat hinaus, die Stufen hinab und zum Rand des Gartens. Lore eilte an meine Seite. Er berührte mein Gesicht und wich dann zurück, um mich von Kopf bis Fuß zu mustern. Er erwartete wohl, dass ich in Tränen ausbräche, doch im Augenblick war ich darüber hinaus.

»Wo ist diese verdammte Hexe?«, zischte er und griff nach seiner Klinge.

»Sie ist tot«, sagte ich. »Ich habe sie getötet.«

Lores Zorn wandelte sich in Schock. Der Einzige, der nicht überrascht zu sein schien, war Fuchs, der den Kopf schieflegte und die Glasaxt gegen den Zaun lehnte.

»Du hast nicht auf mich gehört, Wildfang«, schalt er mich.

»Nein ... das stimmt«, gestand ich kleinlaut und sah dann Lore an. »Es tut mir leid. Ich weiß, wie sehr du den Wunschbaum finden wolltest.«

Lore zog die Augenbrauen zusammen, und an seinem Kinn zuckte ein Muskel. Ihm gefiel nicht, was ich gesagt hatte, aber ich nahm an, es lag daran, dass er noch nicht erkannt hatte, dass die Hexe uns nicht mehr verraten konnte, wo der Wunschbaum erscheinen würde.

»Sei nicht so vorschnell mit deinen Vermutungen«, meinte der Fuchs. »Die Hexe kann uns den Weg zum Baum immer noch zeigen, aber zuerst müssen wir ihre Augen und ihre Krallen ernten.«

Ich schaute Lore an und reichte ihm den Faden.

KAPITEL ELF
DIE LETZTE NACHT

Lore

»Setz dich, *wild one*, und lass mich deine Wunden lecken«, befahl der Fuchs, während ich die verrotteten Stufen hinaufstieg.

Ich knirschte mit den Zähnen und empfand unnötige Eifersucht. Ich hätte dankbar dafür sein sollen, dass der Fuchs in der Lage war, Samara zu heilen, doch ich fühlte nichts als Zorn. So sehr ich derjenige sein wollte, der sie gesundpflegte, war ich doch der Grund dafür, warum es überhaupt nötig war. Ich hatte versprochen, sie zu beschützen, und ich hatte kläglich versagt.

Ich war ein schlechter Liebender, aber ein noch schlechterer Beschützer.

Diese Wirklichkeit traf mich noch härter, als ich die Hütte der Hexe betrat und von einem fauligen Gestank überwältigt wurde. Ich konnte ihn nicht genau bestimmen, aber er roch kränklich süß und brannte mir in der Nase. Übelkeit stieg in mir auf, so unmittelbar, dass ich würgte, als ich sie hinunterschluckte.

Wenn Samara es geschafft hatte, Stunden in dieser Hütte zu verbringen, würde ich es ja wohl wenigstens ein paar Sekunden aushalten.

Ich betrat die Küche. Dort war eine Blutspur auf dem Boden zwischen einem verwitterten Holztisch und einer lodernden Feuerstelle, über der ein Kessel brodelte. Ihn zu sehen, erfüllte mich mit Grauen. Was hatte die Hexe für meine Liebste im Sinn gehabt?

Ich fand ihren Körper gleich hinter dem Tisch und ihren Kopf im Spülbecken. Ihr Gesicht war grau und wächsern, doch ihre Augen waren offen, und sie starrte mich an, so wie sie es auf dem Feld getan hatte.

Ich schob den Daumen in ihren Augenwinkel, und als ihr Auge aus der Höhle ploppte, riss ich es aus. Dasselbe machte ich mit dem anderen.

Nachdem das erledigt war, schaute ich hinab auf ihr Gesicht, bevor mir eine Reihe Messer ins Auge sprang, die säuberlich auf dem Tresen ausgelegt waren, und ein Zorn, wie ich ihn noch nie verspürt hatte, brannte in mir. Ich griff nach einem der Messer, und bevor ich noch einmal darüber nachdenken konnte, stieß ich es tief in das Gesicht der Hexe. Ich riss es heraus und stieß erneut zu.

Und wieder.

Und wieder.

Ich rammte die Klinge in sie, bis ich nicht mehr atmen konnte. Als ich fertig und ihr Gesicht nur noch eine blutige Masse war, schrie ich, bis meine Stimme versagte und Stille einkehrte.

»Fühlst du dich jetzt besser?«, erkundigte der Fuchs sich.

Ich fragte mich, wann er beschlossen hatte, sich mir anzuschließen.

»Nein«, knurrte ich. Ich hob die Augen auf, die ich der Hexe entfernt hatte, und warf sie dem Fuchs zu. »Hier sind deine verdammten Augen.«

Sie landeten zu seinen Pfoten. Er sah ihnen nach, wie sie davonrollten, bis sie unter dem Tisch verschwanden, und guckte dann mich an.

»Es sind deine Augen, Prinz von Nightshade«, erklärte er.

Das wusste ich, aber ich wollte nicht, dass es stimmte. In diesem Moment konnte ich meinen eigenen Handlungen nicht trauen. Ich konnte nicht sagen, wieso ich Samara zurück zu dieser Hütte geschickt hatte, vor allem nach der Nacht, die wir geteilt hatten. Ich hatte sie geliebt, und kein anderer hatte das je zuvor getan, und ich hatte zugelassen, dass sie von meiner Seite wich, um in einem Haus des Schreckens zu schlafen.

Ich hätte sie bei mir behalten sollen. Ich hätte den Rest der Nacht in ihr verbringen sollen.

Stattdessen hatte ich das alles für ein Paar Augen eingetauscht, das ich kaum ansehen konnte.

»Sie hat sich bei mir entschuldigt«, erzählte ich und knirschte so fest mit den Zähnen, dass mein Kiefer schmerzte. »Sie, voller Blut und gebrochen, hat sich bei *mir* entschuldigt.«

»Was erwartest du von einer Frau, die Misshandlungen gewohnt ist?«

Meine Augen brannten.

Nur eine Sache war mir inzwischen klar. Verflucht oder nicht – ich wusste es nicht mehr –, es änderte nichts an der Tatsache, dass ich Samaras wahrer Liebe unwürdig war.

»Wir sollten uns besser auf den Weg machen«, forderte der Fuchs. »Nimm ihre Augen und schneide ihre Krallen ab. Heute Nacht finden wir heraus, wo der Wunschbaum wachsen wird.«

Der Fuchs drehte sich um und verließ die Hütte, und ich folgte ihm bald darauf, aber erst nachdem ich den Kopf der Hexe in ihren brodelnden Kessel geworfen und ihre Hütte in Brand gesteckt hatte.

Wir waren unterwegs, bis die Sonne unterging. Fuchs ging voran, und Samara folgte. Wie gewöhnlich blieb ich zurück und trug die Tasche, die seltsam schwer war, jetzt, wo auch die Augen der Hexe und ihre langen Eisenkrallen darin waren.

Ich sehnte mich danach, an der Seite meiner Liebsten zu gehen, doch das fühlte sich wie eine Belohnung an, die ich nicht verdient hatte, also hielt ich Abstand und sie ebenfalls. Ich fragte mich, was sie mir gegenüber noch empfand, nach meinem Versagen. Bereute sie es, dass sie sich mir hingegeben hatte? Liebte sie mich weniger? Liebte sie mich überhaupt?

Die Fragen nagten an mir, je länger wir ohne ein Wort weiterliefen, aber ich konnte mich nicht dazu durchringen, zu fragen. Ich hatte Angst vor der Antwort und schämte mich.

Feigling, dachte ich.

Die Sonne ging schon unter, als wir am Fuße eines Hügels rasteten, wo viele Bäume standen und die Blätter dicht waren.

»Das wird genügen«, verkündete der Fuchs. »Macht ein Feuer unter diesem Gebüsch und verbrennt die Augen der Hexe. Die Asche wird uns verraten, wohin wir gehen müssen.«

Ich zögerte und sah zu, wie Samara weiterging, den grasigen Hügel hinauf und außer Sicht. Ich ließ die Tasche zu Boden fallen und wollte ihr folgen, aber der Fuchs hielt mich auf.

»Wo willst du hin, Prinz von Nightshade?«

»Die Augen oder der Wunschbaum sind mir nicht mehr wichtig«, gab ich zu. »Welchen Wert haben sie, wenn sie mir doch nur meine Liebste nehmen werden?«

»Willst du damit sagen, dass du nicht länger glaubst, dass du verflucht bist, Prinz?«, fragte Fuchs. »Oder willst du damit sagen, dass du zufrieden damit bist, verflucht zu sein?«

Ich zögerte. Ich wusste nicht genau, was ich damit sagen wollte. Ich wusste nur, wenn ich an ein Leben ohne Samara dachte, dass dies kein Leben war, das ich leben wollte.

»Denk sorgfältig nach, bevor du entscheidest, diese Reise zu beenden«, warnte der Fuchs. »Denn deine Liebste hat Opfer in deinem Namen gebracht. Würdest du wollen, dass sie das vergeblich getan hat?«

»Natürlich nicht«, entgegnete ich, frustriert von der Frage des Fuchses.

»Dann verbrenne die Augen, Prinz des Giftes.«

Ich knirschte mit den Zähnen und machte mich an die Arbeit, entfachte ein kleines Feuer unter dem grünen Gestrüpp und hoffte, den Großteil des Rauchs so verbergen zu können. Ich hatte keine Ahnung, wie dicht Samaras Brüder uns auf den Fersen waren, und obwohl ich die Hütte der Hexe in Brand gesteckt hatte, wollte ich unseren gegenwärtigen Aufenthaltsort nicht preisgeben. Ich hatte zwar darin versagt, sie vor dem Bösen der alten Frau zu beschützen, aber ich würde nicht darin versagen, sie vor ihren Brüdern zu verteidigen.

Als das Feuer loderte, warf ich die Augen in die Flammen. Sie waren immer noch klebrig und nass, und sie zischten, bis sie aufplatzten. Das Feuer knisterte, und der Geruch drehte mir den Magen um, aber ich beobachtete sie dennoch, bis das Feuer erstarb. Als sie wieder abgekühlt waren, wies der Fuchs mich an, Wasser über sie zu gießen.

Ich gehorchte, und er sah zu.

Ich fragte mich, was er in den Überresten lesen konnte, denn ich selbst machte nur herumwirbelnde Asche aus. Nach einigen Sekunden brummte er leise und sprach dann.

»Der Wunschbaum wird in einem Tal erscheinen, umgeben von den Gläsernen Bergen.«

Ich konnte das Grauen nicht leugnen, das ich bei der Erwähnung der Gläsernen Berge fühlte, und das verstärkte meinen Glauben an den Fluch. Die Berge waren rachsüchtig, und sie hatten viele meiner Brüder verflucht. Warum sollte es bei mir irgendwie anders sein?

»Welches Tal?«, fragte ich. Die Gläsernen Berge erstreckten sich über viele Meilen.

»Der Mond wird es uns verraten«, erklärte der Fuchs. »Die Frage, die du beantworten musst, mein lieber Prinz, ist, wie du diese letzte Nacht verbringen wirst.«

Letzte Nacht.

Diese Worte gingen mir durch und durch.

Ich wollte keine letzte Nacht mit Samara. Ich wollte viele Nächte – viele wie die, die wir gestern gehabt hatten, doch wäre das möglich jenseits dieses gebrochenen Fluchs? Im Augenblick konnte ich mir nicht vorstellen, weniger für Samara zu empfinden, als ich jetzt empfand. Ich konnte mir keine Welt ohne sie vorstellen. Sie war alles für mich – die Sonne ging mit ihr auf und unter, und der Mond nahm zu und ab mit ihr.

Sie war die Liebe meines Lebens, und selbst wenn sie den Fluch brach, wäre das noch immer wahr.

Der Fuchs rollte sich auf dem Boden zusammen, um zu schlafen, während ich den Hügel hinaufstieg, wo ich Samara fand, die dasaß, die Knie eng an den Oberkörper gedrückt. Sie war umgeben von Tulpen, deren Blütenblätter hellblau unter dem Sternenlicht zu leuchten schienen. Während ich sie aus der Ferne betrachtete, erinnerte ich mich an den Tag, an dem ich sie zum ersten Mal gesehen hatte, und daran, wie sie mich damals vollkommen in ihren Bann gezogen hatte. Es war nicht einmal ihre Schönheit, die so deutlich offensichtlich war, dass mein Herz schmerzte. Es war ihre Ausstrahlung – eine Güte, die ich nie zuvor gesehen, und eine Geduld, die ich nie durchlebt hatte. Und doch zeigte sie mir das alles, obwohl ich es nicht verdiente. Und heute Abend würde ich noch einmal um beides bitten, schwor ich mir, als ich mich ihr näherte und mich neben sie setzte.

Sie schaute mich nicht an, sondern hielt das Gesicht zum Himmel erhoben.

»Hast du erfahren, wohin wir als Nächstes gehen?«, fragte sie unbekümmert.

Ich wusste nicht, was ich davon halten sollte, aber ich beantwortete ihre Frage.

»Ja.«

Sie erwiderte nichts darauf, und in der Stille, die darauf folgte, sammelte ich all meinen Mut, um mit ihr zu sprechen.

»Ich will den Wunschbaum nicht finden«, sagte ich.

Sie sah mich an. »Warum nicht?«

»Weil ich nicht ohne dich leben will«, antwortete ich.

Sie lächelte mich an, aber weder in ihren Augen noch in ihren Worten lag jegliche Belustigung. »Du bist ein sehr schöner Mann«, beteuerte sie. »Aber du bist sehr dumm.«

Ich runzelte die Stirn. »Ich sage dir gerade, dass ich nicht in einer Welt leben will, in der ich dich nicht liebe.«

»Ich weiß, was du sagen willst«, bekräftigte sie. »Aber du scheinst den Punkt nicht zu verstehen. Du hältst deine Liebe zu mir immer noch für einen Fluch, und deshalb müssen wir weiter zu diesem Wunschbaum.«

»Wieso ist das wichtig? Ich liebe dich jetzt«, seufzte ich frustriert.

»Es ist wichtig, weil du Angst vor dem hast, was kommt, nachdem der Wunsch gesprochen ist«, sagte sie. Dann rührte sie sich unvermittelt und setzte sich auf meinen Schoß. Sie schlang die Arme um meinen Nacken, ihre Brüste pressten sich an meinen Oberkörper, und ich legte den Kopf nach hinten, um ihrem Blick zu begegnen. »Aber ich habe keine Angst. Ich habe überhaupt keine Angst.«

Dann lag ihr Mund auf meinem, und etwas in mir zersprang. Es war, als sei all die Hoffnung, die ich in mir weggesperrt hatte, plötzlich frei und strömte durch meinen ganzen Körper. Und zum ersten Mal, seit ich diese Reise angetreten hatte, glaubte ich, dass ich vielleicht eine Chance auf wahre Liebe haben würde. Doch mit diesem Gefühl stieg auch Zweifel auf.

»Ich habe dich im Stich gelassen«, wandte ich ein und löste unseren Kuss. »Ich hätte dich gestern Abend nie wegschicken sollen.«

»Es wäre nichts geschehen, wenn ich auf den Fuchs gehört hätte«, gab sie zu.

»Es geht nicht darum, ob du auf ihn gehört hast«, widersprach ich. »Ich habe unsere Suche dir vorgezogen.«

Samara zog die Brauen zusammen. »Glaubst du das wirklich?«, fragte sie.

Ich war überrascht, dass sie das nicht glaubte.

»Du hättest mich nie in die Hütte geschickt, wenn du gedacht hättest, ich sei in Gefahr«, erwiderte sie. »Ich weiß, dass das wahr ist.«

Es war gewiss nicht unwahr.

»Es war nicht fair dir gegenüber«, hielt ich dagegen. »Ich

hätte dich an meiner Seite behalten und dich die ganze Nacht lang lieben sollen.«

»Hätte wollen, hätte sollen«, meinte sie. »Du kannst nichts tun, als es heute Nacht wiedergutzumachen.«

Ich schüttelte den Kopf und fragte mich, wie ich ein solches Geschenk hatte erhalten können.

»Du bist unglaublich«, sagte ich.

»Ich liebe dich«, sagte sie, als wäre das eine Antwort.

Unsere Lippen trafen sich, und ich schob meine Hände über ihre Beine und unter ihr Kleid. Ich umfasste ihren Po und zog sie auf meine Erregung.

Sie drückte mich mit fester Hand auf meiner Brust hinab in die Blumen, folgte aber nicht. Ich blickte mit hochgezogener Augenbraue zu ihr auf.

»Samara«, raunte ich.

»Ja?«, hauchte sie und rieb sich auf meinem Schwanz.

Ich atmete zischend aus. »Ich will in dir sein.«

Sie lachte.

»Findest du Freude an meiner Folter?«, fragte ich.

Sie gab erneut einen atemlosen Laut von sich und beugte sich dann vor, um mir einen Kuss auf die Brust zu drücken.

»Nein, aber ich fürchte, heute Nacht bin ich egoistisch«, sagte sie. »Denn ich sehne mich sehr danach, dich zu kosten, so wie du mich gekostet hast.«

Ich stöhnte und spürte, wie mein Schwanz noch etwas härter wurde, und ihr Körper streifte mich, als sie Küsse über meinen Bauch verteilte. Es verlangte mir alles ab, stillzuhalten, als sie die Schnüre meiner Hose aufband. Ich lenkte mich damit ab, dass ich meine Prothese abnahm. Ohne sie war es einfacher, sich zu bewegen, und mein Stumpf war auch viel weicher.

Meine Erregung kam frei, und die kühle Luft war eine willkommene Erleichterung, doch nicht lange, denn schon bald hatte Samara die Hand um mich geschlossen, und ihr Daumen rieb über meinen Schwanz.

»Ich hätte von Beginn an wissen sollen, dass du eine Sirene bist«, presste ich hervor.

»Ich bin keine Sirene«, meinte sie und sah nicht mich an, sondern meine Erregung. »Ich weiß nicht einmal, wie man das macht.«

Selbst wenn sie sonst nichts täte, wäre ich damit zufrieden, doch da beugte sie sich vor und leckte über meine Eichel.

Ich stöhnte. »Was hat dich so mutig gemacht, *wild one?*«

Sie lächelte ein wenig. »Neugier«, antwortete sie, und dann ließ sie die Zunge um mich kreisen. »Gefällt dir das?«

Ich gab ein ersticktes Lachen von mir. Ich konnte kaum noch denken. »Ja, Wildfang«, flüsterte ich. »Ich liebe es.«

Sie tat es erneut, doch erforschte mich dann weiter mit ihrer Zunge und strich über jede noch so empfindliche Stelle. Ich konnte es gar nicht glauben, als ich sie dabei beobachtete. Es lag eine Freude darin, wie sie mich neckte und auf die Probe stellte, und es war weit erregender als alles, was ich je erlebt hatte.

Schließlich hielt ich es nicht mehr aus und zog sie weg.

»Genug, *wild one*. Ich will in dir sein, bevor ich komme.«

Sie schob sich über mich, setzte sich dann rittlings auf mich, und ihr Mund schloss sich über meinen, bevor sie sich wieder aufrichtete. Dann zog sie sich das Kleid über den Kopf und warf es beiseite. Ihre Haut war hell im Mondlicht, aber gezeichnet von Blutergüssen. Sie bedeckten ihre Haut, wie eine Landkarte der Stellen, wo ich sie gestern Nacht erforscht hatte. Anscheinend hatte die Heilung des Fuchses diese Stellen nicht erreicht.

Sie blickte auf mich herab und zögerte. Es war das erste Mal, seit dies begonnen hatte, dass sie nicht so selbstsicher wirkte.

»Was ist los, Liebste?«, fragte ich.

»Ich ... Wie willst du mich?«

»Was für eine verrückte Frage«, sagte ich. »Wie auch immer ich dich haben kann, Liebste, aber ich denke, heute Nacht solltest du genau da bleiben, wo du bist.«

Sie senkte den Blick, als versuche sie herauszufinden, wie das gehen sollte.

»Beuge dich ein wenig vor«, ermutigte ich sie. »Und führe mich in dich ein, so wie gestern Nacht.«

Sie tat, wie ich anwies, gehorsam wie immer und begierig darauf, zu gefallen. Eine Hitzewoge rauschte mir direkt in den Kopf, als mein Schwanz in sie eindrang.

»Das ist gut«, flüsterte ich. Ich wollte mehr von ihr, und meine Hand glitt über ihren Po und umfasste sie.

Sie senkte sich auf mich und nahm mich langsam in sich auf. Als sie sich schließlich zurücklehnte, glitt ich ganz in sie, inzwischen schweißgebadet. Ich wollte tief Luft holen, doch ich konnte nicht, bis sie sich an mich angepasst hatte. Endlich sah sie mich an, die Hände auf meinem Bauch und ihre Brüste zwischen ihren Armen zusammengedrückt.

»Geht es dir gut?«

Mein Lachen war kurz und heiser. »Mir geht es gut, Liebste. Und dir?«

Sie nickte, und ich ließ meine Hand und meinen Armstumpf auf ihren Schenkeln ruhen. Zuerst wiegte sie nur die Hüften vor und zurück, doch als sie langsam ungezwungener wurde, bewegte sie sich auf meinem Schwanz auf und ab, und ihre Brüste hüpften. Ich griff nach ihnen, und sie lehnte sich vor, damit ich sie in den Mund nehmen konnte. Ich saugte leidenschaftlich an ihren Brustwarzen, und sie stöhnte und rieb sich weiter auf mir.

Ich sank wieder rücklings in die Blumen und zog sie mit mir, spannte meine Arme um sie an und rollte mich herum, sodass sie nun unter mir lag. Sie legte die Beine um meine Taille, während ich in sie stieß. Ich konnte an nichts denken. Meine einzige Führung waren ihr Körper und ihre Atemzüge, als ich den Druck verfolgte, der immer stärker in mir wurde, und als sie sich um mich anspannte, kam ich.

Ich sackte auf ihr zusammen und zitterte am ganzen Körper.

Sie hielt mich weiter umschlungen, und ihre Finger strichen durch mein nun feuchtes Haar, während ich ihrem Herzschlag lauschte. Meine Lider wurden schwer, und als ich in den Schlaf glitt, war mir, als hörte ich Samara singen.

KAPITEL ZWÖLF
IN GOLD GETAUCHTE ÄPFEL

Samara

Ein grausiges Geräusch riss mich aus dem Schlaf. Ich lag auf der Seite, mit dem Rücken an Lores Brust, und lauschte einige Sekunden lang, während mein Herz raste. Dann vernahm ich es erneut. Es war ein Schrei, kurz und schmerzerfüllt.

»Hast du das gehört?«, flüsterte ich.

»Ignoriere es«, antwortete Lore. Seine Stimme klang noch schlaftrunken. Sein Griff um meine Taille wurde fester. Als ein weiterer Schrei zu hören war, reagierte er nicht einmal.

»Lore!«, rief ich und knuffte ihm den Ellbogen in den Bauch. »Da ist eine Frau in Not!«

Er stöhnte und ließ mich los. Ich setzte mich auf.

»Das ist keine Frau«, sagte er. »Es ist der verdammte Fuchs.«

»Was?«

»Höchste Zeit, dass ihr zwei aufwacht. Ich schreie schon seit einer halben Stunde.«

Ich blickte mich um und sah den Fuchs inmitten der Tulpen sitzen und uns anstarren.

»Leck mich«, maulte Lore.

»Ich erfülle nur deine Forderung, Prinz«, antwortete der Fuchs. »Heute Nacht ist die erste Vollmondnacht und deine einzige Chance, deinen Fluch zu brechen.«

»Eine Entscheidung, die ich mit jeder Sekunde mehr bereue«, meinte Lore.

»Gib acht, Prinz«, warnte der Fuchs. »Ohne mich wärst du vielleicht nie deiner Liebsten begegnet.«

»Unbedingt, Fuchs, heimse du nur den ganzen Ruhm ein.«

»Ich warte am Fuße des Hügels auf euch«, sagte der Fuchs.

Ich drehte mich um und guckte Lore an. Er lag auf dem Rücken und fixierte den Himmel. Es war noch kaum Morgen, dichte Wolken hingen schwer über uns, und die Luft roch nach Regen.

Ich schob mich über ihn, obwohl ich bezweifelte, dass dies die beste Entscheidung war. Seine Erregung lag hart unter mir.

»Geht es dir gut?«, fragte ich.

Seine violetten Augen sahen mich an, und sein Blick war verblüffend tief.

»Ich will nicht, dass du das tust«, sagte er.

Ich war froh, dass er nicht log.

Ich beugte mich über ihn, küsste ihn sanft und flüsterte an seinen Lippen.

»Ich weiß.«

Wir zogen uns an und marschierten den Hügel hinab, wo Fuchs wie versprochen wartete.

Ohne ein Wort führte er uns einen weiteren Hügel hinauf. Dieser war höher, und als wir die Kuppe erreichten, blieb er kurz stehen und nickte zum Horizont. Trotz des trüben Tages konnte ich gerade so ein schwaches Schimmern in der Ferne ausmachen.

»Kannst du sie sehen?«, fragte der Fuchs. »Das sind die Gläsernen Berge.«

»Sie sehen so weit weg aus«, sagte ich. Da frischte der Wind auf, und mir lief ein Schauer über den Rücken.

»Das sind die höchsten Gipfel«, erklärte Lore. »Ihre Ausdehnung ist viel näher.«

»Du warst schon einmal dort?«, wollte ich wissen.

»Bedauerlicherweise«, sagte er. »Das Reich des Elderkönigs liegt hinter ihnen. Dort bin ich aufgewachsen.«

Ich war überrascht. »Mir war nicht klar ... Aber dann ... wie kommt es, dass du der Prinz von Nightshade bist?«

»Ich wurde von meinem Vater zum Prinz von Nightshade bestimmt«, erläuterte er.

»Und wo ist dein Vater jetzt?«, fragte ich.

»Er ist tot.«

Diese Nachricht löste eine neue Sorge in mir aus. »Ich dachte, Feen können nicht sterben.«

»Sie können, wenn sie sich dazu entscheiden«, sagte Lore. Er zögerte kurz und begegnete dann meinem Blick. »Falls dir etwas zustieße, würde ich mich dafür entscheiden, zu sterben.«

Ich wusste nicht, was ich von seinen Worten halten sollte.

»Sag das nicht«, flüsterte ich.

Er schwieg, und in seinen Augen lag eine Aufrichtigkeit, die mir fast das Herz brach. Dann schob er seine Finger zwischen meine und hielt meine Hand, als wir den Hügel auf der anderen Seite weiter hinabstiegen und den Wald vor uns betraten, obwohl wir nicht lange mit verschränkten Händen gehen konnten. Der Wald war zu dicht, das Unterholz ein Gewirr aus Dornenzweigen und grünen Dornsträuchern, die nicht nur die Erde bedeckten, sondern auch bis hinauf in die Bäume wuchsen. Ihren Stielen konnte man unmöglich entkommen. Immer wenn ich dachte, ich sei den spitzen Dornen entgangen, kratzten sie mir doch über die Haut. An manchen Stellen waren die Dornenranken so dicht, dass wir einen Weg um sie herum finden mussten.

Als wir weiter durch den Wald gingen, erreichte uns ein grausiger Geruch. Er war ausgeprägt, faulig und abscheulich, noch schlimmer als die Hütte der Hexe.

»Was ist das für ein furchtbarer Gestank?«, stöhnte ich angewidert.

»Das sind die Toten«, antwortete Lore.

»Die Toten?«, fragte ich und spürte, wie mir das Blut aus dem Gesicht wich.

»Es gibt Tote am Fuße der Berge«, erklärte Lore. »Viele haben schon versucht, sie zu erklimmen, und viele sind gescheitert.«

Ich überlegte, ob ich fragen sollte, warum so viele versucht hatten, die Berge zu besteigen, doch ich vermutete, dass der wahrscheinliche Grund das Gleiche war, worauf wir aus waren – Wünsche.

»Du musst das nicht tun, Samara«, sagte Lore.

»Ich weiß«, erwiderte ich. »Und ich entscheide, dass ich das tun will, Lore. Mir wird nichts geschehen. Fuchs hat uns bisher nicht in die Irre geführt.«

Zumindest redete ich mir das selbst immer wieder ein.

Das, und ich war der wahrsten Liebe, die ich je gekannt hatte, näher denn je.

Die Nacht brach herein, als wir die letzte Reihe Bäume hinter uns ließen. Meine Beine schmerzten, und meine Haut war zerkratzt und blutig. Ich war dermaßen erschöpft, dass ich mich am liebsten gleich an Ort und Stelle hingelegt hätte, aber der Mond stand am Himmel und warf einen silbernen Lichtstrahl auf die Erde, genau wie der Fuchs vorhergesagt hatte. Er führte uns über den ersten Berggipfel, der, als ich den Kopf ganz in den Nacken legte, beinahe den Himmel zu berühren schien.

Die Höhe war einschüchternd, doch ebenso einschüchternd waren die Leichen am Fuße der Berge, genau wie Lore prophezeit hatte.

»Binde dir die Krallen der Hexe an Hände und Füße«, wies der Fuchs mich an. »Dann kannst du die Berge erklimmen.«

Lore zog die Tasche über seinen Kopf und holte die Krallen heraus. Sie waren immer noch blutig. Mir fehlte der Mut, zu fragen, ob es mein Blut war.

Jeder von uns nahm sich vier Krallen und tat, wie der Fuchs geheißen. Zwei Krallen blieben übrig, und Lore schob mir eine davon ins Haar, während er sich vorbeugte und mich küsste.

»Nur für alle Fälle«, flüsterte er an meinen Lippen.

Unsere Blicke hielten einander fest, als er sich von mir löste und mit dem Daumen über meine Wange strich. Seine Augen waren dunkel, beinahe ganz verschluckt von seinen Pupillen, und die Anspannung um seinen Mund ließ mich denken, dass er noch mehr sagen wollte – doch ich würde nie erfahren, was ihm gerade auf der Zunge lag, denn plötzlich zuckte er zusammen und schrie schmerzerfüllt auf.

»Lore!«, rief ich, und Angst pulsierte überall in mir, als er hinter seine Schulter griff und einen Pfeilschaft abbrach.

Mein Herz raste, als ich die vertraute Befiederung erkannte. Es war die von Michal.

Ich wirbelte herum und sah meine Brüder vor uns stehen.

Es war erst sieben Tage her, seit ich sie zuletzt gesehen hatte, und in dieser Zeit hatten sie sich zum Schlechteren gewandelt. Wut stand tief in ihren Zügen, und sie machten einen entkräfteten und abgemagerten Eindruck, hatten rissige Wangen und Lippen.

Sie hatten niemanden gehabt, der für sie sorgte, und sie sahen genau so armselig aus, wie sie waren.

Das einzige Lebewesen, das mir wichtig war, war das, das hinter ihnen stand – Gockel, mein lieber und schöner Hengst.

»Ich kann nicht glauben, dass es wahr ist«, meinte Hans.

»Die kleine Hure ist doch tatsächlich mit ihrem Geliebten weggelaufen«, sagte Michal.

Ich funkelte sie böse an und trat vor Lore, obwohl er mich hastig zurückzog.

Meine Brüder lachten.

»Anscheinend hat er ihr Mut eingeflößt«, spottete Hans.

»Den Blick kenne ich«, behauptete Michal und hob das Kinn. »Es ist sein Schwanz, der sie mutig macht.«

Ein tiefes Grollen drang aus Lores Mund, aber das brachte Hans und Michal nur erneut zum Lachen. Jackal schwieg, aber seine Augen waren voller Hass, und sein Mund war vor Abscheu verzogen. Sein Schweigen war es, das mir am meisten Angst machte und mich wachsam hielt. Was hatte er nur vor?

»Du denkst, du kannst gegen uns kämpfen, Dämon?«, fragte Michal.

Hans kicherte, und in seinen Augen blitzte Belustigung auf. »Wir haben viele Jahre in diesem Wald gejagt und überlebt.«

»Er auch«, begehrte ich zähneknirschend auf.

Hans und Michal wechselten einen Blick.

»Wir müssen eine Menge aus ihr herausprügeln«, meinte Michal.

»Wo fangen wir an?«, fragte Hans. »Bei ihrem Geliebten?«

»Nein«, sagte Jackal. Sein Tonfall war viel zu ruhig für das, was er augenscheinlich im Sinn hatte. Er zog sein Messer – Lores Messer – und packte Gockels Zügel.

»Nein!«, schrie ich auf und wollte losstürmen – doch Lore hielt mich zurück.

Der Hengst zuckte zur Seite weg, doch Jackal riss ihn näher zu sich und wollte seine Klinge in Gockels Hals stoßen. Da erschien ganz plötzlich Fuchs auf der Bildfläche. Er stürzte sich auf Jackal und verbiss sich in seinen Unterarm.

Jackal brüllte vor Schmerz, und Hans und Michal fuhren alarmiert herum, gerade als Gockel mit den Vorderhufen ausschlug. Beide stolperten rückwärts, um seinem Tritt zu entgehen.

»Samara«, wandte Lore sich an mich, die Hand an meinem Arm. »Klettere hoch!«

Ich zögerte. Ich wollte ihn und Fuchs nicht zurücklassen, um sich meinen Brüdern zu stellen.

»Bitte«, flehte ich und sagte den Rest meines Flehens nur in meinem Kopf. *Verlass mich nicht.*

Es war nicht so, dass ich Lores Fähigkeiten nicht traute, doch meine Brüder wurden angetrieben von dem Willen, mich leiden zu sehen, und das machte sie stark.

Lore packte mich am Hinterkopf und drückte die Lippen auf meine Stirn. »Ich weiß«, sagte er. »Jetzt geh!«

Mit einem letzten Blick drehte ich mich um und rannte zum Fuße des Berges, an dem sich ein Haufen aus gebleichten Knochen und aufgeblähten und verfaulenden Leichen auftürmte. Ich übergab mich, als ich zum Aufstieg lief, dabei gegen Maden und Fliegen kämpfte und auf abfallendem Fleisch ausrutschte. Meine Augen tränten von dem Gestank, und mein Hals brannte. Ich wusste nicht, wie ich es nach oben schaffte, doch der Schrecken des Ganzen weckte in mir den verzweifelten Drang, Distanz zwischen mich und die Leichen zu bringen.

Ich presste die Hände gegen die glatte Oberfläche des Glases und rammte dann den rechten Fuß in den Berg. Die Hexenkralle sank mit einem seltsamen Klirren tief ein, dann hob ich die linke Hand und trieb die andere Kralle in die Oberfläche des Berges. Mit zwei Krallen sicher darin begann ich meinen Aufstieg. Er war anstrengend und angsteinflößend. Ich verabscheute das kratzende Geräusch von Metall auf Glas zutiefst. Bei jeder Bewegung knirschte ich mit den Zähnen und war mir sicher, dass ich sie zu Staub zermahlen haben würde, bis ich den Gipfel erreichte.

Schon bald waren meine Hände zerschunden. Zuerst tropfte nur wenig Blut von ihnen, doch kurz darauf rann es in Rinnsalen den Berg hinab. Meine Atemzüge wurden mühsam, und ich zitterte am ganzen Körper. Ich wurde schnell müde, und dabei hatte ich es noch nicht einmal zur Hälfte geschafft.

Und so, wie mein Wille schwand, schwand auch meine Hoffnung.

Ich blickte nach unten und suchte auf der Erde unter mir nach Lore, der sich im Kampf mit Michal befand. Gockel hatte Jackal nahe dem Fuß des Berges in die Enge getrieben, doch mein guter Hengst blieb auf Abstand, denn er hatte zu viel Respekt vor Jackals Waffe, Lores schimmerndem Messer, um ihm zu nahe zu kommen.

Ich richtete meine Aufmerksamkeit wieder auf den Aufstieg, doch ich hatte nur wenige Schritte weiter nach oben geschafft, als ich ein furchtbares Jaulen von unten hörte. Meine Augen schossen in die Richtung, von wo es kam, obwohl mich dabei

Übelkeit überfiel, und ich sah den Fuchs auf der Seite liegen. Hans stand über ihm, und ich schrie.

»Nein!«

Mein Bruder wirbelte herum und grinste argwöhnisch.

»Was ist los, kleine Hure? Habe ich dein Haustier umgebracht?«, brüllte er zurück, und sein grässliches Lachen hallte um mich herum.

Ein schrecklicher Schmerz zerriss mir das Herz, doch während ich nach unten schaute, bemerkte ich etwas Seltsames. Das Fell des Fuchses flatterte, als würde der Wind hindurchwehen, und dann verwandelte er sich ganz plötzlich in einen menschlichen Mann. Er war nackt und hatte rötliches Haar. Seine Augen gingen blinzelnd auf. Einen Moment lang lag er da, und dann griff er nach einem Stein in der Nähe. Er stand auf und schlug Hans den Stein an den Kopf.

Mein Bruder erstarrte und fiel zu Boden.

Der Fuchs, der jetzt ein Mann war, blickte zu mir hoch.

»Beeil dich, Samara!«

Da erst sah ich, dass Jackal begonnen hatte, hinter mir den Berg hochzuklettern. Panik jagte mir durch die Glieder, und auf einmal fühlte ich mich wie betäubt. Ich schaute nach oben. Ich konnte den Gipfel der Gläsernen Berge noch immer nicht ausmachen, aber die Angst vor Jackal, der immer näher kam, trieb mich an. Doch je höher ich kletterte, umso schwächer wurde dieser Antrieb.

Mein Mund wurde trocken und meine Lippen rissig. Das Schlucken fiel mir schwer, und jeder Versuch, höher zu steigen, ließ mich am ganzen Körper zittern. Dann fühlte ich Finger an meinem Fuß. Ich blickte nach unten und sah, dass Jackal mich eingeholt hatte.

Das war der Schock, den ich brauchte.

»Fass mich ja nicht an!«, schrie ich und kletterte hastig höher.

»Ich habe dir einen Platz zum Schlafen und Essen gegeben«, rief Jackal, und seine Stimme bebte vor Wut. »Ich habe dir mehr gegeben, als du verdient hast, und es war immer noch nicht genug.«

»*Ich* habe *dir* alles gegeben!«, brüllte ich zurück. Meine Atemzüge waren ein wildes, keuchendes Nach-Luft-Schnappen, während ich mich abmühte, weiter zu klettern, obwohl alles in mir sich dagegen sträubte. »Ich habe euch weiche Betten und warme Zimmer bereitet, ich gab euch heiße Mahlzeiten und kaltes Bier. Ich wusch eure Kleider und schnitt euch die Haare. Ich führte das Haus, wie Mutter es getan hatte …«

»Sprich nicht von ihr!«, zeterte Jackal so laut, dass die Berge unter mir erzitterten. »Du magst wie sie aussehen und klingen und dich wie sie bewegen, aber du bist nicht sie. Du könntest niemals sie sein!«

»Leck mich«, sagte ich, blickte zu ihm herab und spuckte ihm ins Gesicht.

Jackal brüllte auf. »Du vergisst, wo dein Platz ist, Feenschlampe!«

»Du irrst dich«, widersprach ich, während er näher kam, und hielt in meinem Aufstieg inne. Er sah mich finster und mit gefletschten Zähnen an. »Ich habe meinen verdammten Platz gefunden.«

Seine Augen, voll rasender Wut, weiteten sich vor Grauen, als ich mich fallen ließ und die Füße in sein Gesicht trat. Seine Schreie hallten, als er fiel, bis sein Körper gegen den Berghang krachte. Mit einem letzten Knacken landete er auf dem Leichenhaufen am Boden.

In der Stille, die darauf folgte, konnte ich nur meine eigenen abgehackten Atemzüge hören, und dann öffnete ich den Mund und gab ein heulendes Klagen von mir. Noch nie hatte ich einen solchen Laut ausgestoßen, doch er kam von tief in mir, riss an meinen Lungen und meiner Kehle, und als ich nicht mehr konnte, schluchzte ich.

Keine Ahnung, wie lange ich an die Bergwand geklammert hing, doch ich fühlte mich unfähig, mich zu bewegen. Meine

Hände waren klebrig, aber auch voll mit getrocknetem Blut, und meine Haut war wund, dort, wo sie den Berg berührte. Mir war, als würde ich zerfließen und in das Glas unter mir schmelzen.

Meine Gedanken wanderten zu Lore, dem Fuchs und Gockel. Ich konnte den Boden nicht mehr erkennen, denn unter mir hatten sich dichte Wolken gebildet. Ich fragte mich, ob sie noch am Leben waren. Und ich betete inständig, dass sie es waren, obwohl ich nie wirklich an einen Gott geglaubt hatte.

Meine Lider wurden schwer vor Erschöpfung.

»Samara!«

Lores Stimme hallte um mich herum. Sie klang so weit weg, dass ich dachte, ich hätte sie mir nur eingebildet. Vielleicht war ich dabei, langsam in einen Traum zu gleiten, oder vielleicht hatte ich sogar die Umarmung des Todes akzeptiert, doch dann hörte ich sie wieder.

»Samara, Liebste, ich komme!«

Hoffnung stieg in mir auf.

Er war am Leben! Er war am Leben, und er kam zu mir!

»Lore! Lore, ich bin hier!«, rief ich. »Ich warte!«

Ich hätte weinen können vor Glück, aber ich hatte keine Tränen mehr. Doch das Gefühl war nur von kurzer Dauer, als ein riesiger Schatten über mich glitt. Ich blickte auf und sah einen großen schwarzen Raben über uns kreisen. Ich hatte Cardics Warnung ganz vergessen, über den Raben, der den Wunschbaum bewachte, und seine Eisenkrallen.

Er stieß einen scharfen Schrei aus und schlug dann seine grässlichen Krallen in meine Schultern.

»Lore!«

Mein Schrei ließ sogar mir das Blut in den Adern gefrieren, als der Rabe mich immer höher trug, und seine Krallen drangen tiefer, als er sich über den Berggipfel erhob. Mein Schrecken wich Erstaunen, als ich den silbernen Strahl aus Mondlicht erblickte, der das Tal unten flutete.

Wo das Licht hinfiel, war alles grün, nicht aus Glas, und dort in der Mitte sah ich ihn.

Den Wunschbaum.

Er war schöner, als ich ihn mir vorgestellt hatte.

Der Stamm war gewaltig, und die Wurzeln reichten tief. Auch seine Äste waren lang und dick und dicht mit immergrünem Laub und großen goldenen Äpfeln behangen. Sie hoben sich so hell von den dunklen Blättern ab, dass sie mich beinahe blendeten.

Der Rabe trug mich nahe zum Baum, in mir stieg allerdings Panik auf, als mir klar wurde, dass ich nicht zulassen konnte, dass die Kreatur mich noch weiter brachte. Aber ich hatte keine Ahnung, wie ich nach unten gelangen sollte, wenn seine Krallen doch so tief in meiner Haut steckten.

»Bitte«, versuchte ich zu rufen, aber meine Kehle war so trocken, dass ich die Stimme nicht heben konnte.

Da fiel mir die Kralle wieder ein. Die, die Lore mir ins Haar gesteckt hatte, als er mich zum Abschied küsste.

Ich griff danach, um sie herauszuziehen, und schrie gegen den Schmerz an, als ich damit nach den Füßen des Raben hackte. Der Vogel gab einen rauen Aufschrei von sich und ließ mich los, gerade als er über den Wunschbaum hinwegflog.

Ich stürzte und traf bei meiner Landung mit dem Rücken hart auf die Äste.

Ich wusste, dass meine Knochen zerschmettert waren, nachdem ich auf der Erde aufgeschlagen war, doch ich fühlte keinen Schmerz, nur Staunen, als ich hinaufblickte in das smaragdgrüne Blätterdach, schwer mit goldenen Früchten behangen.

Etwas fiel neben mir zu Boden, und ich drehte den Kopf zur Seite. Ein Apfel war herabgefallen, in meine Reichweite. Ich streckte mich, streifte mit den Fingerspitzen seine glatte Oberfläche und rollte ihn näher, bis ich ihn in die Hand bekam. Ich drückte ihn an mein Herz, schloss die Augen und wünschte, dass Lore nicht länger verflucht sei.

Dann biss ich hinein.

Die Schale war knackig, gab sogleich nach und flutete meinen Mund mit Süße.

Es war das Letzte und das Einzige, woran ich mich erinnerte.

KAPITEL DREIZEHN
DER KUSS WAHRER LIEBE

Lore

»Samara!«

Keine Ahnung, wie oft ich ihren Namen schrie und auf eine Antwort wartete, aber es kam keine.

Trotzdem machte ich weiter und klammerte mich an die Hoffnung, dass sie auf der anderen Seite des Berges am Leben war. Mich kümmerte nicht einmal, ob sie den Wunschbaum gefunden hatte. Mir war egal, ob sie einen Apfel gegessen oder einen verdammten Wunsch ausgesprochen hatte.

Alles, was ich wollte, war, dass sie am Leben war.

»Warum antwortet sie nicht?«

»Denk nicht darüber nach, Prinz, geh einfach weiter«, sagte Fuchs – oder besser gesagt Friedrich, der gar kein Fuchs war, sondern ein Mann, der dazu verflucht gewesen war, als Fuchs zu leben.

Nachdem ich Michal die Kehle hatte durchschneiden können, hatte ich mich Auge in Auge mit ihm wiedergefunden und ihm einen Schlag ins Gesicht verpasst.

»Wofür war das denn?«, hatte er gefragt und sich eine Hand an die Wange gehalten.

»Ich habe dich gewarnt, dass du besser ein Fuchs sein solltest, als du auf Samaras Bett schliefst«, sagte ich.

Nun stieg er neben mir den Berg hinauf, gekleidet in die Sachen von Samaras Brüdern.

»Ich hörte sie schreien«, sagte ich. »Ich weiß, dass der Rabe sie gepackt hat. Verdammt!«

Ich wollte anhalten. Ich wollte mit der Faust auf diesen verdammten Berg einschlagen, bis er in tausend Stücke brach, aber das war nicht möglich, also kletterte ich weiter.

Als wir den Gipfel der Gläsernen Berge erreichten, schien die Sonne glänzend am Horizont, und in der Ferne konnte ich die überwältigenden Türme vom Schloss meines Vaters sehen. Es war lange her, seit ich sein goldenes Schloss erblickt hatte, doch es war für mich kaum von Interesse, als ich den schmalen Gipfel des Berges umfasste und es endlich auf die andere Seite schaffte.

Erleichterung überkam mich, als ich das Tal unten erkannte, doch schon bald überwältigte mich Panik, als ich Samara unter den Ästen eines skelettartigen Baums liegen sah.

»Samara!«, schrie ich, aber sie rührte sich nicht. »Samara! Verdammt!«

Ich zog meine Krallen aus dem Glas und schlitterte den Berg hinab.

Als ich mich dem Fuße näherte, trieb ich die Krallen in den Berg, um meinen Sturz abzufangen. Das Geräusch ging mir durch und durch, doch auch das war mir egal. Als meine Füße den Boden berührten, fiel ich beinahe der Länge nach hin, als ich zu meiner Liebsten rannte und neben ihr auf die Knie sank.

Sie war bleich, ihr Gesicht ohne jede Farbe und ihre Lippen blau.

»Samara!«, hauchte ich, schüttelte sie und drückte dann mein Ohr auf ihre Brust, doch da war kein Herzschlag, kein Lebenszeichen.

»Nein«, rief ich, und ein lautes Wehklagen drang aus meiner Kehle. Ich hob sie auf, barg ihren Kopf unter meinem Kinn und wiegte sie in meinen Armen. »Nein, bitte! Das darf nicht sein. Bitte komm zurück. Bitte verlass mich nicht.«

»Oh Prinz«, sagte Friedrich und kam näher.

Ich löste mich von ihr und blickte unter Tränen auf Samaras schönes Gesicht.

»Ich liebe sie, Friedrich«, schluchzte ich. »Ich liebe sie, und ich habe es ihr nie gesagt.«

»Dann sag es ihr jetzt, Prinz«, forderte er mich auf. »Sag es ihr und küsse sie.«

Ich holte bebend Luft und legte meine Stirn an ihre. »Es war falsch von mir, es nie zu sagen, falsch, es nie zu glauben. Ich liebe dich, Samara. Ich liebe dich mehr als alles auf dieser schrecklichen Welt.«

Ich küsste sie, sie fühlte sich kalt an, und dann drückte ich sie an mich, als würde ich sie wärmen können.

Nur einen Wimpernschlag später spürte ich ihre Finger in meinem Haar und hörte sie meinen Namen wispern. Ich löste mich von ihr und sah, dass ihre Augen offen waren und ihre Wangen und Lippen so rosig, wie sie es zuvor immer gewesen waren.

»Lore«, flüsterte sie und legte die Hand an meine Wange. Sie starrte mich staunend an, als sei ich hier das Wunder.

»Samara«, raunte ich, hielt ihr Gesicht in den Händen und staunte über das Leben in ihren wunderschönen, blauen Augen. »Du bist überhaupt kein Fluch, sondern ein Geschenk. Du bist mein wahr gewordener Traum und mein größter Wunsch. Ich liebe dich. Ich habe dich geliebt seit dem Augenblick, als ich dich vor sieben Jahren das erste Mal sah.«

»Ich weiß«, sagte sie und lächelte so lieblich, dass ich nicht anders konnte, als sie zu küssen.

Sie löste sich von mir, schnappte nach Luft und blickte über meine Schulter, wo, wie ich wusste, Friedrich stand.

»Wer bist du?«, fragte sie.

»Ich bin Fuchs«, stellte er sich vor und verneigte sich. »Oder Friedrich, wenn du so willst.«

Sie öffnete den Mund, um etwas zu sagen, doch ich hielt sie auf. »Tu einfach so, als wäre er nicht da«, flehte ich und küsste sie erneut, diesmal länger. Nur widerwillig hörte ich wieder damit auf und ließ meine Lippen an ihren verweilen.

»Heirate mich, Samara von Gnat«, bat ich, als ich mich langsam von ihr löste.

Sie lächelte und antwortete: »Nein.«

»Was? Warum nicht? Wir lieben uns doch, oder nicht?«

»Am Ende werde ich dich heiraten«, versprach sie. »Doch erst, wenn du mindestens ein Jahr lang mit mir in meiner stillen Hütte am Moor gelebt hast.«

»Liebste«, sagte ich und stupste ihre Nase mit meiner an. »Dein Herz ist mein Heim. Ich werde gehen, wohin auch immer du uns führst.«

Und sie lebten glücklich bis an ihr Lebensende.

ANMERKUNGEN DER AUTORIN

Hallo und willkommen zu meinem TedTalk – wie ihr es alle wahrscheinlich inzwischen gewohnt seid, habe ich euch eine Menge über die Märchen zu erzählen, die diese Geschichte beeinflusst haben, und so wie bei *Mountains Made of Glass* sind das viele.

Zuerst möchte ich sagen, dass diese Geschichte aus einer Reihe von Gründen weit komplizierter war als *MMOG*. Ich neige dazu, den ersten Band einer Serie als eher unkomplizierte Romanze zu schreiben, und ich dachte, jedes Buch in dieser Serie, da ja jedes von einem anderen Paar handelt, wäre genauso einfach … aber ich lag falsch. Dieses hier hat mental seinen Tribut von mir gefordert, und ich denke, das lag zu einem sehr großen Teil an dem Missbrauch, den Samara erlitt, vor allem zu Beginn der Geschichte. Missbrauch – mental, physisch, sexuell und durch Vernachlässigung – ist in Märchen allgemein verbreitet. Es heißt, die Gebrüder Grimm seien die Ersten gewesen, die diese Themen in die Literatur einbezogen hatten, um den historischen und sozialen Kontext der damaligen Zeit zu reflektieren. Ich möchte gern noch einmal betonen, dass die Gebrüder Grimm Märchen sammelten – sie haben sie nicht selbst geschrieben, daher legt dies nur nahe, dass sie entschieden, Märchen mit Kindesmisshandlung einzubeziehen und nicht auszuschließen.

Missbrauch spielte auch eine große Rolle in *Die Hand mit dem Messer* von den Gebrüdern Grimm, dem Märchen, das den Großteil von *Apples Dipped in Gold* inspirierte. In dem Märchen wird ein Mädchen schrecklich von seinen Brüdern und seiner

Mutter misshandelt und ist gezwungen, im Sumpf mit einem stumpfen Messer Torf zu stechen. Ein Elf verliebt sich in das Mädchen und gibt ihm ein Messer, das alles schneiden kann, doch als das Mädchen dann seine mühsame Aufgabe schneller als zuvor erledigt, werden die Brüder und die Mutter misstrauisch. Die Brüder folgen ihrer Schwester und entdecken die Hand mit dem Messer. Sie zwingen das Mädchen, ihnen das Messer zu geben, schneiden dem Elf die Hand ab, und dieser ward nie wieder gesehen.

Ich fand, dass dies ein interessanter Beginn für eine Geschichte sei, und so ist *Apples Dipped in Gold* in meinem Kopf das, was danach geschieht. Obwohl die Ereignisse, die ich eben beschrieben habe, vor dem Beginn dieses Märchens stattfinden, wird im Lauf der Geschichte immer wieder stark Bezug auf sie genommen.

Andere Grimm'sche Märchen

Es gibt noch einige andere Grimm'sche Märchen, auf die ich mich in dem Buch beziehe. Insbesondere *Die Nixe im Teich*, in der ein Müller einer Frau in seinem Mühlteich begegnet. Sie hat eine wunderschöne Stimme und verspricht ihm, ihn reich zu machen, wenn er ihr »das junge Ding, das eben in deinem Hause geboren wurde« bringe. Er stimmt zu, weil er glaubt, es müsse wohl ein Hundewelpe oder Katzenjunges sein, und nicht weiß, dass seine Frau soeben einen Sohn geboren hat. Der Müller warnt seinen Sohn, sich vom Teich fernzuhalten, und der gehorcht natürlich, bis er eines schicksalhaften Tages jagen geht. Als er verschwindet, hat er seine Liebste zurückgelassen, die einen goldenen Kamm erhält und gesagt bekommt, dass sie ihr langes, schwarzes Haar im Mondlicht beim Mühlteich kämmen soll. Danach bekommt sie noch andere Aufgaben – Flöte spielen, an diesem Spinnrad spinnen. Schließlich wird ihre Beharrlichkeit belohnt, und ihr Liebster steigt aus dem Teich heraus. Die Geschichte geht noch weiter, die beiden vergessen einander und müssen sich wieder erinnern, doch die Motive hier – die lockende Stimme, der Kamm und später das Mondlicht – sind offensichtlich und tauchen ebenfalls in *Apples Dipped in Gold* auf.

Es gibt noch eine Geschichte mit dem Namen *Die Wassernixe*, in der es um einen Bruder und eine Schwester geht, die von einer Wassernixe gefangen werden, die in einem Brunnen lebt. Sie zwingt sie, für sie zu arbeiten, doch irgendwann können sie fliehen. Als sie weglaufen, werfen die Kinder Dinge nach der Kreatur, um sie aufzuhalten – eine Bürste, einen Kamm, einen Spiegel. Jedes davon hält die Nixe von der Verfolgung ab, aber nicht so gewaltsam, wie ich es in *Apples Dipped in Gold* dargestellt habe – obwohl wir ja wissen, dass diese Märchen genauso schrecklich sein konnten.

Einer der Gründe, warum ich den Kamm in eintausend Speere verwandelt habe, ist der, dass der Kamm in *Die Wassernixe* zu einem »großen Kammberg mit tausendmal Zinken« wurde.

Das nächste Märchen, das ich erwähnen möchte, ist *Der goldene Vogel*. In dieser Geschichte gibt es einen König und drei Söhne, die alle herauszufinden versuchen, wer goldene Äpfel von einem Baum im Garten stiehlt. Nur dem Jüngsten gelingt es, mitanzusehen, wie ein goldener Vogel einen Apfel vom Baum pflückt. Er konnte auch auf den Vogel schießen, doch dabei fiel nur eine seiner goldenen Federn zu Boden.

Die Feder war so kostbar, dass der König den ganzen Vogel haben wollte, und so machten sich die Söhne auf, um den goldenen Vogel zu finden. Erneut ist der Jüngste der Einzige, der die Aufgabe vollbringen kann, obwohl er das nicht geschafft hätte ohne einen Fuchs, der ihm auf dem Weg Ratschläge gibt. Die Ratschläge des Fuchses sind immer sehr geradeheraus. So sagt er zum Beispiel einmal den Brüdern: »Heute Abend werdet ihr in ein Dorf kommen, wo zwei Wirtshäuser einander gegenüberstehen. Eins ist hell erleuchtet, und es geht darin lustig her, da kehrt aber nicht ein, sondern geht ins andere, wenn es euch auch schlecht ansieht.« Natürlich gehen zwei der Brüder in das »gute« Wirtshaus und der jüngste geht in das »schlechte«.

Später wird der Fuchs dem jüngsten Sohn raten, direkt an einem Regiment Soldaten vorbeizugehen in das Schloss, in dem der Vogel gehalten wird. Dort gibt es einen leeren goldenen Käfig, doch der Junge wird gemahnt, den Vogel in dem »gemeinen Käfig« zu lassen. Der junge Prinz hört nicht darauf, und als er den Vogel aus dem einen Käfig in den anderen setzen will, kreischt dieser und weckt die Soldaten.

Danach geht die Reise des jungen Prinzen mit Ratschlägen des Fuchses weiter, und obwohl der Prinz keinen Anhaltspunkt hat, dass diese Ratschläge falsch seien, ignoriert er sie aus irgendeinem Grund weiterhin. Es ist sehr frustrierend. Doch schließlich, am Ende der Geschichte, bittet der Fuchs den jüngsten Sohn, ihn zu töten und ihm Kopf und Pfoten abzuschlagen. Der Prinz gehorcht, und als er es tut, wird der Fuchs zu einem Mann, der natürlich ebenfalls ein Prinz ist.

Die Parallelen zwischen dem Fuchs in *Apples Dipped in Gold* und dem Fuchs in *Der goldene Vogel* sind offensichtlich erkennbar für euch. Er gibt Ratschläge, als wisse er bereits, wie alles kommen wird. Es gibt keine Erklärung dafür, woher er dieses Wissen hat, und niemand stellt es je infrage, doch wenn man nicht auf ihn hört, hat das schwere Konsequenzen, wie wir bei Samara und der Hexe sahen.

Hans Christian Andersen

Wie ich schon in den Anmerkungen bei *Mountains Made of Glass* angedeutet habe, ist Hans Christian Andersen berühmt dafür, dass er seine eigenen Märchen erschaffen hat, doch auch sie haben ähnliche Klänge und Motive.

Das Märchen, das ich in *Apples Dipped in Gold* am häufigsten verwendet habe, heißt *Erlenhügel*. Ich empfehle euch sehr, es zu lesen, nachdem ihr diese Nacherzählung gelesen habt, nicht nur, weil es Spaß macht – ihr werdet auch die Parallelen erkennen.

Zu Anfang spielt die Geschichte aus der Sicht der Eidechsen, die sehen, dass am Elfenhügel etwas vor sich geht. Sie wurden die ganze Nacht wachgehalten von großem Tumult und unterhalten sich gerade darüber, als »ein altes Erlenmädchen« aus dem Hügel heraustritt. Die Elfin hat es eilig, zum Nachtraben zu kommen und Einladungen zu überbringen und ergeht sich in sehr weitschweifigen Erklärungen, wer alles zum Ball und zum Bankett kommen kann und wer eingeladen werden sollte und warum oder warum nicht. Genau dieses Verhaltensmuster habe ich übernommen, als Lore der alten Elfin in *Apples* begegnet.

In der Unterhaltung lädt das »alte Erlenmädchen« »den alten Meermann und seine Töchter« ein, was ich als Referenz auf Nereus nahm, der bei Homer als »grauer Erzeuger« bezeichnet wird. Seine Töchter wären die Nereiden oder Meernymphen. Sie lädt auch das »Grabschwein« ein, den Geist eines Schweins, das auf einem Friedhof begraben liegt. Im Buch habe ich diese Figur als ein Gloson bezeichnet. Es ist das gleiche Geschöpf, obwohl ich den Eindruck hatte, dass es unter dem Namen Gloson mehr Details gab als unter Grabschwein.

Dem Gloson ragt angeblich eine rasiermesserscharfe Säge aus dem Rücken, die sich auf ihre Beute stürzen und sie zersägen wird.

Jedenfalls erfahren wir später, dass der Grund für das Rumoren im Elfenhügel darin liegt, dass der alte Elfenkönig den Koboldkönig aus Norwegen empfängt, der Ehefrauen für seine beiden Söhne finden will, die »unartig und naseweis« sein sollen. Der alte Elfenkönig sagt seinen Töchtern, »sie werden schon gut, wenn sie älter werden. Es liegt an euch, ihnen Manieren beizubringen«. Auf diese Unterhaltung habe ich mich bezogen, als Lore der alten Elfin gegenüber bemerkt, er »bemitleide die Frauen, die sie erwählen«.

Die Erwartung, dass die Frau für das Benehmen ihres Ehemannes verantwortlich sei, ist offensichtlich nicht neu – sei es in Märchen oder in der modernen Welt.

Andrew Lang
Das Gelbe Märchenbuch von Andrew Lang beinhaltet zwei Geschichten, die ich in *Apples Dipped in Gold* verwendet habe – *Die Glasberge* und *Die Glasaxt*.

In *Die Glasberge* ist eine Prinzessin sieben Jahre lang in einem goldenen Schloss auf dem Gipfel der Glasberge gefangen. Davor wächst ein Baum mit goldenen Äpfeln, und es hieß, dass, wer immer einen goldenen Apfel vom Baum pflückt, Eintritt in das Schloss erhält. So viele hatten es versucht und waren gescheitert, dass am Fuße der Berge irgendwann ein ganzer Haufen aus Leichen lag. Eines Tages erscheint ein junger Mann und will die Prinzessin retten, also schneidet er einem Luchs die Krallen ab und beginnt, den Berg hinaufzusteigen. Es ist ein harter Aufstieg. Schließlich wird er von einem Adler angegriffen, der den Baum bewacht. Der junge Mann hält sich an den Füßen des Adlers fest, der ihn hoch über den Berggipfel trägt. Als er den Baum sehen kann, schneidet er mit einem kleinen Messer dem Adler die Füße ab. Obwohl er bei dem Sturz verletzt wird, kann er einen der goldenen Äpfel essen und sich heilen.

In *Apples* habe ich nicht die Krallen eines Luchses verwendet, sondern stattdessen die Krallen einer Hexe, eine Referenz auf das Grimm'sche Märchen *Die Gänsehirtin am Brunnen*, in dem ein Vater seine Söhne warnt: »Nehmt euch in Acht vor der Alten. Die hat's faustdick hinter den Ohren. Sie ist eine Hexe.«

Das andere Märchen ist *Die Glasaxt*, in dem ein junger Prinz von einer Feenkönigin entführt wird. Sie befiehlt ihm, nur mit einer Glasaxt alle Bäume dort vor Sonnenuntergang zu fällen. Beim ersten Hieb zerspringt die Axt in tausend Stücke. Wie sich herausstellt, wurde die Tochter der Fee ebenfalls in den Wald entführt. Sie findet den jungen Prinzen und bietet an, ihm bei seiner Aufgabe zu helfen. Natürlich verfügt sie über Magie, stellt die Glasaxt wieder her und vollendet die Aufgabe.

Ich habe die Hexe dem Fuchs eine ähnliche Aufgabe geben lassen – einen Schober voll Holz bis zum Morgen, weil ich eine

Gelegenheit für Samara und Lore brauchte, allein zu sein, damit sie Sex haben konnten, LMAO.

Andere Motive
Samara hat einen kleinen »Aschenputtel«-Moment, als sie von den Dryaden gefunden wird und von ihnen ein Kleid bekommt, damit sie auf den Ball gehen kann. In *Apples* gibt Alte Mutter ihr eine Walnuss. Darin befindet sich ein wunderschönes Kleid. Dies ist eine Referenz auf einige Grimm'sche Märchen: *Allerleirauh, Die beiden Königskinder, Der Eisenofen*. In jedem dieser Märchen erhält eine Prinzessin Nüsse – für gewöhnlich drei – mit schönen Kleidern darin.

Ich bin sicher, dass ihr einige Motive aus *Schneewittchen* erkennen könnt. Samara muss hart für ihre Familie arbeiten, und sie hat schwarzes Haar und rote Lippen. Und am Ende des Buches wird sie durch einen Apfel vergiftet. Diese Motive sind nicht wirklich exklusiv für *Schneewittchen*, aber der Titel ist eine Referenz auf den vergifteten Apfel in *Schneewittchen*. In *Apples Dipped in Gold* war es technisch gesehen Samaras Wunsch, der sie vergiftete. Sie wollte Lore von seinem Fluch befreien, und der einzige Weg war, zu sterben und vom Kuss wahrer Liebe wiedererweckt zu werden. Dies ist umso mehr eine Referenz an die Disneyversion von Schneewittchen, weil sie im Märchen *Schneewittchen* wiedererweckt wurde, nachdem das Apfelstück aus ihrem Hals entfernt wurde.

Selbstverständlich ist das allumfassende Motiv dieser Geschichte das Konzept von Liebe auf den ersten Blick. In *Apples Dipped in Gold* habe ich dieses auf zwei Arten präsentiert. Einmal mit Prinz Henry, der beim ersten Blick auf Samara beschließt, sie zu heiraten, und bemerkt, dass sie zu schön ist, um zu sterben. Außerdem sagt er, dass »Schönheit Genie ist«, eine Referenz auf *Das Bildnis des Dorian Gray*. Das genaue Zitat lautet: »Schönheit ist eine Form von Genie – in der Tat steht sie noch höher als Genie, da sie keiner Erklärung bedarf.« Die Ironie hier besteht darin, dass *Das Bildnis des Dorian Gray* von der Verderbnis von Schönheit handelt. Schönen Menschen wird schnell verziehen, und sie werden mühelos von der Gesellschaft geliebt.

Weil Samara schön ist, entscheidet der Prinz, dass sie seiner Aufmerksamkeit, seiner Liebe und des Titels einer Prinzessin würdig ist. Sie hält ihn für einen Arsch, aber sie will verzweifelt aus ihrer Situation entkommen.

Im Gegensatz dazu haben wir Lore, der nicht daran glaubt, dass es Liebe auf den ersten Blick gibt, weshalb er denkt, er sei verflucht. Er kann anerkennen, dass Samara schön ist, und diese Schönheit fesselt ihn, doch je länger er sich nicht von seinen Gefühlen befreien kann, umso frustrierter wird er. Dies ist der Ansporn für die ganze Reise zu den Gläsernen Bergen, wo er am Ende überzeugt ist, dass seine Liebe zu Samara echt ist, doch erst nachdem sie sich selbst geopfert hat.

Und ja, es sagt etwas über Menschen aus, die so sehr an etwas glauben, dass es wahr wird.

Wenn überhaupt, denke ich, dass diese Nacherzählungen nur die weit hergeholte Natur des Quellenmaterials betonen und zugleich ein Licht darauf werfen, was eine Gesellschaft wertschätzt. Es gibt nichts Verstörenderes, als seine Welt auf den Seiten eines zweihundert Jahre alten Märchens zu sehen und zu erkennen, dass sie sich nicht verändert hat.

Wie immer hoffe ich, dass euch die Geschichte gefallen hat, denn die Nächsten sind Cardic und seine Nonne.

Alles Liebe
Scarlett

DANKSAGUNG

Meine Erfahrung mit dem Verlust von Körpergliedern ist sekundär. Meine Schwester verlor vor einigen Jahren ihr Bein unterhalb des Knies, und der Tribut, den das von ihrer emotionalen, mentalen und physischen Gesundheit gefordert hat, war intensiver als alles, was ich je miterlebt habe. Trotzdem hat sie die Veränderung mit großer Anmut verarbeitet, trotz einer Welt, die auf unversehrte Körper ausgerichtet ist. Als ich Lore schrieb, lernte ich außerdem, dass Sprache ebenfalls ableistisch ist, und ich muss meinem Freund und ehemaligen Kollegen Dave Brown hoch anrechnen, dass er so viele Fragen dazu beantwortet hat, wie man mit nur einer Hand durch die Welt kommt.

Natürlich hätte ich nichts gebacken bekommen ohne meine Herausgeberin Christa, die liebenswürdigerweise ihr Zuhause und Gartenhaus für mich öffnet, wenn ich feststecke und kurz vor einer Deadline bin. Als du mich im Juli 2021 per Mail gefragt hast, ob ich mich Bloom anschließen will, hätte ich nie gedacht, dass ich nicht nur eine neue Freundin, sondern eine ganze Familie gewinnen würde. Danke, dass du mich und meine Adie willkommen geheißen hast.

Danke an meine Agentinnen Caitlin und Alyssa und an meine besten Freundinnen Ashley und Molly, weil sie mir den Raum zum Schreiben geben und mich währenddessen moralisch unterstützen, selbst dann, wenn ich nicht mehr so recht ansprechbar bin. Eure Unterstützung ist unendlich und lässt mich weitermachen.

Zu guter Letzt wäre nichts von alledem möglich ohne meinen Mann Armand, der das Haus sauber hält, kocht, sich um Adie kümmert und mich überallhin fährt, wo ich hinmuss, wenn ich einen Abgabetermin habe. Niemand auf der Welt ist engagierter als du. Du bist unerschütterlich, selbst im Angesicht des Chaos. Ich liebe dich.

Für alle Leser:innen, die *Apples Dipped in Gold* gelesen haben und es so sehr lieben wie ich – danke aus ganzem Herzen dafür, dass ihr einer albernen Geschichte eine Chance gebt. Ich bin wirklich froh, dass ihr auf dieser Reise bei mir seid.

Für sein Reich würde er alles tun. Doch für Persephone ist er sogar bereit, die Unterwelt aufzugeben

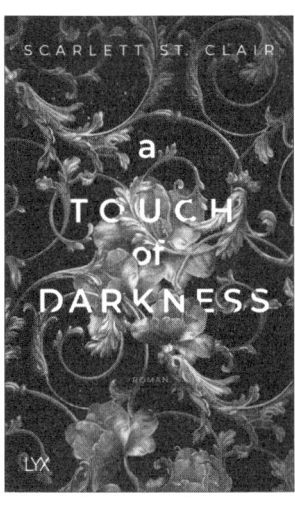

Scarlett St. Clair
A TOUCH OF DARKNESS
Aus dem amerikanischen
Englisch von
Silvia Gleißner
448 Seiten
ISBN 978-3-7363-1775-8

Persephone ist die Göttin des Frühlings, doch ihre Magie hat sich bis heute nicht gezeigt. Sie wählt daher den Weg einer Sterblichen und zieht für ihr Studium nach New Athens. Aber auf einer Party im Club Nevernight begegnet sie dem geheimnisvollen Hades und verliert eine Wette gegen ihn. Ohne es zu wissen, hat sie einen Vertrag mit dem Gott der Unterwelt geschlossen: Sie muss Leben in seinem Reich erschaffen oder sie verliert ihre Freiheit. Dabei steht sogar noch weit mehr auf dem Spiel, denn Hades hat längst auch von ihrem Herz Besitz ergriffen ...

»Diese Geschichte ist absolut sexy, berauschend und mitreißend.« *AVA REED, SPIEGEL*-Bestseller-Autorin

Triggerwarnung:

Dieses Buch enthält neben expliziten Szenen
und derber Wortwahl auch Elemente,
die potenziell triggern können.

Diese sind:

Mountains Made of Glass:
*Mord, explizit beschriebene und Androhung von Gewalt,
Verletzungen und Folter (auch an Tieren),
Verlust von Familienangehörigen, Suizid, Verletzungen
(wie Kratzer und blaue Flecke) durch sexuelle Handlungen,
Slutshaming, Würgen, Erbrechen, Blut.*

Apples Dipped in Gold:
*Gewalt (Menschen und Tiere),
psychische Gewalt, Suizid, Blut.*